LE CHEVAL DE TROIE

Interne en médecine en Angleterre, Colleen McCullough rencontre un immense succès avec *Les oiseaux se cachent pour mourir* (1977) et décide de se consacrer à l'écriture. Elle a publié depuis *Un autre nom pour l'amour* (1981), *La Passion du Dr Christian* (1985), *Les Dames de Missalonghi* (1987), *L'amour est une terre lointaine* (2001). Elle est également l'auteur des « Maîtres de Rome », une fresque retraçant l'histoire de la République romaine dont les huit volumes ont paru entre 1990 et 2001 aux éditions Belfond et L'Archipel. Colleen McCullough réside dans l'île de Norfolk, au large de l'Australie.

COLLEEN McCULLOUGH

Le Cheval de Troie

TRADUIT DE L'ANGLAIS PAR ANDRÉ DOMMERGUES

L'ARCHIPEL

Titre original :
THE SONG OF TROY
par Orion Books, Londres, 1998.

A mon frère Carl, mort le 5 septembre 1965 en Crète, en portant secours à des femmes qui se noyaient.

« En lui la mort ne révèle rien qui ne soit beau. »
Homère, l'*Iliade* (XXII, 73).

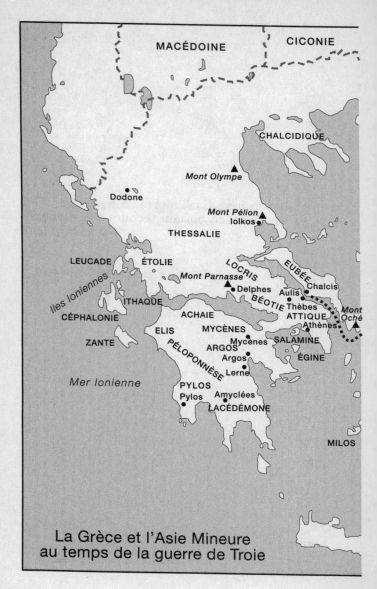

La Grèce et l'Asie Mineure
au temps de la guerre de Troie

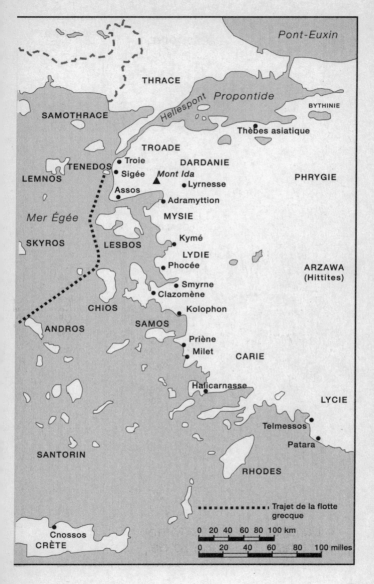

Pont-Euxin

THRACE

Hellespont — Propontide

BYTHINIE

SAMOTHRACE

Thèbes asiatique

TROADE

DARDANIE

TENEDOS ● Troie
● Sigée   Mont Ida ▲   ● Lyrnesse   PHRYGIE

LEMNOS

● Assos   ● Adramyttion

Mer Égée   MYSIE

SKYROS   LESBOS   ● Kymé

LYDIE

● Phocée   ARZAWA
(Hittites)

● Smyrne
● Clazomène

CHIOS   ● Kolophon

ANDROS   SAMOS

● Priène
● Milet   CARIE

● Halicarnasse

LYCIE

● Telmessos

● Patara

SANTORIN

RHODES

▪▪▪▪▪▪▪ Trajet de la flotte
grecque

0 20 40 60 80 100 km

0   20   40   60   80   100 milles

● Cnossos
CRÈTE

7

1

Récit de Priam

Nulle cité n'égala jamais Troie. Le jeune prêtre Calchas, dépêché à Thèbes l'Égyptienne durant son noviciat, en revint sans avoir vraiment été impressionné par les pyramides construites le long de la rive ouest du Fleuve de Vie. Troie est plus imposante, affirmait-il. Ses murailles sont plus hautes et des vivants y demeurent, quand les pyramides abritent des morts. Certes, ajoutait-il, cette différence s'explique : les Égyptiens adorent des dieux inférieurs. Ils avaient bâti ces monuments de leurs mains, tandis que les grandes murailles de Troie étaient l'œuvre des dieux. Babylone même, ouvrage semblable à celui d'un enfant, aux murs trop bas enfouis dans le limon du fleuve, ne pouvait se mesurer à notre cité.

Personne ne se rappelle l'édification de nos murs, c'était il y a si longtemps. Pourtant, tout le monde en connaît l'histoire. Dardanos (fils de Zeus, roi de l'Olympe) s'était emparé de la péninsule au septentrion de l'Asie Mineure, là où, au nord, le Pont-Euxin déverse ses flots dans la mer Égée par l'étroit passage de l'Hellespont. Ce nouveau royaume, Dardanos le divisa en deux parties. Il donna la partie sud à son fils cadet, qui appela son domaine Dardanie et fit de la ville de Lyrnessos sa capitale. Bien que plus petite, la partie nord est infiniment plus riche. C'est la sentinelle de l'Hellespont et elle impose un droit de passage à tous les navires marchands qui entrent dans le

Pont-Euxin ou en sortent. Cette région s'appelle la Troade. Sa capitale, Troie, se dresse sur la colline du même nom.

Zeus adorait son fils mortel. Aussi, quand Dardanos pria son divin père de doter Troie de murailles indestructibles, Zeus fut-il ravi d'exaucer sa prière. Deux divinités n'étaient pas bien en cour à l'époque : Poséidon, seigneur de la Mer, et Apollon, seigneur de la Lumière. Ils reçurent l'ordre de se rendre à Troie et de construire des remparts plus hauts, plus épais et plus solides que tous les autres. Ce n'était pas vraiment un travail pour le frêle et délicat Apollon, qui préféra jouer de sa lyre — afin, expliqua-t-il au crédule Poséidon, de rendre plus agréable le temps passé à bâtir. Ainsi, Poséidon posa-t-il pierre après pierre tandis qu'Apollon lui donnait la sérénade.

Poséidon ne travailla pas pour rien ; il exigea que, chaque année, il lui soit fait offrande de cent talents d'or, en son temple de Lyrnessos. Le roi Dardanos accepta ; depuis des temps immémoriaux les cent talents d'or étaient payés. Mais quand mon père, Laomédon, monta sur le trône de Troie, un violent tremblement de terre détruisit notre mur ouest et mon père engagea l'ingénieur grec Éaque pour le reconstruire.

Éaque s'acquitta soigneusement de sa tâche. Pourtant, le nouveau mur qu'il érigea n'était ni aussi lisse ni aussi beau que le reste de cette magnifique enceinte conçue par les dieux.

Le contrat avec Poséidon — Apollon ne s'était pas abaissé à demander des gages pour sa musique — était rompu, remarqua mon père. En fin de compte, les murs n'étaient pas indestructibles. En conséquence, la dette de cent talents ne serait plus payée. Jamais. Cet argument paraissait valable, toutefois les dieux ne pouvaient ignorer ce que même moi, un enfant, je savais : le roi Laomédon était un avare de la pire espèce et il lui était insupportable de faire don de l'or troyen, si précieux, au temple d'une cité rivale, sous l'empire d'une dynastie rivale bien que de même sang.

Quoi qu'il en soit, l'or cessa d'être payé et il ne se passa rien durant plus d'années qu'il m'en fallut pour devenir un homme. Et quand survint le lion, personne n'établit de lien avec l'outrage fait au dieu.

Dans les plaines verdoyantes du sud de Troie se trouvaient les écuries de mon père, la seule fantaisie qu'il s'accordât. Peu de temps après que le Grec Éaque eut fini de rebâtir le mur ouest, arriva à Troie un homme venu d'un pays si lointain que nous en connaissions seulement les montagnes, qui soutenaient le ciel. L'étranger amena avec lui dix chevaux — trois étalons et sept juments. Nous n'en avions jamais vu de pareils : grands, rapides, gracieux, mais aussi calmes et dociles, une crinière et une queue épaisses, une tête magnifique. Parfaits pour tirer des chars ! Dès l'instant où le roi les vit, le sort de l'étranger fut scellé. Il mourut et les chevaux devinrent propriété personnelle du souverain de Troie. Ils engendrèrent une lignée si célèbre que des marchands venaient du monde entier acheter des juments et des hongres ; mon père était bien trop roué pour vendre un étalon.

Un chemin défoncé, sinistre, traversait le haras en son milieu. Il était autrefois emprunté par des lions, qui laissaient derrière eux l'Asie Mineure pour le nord afin de passer l'été en Scythie, puis redescendaient vers le sud où ils passaient l'hiver en Carie et en Lycie. Là, le soleil avait assez de force pour réchauffer leur pelage fauve. Les chasseurs les avaient décimés et la piste des lions était devenue un sentier qu'on prenait pour aller chercher de l'eau.

Il y a six ans, des paysans au visage blême accoururent. Jamais je n'oublierai la mine de mon père lorsqu'ils lui annoncèrent que trois de ses meilleures juments étaient mortes et qu'un étalon était gravement mutilé, victimes d'un lion. Laomédon n'était pas homme à s'abandonner à une colère irréfléchie. D'un ton mesuré, il ordonna à un détachement entier de la Garde royale de se poster sur la piste au printemps suivant et de tuer l'animal.

Mais ce n'était pas un lion ordinaire! Chaque printemps et chaque automne, il se glissait si subrepticement que nul ne le voyait et il tuait bien plus que nécessaire pour se remplir la panse. Il tuait par pur plaisir. Deux ans après son apparition, la Garde royale le surprit en train d'attaquer un étalon. Les soldats foncèrent sur lui en frappant bruyamment leurs boucliers avec leurs épées, dans l'intention de l'acculer pour le transpercer de leurs lances. Il n'en fut rien. Le lion se dressa, lança son rugissement de guerre, chargea droit sur les soldats et traversa leurs rangs, tel un rocher qui déboule sur une pente. Tandis que les hommes se dispersaient, l'animal en tua sept avant de poursuivre sa route, indemne.

Ce désastre ne fut pas inutile. Un homme, lacéré par les griffes du lion, survécut et alla voir les prêtres. Il rapporta à Calchas que le lion portait l'emblème de Poséidon, un trident noir sur son flanc clair. Calchas consulta l'oracle : le lion appartenait à Poséidon. Malheur au Troyen qui le frapperait! s'écria Calchas, car c'était un châtiment infligé à Troie par le seigneur des Mers. Le lion cesserait ses méfaits dès que l'on recommencerait à payer les cent talents d'or.

Mon père ne tint tout d'abord aucun compte de l'oracle. A l'automne, il ordonna de nouveau que la Garde royale abattît l'animal. Mais il avait sous-estimé la peur que les dieux inspirent aux mortels : même lorsque le roi menaça d'exécuter ses gardes, ils refusèrent d'obtempérer. Furieux et mortifié, il informa Calchas qu'il refusait de donner l'or troyen à Lyrnessos la Dardanienne. Il fallait trouver une autre solution. Calchas retourna consulter l'oracle : il *existait bel et bien* une autre solution! Si chaque printemps et chaque automne six jeunes vierges tirées au sort étaient enchaînées dans la pâture aux chevaux et abandonnées au lion, l'ire de Poséidon se calmerait — au moins pendant un temps.

Bien sûr, le roi préféra accorder au dieu la vie de six vierges plutôt que se départir de son or, aussi s'exécuta-t-il. Ainsi, chaque printemps et chaque automne, on couvrait toutes les vierges âgées de quinze ans d'un linceul blanc pour qu'on ne les reconnût pas, on les alignait dans la cour de Poséidon Bâtisseur de Murailles et les prêtres en choisissaient six au hasard pour le sacrifice.

Le stratagème réussit. Deux fois par an, le lion passait, tuait les jeunes filles enchaînées et épargnait les chevaux. Pour Laomédon, c'était une perte dérisoire, qui lui permettait de sauver l'honneur tout en amassant de l'argent.

Il y a quatre jours, on a choisi les six jeunes vierges pour le sacrifice. Cinq d'entre elles venaient de la cité, la sixième de la citadelle — le grand palais. C'était l'enfant préférée de mon père, sa fille Hésione. Lorsque Calchas vint lui annoncer la nouvelle, il ne put le croire.

— Tu veux dire que tu as été assez stupide pour ne pas faire de marque sur le linceul ? demanda-t-il. Que ma fille a été traitée comme les autres ?

— C'est la volonté du dieu, répondit Calchas avec calme.

— Ce n'est *pas* la volonté du dieu que de choisir ma fille ! Il exige six vierges, rien de plus ! Choisis une autre victime, Calchas.

— C'est impossible, grand roi.

Calchas demeura inflexible. Une main divine avait dirigé le choix : nulle autre qu'Hésione ne pourrait adoucir le courroux divin.

Bien qu'aucun membre de la Cour ne fût présent durant cette entrevue, la nouvelle se répandit de par la citadelle. Anténor et les courtisans de son acabit condamnèrent vertement le prêtre, alors que les nombreux enfants du roi — y compris moi, son héritier — pensèrent qu'enfin notre père serait obligé de céder et de payer à Poséidon les cent talents d'or.

Le lendemain, le roi rassembla son conseil. J'étais présent, car l'héritier doit entendre le roi quand il juge et ordonne. Le souverain paraissait calme et délivré de toute inquiétude. Paré d'une toge d'or, l'homme frêle à la longue chevelure argentée était

13

déjà bien loin de la prime jeunesse. Pourtant, sa voix ne cessait de nous surprendre, tant elle était profonde, noble, mélodieuse et puissante.

— Ma fille Hésione, annonça-t-il, a accepté d'être sacrifiée, car c'est une injonction divine.

Peut-être Anténor avait-il deviné ce que dirait le roi ; mais ni mes jeunes frères ni moi ne pûmes dissimuler notre surprise.

— Mon roi, m'écriai-je, vous ne pouvez permettre cela ! Quand les temps sont difficiles, le roi lui-même peut se sacrifier pour son peuple, mais ses filles vierges appartiennent à la Vierge Artémis, pas à Poséidon !

Le roi n'apprécia pas d'entendre son fils aîné le contredire ainsi devant toute la Cour. Il pinça les lèvres.

— Ma fille a été élue, Priam ! Élue par Poséidon !

Poséidon serait plus heureux, sifflai-je entre mes dents, si l'on payait cent talents d'or à son temple de Lyrnessos.

C'est alors que je surpris Anténor à sourire ; comme il aimait à voir le roi et son héritier se quereller...

— Je refuse, dit le roi, de donner de l'or gagné avec peine à un dieu qui n'a pas bâti le mur ouest assez solidement pour résister à un tremblement de terre.

— Tu ne peux envoyer Hésione à la mort, père !

— Ce n'est pas moi qui l'envoie à la mort, c'est Poséidon !

— Un mortel comme toi ne doit pas rejeter ses fautes sur les dieux.

— Retire-toi, Priam ! Sors de cette salle ! Ou il se pourrait fort bien que, l'année prochaine, Poséidon exige le sacrifice de l'héritier au trône !

Anténor souriait toujours. Je fis demi-tour et quittai la pièce, pour aller chercher un peu de réconfort dans la cité battue par les vents.

L'air froid et humide venu du lointain mont Ida apaisa ma colère tandis que je parcourais la terrasse dallée attenante à la salle du trône et me dirigeais vers les marches qui mènent au sommet de la citadelle. Là, loin au-dessus de la plaine, je posai les mains sur les pierres taillées par des hommes; car ce n'étaient pas les dieux qui avaient bâti la citadelle, mais Dardanos. Soudain, je pris pleinement conscience du pouvoir que détient le roi. Combien d'années devrais-je attendre, me demandai-je, avant de porter la tiare d'or et de m'asseoir sur le siège d'ivoire qui est le trône de Troie? Les hommes de la maison de Dardanos vivent très vieux et Laomédon n'avait pas atteint soixante-dix ans.

Je regardai les habitants aller et venir au-dessous de moi dans la cité, puis au loin les plaines verdoyantes où les précieux chevaux du roi Laomédon étiraient leur long cou pour arracher l'herbe. Ce spectacle ne fit que rendre ma douleur plus vive. Je tournai mon regard vers l'île de Ténédos à l'ouest, puis vers le nord, là où les eaux azurées de l'Hellespont narguent le ciel; je vis le long arc grisâtre de la plage entre l'estuaire du Scamandre et du Simoïs, les deux fleuves qui arrosent la Troade et nourrissent les cultures, l'épeautre et l'orge qui ne cessent d'onduler dans le vent.

La bise était si violente que je finis par quitter le parapet et me rendis dans la grande cour du palais. Là, j'attendis qu'un esclave amène mon char.

— Va vers la cité et laisse les chevaux te diriger, ordonnai-je.

La route principale descendait de la citadelle et rejoignait la courbe de l'avenue qui longeait à l'intérieur la muraille construite par Poséidon. A la jonction des deux rues se trouvait l'une des trois portes que l'on avait percées dans les murs de Troie, la porte Scée. Je ne me rappelais pas l'avoir jamais vue fermée; cela arrivait seulement en temps de guerre, disait-on, et aucune nation au monde n'était assez puissante pour défier Troie.

A peine avais-je fait signe au conducteur de poursuivre sa route que je changeai d'avis et l'arrêtai. Un groupe d'hommes avait franchi la porte et était arrivé sur la place. Des Grecs. Ils portaient une tunique en cuir qui s'arrêtait aux genoux; certains étaient torse nu. Leurs vêtements étaient richement ornés, agrémentés de motifs en or ou de glands en cuir teint; une ceinture d'or et de bronze ornée de lapis-lazuli leur enserrait la taille; des perles de cristal de roche poli pendaient à leurs oreilles; autour de leur cou étincelaient de magnifiques colliers de pierres précieuses et leurs longs cheveux bouclés flottaient sur leurs épaules.

Les Grecs sont plus grands et plus beaux que les Troyens, mais jamais je n'avais vu d'hommes aussi grands, aussi beaux et à l'air aussi menaçant. La richesse de leurs vêtements et leurs armes — des javelots et de longs glaives — suffisaient à indiquer que ce n'étaient pas de simples maraudeurs.

A leur tête, un géant avançait à grandes enjambées. Il devait mesurer plus de quatre coudées et ses épaules étaient impressionnantes. Il portait une barbe noire comme l'ébène, taillée en forme de pelle; ses cheveux également noirs étaient indisciplinés, bien qu'ils eussent été coupés court. Son front faisait saillie au-dessus de ses yeux. Pour tout vêtement, il portait une peau de lion jetée sur l'épaule gauche. Dans son dos, les terribles mâchoires grandes ouvertes laissaient voir des crocs puissants.

Il se retourna et me surprit en train de le dévisager. Confus, je croisai son regard et ne pus m'empêcher de contempler ses grands yeux calmes — des yeux qui avaient tout vu, tout subi, connu toutes les humiliations que les dieux peuvent infliger à un homme. Des yeux qui brillaient d'intelligence. Le sol se déroba sous mes pieds. Mon âme était mise à nu, mon esprit à la merci de l'étranger.

Je rassemblai mes forces défaillantes et me redressai avec fierté; j'avais un titre important, j'avais un char estampé d'or, deux chevaux blancs, plus beaux que tous ceux qu'il avait jamais vus et cette cité, la plus puissante du monde, était mienne.

Indifférent au bruit et à l'agitation de la place du

marché, l'homme s'avança vers moi, suivi de près par deux de ses compagnons, puis tendit une main énorme pour caresser le museau noir de mes chevaux blancs.

— Tu viens du palais, tu fais peut-être partie de la maison royale ? demanda-t-il d'une voix grave.

— Je suis Priam, fils et héritier de Laomédon, roi de Troie, répondis-je.

— Je suis Héraclès, dit-il.

Je le dévisageai, bouche bée. *Héraclès !* Héraclès était à Troie !

— Seigneur, tu nous honores. Consentiras-tu à être l'hôte de mon père ?

Il eut un sourire d'une grande douceur.

— Je te remercie, prince Priam. Ton invitation s'adresse-t-elle aussi à mes hommes ? Tous appartiennent à de nobles maisons grecques. Ils sauront s'en montrer dignes.

— Bien entendu, seigneur Héraclès.

Il fit un signe de tête aux deux hommes qui étaient derrière lui.

— Voici Thésée, le grand roi d'Attique, et voici Télamon fils d'Éaque, roi de Salamine.

Ma gorge se serra. Tout le monde connaissait Héraclès et Thésée ; les bardes célébraient leurs exploits. Éaque, père du jeune Télamon, avait rebâti notre mur ouest. Combien d'autres personnes de haute renommée y avait-il parmi ses compagnons ?

Ce simple nom, Héraclès, avait un tel pouvoir que même mon avare de père se mit en frais pour offrir un accueil royal au célèbre Grec. Ce soir-là, on donna un festin dans la grande salle, mets et vins à profusion y furent servis dans de la vaisselle d'or et on fit venir des harpistes, des danseurs et des acrobates pour divertir nos hôtes. Mon père fut grandement impressionné ; chacun des Grecs dans la suite d'Héraclès était roi de plein droit. Pourquoi donc, me demandai-je, suivaient-ils un homme qui ne prétendait à aucun trône, qui avait nettoyé des écuries, qui avait dû affronter toutes sortes de créatures ?

J'étais assis à la grande table avec Héraclès à ma gauche et le jeune Télamon à ma droite ; mon père siégeait entre Héraclès et Thésée.

Bien que l'imminence de la mort d'Hésione assombrît notre hospitalité, nos hôtes ne se doutèrent de rien. La conversation était aisée, car c'étaient des hommes cultivés, instruits en toutes choses, depuis le calcul mental jusqu'à la poésie. Mais, sous ces apparences, qui pouvaient-ils bien être ?

Les contacts étaient rares entre les nations grecques et celles d'Asie Mineure, dont Troie. En général nous, les habitants d'Asie Mineure, n'apprécions guère les Grecs. Ce sont des gens d'une sournoiserie notoire, réputés pour leur insatiable curiosité. Voilà ce que nous savions d'eux. Mais ces hommes devaient être exceptionnels même dans leur pays, où on ne choisissait pas le souverain en raison de son lignage.

Mon père ne nourrissait guère d'affection pour les Grecs. Ces dernières années, il avait conclu des traités avec les divers rois d'Asie Mineure, leur laissant la majeure partie du commerce entre le Pont-Euxin et la mer Égée ; il avait ainsi considérablement réduit le nombre de navires marchands grecs autorisés à franchir l'Hellespont. Ni la Mysie, ni la Lydie, ni la Dardanie, ni la Carie, ni la Lycie, ni la Cilicie ne voulaient commercer avec les Grecs pour la simple raison que, d'une façon ou d'une autre, ces étrangers se montraient toujours plus malins qu'eux et s'en tiraient à leur avantage. Mon père avait joué son rôle en écartant les marchands grecs du Pont-Euxin. Les émeraudes, les saphirs, les rubis, l'or et l'argent venus de Colchide et de Scythie étaient vendus aux pays d'Asie Mineure ; les rares marchands grecs tolérés par mon père devaient déployer de gros efforts afin de se procurer de l'étain et du cuivre en Scythie.

Cependant, Héraclès et ses compagnons étaient trop bien élevés pour discuter de sujets brûlants comme l'interdiction de commercer librement. Ils se bornèrent à exprimer leur admiration pour notre ville aux hautes murailles, la taille de notre citadelle et la beauté de nos femmes, bien qu'ils n'eussent pu en juger que d'après les esclaves qui servaient à table.

La conversation s'orienta donc tout naturellement vers les chevaux ; j'attendais qu'Héraclès abordât le sujet, car j'avais vu son regard admiratif devant mes chevaux blancs.

— Les chevaux qui tiraient aujourd'hui le char de ton fils étaient vraiment magnifiques, déclara Héraclès. Même la Thessalie ne peut s'enorgueillir d'avoir d'aussi belles bêtes. Ne les mets-tu jamais en vente ?

— Oui, ils sont beaux, dit mon père en prenant son air pingre, et je les vends, mais je crains que tu ne trouves le prix prohibitif. Je demande mille talents en or pour une bonne jument.

Héraclès haussa ses puissantes épaules, l'air attristé.

— Je pourrais peut-être me permettre un tel prix, seigneur, mais il y a des choses plus importantes que je dois acheter. Le prix que tu exiges est la rançon d'un roi.

Dès lors, il ne parla plus de chevaux.

Alors que la soirée s'avançait et que le jour baissait, mon père commença à perdre de son entrain car, le lendemain, sa fille allait être menée à la mort. Héraclès posa la main sur le bras de mon père.

— Roi Laomédon, qu'est-ce qui te tourmente ?

— Rien, mon seigneur, rien du tout.

Héraclès eut un sourire particulièrement doux.

— Grand roi, je sais reconnaître l'inquiétude sur un visage. Raconte-moi.

Alors père débita toute l'histoire mais, bien sûr, il déguisa la réalité pour se montrer sous un jour meilleur : il était persécuté par un lion appartenant à Poséidon, les prêtres avaient ordonné le sacrifice de six vierges chaque printemps et chaque automne et, parmi les victimes choisies cet automne, se trouvait sa fille bien-aimée, Hésione.

Héraclès eut l'air pensif.

— Qu'ont dit les prêtres ? Aucune main *troyenne* ne doit se lever contre la bête ?

Les yeux du roi étincelèrent.

— Oui, surtout pas troyenne, seigneur.

— Alors tes prêtres ne peuvent faire aucune objection si c'est une main grecque qui se lève contre elle, n'est-ce pas ?

— La conclusion est logique, Héraclès.

Héraclès jeta un coup d'œil à Thésée.

— J'ai tué de nombreux lions, dit-il, y compris le lion de Némée dont je porte la peau.

Mon père fondit en larmes.

— Héraclès, débarrasse-nous de cette malédiction ! Si tu y parviens, nous t'en serons infiniment reconnaissants. Je ne parle pas seulement pour moi, mais pour mon peuple. Trente-six jeunes filles ont déjà péri.

J'attendis la suite : Héraclès n'était point sot, il ne proposerait pas de nous débarrasser d'un lion envoyé par un dieu sans en tirer quelque avantage pour lui-même.

— Roi Laomédon, dit le Grec assez fort pour attirer l'attention de tous, je vais conclure un marché avec toi. Je vais tuer ton lion. En échange, tu me donneras deux de tes chevaux, un étalon et une jument.

Acculé par cette proposition faite en public, mon père ne pouvait qu'accepter le marché, sinon tout le monde à la Cour l'accuserait d'être égoïste et cruel. D'un signe de tête il acquiesça, en s'efforçant de paraître joyeux.

— Si tu parviens à tuer le lion, Héraclès, je t'accorderai ce que tu demandes.

— Qu'il en soit ainsi !

Héraclès était assis tout à fait immobile, les yeux grands ouverts mais sans rien voir ; il semblait indifférent à tout. Puis il soupira, se recueillit, regarda non pas le roi, mais Thésée.

— Nous irons demain, Thésée. Mon père m'a parlé : le lion viendra à midi.

Même les autres Grecs furent extrêmement impressionnés.

Vêtues de leurs plus belles tuniques, les cheveux

peignés et les yeux fardés, leurs délicats poignets chargés de chaînes dorées, leurs chevilles entourées de fers dorés, les six jeunes filles attendaient la venue des prêtres devant le temple de Poséidon Bâtisseur de Murailles. Hésione, ma demi-sœur, était parmi elles, calme et résignée, mais le tremblement nerveux de ses lèvres trahissait sa peur. On entendait les gémissements et la mélopée funèbre des familles, le cliquetis des chaînes, le souffle haletant des six jeunes filles terrifiées. Je restai juste le temps d'embrasser Hésione, puis m'en fus ; elle ignorait tout de ce qu'allait tenter Héraclès pour la sauver.

Peut-être ne lui en avais-je pas parlé parce que, même alors, je soupçonnais que nous ne nous débarrasserions pas si aisément de la malédiction — que même si Héraclès tuait le lion, Poséidon seigneur des Mers pourrait le remplacer par un tourment pire encore. Puis mes doutes s'évanouirent, dans ma hâte à me rendre du sanctuaire à la petite porte derrière la citadelle où Héraclès avait rassemblé ses hommes. Il n'en avait choisi que deux pour l'aider dans sa chasse : le guerrier chenu, Thésée, et le jeune Télamon. A la dernière minute, il s'attarda pour échanger quelques paroles avec un autre de ses hommes, le roi lapithe, Pirithoos ; je l'entendis lui dire d'emmener tout le monde à la porte Scée à midi et de l'attendre là. Il était pressé de partir : les Grecs se rendaient au pays des Amazones pour s'emparer de la ceinture de leur reine, Hippolyté, avant l'hiver.

Après qu'Héraclès fut entré en transe dans la grande salle la veille au soir, personne ne mit en doute ses paroles : le lion viendrait aujourd'hui et s'il venait, ce serait la première fois qu'il viendrait si tôt dans le sud. Mais Héraclès en était certain. Il était fils de Zeus, souverain de l'Olympe.

J'avais quatre frères, tous plus jeunes que moi : Tithonos, Clytios, Lampos et Hicétaon. Nous accompagnâmes Héraclès et arrivâmes aux écuries avant que n'apparaissent les prêtres et les jeunes filles. Héraclès allait et venait, arpentant le terrain pour le reconnaître ; puis il revint vers nous et se prépara à l'attaque. Télamon avait un arc, Thésée une lance, Héraclès son énorme massue.

Tandis que nous grimpions en haut d'une colline, là où l'animal ne pouvait ni nous sentir ni nous voir, mon père resta sur le chemin pour attendre les prêtres, car c'était le premier jour du sacrifice. Les années précédentes les pauvres jeunes filles avaient parfois été forcées d'attendre enchaînées pendant des jours, n'ayant que le sol pour dormir et quelques jeunes prêtres terrorisés pour leur apporter à manger.

Le soleil était déjà haut lorsqu'on aperçut la procession qui venait du sanctuaire de Poséidon. Les prêtres poussaient devant eux les jeunes victimes en larmes, psalmodiaient le rituel et frappaient de minuscules tambours. A coups de marteau, ils fixèrent les chaînes à des piquets dans le sol, à l'ombre d'un orme, et partirent aussi précipitamment que le leur permettait leur dignité. Mon père vint rapidement nous rejoindre en haut de la colline et nous nous dissimulâmes dans les hautes herbes.

Pendant un certain temps j'observai la scène d'un œil distrait, car je ne m'attendais à rien avant midi. Soudain le jeune Télamon sortit à découvert et courut vers l'endroit où les jeunes filles étaient accroupies, tirant sur leurs chaînes. Mon père marmonna quelques paroles sur l'effronterie des Grecs quand le jeune homme entoura de ses bras les épaules de ma demi-sœur et lui fit poser la tête sur sa poitrine brune et nue. Hésione était une magnifique jeune fille, assez belle pour attirer l'attention de la plupart des hommes, mais quelle folie de s'aventurer auprès d'elle quand le lion pouvait surgir à tout instant ! Télamon avait-il agi avec la permission d'Héraclès ?

Les mains d'Hésione essayaient désespérément de le retenir ; il inclina la tête pour lui murmurer quelque chose, puis il l'embrassa longuement et passionnément, comme aucun homme n'avait eu la permission de l'embrasser durant sa courte vie. Il essuya ses larmes du revers de la main et retourna en courant, comme si de rien n'était, à l'endroit où Héraclès l'avait posté. Les trois Grecs s'esclaffèrent ; je tremblai de rage. Le sacrifice était sacré ! Pourtant ils osaient rire. Mais quand je regardai Hésione, elle avait perdu toute appréhension et se tenait debout, grande et fière, les yeux brillants.

Les Grecs furent de joyeuse humeur jusque tard dans la matinée puis, soudain, ils se turent. On n'entendait rien d'autre que le murmure du vent.

Une main effleura mon épaule. Croyant que c'était le lion, je fis volte-face. Mon cœur battait la chamade. C'était Tissanes, un de mes esclaves. Il se pencha vers moi pour me parler à l'oreille.

— La princesse Hécube te fait mander, maître. Elle est prête à accoucher et les sages-femmes disent que sa vie ne tient qu'à un fil.

Pourquoi les femmes doivent-elles toujours choisir le mauvais moment ? Je fis signe à Tissanes de s'asseoir et de se taire et me retournai pour observer le sentier, à l'endroit où il s'enfonce dans un creux après être descendu du haut d'un petit tertre. Les oiseaux avaient cessé de chanter, le vent même était tombé. Je frissonnai.

Le lion, apparu au sommet du tertre, descendit la piste à pas feutrés. C'était l'animal le plus gros que j'aie jamais vu, avec un pelage fauve très clair et une épaisse crinière noire. Sur son flanc droit il portait le trident de Poséidon. A mi-chemin de la pente, alors qu'il s'approchait de l'endroit où se trouvait Héraclès, il s'arrêta, une patte levée, la gueule dressée, la queue fouettant l'air, les narines dilatées. Puis il vit ses victimes pétrifiées de terreur ; la perspective du plaisir qui l'attendait le décida. Queue baissée et bandant ses muscles, il s'avança au pas de course. Une des jeunes filles poussa un cri strident. Ma sœur lui dit quelque chose d'une voix rageuse et elle se tut.

Héraclès surgit de l'herbe. Le géant couvert d'une peau de lion tenait une massue de la main droite. Le lion s'arrêta et retroussa les babines sur ses crocs jaunis. Héraclès brandit son arme et poussa un rugissement de défi, tandis que le lion se ramassait pour bondir. Héraclès bondit à son tour, évita les griffes acérées et heurta de plein fouet le ventre de l'animal avec une telle force que celui-ci en perdit l'équilibre et s'écroula. Le lion se redressa sur son séant, leva une patte pour assommer l'homme; la massue s'abattit. Il y eut un craquement épouvantable quand l'arme heurta le crâne; la patte trembla; l'homme s'écarta. La massue se leva à nouveau, s'abattit à nouveau; le bruit du second choc fut moins fort que le premier, car la tête était déjà fracassée. Point de corps à corps! Le lion gisait sur le sentier, sa crinière noire toute fumante du sang qui ruisselait.

Tandis que Thésée et Télamon sortaient de leur cachette en dansant, Héraclès tira son coutelas et trancha la gorge de l'animal. Mon père et mes frères se précipitèrent vers les Grecs, suivis à leur insu de mon esclave Tissanes. Je fis demi-tour pour rentrer chez moi; ma femme, Hécube, était en couches et sa vie était en danger.

La mort en couches était courante chez les nobles. J'avais neuf autres épouses et cinquante concubines ainsi qu'une centaine d'enfants. Pourtant j'aimais tout particulièrement Hécube; elle serait ma reine quand je monterais sur le trône. Son enfant m'importait peu. Mais que ferais-je si *elle* mourait?

Quand j'arrivai au palais, j'appris qu'Hécube n'avait pas encore accouché; aucun homme n'a le droit d'assister à ce mystère, aussi passai-je le reste de la journée à m'occuper de mes propres affaires, c'est-à-dire à accomplir les tâches auxquelles le roi répugnait.

A la tombée de la nuit, je commençai à m'inquiéter. Mon père ne m'avait pas fait venir et on n'entendait pas les gens se réjouir dans l'immense palais tout en haut de la colline de Troie. Aucune voix grecque, aucune voix troyenne ne parvenait jusqu'à moi. Rien d'autre que le silence. C'était étrange.

— Altesse, altesse!

Mon esclave, Tissanes, était là, pâle comme la mort, les yeux exorbités, saisi de tremblements incontrôlables.

— Qu'y a-t-il ? lui demandai-je, me rappelant qu'il s'était attardé sur la piste du lion pour regarder ce qui se passait.

Il tomba à genoux, m'enserra les chevilles.

— Altesse, longtemps je n'ai osé bouger ! Puis j'ai pris mes jambes à mon cou ! Je n'ai parlé à personne en chemin, je suis venu directement te voir.

— Lève-toi ! Lève-toi et raconte !

— Altesse, le roi ton père est mort. Tes frères sont morts. Ils sont tous morts !

Je fus envahi par un grand calme. J'étais enfin roi.

— Les Grecs aussi ?

— Non, maître ! Ce sont les Grecs qui les ont tués !

— Parle lentement, Tissanes, et dis-moi ce qui s'est passé.

— L'homme nommé Héraclès était heureux de sa réussite. Il riait et chantait en écorchant le lion, tandis que ceux qui s'appellent Thésée et Télamon allaient délivrer les jeunes filles de leurs chaînes. Après avoir étendu la peau de l'animal pour la faire sécher, Héraclès demanda au roi de l'escorter jusqu'aux écuries. Il souhaitait choisir son étalon et sa jument sans tarder, car il avait hâte de partir.

Tissanes s'interrompit.

— Continue.

— Le roi s'est mis alors dans une grande colère, altesse. Il prétendit n'avoir rien promis à Héraclès. Héraclès n'avait-il pas tué le lion pour s'amuser ? Même quand Héraclès et les deux autres Grecs se sont aussi mis en colère, le roi n'a pas voulu céder.

Père, père ! Refuser à un dieu tel que Poséidon son dû est une chose — les dieux sont posés, ils réfléchissent avant d'user de représailles. Mais Héraclès et Thésée n'étaient pas des dieux. C'étaient des héros et les héros sont implacables et passent plus vite à l'action.

— Thésée était livide, altesse, poursuivit Tissanes.

25

Il cracha par terre aux pieds du roi et le maudit en le traitant de voleur et de sale menteur. Le prince Tithonos dégaina son épée, mais Héraclès s'interposa et s'adressa au roi. Il lui demanda de céder et de lui donner comme convenu un étalon et une jument. Le roi répliqua qu'il n'allait pas se laisser dépouiller par une bande de vulgaires mercenaires grecs. S'apercevant que Télamon enlaçait la princesse Hésione, il s'avança et le gifla. La princesse fondit en larmes. Le roi la frappa aussi. Et puis ce fut effroyable, altesse.

D'une main tremblante, mon esclave essuya la sueur qui ruisselait sur son visage.

— Fais un effort, Tissanes. Dis-moi ce que tu as vu.

— Héraclès sembla devenir aussi fort qu'un aurochs, altesse. De sa massue il assomma le roi. Le prince Tithonos essaya de tuer Thésée. En vain. Thésée le transperça d'un coup de lance. Télamon prit son arc et tua le prince Lampos, puis Héraclès saisit le prince Clytios et le prince Hicétaon et écrasa leurs têtes l'une contre l'autre.

— Et toi, Tissanes, où étais-tu pendant ce temps-là ?

— Je me cachais, dit-il en baissant la tête.

— Tu es un esclave, pas un guerrier. Continue.

— Les Grecs semblèrent reprendre leurs esprits. Héraclès ramassa la peau du lion. Il prétendit qu'ils n'avaient pas le temps d'aller chercher les chevaux, ils étaient pressés. Thésée désigna du doigt la princesse Hésione : ils devraient se contenter d'elle comme prix de leurs efforts. Ils l'offriraient à Télamon puisqu'il en était vraiment amoureux. Ainsi l'honneur des Grecs serait sauf. Ils sont partis vers la porte Scée.

— Ont-ils quitté notre pays ?

— Je me suis renseigné en rentrant, altesse. Le gardien de la porte dit avoir aperçu Héraclès au tout début de l'après-midi. Il n'a vu ni Thésée, ni Télamon, ni la princesse Hésione. Tous les Grecs se sont rendus au cap Sigée où se trouvait leur navire.

— Et les cinq autres jeunes filles ?

Tissanes baissa à nouveau la tête.

— Je ne sais pas, altesse. Je n'ai pensé qu'à une seule chose, te rejoindre.

— Sottises ! Tu t'es caché jusqu'au crépuscule parce que tu avais peur. Va trouver le régisseur de mon père et dis-lui de chercher les jeunes filles. Il faudra aussi ramener les corps de mon père et de mes frères. Raconte au régisseur tout ce que tu m'as raconté et fais exécuter ces ordres en mon nom.

Héraclès avait seulement demandé deux chevaux. *Deux chevaux !* N'y avait-il point de remède à la cupidité ? La prudence n'aurait-elle point conseillé à Laomédon d'être généreux ? Si seulement Héraclès avait attendu ! Il aurait pu demander justice à la Cour en assemblée plénière. Nous avions tous entendu mon père s'engager envers lui. Héraclès aurait eu son dû. Au lieu de cela la colère et la cupidité l'avaient emporté. J'étais roi de Troie.

Oubliant Hécube, je descendis dans la grande salle et frappai le gong pour convoquer la Cour.

Impatients de connaître le résultat de la rencontre avec le lion et inquiets de l'heure tardive, ils arrivèrent rapidement. Il n'était pas encore temps de m'asseoir sur le trône ; je restai debout et scrutai tous ces visages emplis de curiosité, ceux de mes demi-frères, de mes cousins à tous les degrés, de la haute noblesse qui nous était apparentée par le mariage. Mon beau-frère Anténor était présent, le regard vif. Je lui fis signe de s'approcher, puis je frappai de mon bâton de commandement les dalles rouges.

— Nobles de Troie, le lion de Poséidon est mort, tué par Héraclès, le Grec, annonçai-je.

Anténor ne cessait de me regarder d'un air interrogateur. C'était un Dardanien, aussi n'aimait-il pas les Troyens, mais c'était le frère d'Hécube et, par amour pour elle, je le supportais.

— J'ai quitté la chasse à ce moment-là, continuai-je, mais mon esclave est resté. Il vient de rentrer pour m'annoncer que les trois Grecs ont assassiné notre roi et mes quatre frères. On ne peut les poursuivre car leur navire a quitté notre pays depuis trop longtemps. Ils ont enlevé la princesse Hésione.

Je ne pus continuer tant le vacarme était épouvantable ; je retins mon souffle, réfléchissant à ce que je pouvais leur dire sans risques. Non, il était impossible de mentionner que le roi Laomédon n'avait pas tenu sa promesse ; il était mort et sa mémoire devait être respectée comme celle d'un roi et ne pas être ternie par une fin si pitoyable. Mieux valait dire que les Grecs étaient venus avec le dessein de commettre cette atrocité en représailles contre sa politique qui interdisait le Pont-Euxin aux marchands grecs.

J'étais roi. Troie et la Troade m'appartenaient. J'étais le gardien de l'Hellespont et du Pont-Euxin.

Quand je frappai à nouveau le sol avec mon bâton de commandement, le silence se fit immédiatement. Comme tout est différent quand on est roi !

— Jusqu'au jour de ma mort, dis-je, je vous jure que je n'oublierai pas ce que les Grecs ont fait à Troie. Chaque année, à cette même date, nous prendrons le deuil et les prêtres parcourront la ville en rappelant les crimes commis par les mercenaires grecs. Jamais je ne me lasserai de chercher les moyens susceptibles de faire regretter aux Grecs leur méfait.

« Anténor, je te nomme chancelier. Prépare une proclamation solennelle : désormais aucun navire grec n'aura le droit de franchir l'Hellespont pour entrer dans le Pont-Euxin. On peut trouver du cuivre dans d'autres régions, mais l'étain vient de Scythie. Avec du cuivre et de l'étain on fait le bronze indispensable à la vie d'une nation ! A l'avenir les Grecs devront l'acheter à un prix exorbitant aux nations d'Asie Mineure, qui en auront le monopole. Ce sera le déclin des nations grecques.

Ils m'acclamèrent. Seul Anténor fronça les sourcils ; il me faudrait le prendre à part et lui dire la vérité. En attendant je lui remis mon bâton et me hâtai de regagner mon palais où Hécube était au seuil de la mort.

Une sage-femme m'attendait en haut des marches, le visage ruisselant de larmes.

— Elle est morte?

La vieille sorcière édentée grimaça.

— Non, non! Je pleure ton père bien-aimé, maître. Tout le monde a appris la nouvelle. La reine est hors de danger et tu as un fils, un beau garçon vigoureux.

On avait ramené Hécube sur son grand lit où elle était étendue, pâle et épuisée. Elle avait dans le creux de son bras gauche une petite chose emmaillotée. Personne ne lui avait appris la nouvelle et je décidai de ne le faire que lorsqu'elle serait plus forte. Je me penchai pour l'embrasser, puis regardai le bébé dont elle découvrit le visage. Ce quatrième fils qu'elle m'avait donné était calme et détendu. Il était d'une grande beauté, sa peau était lisse et couleur d'ivoire. D'abondantes boucles brunes lui couvraient la tête. Il avait de longs cils noirs, des sourcils bien dessinés au-dessus de ses yeux si sombres qu'on ne pouvait pas dire s'ils étaient marron ou bleus.

Hécube le chatouilla sous le menton.

— Comment l'appelleras-tu, mon seigneur?

— Pâris, répondis-je aussitôt.

Elle tressaillit.

— « Pâris »? « Époux de la mort »? Ce nom est de bien mauvais augure, mon seigneur. Pourquoi pas Alexandre, comme nous en étions convenus?

— Son nom sera Pâris, fis-je en m'éloignant.

Elle apprendrait bien assez tôt que l'enfant avait été uni à la mort dès le jour de sa naissance. Je la quittai quand elle se fut redressée sur ses oreillers. Le petit être était tout contre ses seins gorgés de lait.

— Pâris, mon tout petit! Tu es si beau! Oh! les cœurs que tu vas briser! Toutes les femmes t'aimeront. Pâris, Pâris, Pâris...

2

Récit de Pélée

Lorsque le calme et l'ordre furent revenus en mon nouveau royaume de Thessalie, lorsque je pus compter sur ceux que je laissai à Iolcos pour administrer mes affaires, je partis pour l'île de Scyros. J'étais las, j'avais besoin de la compagnie d'un ami et nul à Iolcos ne pouvait en cela égaler le roi de Scyros, Lycomède. Il avait eu de la chance : jamais son père ne l'avait banni du royaume, jamais il n'avait eu à se battre avec ardeur et opiniâtreté pour constituer le sien, jamais il n'avait dû guerroyer ensuite pour le défendre. Moi, si. Ses ancêtres avaient régné sur cet îlot rocheux depuis le commencement des temps. Il avait accédé au trône après que son père fut paisiblement mort dans son lit, entouré de ses fils et de ses filles, de ses épouses et de ses concubines. En effet, son père était adepte de l'ancienne religion et il en allait de même pour Lycomède — point de monogamie pour les dirigeants de Scyros.

Quelle que fût sa religion, Lycomède pouvait s'attendre à une mort tout aussi paisible. Moi, non. Je lui enviais sa tranquille existence, mais en me promenant avec lui dans ses jardins, je m'aperçus qu'il ne profitait guère de nombre des plaisirs de la vie. Royaume et royauté avaient peu d'importance à ses yeux. Certes, il accomplissait sa tâche avec conscience, mais il lui manquait la détermination de garder à tout prix ce qui était sien. Personne, il est vrai, ne l'avait jamais menacé de le dépouiller de ses biens.

Je savais, moi, ce qu'étaient la perte, la faim, le désespoir. J'aimais mon royaume de Thessalie, conquis avec peine, comme jamais il ne pourrait aimer Scyros. Moi, Pélée, j'étais souverain de Thessalie ! Et je régnais sur les Myrmidons, le peuple de Iolcos, dont les ancêtres étaient des fourmis changées en hommes.

— Tu penses à la Thessalie, s'exclama Lycomède.

— Comment pourrait-il en être autrement ?

— Mon cher Pélée, si tu étais à ma place, tu n'aurais pas trouvé le repos avant de t'être emparé de toutes les îles entre la Crète et Samothrace.

— Pourtant, ami, je me sens bien fatigué ; je ne suis plus aussi jeune qu'autrefois, soupirai-je en m'adossant à un noisetier.

Il me regarda de ses yeux bleu pâle, l'air songeur.

— Cela va de soi, cher Pélée. Mais sais-tu que tu as la réputation de n'avoir pas d'égal en Grèce ?

Je me redressai et me remis à marcher.

— Je ne suis ni plus ni moins qu'un homme.

— Tes dénégations n'y feront rien, Pélée : le corps d'un athlète, l'esprit subtil et rusé, le génie pour mener tes hommes, le talent pour te faire aimer de ton peuple, rien n'y manque ! Tu vas même jusqu'à être beau.

— Continue à me couvrir ainsi d'éloges, Lycomède, et je serai forcé de rentrer chez moi.

— Apaise tes scrupules, j'en ai terminé. A la vérité, il est un sujet dont j'aimerais t'entretenir. Voilà où je voulais en venir en faisant cet éloge.

— Ah ? répondis-je, curieux.

Il se passa la langue sur les lèvres, fronça les sourcils et, sans détour, il en vint au fait :

— Pélée, tu as trente-cinq ans. Tu es l'un des quatre principaux rois de Grèce, tu es donc très puissant. Mais tu n'es pas marié. Tu n'as pas de reine. Et, comme tu as opté pour la nouvelle religion, c'est-à-dire pour la monogamie, comment vas-tu assurer ta succession en Thessalie si tu ne prends pas femme ?

Je ne pus m'empêcher de sourire.

— Lycomède, tu caches mal ton jeu! Tu m'as choisi une épouse!

Son visage resta impassible.

— Peut-être. A moins que tu n'aies d'autres projets.

— Je songe souvent à convoler, mais aucune des candidates ne me séduit.

— Je connais une femme qui ferait plus que te séduire. Elle ferait une merveilleuse reine.

— Continue. Je suis tout ouïe.

— Je continue et cela malgré ton sourire ironique. Il s'agit de la grande prêtresse de Poséidon à Scyros. Le dieu lui a ordonné de se marier, mais en vain. Je ne puis la forcer d'obéir mais, pour mon peuple et pour mon île, je dois la persuader de se marier.

— Lycomède, ne serais-je qu'un instrument pour atteindre tes fins? m'exclamai-je stupéfait.

— Non! Non!

— Poséidon lui a ordonné de se marier?

— Oui. Selon les oracles, si elle s'y refuse, le seigneur des Mers engloutira Scyros dans les profondeurs des flots.

— Les oracles. Tu en as donc consulté plusieurs?

— Jusqu'à la Pythie de Delphes et à l'oracle de Dodone. La réponse ne varie jamais: mariez-la, ou périssez.

— Pourquoi cette femme a-t-elle tant d'importance?

Son visage s'assombrit.

— C'est la fille de Nérée, le Vieillard de la Mer, c'est donc une demi-déesse. Par le sang elle appartient à l'ancienne religion, pourtant elle sert la nouvelle. Notre monde grec est en pleine mutation depuis que la Crète et Théra ont été anéanties. A Scyros nous n'avons jamais été dominés par Kubaba la Mère, mais l'ancienne religion est toujours puissante. Pourtant Poséidon est un dieu de la nouvelle religion et nous sommes sous sa coupe — c'est le seigneur des Mers qui nous entourent et il fait également trembler la Terre. Maintenant, il refuse qu'une fille de Nérée officie à son autel.

— Lycomède! Crois-tu vraiment à ces contes de bonnes femmes? demandai-je, incrédule. Tu me déçois. Un homme ou une femme qui prétend avoir un dieu pour père est en général un bâtard.

— Oui, oui, je le sais, Pélée, mais j'y crois. Tu n'as pas vu cette femme, tu ne la connais pas. C'est la créature la plus singulière qui soit. Au premier regard tu auras la certitude qu'elle vient du fond des mers.

— Je ne puis en croire mes oreilles! Tu veux donner une folle en épousailles au roi de Thessalie? Eh bien, je n'y consens pas.

A présent, j'étais outragé. Il me saisit fermement le bras.

— Pélée, t'insulterais-je de la sorte? Je t'ai mal présenté la chose! Je ne voulais point t'offenser, je le jure. Quand je t'ai vu, j'ai eu le sentiment qu'elle est celle qu'il te faut. Les nobles prétendants ne lui font pas défaut, tous les célibataires bien nés de Scyros l'ont demandée en mariage. Elle les a refusés. Tous. Elle prétend attendre l'envoyé du dieu.

Je soupirai.

— Soit, Lycomède, je la verrai. Mais je ne m'engage en rien, cela est entendu?

L'autel et l'enceinte sacrée de Poséidon — il n'y avait pas de temple — se trouvaient à l'extrémité de l'île, en sa partie la moins fertile et la moins peuplée, ce qui pouvait surprendre, car il s'agissait du principal sanctuaire du seigneur des Mers. Il était en effet essentiel pour toute île de se concilier ses faveurs. De ses humeurs dépendait la prospérité des terres encerclées par les flots; par deux fois déjà, de mémoire d'homme, la Crète avait subi la vengeance dévastatrice du dieu, quand ses rois étaient devenus si bouffis d'orgueil qu'ils en avaient oublié ce qu'ils lui devaient. Théra avait subi le même sort.

J'arrivai seul, à pied, vêtu comme un simple chasseur et conduisant mon offrande au bout d'une corde. Je voulais que la femme ignorât que j'étais le grand roi de Thessalie. L'autel était juché sur un haut promontoire dominant une petite crique ; sans bruit, je me glissai entre les arbres du bosquet sacré. Le silence et la sainteté oppressante du lieu m'étourdirent. C'est à peine si j'entendais le bruit de la mer, pourtant les vagues déferlaient et se fracassaient en une blanche écume sur les rochers déchiquetés en contrebas de la falaise. Le feu éternel brûlait sur un trépied doré devant le simple autel carré ; je m'en approchai avec mon offrande et m'immobilisai.

La femme sortit au soleil, presque à regret, comme si elle préférait rester dans l'ombre fraîche. Fasciné, je la dévisageai. Petite, élancée, elle avait pourtant un je-ne-sais-quoi de peu féminin. Au lieu de la robe traditionnelle à volants et broderies, elle portait la fine tunique de lin transparent que tissent les Égyptiens. A travers la toile on discernait sa peau pâle et bleutée, striée par la teinture maladroite de l'étoffe. Ses lèvres charnues étaient légèrement rosées, la couleur de ses yeux changeait suivant les humeurs de la mer et en prenait les nuances, passant du gris au bleu, au vert et même au bordeaux. Point de fard sur son visage, à l'exception d'une fine ligne noire sur le contour des yeux, qui se prolongeait vers les tempes et lui donnait un air presque sinistre. Ses cheveux cendrés avaient des reflets qui les faisait paraître presque bleus. Je m'avançai avec mon offrande.

— Je suis en visite sur ton île. Voici mon offrande à Poséidon le Père.

En inclinant la tête, elle tendit la main et prit la corde, puis examina le jeune taureau blanc en connaisseur.

— Poséidon sera satisfait. Il y a longtemps que je n'ai vu une si belle bête.

— Comme les chevaux et les taureaux sont des animaux sacrés à ses yeux, il m'a paru bon de lui offrir ce qu'il préfère.

— L'heure n'est pas propice à l'offrande, dit-elle

après avoir regardé attentivement la flamme de l'autel. Je ferai plus tard le sacrifice.

— Comme tu veux.

Je m'apprêtai à partir.

— Attends, étranger.

— Qu'y a-t-il?

— De la part de qui dois-je faire l'offrande au dieu?

— De la part de Pélée, roi d'Iolcos et grand roi de Thessalie.

Son regard bleu clair vira au gris sombre.

— Tu n'es pas un homme ordinaire. Ton père était Éaque et son père était Zeus en personne. Ton frère, Télamon, est roi de Salamine et du sang royal coule dans tes veines.

— Je suis fils d'Éaque et frère de Télamon, mais j'ignore qui était mon grand-père, répondis-je. Je doute qu'il ait été le roi des dieux. Plus vraisemblablement, un coquin épris de ma grand-mère.

— Roi Pélée, dit-elle d'un ton mesuré, l'impiété mène au châtiment divin.

— Je ne pense pas être impie. Je vénère les dieux et leur fais des offrandes.

— Pourtant tu nies que Zeus soit ton grand-père.

— De tels contes visent à renforcer le droit d'un homme à accéder au trône. A la vérité, c'est ce qui s'est passé dans le cas de mon père, Éaque.

D'un geste distrait, elle caressait le mufle du taurillon.

— Tu séjournes certainement au palais. Pourquoi le roi Lycomède t'a-t-il laissé venir ici seul et sans t'annoncer?

— Parce que tel était mon désir.

Après avoir attaché le taurillon à un anneau fixé dans un pilier, elle me tourna le dos.

— A qui ai-je remis mon offrande?

Comme elle me regardait par-dessus son épaule, je vis ses yeux froids, sans expression.

— Je suis Thétis, fille de Nérée. Ce n'est pas un on-dit, roi Pélée. Mon père est un grand dieu.

Il était temps de partir. Je la remerciai et m'éloignai.

Mais je n'allai pas très loin. Je me faufilai le long du sentier qui serpentait jusqu'à la crique, déposai ma lance et mon glaive derrière un rocher et m'allongeai dans le sable tiède sous le surplomb d'une falaise. Thétis. Thétis. Oui, il y avait en elle quelque chose qui évoquait la mer. Oui, je souhaitais croire qu'elle était fille d'un dieu, car j'avais plongé mon regard au fond de ses yeux aux couleurs changeantes, j'y avais aperçu les tempêtes et les accalmies qui couvaient en elle. Et je la voulais pour femme.

Elle éprouvait de l'intérêt pour moi, j'en étais convaincu. Mais Thétis ne m'épouserait pas plus qu'elle n'avait épousé les autres prétendants qui avaient demandé sa main. Je n'avais jamais ressenti de passion pour les femmes, mise à part la satisfaction du désir, que les dieux n'éprouvent aussi douloureusement que les hommes. Parfois, je demandais à une esclave de partager ma couche mais, jusqu'à présent, jamais je n'avais aimé. Qu'elle en eût conscience ou non, Thétis m'appartenait. Comme j'avais opté pour la nouvelle religion et tout ce qui résultait de ce choix, elle n'aurait pas de rivales. Je n'appartiendrais qu'à elle.

Le soleil dardait des rayons de plus en plus brûlants. A midi j'ôtai ma tenue de chasse pour laisser la chaleur d'Hélios me pénétrer. Mais il me fut impossible de demeurer allongé ; je m'assis et regardai la mer d'un air furieux : n'était-elle pas la cause de ce nouveau tourment ? Puis je fermai les yeux et tombai à genoux : « Zeus, accorde-moi tes faveurs ! Je ne t'ai adressé mes prières que dans les moments de grande détresse. Tu m'as toujours écouté, car je ne t'importune pas avec des futilités. Aide-moi maintenant, je t'en supplie. Accorde-moi Thétis, comme tu m'as donné Iolcos et les Myrmidons, comme tu as remis toute la Thessalie entre mes mains. Donne-moi une reine digne d'occuper le trône des Myrmidons, donne-moi des fils vigoureux qui, à ma mort, me succéderont. »

Yeux clos, je restai longtemps agenouillé. Quand je me redressai, rien n'avait changé. Puis je la vis, le vent soulevait sa mince tunique comme une bannière, ses cheveux brillaient au soleil. Elle levait son visage extasié. Le taurillon était à côté d'elle et, dans sa main droite, elle tenait un coutelas. L'animal marchait tranquillement vers son destin, il ne se débattit ni ne cria quand elle lui trancha la gorge ; elle entra dans les vagues sans le lâcher tandis que du sang ruisselait sur ses bras blancs et nus. La mer autour d'elle se teinta de rouge puis, aspiré par le courant, le sang se perdit dans les remous.

Thétis ne m'avait pas vu et ne m'aperçut pas quand elle s'avança dans les flots, tirant le cadavre jusqu'à ce que, l'eau étant assez profonde, elle pût le mettre autour de son cou et nager vers le large. Quand elle fut à distance de la côte, elle haussa les épaules pour se débarrasser du taurillon qui coula. Un gros rocher plat émergeait de l'eau, elle y grimpa, sa silhouette se détachait sur le fond pâle du ciel. Puis elle s'allongea, mit les bras sous sa nuque et parut s'assoupir.

Rituel singulier, que la nouvelle religion avait aboli. Thétis avait accepté mon offrande au nom de Poséidon, puis l'avait offerte à Nérée. Sacrilège ! La grande prêtresse de Poséidon portait en elle les germes de la destruction de Scyros : elle ne donnait pas son dû au Seigneur des Mers, elle ne respectait pas celui qui fait trembler la Terre.

L'air était doux comme du miel. Pas un souffle de vent. J'avançai vers les eaux limpides, tremblant, comme pris de fièvre. Les flots ne me rafraîchirent nullement quand je me mis à nager. Aphrodite avait planté ses griffes dans ma chair et me déchirait les os. Thétis était mienne, je la posséderais, je sauverais Lycomède et son île.

Quand j'atteignis le rocher, je m'accrochai à une saillie, me hissai avec effort et me trouvai accroupi au-dessus d'elle. Elle ne dormait pas. Ses yeux grands ouverts avaient des reflets d'émeraude. A ma vue, elle recula, puis me lança un regard haineux.

— Ne me touche pas, dit-elle, pantelante. Aucun homme n'ose me toucher ! Je suis vouée au dieu !

— Tes serments ne sont pas éternels, Thétis. Tu es libre de te marier. Et c'est moi que tu vas épouser.

— J'appartiens au dieu !

— Quel dieu ? Tu sacrifies à un autre dieu les victimes destinées au premier ! Tu m'appartiens. Je suis prêt à tout oser et si ton dieu — quel qu'il soit — exige ma mort, j'accepterai sa sentence.

Elle poussa un cri de détresse et tenta de glisser à la mer. Mais, plus rapide qu'elle, je la pris par la jambe et la ramenai sur le rocher. Ses doigts s'accrochaient à la surface rugueuse, ses ongles crissaient. Je lui saisis le poignet et la mis debout.

Elle se battit avec la férocité d'une horde de chats sauvages. Elle jouait des dents et des ongles, me donnait des coups de pied, me mordait tandis que je l'enserrai de mes bras. Dix fois elle parvint à se dégager, dix fois je la capturai à nouveau. Nous étions couverts de sang. Mon épaule était entaillée, ses lèvres étaient fendues, le vent emportait des poignées de cheveux. Mais ça n'était pas un viol. C'était une lutte pour déterminer le plus fort, homme contre femme, nouvelle religion contre ancienne. Cela se termina comme il fallait s'y attendre : l'homme fut vainqueur.

Nous nous écroulâmes sur le rocher, si brutalement qu'elle en eut le souffle coupé. Quand elle fut rivée au sol, à ma merci, je la dévisageai.

— Tu es vaincue. Je t'ai gagnée.

Ses lèvres tremblaient. Elle tourna la tête.

— Tu es bien celui-là. Je l'ai su dès l'instant où tu es entré dans le sanctuaire. Le dieu m'a dit qu'un homme viendrait de la mer, un homme du ciel qui chasserait la mer de mon esprit et ferait de moi sa reine... Qu'il en soit ainsi !

Thétis fut en grande pompe couronnée reine de

Iolcos. Au cours de notre première année passée ensemble, elle fut enceinte. Nous fûmes heureux, surtout durant ces longs mois où nous attendions notre fils.

Ma propre nourrice, Arésuné, fut chargée de l'accouchement ; quand les douleurs commencèrent, la vieille femme, péremptoire, me chassa à l'autre bout du palais. Pendant qu'Hélios faisait faire à son char un tour complet, je restai seul à attendre, refusant le manger et le boire. Enfin, au milieu de la nuit, Arésuné vint me trouver. Elle n'avait pas pris la peine de changer sa robe maculée de sang et paraissait voûtée et flétrie. Son visage était ravagé. Des larmes perlaient au coin de ses yeux.

— C'était un fils, maître, mais il n'a pas vécu assez longtemps pour respirer. La reine se porte bien. Elle a perdu du sang et elle est épuisée, mais ses jours ne sont pas en danger. Je jure que je n'ai rien fait de mal, dit-elle en tordant ses mains décharnées. C'était un si beau garçon ! Mais c'est la volonté de la déesse.

Trop abasourdi pour pleurer, je m'éloignai.

Plusieurs jours s'écoulèrent avant que je me décide à voir Thétis. Quand enfin j'entrai dans sa chambre, je fus surpris de la voir assise dans son grand lit, l'air épanoui. Elle dit tout ce qu'il convenait de dire, parla de son chagrin, mais les mots sonnaient faux ! En réalité, elle était heureuse !

— Notre fils est mort, femme ! m'écriai-je. Comment peux-tu supporter cela ? Jamais il ne saura ce qu'est la vie, jamais il ne me succédera sur le trône. Pendant neuf lunes tu l'as porté — pour rien !

— Très cher Pélée, ne pleure donc plus ! As-tu oublié que je suis une déesse ? Parce que notre fils n'a pas respiré l'air ici-bas, j'ai demandé à mon père de lui accorder la vie *éternelle*. Notre fils vit sur l'Olympe. Il mange et boit en compagnie des dieux, Pélée. Sa mort même l'a rendu immortel.

Ma surprise se changea en écœurement. Je la dévisageai, me demandant pourquoi cette croyance en sa propre divinité avait une telle emprise sur elle. Elle me regardait d'un air si confiant que je fus incapable de prononcer ce que je brûlais de lui dire. Si croire en de telles sornettes lui épargnait le chagrin, alors soit. En vivant à ses côtés, j'avais appris que Thétis ne pensait ni ne se comportait comme les autres femmes. Je lui caressai les cheveux et m'en fus.

Elle me donna six fils, tous mort-nés. Quand Arésuné m'annonça la mort du second, je devins à demi-fou et refusai de voir Thétis pendant de nombreuses lunes, car je savais ce qu'elle me dirait : notre fils mort était à présent un dieu. Mais l'amour et le désir me ramenaient toujours vers elle et le cycle infernal recommençait.

A la mort du sixième enfant (comment était-ce possible ? Il était né à terme et, sur son petit char funèbre, il avait l'air si vigoureux malgré sa peau violacée), je jurai de ne plus offrir de fils à l'Olympe. Je fis consulter la Pythie de Delphes et appris que Poséidon était furieux : il n'admettait pas que je lui aie volé sa prêtresse. Quelle hypocrisie ! Quelle folie ! D'abord il ne veut plus de Thétis, ensuite il la réclame. A la vérité, nul homme n'est à même de comprendre les pensées ou les actes des dieux, qu'ils soient nouveaux ou anciens.

Durant deux années, je m'éloignai de Thétis, qui aspirait à concevoir d'autres fils encore pour l'Olympe. Puis, à la fin de la deuxième année, je fis l'offrande, en présence de mon peuple, d'un étalon blanc pour Poséidon.

— Retire ta malédiction et accorde-moi le bonheur d'avoir un fils vivant ! suppliai-je.

Un grondement se fit entendre dans les entrailles de la terre, le serpent sacré sortit de l'autel sous lequel il était caché, aussi prompt que l'éclair. Le sol trembla. Un pilier s'écroula à côté de moi. Je restai debout sans bouger. La terre se fissura entre mes pieds et exhala des vapeurs de soufre. Je restai immobile, attendant que la terre s'apaise et que la fissure se referme. L'étalon blanc gisait sur l'autel, vidé de son sang. Trois lunes plus tard, Thétis fut enceinte de notre septième enfant.

Pendant toute sa grossesse je la fis surveiller de près ; j'obligeai Arésuné à dormir dans le même lit qu'elle tous les soirs, je menaçai les esclaves des pires tortures si elles la laissaient seule un instant, quand Arésuné n'était pas là. Thétis supportait avec patience et bonne humeur ce qu'elle appelait mes « caprices ». Jamais elle ne discuta ou n'essaya d'enfreindre mes ordres. La délivrance devenait imminente. Je me pris à espérer. J'avais toujours craint les dieux. Ils me devaient bien un fils qui fût vivant.

J'avais une armure qui jadis avait appartenu à Minos. Je ne possédais rien de plus précieux. Elle était merveilleuse : trois couches d'étain, quatre de bronze et par-dessus un revêtement d'or. Des incrustations de lapis-lazuli, d'ambre, de corail et de cristal de roche y dessinaient un motif ravissant. La cuirasse, les cnémides, le casque et les brassards étaient faits pour un homme plus grand que moi. Je respectais le défunt qui s'en était revêtu et s'était pavané ainsi dans son royaume de Crète, sans nul besoin d'une telle protection, simplement pour montrer à son peuple combien il était riche. Et dans sa chute, provoquée par l'ire de Poséidon, elle ne lui avait été d'aucun secours.

Près de l'armure de Minos, j'avais posé une lance de frêne à pointe d'acier provenant du mont Pélion. Bien que légère comme une plume dans ma main, elle atteignait son but sans jamais dévier. Aussi, quand je n'en eus plus besoin pour guerroyer, je la plaçai auprès de l'armure. La lance s'appelait la Vieille Pélion.

Avant la naissance de mon premier fils, j'avais exhumé ces curiosités pour les nettoyer, certain qu'il serait un jour assez grand pour pouvoir les porter. Mais comme, les uns après les autres, mes fils périrent, je reléguai ces objets dans ma cave aux trésors, là où les ténèbres étaient aussi profondes que mon désespoir.

Environ cinq jours avant la date prévue pour l'accouchement de Thétis, je descendis l'escalier de pierre qui conduisait dans les entrailles du palais, puis me faufilai dans les couloirs jusqu'à me trouver devant la grande porte de bois qui interdit l'accès au trésor. J'ignorai la raison de ma venue en ce lieu. En entrant, j'aperçus une flaque de lumière dorée tout au fond de l'immense salle. J'éteignis ma lampe et avançai avec précaution, la main sur mon glaive. Comme je m'approchais, j'entendis les pleurs d'une femme. Ma nourrice Arésuné, accroupie dans un coin, entourait de ses bras le casque d'or qui avait appartenu à Minos. Elle pleurait à chaudes larmes et gémissait. Était-il possible qu'elle pleurât déjà la mort de mon septième fils ?

Je fus incapable de m'éclipser comme si je n'avais rien vu, rien entendu. Arésuné avait patiemment veillé sur moi, sous le regard indifférent de ma mère ; elle m'avait suivi dans ma quête pour un royaume, fidèle et dévouée. Je m'approchai, lui touchai délicatement l'épaule et la suppliai de ne pas pleurer. Elle finit par se calmer et de ses doigts osseux, elle me tira par la manche.

— Pourquoi la laisses-tu faire ? gémit-elle.

— Que dis-tu ? Qui, elle ? Faire quoi ?

— La reine, dit-elle en sanglotant.

Éperdue de douleur, elle était près de me livrer son secret. Je la serrai avec une telle force qu'elle grimaça et geignit.

— Que fait-elle donc, la reine ?

— Elle assassine tes fils.

— Thétis ? Mes fils ? Explique-toi !

Elle se calma un peu et me dévisagea, s'étant aperçu avec horreur que je n'étais au courant de rien.

— Tu ferais mieux de parler, Arésuné, dis-je en la secouant. Comment ma femme assassine-t-elle ses fils ? Et pourquoi ? *Pourquoi donc ?*

Elle resta muette, les lèvres serrées, terrorisée. Je pressai la pointe de mon glaive contre sa peau parcheminée.

— Allons parle ou, par Zeus, je jure de te crever les yeux, de t'arracher les ongles. Je ferai tout pour te délier la langue ! Parle, Arésuné, parle !

— Sa malédiction, Pélée, sera bien pire que toutes les tortures, murmura-t-elle d'une voix chevrotante.

— Le mauvais sort se retourne toujours contre celui qui le jette. Raconte.

— J'étais sûre que tu savais, que tu étais d'accord. Peut-être a-t-elle raison, peut-être l'immortalité est-elle préférable à la vie ici-bas.

— Thétis est folle.

— Non, maître, c'est une déesse.

— Arésuné, Thétis n'est qu'une mortelle.

— Elle a tué tous tes fils.

— Comment ? Empoisonnés ?

— Non, maître, c'est bien plus simple. Quand elle est sur la chaise d'accouchement, elle exige que moi seule reste auprès d'elle. Puis elle me fait mettre sous elle un seau plein d'eau de mer. Dès que la tête du bébé paraît, elle l'enfonce dans l'eau et l'y maintient. L'enfant ne peut pas respirer.

— C'est donc pour ça qu'ils sont tout bleus !

Je me redressai.

— Retourne auprès d'elle, Arésuné. Je te donne ma parole de roi que jamais je ne révélerai qui m'a informé. Je veillerai à ce qu'elle ne te fasse aucun mal. Quant à toi, surveille-la. Quand le travail commencera, avertis-moi immédiatement. Tu as compris ?

Elle acquiesça d'un signe de tête, libérée des larmes et de la culpabilité. Puis elle me baisa les mains et s'éloigna.

Je demeurai là, sans bouger. Thétis avait assassiné mes fils — et *pourquoi* ? Elle les avait privés du droit de devenir des hommes, avait commis des crimes si abominables que j'aurais voulu la transpercer de mon glaive. Mais elle portait mon septième enfant. Il me faudrait patienter. La vengeance appartiendrait aux dieux.

Cinq jours après mon entretien avec Arésuné, la vieille femme vint me trouver. C'était en fin d'après-midi et j'étais allé aux écuries voir mes étalons, car l'époque des saillies était proche. Je courus jusqu'au palais, Arésuné à califourchon sur mes épaules.

— Que vas-tu faire ? me demanda-t-elle, lorsque je la déposai à la porte de la chambre de Thétis.

— Entrer à ta suite, répondis-je.

— Mais, maître, c'est défendu, s'écria-t-elle.

— Le meurtre l'est aussi, répliquai-je, et j'ouvris la porte.

La naissance est un mystère qu'aucune présence masculine ne doit profaner. Quand la nouvelle religion remplaça l'ancienne, certaines choses ne changèrent pas. Kubaba la Mère, la Grande Déesse, gouverne toujours les affaires des femmes, en particulier ce qui concerne la naissance de l'homme et sa mort.

Quand j'entrai, personne ne me remarqua, aussi eus-je le temps de regarder, d'entendre, de sentir. La pièce empestait la sueur, le sang et d'autres choses totalement étrangères à l'homme. Le travail était déjà avancé : les esclaves conduisaient Thétis sur la chaise d'accouchement tandis que les sages-femmes s'affairaient. Mon épouse était nue, le ventre gonflé et presque diaphane. On plaça avec soin ses cuisses sur les planches, de part et d'autre de la large ouverture percée dans le siège. Un seau en bois empli d'eau était posé tout près, mais aucune des femmes n'y prêtait attention.

Quand elles m'aperçurent, elles se précipitèrent sur moi, outragées et persuadées que j'avais perdu la raison. J'assénai un coup de poing à la plus proche, qui tomba ; les autres battirent aussitôt en retraite. Arésuné, penchée sur le seau, marmonnait des incantations pour écarter le mauvais œil et ne bougea pas d'un pouce quand je chassai les autres femmes et mis la barre à la porte. Thétis comprit ce qui se passait. Son visage était luisant de sueur, son regard assombri par la rage, mais elle se domina.

— Sors d'ici, Pélée, dit-elle doucement.

En guise de réponse, je repoussai Arésuné, et allai renverser le seau.

— Il n'y aura plus de meurtres, Thétis. Ce fils m'appartient.

— Des *meurtres* ? Imbécile, je n'ai tué personne ! Je suis une déesse ! Mes fils sont immortels !

— Tes fils sont morts ! Ils sont condamnés à errer au royaume des ombres parce que tu leur as refusé la chance d'accomplir de hauts faits et de gagner l'amour et l'admiration des dieux ! Tu *n'es pas* une déesse ! Tu es une mortelle !

Pour toute réponse, elle poussa un grand cri, arqua le dos et serra si fort les bras du siège que ses articulations en devinrent blanches. Arésuné sortit de sa torpeur.

— Le moment est venu, cria-t-elle. Il va naître !

— Tu ne l'auras pas, Pélée, gronda Thétis.

Elle serra les jambes, luttant contre l'instinct qui la poussait à les écarter largement.

— Je vais réduire son crâne en bouillie ! Oh Père ! Nérée ! Il me déchire les chairs !

Des veines violettes battaient à son front, des larmes coulaient sur ses joues et elle luttait toujours pour serrer les cuisses. Bien que la douleur lui fît perdre la raison, elle rassembla toute sa volonté et rapprocha inexorablement ses jambes, les croisa, les enroula l'une autour de l'autre pour ne pas les écarter.

Arésuné était à genoux sur le sol détrempé, la tête sous la chaise. Je l'entendis glousser.

— Ah ! Ah ! Pélée. Je vois son pied. Il vient par le siège, c'est son pied !

Elle se releva et me fit faire volte-face, ses vieux bras ayant retrouvé leur force d'antan.

— Veux-tu que ton fils vive ? demanda-t-elle.

— Oui ! Oui !

— Alors desserre-lui les jambes. Sa tête est intacte, il vient par les pieds.

Je m'agenouillai, mis la main gauche sur le genou de Thétis, puis glissai ma main droite par-dessous pour saisir l'autre genou et j'écartai les mains. Ses os craquèrent ; elle redressa la tête et cracha des malédictions. Son visage était métamorphosé, on aurait dit un serpent. Ses genoux commencèrent à se séparer. J'étais le plus fort. C'était la preuve qu'elle était mortelle.

Arésuné se précipita. Je fermai les yeux et maintins mon effort. Alors s'éleva un halètement bref, convulsif, suivi d'un vagissement qui emplit la pièce. Mes yeux s'ouvrirent brusquement, je regardai Arésuné, incrédule, et ce qu'elle tenait d'une main, tête en bas : un petit être laid, mouillé, gluant, qui se débattait, s'agitait et dont les hurlements montaient vers le ciel, une créature avec un pénis et un scrotum gonflé sous une membrane. Un fils ! J'avais un fils et il était en vie !

Thétis était assise, calme, impénétrable. Son regard n'était pas dirigé vers moi, mais fixé sur mon fils qu'Arésuné lavait et enveloppait dans un linge blanc après avoir coupé et noué le cordon.

— Un fils pour te réjouir le cœur, Pélée ! Le bébé le plus gros et le plus vigoureux que j'aie jamais vu ! Je l'ai sorti en le tirant par le talon droit.

— Son talon ! Son talon droit, m'exclamai-je terrifié. L'as-tu cassé ? L'as-tu déformé ?

Elle souleva les langes pour montrer un talon parfait — le gauche — et l'autre, ainsi que la cheville, gonflés et meurtris.

— Ils sont tous deux intacts, maître. Le droit guérira et les bleus disparaîtront.

Thétis se mit à rire, un son à peine perceptible.

— Son pied est sorti en premier. Ce n'est pas étonnant qu'il m'ait ainsi déchirée. Ce talon droit causera sa perte. Un jour où il aura besoin que son talon soit ferme et solide, celui-ci se souviendra du jour de sa naissance et le trahira.

Je prétendis n'avoir rien entendu et tendis les bras.

— Donne-le-moi que je le contemple, Arésuné !

Trésor de mon cœur, sang de mon sang, mon fils!
Mon fils!

J'informai la Cour que j'avais un fils bien vivant.
Quelle allégresse, quelle liesse! Cela faisait des
années que tout Iolcos, toute la Thessalie parta-
geaient ma douleur.

Quand la salle fut vide, je m'assis sur le trône de
marbre blanc, la tête entre les mains, si las que je ne
pouvais penser. Peu à peu le bruit des voix faiblit et
les souvenirs les plus sombres de cette nuit tragique
se mirent à tourbillonner. Un fils. J'avais un fils,
quand j'aurais dû en avoir sept. Et mon épouse était
folle.

Elle entra dans la salle faiblement éclairée, pieds
nus, vêtue à nouveau de l'ample tunique qu'elle portait à Scyros. Elle paraissait plus âgée et sa
démarche lente trahissait la souffrance.

— Pélée, dit-elle, je retourne à Scyros.

— Lycomède ne voudra pas de toi.

— Alors j'irai là où l'on voudra bien de moi.

— Comme Médée, dans un char tiré par des serpents?

— Non. Je chevaucherai un dauphin.

Plus jamais je ne la revis. A l'aube, Arésuné vint
avec deux esclaves pour me mettre au lit. Pendant
qu'Hélios accomplissait une révolution complète
autour de la terre, je dormis sans rêver et m'éveillai
en pensant à mon fils. Aussi prompt qu'Hermès aux
pieds ailés, je montai dans la chambre, où Arésuné
recevait mon fils des bras de sa jeune nourrice.

A mon tour je pris mon fils, il était lourd. Rien
d'étonnant, car on l'aurait dit fait d'or massif. Ses
cheveux bouclés, sa peau, ses sourcils et ses cils
avaient l'éclat du précieux métal.

— Comment l'appelleras-tu? demanda Arésuné.

Je n'en savais rien. Il lui fallait un nom qui
n'appartînt qu'à lui. Mais lequel? Je regardai son
nez, ses joues, son menton, son front et ses yeux. Il
n'avait pas de lèvres. Sa bouche était réduite à une

fente, on y lisait la détermination, mais aussi une profonde tristesse.

— Achille, proposai-je.

Elle approuva d'un signe de tête.

— Sans lèvres. Ce nom lui convient bien, maître. Consulteras-tu l'oracle de Delphes ? La reine lui a jeté un sort.

— Non. Ma femme est folle, mais la Pythie dit la vérité et je ne veux pas savoir ce que l'avenir réserve à mon fils.

3

Récit de Chiron

Mon siège favori se trouvait à l'extérieur de ma grotte, taillé dans le roc par les dieux sur le bord de la falaise, des lustres avant que les hommes ne gravissent le mont Pélion. Je m'asseyais là souvent, sur une peau d'ours qui épargnait à mes vieux os le contact rugueux de la pierre, regardant, tel un roi, la mer et les terres.

Je me sentais vieillir. Surtout à l'automne, quand se réveillaient les douleurs annonciatrices de l'hiver. Personne ne se rappelait mon âge, moi moins que tout autre ; il est une époque de la vie où les années deviennent une longue attente de la mort.

L'aube promettait une journée belle et calme. Aussi, avant le lever du soleil, j'accomplis quelques tâches ordinaires avant de sortir dans l'air froid du matin. Ma grotte, située presque au sommet du Pélion, dominait un à-pic vertigineux. Je me laissai tomber sur ma peau d'ours pour guetter le soleil. Jamais je ne me lassais de contempler le monde qui s'étendait à mes pieds, la côte de Thessalie et la mer Égée. Tout en regardant le lever du soleil, je tirai un rayon de miel de ma boîte d'albâtre, y enfonçai mes gencives édentées et me mis à le sucer avec appétit.

Les Centaures, mon peuple, vivaient sur le Pélion depuis des temps immémoriaux. Ils servaient les rois de Grèce et étaient les précepteurs de leurs fils, car nous étions des maîtres incomparables. Je dis « étions », car je suis le dernier Centaure ; ma race s'éteindra avec moi. Dans l'intérêt de notre travail, la plupart d'entre nous avaient choisi le célibat, refusant par ailleurs de s'unir avec d'autres peuples. Aussi nos femmes se lassèrent-elles de la vacuité de leur existence ; elles nous quittèrent. Les naissances furent de moins en moins nombreuses car, en général, les hommes n'avaient pas envie d'aller jusqu'en Thrace, où elles avaient rejoint les Ménades pour adorer Dionysos. Peu à peu naquit la légende : les Centaures étaient invisibles parce qu'ils craignaient de montrer qui ils étaient, mi-hommes, mi-chevaux. A la vérité, les Centaures n'étaient que des hommes.

De par toute la Grèce on connaît mon nom ; je m'appelle Chiron et j'ai instruit la plupart des jeunes gens qui sont devenus des héros célèbres : Pélée et Télamon, Tydée, Héraclès, Atrée et Thyeste, pour n'en mentionner que quelques-uns.

Sur le Pélion, nombreuses sont les forêts de frênes, plus grands et plus droits que partout ailleurs. A mes pieds, la falaise haute de quatre cents coudées, sans la moindre tache de vert ou de jaune et, en contrebas, la forêt qui monte à l'assaut du ciel et une multitude d'oiseaux. Loin dans la vallée on pouvait voir Iolcos, réduite par la distance à la taille d'un royaume de fourmis — description fort appropriée, car on appelait le peuple de Iolcos les Myrmidons, les fourmis.

C'était la seule cité au monde (si l'on excepte celles de Crète et de Théra avant qu'elles ne soient réduites à néant par Poséidon) qui n'avait pas de murailles — qui, en effet, oserait envahir le pays de guerriers hors pair tels que les Myrmidons ? J'aimais d'autant plus Iolcos que j'abhorrais les murailles. Jadis, quand je voyageais, je détestais être confiné plus d'un jour ou deux à l'intérieur de Mycènes ou de Tirynthe.

Je jetai le rayon que j'avais vidé de son miel et cherchai mon outre de vin, ébloui par le soleil qui faisait rutiler les vastes étendues de la baie de Pagasae et les statues dorées dressées sur le toit du palais.

De la cité, une route sinueuse montait jusqu'à mon repaire, mais personne ne l'empruntait jamais. Ce matin-là cependant, j'entendis un véhicule approcher. La contrariété mit fin à ma rêverie. En clopinant, j'allai à la rencontre de l'intrus, bien décidé à le rabrouer. C'était un noble qui conduisait un char rapide tiré par deux chevaux bais de Thessalie et orné des insignes de la maison royale. Sourire aux lèvres, le conducteur sauta à terre avec la grâce que seule peut avoir la jeunesse et s'avança vers moi. Je reculai ; l'odeur des hommes me répugnait.

— Le roi t'adresse ses salutations, seigneur.

— Que se passe-t-il ? Que se passe-t-il donc ? demandai-je, découvrant avec horreur que ma voix était cassée et grinçante.

— Le roi m'a ordonné de te transmettre un message. Demain, lui et son frère viendront te confier leurs fils, dont tu te chargeras jusqu'à l'âge d'homme. Tu devras leur enseigner tout ce qu'ils doivent savoir.

La nouvelle me frappa de stupeur. Le roi Pélée ne pouvait ignorer que j'étais bien trop vieux pour m'occuper de garçons remuants et que d'ailleurs j'avais cessé d'enseigner.

— Dis au roi que cela ne me convient nullement ! Je ne souhaite instruire ni son fils, ni le fils de Télamon. S'il gravit la montagne demain, il perdra son temps. Chiron est à la retraite.

Le jeune homme me regarda, l'air consterné.

— Chiron, je n'oserai pas transmettre ton message. On m'a demandé de te prévenir de la venue du roi, ce que j'ai fait. On ne m'a pas chargé d'apporter ta réponse.

Quand le char eut disparu, je retournai à mon siège, fou de rage. Comment le roi osait-il présumer que j'instruirais sa progéniture, ou celle de Télamon ? Il y a des années, Pélée lui-même avait envoyé des hérauts dans tous les royaumes de Grèce pour annoncer que Chiron le Centaure était à la retraite. Et c'est lui à présent qui venait me quérir !

Télamon avait de nombreux enfants, mais deux seulement étaient chers à son cœur. L'aîné était un bâtard du nom de Teucer qu'il avait eu de la princesse troyenne Hésione. L'autre était son héritier légitime, Ajax. Pélée, lui, n'avait qu'un enfant, Achille, fils de Thétis. Quel âge pouvaient bien avoir Ajax et Achille ? Ce devaient être de jeunes enfants. Sales, morveux, à peine humains. Pouah !

La rage au cœur, je retournai à la grotte. Impossible de me dérober. Pélée était grand roi de Thessalie ; j'étais son sujet et lui devais par conséquent obéissance. J'embrassai du regard mon vaste refuge, redoutant les jours, les années à venir. Ma lyre était posée sur une table, les cordes poussiéreuses, car cela faisait bien longtemps que je ne l'avais pas utilisée. Je la regardai sans enthousiasme, puis la saisis et soufflai sur la preuve de mon incurie. Les cordes étaient distendues, aussi dus-je toutes les accorder.

Et ma voix ! Partie, évanouie. Tandis qu'Hélios conduisait le char du soleil d'est en ouest, je jouai et chantai, persuadant mes doigts raidis de s'assouplir, étirant mes mains et mes poignets, faisant des gammes. Je devais retrouver mon savoir-faire avant l'arrivée de mes élèves. C'est seulement quand ma grotte sombra dans l'obscurité et que les ombres noires des chauves-souris la traversèrent sans bruit pour gagner leur refuge au plus profond de la montagne, que je cessai de jouer, exténué, affamé et de fort méchante humeur.

Pélée et Télamon arrivèrent à midi, voyageant ensemble dans le char royal, suivi d'un second char et d'un lourd chariot. J'allai à leur rencontre sur la route et les regardai approcher. Oui, ces deux hommes d'où émanaient la puissance et le pouvoir étaient bien des rois. Pélée était toujours aussi grand, Télamon toujours aussi souple. Tous deux avaient lutté leur vie durant. L'adversité avait forgé leur âme, mais je ne vis nul signe de décrépitude sur leur corps vigoureux et sur leur visage dur et sévère.

Pélée descendit le premier et s'avança vers moi ; je

tressaillis quand il me serra affectueusement dans ses bras, mais mon hostilité s'atténua devant tant de cordialité.

— Comment vas-tu, Chiron ?

— Très bien, seigneur... Comment peux-tu me demander de recommencer à enseigner, seigneur ? continuai-je, l'air irrité. N'ai-je pas fait ma part ? N'y a-t-il personne d'autre capable de s'occuper de tes fils ?

— Personne se saurait t'égaler en cela.

Pélée me prit par le bras.

— Tu sais certainement ce qu'Achille représente pour moi. Il est mon fils unique et il n'y en aura jamais d'autre. Quand je mourrai, il occupera les deux trônes, aussi doit-il être instruit. Je peux me charger de son éducation, mais pas avant qu'il ait acquis des bases solides. Toi seul peux lui apprendre les notions élémentaires, Chiron, et tu le sais. Le statut des rois héréditaires est précaire en Grèce. Il y a toujours d'agressifs prétendants au trône. Et tu ne l'ignores pas, j'aime Achille plus que tout au monde. Comment pourrais-je lui refuser l'éducation que j'ai reçue ?

— Je ne peux m'en charger, Pélée.

— On ne peut forcer un cheval fourbu à galoper, mais acceptes-tu au moins de voir les enfants ?

— Je veux bien les voir, si tel est ton désir, maître.

Pélée fit signe aux deux garçons qui se trouvaient près du second char. Ils avancèrent, l'un derrière l'autre ; je ne voyais pas le second. Rien d'étonnant : le premier attirait mon attention. Mais quelle déception ! Était-ce là Achille, le fils unique et adoré ? Non, certainement pas. Il était trop âgé. Quatorze ans ? Treize ans ? Il avait déjà la taille d'un homme, des bras et des épaules bien musclés. Il n'était pas laid, mais la distinction lui faisait défaut. C'était un adolescent bien bâti, au nez légèrement retroussé, avec des yeux gris, ternes, sans nulle lueur de réelle intelligence.

— Voici Ajax, dit Télamon avec fierté. Il n'a que dix ans, bien qu'il paraisse beaucoup plus âgé.

— Et celui-ci est Achille?

— Oui, dit Pélée, essayant de prendre un ton détaché. Lui aussi est grand pour son âge. Il vient d'avoir six ans.

Malgré son jeune âge, il possédait un certain charisme. Un charme dont il n'était pas conscient vous attachait à lui. Il n'avait pas la stature de son cousin germain, néanmoins il était grand et robuste. L'air réfléchi, royal, il semblait fait d'or : une chevelure flamboyante, des sourcils dorés, une peau satinée. Un très bel enfant, si l'on exceptait sa bouche dépourvue de lèvres — une simple fente toute droite —, résolue mais d'une tristesse insondable. Il me regardait gravement de ses yeux couleur d'aube, dorés et légèrement voilés; des yeux dans lesquels on discernait à la fois la curiosité, l'affliction, l'émerveillement et l'intelligence.

Je renonçai à sept années de cette vie qui touchait à sa fin quand je me surpris à déclarer :

— J'accepte de les instruire.

Le visage de Pélée s'illumina, Télamon m'étreignit.

— Nous n'allons pas nous attarder, dit Pélée. Dans le chariot tu trouveras tout ce dont les garçons auront besoin et j'ai amené des esclaves pour te servir. La vieille masure est-elle toujours debout?

Je fis signe que oui.

— Alors les esclaves y logeront. Ils doivent t'obéir au doigt et à l'œil, car c'est en mon nom que tu parles.

Là-dessus, Pélée et Télamon s'en furent.

Je laissai les esclaves décharger le chariot et allai voir les garçons. Ajax se tenait là, impassible et docile. Il me faudrait lui marteler longtemps le crâne avant que son esprit ne s'éveille. Achille observait la route, les yeux embués de larmes. Cette séparation lui coûtait.

— Venez, jeunes gens, vous allez voir votre nouveau logis.

Ils me suivirent jusqu'à la grotte, où je leur montrai les peaux de bêtes moelleuses sur lesquelles ils dormiraient et l'endroit de la grande salle où ils étudieraient avec moi. Puis, je les emmenai au bord de l'à-pic et m'assis sur mon siège, les enfants de part et d'autre.

— Êtes-vous impatients d'apprendre? demandai-je en m'adressant à Achille plutôt qu'à Ajax.

— Oui, maître, répondit poliment Achille.

Son père lui avait au moins appris à être civil.

— Mon nom est Chiron. C'est ainsi que vous m'appellerez.

Je me tournai vers Ajax.

— Sur une table dans la grotte, tu trouveras une lyre. Apporte-la-moi et veille bien à ne pas la laisser tomber.

— Je ne laisse jamais rien tomber, répliqua-t-il d'un ton placide, sans paraître m'en vouloir.

Puis il s'exécuta sans discuter. Le transformer en parfait soldat, fort et ingénieux, voilà tout ce que je pouvais faire pour Ajax.

— Ajax vous prend toujours au mot, commenta Achille de cette voix mesurée et agréable que déjà je me plaisais à écouter.

— C'est Iolcos là-bas? ajouta-t-il.

— Oui.

— Alors ce doit être le palais là-haut, au faîte de la colline. Comme il paraît minuscule!

— Ton père te manque déjà?

— J'ai cru que j'allais pleurer, mais maintenant c'est fini.

— Tu le reverras au printemps. D'ici là le temps passera très vite. Tu n'auras pas l'occasion d'être oisif, or c'est l'oisiveté qui engendre la mauvaise humeur.

Il prit une profonde inspiration.

— Que dois-je apprendre, Chiron? Que dois-je savoir pour être un grand roi?

— Trop de choses pour que je les énumère, Achille. Un grand roi est un puits de science. Être roi, c'est être le meilleur. Être un grand roi, c'est avoir conscience de représenter son peuple devant le dieu.

— Alors apprendre demande beaucoup de temps.

Ajax revint avec la lyre, il veillait à ce qu'elle ne touchât pas le sol, car c'était un instrument de grande taille, qui ressemblait aux harpes égyptiennes. Elle avait été façonnée dans une énorme carapace de tortue, resplendissante de tons bruns et ambrés et les chevilles étaient dorées. Je la posai sur mes genoux et effleurai les cordes.

— Vous devrez jouer de la lyre et apprendre les chants de votre peuple. Le manque de culture ou de distinction, voilà le plus grand des péchés. Il vous faudra connaître l'histoire et la géographie et toutes les merveilles de la nature, tous les trésors cachés de Kubaba, qui est notre Mère, la Terre. Je vous apprendrai à chasser, à vous battre avec toutes sortes d'armes, à fabriquer vos propres armes. Je vous montrerai les plantes qui guérissent maladies et blessures, je vous apprendrai à les distiller pour en faire des remèdes, à éclisser les membres fracturés. Un grand roi attache plus de prix à la vie qu'à la mort.

— Et l'éloquence ? demanda Achille.

— Oui, naturellement. Votre éloquence devra toucher le cœur de vos auditeurs. Je vous apprendrai à deviner le caractère des hommes, à préparer des lois et à les faire appliquer. Je vous dirai ce que le dieu attend de vous car vous êtes les Élus. Et ce n'est qu'un début !

Je pris la lyre et l'appuyai par terre, puis en fis vibrer les cordes. Pendant quelques instants, je me contentai de jouer ; les sons prirent de l'ampleur puis, quand le dernier accord s'éteignit, je me mis à chanter l'ode en l'honneur d'Héraclès, mort depuis peu et tout en chantant, j'observai les deux garçons. Ajax écoutait attentivement, Achille était tendu, penché en avant, le menton entre les mains, les coudes appuyés sur le bras de mon siège, les yeux à deux doigts de mon visage. Quand enfin je posai la lyre, il laissa retomber ses bras en soupirant, épuisé.

Les années passèrent. Achille était toujours en

tête, Ajax travaillait avec acharnement. Pourtant le fils de Télamon n'était point sot. Un roi aurait pu lui envier son courage et sa détermination. Mais Achille était mon préféré. Avec un soin jaloux il enregistrait tout ce que je lui enseignais, afin de pouvoir s'en servir quand il serait roi, m'expliquait-il en souriant. Il adorait apprendre et excellait dans tous les domaines, aussi habile de ses mains qu'intelligent.

Achille était né avant tout pour l'action, pour la guerre, pour accomplir de hauts faits. Il surpassait son cousin même physiquement, car il était pareil à du vif argent et le maniement des armes le passionnait. Armé d'une lance, jamais il ne manquait la cible et jamais il ne se laissait prendre en défaut, armé d'un glaive. Fait pour commander, il maîtrisait l'art de la guerre, spontanément et sans effort. C'était également un chasseur né : il ramenait à ma grotte des sangliers si lourds qu'il devait les traîner et il pouvait mettre un cerf aux abois. Je ne le vis en difficulté qu'une seule fois : courant à la poursuite d'une proie, il fit une chute si brutale qu'il lui fallut un certain temps pour reprendre ses esprits. Son pied droit, m'expliqua-t-il, avait cédé.

Ajax pouvait exploser de rage, mais jamais je ne vis Achille perdre son sang-froid. Ni timide, ni replié sur lui-même, il connaissait simplement la paix intérieure et avait le sens de la retenue. Et la fente qui lui tenait lieu de bouche révélait l'autre face de son caractère ; il pouvait être dur, glacial comme la bise du nord.

Ces sept années furent les plus heureuses de toute ma vie, grâce à Achille bien sûr, mais aussi à Ajax. Les deux cousins excellaient également mais, de tous les garçons que j'ai instruits, mon préféré reste Achille. Quand il m'a quitté pour toujours, j'ai pleuré et le goût de vivre m'a déserté durant de nombreuses lunes. Il m'a fallu longtemps avant de pouvoir regarder les tuiles faîtières sur le toit du palais étinceler au soleil sans avoir les yeux embués de larmes.

4

Récit d'Hélène

Xanthippe ne me ménagea pas ; je quittai le terrain haletante et épuisée. Nous avions réuni une nombreuse assistance et je regardai mes admirateurs avec mon plus beau sourire. Aucun homme ne se soucia de féliciter Xanthippe pour son succès. C'est *moi* qu'ils étaient venus voir. On se pressait à mes côtés, on chantait mes louanges, on trouvait tous les prétextes pour me toucher la main ou l'épaule, les plus hardis me proposaient, en guise de plaisanterie, de lutter avec moi quand je le voudrais.

D'après mon âge j'étais encore une enfant, mais leurs regards le démentaient, me révélant sur moi-même des choses que je savais déjà. Des miroirs en cuivre poli ornaient mes appartements et j'avais des yeux, moi aussi. C'étaient tous des nobles de la Cour, mais aucun d'eux n'y jouait un rôle important. Je m'en débarrassai comme on chasse des mouches, saisis la serviette que me tendait une de mes esclaves et m'en enveloppai, en dépit d'un tollé de protestations.

C'est alors que j'aperçus mon père, loin de la foule. *Père* m'avait-il observée ? Comme c'était étrange ! Il ne venait jamais voir les femmes parodier les sports virils. Je m'approchai de lui et l'embrassai.

— As-tu toujours un public aussi enthousiaste, mon enfant ? demanda-t-il en fronçant les sourcils.

— Oui, père, dis-je fièrement, je suis très admirée.

— Je l'ai constaté. Mais je me fais vieux et je perds mon sens de l'observation. Heureusement ton frère aîné n'est ni vieux ni aveugle. Il m'a dit ce matin que je ferais bien de venir ici.

— Et pourquoi Castor s'intéresse-t-il tant à moi?

— Le contraire serait fâcheux! Va prendre un bain, Hélène, habille-toi et reviens me voir, m'ordonna-t-il quand nous fûmes à la porte de la salle du trône.

Son visage ne révélait rien de ses pensées. Aussi, je m'éloignai avec un haussement d'épaules.

Nesté m'attendait dans mes appartements et me fit des reproches. Tout en caquetant, elle ôta la serviette qui m'enveloppait et la jeta dans un coin, puis elle dégrafa ma tunique. Je ne lui prêtai nulle attention et d'un pas léger je glissai sur les dalles froides et sautai dans la baignoire où je barbotai joyeusement. Je sentais avec délices les vaguelettes me frôler, me lécher, me dissimulant à la vue perçante de Nesté, si bien que je pouvais me caresser tout à loisir. Quel plaisir ensuite que de la laisser me masser et m'oindre d'huile parfumée! Xanthippe et ses pareilles ne semblaient pas tirer de ces choses un aussi vif plaisir que moi. Peut-être était-ce parce qu'un Thésée ne les y avait pas initiées...

Une autre de mes esclaves avait disposé mon péplos en cercle par terre. Je me plaçai en son centre. Elles le redressèrent puis l'attachèrent autour de ma taille. Il était lourd, mais j'y étais habituée, car cela faisait maintenant deux ans que je portais des vêtements de femme. Depuis mon retour d'Athènes. Ma mère avait jugé ridicule de m'habiller en fillette après ce qui s'y était passé. On me présenta ensuite ma large ceinture, qu'on ne pouvait lacer que si je retenais ma respiration. Une esclave fit passer mes cheveux bouclés dans mon diadème d'or, une autre orna mes oreilles d'une paire de boucles en cristal de roche. Je tendis mes pieds nus, un à la fois, pour qu'on mette des anneaux et des clochettes à chacun de mes dix orteils, puis mes bras et mes mains pour qu'on y glisse bagues et bracelets.

Quand elles eurent fini, j'allai jusqu'à mon grand miroir et m'y examinai d'un œil critique. Le péplos était le plus joli que je possédais, froncé de la taille aux chevilles. Son poids était dû aux perles de cristal de roche et d'ambre, aux amulettes de lapis-lazuli et d'or martelé, aux clochettes dorées et aux pendentifs en céramique qui l'ornaient, si bien que des sons harmonieux accompagnaient chacun de mes mouvements.

— Pourquoi n'ai-je pas le droit de peindre à l'or le bout de mes seins, Nesté ?

— Ça ne sert à rien de t'en prendre à moi, jeune princesse. Demande plutôt à ta mère. Mais garde cet artifice pour le moment où tu en auras besoin — après la naissance de ton enfant, quand tes mamelons auront bruni.

Sans doute avait-elle raison. J'avais de la chance ; mes tétons étaient roses et pointus comme de jeunes bourgeons, ma poitrine haute et ferme.

Thésée disait que c'étaient deux chiots blancs à la truffe rose. Mon humeur s'assombrit à cette pensée. Thésée, mon amour. Ses lèvres, ses mains, la façon qu'il avait d'exciter tout mon corps jusqu'à ce qu'il brûle du désir d'être satisfait... Puis ils étaient venus me chercher, mes frères estimés, Castor et Pollux. Si seulement Thésée avait été à Athènes à leur arrivée ! Mais il se trouvait loin, à Scyros, avec le roi Lycomède, et personne n'avait osé s'opposer aux fils de Tyndare.

Je laissai mes esclaves tracer un cercle autour de mes yeux avec de la poudre noire et peindre mes paupières en doré, mais je refusai le carmin sur mes joues et mes lèvres. Inutile, avait dit Thésée. Puis je descendis voir mon père dans la salle du trône où il était assis près d'une fenêtre. Il se leva immédiatement.

— Approche-toi de la lumière, m'ordonna-t-il.

J'obtempérai sans mot dire. C'était un père indulgent, mais c'était aussi le roi. Tandis que le soleil dardait sur moi ses rayons, mon père recula de quelques pas et me regarda comme s'il me voyait pour la première fois.

— Oh oui, Thésée était bien plus clairvoyant que quiconque à Lacédémone! Ta mère a raison. Tu es une jeune fille. Nous devons donc faire quelque chose avant que ne survienne un autre Thésée.

J'avais les joues en feu, mais demeurai silencieuse.

— Il est temps de te marier, Hélène. Quel âge as-tu?

— Quatorze ans, père.

Me marier! pensai-je, voilà qui est intéressant.

— Nous n'avons que trop attendu, remarqua-t-il.

Ma mère entra. J'évitai son regard car je me sentais mal à l'aise, face à mon père qui me regardait avec des yeux d'homme. Mais ma mère fit semblant de ne pas me voir, se rapprocha de lui et me jaugea à son tour. Puis ils échangèrent un regard entendu.

— Je te l'avais bien dit, Tyndare.

— Oui, Léda, il lui faut un mari.

Ma mère éclata d'un beau rire cristallin qui, d'après la rumeur, avait séduit Zeus le Tout-Puissant. Elle avait à peu près mon âge, quand on l'avait découverte nue, enlaçant un cygne gigantesque, gémissant et roucoulant de plaisir; en un éclair elle avait deviné : « Zeus, Zeus, le cygne, c'est Zeus, il m'a violée! » Mais moi, sa fille, je n'étais pas aussi niaise. Son père l'avait mariée à Tyndare trois jours plus tard et elle avait donné à deux reprises naissance à des jumeaux : d'abord Castor et Clytemnestre puis, quelques années plus tard, Pollux et moi. Mais maintenant tout le monde semblait croire que Castor et Pollux étaient les jumeaux ou que nous étions tous nés ensemble, des quadruplés. Dans ce cas, lesquels d'entre nous descendaient de Zeus, lesquels de Tyndare?

— Dans ma famille les filles sont précoces et souffrent beaucoup, déclara ma mère, qui riait encore.

— Oui, acquiesça mon père, qui ne riait pas.

— Il ne sera pas bien difficile de lui trouver un

époux. Il suffira d'évincer les prétendants à coups de massue, Tyndare !

— Elle est bien née et richement pourvue.

— Baliverne que tout cela ! Elle est si belle qu'une dot n'y change rien. Le grand roi d'Attique nous a rendu un grand service en louant sa beauté de la Thessalie à la Crète. Qu'un homme aussi vieux que Thésée s'entiche d'une fillette de douze ans au point de l'enlever, voilà qui n'arrive pas tous les jours.

— Je préférerais qu'on évite ce sujet, dit mon père d'un ton sec, en pinçant les lèvres.

— Dommage qu'elle soit plus belle que Clytemnestre.

— Clytemnestre plaît à Agamemnon.

— Dommage alors qu'il n'y ait pas deux grands rois à Mycènes.

— Il y a trois autres grands rois en Grèce.

Mon père commençait à faire preuve de sens pratique.

J'allai me cacher dans l'ombre, craignant de me faire remarquer et d'être chassée. Le sujet de la conversation — moi — était bien trop intéressant. J'aimais à entendre dire que j'étais belle. Surtout quand on prétendait que j'étais plus belle que Clytemnestre, ma sœur aînée, qui avait épousé Agamemnon, grand roi de Mycènes et grand roi de toute la Grèce. Jamais je ne l'avais aimée ; quand j'étais petite, elle me terrifiait lorsqu'elle arpentait les grandes salles en proie à une de ses rages célèbres ; sa chevelure de feu était dressée sur sa tête, ses yeux noirs lançaient des éclairs. Elle devait donner bien du mal à son mari quand elle piquait ses colères, tout grand roi qu'il fût. Cependant Agamemnon paraissait de taille à la maîtriser.

Mais pour l'heure, on parlait de mon mariage.

— Je ferais bien d'envoyer des hérauts à tous les rois, suggéra mon père.

— Oui et le plus tôt sera le mieux. Que penses-tu de Philoctète ?

— C'est un homme remarquable, promis à un

brillant avenir, dit-on. Cependant il est roi de Thessalie, ce qui signifie qu'il doit rendre hommage à Pélée et à Agamemnon. Je songe plutôt à Diomède, de retour de la campagne de Thèbes, couvert de richesses et de gloire. Argos a l'avantage de n'être pas très loin. Si Pélée avait été plus jeune, je l'aurais choisi sans hésiter, mais on dit qu'il refuse de se remarier.

— Inutile de s'attarder sur ceux qui ne peuvent être des prétendants, rétorqua ma mère. Mais il y a Ménélas.

— Comment l'oublierais-je ?

— Invite-les tous. Les héritiers aux trônes aussi bien que les rois. Ulysse d'Ithaque est roi, maintenant que le vieux Laerte est sénile. Et Ménesthée est un grand roi d'Attique bien plus sûr que ne l'était Thésée. Remercions tous les dieux de ne pas avoir affaire à Thésée !

Je sursautai.

— Que veux-tu dire ? demandai-je, frémissante.

Au fond de mon cœur, j'avais espéré que Thésée viendrait me chercher et me demanderait en mariage. Depuis mon retour d'Athènes je n'en avais pas entendu parler. Ma mère me prit les mains et les serra fort.

— Mieux vaut que ce soit nous qui te l'apprenions, Hélène. Thésée est mort, il a été exilé et tué à Scyros.

Je me dégageai violemment et quittai la pièce en courant. Mes rêves s'écroulaient. Thésée était mort. *Mort ?* Était-ce possible ? Une partie de moi venait de mourir à jamais.

Deux lunes plus tard, mon beau-frère Agamemnon arriva, en compagnie de son frère, Ménélas. Quand ils entrèrent dans la salle du trône, j'étais présente, en ma qualité de sujet de toutes les conversations. Des messagers accourus de la porte du palais nous avaient avertis. Aussi le grand roi de Mycènes et de toute la Grèce fit-il son entrée au son des trompes. On avait déroulé sous ses pas un tapis tissé d'or.

Jamais je ne sus dire si Agamemnon m'était sympathique ou pas. Je comprenais cependant en quoi il était impressionnant. Il était grand et se tenait droit, en guerrier, se déplaçant comme si le monde entier lui appartenait. Quelques fils d'argent apparaissaient dans ses cheveux de jais. Ses yeux noirs savaient se faire implacables et menaçants, son nez était fortement busqué ; quant à ses lèvres, minces et relevées aux commissures, elles exprimaient le dédain.

On voyait rarement des hommes si bruns en Grèce, où les gens sont généralement blonds. Cependant, loin d'avoir honte de la couleur de ses cheveux, Agamemnon en était fier. Bien que la mode fût au menton bien rasé, il arborait une longue barbe noire bouclée et torsadée à l'aide de rubans d'or. Il portait un long manteau de laine pourpre dont les broderies au fil d'or dessinaient des motifs compliqués et, dans sa main droite, il tenait le sceptre royal en or massif, qu'il maniait avec autant de dextérité que s'il eût été en bois.

Mon père descendit de son trône et s'agenouilla pour lui baiser la main, lui rendant l'hommage que tous les rois de Grèce devaient au grand roi de Mycènes. Ma mère s'avança pour se joindre à eux. Nul ne me prêtait attention, ce qui me donna le loisir d'examiner Ménélas, mon éventuel prétendant. Hélas ! L'attente pleine d'espoir fit place à une cruelle déception. Je m'étais faite à l'idée d'épouser une réplique d'Agamemnon, mais cet homme n'avait rien de commun avec lui. Était-il vraiment le frère du grand roi de Mycènes, fils d'Atrée, issu de la même mère ? Voilà qui me paraissait impossible. Petit, trapu, la jambe grosse et disgracieuse. Les épaules tombantes. L'allure mièvre et timorée. Un visage quelconque. Des cheveux d'un roux aussi flamboyant que ceux de ma sœur. Peut-être m'eut-il plu davantage s'il avait eu des cheveux d'une autre couleur.

Mon père me fit signe d'approcher. Je m'avançai en trébuchant et plaçai ma main dans la sienne. Le royal visiteur tourna son regard vers moi, un regard ardent et admiratif. J'eus pour la première fois une impression qui allait se renouveler les jours suivants : je n'étais ni plus ni moins qu'un animal primé que le plus offrant remporterait aux enchères.

— Elle est parfaite, dit Agamemnon à mon père. Comment fais-tu pour avoir de si beaux enfants, Tyndare ?

Mon père éclata de rire et, passant le bras autour de la taille de ma mère, répondit :

— Je n'y suis que pour moitié, seigneur.

Ils s'éloignèrent, me laissant en tête à tête avec Ménélas, mais j'eus le temps d'entendre une dernière question.

— Que s'est-il réellement passé avec Thésée ?

Ma mère se hâta d'intervenir.

— Il l'a enlevée, Agamemnon ; fort heureusement, c'est la goutte d'eau qui a fait déborder le vase et les Athéniens l'ont chassé avant qu'il n'ait eu le temps de la déflorer. Castor et Pollux l'ont ramenée avant qu'il n'ait pu la toucher.

Menteuse ! Menteuse !

Ménélas me dévisageait ; je me rengorgeai.

— Tu n'es jamais venu à Amyclées ? lui demandai-je.

Il marmonna quelque chose, baissa la tête.

— Que dis-tu ?

— N-n-non, réussit-il à articuler à voix haute.

En plus il bégayait !

D'autres prétendants accoururent. Ménélas était le seul autorisé à résider au palais, grâce à ses liens de parenté avec notre famille — et à l'influence de son frère. Les autres furent logés avec les nobles ou dans la résidence des hôtes. Ils étaient cent ! Je découvris avec plaisir qu'aucun d'entre eux n'était aussi ennuyeux et peu séduisant que Ménélas, le bègue.

Quand Diomède entra, je vis tout de suite qu'il surpassait tous les autres. Un roi et un véritable guerrier. Tout comme Thésée, il donnait l'impression de connaître le monde, mais il était aussi brun que Thésée était blond. Un *bel* homme! De grande taille, souple comme un félin. Ses yeux étincelaient d'un humour impudent, ses lèvres affichaient un rire permanent. D'emblée, il eut ma préférence. Quand il me parla, son regard me transporta et le désir s'enflamma au creux de mon sexe. Oui, je choisirais Diomède, roi d'Argos — la si proche cité.

Une fois le dernier invité arrivé, mon père organisa un grand festin. Je trônais sur l'estrade, telle une reine, affectant ne pas remarquer cette multitude de regards ardents. Le mien cillait lorsque par hasard il rencontrait celui de Diomède. Soudain, Diomède aperçut un homme et se leva d'un bond pour l'étreindre. Ils échangèrent quelques mots, puis l'étranger se dirigea vers l'estrade pour saluer mon père et Agamemnon qui, tous deux, s'étaient levés. *Agamemnon s'était levé!* Le grand roi de Mycènes ne se levait pour personne!

Mais le nouveau venu était bien différent des autres. Il était grand, l'aurait été encore davantage si ses jambes, anormalement courtes et légèrement arquées, avaient été proportionnées au reste de son corps. C'était vraiment un bel homme, il avait les traits fins et ses yeux gris et lumineux resplendissaient d'intelligence. Ses cheveux étaient du roux le plus éclatant que j'aie jamais vu.

Je frissonnai quand il posa son regard sur moi. *Qui était-il donc?*

Mon père ordonna à un esclave de placer un siège royal entre lui et Agamemnon. *Mais qui donc pouvait-il être*, pour susciter tant d'égards? Et demeurer si impassible?

— Voici Hélène, dit mon père.

— Rien d'étonnant à ce que toute la Grèce soit ici rassemblée, Tyndare, remarqua l'inconnu d'un ton enjoué, saisissant une cuisse de poulet et y plantant les dents. La réputation qu'on a faite à Hélène n'est pas trompeuse, c'est la plus belle femme du monde et tu vas avoir bien des difficultés à contenir les têtes brûlées; car tu n'en satisferas qu'un, décevant tous les autres.

Agamemnon jeta à mon père un regard qui les fit tous deux éclater de rire.

— Toi seul étais capable de si bien résumer la situation, Ulysse, affirma le grand roi.

Quelle sotte j'étais! C'était Ulysse, naturellement. Qui d'autre oserait s'adresser en égal à Agamemnon? Qui d'autre serait digne d'un siège royal sur l'estrade?

J'avais tant entendu parler de lui! On évoquait son nom chaque fois qu'il était question de décisions graves : lois, impôts, guerres. Mon père avait un jour entrepris l'ennuyeux voyage jusqu'à Ithaque simplement pour le consulter. Il passait en effet pour l'homme le plus intelligent qui fût, davantage même que Nestor et Palamède. De plus, il ne se contentait pas de l'intelligence, mais y ajoutait la sagesse.

Que de choses chuchotées, à propos de celui qu'on avait surnommé le Renard d'Ithaque! Son royaume se réduisait à quatre îlots rocheux arides, au large de la côte ouest. Son palais était sans prétention et il était fermier, ses vassaux ne pouvant payer assez d'impôts pour subvenir à ses besoins. Mais sa renommée était grande. Lorsqu'il vint à Amyclées et que je le vis pour la première fois, il avait vingt-cinq ans, peut-être même était-il plus jeune, tant il est vrai que la sagesse vieillit.

Ils continuèrent à converser, sans prendre garde au fait que je pouvais les entendre.

— As-tu l'intention de demander la main d'Hélène? questionna Tyndare.

— Tu m'as percé à jour! s'exclama Ulysse d'un air malicieux.

— Je ne te savais pas en quête de la beauté. Il est pourtant vrai que sa dot est fort intéressante.

— Et que fais-tu de ma curiosité? Je ne pouvais manquer un tel spectacle!

Agamemnon sourit, quant à mon père, il rit de bon cœur.

— Quel spectacle en effet! Que vais-je faire, Ulysse? Regarde-les. Cent un princes et rois, qui s'épient et spéculent sur qui va être l'heureux élu. Sans compter qu'ils s'apprêtent, tous autant qu'ils sont, à contester mon choix.

— C'est devenu une sorte de concours, l'interrompit alors Agamemnon. Qui a la faveur du grand roi de Mycènes et de son beau-père, Tyndare de Lacédémone ? Car ils savent que Tyndare doit compter avec moi ! Il en résultera forcément d'implacables antagonismes.

— Forcément.

— Qu'allons-nous faire ? demanda le grand roi.

— Sollicites-tu officiellement mon avis, seigneur ?

— Assurément.

Je me raidis. Comme j'avais peu d'importance ! Soudain j'eus envie de pleurer. Est-ce *moi* qui choisirais ? Non, bien sûr, Agamemnon et mon père le feraient à ma place. Et mon destin était à présent entre les mains d'Ulysse. Est-ce que je comptais pour lui ? J'eus un pincement au cœur lorsqu'il me fit un clin d'œil : pas le moins du monde ! Nulle lueur de désir dans ses yeux gris. Il n'était pas venu en prétendant, mais tout simplement parce qu'il savait qu'on lui demanderait conseil. Il était venu rehausser son prestige, rien de plus.

— Je suis, comme toujours, heureux de pouvoir t'aider, Tyndare, assura Ulysse d'une voix suave en regardant mon père. Cependant, avant d'aborder le délicat problème du mariage d'Hélène, je voudrais que tu m'accordes une faveur.

Agamemnon parut offensé. J'étais pour ma part curieuse de savoir à quel subtil marchandage il se livrait.

— Est-ce Hélène que tu désires ? s'enquit mon père sans ambages.

Ulysse rejeta la tête en arrière et se mit à rire si fort qu'un lourd silence s'ensuivit parmi les convives.

— Non, oh non ! Comment oserais-je la demander en mariage ? Ma fortune est insignifiante, mon royaume sans attraits ! Pauvre enfant ! Je ne peux imaginer une telle beauté confinée sur un simple rocher en pleine mer Ionienne! Non, je ne veux pas d'Hélène pour épouse, c'est une autre que je désire.

— Soit, dit Agamemnon, rasséréné. Qui donc?

Ulysse préféra s'adresser à mon père.

— Pénélope, la fille de ton frère Icarios.

— Je me charge de cela. N'aie nulle inquiétude.

— Icarios ne m'aime pas et Pénélope a eu des prétendants bien plus fortunés.

— Je m'en occuperai, répéta mon père.

— L'affaire est donc réglée, ajouta Agamemnon.

Je n'en revenais pas! Ils paraissaient saisir pourquoi Ulysse estimait Pénélope. Moi, pas du tout. Je la connaissais bien, ma cousine : assez jolie, riche héritière de surcroît, mais *tellement* ennuyeuse! Un jour où elle me surprit alors qu'un noble m'embrassait les seins, elle me gratifia d'un long sermon sur les vils et dégradants plaisirs de la chair. Et ajouta — d'une voix froide et mesurée — que je ferais bien mieux de me consacrer à des occupations vraiment féminines, comme le tissage. Elle devait être folle; le *tissage*, vraiment!

Ulysse se remit à parler. Je laissai là mes considérations sur Pénélope et tendis l'oreille.

— Je crois savoir à qui tu comptes accorder la main de ta fille, Tyndare, et je comprends tes raisons. Mais qui tu choisis importe peu, il te faut avant tout préserver tes intérêts ainsi que ceux d'Agamemnon et conserver de bonnes relations avec les cent prétendants que ton choix aura déçus. Je peux t'y aider, si tu suis mes conseils à la lettre.

— Soit! répondit Agamemnon.

— Il convient tout d'abord de rendre aux prétendants tous leurs présents, en les remerciant de leur générosité. Personne ne doit pouvoir te reprocher d'être cupide, Tyndare.

— Est-ce vraiment nécessaire? demanda mon père, chagrin.

— Indispensable.

— Les présents seront rendus, déclara Agamemnon.

— Bien. Tu annonceras ton choix dans la salle du trône, demain soir. Je veux que la pénombre règne, que le lieu soit sanctifié. Fais donc venir tous les prêtres et brûler de l'encens. Un tel rituel engourdira les esprits. Tu ne peux te permettre de t'adresser à une foule surexcitée et agressive.

— Il en sera ainsi, soupira mon père, qui détestait entrer dans les menus détails.

— On n'en est qu'aux prémices, Tyndare. Quand tu leur parleras, tu diras aux prétendants combien tu aimes ta fille, ce précieux joyau et comment tu as prié les dieux de te guider. Tu leur diras que ton choix a été approuvé par l'Olympe. Les auspices sont favorables, les oracles limpides. Mais Zeus le Tout-Puissant a posé ses conditions. Avant d'apprendre le nom de l'heureux vainqueur, *tous* devront jurer d'approuver ton choix. Mais tous devront également jurer fidélité et loyauté au futur époux d'Hélène. Si besoin est, tous feront la guerre pour défendre ses droits.

Agamemnon, silencieux, le regard vide, se mordillait les lèvres, apparemment fort excité. Mon père était abasourdi. Quant à Ulysse, il terminait son poulet, satisfait de sa tirade. Soudain Agamemnon le saisit par les épaules avec une force telle que ses doigts blanchirent. C'en était inquiétant mais Ulysse, impassible, se contenta de le regarder.

— Par Kubaba, notre Mère, tu es un génie, Ulysse ! s'écria le grand roi. Tu te rends compte de ce que cela signifie, Tyndare ? L'époux d'Hélène pourra compter sur des alliances irrévocables avec presque toutes les nations de Grèce ! Son avenir est assuré, son statut mille fois renforcé !

Quoique fort soulagé, mon père fronça les sourcils.

— Mais quel serment proposer ? Il doit être suffisamment terrible pour les lier à jamais !

— Un seul convient, déclara Agamemnon. Il articula lentement : Le serment de l'Étalon : par Zeus le maître du Tonnerre, par Poséidon qui fait trembler la Terre, par les filles de Perséphone et par le Styx.

Les mots tombèrent comme gouttes de sang de la tête de Méduse, Père trembla et porta ses mains à son front. Mais Ulysse, indifférent, avait déjà changé de sujet.

— Qu'en est-il de l'Hellespont? demanda-t-il à Agamemnon.

Le grand roi s'assombrit.

— Je ne sais trop. Pourquoi le roi Priam ne voit-il pas les avantages qu'il aurait à rendre le Pont-Euxin de nouveau accessible aux navires marchands grecs?

— Il me semble, dit Ulysse en prenant un gâteau au miel, qu'en exclure les marchands grecs n'a pour Troie que des avantages. Elle s'enrichit des péages imposés pour franchir l'Hellespont. De plus, Priam a conclu des traités avec les autres rois d'Asie Mineure. Sans doute prélève-t-il une partie des sommes exorbitantes que nous, les Grecs, devons débourser pour l'étain et le cuivre, si nous les achetons en Asie Mineure, et nous y sommes bien obligés. Il ne s'agit ici que de profit, Agamemnon.

— Télamon nous a joué un bien mauvais tour en enlevant Hésione! s'exclama mon père.

— Télamon était dans son droit, répliqua Agamemnon. Tout ce que demandait Héraclès, c'était une rétribution pour l'éminent service qu'il avait rendu à Troie. Quand cet avare de Laomédon la lui a refusée, le premier imbécile venu aurait pu en tirer les conséquences.

— Cela fait à présent plus de vingt ans qu'Héraclès est mort, dit Ulysse. Thésée lui aussi est mort. Seul Télamon vit encore et jamais il n'acceptera de se séparer d'Hésione, quand bien même elle y consentirait. L'enlèvement et le viol sont de vieilles pratiques, qui n'ont guère à voir avec la politique troyenne. La Grèce est en plein essor. L'Asie Mineure le sait. Quelle meilleure politique Troie et l'Asie Mineure peuvent-elles adopter que de refuser à la Grèce ce dont elle a besoin: de l'étain et du cuivre pour fondre du bronze?

— Ça n'est que trop vrai, dit Agamemnon en tirant

sur sa barbe. Que ressortira-t-il de cette interdiction imposée par Troie ?

— Une guerre, conclut Ulysse calmement. Tôt ou tard, nous ne pourrons l'éviter ; quand nous commencerons à être à court d'étain pour couler le bronze et forger des glaives, des boucliers et des pointes de flèches.

Leur conversation se fit plus ennuyeuse encore ; il ne s'agissait plus de moi. Par ailleurs, Ménélas me devenait intolérable et l'effet du vin se faisait sentir parmi les convives : les regards admiratifs se raréfiaient. Je m'esquivai silencieusement et, arrivée devant les appartements de ma mère, redoublai de prudence. Tête baissée, je tirai le rideau. Soudain je me sentis happée par-derrière et une main sur ma bouche étouffa mon cri. Diomède ! Le cœur battant, je le contemplai. Je n'avais jusqu'à présent échangé avec lui que quelques mots et jamais nous ne nous étions trouvés seuls ensemble.

La lampe faisait luire sa peau ambrée, une veine battait à son cou. Je croisai son regard sombre, brûlant et sentis sa main s'éloigner de ma bouche. Comme il était beau !

— Viens me retrouver dehors, dans le jardin, murmura-t-il.

— Es-tu fou ? Laisse-moi partir et je ne dirai rien de ton impudence. *Mais laisse-moi !*

Son sourire laissait entrevoir l'éclat de ses dents.

— Je ne partirai pas avant que tu t'engages à venir me trouver dans le jardin. Ils vont encore rester un bon moment dans la salle du banquet, nul ne remarquera notre absence. Je te veux ! Je me moque bien de leurs palabres et de leurs tergiversations.

Encore tout étourdie par la chaleur qui régnait dans la salle du banquet, j'acquiesçai malgré moi, d'un signe de tête, et Diomède me rendit ma liberté. Je courus dans ma chambre.

Nesté m'attendait.

— Va donc te coucher ! Je veux me déshabiller seule !

Habituée à mes sautes d'humeur, elle se retira. J'enlevai mes vêtements, les clochettes, les bracelets et les bagues et passai un simple peignoir. Puis je courus dans le couloir et dévalai l'escalier à l'arrière de la maison pour m'engouffrer dans la nuit. Il avait dit le jardin. Qui, en effet, penserait à nous chercher dans le potager ? Je l'y trouvai, nu sous un laurier. Mon peignoir tomba à terre, suffisamment loin de lui pour qu'il me voie dans le ruissellement du clair de lune. En un instant, il fut près de moi, étendit le peignoir pour en faire notre couche et me serra dans ses bras. Il me pressait contre la terre, qui donne force aux femmes et retire aux hommes la leur. Ainsi le veulent les dieux.

— La langue et les mains, Diomède, rien d'autre, murmurai-je. Je veux m'étendre sur la couche nuptiale l'hymen intact.

Il étouffa un rire entre mes seins.

— Est-ce Thésée qui t'a appris à rester vierge ?

— Personne n'a eu à me l'apprendre, chuchotai-je en lui caressant les bras et les épaules. Je sais que je risque ma tête si je sacrifie ma virginité à tout autre qu'à mon mari.

Quand il me quitta, il était satisfait, je pense, même si ce n'était pas tout à fait ce qu'il avait espéré. Mais parce que son amour était sincère, il respecta mes conditions, comme l'avait fait Thésée. Je me moquais bien de ce qu'avait pu ressentir Diomède; *moi*, j'avais éprouvé du plaisir.

Un plaisir encore visible le lendemain soir, quand je m'assis à côté du trône de mon père; pourtant personne ne le remarqua. Diomède se trouvait parmi la foule, en compagnie de Philoctète et d'Ulysse, trop loin pour que je puisse discerner son expression. La salle était plongée dans une semi-obscurité peuplée d'ombres. Les prêtres firent leur entrée, enveloppés d'un nuage d'encens; insidieusement, l'atmosphère se fit pesante et solennelle.

Mon père reprit les mots d'Ulysse. La tension montait. Puis arriva le cheval destiné au sacrifice, un étalon d'une blancheur immaculée.

Ses sabots glissaient sur les dalles usées tandis qu'on le tirait par son licol doré. Agamemnon saisit la hache à double tranchant et l'abattit avec force et précision. L'étalon s'affaissa lentement sous une pluie écarlate, la queue et la crinière flottant comme des herbes dans les ruisseaux de son sang.

Horrifiée, je regardai les prêtres qui découpaient le magnifique animal en quatre quartiers. Jamais je n'oublierai la scène : un à un les prétendants s'avançaient et, debout en équilibre sur les quartiers encore fumants de l'animal, prêtaient le terrible serment, jurant loyauté et allégeance à mon futur époux. En cet instant tragique, les voix étaient devenues mornes, éteintes, toute virilité avait disparue. Des visages blêmes et couverts de sueur défilaient à la lueur vacillante des torches, tandis qu'au loin le vent gémissait telle une âme errante.

Enfin ce fut terminé. La carcasse du cheval gisait, abandonnée. Les prétendants, comme drogués, levaient les yeux vers le roi.

— J'accorde ma fille à Ménélas, déclara mon père.

On entendit le soupir de cent poitrines, rien d'autre. Personne ne protesta. Même Diomède n'eut aucun mouvement de colère. Nos regards se croisèrent tandis que les esclaves allumaient les lampes ; c'est de loin que nous échangeâmes un adieu, nous nous savions vaincus. Les larmes coulaient sur mes joues, mais nul ne les remarqua. Je glissai ma main inerte dans la paume moite de Ménélas.

5

Récit de Pâris

Je retournai vers Troie à pied, seul, arc et carquois en bandoulière. J'avais passé sept lunes dans les forêts et les clairières du mont Ida, pourtant je ne rapportai aucun trophée. J'adorais la chasse, mais je ne pouvais supporter de voir un animal abattu d'une flèche ; je préférais voir les bêtes tout aussi libres que moi. Je préférais courir après les farouches bergères qui vont par les bois. Quand une fille s'avoue vaincue, la seule flèche qui la transperce est celle d'Éros ; le sang ne coule pas, la victime ne gémit pas, au contraire elle pousse un soupir de satisfaction quand je la prends dans mes bras, tout essoufflée de la poursuite et prête à haleter en goûtant à d'autres plaisirs.

J'avais l'habitude de passer printemps et été sur le mont Ida. La vie à la Cour m'ennuyait royalement. Enfermé derrière ces hautes murailles, j'étouffais. Je ne souhaitais qu'une chose, courir sur l'herbe et entre les arbres, pour enfin m'allonger, épuisé, le visage enfoui dans les feuilles mortes, à humer leur parfum. Mais, chaque automne, il me fallait rentrer à Troie et y passer l'hiver avec mon père. C'était mon devoir.

Je pénétrai dans la salle du trône, par un jour de grand vent, encore habillé en montagnard, prétendant ne pas voir les sourires de pitié désapprobatrice qui accompagnèrent mon entrée. Il faisait presque nuit, le conseil avait été, semble-t-il, très long.

Mon père, le roi, était assis sur son trône d'or et d'ivoire. Du haut de l'estrade de marbre rouge, il dominait la salle. Ses longs cheveux blancs étaient soigneusement bouclés et l'on avait tressé son immense barbe de fils d'or et d'argent. Fier de son grand âge, il n'était jamais si heureux que lorsqu'il trônait, tel un dieu sur son piédestal, et contemplait ses possessions.

Dans une salle moins imposante, le spectacle qu'offrait mon père aurait été moins saisissant, mais elle était — disait-on — plus vaste et plus superbe encore que la salle du trône de l'ancien palais de Cnossos, en Crète. Son haut plafond, entre les poutres de cèdre, était peint en bleu et constellé d'étoiles dorées. Les murs étaient de marbre rouge et nus jusqu'à hauteur d'homme ; au-dessus, des fresques représentaient lions, léopards, ours, loups et scènes de chasse — en noir, blanc, jaune, rouge vif, sépia et rose, sur un fond bleu pâle. Derrière le trône se dressait un paravent d'ébène incrusté de motifs d'or.

Je me débarrassai de mon arc et de mon carquois et les remis à un esclave, puis me faufilai à travers les groupes de courtisans jusqu'à l'estrade. En m'apercevant, le roi se pencha en avant pour effleurer de son sceptre d'ivoire ma tête inclinée. C'était le signal qui m'autorisait à me relever pour m'approcher de lui. J'embrassai sa joue flétrie.

— Je suis heureux de ton retour, mon fils.

— J'aimerais pouvoir être pareillement heureux, père.

— J'espère toujours que tu vas rester, Pâris, soupira-t-il. Si tu voulais, tu pourrais devenir quelqu'un.

— Je ne veux assumer nulle fonction princière, seigneur.

— Mais tu es *bel et bien* un prince. Tu es pourtant jeune, je le sais. Tu as le temps.

— Non, seigneur. Il est trop tard. Tu me crois toujours un enfant, mais je suis un homme. J'ai trente-trois ans.

Je crus qu'il ne m'écoutait pas, car il leva la tête et fit signe à quelqu'un au fond de la salle : c'était Hector.

— Pâris affirme qu'il a trente-trois ans, mon fils, lança-t-il quand Hector se présenta en bas des trois marches.

Même ainsi, il était suffisamment grand pour regarder mon père sans avoir à lever les yeux.

— Eh bien oui, père, acquiesça Hector en riant. Je suis né dix ans après lui et cela fait déjà six lunes que j'ai vingt-trois ans. Mais lui ne paraît pas son âge !

Je me mis à rire à mon tour.

— Grand merci, petit frère ! Il est vrai que tu parais aussi âgé que moi, sans doute parce que tu es héritier, lié à l'État, à l'armée, à la couronne... L'absence de responsabilité est source d'éternelle jeunesse, j'en suis la preuve !

— Ce qui convient à l'un ne convient pas forcément à l'autre, répondit-il avec calme. Les femmes n'ont que peu d'intérêt pour moi, qu'importe en ce cas de paraître vieux avant l'âge ? Tu savoures tes escapades quand je préfère diriger des manœuvres militaires. Mon visage se ridera peut-être prématurément, mais je garderai ma forme et ma ligne des années après que tu auras une bedaine.

Je fis la grimace. On pouvait faire confiance à Hector pour trouver le point faible ! Depuis qu'il était l'héritier, il avait mûri. Finies l'exubérance et les provocations de la jeunesse. Il savait maîtriser son énergie pour en faire meilleur usage. J'étais loin d'être un gringalet, mais Hector me dominait en taille et en corpulence. Nous tous, fils de Priam et d'Hécube, étions connus pour notre fière allure. Mais Hector avait quelque chose de plus : l'autorité naturelle.

Le vieil Anténor demanda, d'un ton bougon, audience au roi. Hector et moi quittâmes donc la salle du trône.

— J'ai une surprise pour toi, me dit mon frère
cadet l'air réjoui, tandis que nous parcourions les
interminables couloirs qui menaient à son palais,
situé juste à côté de celui de notre père. Quand il me
conduisit dans une grande salle de réception, je ne
pus cacher ma stupéfaction.

— Hector! Où est-elle?

L'ancienne armurerie encombrée de lances, de
boucliers, d'armures et de glaives était maintenant
une salle magnifique. Je découvris des peintures
éclatantes, des arbres aux formes gracieuses, vert
jade et bleus, des fleurs violettes, des chevaux qui
caracolaient. Les dalles de marbre noir et blanc lui-
saient. Trépieds et bibelots avaient été astiqués, des
rideaux pourpres magnifiquement brodés pendaient
aux fenêtres et aux portes.

— Où est-elle donc?

— Elle arrive, dit-il en rougissant.

Sur ces mots, elle entra. Je la regardai de la tête
aux pieds et dus bien reconnaître que mon frère
avait du goût : elle était splendide. Aussi brune que
lui, grande et bien découplée et tout autant maladroite en société; elle me jeta un bref coup d'œil,
avant de détourner le regard.

— Voici Andromaque, mon épouse.

Je l'embrassai sur la joue.

— Je te félicite, petit frère. Je te félicite. Mais,
assurément, elle n'est pas d'ici.

— Non, c'est la fille du roi Éétion de Cilicie. Père
m'a envoyé là-bas au printemps et je l'en ai ramenée.
Ça n'était pas prévu, mais... c'est arrivé. Voilà.

Elle ouvrit enfin la bouche pour demander d'une
voix timide :

— Hector, qui est-ce donc?

— C'est Pâris.

Une lueur étrange apparut dans ses yeux. Voilà
une femme avec laquelle il me faudrait compter,
quand elle serait plus à son aise.

— Mon Andromaque a du courage, remarqua
Hector avec fierté en lui passant le bras autour de la

taille. Elle a quitté son pays et sa famille pour me suivre à Troie.

— C'est en effet courageux, répondis-je poliment, sans plus rien ajouter.

Je m'habituais peu à peu à la vie monotone qu'on menait à la citadelle. Tandis que la grêle crépitait sur les volets en écaille de tortue, que la pluie tombait en cascade du haut des murailles ou que la neige recouvrait les cours, je rôdais et furetais partout à la recherche d'une femme qui fût aussi désirable que les bergères du mont Ida. Occupation lassante, sans nul défi à relever, ni aucun exercice physique. Hector avait raison. Si je ne trouvais rien de mieux à faire que de déambuler le long des corridors, je serais bientôt bedonnant.

Quatre lunes après mon retour, Hélénos vint me rendre visite. Il faisait beau et, des fenêtres de mes appartements, la vue sur la cité jusqu'au port de Sigée et l'île de Ténédos était magnifique.

— Si seulement j'avais autant d'influence que toi sur père, Pâris ! soupira Hélénos.

— C'est que tu es encore si jeune !

Hélénos était un bel adolescent imberbe, aux cheveux bruns et aux yeux noirs, comme tous les enfants d'Hécube. Il avait un statut particulier. On racontait des choses étranges sur lui et sa jumelle, Cassandre. Ils avaient dix-sept ans. Trop d'années nous séparaient pour que nous ayons pu établir des relations intimes. En outre, Cassandre et lui étaient doués de seconde vue, ce qui mettait mal à l'aise les autres frères et sœurs — surtout vis-à-vis de Cassandre, qui était à demi folle.

On les avait dès la naissance voués au service d'Apollon et s'ils n'appréciaient guère la façon dont on avait réglé leur destin, jamais ils n'en soufflaient mot. Selon la règle édictée par le roi Dardanos, à Troie les oracles devaient être rendus par un fils et une fille du couple royal, de préférence des jumeaux. Aussi Hélénos et Cassandre avaient-ils été élus. Pour le moment ils jouissaient encore d'une certaine liberté, mais dès leurs vingt ans ils seraient officiellement confiés aux bons soins des trois gardiens du sanctuaire d'Apollon à Troie : Calchas, Laocoon et Théano, la femme d'Anténor.

Hélénos portait l'ample toge des prêtres. Je remarquai son air rêveur et sa grande beauté, alors qu'il contemplait la ville de ma fenêtre. Il me préférait à tous ses autres frères, parce que la guerre me répugnait autant que la chasse. Bien que sa nature austère et ascétique ne pût s'accorder avec celle d'un coureur de filles tel que moi, il appréciait ma conversation plus pacifique que guerrière.

— J'ai un message pour toi, dit-il sans se retourner.

— Qu'ai-je donc fait ? soupirai-je.

— Rien. On m'a simplement chargé de te prier de venir à une réunion, ce soir après souper.

— J'ai déjà un rendez-vous.

— Tu ferais bien de l'annuler. C'est père qui te fait mander.

— Par Zeus ! Pourquoi moi ?

— Je l'ignore. Ce sera un petit comité. Juste quelques princes, ainsi qu'Anténor et Calchas.

— Curieux assortiment. Qu'arrive-t-il ?

— Vas-y et tu sauras.

— Bien, j'irai. Y es-tu convié ?

Hélénos ne répondit pas. Son visage se convulsa, il avait cet étrange regard intérieur qu'ont les mystiques. Ce n'était pas la première fois que je le voyais en transe. Il se mit soudain à trembler avant de reprendre son air normal.

— Qu'as-tu vu ?

— Ce n'était pas clair, dit-il lentement en essuyant la sueur sur son front. J'ai senti une agitation, une commotion, le début d'une turbulence qui s'amplifiait sans qu'on pût y mettre fin.

— Tu as pourtant bien vu quelque chose, Hélénos !

— Des flammes... Des Grecs en tenue de combat... Une femme si belle que ce doit être Aphrodite... Des centaines et des centaines de navires... Toi, père, Hector...

— *Moi?* Mais je n'ai aucun rôle ici.

— Crois-moi, Pâris, tu as un rôle à jouer, continua-t-il d'une voix lasse, puis, se levant soudain, il ajouta :

— Il faut que je parle à Cassandre. Souvent nous voyons des choses identiques.

Moi aussi, je sentais comme une présence obscure.

— Non, m'écriai-je, Cassandre va tout détruire !

Hélénos avait raison, nous étions fort peu nombreux. Je pris place au bout du banc où étaient assis mes frères Troïlos et Ilios. Mais pourquoi étaient-ils là ? Troïlos avait huit ans, Ilios seulement sept. Hector était présent tout comme notre frère aîné, Déiphobos. En toute justice, Déiphobos aurait dû être nommé héritier, mais tout le monde savait — y compris père — que, s'il en était ainsi, tout irait à vau-l'eau moins d'un an après son accession au trône. On disait Déiphobos cupide, étourdi, violent, égoïste et emporté. Comme il nous haïssait ! En particulier Hector, qui avait usurpé sa place, à son avis du moins.

La présence d'oncle Anténor était logique. En tant que chancelier, il participait à toutes les assemblées. Mais pourquoi Calchas ? Cet homme était inquiétant.

Oncle Anténor me dévisagea, fort peu avenant et pas seulement parce que j'étais arrivé bon dernier. Deux étés auparavant, sur le mont Ida, j'avais tiré une flèche sur une cible fixée à un arbre. Une violente bourrasque la fit dévier et elle alla se planter dans le dos du plus jeune fils d'Anténor et de sa concubine favorite. Le pauvre garçon s'était caché pour épier une bergère qui se baignait nue dans une source. Il était mort, me rendant coupable de meurtre accidentel. Pas un crime à proprement parler, mais il me fallait néanmoins l'expier. Le seul moyen était de se rendre à l'étranger pour y trouver un roi qui veuille bien effectuer les rites de purification. Oncle Anténor ne pouvait réclamer vengeance, mais il ne m'avait pas pardonné. Son regard me rappela que je n'avais toujours pas entrepris ce voyage à l'étranger. Les rois étaient les seuls prêtres autorisés à accomplir les rites de purification en cas de meurtre accidentel.

Père frappa le sol de son sceptre d'ivoire à tête d'émeraude.

— Je vous ai réunis pour vous parler d'un événement qui me ronge depuis des années, commença-t-il d'une voix ferme. Mon fils, Pâris, est né le jour même où il s'est produit, il y a de cela trente-trois ans. En cette journée tragique, mon père Laomédon fut assassiné, ainsi que mes quatre frères. On enleva et viola ma sœur Hésione. Sans la naissance de Pâris, ce jour aurait été le plus sombre de ma vie.

J'ai fait venir Hector parce qu'il est l'héritier ; Déiphobos, parce qu'il est l'aîné des princes ; Hélénos, parce qu'il est appelé à rendre les oracles ; Calchas, parce qu'il en a la charge jusqu'à la majorité d'Hélénos ; Troïlos et Ilios, parce que, selon Calchas, ils sont l'objet de prophéties ; Anténor, parce qu'il était présent ce jour-là ; et Pâris, parce que c'est le jour de sa naissance. J'ai l'intention d'envoyer une ambassade officielle à Télamon de Salamine, dès que la mer sera navigable. Il s'agira d'exiger de lui qu'il renvoie ma sœur à Troie.

Le silence se fit.

— Seigneur, c'est une entreprise ridicule, proclama Anténor. Pourquoi gaspiller ainsi l'or troyen ? Tu sais comme moi que durant ses trente-trois ans d'exil Hésione ne s'est jamais plainte de son sort. Son fils, Teucer, est sans doute un bâtard, mais on le tient en haute estime à la Cour de Salamine et il est l'ami ainsi que le mentor de l'héritier, Ajax. La réponse sera non, Priam, alors pourquoi te donner ce mal ?

Le roi, furieux, se leva d'un bond.

— Me traiterais-tu de sot, Anténor ? Ainsi Hésione serait contente d'être en exil ? Non, ce doit être Télamon qui l'empêche de nous appeler à son secours !

Anténor leva son poing noueux.

— J'ai la parole, seigneur! Je te rappelle que c'est un droit! Pourquoi persistes-tu à croire que c'est nous qui, il y a des années de cela, avons été lésés? C'est Héraclès qu'on a traité injustement, tu ne peux l'ignorer. Si Héraclès n'avait pas tué le lion de Poséidon, Hésione serait morte, je te le rappelle.

Mon père tremblait de la tête aux pieds. Anténor et lui ne s'appréciaient guère, bien qu'ils fussent beaux-frères. Anténor était avant tout Dardanien et par conséquent ennemi.

— Si toi et moi étions plus jeunes, se récria mon père, nous réglerions la question à coups d'épée! Mais tu es un infirme et je suis bien trop vieux. Aussi, je le répète, j'envoie une ambassade à Salamine aussitôt que possible. Est-ce entendu, à présent?

— Tu es le roi et la décision t'appartient, répliqua sèchement Anténor. Quant aux duels, tu peux s'il te sied te prétendre trop vieux, mais comment oses-tu déclarer que je suis un infirme incapable de te défier? Rien ne me ferait plus plaisir!

Sur ce, il sortit. Mon père se rassit en grommelant.

Je me levai et me surpris à prendre la parole.

— Seigneur, je me porte volontaire pour mener l'ambassade. Je dois de toute façon me rendre à l'étranger pour être purifié de la mort du fils d'oncle Anténor.

— Pâris, je te félicite! s'exclama Hector en applaudissant.

— Et moi, seigneur? Je suis l'aîné. Ce *devrait* être moi! maugréa Déiphobos.

Hélénos prit le parti de Déiphobos; je n'y pus croire, car Hélénos détestait notre frère aîné.

— Père, envoie donc Déiphobos à sa place! Si Pâris s'y rend, Troie versera des larmes de sang, j'en ai le pressentiment!

Qu'importaient les larmes de sang? Le roi Priam avait choisi; il me confia l'ambassade. Quand les autres furent partis, je restai auprès de lui.

— Pâris, je suis ravi.

— Alors je suis récompensé, père. Si je ne peux ramener ma tante Hésione, peut-être ramènerai-je une princesse grecque ?

— Les princesses grecques ne manquent pas, mon fils. J'admets que leur rendre œil pour œil serait une fort bonne leçon, s'esclaffa Priam.

Je lui baisai la main. Sa haine implacable pour la Grèce et pour tout ce qui était grec était bien connue ; ma plaisanterie était stupide, mais au moins l'avait-elle réjoui.

Comme l'hiver tirait à sa fin, j'allai à Sigée pour discuter de la préparation de la flotte avec les capitaines et les marchands qui en feraient partie. Je voulais vingt gros navires avec équipages complets et cales vides. L'expédition était à la charge de l'État, aussi les candidats seraient-ils fort nombreux. J'étais moi-même impatient de me lancer dans l'aventure. Bientôt je verrais des pays lointains, des contrées que nul Troyen ne pouvait espérer visiter. Des villes grecques.

Une fois l'entretien terminé, je quittai la maison du capitaine de port pour respirer l'air frais et vif et contemplai la plage, débordante d'activité. Autour de navires tirés en cale sèche sur les galets, des marins s'assuraient qu'ils étaient en état de reprendre la mer. Un énorme vaisseau rouge manœuvrait près de la côte, les yeux peints à l'avant de la coque me fixaient et la figure de proue représentait ma déesse, Aphrodite. Quel charpentier l'avait vue, et dans quel rêve, pour en avoir si merveilleusement reproduit les traits ?

Le capitaine trouva enfin assez d'espace pour échouer son navire ; on déroula les échelles de corde. A la proue flottait un étendard royal, brodé de pourpre et frangé d'or. Un roi était à bord ! Je m'avançai lentement, après avoir remis en place les plis de mon manteau.

Le personnage royal descendit avec précaution. Un Grec. On le voyait à la façon dont il était vêtu, à cet air supérieur que même le plus humble des Grecs affiche lorsqu'il se trouve en présence d'étrangers. Mais je perdis toute appréhension lorsqu'il approcha. Quel air quelconque! Ni particulièrement grand ou beau et *roux*! Pourtant, c'était bien un Grec. Son manteau de cuir était teint en pourpre, frappé d'or, frangé d'or, ceinturé d'or et de pierres précieuses. Autour du cou, un collier pareil à sa ceinture. Un homme des plus riches.

Il me vit et se dirigea vers moi.

— Bienvenue sur les côtes troyennes, Majesté, dis-je avec respect. Je suis Pâris, fils de Priam.

— Merci, altesse. Je suis Ménélas, roi de Lacédémone et frère d'Agamemnon, le grand roi de Mycènes.

— Accepterais-tu de partager mon char pour te rendre dans la cité, roi Ménélas? demandai-je.

Mon père faisait audience, comme chaque jour. Je chuchotai quelques mots au héraut, qui salua et ouvrit les doubles portes.

— Le roi Ménélas de Lacédémone, tonna-t-il.

Nous entrâmes. La Cour était pétrifiée. Mon père paraissait tendu et serrait si fort son sceptre que sa main en tremblait. Si mon compagnon s'aperçut qu'un Grec n'était pas le bienvenu ici, il n'en montra rien. La salle et ses décorations ne paraissaient guère l'impressionner.

Mon père descendit de l'estrade et tendit la main.

— Tu nous honores, roi Ménélas, dit-il.

Montrant une grande banquette garnie de coussins, père saisit le bras du visiteur.

— Voudrais-tu t'asseoir? Pâris, joins-toi à nous, mais commence par aller quérir Hector et fais apporter des rafraîchissements.

La Cour, silencieuse, s'interrogeait, mais ne pouvait rien entendre de la conversation qui suivit.

Après les échanges de civilités, mon père questionna son hôte:

— Qu'est-ce qui t'amène à Troie, roi Ménélas?

— Une question vitale pour mon peuple. Ce que je

recherche ne se trouve pas en terre troyenne, mais cela m'a paru le meilleur endroit pour commencer mon enquête.

— Explique-toi.

— Seigneur, mon royaume est dévasté par la peste. Comme mes prêtres ne pouvaient en déceler la cause, j'ai envoyé consulter la Pythie à Delphes. Elle m'a fait savoir que je devais aller en personne chercher les os des fils de Prométhée et les ramener à Amyclées, ma capitale, pour les enterrer. Alors seulement la peste cessera.

Ah ! Sa mission n'avait donc nul rapport avec tante Hésione, la pénurie d'étain et de cuivre, ou l'interdiction de commercer. C'était bien plus banal. Pour combattre la peste, il fallait prendre des mesures extraordinaires, ainsi y avait-il toujours un roi qui voyageait de par le monde en quête d'une chose ou d'une autre qu'il devait, selon les oracles, rapporter dans son pays. Je me demandais parfois s'il ne s'agissait pas tout simplement d'expédier le roi ailleurs en attendant que la peste s'éteigne d'elle-même, car s'il restait dans son pays, il risquait de succomber à la maladie ou d'être lynché rituellement.

Naturellement, il nous fallut offrir le logis au roi Ménélas. En effet, peut-être le roi Priam serait-il par la suite amené à lui demander assistance pour des raisons similaires. Les personnes de sang royal, quels que soient leurs différends, ont — face à certaines situations — l'esprit de corps. Aussi, pendant que Ménélas visitait notre cité, les émissaires de mon père allèrent-ils s'enquérir du lieu où se trouvaient les os des fils de Prométhée et apprirent qu'ils étaient en Dardanie. Le roi Anchise protesta, mais en vain. Qu'il le veuille ou non, les reliques quitteraient son pays.

Je fus chargé de veiller au confort de Ménélas en attendant qu'il pût se rendre à Lyrnessos pour y réclamer les précieuses reliques et lui offris, selon l'usage, une femme de la Cour, pourvu qu'elle ne fût pas de sang royal.

Il éclata de rire et secoua vigoureusement la tête.

— Je n'ai besoin de nulle autre femme que mon épouse.

— Cela se peut-il? répliquai-je étonné.

— C'est la plus belle femme qui soit, déclara-t-il gravement, en rougissant.

— Vraiment?

— Oui, vraiment, Pâris, Hélène n'a point d'égale.

— Est-elle plus belle que la femme de mon frère Hector?

— On ne peut comparer une étoile au soleil.

— Alors dis-m'en davantage!

Il soupira, leva les bras au ciel.

— Peut-on décrire Aphrodite? De simples mots ont-ils le pouvoir de dépeindre la perfection? Va plutôt voir la figure de proue de mon navire, Pâris. C'est Hélène.

J'essayai de me souvenir. Mais tout ce que je me rappelais, c'étaient deux yeux verts, pareils à ceux d'un chat égyptien. Il me fallait voir cette merveille! Je ne croyais pas un mot de ce qu'il avait dit; la sculpture ne pouvait qu'être plus belle que l'original.

— Seigneur, je dois bientôt mener une ambassade à Salamine pour m'enquérir de ma tante Hésione auprès du roi Télamon. Mais quand je serai en Grèce, il me faudra aussi me purifier d'un meurtre que j'ai commis accidentellement. Salamine est-elle loin de Lacédémone?

— Le voyage n'est pas trop long.

— Accepterais-tu d'accomplir pour moi les rites de purification, Ménélas?

— Mais naturellement! C'est la moindre des choses que je puisse faire pour te remercier de tes bontés, Pâris. Viens à Lacédémone cet été et j'accomplirai les rites. Tu ne m'as pas cru quand je t'ai parlé de la beauté d'Hélène. Ne le nie pas, tes yeux t'ont trahi. Viens donc à Amyclées en juger par toi-même, après quoi tu ne pourras que demander pardon de ton incrédulité.

Le pacte fut scellé d'une coupe de vin, puis nous

nous occupâmes des préparatifs du voyage à Lyrnessos. Ainsi Hélène était aussi belle qu'Aphrodite !
Comment Anchise et son fils Énée accueilleraient-ils la déclaration que Ménélas ne manquerait pas de faire à ce propos ? Car tout le monde savait que, dans sa jeunesse, Anchise avait été si beau qu'Aphrodite s'était abaissée à faire l'amour avec lui. Énée était le fruit de leurs amours.

6

Récit d'Hélène

Les ossements des fils de Prométhée furent inhumés à Amyclées et la peste commença à régresser. C'était vraiment merveilleux de pouvoir à nouveau traverser la ville en char, chasser dans les montagnes et assister aux rencontres sportives sur la palestre ! Le roi avait mis fin à la peste, tout allait bien à présent.

Sauf pour Hélène. Ménélas vivait avec une ombre. Avec les années, je m'étais faite plus calme, plus grave même — j'accomplissais mon devoir. J'avais donné à Ménélas deux filles et un fils. Chaque nuit il partageait ma couche. Jamais je ne lui refusais l'accès à mes appartements quand il frappait. Il m'aimait. A ses yeux j'étais irréprochable. La satisfaction d'être traitée en déesse me rendait plus soucieuse encore de mes devoirs. Et puis je désirais, dans tous les sens du terme, garder la tête sur les épaules.

Si seulement j'avais pu rester de glace quand il vint à moi après les noces ! Mais Hélène était une créature de chair, elle ne pouvait rester indifférente au contact d'un homme, même aussi pitoyable et maladroit que mon mari. N'importe qui plutôt que rien !

L'été vint, le plus aride qu'on ait connu. Les pluies

cessèrent. Les rivières se tarirent. Du haut des autels, les prêtres annonçaient le pire. Nous avions survécu à la peste ; allions-nous subir la famine ? Par deux fois j'entendis Poséidon, le dieu qui ébranle la Terre, gémir et secouer les entrailles du pays. Les gens commencèrent à parler de sinistres présages et les prêtres haussèrent le ton quand le froment d'été s'abattit sans épis sur le sol desséché.

Enfin, le dieu tonitruant s'exprima. Par un jour de canicule suffocante, il envoya ses hérauts, les nuées d'orage, les empilant toujours plus dans un ciel chauffé à blanc. Durant l'après-midi, le soleil disparut et les ténèbres s'épaissirent. Zeus explosa enfin. Poussant des rugissements assourdissants, il lança ses foudres sur la terre avec une férocité qui fit trembler notre Mère, les éclairs zébrant les cieux avant de s'abattre au sol en colonnes de feu.

Ruisselante de sueur et terrorisée, je balbutiai des prières et, pelotonnée sur la couche d'une petite chambre, je me bouchai les oreilles. Le tonnerre grondait. Les éclairs m'éblouissaient. Ménélas, Ménélas, où es-tu donc ?

C'est alors que j'entendis sa voix, au loin. Il s'entretenait avec quelqu'un qui parlait un grec maladroit et hésitant — un étranger. Je me précipitai à la porte et courus à mes appartements, pour ne point risquer de déplaire à mon époux ; en effet, comme toutes les dames du palais, j'avais pris pendant la canicule l'habitude de porter une transparente tunique en lin d'Égypte.

Juste avant le dîner, Ménélas vint chez moi pour me voir entrer dans mon bain. Jamais il n'essayait de me toucher, préférant regarder.

— Ma chérie, dit-il, nous avons un hôte, consentirais-tu à revêtir ton péplos de cérémonie ce soir ?

— Cet homme est-il si important ? demandai-je, ébahie.

— C'est mon ami, le prince Pâris de Troie.

— Oui, je me rappelle.

— Soigne ton apparence, Hélène. J'ai vanté ta

beauté quand j'étais à Troie et il s'est montré fort sceptique.

Sourire aux lèvres, je me retournai dans la baignoire, éclaboussant le sol.

— Je serai une splendeur, cher époux, c'est promis.

Et sans nul doute je l'étais, lorsque je pénétrai dans la salle des banquets peu avant que la Cour ne s'y assemblât pour partager le dernier repas du jour avec le roi, la reine et leur hôte. Ménélas était déjà là. Debout près de la table d'honneur, il parlait à un homme qui me tournait le dos. Un dos fort séduisant. Bien plus grand que Ménélas, il avait une épaisse chevelure, noire et bouclée, qui lui descendait entre les omoplates et il était torse nu à la manière des Crétois. Un large collier de pierres précieuses serties d'or lui couvrait les épaules et des bracelets du même métal entouraient ses poignets. Je contemplai son pagne pourpre, ses jambes galbées et ressentis un frémissement que depuis des années je n'avais plus éprouvé. De dos il avait belle allure, mais sans doute aurait-il le profil chevalin, me dis-je avec cynisme

Il se retourna. Je le vis, je l'aimai. Si j'étais la perfection faite femme, lui était l'homme parfait. Je le regardai, stupidement muette. Nul défaut. L'absolue perfection. Et j'en étais éprise.

— Ma reine, dit Ménélas en s'avançant, voici le prince Pâris. Nous devons envers lui nous montrer courtois et pleins d'attentions, car il m'offrit à Troie un excellent accueil.

Puis, se tournant vers Pâris, l'air interrogateur :

— Es-tu toujours incrédule, ami ?

— Non... Non.

Ménélas exultait.

Quel cauchemar que ce dîner ! Le vin coula à flots mais, en tant que femme, je n'en pus boire une goutte. Cependant quelque dieu espiègle poussa Ménélas, habituellement si sobre, à boire et boire encore. Pâris trônant entre nous, je ne pouvais me rapprocher suffisamment de mon mari pour l'empêcher de lever sa coupe. Et le prince troyen se conduisit sans nulle retenue ni sagesse. Naturellement, j'avais remarqué la lueur qui avait enflammé son regard quand il avait posé les yeux sur moi. Mais il en allait ainsi de tous les hommes, qui retrouvaient ensuite leur réserve. Pour Pâris, il n'en fut rien. Oubliant qu'à la table d'honneur nous étions observés par la Cour tout entière, il me couvrit de compliments insensés tout au long du repas et ses regards étaient outrageusement intimes.

Prise de panique, je tentai de faire en sorte que nos observateurs — pour la plupart des espions d'Agamemnon — ne remarquent rien d'inconvenant. M'efforçant d'être distante mais polie, j'accablai Pâris de questions : Comment vivait-on à Troie ? La ville était-elle très éloignée de l'Assyrie et de Babylone ? Y parlait-on grec ?

Mais il savait s'y prendre avec les femmes, répondant avec aisance et autorité, tandis que ses yeux effrontés vagabondaient de mes lèvres à mes cheveux, de mes doigts à mes seins.

Comme le repas se prolongeait indéfiniment, Ménélas ne parvint bientôt plus à articuler et ne vit rien d'autre que sa coupe. Pâris s'enhardit. Il se penchait si près que je sentais son souffle sur mes épaules, la douceur de son haleine. Je m'éloignais de lui, jusqu'à me trouver à l'extrémité du banc.

— Les dieux sont cruels de n'accorder qu'à un seul homme la jouissance d'une telle beauté, murmura-t-il.

— Prince, veille à tes paroles ! Je t'en prie, un peu de décence !

Il sourit en guise de réponse. J'avais de la peine à respirer. Une secrète moiteur me fit serrer les genoux.

— Je t'ai vue t'enfuir cet après-midi, vêtue de ta tunique transparente, poursuivit-il comme si je n'avais rien dit.

Le rouge me monta aux joues. Je priai pour que nul ne le remarque.

Il avança la main et me saisit le bras. Je sursautai, ce contact m'était insupportable. J'éprouvais la même sensation que quand grondait le dieu du Tonnerre.

— Prince, *je t'en prie*! Mon époux va t'entendre.

Il remit en riant sa main sur la table, mais si vite qu'il renversa la coupe qui était devant lui; le vin se répandit, rouge sur le bois clair. Comme je faisais à un esclave signe de nettoyer, Pâris se pencha vers moi.

— Je t'aime, Hélène.

Les esclaves avaient-ils entendu? J'observai Ménélas; complètement ivre, il avait les yeux dans le vague. Il était bien trop saoul pour venir dans la nuit me rejoindre. Ses hommes le transportèrent dans ses appartements et me laissèrent, seule, regagner les miens.

Je restai longtemps assise à la fenêtre, pensive. Que faire? Un unique repas auprès de cet homme et déjà j'étais désarmée. Il me traquait, intrépide, pensant que mon mari était trop obtus pour remarquer son jeu. Mais c'était l'ivresse du vin. Demain Ménélas serait sobre et même les plus sots ont des yeux. De plus, l'un des nobles le mettrait en garde, car Agamemnon les payait pour tout remarquer. Si l'un d'eux déclarait que j'étais infidèle, dans l'heure Agamemnon le saurait. Pâris aurait la tête tranchée et moi aussi. *Moi aussi!*

Tiraillée entre peur et désir, je me torturais. A quel point je l'aimais! Mais quel était donc cet amour, qu'une unique seconde avait vu naître? J'avais appris depuis mon mariage à résister à la luxure. Mais l'amour authentique était irrésistible. J'avais mille raisons de vouloir n'être qu'avec Pâris. Je voulais vivre à ses côtés. Je voulais savoir ce qu'il pensait, ce qu'il ressentait, comment il était pendant son sommeil. La flèche qui mena Orphée jusqu'aux Enfers et Phèdre au suicide m'avait transpercée. Ma vie ne m'appartenait plus; elle appartenait à Pâris. J'étais prête à mourir pour lui. Mais *vivre* pour lui! O délice!

Au chant du coq, quelques instants après que je me fus couchée, Ménélas vint dans ma chambre. Il avait l'air penaud et refusa de m'embrasser.

— Mon haleine empeste le vin, mon amour. J'ignore pourquoi j'ai tant bu.

Je le fis asseoir près de moi sur le lit.

— Comment vas-tu ce matin, à part ton haleine ?

— Je ne me sens pas très bien. Hélène, j'ai un problème, ajouta-t-il en fronçant les sourcils.

Ma bouche se dessécha ; je me passai la langue sur les lèvres. Un des nobles lui avait parlé.

— Un problème, dis-je d'une voix rauque.

— Oui. Un messager venu de Crète m'a éveillé. Mon grand-père Catrée est mort et Idoménée retarde les funérailles en attendant la venue d'Agamemnon ou la mienne. Bien sûr, c'est moi qui partirai. Agamemnon est retenu à Mycènes.

— Ménélas, tu ne peux pas partir !

Il prit ma véhémence pour un témoignage d'amour.

— Je me dois d'y aller, Hélène, je n'ai pas le choix.

— Seras-tu longtemps absent ?

— Au moins six lunes. Tu devrais mieux connaître la géographie ! Les vents d'automne me pousseront jusqu'en Crète, mais il me faudra attendre les vents d'été pour revenir ici.

— Ah ! soupirai-je. Quand pars-tu ?

— Aujourd'hui même, Hélène, répondit-il en me serrant le bras. Il me faut d'abord aller à Mycènes voir Agamemnon et comme je prendrai le bateau à Lerne ou à Nauplie, je ne pourrai revenir ici avant d'embarquer. C'est vraiment dommage, conclut-il, ravi de me voir à ce point consternée.

— Mais tu ne peux t'absenter, Ménélas. Tu as un invité.

— Pâris comprendra. J'accomplirai les rites de purification dès ce matin, avant de partir pour Mycènes, mais je veillerai à ce qu'il reste ici aussi longtemps qu'il le désire.

— Emmène-le donc avec toi, à Mycènes.

— Hélène, allons! Naturellement il devra aller à Mycènes, mais c'est à lui d'en décider, répliqua mon stupide mari, désireux de plaire à son hôte, mais totalement inconscient du danger qu'il représentait.

— Ménélas, tu ne peux m'abandonner ainsi, seule avec Pâris!

— Pourquoi pas? Tu as des chaperons, Hélène.

— Agamemnon n'est peut-être pas de cet avis.

Il m'embrassa la main, caressa mes cheveux.

— Hélène, ne te tracasse pas inutilement. Je te fais confiance. Agamemnon aussi te fait confiance.

Comment lui expliquer que moi, je ne me faisais pas confiance?

L'après-midi, au pied des marches du palais, je fis mes adieux à mon époux. Pâris ne se montra pas. Une fois que les chars eurent disparu à l'horizon, je courus me réfugier dans mes appartements et n'en sortis plus; on m'y apportait mes repas. Si Pâris ne me voyait pas, peut-être se lasserait-il de son petit jeu et partirait-il pour Mycènes ou Troie. Et les nobles n'auraient pas l'occasion de nous voir ensemble.

La nuit venue, il me fut impossible de dormir. Je fis les cent pas dans ma chambre, puis allai à la fenêtre. Amyclées était plongée dans l'obscurité. La pleine lune inondait de sa clarté la vallée de Lacédémone. Je me penchai par la fenêtre entrouverte et me laissai envahir par la sérénité de la nuit. Sous le charme, je sentis pourtant la présence de Pâris. Il contemplait le ciel par-dessus mon épaule. Je ne criai pas, je ne me retournai pas, mais il sut que je savais. Il prit mes coudes dans ses mains et m'attira tendrement contre lui.

— Hélène d'Amyclées, tu es aussi belle qu'Aphrodite.

— Ne tente pas la déesse, Pâris. Elle hait ses rivales.

— Elle ne te hait point. Ne comprends-tu donc pas? C'est Aphrodite qui t'a donnée à moi. Car je lui appartiens, je suis son bien-aimé.

Ses mains autour de ma taille dessinaient des cercles, lentement, sans hâte, comme s'il disposait de l'éternité pour me faire l'amour. Ses lèvres se posèrent sur mon cou.

— Hélène, n'as-tu jamais désiré t'aventurer dans les profondeurs de la forêt au cœur de la nuit ? N'as-tu jamais souhaité être aussi vive qu'une biche ? N'as-tu jamais désiré courir, libre comme le vent, pour tomber épuisée sous le corps de l'aimé ?

— Non, je ne rêve jamais à ces choses, répondis-je, la bouche sèche, tandis que mes reins disaient le contraire.

— Moi si. Je rêve de tes cheveux clairs flottant derrière toi, de tes longues jambes désireuses de me devancer au cours de la poursuite. C'est ainsi que j'aurais dû te rencontrer et non dans ce palais vide et dénué de toute vie.

Il entrouvrit ma tunique, les paumes de ses mains, légères comme des plumes, se posèrent sur mes seins.

— Tu as ôté la peinture.

Ce fut alors que je m'abandonnai. Je me jetai dans ses bras, indifférente à tout sauf à cette certitude : c'était l'homme qu'il me fallait et je l'aimais. De toute mon âme.

Esclave consentante, je reposais entre ses bras, aussi molle que la poupée de chiffons de ma petite fille.

— Viens à Troie avec moi, s'écria-t-il soudain.

Je me redressai pour contempler son visage et le reflet de mon amour dans ses beaux yeux ténébreux.

— C'est de la folie, dis-je.

— Pas du tout, c'est du bon sens. Tu n'es pas faite pour un insensible rustaud comme Ménélas, tu es faite pour moi.

— Je suis née de cette terre. J'en suis la reine. Mes enfants sont ici, répondis-je en essuyant mes larmes.

— Hélène, tu appartiens comme moi à Aphrodite ! Un jour j'ai solennellement juré de tout lui donner, j'ai renoncé à Héra, à Pallas Athéna pour elle, si elle exauçait mes vœux. Mais tout ce que je lui demande, c'est toi.

— Je ne *peux pas* partir.

— Tu ne peux pas rester. Je ne serai pas avec toi.

— Oh, je t'aime ! Comment vivre sans toi ?

— Il n'est pas question de vivre sans moi, Hélène.

— Tu demandes l'impossible, soupirai-je en pleurant.

— Allons ! Qu'est-ce qui te tracasse à ce point ? Quitter tes enfants ?

— Non, pas vraiment. Ils sont si ordinaires. Ils tiennent de Ménélas, ils ont les mêmes cheveux, et en plus ils ont des *taches de rousseur* !

— Ce doit être Ménélas, alors.

Était-ce cela ? Pauvre Ménélas, humilié, dominé, commandé depuis Mycènes par une main de fer. Je n'avais jamais désiré l'épouser. Je ne lui devais rien, pas plus qu'à son frère, cet homme déplaisant pour qui nous n'étions, tous, que les pions d'un gigantesque échiquier ; Agamemnon ne se souciait pas de moi, ni de mes désirs, de mes besoins ou de mes sentiments.

— J'irai à Troie, dis-je. Rien ne me retient ici. Rien.

7

Récit d'Hector

Le capitaine du port de Sigée m'avertit que la flotte de Pâris était enfin de retour; en arrivant à l'assemblée royale, j'envoyai un messager en informer mon père. Le roi s'apprêtait à rendre son jugement d'une affaire mineure quand les trompes retentirent et Pâris entra dans la salle du trône. Je ne pus m'empêcher de sourire en le voyant; il s'était métamorphosé en Crétois. Quelle élégance, avec sa chlamyde pourpre frangée d'or, ses bijoux, ses cheveux bouclés! Il respirait la santé et la fatuité. Quelle sottise avait-il bien pu commettre? Naturellement mon père le contemplait avec tendresse. Comment un homme avisé, un roi, pouvait-il à ce point se laisser aveugler par le charme et la beauté?

Pâris s'avança lentement vers l'estrade. Anténor, curieux comme une vieille pie, s'approcha aussi pour mieux entendre. J'allai me placer à côté du trône.

— Es-tu porteur de bonnes nouvelles, mon fils?

— Hélas non, répondit Pâris. Le roi Télamon s'est montré fort courtois, mais il a clairement précisé que jamais il ne renoncerait à tante Hésione.

Priam se raidit. Pourquoi, après tant d'années, cette haine implacable des Grecs persistait-elle en lui?

Sa respiration sifflante glaça l'assistance.

— Comment! Comment Télamon ose-t-il m'insulter de la sorte ? As-tu au moins vu ta tante ? As-tu pu lui parler ?

— Non, père.

— Je les maudis ! s'exclama le roi, les yeux fermés. Tout-Puissant Apollon, seigneur de la Lumière, maître du Soleil, de la Lune et des Astres, donne-moi l'occasion de rabaisser enfin l'orgueil des Grecs !

— Seigneur, du calme. Sûrement, tu ne pouvais attendre une réponse différente, fis-je remarquer.

— Non, sans doute, admit-il en rouvrant les yeux. Merci, Hector. Comme toujours tu me rappelles à la réalité, si dure soit-elle. Mais *pourquoi* les Grecs peuvent-ils tout se permettre ? Pourquoi peuvent-ils enlever une princesse troyenne en toute impunité ?

— Moi, père, j'ai châtié l'arrogance grecque, déclara Pâris, un éclair dans le regard.

— Et comment, mon fils ?

— Œil pour œil, dent pour dent ! Les Grecs ont volé ta sœur, moi j'ai ramené de Grèce une prise plus extraordinaire encore qu'une fillette de quinze ans ! Seigneur, poursuivit Pâris, d'une voix si forte qu'elle résonna dans la salle, je t'ai ramené Hélène, reine de Lacédémone, femme de Ménélas, le frère d'Agamemnon et sœur de Clytemnestre, la femme d'Agamemnon.

Je titubai, incapable de trouver mes mots. Anténor en profita pour lancer :

— Imbécile, crétin, séducteur de pacotille, pendant que tu y étais, pourquoi n'as-tu pas enlevé Clytemnestre ? Les Grecs courbent déjà la tête sous le poids des interdictions de naviguer, ils souffrent de la pénurie d'étain et de cuivre. Penses-tu qu'ils accepteront ce nouvel outrage ? *Pauvre fou !* Tu as donné à Agamemnon l'occasion qu'il attend depuis des années. Tu nous as plongés dans une guerre qui sera la ruine de Troie ! Espèce de fat, d'écervelé ! Comment ton père a-t-il pu ignorer ta bêtise ? Pourquoi n'a-t-il pas mis un terme à ta carrière de débauché dès le début ? Quand nous aurons récolté ce que tu as semé, aucun Troyen ne prononcera ton nom sans mépris.

J'approuvais en silence ce qu'avait dit le vieil homme; il exprimait exactement mon point de vue. Toutefois je ne pus que maudire Anténor. Qu'aurait décidé mon père si mon oncle avait tenu sa langue? Le roi prenait toujours le contre-pied d'Anténor.

— Père, j'ai fait ça pour toi, affirma Pâris, bouleversé.

— C'est bien cela! railla Anténor. As-tu oublié le plus célèbre de nos oracles? « *Méfie-toi de la femme ramenée de Grèce à Troie comme trophée!* » N'est-il pas assez clair?

— Non, je ne l'ai pas oublié! cria mon frère. Hélène n'est pas un trophée! Je ne l'ai pas enlevée. Elle est venue avec moi de son plein gré, parce qu'elle veut m'épouser! Elle a apporté, comme preuve de sa bonne foi, un véritable trésor : de l'or et des bijoux, en quantité suffisante pour acheter un royaume. Une dot, père, une dot! En fait j'ai insulté les Grecs plus gravement encore que si je l'avais enlevée, je les ai *faits cocus*!

Abasourdi et conscient de son impuissance, Anténor secouait sa crinière blanche. Pâris me regarda d'un air implorant.

— Hector, prends mon parti!

— Et comment le pourrais-je? dis-je entre mes dents.

Il tomba à genoux et entoura de ses bras les jambes du roi.

— Quel mal cela peut-il causer, père? Quand donc la fuite volontaire d'une femme a-t-elle causé une guerre? Hélène vient de son plein gré! Ce n'est plus une gamine; elle a vingt ans! Elle est mariée depuis six ans, elle a des enfants! Essaie d'imaginer combien sa vie a dû être terrible, pour qu'elle abandonne ainsi enfants et royaume! Père, je l'aime! Et elle m'aime!

Sa voix s'étrangla et ses larmes se mirent à couler.

— Je veux bien la voir, dit le roi en caressant tendrement les cheveux de Pâris.

— Non, attends, intervint Anténor. Seigneur,

avant de voir cette femme, écoute-moi. Renvoie-la à Ménélas avec tes excuses et tous les trésors qu'elle a apportés et conseille qu'on la décapite. C'est tout ce qu'elle mérite. *L'amour!* Quelle sorte d'amour peut pousser une mère à abandonner ses enfants?

Mon père ne le regardait pas. Il devait deviner ce que nous pensions, car il n'essaya pas de l'interrompre. Anténor continua donc.

— Priam, je crains le grand roi de Mycènes et tu devrais le craindre aussi. Tu as sûrement entendu Ménélas expliquer l'an dernier qu'Agamemnon a fait de toute la Grèce une vassale de Mycènes. Et s'il décidait de nous faire la guerre? Même si nous vainquons, nous serons ruinés. La richesse de Troie s'est constamment accrue pour une seule et unique raison: Troie a toujours évité la guerre. Les guerres mènent les nations à la ruine, Priam, tu l'as dit toi-même. D'après l'oracle, la femme venue de Grèce causera notre perte. *Et tu demandes à la voir!* Respecte nos dieux! Écoute nos oracles! Que sont les oracles sinon l'occasion que les dieux offrent aux mortels de voir ce que leur réserve l'avenir? Et tu as fait pire que ton père Laomédon; quand il se contentait de réduire le nombre des marchands grecs autorisés à venir dans le Pont-Euxin, tu leur en as interdit l'accès. Les Grecs peuvent se procurer du cuivre à l'ouest à un prix exorbitant, mais pas d'étain. Malgré cela ils sont riches et puissants.

Pâris leva un visage ruisselant de larmes vers le roi.

— Père, je te le répète, Hélène n'est pas un trophée! Elle vient de son plein gré. Elle ne peut donc pas être la femme dont parle l'oracle. Cela ne se peut!

Je parvins à intervenir avant Anténor.

— *Toi*, Pâris, tu affirmes qu'elle vient de son plein gré, mais est-ce là ce qu'on pensera en Grèce? Crois-tu qu'Agamemnon, orgueilleux comme il est, dira à ses vassaux que son frère est cocu? Non, Agamemnon prétendra qu'Hélène a été enlevée. Anténor a raison, père, nous sommes à la veille d'une guerre. De plus, nous ne sommes pas les seuls concernés. Nous avons des alliés, nous faisons partie d'une fédération d'États d'Asie Mineure. S'il y a la guerre, crois-tu qu'Agamemnon s'en prendra uniquement à Troie ? Non, la guerre s'étendra partout.

Père me regardait fixement, mais je ne baissai pas les yeux. Naguère il m'avait dit : « Tu me ramènes toujours à la réalité. » Maintenant, hélas ! il l'avait complètement perdue de vue. Anténor et moi avions seulement réussi à renforcer sa détermination.

— J'en ai suffisamment entendu, coupa-t-il d'un ton glacial. Héraut, fais entrer la reine Hélène.

Nous attendîmes. Un silence de mort régnait dans la salle. Je foudroyai Pâris du regard. Comment avions-nous pu le laisser devenir un tel imbécile ? Il s'était retourné, les yeux fixés sur les portes, un sourire béat aux lèvres. Sans doute pensait-il que nous allions être grandement surpris.

Les portes s'ouvrirent. Hélène s'arrêta un instant sur le seuil avant de s'avancer vers le trône. Sa jupe tintait agréablement à chacun de ses pas. Je retins mon souffle. C'était vraiment la plus belle femme que j'aie jamais vue. Même Anténor en était bouche bée. Épaules rejetées en arrière, tête haute, la démarche à la fois digne et gracieuse, elle avait le corps le plus beau qu'Aphrodite ait jamais accordé à une femme : taille de guêpe, hanches harmonieusement galbées, longues jambes, il n'y avait rien en elle qui ne fût agréable à regarder. Et ses seins ! Nus, à la mode grecque, arrondis et fermes, ils ne devaient rien à l'artifice, sinon que les mamelons étaient peints en or. Elle était tout simplement... *merveilleuse*.

Dans quelle mesure tout cela était-il réel, dans quelle mesure fûmes-nous envoûtés ? Jamais je ne le saurai. Hélène était la plus grande œuvre d'art que les dieux aient créée sur cette terre.

Pour mon père, elle fut le Destin. Il n'était pas encore d'un âge assez avancé pour avoir oublié les plaisirs de la chair et au premier regard il tomba amoureux d'elle. Ou peut-être la désira-t-il seulement. Mais il était trop vieux pour la voler à son fils. Aussi préféra-t-il considérer que celui-ci lui faisait un honneur de l'avoir attirée si loin de son mari, de ses enfants, de son pays. Il tourna son regard émerveillé vers Pâris.

Certes, ils formaient un beau couple : lui le brun Ganymède, elle la blonde Artémis. En quelques pas, Hélène avait conquis toute la salle et personne à présent ne pouvait reprocher à Pâris sa stupidité.

Dès que le roi congédia l'assemblée, je montai sur l'estrade et m'approchai lentement du trône. J'étais trois marches au-dessus du couple et j'arrivais largement à la hauteur du trône en or et en ivoire de mon père. En général, je ne faisais pas étalage de ma supériorité, mais Hélène m'agaçait. Je voulais qu'elle sût exactement quel rang j'occupais et quel était celui de Pâris.

— Ma chère enfant, voici Hector, mon héritier, dit père.

Elle inclina la tête d'un air à la fois grave et majestueux.

— Enchantée, Hector, puis, écarquillant les yeux d'un air admiratif, elle ajouta : comme tu es *grand* !

C'était là une provocation, dénuée pourtant de toute tentative de séduction. Ses goûts lui faisaient préférer de jolis minets comme Pâris et non de solides guerriers tels que moi. C'était tout aussi bien, car je n'aurais sans doute pas pu lui résister.

— Le plus grand de Troie, répondis-je sèchement.

Elle rit.

— Sans nul doute !

Je priai mon père de m'excuser.

— Mes fils ne sont-ils pas magnifiques, reine Hélène ? Je suis si fier de celui-ci, c'est un grand homme et un jour il sera un grand roi.

Elle m'examinait d'un air pensif, se demandant probablement s'il ne serait pas possible de faire prendre à Pâris ma place d'héritier. Ah ! Avec le temps, elle apprendrait que Pâris ne voulait endosser aucune responsabilité.

J'étais déjà à la porte quand père me cria :

— Attends, Hector. Va quérir Calchas.

Cet ordre me laissa perplexe. Pourquoi le roi voulait-il voir cet homme repoussant et pourquoi pas Laocoon et Théano également ? Nombreux étaient les dieux dans notre cité, mais nous avions une divinité attitrée, Apollon, et ses prêtres étaient Calchas, Laocoon et Théano.

Je trouvai Calchas au pied de l'autel de Zeus. Je ne lui demandai pas pourquoi il était là : ce n'était pas un homme à qui l'on posait des questions. Je l'observai quelques instants sans me faire remarquer, tentant de deviner qui il était vraiment.

Il avait — selon la rumeur — énormément voyagé à travers le monde, du septentrion jusqu'aux rivages de l'océan, et avait visité les pays lointains à l'est de Babylone et d'autres tout aussi éloignés au sud de l'Éthiopie. En Égypte, il avait assisté aux rituels transmis depuis le commencement des temps à ces illustres prêtres. A ce qu'on racontait aussi à voix basse, il était capable d'embaumer si bien un corps que, cent ans plus tard, il avait l'air aussi frais que le jour où on l'avait enterré ; il avait même été jusqu'à embrasser le phallus d'Osiris, acquérant ainsi le suprême pouvoir de divination. Je n'avais jamais éprouvé la moindre sympathie à son égard. Il éveillait en moi le même sentiment que ces serpents aveugles et translucides qu'enfant j'avais trouvés au plus profond de la crypte du palais : de la répulsion, du dégoût.

Je m'avançai entre les piliers. Il sut sans regarder qui s'approchait de lui.

— Tu me cherches, prince Hector ?

— Oui, saint prêtre. Le roi requiert ta présence.

— Pour m'entretenir de la femme venue de Grèce. Je viens.

Je le précédais — ce qui était mon droit. Certains prêtres, en effet, se croyaient tout-puissants et je ne voulais pas que Calchas nourrît un tel espoir.

Tandis qu'Hélène le regardait, sans pouvoir cacher sa répugnance, il baisa la main de mon père et attendit son bon plaisir.

— Calchas, mon fils Pâris a ramené une fiancée. Je veux que tu les maries demain.

— A tes ordres, seigneur.

Le roi congédia alors Pâris et Hélène.

— Va montrer à Hélène sa nouvelle demeure, dit-il à mon imbécile de frère.

Ils partirent, main dans la main. Calchas restait immobile et silencieux.

— Sais-tu qui elle est ? demanda mon père.

— Oui, seigneur. C'est Hélène, la femme ramenée de Grèce comme trophée. Je l'attendais.

Était-ce la vérité, ou ses espions étaient-ils toujours aussi efficaces ?

— Calchas, je vais te charger d'une mission.

— Laquelle, seigneur ?

— J'ai besoin des conseils de la Pythie de Delphes. Tu t'y rendras après la cérémonie de mariage, afin de découvrir ce qu'Hélène représente pour Troie.

— Oui, seigneur. Devrai-je me conformer aux ordres de la Pythie ?

— Assurément, elle parle au nom d'Apollon.

Qu'est-ce que cela signifiait donc ? De qui se moquait-on ? Il fallait aller en Grèce pour avoir les réponses. Encore et toujours la Grèce. Mais l'oracle de Delphes servait-il l'Apollon troyen ou l'Apollon grec ? D'ailleurs, s'agissait-il du même dieu ?

Une fois le prêtre parti, je me trouvai enfin seul avec père.

— Tu as agi de façon déplorable, seigneur.

— Non, Hector, je ne pouvais rien faire d'autre. Tu ne peux ignorer qu'il m'est impossible de la renvoyer. Le mal est fait, Hector. Dès l'instant où elle a quitté son palais d'Amyclées, les dés étaient jetés.

— Alors, père, ne la renvoie pas. Sa tête suffira.

— C'est trop tard, répondit-il, s'éloignant déjà. C'est trop tard. Bien trop tard...

8

Récit d'Agamemnon

Ma femme se tenait debout à la fenêtre, baignée de soleil. Sa chevelure aux reflets cuivrés resplendissait. Certes, elle n'était pas aussi belle qu'Hélène, mais elle m'attirait bien davantage. Clytemnestre n'était pas un simple ornement, force et énergie émanaient de toute sa personne.

J'entendis un grand remue-ménage au-dehors : mes gardes criaient que le roi et la reine ne voulaient pas être dérangés. Le sourcil froncé, je me levai, mais à peine avais-je fait un pas que Ménélas entrait avec précipitation, s'effondrant en sanglots à mes genoux.

— Qu'est-ce donc ? demandai-je en le relevant pour le faire asseoir.

Mais il ne cessait de pleurer. Les cheveux sales et emmêlés, les vêtements en désordre, il portait une barbe de trois jours. Clytemnestre lui versa une coupe de vin pur. Il se calma un peu après en avoir bu.

— Ménélas, que t'arrive-t-il ?

— Hélène n'est plus parmi nous.

— Elle est *morte* ? demanda Clytemnestre.

— Non, elle n'est plus là ! Elle m'a quitté, Agamemnon ! Quitté !

Il se redressa, fit un effort pour reprendre ses esprits.

— Raconte, Ménélas.

— Je suis rentré de Crète il y a trois jours. Elle n'était pas là. Elle s'est enfuie, enfuie à Troie, avec Pâris !

Nous le contemplâmes, muets de stupeur.

— Partie à Troie avec Pâris, répétai-je avec difficulté.

— Oui ! Oui ! Elle a volé le trésor et s'est enfuie !

— Je ne puis te croire.

— Moi, je le crois, siffla Clytemnestre. La garce ! Qu'attendre d'autre, après qu'elle a fui avec Thésée ? Putain ! Traînée ! Chienne !

— Tais-toi, femme !

Elle obtempéra en grimaçant.

— Quand cela s'est-il produit, Ménélas ?

— Il y a presque six lunes, le lendemain de mon départ pour la Crète.

— Impossible ! Je ne suis pas allé à Amyclées en ton absence, mais j'y ai de fidèles amis, qui m'en auraient aussitôt averti.

— Elle les a ensorcelés, Agamemnon. Elle est allée voir l'oracle de Mère Kubaba, l'a forcé à prétendre que j'avais usurpé le trône de Lacédémone, qui aurait dû lui revenir. Puis elle a demandé à Kubaba de leur jeter un sort. Nul n'a osé parler.

Je maîtrisai ma fureur à grand peine.

— Ainsi, Lacédémone est toujours sous la coupe de la Mère, de l'ancienne religion ! Je vais régler cela sans plus tarder ! Partie depuis plus de cinq lunes... Impossible à présent de la faire revenir.

Ménélas, d'un bond, fut debout.

— *Impossible de la faire revenir ?* Impossible ! Agamemnon, tu es le grand roi ! Tu te dois de la faire revenir.

— A-t-elle emmené tes enfants ? demanda Clytemnestre.

— Non, seulement le trésor.

— Révélant par là même ce qui seul l'intéresse, glapit ma femme. Oublie-la, Ménélas ! Tu es bien mieux sans elle !

Il tomba à genoux, se remit à pleurer.

— Je veux qu'elle revienne, Agamemnon! Donne-moi une armée et j'embarque pour Troie!

— Relève-toi, mon frère! Et reprends-toi.

— Donne-moi une armée! siffla-t-il entre ses dents.

— Ménélas, c'est une question d'ordre *privé*, soupirai-je. Je ne puis te donner une armée à seule fin de traduire une putain en justice! Tous les Grecs ont d'excellentes raisons de haïr Troie et les Troyens, mais aucun des rois qui sont mes vassaux n'estimerait que la fuite volontaire d'Hélène est une raison valable de partir en guerre.

— Tout ce que je te demande, Agamemnon, c'est une armée composée de tes troupes et des miennes!

— Troie la réduirait à néant. On dit que l'armée de Priam compte cinquante mille hommes.

Clytemnestre me donna un violent coup de coude.

— As-tu oublié le serment de l'étalon? Ils sont cent rois et princes à l'avoir prononcé. Tu peux lever une armée.

Sur le point de lui rappeler que les femmes ne connaissent rien aux affaires de l'État, je préférai toutefois m'abstenir. Je me rendis à la salle d'audience, m'assis sur le trône à tête de lion et réfléchis intensément.

La veille, j'avais reçu une délégation de rois venus de la Grèce entière. Par suite de l'interdiction de franchir l'Hellespont, ils s'étaient ruinés à acheter en Asie Mineure l'étain et le cuivre. Nos réserves en métaux étaient presque épuisées. On fabriquait en bois les socs de charrue et les couteaux en os. Les nations grecques ne pourraient longtemps survivre, à moins de mettre fin au plus vite à la politique d'exclusion imposée par Troie. Les tribus barbares étaient massées au nord et à l'ouest, prêtes à fondre sur nous pour nous exterminer. Où trouver le bronze afin de fabriquer les armes indispensables à notre défense?

J'avais écouté, promis de trouver une solution. Il n'y en avait pas d'autre que la guerre mais, parmi les rois de la délégation, nombreux étaient ceux qui refuseraient d'en venir ainsi aux pires extrémités. Maintenant, grâce à Clytemnestre, je connaissais le moyen de régler le problème. J'étais dans la force de l'âge, j'avais déjà fait la guerre et m'y étais distingué. Je pouvais fort bien commander l'expédition ! Et Hélène me servirait d'excuse. Le rusé Ulysse avait tout prévu, il y a sept ans, quand il avait poussé Tyndare à exiger ce serment des prétendants éconduits d'Hélène.

Je devais accomplir de hauts faits, sinon ma renommée périrait avec moi. Quel exploit eut été plus admirable que la conquête de Troie ? Grâce au serment de l'étalon, j'étais en mesure de lever une armée de cent mille hommes. Une dizaine de jours suffiraient à ma gloire. Une fois Troie en ruine, qui oserait m'empêcher d'attaquer les États côtiers d'Asie Mineure pour en faire les satellites d'un Empire grec ? Bronze, or, argent, électrum, joyaux, terres, tout serait à moi. Il me suffisait d'avoir recours au serment de l'étalon. Oui, j'avais le pouvoir d'édifier un empire pour mon peuple.

Clytemnestre et Ménélas m'observaient.

— Hélène a été enlevée, finis-je par annoncer sobrement.

Mon frère secoua tristement la tête.

— Si seulement c'était vrai, Agamemnon, mais il n'a pas été besoin de la contraindre.

— Ce qui s'est *réellement* passé ne m'intéresse pas, répliquai-je. Tu diras que c'est un rapt, Ménélas. Si tu laissais entendre qu'elle est partie de son plein gré, notre plan s'effondrerait, comprends-le. Obéis sans discuter et je lèverai une armée.

Anéanti l'instant d'avant, Ménélas exultait à présent.

— Oh oui, Agamemnon ! Oui !

Clytemnestre sourit avec amertume. Nos parents n'étaient autres que des imbéciles et, tous deux, nous le savions. Un esclave apparut au loin.

— Envoie-moi Calchas, lui ordonnai-je.

Quelques instants plus tard le prêtre fit son entrée, se prosterna devant moi. Pourquoi donc était-il venu à Mycènes ? Il y a peu de temps encore, ce Troyen de la plus haute noblesse était grand prêtre d'Apollon à Troie. Quand il était venu en pèlerinage à Delphes, la Pythie lui avait enjoint de se mettre au service de l'Apollon de Grèce, lui interdisant de jamais retourner à Troie. Lorsqu'il se présenta à moi, je fis vérifier son histoire ; la Pythie confirma ce qu'il m'avait appris. Désormais Calchas serait à mon service, telle était la volonté du seigneur de la Lumière. Je n'avais nulle raison de le soupçonner de traîtrise. Doué de seconde vue, il m'avait annoncé quelques jours auparavant la visite de mon frère.

C'était un véritable albinos, aussi sa physionomie était-elle fort peu engageante. Il était chauve, sa peau était aussi blanche que le ventre des poissons. Ses yeux rouges louchaient et sa grosse figure ronde n'exprimait que la stupidité. Signe trompeur, car Calchas était loin d'être bête.

— Calchas, quand as-tu quitté Priam, exactement ?

— Il y a cinq lunes, seigneur.

— Le prince Pâris était-il déjà rentré de Salamine ?

— Non, seigneur.

— Tu peux disposer.

Il se raidit, outragé d'avoir été si sommairement congédié ; de toute évidence, à Troie, il était traité avec plus d'égards. Mais Troie adorait Apollon le Très-Haut, alors qu'à Mycènes, le Très-Haut était Zeus. Comme il devait souffrir d'avoir été contraint par Apollon à servir en un lieu étranger à son cœur !

— Qu'on fasse venir le chef des hérauts, ordonnai-je en frappant à nouveau dans mes mains.

Ménélas soupirait.

— Courage, frère. On la ramènera. Nul ne peut rompre le serment de l'étalon. Tu auras ton armée dès le printemps prochain.

Le chef des hérauts arriva.

— Tu enverras un messager à tous les rois et princes grecs et crétois qui ont il y a sept ans prononcé le serment de l'étalon au roi Tyndare. Il devra leur dire : « Roi — ou prince, ou seigneur — moi, ton suzerain Agamemnon, roi des rois, t'ordonne de venir sur-le-champ à Mycènes pour t'entretenir du serment fait lorsque la reine Hélène a été accordée au roi Ménélas. » Tu te rappelleras ce message ?

— Oui, seigneur, répondit le chef des hérauts, très fier de sa mémoire.

— Alors va, exécute mon ordre.

Clytemnestre et moi nous étions débarrassés de Ménélas en lui conseillant d'aller prendre un bain. Il s'était éloigné, tout heureux — son grand frère Agamemnon avait la situation bien en main, il pouvait enfin se détendre.

— « Grand roi de Grèce » est un titre magnifique, mais « grand roi de l'Empire grec » sonne encore mieux, déclara Clytemnestre.

— C'est ce que je pense aussi, femme, répondis-je avec un sourire.

— J'aime l'idée qu'Oreste héritera de ce titre, continua-t-elle l'air songeur.

Cette remarque était révélatrice de la nature profonde de Clytemnestre. Ma reine avait l'esprit d'un chef et répugnait à se plier à une volonté — aussi puissante fût-elle. Je connaissais ses ambitions, elle désirait régner à ma place, ranimer l'ancienne religion et réduire le roi au rang de symbole vivant de sa fertilité. Le culte de Mère Kubaba était vivace en l'île de Pélops. Notre fils Oreste, encore très jeune, était né alors que je désespérais d'avoir jamais de garçon. Ses deux sœurs, Électre et Chrysothémis, étaient alors déjà adolescentes. La naissance d'un enfant mâle fut un coup terrible pour Clytemnestre ; elle avait espéré régner par le biais d'Électre quand cette dernière aurait accédé au trône, bien que récemment elle eût reporté son affection sur Chrysothémis. Mais Clytemnestre était ingénieuse. Maintenant qu'Oreste, enfant vigoureux, avait toutes les chances de me succéder, sa mère espérait que je mourusse avant qu'il fût majeur, ce qui lui permettrait de régner.

Certains de ceux qui avaient prêté serment arrivèrent à Mycènes avant que Ménélas ne revînt de Pylos avec le roi Nestor, qu'il était allé chercher. La distance était grande entre Mycènes et Pylos. Il y avait des royaumes bien plus proches. Je fus heureux de revoir Palamède, fils de Nauplios, qui arriva rapidement. Seuls Ulysse et Nestor le surpassaient en sagesse.

Je conversais avec Palamède dans la salle du trône, lorsque je remarquai une agitation parmi les rois de moindre importance. Palamède étouffa un rire.

— Par Héraclès, quel colosse ! Ce doit être Ajax, fils de Télamon. Mais pourquoi vient-il donc ? C'était un enfant à l'époque du serment, que son père n'a d'ailleurs jamais prêté.

Ajax s'avançait lentement vers nous. Il dominait tout le monde d'au moins une ou deux coudées. Il pratiquait les sports toute l'année et par tous les temps, aussi était-il pieds et torse nus. Je ne pouvais détacher mon regard de sa massive poitrine. Il n'y avait pas une once de graisse sur ses muscles saillants et j'avais l'impression qu'il ébranlait les murs de la salle à chaque pas.

— On murmure que son cousin Achille est presque aussi grand.

— Que nous importe ! Le roi Pélée, son père, croit la Thessalie suffisamment forte pour être indépendante. Ils ne nous aideront pas.

— Sois le bienvenu, fils de Télamon, déclarai-je. Quel bon vent t'a poussé jusqu'à nous ?

Il me dévisagea d'un air calme, de ses yeux gris au regard d'enfant.

— Je viens t'offrir les services de Salamine, seigneur, en lieu et place de mon père, qui est souffrant. Il pense que je tirerai profit de cette expérience.

Voilà qui me satisfaisait fort. Je déplorai l'arrogance de Pélée. Télamon, lui, savait rendre hommage à son grand roi, alors que je chercherais en vain l'aide de Pélée, d'Achille et des Myrmidons.

— Tu peux être assuré de notre gratitude, fils de Télamon.

En souriant, Ajax se dirigeait vers quelques-uns de ses amis, quand soudain il se tourna vers moi.

— Seigneur, j'ai omis de te dire que mon frère Teucer est avec moi. Il a fait le serment.

Palamède riait toujours sous cape.

— Allons-nous ouvrir un jardin d'enfants, seigneur ?

— Pourquoi pas ? Mais c'est dommage qu'Ajax soit un tel sot. Toutefois, il ne faut point mépriser les troupes de Salamine.

A l'heure du dîner, nombre de nouveaux venus — dont certains n'avaient pas prêté serment — se pressaient dans la salle. Je leur exposai mes plans : envahir la péninsule de Troie, m'emparer de la cité et libérer l'Hellespont. Par fidélité envers mon frère absent, je m'attardai sur la perfidie de Pâris, mais nul ne se laissa duper. Tous connaissaient les véritables raisons de cette guerre.

— Partout les marchands réclament à cor et à cri la réouverture de l'Hellespont, expliquai-je. Il nous faut davantage d'étain et de cuivre. Les barbares du Nord et de l'Ouest ont des vues sur nos terres. Certains de nos États sont surpeuplés ; pauvreté, émeutes et complots en sont la conséquence. Ne vous méprenez pas, je ne vais point guerroyer seulement pour récupérer Hélène. Cette expédition contre Troie et les États côtiers d'Asie Mineure nous permettra d'envoyer notre surplus de population dans des territoires riches et sous-peuplés, afin d'y fonder des colonies. Sur les côtes de la mer Égée, on parle plus ou moins grec. Imaginez ce monde comme étant *totalement* grec. Imaginez-le comme l'Empire grec.

Avec quel plaisir chacun d'eux écouta ce discours !

Tous mordirent avidement à l'hameçon. Je n'eus finalement même pas besoin de parler du serment. La cupidité est une motivation bien plus puissante que la peur. Bien sûr, Athènes prit mon parti ; je n'avais d'ailleurs jamais douté de l'aide de Ménesthée. Ni de celle d'Idoménée de Crète, le troisième grand roi. Mais le quatrième, Pélée, me refuserait la sienne, j'en étais certain.

Plusieurs jours après, Ménélas revint avec Nestor. Je fis aussitôt amener le vieil homme dans mes appartements, où se trouvait déjà Palamède, et renvoyai Ménélas. La prudence exigeait qu'il continuât à croire que l'unique cause de la guerre était Hélène. En effet, il n'avait pas encore songé à ce qu'il adviendrait d'elle quand nous l'aurions reprise et cela valait mieux, car une reine adultère devait être décapitée.

Je n'avais aucune idée de l'âge de Nestor, roi de Pylos. C'était déjà un vieillard chenu lorsque j'étais enfant, mais il n'avait en rien perdu sa sagesse, depuis. On ne percevait aucun signe de sénilité dans ses yeux bleus qui pétillaient d'intelligence ; ses doigts ornés de bagues ne tremblaient pas.

— Qu'est-ce donc que cette fable, Agamemnon ? demanda-t-il. Ton frère est plus sot que jamais ! Tout ce qu'il a su me dire, c'est qu'on avait enlevé Hélène par la force. Vraiment ! Ne va pas prétendre t'être laissé duper au point de satisfaire ses caprices ! La guerre pour une femme ? Reprends-toi, Agamemnon !

— Seigneur, nous allons nous battre pour nous procurer de l'étain et du cuivre, pour étendre notre commerce, libérer l'Hellespont et fonder des colonies grecques en Asie Mineure, le long des côtes de la mer Égée. L'enlèvement d'Hélène, le vol du trésor de mon frère, ne sont que des prétextes, voilà tout.

— Voilà qui me rassure. Combien d'hommes espères-tu rassembler ?

— Nous comptons sur environ quatre-vingt mille soldats et, avec l'intendance, le total dépasserait cent mille hommes. Mille navires prendront la mer au printemps prochain.

— C'est une expédition importante. J'ose espérer que tu la prépares avec soin.

— Assurément, répondis-je d'un ton hautain. Mais une telle armée ne manquera pas de venir rapidement à bout de Troie; ce sera l'affaire de quelques jours à peine.

— En es-tu bien certain, Agamemnon? demanda Nestor stupéfait. T'es-tu déjà rendu à Troie?

— Non.

— N'as-tu donc jamais entendu parler de ses murailles?

— Si, bien sûr, mais nulle muraille ne saurait résister à l'assaut de cent mille hommes!

— C'est possible... Attends cependant d'avoir abordé aux rivages de la Troade pour en mieux juger. Troie n'est pas Athènes, avec sa citadelle fortifiée défendue par un simple mur qui descend jusqu'à la mer. A Troie, la cité entière est encerclée de bastions. Je sais que tu peux triompher, mais je sais également que la bataille sera longue.

— Permets-moi de ne pas partager ton avis, seigneur, déclarai-je d'une voix ferme.

— Ni moi ni mes fils n'avons prêté le serment, cependant tu peux compter sur nous. Ne pas briser la puissance troyenne, Agamemnon, c'est courir à notre propre perte et entraîner avec nous la Grèce entière! Où est donc Ulysse? ajouta-t-il après un temps.

— J'ai envoyé un messager à Ithaque.

— Pfft! Il ne viendra pas.

— Il le faudra bien. Lui aussi a prêté serment.

— Que valent les serments aux yeux d'Ulysse? Nul ne peut l'accuser de parjure, mais il a *lui-même* imaginé ce stratagème. Sans doute a-t-il fait semblant de jurer. Au fond c'est un homme paisible et — à ce qu'on m'a dit — il savoure à présent les bonheurs domestiques. Il semble avoir perdu le goût de l'intrigue. Un mariage heureux change parfois un homme. Il refusera de venir, Agamemnon; pourtant il nous est indispensable.

— J'en suis convaincu, seigneur.

— Alors va le chercher en personne, dit Nestor. Et emmène avec toi Palamède. A renard, renard et demi.

— Dois-je également m'adjoindre Ménélas?

— Absolument. Ainsi l'amour sera-t-il davantage évoqué que les affaires d'argent.

Nous embarquâmes sur la côte ouest de l'île de Pélops pour traverser le détroit tourmenté qui mène à Ithaque. En débarquant, je contemplai l'île — un îlot rocheux des plus arides — sans grand enthousiasme. Ce n'était guère là le royaume qui aurait convenu à l'homme le plus avisé du monde! Je gravis non sans peine le sentier muletier qui menait à l'unique cité, déplorant qu'Ulysse n'eût pas même prévu de moyen de transport. Plus haut, cependant, nous trouvâmes quelques ânes infestés de puces. Heureux qu'aucun de mes courtisans ne me vît perché sur un âne, je fis route vers le palais.

Je le découvris avec surprise, fort petit, il était pourtant somptueux. Pénélope avait en effet apporté une riche dot : de vastes terres, des coffres remplis d'or et de bijoux — la rançon d'un roi! Son père, Icarios, avait à l'époque été très indigné de devoir accorder la main de sa fille à un homme qui ne pouvait gagner une course à pied sans tricher!

Je m'attendais à ce qu'Ulysse, informé de notre arrivée, nous attendît sous le portique. Mais quand nous descendîmes de nos infâmes montures, nous trouvâmes les lieux déserts. Pas même un esclave. J'entrai le premier, intrigué plutôt qu'offensé de constater que le palais fût vide. Argos, le maudit chien qu'Ulysse emmenait partout, n'aboya même pas après nous.

Deux impressionnantes portes de bronze nous laissèrent deviner où se trouvait la salle du trône. Ménélas les ouvrit. Sur le seuil, nous fûmes éblouis par tant de beauté et d'harmonie. Une femme pleurait, accroupie au pied du trône. Son manteau lui cachait le visage mais, quand elle le releva, nous sûmes tout de suite qui elle était, car elle portait un tatouage à la joue gauche : une araignée écarlate au milieu d'une toile bleue. C'était l'emblème de celles qui s'étaient consacrées à Pallas Athéna, déesse des fileuses. Pénélope filait.

D'un bond elle fut debout, puis s'agenouilla pour embrasser le bord de ma tunique.

— Seigneur, nous ne t'attendions pas ! T'accueillir de la sorte ! Pardonne-moi, grand roi !

Sur ce, elle fondit à nouveau en larmes.

Je la regardai et me sentis parfaitement ridicule : une femme hystérique m'étreignait les chevilles. Je croisai le regard de Palamède et ne pus m'empêcher de sourire. Il fallait s'attendre à tout de la part d'Ulysse et des siens.

— Seigneur, sans doute en furetant pourrais-je en savoir davantage, me murmura Palamède à l'oreille.

J'acquiesçai, puis aidai Pénélope à se relever.

— Allons, cousine, reprends-toi. Que t'arrive-t-il donc ?

— C'est le roi, seigneur ! Il est devenu fou ! Complètement fou ! Il ne me reconnaît même pas, moi, son épouse ! Il se trouve en ce moment dans le verger sacré et délire comme un dément !

— Nous devons le voir, Pénélope, dis-je.

— Oui, seigneur, laisse-moi te conduire, répondit-elle en hoquetant.

Nous sortîmes par l'arrière du palais. Soudain une vieille femme surgit, un nourrisson dans les bras.

— Reine, le prince pleure. L'heure de la tétée est passée.

Pénélope le prit et le berça.

— C'est le fils d'Ulysse ? demandai-je.

— Oui, voici Télémaque.

Je lui caressai la joue et poursuivis mon chemin. L'état de son père était bien plus important à mes yeux. Nous traversâmes une oliveraie dont les arbres étaient si vieux que leurs troncs torturés étaient énormes et arrivâmes dans un espace clos où la terre était en friche. C'est alors que nous aperçûmes Ulysse. Je restai bouche bée ; il labourait le sol avec l'attelage le plus singulier que j'aie jamais vu : un bœuf et une mule. Chacun de son côté, ils tiraient la charrue qui allait de travers, dessinant un sillon tortueux. Ulysse, coiffé d'un bonnet de paysan, jetait quelque chose par-dessus son épaule sans y prêter attention.

— Que fait-il donc ? demanda Ménélas.

— Il sème du sel, répondit sombrement Pénélope.

Bredouillant des paroles insensées et riant comme un fou, Ulysse labourait et semait son sel. Il semblait ne pas nous avoir vus. On percevait dans ses yeux comme une lueur de folie. Le seul homme dont la présence nous était indispensable nous échappait. Je n'en pus supporter davantage.

— Bien, laissons-le, déclarai-je.

La charrue était tout près de nous maintenant et l'attelage de plus en plus difficile à maîtriser. Soudain, Palamède bondit, arracha le bébé des bras de sa mère et le déposa presque sous les sabots du bœuf. Pétrifiés, ni Ménélas ni moi n'eûmes la moindre réaction. Avec un cri perçant, Pénélope tenta de se précipiter vers l'enfant, mais Palamède l'en empêcha. C'est alors que, délaissant son attelage, Ulysse courut en avant et prit son fils dans ses bras.

— Qu'est-ce que cela signifie ? s'étonna Ménélas. Serait-il finalement sain d'esprit ?

— Autant qu'on peut l'être, dit Palamède en riant.

— Il *simulait* la démence ? demandai-je.

— Assurément, seigneur. Par quel autre moyen éviter d'honorer le serment qu'il a prêté ?

— Comment l'as-tu appris ? questionna Ménélas, ahuri.

— J'ai rencontré un esclave, fort bavard, qui m'a raconté qu'Ulysse avait hier consulté un oracle : s'il va à Troie, il ne pourra revenir à Ithaque avant vingt ans, nous expliqua Palamède, très fier de son succès.

Ulysse donna l'enfant à Pénélope qui, cette fois,

pleura pour de bon. Chacun savait qu'Ulysse était un grand acteur, mais Pénélope aussi savait jouer la comédie! Ils allaient bien ensemble, ces deux-là. Ulysse fixait d'un regard menaçant Palamède, qui venait de s'attirer la haine d'un homme capable d'attendre toute une vie l'occasion de se venger.

— Me voici démasqué, convint Ulysse sans nul repentir. Je présume que tu as besoin de mes services, seigneur?

— Oui. Pourquoi es-tu si réticent, Ulysse?

— La guerre contre Troie sera longue et sanglante. Je ne veux y être mêlé en aucune façon.

Encore un qui me prédisait une longue campagne! Mais comment Troie — si hautes que fussent ses murailles — pourrait-elle jamais résister à une armée de cent mille hommes?

Je retournai à Mycènes avec Ulysse que j'informai de tout. Inutile de lui dire, à lui, qu'Hélène avait été enlevée. Il fut, comme à son habitude, généreux en conseils avisés. Pas une seule fois il ne s'était retourné pour voir Ithaque disparaître à l'horizon. Pas une seule fois il n'avait laissé paraître que sa femme lui manquerait et Pénélope avait fait preuve d'une égale discrétion. Ils savaient se maîtriser et garder leurs secrets.

Quand nous arrivâmes en mon Palais du Lion, j'y trouvai mon cousin Idoménée, de Crète, tout à fait disposé à participer à n'importe quelle expédition contre Troie, à condition d'en partager avec moi le commandement, ce que je lui accordai volontiers. Il serait, de toute façon, bien forcé d'obéir au grand roi de Mycènes. Il avait été fort amoureux d'Hélène et — je dus en effet lui dévoiler la vérité — il réagit très mal à la nouvelle de sa fuite.

Tous les constructeurs de navires étaient à l'œuvre. Heureusement nous, les Grecs, bâtissions les meilleurs vaisseaux; nous possédions de vastes forêts de sapins à abattre, autant de poix que nécessaire et assez de bétail pour fabriquer des voiles en cuir. Il était préférable de ne pas les faire construire ailleurs, afin d'éviter tout risque de dévoiler nos projets. Mes désirs furent comblés au-delà de toute espérance : on me promit mille deux cents navires et plus de cent mille hommes.

Dès que la flotte fut en chantier, je tins conseil. Seuls Nestor, Idoménée, Palamède et Ulysse étaient présents. Nous étudiâmes l'expédition future jusque dans les moindres détails. Ensuite, je priai Calchas de nous prédire l'avenir.

— Voilà une excellente initiative, approuva Nestor, qui aimait s'en remettre à la volonté des dieux.

— Que déclare Apollon ? demandai-je à Calchas. Notre expédition sera-t-elle un succès ?

— Uniquement si Achille, septième fils du roi Pélée, vous accompagne, répondit-il sans hésiter.

— Achille ! Achille ! m'écriai-je en grinçant des dents. Où que j'aille, j'entends ce nom.

— C'est celui d'un grand personnage, Agamemnon, répliqua Ulysse.

— Allons donc ! Il n'a pas même vingt ans !

— Quoi qu'il en soit, nous devrions en apprendre davantage sur lui, dit Palamède. Prêtre, va-t'en quérir Ajax.

L'albinos bigleux n'aimait pas recevoir des ordres des Grecs. Il obéit néanmoins. Savait-il que je le faisais surveiller nuit et jour ? Simple précaution.

Sitôt après le départ de Calchas, Ajax apparut.

— Parle-moi donc d'Achille, lui dis-je.

Il nous en fit un éloge dithyrambique, mais ne nous apprit rien que nous ne sachions déjà. Je remerciai le fils de Télamon et le congédiai. Quel balourd !

— Eh bien ? demandai-je alors à mon conseil.

— A la vérité, Agamemnon, ce que nous en pensons est sans importance, intervint Ulysse. Le prêtre affirme qu'Achille doit être des nôtres...

— ... et il ne viendra pas si on le lui ordonne, assura Nestor.

— Merci. Je ne le sais que trop, rétorquai-je.

— Ne t'irrite pas, seigneur, dit le vieil homme.

Pélée n'est plus très jeune et il n'a pas juré. Rien ne l'oblige à nous aider, il n'a pas non plus offert son concours. Cependant réfléchis bien, Agamemnon! Que ne ferions-nous pas avec les Myrmidons à nos côtés?

Je me tournai vers Ulysse.

— Emmène Nestor et Ajax avec toi. Rendez-vous à Iolcos et essayez d'obtenir de Pélée qu'Achille et les Myrmidons nous prêtent assistance.

9

Récit d'Achille

J'étais si près de lui maintenant que je sentais son odeur âcre et sa fureur. Lance à la main, je me faufilai dans le fourré. Je perçus son souffle rauque alors qu'il déchirait le sol de son sabot. Je le vis. Il avait la taille d'un taurillon. Son corps trapu se balançait sur des pattes courtes et puissantes, ses soies noires étaient hérissées, ses babines cruelles retroussées sur des défenses incurvées et jaunies. Dans son regard on lisait qu'il se savait condamné à une mort prochaine : il était empli d'une fureur aveugle. Il était vieux et laid, c'était un tueur d'hommes.

Je criai pour attirer son attention. Tout d'abord il resta immobile puis, lentement, il tourna sa hure massive et me regarda. Un nuage de poussière s'éleva quand il racla le sol et que, groin baissé, il laboura la terre de ses défenses, se ramassant pour charger. J'avançai à découvert et défiai l'animal de ma lance, la Vieille Pélion. Il n'avait jamais vu un homme l'affronter avec tant de hardiesse. Il hésita un instant, avant de se mettre à trotter d'un pas lourd qui ébranlait le sol, puis à galoper. J'étais stupéfait de voir une bête aussi énorme courir si vite.

J'essayai d'évaluer la puissance de sa charge et restai là où je me trouvais, tenant la Vieille Pélion à deux mains, pointe légèrement tournée vers le haut. Il se rapprochait de moi. Entraîné par son élan et avec un tel poids, il aurait pu abattre un arbre. Quand je discernai ses yeux rougeâtres, je m'accroupis, puis avançai d'un pas et lui enfonçai ma lance en pleine poitrine. Il me heurta et nous nous affalâmes tous deux, son sang cascadant à gros bouillons sur mon torse. Enfin je parvins à me dégager et à lui relever la gueule, les mains agrippées à la hampe de ma lance, mais je dérapai dans la mare de son sang. Il mourut ainsi, stupéfait d'avoir rencontré plus fort que lui. J'arrachai mon arme, lui sectionnai les défenses — c'était une prise digne d'orner un casque de guerre. Je partis, le laissant pourrir là.

A proximité, je découvris une petite crique et y descendis par un sentier en lacets qui suivait les méandres d'un ruisseau, jusqu'à la mer. Je m'approchai des vagues clapotantes où je lavai ma lance et mes vêtements de chasse tout tachés de sang, que j'étendis sur le sable. Puis je nageai longuement avant de revenir m'allonger près de mes affaires qui séchaient au soleil.

Peut-être dormis-je un moment. Peut-être étais-je déjà sous l'effet du sortilège. Quand je revins à moi, le soleil gagnait le sommet des arbres et l'air avait fraîchi. Il était grand temps de partir. Patrocle allait s'inquiéter.

Je me levai pour aller chercher mes affaires et c'est alors que je perdis la raison. Comment expliquer l'inexplicable? Je tombai sous l'emprise d'un sortilège, j'étais coupé de la réalité, je me trouvai dans un monde étrange. Une odeur fétide que j'associai à la mort me pénétra, la plage devint minuscule, tandis qu'un sanctuaire sur le promontoire prit une telle ampleur que j'imaginai qu'il allait basculer et s'écraser sur moi. Monde de contradictions, où certaines choses grossissaient, d'autres rapetissaient.

Un liquide saumâtre coulait aux commissures de mes lèvres. Terrorisé, je tombai à genoux, incapable — malgré ma jeunesse et ma vigueur — de surmonter la peur atroce qui m'étreignait. Ma main gauche se mit à trembler, ma joue gauche se contracta, ma colonne vertébrale se raidit. Pourtant je m'efforçai de rester conscient, ne voulant pas laisser cet inquiétant processus aller plus loin encore. J'ignore combien de temps dura ce sortilège. Quand je retrouvai mes esprits, le soleil avait disparu, le ciel était tout rose, l'air serein et empli du chant des oiseaux.

Tremblant comme un homme pris de fièvre, un mauvais goût dans la bouche, je me relevai en vacillant. Je ne pris pas la peine de ramasser mes affaires et j'oubliai ma Vieille Pélion. Je ne souhaitais qu'une chose : rejoindre le camp et mourir dans les bras de Patrocle. Quand il m'entendit venir, il courut à moi, bouleversé, et m'étendit près du feu sur des peaux de bêtes. Après avoir bu un peu de vin, je sentis la vie revenir en moi et m'assis, tout heureux d'écouter mon cœur battre.

— Que s'est-il passé ? demanda Patrocle.

— Un sortilège, dis-je d'une voix rauque, un sortilège.

— Le sanglier t'a-t-il blessé ? Es-tu tombé ?

— Non, je n'ai eu aucun mal à tuer le sanglier. Mais ensuite, je suis descendu jusqu'à la mer pour me laver de son sang et c'est alors qu'est survenu le sortilège.

— Quel sortilège, Achille ?

— Comme si la mort venait. Je la sentais, j'en avais le goût dans la bouche. Le monde ne cessait de se transformer. Je me suis vu mort, Patrocle ! Jamais je ne me suis senti si seul ! Mes membres étaient paralysés, je tremblai comme un lâche. Mais je ne suis ni couard ni vieux. Alors, que m'est-il arrivé ? Qu'était ce sortilège ? Aurais-je offensé quelque dieu ?

Son visage trahit l'inquiétude ; plus tard il me rapporta que j'avais vraiment l'air de revenir d'entre les morts, car j'étais blême, nu, couvert d'égratignures, tremblant comme une feuille.

— Étends-toi, Achille, laisse-moi te couvrir. Peut-être n'était-ce pas un sortilège, mais simplement un rêve.

— C'était un cauchemar.

— Mange un peu, bois du vin. Des fermiers sont

venus apporter quatre de leurs plus belles peaux pour te remercier d'avoir tué le sanglier.

— Je serais devenu fou si je ne t'avais pas trouvé, Patrocle. Je ne pouvais supporter l'idée de mourir seul.

Il me serra les mains et les embrassa.

— Je suis bien plus ton ami que ton cousin, Achille. Je serai toujours auprès de toi.

Je sentis que je m'assoupissais. Je souris, tendis la main pour lui caresser les cheveux.

— Toi pour moi, moi pour toi. Comme toujours.

— Et pour toujours, répondit-il.

Le matin suivant, j'allais très bien. Patrocle s'était levé avant moi ; le feu était allumé, un lapin cuisait au-dessus des flammes pour le premier repas. Il y avait aussi du pain, apporté par les fermières pour nous remercier d'avoir tué le sanglier.

— Te voilà redevenu toi-même, dit Patrocle en me tendant du lapin rôti sur une tranche de pain.

— C'est vrai, répondis-je.

— Tes souvenirs sont-ils aussi précis qu'hier soir ?

— Oui et non. C'était un sortilège, Patrocle. Un dieu m'a parlé, mais je n'ai pas compris le message.

— Le temps éclaircira ce mystère.

Patrocle avait cinq ans de plus que moi. Le roi Lycomède de Scyros l'avait adopté quand son père, Ménœtios, était il y a longtemps mort de maladie à Scyros. C'était un demi-cousin, car Ménœtios était le fils bâtard de mon grand-père Éaque. Ce lien du sang nous paraissait d'autant plus important que nous étions tous deux fils uniques et n'avions pas de sœurs. Lycomède tenait Patrocle en haute estime : c'était un homme de cœur.

Notre repas terminé, j'enfilai une tunique et des sandales, pris une dague en bronze et une autre lance.

— Attends-moi ici, Patrocle, je n'en ai pas pour longtemps. Mes vêtements et mon trophée sont restés sur la plage ainsi que la Vieille Pélion.

— Laisse-moi t'accompagner, dit-il, l'air effrayé.

— Non. C'est une affaire entre le dieu et moi.

Il baissa les yeux et acquiesça.

Je trouvai le chemin plus facile cette fois-ci et progressai à vive allure. La crique me parut tout à fait normale. Ce n'était pas d'elle que provenait le sortilège. A ce moment-là, parcourant du regard le sommet de la falaise, j'aperçus le sanctuaire. Mon cœur se mit à battre à tout rompre. Ma mère était prêtresse de Nérée quelque part de ce côté de l'île. Était-ce là son domaine ? Avais-je par erreur pénétré chez elle ? Avais-je profané un mystère de l'ancienne religion ? Était-ce pour cette raison que l'on m'avait ainsi terrassé ?

Je remontai jusqu'au sommet de la falaise et m'approchai du sanctuaire, me rappelant à quel point, sous l'emprise du sortilège, il m'avait paru énorme. Oui, c'était bien là le domaine de ma mère. Et le roi Lycomède m'avait souvent recommandé de ne jamais m'aventurer là où ma mère, le bravant, avait choisi de vivre.

Elle m'attendait, dans l'ombre de l'autel. Je dus utiliser ma lance comme une canne, car mes jambes ne me portaient plus. C'est à peine si je pouvais me tenir droit.

Ma mère ! Ma mère que je n'avais jamais vue. Comme elle était petite ! A peine m'arrivait-elle à la taille. Elle avait des cheveux blancs aux reflets bleutés, des yeux gris foncé et sa peau était si diaphane qu'on voyait ses veines.

— Tu es mon fils, celui à qui Pélée a refusé l'immortalité.

— Je suis celui-là.

— T'a-t-il envoyé pour me reprendre ?

— Non. Le hasard seul a guidé mes pas.

Que doit éprouver un homme, quand il voit sa mère pour la première fois ? Œdipe l'avait désirée et en avait fait sa femme et sa reine. J'étais autre, je ne ressentais nul désir, nulle admiration pour sa beauté et son apparente jeunesse. J'éprouvais de l'étonnement, de la gêne et, oui, un sentiment de rejet. Cette petite femme étrange avait tué mes six frères et trahi le père que j'adorais.

— Tu me hais ! s'écria-t-elle, indignée.

— Je ne te hais point. Mais je ne t'aime pas.

— Quel nom Pélée t'a-t-il donné ?

— Achille.

Elle observa ma bouche et acquiesça avec mépris.

— Il n'aurait pu trouver mieux ! Même les poissons ont des lèvres, tandis que tu n'en as pas. Ton visage est incomplet. Ce n'est qu'un sac fendu.

Elle avait raison, à présent je la haïssais.

— Que fais-tu à Scyros ? Pélée est-il avec toi ?

— Non. J'y viens seul chaque année, pour six lunes. Je suis le gendre du roi Lycomède.

— Marié ? *Déjà ?* demanda-t-elle méchamment.

— Je me suis marié à treize ans, j'en ai près de vingt aujourd'hui. Mon fils a six ans.

— Quel malheur ! Et ta femme ? Est-ce aussi une enfant ?

— Elle se nomme Déidamie et elle est plus âgée que moi.

— Voilà qui est fort commode pour Lycomède. Et Pélée. Ils t'ont sans peine mis en laisse.

Ne trouvant rien à répondre, je gardai le silence. Elle aussi. Ce silence parut interminable. Mon père et Chiron m'ayant appris à respecter mes aînés, je ne voulais pas le rompre, par crainte d'être discourtois. Peut-être était-elle vraiment une déesse, quoique mon père le niât chaque fois qu'il était pris de boisson.

— Tu aurais dû être immortel, finit-elle par dire.

Je ne pus qu'éclater de rire.

— Qu'ai-je à faire de l'immortalité ! Je suis un guerrier. Je jouis de tout ce qui appartient à ce monde. Certes, je rends hommage aux dieux, mais jamais je n'ai aspiré à être l'un d'entre eux.

— C'est que tu n'as pas réfléchi à ta condition de mortel.

— Qu'implique-t-elle, sinon que je dois mourir ?

— Exactement, murmura-t-elle d'une voix douce. Tu dois mourir, Achille. La pensée de la mort ne te fait-elle point peur ? Tu déclares que tu es un guerrier, or les guerriers meurent jeunes.

— De toute façon, je dois mourir, répondis-je en haussant les épaules. Je préfère mourir jeune et couvert de gloire, plutôt que vieux et dans l'ignominie.

L'espace d'un instant, ses yeux s'embuèrent et son visage refléta une tristesse que je ne la pensais pas capable d'éprouver. Une larme coula sur sa joue qu'elle essuya d'une main impatiente, puis elle redevint une créature implacable.

— Il est trop tard pour discuter de tout cela, mon fils. *Tu mourras*. Mais, parce que je vois l'avenir, je te donne la possibilité de choisir. Je connais ton destin. Bientôt des hommes viendront te demander de participer à une grande guerre. Si tu y vas, tu mourras. Si tu n'y vas pas, tu vivras très vieux et très heureux. La gloire ou l'ignominie, le choix t'appartient, mon fils.

Je ris et clignai des yeux.

— Ça n'est pas un choix ! Mais soit, je décide de mourir jeune et couvert de gloire.

— Pourquoi ne pas penser d'abord un peu à la mort ? demanda-t-elle.

Ses paroles me firent l'effet d'un venin. Je la regardai dans les yeux et les vis chavirer puis disparaître, tandis que son visage devenait informe. Alors elle grandit jusqu'à ce que sa tête touche les nuages. Je sus que j'étais à nouveau sous l'emprise du sortilège et qui me l'avait jeté. Un liquide salé coula à la commissure de mes lèvres, je sentis l'odeur fétide de la corruption, la terreur et la solitude me poussèrent à m'agenouiller devant elle. Ma main gauche se mit à trembler, ma joue gauche à se contracter. Cette fois-là, je perdis totalement conscience. Quand je me réveillai, elle était assise par terre à côté de moi et se frottait doucement les paumes avec des herbes parfumées.

— Debout ! ordonna-t-elle.

Incapable de penser, affaibli physiquement et mentalement, je me levai avec peine.

— A présent, Achille, écoute ! aboya-t-elle. *Écoute-*

moi ! Tu vas faire un serment de l'ancienne religion et il est bien pire que tous ceux de la nouvelle. Tu jureras par Nérée, mon père, le Vieillard de la Mer. Par la Mère, car, tous, elle nous porte en elle. Par Perséphone, reine de l'Horreur. Par les gardiens du Tartare, maîtres de la Torture. Et par moi, qui suis de sang divin. Tu vas prêter ce serment maintenant, en sachant qu'il te lie à jamais. Si tu le romps, tu sombreras à jamais dans la folie et Scyros disparaîtra sous les flots tout comme Théra après le grand sacrilège. Tu m'entends, Achille ? Tu m'entends bien ?

— Oui, marmonnai-je.

— Je dois te protéger contre toi-même, déclara-t-elle en cassant un vieil œuf pourri sur du sang visqueux qui se répandit alors sur l'autel. Puis elle me prit la main droite, la posa à plat sur l'ignoble mixture et l'y maintint fermement.

— Maintenant, jure !

Je répétai les mots qu'elle me dicta : « Moi, Achille, fils de Pélée, petit-fils d'Éaque et arrière-petit-fils de Zeus, jure de rentrer immédiatement au palais du roi Lycomède et d'y revêtir un péplos de femme. Je passerai ainsi un an au palais, habillé en femme. Chaque fois que quelqu'un demandera à voir Achille, je me cacherai dans le gynécée et n'aurai aucun contact avec lui, même par personne interposée. Je laisserai le roi Lycomède parler en mon nom et j'approuverai sans discuter tout ce qu'il dira. Je le jure par Nérée, par la Mère, par Perséphone, par les gardiens du Tartare et par la déesse Thétis. »

Dès que j'eus prononcé ces terribles paroles, la confusion qui régnait dans mon esprit disparut ; le monde retrouva ses vraies formes et ses vraies couleurs et je fus de nouveau capable de penser. Il est impossible de rompre pareil serment. J'étais pieds et poings liés à la volonté de ma mère.

— Je te maudis ! criai-je en me mettant à pleurer. Je te maudis ! Tu as fait de moi une femme !

— Il y a une femme en tout homme, affirma-t-elle avec un petit sourire narquois.

— Tu m'as fait perdre l'honneur !

— Je t'ai empêché d'aller à une mort prématurée, répondit-elle. Maintenant retourne chez Lycomède. Nul besoin de lui expliquer quoi que ce soit. Quand tu arriveras au palais, il sera au courant de tout. J'agis ainsi par amour pour toi, mon pauvre fils sans lèvres. Je suis ta mère.

Je ne soufflai mot de tout ceci à Patrocle quand je le retrouvai. Je me contentai de prendre mes affaires et me dirigeai vers le palais. Il ne me posa aucune question. Peut-être savait-il déjà ce que Lycomède savait aussi, quand il m'accueillit dans la cour. Il attendait, abattu, consterné.

— J'ai reçu un message de Thétis, dit-il.

— Alors tu sais ce qu'on exige de nous.

— Oui.

Ma femme était assise à la fenêtre quand j'entrai. En entendant le bruit de la porte, elle se retourna et me tendit les bras en souriant. Je l'embrassai sur la joue et regardai par la fenêtre le port et la petite cité.

— Est-ce là toute la liesse que t'inspirent nos retrouvailles ? remarqua Déidamie.

— Tu sais sûrement ce que tout le monde sait, soupirai-je.

— Que tu dois t'habiller en femme et te dissimuler dans le gynécée de mon père. Mais seulement quand il y aura des étrangers et cela n'arrivera pas souvent.

— Comment m'y résoudre, Déidamie ? Quelle humiliation ! Ma mère a trouvé la façon parfaite de se venger ! Cette vipère bafoue ma virilité !

Ma femme frissonna, leva la main droite pour écarter le mauvais œil.

— Ne l'irrite pas davantage, Achille ! C'est une déesse ! Tu lui dois le respect.

— Jamais ! marmonnai-je. Elle n'a nul respect pour moi, pour ma virilité. On va bien rire, à la Cour !

Cette fois Déidamie frémit.

— Il n'y a pas de quoi rire, répliqua-t-elle.

10

Récit d'Ulysse

Grâce aux vents et aux courants favorables, il était plus facile d'atteindre Iolcos par la mer que par la longue route tortueuse qui traversait les terres. Nous partîmes donc en bateau, cabotant le long de la côte. Quand nous entrâmes dans le port, j'étais sur le pont avec Ajax ; c'était la première fois que je venais chez les Myrmidons et je trouvai Iolcos très belle : le soleil d'hiver la faisait miroiter tel un cristal de roche. Derrière le palais se dressait le mont Pélion couronné de neige, d'un blanc immaculé. Je m'enveloppai dans mes fourrures, soufflai sur mes mains et demandai à Ajax :

— Aborderas-tu le premier, cher colosse ?

Il acquiesça tranquillement ; il ne comprenait jamais les plaisanteries. Il enjamba le bastingage et descendit l'échelle de corde. Vêtu d'une simple tunique, il ne semblait pas avoir froid. Je le laissai nager jusqu'à la plage et lui criai de nous trouver un moyen de transport quelconque. Étant connu à Iolcos, il aurait le choix parmi ceux qui seraient disponibles.

Dans l'abri construit sur l'arrière-pont, Nestor empaquetait ses effets personnels.

— Ajax est parti nous chercher un char. Te sens-tu la force de descendre jusqu'à la plage ou préfères-tu attendre ici ? lui demandai-je en plaisantant, car j'adorais faire enrager Nestor.

— Me crois-tu donc infirme? J'attendrai sur la plage, rétorqua-t-il d'un ton brusque.

Il alla sur le pont d'un pas vif tout en marmonnant, repoussa un marin qui voulait l'aider et descendit l'échelle aussi lestement qu'un jeune garçon.

Pélée nous accueillit chez lui en personne. Je l'avais souvent rencontré autrefois, quand nous étions plus jeunes. A présent c'était un vieillard, mais il se tenait encore très droit et avait un port de tête majestueux. Un bel homme et un sage.

Assis confortablement devant le feu qui brûlait sur un brasero à trois pieds, du vin chaud à disposition, je lui dis la raison de notre visite. Bien que Nestor fût plus âgé que moi, on m'avait désigné comme porte-parole.

— Agamemnon nous envoie pour solliciter une faveur, seigneur.

Son regard perçant se posa sur moi.

— Il s'agit d'Hélène. Ai-je tort?

— Les nouvelles se propagent aussi vite que l'éclair.

— J'attendais un courrier royal. En vain. Jamais on n'a tant travaillé dans mes chantiers navals.

— Comme tu n'as pas prêté le serment de l'étalon, Pélée, Agamemnon ne t'a pas dépêché de messager. Rien ne t'oblige en effet à soutenir la cause de Ménélas.

— Tant mieux. Je suis bien trop vieux pour faire la guerre.

Nestor estima que je prenais trop de détours.

— En fait, cher Pélée, ça n'est pas toi mais ton fils que nous cherchons. Nous aidera-t-il?

Le grand roi de Thessalie se raidit.

— Achille... Je m'y attendais, malheureusement. Je ne doute pas qu'il accepte avec empressement la proposition d'Agamemnon.

— Pouvons-nous lui parler, en ce cas? demanda Nestor.

— Assurément.

— Agamemnon te remercie, Pélée, dis-je en souriant et moi aussi je te remercie, du fond du cœur.

Son regard s'attarda sur moi.

— Ainsi, Ulysse, tu aurais un cœur ? Je croyais que tu possédais seulement l'intelligence.

Quelque chose me brûla un instant les yeux. Je pensais à Pénélope, je la voyais. Puis elle s'évanouit et je rendis calmement à Pélée son regard.

— Non, je n'ai pas de cœur. Pourquoi en aurais-je besoin, d'ailleurs ? C'est un sérieux handicap.

— Ce qu'on prétend est donc vrai... dit-il. Si Achille décide d'aller à Troie, il commandera les Myrmidons. Cela fait bien vingt ans qu'ils rêvent de participer à une campagne.

Quelqu'un entra. Pélée sourit, tendit la main et reprit :

— Ah ! Messieurs, voici Phénix, un compagnon de longue date. Nous avons des hôtes prestigieux, ami : je te présente le roi Nestor de Pylos et le roi Ulysse d'Ithaque.

L'homme était grand, blond, bien découplé : le parfait Myrmidon.

— Tu iras avec Achille à Troie, Phénix. Veille sur lui à ma place, protège-le de son destin.

— Au prix de ma vie, seigneur, s'il le faut.

Tout cela était fort attendrissant, mais je m'impatientai.

— Pouvons-nous voir Achille ?

Les deux Thessaliens eurent l'air interdit.

— Achille n'est pas à Iolcos, dit Pélée.

— Alors où est-il ? s'enquit Nestor.

— A Scyros. Il y passe chaque année les six lunes froides. Il est marié à Déidamie, la fille de Lycomède.

— Nous voici donc obligés de reprendre la mer, m'exclamai-je, contrarié.

— Non point, dit Pélée chaleureusement. Je vais l'envoyer chercher.

Je pressentais que si nous ne nous en occupions pas nous-mêmes, jamais Achille n'aborderait aux rivages d'Aulis.

Je secouai la tête.

— Ne prends pas cette peine, seigneur. Agamemnon préférerait que nous présentions notre requête directement à Achille.

Une fois de plus nous arrivâmes dans un port et allâmes de la cité au palais, mais ce palais n'était autre qu'une grande maison. Scyros n'était pas riche. Lycomède nous fit bon accueil ; pourtant, alors que nous nous restaurions, je me sentis mal à l'aise. Il se passait quelque chose, l'atmosphère était tendue. Les esclaves allaient et venaient sans oser nous regarder. Lycomède donnait l'impression d'être terrorisé ; son héritier, Patrocle, entra et ressortit si vite que je crus l'avoir vu en rêve et, ce qui était encore plus inquiétant, je n'entendis nulle voix de femme. Ni rires, ni cris, ni pleurs. Les femmes ne participaient jamais aux affaires des hommes, mais elles avaient des libertés qu'aucun homme ne songerait à leur refuser. Après tout, c'étaient elles qui avaient gouverné sous l'ancienne religion.

J'eus l'intuition d'un danger. Je croisai le regard de Nestor, qui leva les sourcils d'un air interrogateur ; lui aussi l'avait senti, le problème était donc sérieux.

Le beau Patrocle revint. Je l'examinai plus attentivement, me demandant quel rôle il pouvait bien jouer dans cette étrange affaire. C'était un garçon très doux, à qui ni la pugnacité ni le courage ne faisaient défaut ; mais sans doute réservait-il son affection aux hommes. C'était d'ailleurs son droit le plus strict. Cette fois il s'assit avec nous, l'air malheureux.

— Roi Lycomède, déclarai-je, notre mission est des plus urgentes. Nous sommes à la recherche de ton gendre, Achille.

Lycomède en laissa presque tomber sa coupe puis se leva, fort embarrassé.

— Achille n'est pas à Scyros, seigneurs.

— Pas à Scyros ? répéta Ajax, consterné.

— Non, répondit Lycomède. Il... Il a eu une violente querelle avec son épouse, ma fille, et il est parti pour le continent en jurant de ne jamais revenir.

— Il n'est pas à Iolcos non plus, remarquai-je poliment.

— Cela ne me surprend pas. Il a laissé entendre qu'il partait pour la Thrace.

— Ah! par tous les dieux! Nous sommes donc condamnés à ne jamais le rencontrer, soupira Nestor.

Je ne dis mot. Mon instinct ne m'avait pas trompé : quelque chose n'allait pas et Achille était directement concerné.

— Puisque Achille n'est pas ici, autant partir, Nestor, dis-je en me levant.

Puis je me tus, sachant pertinemment que Lycomède ferait preuve de la courtoisie la plus élémentaire afin de ne point offenser Zeus — dieu de l'Hospitalité. Je me tournai de façon à ce que seul Nestor pût voir mon visage et lui lançai un vif regard d'avertissement.

Lycomède fit alors la proposition qui s'imposait.

— Demeurez, ne serait-ce que cette nuit. Le roi Nestor a besoin de repos.

Au lieu de rétorquer sèchement, comme à son habitude, qu'il se sentait tout à fait bien, Nestor baissa la tête et prit l'air épuisé. Le vieux rusé!

— Merci, roi Lycomède! m'écriai-je, soulagé. Nestor m'a avoué ce matin combien il était fatigué; l'air marin ne lui convient guère. J'espère que notre présence ne te cause nul désagrément.

Elle lui causait bien pis. Il n'avait pas imaginé que j'accepterais son invitation, alors que nous avions échoué dans notre mission et qu'il nous fallait rentrer au plus vite à Mycènes pour annoncer la fâcheuse nouvelle au roi Agamemnon. Néanmoins, tout comme Patrocle, il fit bonne figure.

Plus tard, j'allai voir Nestor qui prenait un bain dans sa chambre; un esclave âgé — et non *une* esclave — lui frottait le dos pour en ôter la crasse et le sel.

— Quel est ton avis sur toute cette fable? demandai-je dès que l'homme fut parti.

— C'est une maison assombrie par le drame, affirma Nestor catégoriquement. Cela pourrait s'expliquer par la querelle des deux époux et le départ d'Achille, mais la vérité est ailleurs, je le sens.

— Et je sens, moi, qu'Achille est ici même, au palais.

— Non! Il se cache assurément, mais pas ici!

— *Il est ici*, insistai-je. Nous le savons impulsif et belliqueux; loin d'ici, Lycomède et Patrocle ne pourraient le maîtriser. Il ne peut qu'être dans le palais.

— Mais *pourquoi*? Il n'a pas fait le serment de l'étalon, Pélée non plus. Il n'y aurait aucun déshonneur à refuser d'aller à Troie!

— Mais si *lui* voulait y aller? Si c'étaient les autres qui l'en empêchaient? Sans doute le gardent-ils prisonnier.

— Que faire en ce cas?

— Qu'en penses-tu, Nestor?

— Il va nous falloir explorer la maison. Je peux feindre la sénilité et fureter durant le jour, nul ne se méfiera. Quand tous seront couchés, ce sera ton tour de chercher. Le crois-tu vraiment prisonnier?

— Ils n'oseraient pas, Nestor. Si Pelée l'apprenait, il dévasterait l'île plus sauvagement encore que Poséidon. Non, ils ont dû le lier par un serment.

— Cela paraît logique. Repose-toi jusqu'au dîner, Ulysse, pendant que je rôde, dit-il alors en commençant à s'habiller.

— La peste les emporte tous! grogna-t-il quand il vint me réveiller. S'ils l'ont caché ici, je n'ai su trouver où. J'ai fouillé la maison de fond en comble, sans trouver trace de lui. Le seul lieu où je n'ai pu me rendre, c'est le gynécée. L'entrée en est gardée.

— Il se trouve donc là... dis-je en me levant.

Nous descendîmes dîner ensemble, nous demandant si Lycomède avait subi l'influence assyrienne au point d'interdire aux femmes de circuler à loisir. Un homme pour aider au bain, nulle femme visible, un garde à la porte de leurs appartements. C'était vraiment étrange. Lycomède ne voulait point que des commérages parvinssent à nos oreilles et, sans nul doute, il avait interdit aux femmes de nous approcher. Elles étaient reléguées dans le coin le plus éloigné et le plus sombre du palais. Mais il serait bien obligé de les montrer, ce soir au repas.

Et effectivement, elles étaient présentes dans la grande salle. Point d'Achille, cependant. Aucune de ces silhouettes n'était suffisamment massive pour être la sienne.

— Pourquoi les femmes sont-elles donc tenues à l'écart? s'informa Nestor quand nous fûmes à table.

— Elles ont offensé Poséidon, répondit rapidement Patrocle.

— Et donc? fis-je.

— Il leur est interdit, pour cinq ans, de se mêler aux hommes.

— Même pour faire l'amour?

— Cela seul est permis.

— Cela ressemble davantage à ce qu'exigerait la Mère, fit remarquer Nestor après avoir bu une gorgée de vin.

— L'interdiction vient de Poséidon et non de la Mère, répliqua Lycomède en haussant les épaules.

— Par l'intermédiaire de sa prêtresse, Thétis? reprit Nestor.

— Poséidon a refusé de la reprendre à son retour de Iolcos. A présent elle sert Nérée.

Quand les plats eurent disparu (ainsi que les femmes), je m'installai pour bavarder avec Patrocle, laissant Lycomède à la merci de Nestor.

— Je suis navré d'avoir manqué Achille, dis-je.

— Tu l'aurais sans nul doute apprécié, répondit Patrocle d'une voix sans timbre.

— Il nous aurait suivis sans hésiter, n'est-ce pas?

— Oh oui, Achille est fait pour la guerre.

— Je n'ai aucune intention de ratisser la Thrace pour le trouver. Avoir manqué cette occasion va le désoler.

— Sans aucun doute.

— Décris-le-moi, lui demandai-je, sachant qu'Achille était l'homme à qui Patrocle avait donné son cœur.

Son visage s'illumina aussitôt.

— Il est à peine plus petit qu'Ajax... Il possède une grâce naturelle. Et il est *tellement beau*...

— On m'a rapporté qu'il n'avait pas de lèvres. Comment alors peut-il être si beau ?

— Il est... Il est... répétait Patrocle, cherchant ses mots. Il faut le voir pour comprendre. Sa bouche est si émouvante ! Achille est vraiment la beauté incarnée.

— Sûrement, tu exagères ! m'exclamai-je.

Il faillit se trahir, me dire que j'étais un sot d'en douter, qu'il pouvait me le montrer en chair et en os, là, maintenant, et qu'alors seulement je pourrais en juger. Au lieu de cela, il pinça les lèvres et se retint de prononcer les paroles fatales. Mais il aurait tout aussi bien pu le faire. J'avais ma réponse.

Le soir même, je tins conseil avec Nestor et Ajax et, aux premières lueurs de l'aube, j'allai avec Ajax dans la cité pour y rendre visite à mon précieux cousin, Sinon. Il écouta, impassible, mes instructions, et je lui remis une partie de l'or donné par Agamemnon pour couvrir les frais de notre périple. Je conservais farouchement ma part, car un jour elle reviendrait à Télémaque. De plus, Agamemnon pouvait bien se permettre de payer pour Achille.

Je revins — sans Ajax, qui avait à faire au-dehors — au palais encore endormi. Nestor cependant était levé et avait déjà plié bagages ; nous n'avions nulle intention d'embarrasser davantage Lycomède. Bien sûr, il fit toutes les protestations d'usage quand nous lui annonçâmes notre départ mais cette fois, à son grand soulagement, je déclinai l'invitation.

— Mais où est Ajax ? demanda Patrocle.

— Il se promène dans la cité et demande aux gens s'ils ont une idée de l'endroit où est allé Achille. Seigneur, puis-je te demander une dernière faveur ?

ajoutai-je en me tournant vers Lycomède. Pourrais-tu rassembler toute ta maisonnée dans la salle du trône ?

D'abord surpris, il devint soudain méfiant.

— Eh bien, je...

— Ce sont les ordres d'Agamemnon, seigneur ! Je ne te ferais pas cette requête de mon propre chef. Il m'a prié d'adresser les remerciements du grand roi de Mycènes à toute la Cour et ses ordres stipulent que *tous*, hommes et femmes, doivent être présents.

A peine avais-je terminé ce discours que mes marins entrèrent les bras chargés de présents. Des colifichets pour les femmes : perles, robes, flacons de parfum, jarres d'huile, crèmes et essences, belles étoffes de laine et tissus vaporeux. D'autres marins entrèrent, cette fois avec des cadeaux pour les hommes : de belles armes en bronze, des boucliers, des lances, des cuirasses, des casques et des cnémides. Tout ceci fut déposé sur de longues tables.

Cupidité et prudence se disputaient l'esprit du roi. Patrocle le mit en garde en lui posant une main sur le bras mais il la repoussa et fit appeler l'intendant.

— Fais venir toute la maisonnée. Les femmes se tiendront suffisamment à l'écart pour respecter l'interdit de Poséidon.

En un instant, femmes et hommes accoururent. Nestor et moi scrutions la foule en vain. Achille n'était pas là. Je m'avançai alors.

— Seigneur, le roi Agamemnon veut vous remercier, toi et les tiens, de votre aide et de votre hospitalité. Voici des présents pour tes femmes, ajoutai-je en montrant le tas de colifichets puis, me tournant vers les armes et les armures : et voici pour tes hommes.

Un murmure de satisfaction parcourut la salle, mais nul ne bougea avant que le roi n'en eût donné la permission. Alors tous se pressèrent autour des tables pour choisir les cadeaux.

— Ceci, seigneur, dis-je en prenant un objet enveloppé de lin, est pour toi.

Le visage rayonnant, il déchira la toile et découvrit une hache crétoise, son double tranchant de bronze, son manche de chêne.

A ce moment précis retentit un puissant cri d'alarme. Quelqu'un sonna de la trompe et j'entendis au loin Ajax pousser le cri de guerre de Salamine. Puis résonna le bruit d'armures que l'on revêtait; Ajax cria à nouveau, plus près maintenant, comme s'il battait en retraite. Les femmes hurlèrent et s'enfuirent, les hommes s'alarmèrent, le roi Lycomède, pâle comme la mort, en oublia sa hache.

— Des pirates! s'exclama-t-il, comme désemparé.

Ajax poussa de nouveau, plus fort et plus près encore, le cri de guerre que seul Chiron enseignait. Nous restions pétrifiés. Je saisis la hache à deux mains et la levai.

Quelqu'un fit alors irruption dans la salle du trône. On eut dit une femme. Je comprenais à présent pourquoi Lycomède n'avait pas osé la montrer! Soudain, quand elle se débarrassa vivement de sa robe de toile, elle découvrit une poitrine si musclée que je ne pouvais en détacher les yeux. C'était Achille.

Il s'empara d'un bouclier et d'une lance et se dressa de toute sa hauteur, prêt à combattre. Je m'avançai vers lui en tendant la hache.

— Prends plutôt ceci, femme! Elle est juste à ta taille...

Je brandissais l'arme, les bras tremblants.

— Ai-je l'insigne honneur de m'adresser au prince Achille?

Quel homme étrange! Patrocle devait être fort épris, car il n'était pas vraiment beau. Ce n'était point dû à son absence de lèvres. Mais quel orgueil dans son regard! Et quelle intelligence! Rien de commun avec son cousin, Ajax.

— Grand merci! lança-t-il en riant.

Ajax pénétra dans la salle, tenant toujours les armes dont il s'était servi pour créer la panique à l'extérieur. Quand il vit qui se trouvait à mes côtés, il poussa un cri de joie et, l'instant d'après, Achille était dans ses bras. Il le serra contre lui avec une force qui m'aurait fait éclater la poitrine. Achille lui passa un bras autour des épaules.

— Ajax, Ajax! Ton cri de guerre m'a transpercé comme une flèche! Il me fallait répondre, je ne pouvais rester passif un instant de plus! En poussant le cri de guerre du vieux Chiron, c'est moi que tu appelais. Comment résister?

Il aperçut alors Patrocle et s'écria, heureux :

— Viens avec moi! Nous allons mener campagne contre Troie! Mon vœu le plus cher a été exaucé, Zeus a entendu mes prières.

Lycomède, éperdu, pleurait et se tordait les mains.

— Mon fils, mon fils, que va-t-il advenir de nous? Tu viens de rompre le serment fait à ta mère! Elle va nous anéantir à présent...

Achille se calma immédiatement, l'air sinistre. Le silence se fit. J'échangeai un regard avec Nestor; tout s'expliquait.

— Et de quelle façon? dit enfin Achille. J'ai agi par réflexe, en répondant à un appel qui m'a été appris lorsque j'étais enfant. J'ai entendu Ajax et je suis accouru. Mais je n'ai point failli à ma parole. C'est la ruse d'un autre qui a brisé le serment.

— Tu dis vrai, Achille, déclarai-je. C'est moi qui t'ai trompé. Aucun dieu ne pourra t'accuser de parjure.

Nul ne me crut, mais le mal était fait. Achille serra Ajax et Patrocle dans ses bras, il exultait. Il m'adressa un regard reconnaissant.

— Cousins, partons en guerre! C'est notre destin. Malgré ses infâmes sortilèges, jamais Thétis n'est parvenue à me convaincre du contraire. Je suis né pour être un guerrier, pour combattre aux côtés des plus grands, pour me bâtir une gloire immortelle!

Ce qu'il disait était probablement vrai. Je regardai avec un sourire mélancolique ces trois magnifiques jeunes gens, songeant à Pénélope et Télémaque, à toutes les années qui devraient s'écouler avant que mon exil ne s'achève. Achille allait conquérir à Troie sa gloire immortelle, mais moi, j'aurais volontiers échangé la renommée contre le droit de rentrer dès demain à Ithaque.

Je parvins finalement à y retourner, sous le prétexte fallacieux de devoir moi-même rassembler mes troupes. Agamemnon fut mécontent de me voir quitter Mycènes ; il lui était plus facile de jouer son rôle quand j'étais là pour le soutenir.

Je passai trois lunes avec ma douce Pénélope, ce qui était tout à fait inespéré, mais bientôt je ne pus davantage retarder le départ. Tandis que ma petite flotte affrontait la mer houleuse qui entoure l'île de Pélops, je choisis de me rendre à Aulis par les terres. Je traversai rapidement l'Étolie pour ne m'arrêter qu'à Delphes où Apollon — seigneur des Prophéties — parlait par la bouche de la Pythie. Je demandai si l'oracle ne s'était pas trompé en affirmant que je serais loin de mon foyer pendant vingt ans. Sa réponse fut simple et directe : « C'est la vérité. » Elle ajouta ensuite que ma protectrice, Pallas Athéna, désirait que je fusse absent pendant vingt ans. Je demandai pourquoi, mais elle se contenta de me rire au nez.

Tout espoir anéanti, je continuai ma route en direction de Thèbes, où j'avais convenu de rencontrer Diomède, qui venait d'Argos. La cité en ruine était déserte ; il n'avait pas osé s'y attarder. J'empruntai donc le sentier défoncé qui mène au détroit d'Eubée et à la plage d'Aulis.

Le point de départ de l'expédition avait été longuement débattu, car plus d'une lieue était nécessaire pour abriter notre millier de navires. Aulis était un bon choix ; la plage était suffisamment longue et, au large, l'île d'Eubée la protégeait des vents et des tempêtes.

J'atteignis enfin le sommet de la falaise qui surplombe la plage et contemplai la scène à mes pieds. Sous mes yeux, de minuscules navires s'étendaient à perte de vue, sur deux rangs. Ils étaient rouge et noir, la proue fièrement dressée, la mâture haute. Ils pourraient transporter chacun plus de cent hommes. J'applaudis secrètement Agamemnon. Il avait réussi. Même si ces deux rangées de navires ne quittaient jamais la plage d'Aulis, un tel rassemblement était en lui-même un exploit.

Au trot de mon attelage, je traversai le petit village de pêcheurs, sans prêter attention à la multitude de soldats qui encombraient son unique rue. Après avoir dépassé les maisons, je dus cependant m'arrêter ; où donc se trouvait le quartier général ?

— Où se trouve la tente d'Agamemnon, roi des rois ? demandai-je à un officier qui passait.

Il me toisa et, tout en se curant les dents, il examina mon armure, mon casque orné de défenses de sanglier et l'imposant bouclier qui avait appartenu à mon père.

— Qui pose cette question ? lança-t-il avec impertinence.

— Quelqu'un qui ne craint pas les crapules de ton espèce.

Pris au dépourvu, il avala sa salive.

— Continue un moment ta route, seigneur, répondit-il plus poliment, puis demande à nouveau.

— Ulysse d'Ithaque te remercie.

Agamemnon avait établi un camp temporaire de grandes et confortables tentes de peaux. Il n'avait rien bâti, à part un autel de marbre, sous un platane solitaire et rabougri qui devait lutter contre les embruns et les vents. Je confiai mon attelage et mon aurige à l'un des gardes royaux et l'on m'escorta jusqu'à la tente principale.

Tous les chefs importants s'y trouvaient. Calchas était discrètement assis dans un coin. De ses yeux rouges il regardait tour à tour un homme, puis un autre, il calculait, faisait des conjectures. Je l'observai pendant quelques instants, essayant de deviner qui il était vraiment. Je ne l'aimais guère, non seulement à cause de son physique peu attirant, mais aussi parce que quelque chose d'indéfinissable en lui m'inspirait de la méfiance. Agamemnon avait eu la

même réaction au début puis, après l'avoir fait surveiller pendant plusieurs lunes, avait fini par
conclure que Calchas était loyal. Je n'en étais pas si
sûr. L'homme était fort habile. Et c'était un Troyen.

— Ulysse, qu'est-ce qui t'a retenu? demanda
Achille. Tes navires sont arrivés il y a déjà une demi-
lune.

— Je suis venu par voie de terre. Des affaires à
régler.

— Tu es arrivé à temps malgré tout, remarqua
Agamemnon. Nous allons tenir notre premier
conseil.

— Alors je suis vraiment le dernier?

— De ceux qui comptent le plus, oui.

Nous prîmes place et Calchas approcha, le bâton
des débats à la main. Malgré le temps ensoleillé, des
lampes brûlaient à l'intérieur de la tente car il y faisait sombre. Comme il convenait pour un conseil de
guerre, nous étions tous en armure d'apparat. Celle
que portait Agamemnon était magnifique, en or
incrusté de lapis-lazuli et d'améthyste; j'espérais
qu'il en possédait une mieux adaptée au combat.
Prenant le bâton des mains de Calchas, il se tourna
vers nous d'un air fier.

— J'ai réuni ce premier conseil pour discuter du
départ plus que de la campagne. Inutile d'avoir un
débat à proprement parler, il me semble préférable
de procéder par questions. Calchas tiendra le bâton.
Si l'un d'entre vous souhaite s'exprimer longuement,
qu'il le prenne.

Satisfait, il rendit le bâton à Calchas.

— Quand as-tu prévu de faire voile? s'enquit Nestor.

— A la nouvelle lune. J'ai confié la plus grande
partie de l'organisation au marin le plus expérimenté
d'entre nous, Phénix. Il a déjà désigné un groupe
d'officiers pour décider dans quel ordre partiront les
navires, quels contingents seront les plus rapides ou
les plus lents, quels navires transporteront les
troupes, les chevaux et les non-combattants.

— Qui as-tu nommé commandant de la flotte?
demanda Achille.

— Télèphe. Il voyagera avec moi sur le navire amiral. Chaque pilote a reçu l'ordre de faire en sorte que
son navire puisse être aperçu par au moins une douzaine d'autres. Ceci permettra à la flotte de ne pas se
séparer — par beau temps, bien sûr. Les tempêtes
poseront des problèmes, mais l'époque de l'année
nous est favorable.

— Combien de navires as-tu prévu pour les
vivres? dis-je.

Agamemnon eut l'air froissé. Il ne s'était de toute
évidence pas attendu à des questions si triviales.

— Cinquante, Ulysse. La campagne sera brève.

— Nos troupes comportent plus de cent mille
hommes. Ils auront tout mangé en une lune.

— A ce moment-là, répliqua le grand roi de
Mycènes, nous serons en mesure de nous approvisionner à Troie.

De toute évidence, sa décision était prise et il ne
voulait pas qu'on la remît en cause. Quand il s'entê-
tait de la sorte, rien de ce que Nestor, Palamède ou
moi pouvions dire ne l'influençait.

Achille se leva alors et prit le bâton.

— Permets que je m'inquiète, grand roi. Ne
devrions-nous point attacher autant d'importance
aux vivres qu'à la traversée et à la stratégie? Chaque
jour verra disparaître plus de cent mille rations de
blé, de viande, d'œufs et de fromage, ainsi que cent
mille gobelets de vin. Si l'intendance n'est pas bien
organisée, l'armée mourra de faim. Ulysse l'a dit,
cinquante navires ne suffiront pas à la nourrir
durant plus d'une lune. Il faudrait donc faire la
navette entre la Grèce et la Troade, pour le ravitaillement. Qu'adviendra-t-il si la campagne se prolonge?

Si Nestor, Palamède et moi ne pouvions l'influencer, quelles chances de le convaincre pouvait avoir
un jeune blanc-bec comme Achille? Agamemnon
pinçait les lèvres, l'air rageur.

— Je comprends ton inquiétude, Achille, dit-il

sèchement. Cependant c'est à *moi* de me charger de cela.

Achille remit le bâton à Calchas et s'assit. Mais il ajouta, prétendant ne s'adresser à personne en particulier :

— Fort bien! Mais, d'après mon père, tout bon commandant se doit de prendre lui-même soin de ses soldats. J'embarquerai donc des provisions supplémentaires pour mes Myrmidons, et j'affréterai aussi quelques navires marchands.

Cette déclaration fit des émules. Je vis certains autres décider d'en faire autant. Cela n'échappa pas à Agamemnon, qui lança à l'ardent jeune homme un regard menaçant. Je soupirai. Agamemnon était jaloux. Que s'était-il donc passé à Aulis durant mon absence? Des rois se ralliaient-ils à Achille aux dépens d'Agamemnon?

Le lendemain matin, nous passâmes les troupes en revue. Impressionnant spectacle! Il nous fallut la plus grande partie de la journée pour parcourir toute la plage. Les soldats se tenaient dans l'ombre des navires. Chacun, bouclier au bras et lances en main, était prêt à donner sa vie pour une cause dont il ne savait rien, sinon qu'il y aurait un butin à se partager.

A l'extrême limite de la plage se trouvaient les navires d'Achille et ces hommes, dont nous avions tant entendu parler sans jamais les voir : les Myrmidons. J'avais cru qu'ils ne seraient en apparence guère différents des autres, mais je me trompais fort : grands, blonds, les yeux clairs, leur casque et leur armure étaient de bronze, et non de cuir comme c'est généralement le cas. Ils tenaient chacun dix lances au lieu des deux habituelles et un bouclier qui leur arrivait à l'épaule. Ils étaient également munis d'épées et de poignards au lieu de flèches et de lance-pierres. Des troupes d'élite, assurément, et sans nul doute les meilleures dont nous disposerions.

Quant à leur chef, Achille, Pélée avait dû dépenser une fortune pour l'équiper. Son char était doré, ses chevaux de loin les plus beaux : trois étalons blancs de Thessalie, aux harnais étincelants d'or et de pierreries. Sa cuirasse était dorée à l'or fin, renforcée de plaques de bronze et d'étain, entièrement décorée de symboles et de motifs sacrés, le tout rehaussé d'ambre et de cristal de roche. Seuls Ajax et lui pouvaient arborer une si lourde armure !

Achille, curieusement, n'était armé que d'une vieille lance des plus ordinaires. C'est son cousin Patrocle qui conduisait le char et, quand un obstacle l'obligea à faire halte, les chevaux d'Achille se mirent à parler.

— Salut, Myrmidons ! cria celui de droite en faisant onduler son épaisse crinière blanche.

— Nous le transporterons vaillamment, Myrmidons ! proclama ensuite le cheval du milieu.

— N'ayez crainte pour Achille tant que nous tirerons son char, ajouta enfin le troisième.

Les Myrmidons souriaient et abaissaient leurs lances pour saluer. Mais Idoménée, qui précédait Achille, en resta stupéfait et sans voix.

Je me trouvais quant à moi juste derrière le char doré, et j'avais saisi le stratagème : c'était Patrocle qui parlait, lèvres presque closes, pour les chevaux !

Le temps clair et la brise persistaient ; tous les présages annonçaient une traversée paisible. Mais la nuit précédant le départ, ne parvenant pas à trouver le sommeil, je me levai et marchai longuement sous les étoiles. Un homme me rejoignit alors.

— Tu ne peux pas dormir non plus ?

Nul besoin de le regarder pour savoir qui c'était. Seul Diomède pouvait chercher ainsi la compagnie d'Ulysse. Quel précieux ami, ce vieux camarade endurci par les batailles ! Il me tenait en haute estime, et j'avais parfois l'impression que cela frisait l'idolâtrie. Diomède ne pourrait nous décevoir. Il avait combattu dans toutes les campagnes, de la Crète à la Thrace, et avait compté parmi ceux qui s'étaient emparés de Thèbes et l'avaient rasée. Il s'était empressé de venir d'Argos à Mycènes, plein de fougue, car il avait aimé Hélène à la folie et, tout comme le pauvre Ménélas, il se refusait à croire qu'elle s'était enfuie.

— Il va pleuvoir demain, déclara-t-il en levant la tête pour scruter le ciel.

— Je ne vois aucun nuage, objectai-je.

— Mes os me font souffrir, Ulysse. Mon père disait toujours qu'un homme dont le corps a été maintes fois meurtri par les lances et les flèches a mal partout quand viennent la pluie et le froid. Et ce soir la douleur est si vive que je ne puis dormir.

— J'espère que tes os se trompent cette fois, Diomède. Mais pourquoi me cherchais-tu?

— Je savais bien que le Renard d'Ithaque ne dormirait pas tant qu'il ne sentirait pas son navire bercé par les vagues, répondit-il avec un fin sourire. Je voulais te parler.

Je l'entraînai, un bras autour de ses larges épaules.

— Alors allons-y. J'ai du vin et un bon feu.

Il faisait bon dans la pénombre de ma tente. Nous nous installâmes sur les couches disposées autour du brasero et je nous servis à tous deux du vin pur, dans l'espoir que cela nous assoupirait quelque peu. Il était peu probable qu'on vînt nous déranger mais, par précaution, je tirai le rideau.

— Ulysse, tu es l'homme le plus remarquable de cette expédition, commença-t-il avec conviction.

Je ne pus m'empêcher de rire.

— Non, non! C'est Agamemnon! Ou peut-être bien Achille...

— *Agamemnon?* Un pareil autocrate? Non, pas lui, il n'en tirera les honneurs que parce qu'il est grand roi. Quant à Achille, ce n'est qu'un gamin. Oh, je t'accorde qu'il a l'étoffe d'un héros! Il est intelligent, et plus tard il sera redoutable. Mais pour le moment, il n'a pas encore été mis à l'épreuve. Qui sait? Peut-être prendra-t-il ses jambes à son cou à la seule vue du sang?

— Non, pas Achille, rétorquai-je en souriant.

— Je te concède ce point. Mais jamais il ne te surpassera! Ce sera grâce à toi, et à toi seul, que Troie tombera entre nos mains, je le sais.

— Tu divagues, Diomède, lui dis-je doucement. Que peut l'intelligence en seulement dix jours?

— Dix jours! ricana-t-il. Tu veux dire dix ans! C'est d'une véritable guerre qu'il s'agit. Mais je ne suis point venu pour parler de cela. Je suis venu solliciter ton aide.

— Mon aide? Diomède, tu oublies que le grand guerrier, c'est toi!

— C'est qu'il ne s'agit pas de champ de bataille. Non, non, ce que je veux, c'est te voir à l'œuvre. Je veux savoir comment tu te domines. Je veux que quelqu'un m'enseigne comment me maîtriser car je me laisse trop souvent emporter par la colère. Et je crois que ton calme finirait par déteindre sur moi.

— Considère mes quartiers comme les tiens, Diomède, dis-je, touché par sa simplicité. Aligne tes navires auprès des miens, déploie tes troupes auprès des miennes et accompagne-moi au cours de mes missions. Tout homme a besoin d'un ami. C'est l'unique remède contre la solitude et le mal du pays.

Il me tendit la main par-dessus les flammes, sans remarquer qu'elles léchaient sa peau, et je lui étreignis l'avant-bras pour sceller notre pacte. Nous dûmes nous endormir peu après, car à mon réveil le jour était levé et le vent faisait gémir la mâture des navires. Diomède poussa un grognement.

— Mes os me font plus mal encore, annonça-t-il en s'asseyant.

— Ils ne t'avaient hélas pas trompé. Dehors, c'est la tempête.

Il se leva avec d'infinies précautions pour aller jeter un œil entre les rideaux.

— Le vent souffle du septentrion, dit-il, je sens la neige. On ne pourra lever l'ancre aujourd'hui, à moins de vouloir atteindre les rives égyptiennes...

Un esclave entra avec un nouveau brasero et de l'eau chaude pour nous laver. Une autre apporta des gâteaux au miel, du pain de seigle, du fromage de chèvre et du vin chaud. Agamemnon ne tiendrait pas conseil avant midi, aussi prîmes-nous le temps de savourer le repas et la chaleur du feu avant de nous rendre auprès du grand roi.

Le visage d'Agamemnon était aussi sombre et tourmenté que le ciel. Il était furieux et contrarié de l'effondrement de tous ses projets. La coïncidence était certes troublante : une tempête le jour même de notre départ, après deux lunes de beau temps...

— J'ai fait appeler Calchas pour qu'il augure de l'avenir, dit-il sèchement.

Nous sortîmes, emmitouflés dans nos manteaux pour affronter la tempête. Les pattes entravées, la victime gisait déjà sur l'autel de marbre. Et Calchas était vêtu de pourpre ! *De pourpre ?* Agamemnon devait avoir une haute opinion de lui pour lui accorder ce privilège ; que s'était-il donc passé durant mon absence ?

C'était la première fois que je voyais Calchas à l'œuvre, et je dus admettre qu'il s'y prenait assez bien. Ses mains tremblantes pouvaient à peine lever le poignard quand il trancha d'un mouvement saccadé la gorge de l'animal. Il faillit ensuite renverser le calice doré destiné à en recueillir le sang qu'il répandit, fumant, sur le marbre froid. Puis il éventra l'animal et se mit à lire dans ses entrailles à la façon des prêtres d'Asie Mineure. Ses mouvements étaient rapides mais syncopés. Il fit soudain volte-face, le visage cireux et la respiration sifflante.

— Écoutez, ô rois de Grèce ! La volonté de Zeus, le Tout-Puissant, m'a été révélée à l'instant ! Il s'est détourné de vous ! Il refuse de donner sa bénédiction à votre entreprise ! Sa furie est telle que je n'ai pu en connaître le motif, mais j'ai vu Artémis à ses pieds, le suppliant de demeurer inflexible. Je ne puis rien voir d'autre, tant sa rage m'épouvante !

Je m'attendais à un tel discours, mais l'allusion à Artémis était fort habile. Le visage du prêtre exprimait une souffrance atroce et, à ma grande surprise, sincère. Cet homme m'étonnait, il semblait réellement croire à ce qu'il disait — même si vraisemblablement il avait tout concocté d'avance. Non, tu n'as pas encore terminé ton numéro, me dis-je. J'attendais la suite...

Au pied de l'autel, Calchas fit brusquement demitour, écarta les bras et rejeta la tête en arrière, le regard dirigé vers une fourche du platane. Un nid se trouvait là, un oiseau brun en train d'y couver.

Le serpent dissimulé sous l'autel se mit à ramper jusqu'à la branche. L'air vorace, il dardait un regard glacial sur le nid. Calchas joignit les mains et désigna le nid; nous assistions au spectacle en retenant notre souffle. Le reptile ouvrit les mâchoires, avala l'oiseau puis dévora ses œufs un à un. Je les comptai : six, sept, huit, neuf.

Son repas terminé, il s'immobilisa, enroulé autour de la branche, comme changé en pierre. Ses yeux à présent dénués d'expression étaient rivés sur le prêtre. Calchas se contorsionna comme si un dieu lui avait enfoncé un pieu en plein ventre puis se mit à parler de nouveau.

— Écoutez, ô rois de Grèce! Apollon parle quand le dieu tout-puissant refuse de s'exprimer. Le serpent sacré a avalé l'oiseau et ses neuf œufs. L'oiseau est la saison qui s'annonce. Les petits qui ne sont pas encore nés sont les neuf prochaines saisons. Le serpent est la Grèce! L'oiseau et ses petits représentent les années qui précéderont la défaite troyenne. Il vous faudra dix ans! Dix ans!

Le silence fut si lourd qu'il sembla terrasser la tempête. Nul ne bougea ni ne parla pendant un long moment. Je ne savais que penser de cet étonnant numéro. Le prêtre étranger était-il un devin authentique? Était-ce un charlatan? J'observai Agamemnon, me demandant quel sentiment l'emporterait en lui, de la certitude que la guerre serait finie en quelques jours ou de la confiance qu'il avait en ce prêtre. Le combat fut rude, car il était superstitieux de nature, mais l'orgueil finit par l'emporter. Il haussa les épaules et tourna les talons. Je ne quittai pas Calchas des yeux et fus le dernier à partir, laissant là le prêtre immobile, le regard fixé sur le dos du grand roi. Il était scandalisé : il avait démontré son pouvoir de façon éclatante et personne n'en avait tenu compte.

Un à un, dans le tumulte des vents et les déluges de pluie, les jours s'écoulaient. Les vagues déchaînées montaient à l'assaut du pont des navires. Le départ était quotidiennement ajourné. Agamemnon se rongeait les sangs et refusait d'écouter le moindre conseil. Les soldats, oisifs, jouaient aux dés, buvaient, se querellaient.

Tout cela me laissait indifférent. Peu m'importait la façon dont s'écouleraient mes vingt années d'exil. Une lune passa sans qu'il y eût la moindre accalmie dans la tempête. Encore une lune et les vents seraient plus imprévisibles encore. A la fin de l'été, Troie serait inaccessible jusqu'à l'année suivante. Il faudrait alors envisager d'annuler toute l'expédition.

Fasciné par Calchas plus que réellement intéressé par ses augures, je ne manquais jamais le rituel de midi. En ce jour particulier, rien ne me laissait entendre que les choses seraient différentes ; je continuais simplement à jouer mon rôle d'observateur. Seuls Agamemnon, Nestor, Ménélas, Diomède et Idoménée vinrent me tenir compagnie. Alors qu'il fouaillait les entrailles de la victime, Calchas se retourna brusquement et pointa son long doigt ensanglanté vers Agamemnon.

— Voici celui qui fait obstacle au départ ! s'écriat-il. Agamemnon, roi des rois, tu as osé refuser son dû à Artémis ! Sa colère a longtemps couvé et Zeus, son divin père, a désiré que justice fût enfin faite. Tant que tu n'auras pas honoré ta promesse d'il y a seize ans, ta flotte ne partira pas !

Agamemnon était blême. Calchas savait parfaitement de quoi il parlait. Le prêtre descendit les marches d'un air digne. Se cachant le visage dans ses mains, Agamemnon s'écarta de cette affreuse incarnation du destin.

— Je ne le puis! cria-t-il.

— Tu devras en ce cas disperser ton armée, répliqua froidement Calchas.

— Je ne peux donner à la déesse ce qu'elle exige! Elle ne peut désirer pareille chose! Aurais-je imaginé ce qui en résulterait, jamais je n'aurais fait cette promesse. Artémis est chaste, sacrée, elle ne peut ainsi...

— Elle exige son dû, rien de plus. Donne-le-lui et tu pourras partir, répéta Calchas d'une voix glaciale. Si tu t'entêtes à le lui refuser, tu mourras le cœur brisé et la maison d'Atrée sombrera dans les ténèbres.

— Qu'as-tu promis à Artémis? demandai-je.

— J'ai commis un acte stupide et irréfléchi, Ulysse! Il y a seize ans, Clytemnestre a subi les douleurs de l'enfantement durant plus de trois jours sans que l'enfant se décidât jamais à naître. J'ai alors invoqué tous les dieux et déesses. Nul ne m'a répondu! En désespoir de cause, j'ai prié Artémis, bien qu'elle fût vierge et détourne les yeux des femmes fécondes. Je l'ai suppliée d'aider ma femme à mettre au monde un bel enfant. Je lui ai promis en échange la plus belle créature qui naîtrait cette année-là dans mon royaume. Quelques instants après, Clytemnestre accouchait de notre fille, Iphigénie. J'ai envoyé des messagers dans tout Mycènes pour qu'ils me rapportent les créatures nées dans l'année et considérées comme les plus belles : chevreaux, agneaux, veaux, jusqu'aux oiseaux. Je les lui ai toutes offertes, quand bien même je savais au fond de mon cœur qu'elles ne sauraient satisfaire la déesse. Chaque fois, elle a refusé la victime.

La suite de cette histoire tragique m'apparut soudain, aussi clairement que si c'eût été une fresque. *Pourquoi* les dieux étaient-ils toujours si cruels?

— Continue, Agamemnon, insistai-je.

— Un jour, Clytemnestre m'a fait remarquer qu'Iphigénie était la plus belle créature de toute la

Grèce, plus belle encore qu'Hélène, a-t-elle prétendu. Aussitôt je sus que ces paroles lui avaient été inspirées par Artémis. La chasseresse voulait ma fille. Rien d'autre ne la satisferait. Mais je ne pus m'y résigner, Ulysse. De plus, les sacrifices humains sont interdits depuis que la nouvelle religion a chassé l'ancienne. Je suppliai la déesse de comprendre pourquoi je ne pouvais accéder à son désir. Comme le temps passait et qu'elle ne se manifestait pas, je finis par croire qu'elle avait renoncé, alors qu'en réalité elle attendait son heure. Elle veut mettre un terme à cette vie qu'elle a elle-même accordée, elle veut ma fille encore vierge. Mais je ne *peux* consentir au sacrifice humain !

Je chassai toute pitié de mon cœur. J'étais privé de mon fils, pourquoi garderait-il sa fille ? Il en avait deux autres. Son ambition m'avait séparé de tout ce qui m'était cher, pourquoi ne souffrirait-il pas à son tour ? Il n'avait pas tenu sa promesse uniquement parce qu'elle le concernait personnellement. Si la plus belle créature née cette année-là avait été l'enfant d'un autre, il l'aurait sacrifiée sans le moindre remords. Je le regardai droit dans les yeux et cédai aux injonctions d'un démon qui s'était installé en moi le jour même où l'oracle m'avait prédit l'exil.

— Tu as commis là une terrible faute. Si Iphigénie est ce que réclame Artémis, tu te dois de la lui sacrifier. Fais offrande de ta fille, Agamemnon, ou bien ton entreprise échouera et tu seras la risée de tous, pour l'éternité !

Comme il détestait être tourné en ridicule ! Sa royauté, son orgueil comptaient pour lui davantage que sa plus chère enfant. Dans l'espoir de trouver un appui, il se tourna vers Nestor.

— Nestor, dis-moi que faire !

— C'est affreux, se lamenta le vieil homme en se tordant les mains et en pleurant. Mais il *faut* obéir aux dieux. Je suis de l'avis d'Ulysse, tu n'as pas le choix.

Je continuai d'observer Calchas, me demandant s'il n'avait pas discrètement fouillé le passé d'Agamemnon. Qui pouvait oublier la haine qui s'était reflétée sur son visage le premier jour de la tempête ? L'homme était fort rusé. Et c'était un Troyen.

Il s'agissait à présent de stratégie. Agamemnon, convaincu par moi qu'il n'avait d'autre solution que de sacrifier sa fille, m'expliqua combien il serait difficile de l'arracher à sa mère.

— Clytemnestre ne permettra jamais qu'on amène Iphigénie à Aulis pour qu'elle y soit égorgée par un prêtre. En tant que reine, elle fera appel à son peuple et il la soutiendra.

— Il y aurait un moyen... suggérai-je.

— Lequel ?

— Envoie-moi auprès de Clytemnestre, Agamemnon. Je lui dirai qu'Achille s'impatiente en raison des tempêtes et qu'il envisage de rentrer à Iolcos avec les Myrmidons. Je lui expliquerai que tu as eu l'idée de lui offrir la main d'Iphigénie, à condition qu'il reste à Aulis. Clytemnestre ne fera aucune objection. Elle m'a confié qu'elle souhaitait les voir mariés.

— Mais ce serait porter atteinte à l'honneur d'Achille, objecta Agamemnon, dubitatif. Jamais il n'y consentira. Il est droit et honnête. C'est le digne fils de Pélée.

Exaspéré, je levai les yeux au ciel.

— Seigneur, *comment serait-il au courant* ? Sûrement, tu n'as pas l'intention d'informer tout le monde. Jurons tous de garder le secret. Le sacrifice humain ne serait nullement apprécié des soldats — ils ne pourraient que se demander qui sera le prochain. Si rien de tout cela ne s'ébruite, nous serons en mesure d'apaiser Artémis. Et Achille n'en saura jamais rien !

— Eh bien vas-y, dit-il, j'y consens.

Avant de partir, je pris Ménélas à part.

— Ménélas, veux-tu récupérer Hélène ? demandai-je.

— Ulysse, c'est mon seul désir !

155

— Aide-moi, en ce cas, ou nous ne ferons jamais voile pour Troie.

— Je suis prêt à t'obéir en tout.

— Agamemnon va sans nul doute faire prévenir Clytemnestre de mes desseins pour qu'elle refuse de me confier sa fille. Il faut que tu interceptes le messager du roi.

— Je jure, Ulysse, que nul autre avant toi ne parlera à Clytemnestre.

Clytemnestre fut ravie du mariage qu'Agamemnon avait envisagé pour sa fille cadette. Elle adorait Iphigénie. Son mariage avec Achille lui permettrait de la garder encore un peu à Mycènes, en attendant que son époux revînt de Troie. Clytemnestre passa un temps infini auprès de sa fille pour l'initier aux mystères de la vie de femme et à ceux du mariage, tout en emplissant elle-même les malles d'Iphigénie. Elle se trouvait encore près d'elle quand sa litière franchit la Porte des Lionnes, et se pencha à l'intérieur pour donner à Iphigénie un baiser sur le front. Je frémis. La reine était-elle aussi excessive dans ses haines que dans ses amours ? Comment réagirait-elle en apprenant la vérité ? Agamemnon ferait bien de craindre sa vengeance.

Nous voyageâmes aussi vite que nous le permettaient les porteurs, car j'avais hâte d'arriver à Aulis. Quand nous faisions halte pour nous reposer ou camper, Iphigénie ne cessait ses innocents bavardages : comment elle avait admiré Achille quand elle le regardait à la dérobée dans le Palais du Lion, comment elle en était tombée passionnément amoureuse, combien il était merveilleux de l'épouser, car c'était ce qu'elle désirait par-dessus tout... Je m'étais endurci pour n'éprouver nulle pitié pour elle, mais c'était de plus en plus difficile, tant ses yeux reflétaient d'innocence et de joie !

A la nuit tombée, j'amenai la litière, rideaux tirés, dans le camp royal et installai aussitôt Iphigénie dans une petite tente près de celle de son père. Je la laissai avec lui. Ménélas guettait, au cas où, face à sa

156

fille, Agamemnon renoncerait à ses résolutions. Jugeant préférable de ne pas attirer l'attention sur la venue d'Iphigénie, je ne postai aucun garde près de sa tente, Ménélas devant veiller à ce qu'elle n'en sorte pas.

11

Récit d'Achille

Chaque jour et par tous les temps, j'entraînais mes hommes en les réchauffant grâce à des exercices difficiles. Les Myrmidons aimaient cette discipline stricte et se sentaient meilleurs encore que les autres soldats.

Je ne me rendais jamais au quartier général. Nous commencions tous à songer que l'expédition n'aurait sans doute pas lieu, et n'attendions que l'ordre de nous disperser.

Une nuit de pleine lune, seul dans ma tente, je jouais de la lyre et chantais, quand un bruit me fit lever la tête ; une femme enveloppée d'un manteau ruisselant de pluie écartait le rabat de la tente. Je la regardai, ahuri, n'en croyant pas mes yeux. Elle entra, tira le rideau et secoua la tête pour chasser de ses cheveux les gouttelettes importunes.

— Achille, s'écria-t-elle, les yeux brillants comme de l'ambre doré, je t'avais aperçu à Mycènes, par l'entrebâillement d'une porte, derrière le trône de mon père. Oh, je suis si heureuse !

Je m'étais levé, mais ne sus quoi répondre.

Elle avait tout au plus quinze ou seize ans, du moins ce fut mon impression avant qu'elle n'ôtât son manteau, me dévoilant des seins bien ronds et une peau laiteuse. Sa bouche rose était joliment dessinée, et ses cheveux avaient la couleur des flammes. L'air semblait vibrer autour d'elle, tant son visage rayonnait et, malgré son extrême jeunesse, on y devinait une force d'âme peu commune.

— Ma mère n'a pas eu à me persuader, se hâta-t-elle de poursuivre. Je n'ai pu attendre jusqu'à demain pour te dire à quel point je suis heureuse ! Oui, Iphigénie est enchantée de t'épouser !

Je sursautai. *Iphigénie ?* La seule Iphigénie que je connaissais était fille d'Agamemnon et de Clytemnestre ! Et de quoi donc parlait-elle ? Je continuai à la fixer, comme un pauvre imbécile, incapable de parler. Je me décidai à la questionner en voyant l'incertitude envahir ses yeux.

— Que fais-tu à Aulis ?

Au même instant, Patrocle entra.

— Une visite, Achille ? Je m'en vais.

Je me précipitai pour lui saisir le bras.

— Patrocle, elle prétend être Iphigénie ! murmurai-je. Ce doit être la fille d'Agamemnon. Et elle croit que j'ai envoyé un messager à sa mère pour demander sa main !

— Serait-ce un complot pour te déshonorer ou un test pour éprouver ta loyauté ?

— Je l'ignore.

— Ne devrions-nous pas la ramener à son père ?

— Non. De toute évidence elle est venue me voir en cachette et nul n'est au courant de sa présence ici. Le mieux, c'est que je la garde avec moi pendant que tu iras chez Agamemnon pour découvrir ce qui se trame. Fais vite.

Il avait déjà disparu.

— Assieds-toi, princesse, je t'en prie. Veux-tu un peu d'eau, un gâteau ? dis-je à ma visiteuse.

Elle se jeta alors sur mes genoux, enlaça mon cou de ses bras et posa la tête sur mon épaule avec un soupir. J'étais prêt à la jeter à terre puis me ravisai à la vue de ses boucles désordonnées. Elle n'était qu'une enfant, une enfant qui m'aimait. Cela faisait six mois que je n'avais pas vu Déidamie et cette jeune fille éveillait en moi des émotions bien différentes. Ma femme avait sept ans de plus que moi et c'était elle qui m'avait courtisé. Pour le garçon de treize ans que j'étais et dont les sens commençaient à s'éveiller, cette expérience avait été extraordinaire. A présent je m'interrogeais : quels sentiments éprouverais-je pour Déidamie à mon retour de Troie ? J'étais si heureux de tenir Iphigénie, de respirer le suave et frais parfum de la jeunesse.

Elle esquissa un sourire en me regardant, puis ses lèvres caressèrent mon cou. Sa gorge, tout contre ma poitrine, était brûlante. *Patrocle, Patrocle, reviens vite !* Puis elle murmura des mots qui m'échappèrent. Je passai les mains dans son épaisse chevelure de feu et lui relevai la tête.

— Que dis-tu ? demandai-je.

— Je voulais simplement que tu m'embrasses, dit-elle en rougissant.

— Non, répondis-je en tressaillant. N'as-tu point vu ma bouche, Iphigénie ? Elle n'est pas faite pour les baisers.

— Alors, laisse-moi t'embrasser, partout.

J'aurais dû la repousser, mais j'en fus incapable. Je laissai ses lèvres, douces comme du duvet de cygne, errer sur mon visage, frôler mes paupières mi-closes, se nicher dans les replis de mon cou, là où les nerfs font battre le cœur d'un homme. Je désirais la serrer fort contre moi, jusqu'à ce qu'elle haletât de plaisir. Je dus lutter contre moi-même pour la libérer et plonger mon regard dans ses yeux avec sévérité.

— Cela suffit, Iphigénie. Tiens-toi tranquille.

Enfin, Patrocle revint. Debout sur le seuil, il me fixait d'un air narquois. Alors j'effleurai la joue d'Iphigénie et la repoussai pour qu'elle s'assît sur une chaise. Patrocle avait l'air sombre et irrité. Il ne voulut pas parler avant d'être bien sûr qu'elle ne pouvait l'entendre.

— Ils ont ourdi un complot infâme, Achille.

— Je n'en ai jamais douté. De quoi s'agit-il, exactement ?

— Agamemnon et Calchas étaient seuls dans la tente et parlaient. A leur insu, j'ai entendu presque tout ce qu'ils disaient. Achille, ils se sont servi de ton nom pour enlever cette enfant à sa mère ! Ils ont raconté à Clytemnestre que tu souhaitais épouser Iphigénie, avant le départ de la flotte, pour la faire venir à Aulis. On doit demain la sacrifier à Artémis. Ainsi seulement Agamemnon, coupable de parjure envers la déesse, pourra expier sa faute.

J'entrai dans une colère terrible, les dieux de l'Olympe eux-mêmes durent en être secoués. Ma rage me faisait tout oublier : principes, décence, raison. Je tremblai comme si le sortilège s'était à nouveau emparé de moi. Je me serais précipité sous la pluie pour abattre Agamemnon et le prêtre à coups de hache, si Patrocle ne m'avait pas saisi les poignets avec une force incroyable.

— Achille, *réfléchis* ! murmura-t-il. *Réfléchis donc !* A quoi cela servirait-il de les tuer ? Le sang d'Iphigénie est indispensable pour que la flotte lève l'ancre ! Notre grand roi a sans conteste été manipulé par Calchas !

Je serrai les poings si fort que je me dégageai de son étreinte.

— Espères-tu que je vais rester passif et approuver ce crime ? Ils se sont servi de mon nom pour commettre un acte interdit par la nouvelle religion ! Un acte barbare ! Regarde-la, Patrocle, comment peux-tu accepter qu'on la sacrifie comme un simple animal ?

— Non, Achille, tu te méprends, rétorqua-t-il. Je voulais simplement dire qu'il te fallait garder la tête froide et ne pas agir sous l'effet d'une telle colère !

J'essayai, luttai pour y parvenir. Il me fallait à tout prix déjouer cette manœuvre infâme !

— Patrocle, serais-tu prêt à accomplir tout ce que je te demande ?

— J'y suis prêt, Achille.

— Bien. Va quérir Automédon et Alcimos. On peut leur faire confiance, ce sont des Myrmidons. Dis à Alcimos de trouver une jeune biche et de peindre ses bois en or. Il faut *absolument* qu'il ait l'animal demain matin! Confie tout à Automédon. Tous les deux vous devrez vous cacher derrière l'autel avant l'heure du sacrifice. Vous tiendrez le cerf au bout d'une chaîne dorée. Calchas accomplit ses rituels au milieu de nuages de fumée. Quand Iphigénie sera étendue sur l'autel et que la fumée montera — car le prêtre n'osera pas lui trancher la gorge sous les yeux de son père — remplace la fille par le cerf. Calchas s'en apercevra, mais il tient à la vie. Il criera au miracle.

— Oui, ça pourrait marcher... Mais comment ferons-nous pour éloigner Iphigénie de l'autel?

— Il y a un petit abri, juste derrière l'autel, où la victime attend le sacrifice. Cachez-la dedans jusqu'à ce que tout le monde soit parti. Puis amenez-la à ma tente. Je la renverrai à Clytemnestre avec un message lui révélant tout ce complot. Pourras-tu te charger de tout?

— Certainement, Achille. Et toi, que vas-tu faire?

— Demain je me rendrai au quartier général juste à temps pour la cérémonie. Pour le moment, je vais la renvoyer à sa tente. Comment elle est arrivée ici, nul ne le saura jamais, mais il est tout aussi important qu'elle y retourne sans être vue. Je vais moi-même l'y conduire.

— Peut-être l'a-t-on vue pénétrer ici? remarqua Patrocle.

— C'est peu probable. Ils ne lui auraient pas permis de rester avec moi assez longtemps pour que je la déflore. Rappelle-toi combien Artémis apprécie la virginité.

— Achille, ne serait-il pas préférable de la renvoyer à sa mère dès à présent?

— C'est impossible, Patrocle. Ce serait défier Agamemnon. Si tout se passe bien demain, nous serons en mer avant que Clytemnestre soit au courant de tout.

— Alors tu crois que la mort d'Iphigénie est nécessaire pour que le temps change? demanda-t-il d'un air étrange.

— Non, je pense qu'il fera beau de toute façon dans un ou deux jours. Patrocle, je n'ose pas risquer une rupture officielle avec Agamemnon. *Je veux aller à Troie.*

— Je vois. Maintenant il faut que je parte. Le pauvre Alcimos sera terrorisé en apprenant qu'il doit trouver un jeune cerf! Je vais passer le reste de la nuit avec Automédon. Si je ne te fais pas savoir que nous avons eu des problèmes, nous serons derrière l'autel à midi.

— Parfait.

Il s'esquiva sous la pluie.

Iphigénie nous avait regardés avec de grands yeux.

— Qui était-ce? s'enquit-elle.

— Mon cousin Patrocle. Nous avons des ennuis avec les soldats.

— Ah... Il te ressemble, sauf qu'il a les yeux bleus et qu'il est plus petit.

— Et qu'il a des lèvres.

— Cela fait de lui un homme comme les autres. J'aime ta bouche comme elle est, Achille.

— Maintenant il faut que je te ramène à ta tente avant qu'on ne découvre que tu n'y es plus.

— Pas encore, supplia-t-elle en me caressant le bras.

— Si, Iphigénie.

— Oublierais-tu qu'on nous marie demain? Pourquoi ne pas passer la nuit ensemble?

— Parce que tu es la fille du grand roi de Mycènes et que la fille du grand roi de Mycènes doit être vierge le jour de son mariage. Les prêtresses le vérifieront avant la cérémonie et je devrai ensuite exhiber le drap nuptial pour prouver que je suis bien ton mari.

— Mais je ne veux pas partir! s'exclama-t-elle en faisant la moue.

— Tu partiras pourtant. Mais avant, fais-moi une promesse.

— Tout ce que tu voudras, dit-elle, le visage illuminé.

— Ne parle de cette visite ni à ton père ni à personne d'autre. Sinon on doutera de ta virginité.

Patrocle ne m'adressa aucun message. Avant midi j'endossai mon armure de parade, qui venait du trésor de Minos, et me rendis à l'autel. Tout semblait normal. Patrocle et Automédon étaient à leur poste.

Oh, quelle tête firent les rois quand ils m'aperçurent ! Ulysse, Nestor, Diomède, Idoménée... Ainsi, ils étaient tous de connivence ! Je les saluai en passant et me comportai comme si j'étais venu aujourd'hui tout à fait par hasard. J'entendis des pas derrière moi. C'était Ulysse, qui finit par hausser les épaules : le temps manquait pour me persuader de partir. Ulysse était l'homme le plus dangereux qui fût. A la fois roux et gaucher, ce qui ne présageait rien de bon.

Je me retournai pour voir Iphigénie s'approcher de l'autel à pas lents, l'air fier, la tête haute ; le léger tremblement de ses lèvres trahissait seul sa terreur secrète. En me voyant, elle tressaillit comme si je l'avais frappée. Je la regardai droit dans les yeux, y vit s'éteindre la dernière lueur d'espoir. Alors la colère s'empara d'elle, une émotion sourde et violente qui n'avait rien à voir avec la colère que j'avais ressentie quand Patrocle m'avait parlé du complot. Elle me haïssait, elle me méprisait. Imperturbable, je regardai l'autel, mais j'attendais avec impatience le moment où je pourrais m'expliquer.

Diomède avait rejoint Ulysse aux côtés d'Agamemnon, pâle comme la mort, qu'ils étaient forcés de soutenir. Calchas poussait Iphigénie en avant. Elle n'était pas enchaînée. Je ne savais que trop combien elle les méprisait. Mais elle était fille d'Agamemnon et de Clytemnestre, et son orgueil était inébranlable.

Au pied de l'autel elle se retourna pour nous regarder, les yeux étincelants de mépris, puis elle gravit les quelques marches et se hissa sans peine sur la table où elle s'allongea, les mains sur la poitrine ; son profil se détachait sur la mer grise, houleuse. Il n'avait pas plu le matin, son lit de marbre était sec.

Calchas jeta différentes poudres dans les flammes de trois braseros alignés devant l'autel; la fumée s'éleva en volutes vertes et jaunes qui empestaient le soufre. Brandissant un long coutelas orné de pierres précieuses, Calchas ressemblait à une énorme et répugnante chauve-souris. Il leva le bras, le coutelas brilla. Je restai cloué sur place, horrifié et pourtant fasciné. En un éclair la lame s'abattit, la fumée enveloppa le prêtre, le cachant aux regards. Un cri retentit, un cri de désespoir qui se termina en râle. Nous étions pétrifiés. Puis une bourrasque de vent emporta au loin la fumée. Iphigénie gisait sur l'autel, son sang ruisselait, Calchas le recueillant dans un calice d'or.

Agamemnon vomit. Même Ulysse eut un haut-le-cœur. Leurs yeux étaient rivés sur Iphigénie qui, doucement, s'éteignait. Je poussai un hurlement de douleur et perdis la raison. Épée en main, je bondis. Sans Ulysse et Diomède pour tenir Agamemnon, je l'aurais décapité alors qu'il s'accrochait à eux, la barbe dégoulinante de vomi. Ils le laissèrent tomber comme une pierre pour tenter de m'arracher mon épée, mais je les repoussai aussi facilement que s'ils avaient été des gringalets. Idoménée et Ménélas volèrent à leur secours. Jusqu'au vieux Nestor qui se joignit à eux! A eux cinq ils parvinrent enfin à me plaquer au sol où je restai étendu, le visage tout proche de celui d'Agamemnon, que je maudis en vociférant. Soudain je perdis toute force et fondis en larmes. Ils se saisirent alors de mon épée et nous redressèrent tous deux.

— Tu t'es servi de mon nom pour commettre ce forfait abominable, Agamemnon, dis-je tout en pleurant, débordant de haine. Tu as accepté que ta plus jeune fille soit sacrifiée dans le seul but de satisfaire ton orgueil. Dorénavant, tu es à mes yeux le dernier des derniers. Je ne vaux pas mieux que toi. Bien au contraire. Si je n'avais pas cédé à l'ambition, j'aurais su empêcher ce forfait. Mais je te préviens, roi des rois! J'enverrai un message à Clytemnestre pour l'informer de ce qui s'est passé ici aujourd'hui. Je n'épargnerai personne, ni toi, ni les autres, et moi-même encore moins. Notre honneur est irrémédiablement souillé. Nous sommes maudits.

— J'ai essayé de l'empêcher, protesta-t-il mollement. J'ai envoyé un messager à Clytemnestre pour l'avertir mais il a été assassiné. J'ai essayé, vraiment essayé... Pendant seize ans j'ai tout fait pour éviter ce qui s'est passé aujourd'hui. Ce sont les dieux qui sont à blâmer. Ils nous ont tous dupés.

Je crachai à ses pieds.

— Ne rejette pas la responsabilité de tes faiblesses sur les dieux, grand roi ! C'est nous, et nous seuls, qui sommes responsables.

Je retournai tant bien que mal à ma tente. Patrocle était assis et pleurait. Quand il m'entendit, il prit une épée, s'agenouilla devant moi et me la tendit.

— Que signifie ?

— Tue-moi ! J'ai manqué à mes engagements, Achille. Je t'ai ravi ton honneur.

— C'est moi qui ai manqué à mes engagements, Patrocle. C'est *moi* qui me suis déshonoré.

— Tue-moi, implora-t-il.

— Non, dis-je en lui arrachant son épée.

— Je mérite de mourir !

— C'est moi seul qui suis à blâmer, Patrocle. Mon orgueil ! Mon ambition ! Comment ai-je pu laisser le sort d'Iphigénie suspendu à des fils si ténus ? J'apprenais à l'aimer. Je l'aurais épousée avec plaisir. Je n'aurais pas eu honte de divorcer d'avec Déidamie. Ce mariage avait été arrangé habilement par mon père et par Lycomède. Tu m'as dit de renvoyer tout de suite Iphigénie à sa mère, c'était un bon conseil. J'ai refusé pour maintenir mon statut dans l'armée. J'ai succombé à l'orgueil et à l'ambition.

Patrocle rangea silencieusement mon armure, les yeux brillants de larmes contenues.

— Que s'est-il passé exactement ? lui demandai-je plus tard.

— Tout paraissait en bonne voie. Nous avions le

cerf. Mais je voulais être seul à recevoir tes louanges. Aussi ai-je renvoyé Automédon et suis-je allé me cacher sous l'autel avec l'animal, qui s'est mis à s'agiter et à bramer, car j'avais oublié de le droguer! Calchas m'a découvert. C'est un guerrier, Achille. Il m'a asséné un coup sur la tête avec le calice. Quand j'ai repris connaissance, j'étais pieds et poings liés et bâillonné. Si j'avais emmené Automédon avec moi, tout se serait passé comme nous l'avions prévu.

— Si je te tuais, Patrocle, je devrais également me tuer, mais c'est trop facile. C'est seulement en continuant à vivre que nous pourrons expier notre faute. Morts, nous ne ressentirions plus rien, les ombres ne connaissent ni joie ni souffrance.

— Oui, je comprends. Toute ma vie, je devrai me souvenir de ma jalousie. Toute ta vie, tu devras te souvenir de ton ambition. Destin bien pire que la mort.

Mais Patrocle, lui, n'avait pas à se rappeler le regard méprisant et déçu d'Iphigénie. Qu'avait-elle dû penser de moi, qui avais agi comme si j'étais son bien-aimé avant de lâchement l'abandonner? Son ombre allait me hanter jusqu'au trépas. Alors que ma vie soit glorieuse, mais brève!

— Quand rentrons-nous à Iolcos? demanda Patrocle.

— Iolcos? C'est à Troie que nous allons.

— Après ce qui vient de se passer?

— Troie fait partie de mon châtiment. De plus je n'aurai pas à faire face à mon père. Que penserait-il de moi, s'il savait? Que les dieux lui épargnent cette épreuve!

12

Récit d'Agamemnon

Je fis enterrer ma fille au cœur de la nuit, dans une tombe anonyme, sous un simple amoncellement de pierres en bordure de la mer.

Achille avait juré d'envoyer à ma femme un message dans lequel il nous déclarerait tous responsables ; j'aurais pu faire obstacle à son projet en informant le premier Clytemnestre. Mais je ne pus trouver ni les mots ni l'homme adéquats. Malgré les désaccords que j'avais eus avec ma femme, elle m'avait toujours considéré comme un grand homme, digne d'être son époux. Toutefois elle était originaire de Lacédémone, où l'on révérait toujours Mère Kubaba. Quand elle apprendrait la mort d'Iphigénie, elle s'efforcerait de se venger, restaurerait l'ancienne religion et régnerait à ma place en tant que grande reine.

Je songeai alors à mon cousin Égisthe, que j'avais toujours apprécié. Il était plus jeune que moi, élégant et plein de charme. Je m'entendais mieux avec lui qu'avec Ménélas. Cependant ma femme n'aimait pas Égisthe et n'avait pas confiance en lui, parce que c'était le fils de Thyeste et qu'il pouvait prétendre être l'héritier légitime du trône. Or, elle voulait à tout prix qu'Oreste héritât de la couronne.

Je fis donc venir Égisthe dès que j'eus décidé quoi lui dire exactement. Son statut dépendait de mon seul bon vouloir, aussi avait-il tout intérêt à me satisfaire. Je l'envoyai donc, chargé de présents, auprès de Clytemnestre. Iphigénie était morte, mais ce n'était pas moi qui avais donné l'ordre de la sacrifier. *Ulysse, seul,* avait tout organisé. Elle croirait au moins ça.

— Je ne serai pas absent de Grèce bien longtemps, dis-je à Égisthe avant son départ, mais il est indispensable que Clytemnestre ne fasse pas appel au peuple pour raviver l'ancienne religion. Tu me représenteras donc.

— Artémis a toujours été ton ennemie, répondit-il en s'agenouillant pour me baiser la main. Ne t'inquiète pas, Agamemnon. Je veillerai à ce que Clytemnestre se conduise décemment. Certes, j'espérais avoir ma part de butin quand Troie serait prise, car je suis bien pauvre...

— Tu auras ta part. Maintenant va, accomplis ta mission.

Lorsque je m'éveillai, le lendemain du sacrifice, le temps était clair. Les nuages avaient disparu et le vent s'était apaisé durant la nuit. Je me forçai à remercier Artémis de son aide, mais résolus de ne plus jamais solliciter l'aide de la Chasseresse. Ma pauvre enfant n'était plus, et pas même une stèle ne rappellerait son souvenir.

Phénix apparut, impatient de commencer les préparatifs d'embarquement. Ils auraient lieu dès le lendemain si le temps se maintenait.

— Il se maintiendra, affirma le vieil homme. Les eaux entre Aulis et Troie seront calmes comme lait dans une jatte.

— Alors, dis-je, me rappelant soudain qu'Achille avait critiqué mes plans d'approvisionnement, remplis les navires de vivres, Phénix, remplis-les à ras bord.

— Tu peux compter sur moi, seigneur, dit-il, l'air surpris mais avec un large sourire.

Achille m'obsédait. Ses malédictions résonnaient encore dans ma mémoire, son mépris me torturait. Je ne comprenais pas ce qu'il avait à se reprocher, mais je ne pouvais m'empêcher de l'admirer. Il avait eu le courage de se blâmer devant ses supérieurs. O, si seulement il avait réussi à me trancher la tête !

Le lendemain matin, l'aube teintait de rose le ciel pâle. Je me tenais à la proue de mon navire, les mains posées sur le bastingage. Enfin, le départ ! J'allai jusqu'à la poupe, où se dressait l'effigie d'Amphitryon. Je tournai le dos aux rameurs, heureux que mon navire fût ponté et qu'il y eût ainsi assez de place pour mes bagages, mes esclaves et tous les impedimenta nécessaires à un grand roi. Derrière mon navire, les gros bateaux rouge et noir glissaient à la surface des eaux éternelles. Il y en avait mille deux cents, avec quatre-vingt mille guerriers et vingt mille hommes qui les accompagnaient. Certains navires supplémentaires étaient réservés aux chevaux, car nous utilisions des chars, tout comme les Troyens.

Je contemplai la scène, fasciné. C'était moi qui dirigeais cette puissante armée ! Le grand roi de Mycènes était destiné à être le grand roi de l'Empire grec ! J'avais peine à le croire. Le dixième des navires n'avait pas encore pris la mer que déjà je me trouvai au milieu du détroit d'Eubée. La plage au loin paraissait minuscule. J'eus un moment de panique : comment une flotte aussi importante réussirait-elle à ne pas se disperser, quand nous avions des lieues à parcourir en pleine mer ?

Nous doublâmes la pointe d'Eubée sous un soleil radieux, passâmes entre elle et l'île d'Andros et, tandis que le mont Ochi disparaissait derrière nous, nous rencontrâmes les brises qui soufflent toujours en mer Égée. Les hommes attachèrent les rames et se rassemblèrent autour du mât, et bientôt un vent de sud-ouest gonflait la voile écarlate du navire royal.

Je montai les quelques marches menant au gaillard d'avant, où se trouvait ma cabine. Dans notre sillage de nombreux vaisseaux voguaient à allure régulière face à la houle qui se brisait en vagues minuscules sur les proues recourbées. Télèphe, debout à l'avant, tournait la tête de temps à autre pour crier des instructions aux deux hommes qui manœuvraient les rames du gouvernail, afin de maintenir le cap. Il me sourit d'un air satisfait.

— C'est parfait, seigneur! Si le temps se maintient, nous continuerons à vive allure jusqu'en Troade. Avec un tel vent, tout va bien. Nous ne devrions pas avoir besoin de faire escale à Chio ou à Lesbos, et nous atteindrons Ténédos plus tôt que prévu.

J'étais content. Télèphe était le meilleur navigateur de toute la Grèce, le seul qui pût nous mener à Troie sans courir le risque de nous faire échouer sur une grève, très loin de notre destination. Il était le seul auquel je puisse confier le sort de mille deux cents navires. Hélène, pensai-je, tu ne jouiras pas longtemps de ta liberté. Tu seras de retour à Amyclées avant même de t'en rendre compte, et j'aurai grand plaisir à faire trancher ta jolie petite tête avec la hache sacrée.

Les jours passaient, uniformes et tranquilles. Nous aperçûmes Chio mais poursuivîmes notre route. Nous n'avions pas besoin de nous ravitailler. Il faisait si beau que ni Télèphe ni moi ne voulions prendre le moindre risque en débarquant. On commençait à présent à entrevoir la côte d'Asie Mineure. Télèphe en connaissait très bien les points de repère, car bien des fois durant sa carrière il avait navigué le long de cette côte. Il fut tout heureux de me signaler l'énorme île de Lesbos, en la doublant par l'ouest, afin que depuis la terre nul ne pût nous apercevoir. Les Troyens ne sauraient pas que nous arrivions.

Nous fîmes escale sur la côte ouest de Ténédos, une île toute proche de la Troade, le onzième jour après avoir quitté Aulis. La place manquait pour aborder; le mieux était de laisser les navires à l'ancre aussi près que possible de la côte, en espérant que le temps clément continuerait encore quelques jours.

Ténédos était fertile, mais n'avait qu'une faible population à cause de la proximité de Troie, cité considérée comme la plus peuplée au monde. Quand nous arrivâmes, les habitants étaient assemblés sur le rivage et leurs gestes désordonnés trahissaient l'appréhension.

— Bravo, pilote ! dis-je à Télèphe en lui donnant une tape sur l'épaule. Tu as mérité un butin de prince.

Fier comme un paon, il éclata de rire et descendit sur le pont, où il ne tarda pas à être entouré par les cent trente hommes qui avaient navigué avec moi.

A la tombée de la nuit les derniers navires étaient à proximité ; tous les chefs vinrent me retrouver à mon quartier général dans la cité de Ténédos. J'avais déjà pu rassembler tous les habitants de l'île. Il était hors de question de laisser quelqu'un se rendre sur le continent et informer le roi Priam de ce qui se passait à l'ouest de Ténédos. Les dieux, pensai-je, s'étaient unis pour soutenir la Grèce.

Le lendemain matin, je montai à pied jusqu'au sommet des collines qui s'élevaient au centre de l'île ; quelques-uns des rois m'accompagnèrent pour prendre un peu d'exercice, heureux d'être sur la terre ferme. Par-delà l'étendue des calmes eaux bleues, nous aperçûmes le continent troyen, à quelques lieues de là.

Ne pas voir la cité de Troie eut été impossible. Aussitôt mon cœur se serra. Mycènes, Iolcos, Corinthe, Athènes la fabuleuse, elles n'étaient rien en comparaison. Non seulement Troie les surpassait toutes, mais elle s'étendait comme une pieuvre géante.

— Alors qu'allons-nous faire ? demandai-je à Ulysse.

Il semblait perdu dans ses pensées, le regard fixe. Mais à ma question, il revint à lui et sourit.

— Je te conseille d'effectuer la traversée cette nuit, dans l'obscurité, de rassembler les troupes à l'aube et de prendre Priam au dépourvu, avant qu'il ne puisse fermer ses portes. Demain soir, seigneur, tu seras maître de Troie.

Nestor poussa un cri, Diomède et Philoctète eurent l'air horrifié, Palamède prit un air narquois. Je me contentai de sourire. Nestor m'épargna la peine de répondre.

— Ulysse, Ulysse, n'as-tu donc *aucune* idée de ce qui se fait et de ce qui ne se fait pas ? demanda-t-il. Il y a des lois qui gouvernent toutes choses, y compris la conduite des guerres. Pour ma part, je ne participerai pas à une entreprise qui n'aura pas respecté les règles ! *L'honneur*, Ulysse ! Que fais-tu de l'honneur dans ton plan ? Nous ne pouvons ignorer les lois ! Ne l'écoute pas, seigneur ! ajouta-t-il en se tournant vers moi, les lois de la guerre sont claires, et nous *devons* les respecter.

— Calme-toi, Nestor. Je les connais aussi bien que toi.

— Sûrement, tu ne pouvais t'attendre à ce que je prête l'oreille à des conseils aussi impies, dis-je en prenant Ulysse par les épaules et en le secouant doucement.

Il se mit à rire et répondit :

— Non, Agamemnon, bien sûr ! Mais tu m'as demandé que faire, et je me suis senti obligé de t'indiquer ce que me dicte la sagesse. Si cela tombe dans l'oreille d'un sourd, pourquoi m'en plaindrais-je ? Je ne suis pas le grand roi de Mycènes, je suis seulement ton loyal sujet, Ulysse, venu de la rocheuse Ithaque où, pour survivre, il faut parfois oublier des choses comme l'honneur. Je t'ai dit comment accomplir la tâche en un jour. C'est la seule façon d'y parvenir. Je t'avertis, si on donne à Priam la possibilité de fermer ses portes, tu hurleras devant ses murs pendant dix ans, comme l'a prédit Calchas.

— On peut escalader ces murs et enfoncer ces portes...

— En es-tu sûr ?

Ulysse rit de nouveau et sembla oublier notre présence. Quel esprit extraordinaire, il voyait tout de suite l'essentiel ! Si, au fond de moi, je savais que son conseil était bon, je savais également que si je le suivais, personne ne me soutiendrait. C'était offenser Zeus et commettre un sacrilège envers la nouvelle religion. Ce qui m'intriguait, c'était la façon dont Ulysse échappait à tout châtiment pour ses idées impies. On disait que Pallas Athéna l'aimait plus que tout autre et intercédait toujours en sa faveur auprès de Zeus.

— Il faut que quelqu'un se rende à Troie pour exiger de Priam le retour d'Hélène, déclarai-je.

Tous semblaient désireux de s'y rendre, mais j'avais déjà fait mon choix.

— Ménélas, en tant qu'époux d'Hélène tu te dois d'y aller. Ulysse, tu l'accompagneras, ainsi que Palamède.

— Et pourquoi pas moi ? demanda Nestor, contrarié.

— J'ai besoin de garder au moins l'un de mes conseillers, répondis-je, en espérant le convaincre.

Ulysse sortit enfin de sa rêverie.

— Seigneur, si je dois accomplir cette mission, je te demande une faveur. Donnons à Priam l'impression que nous sommes encore en Grèce, où nous nous préparons à la guerre. D'après la loi, nous sommes simplement tenus de l'avertir officiellement que nous sommes en état de guerre, rien de plus. Par ailleurs, Ménélas devrait exiger des compensations pour les souffrances endurées depuis le rapt de sa femme. Il devrait exiger que Priam ouvrît à nouveau l'Hellespont à nos marchands et annulât l'interdiction faite au commerce.

— Voilà qui est fort judicieux, répliquai-je.

Nous redescendîmes vers la cité, Ulysse et Philoctète en tête, bavardant et s'esclaffant comme des gamins. Philoctète était, de loin, le plus aguerri des deux. En mourant, Héraclès lui avait fait don de son arc et de ses flèches, bien qu'à l'époque il n'eût été qu'un tout petit garçon. Tout à coup, Philoctète poussa un cri de terreur ; le visage tordu de douleur, il s'affaissa sur un genou, son autre jambe tendue.

— Qu'y a-t-il? le pressa Nestor.

— J'ai marché sur un serpent, répondit Philoctète d'une voix entrecoupée.

La peur me paralysa. Ulysse incisa profondément les chairs à l'aide de son couteau, à l'endroit où l'on apercevait les traces de la morsure puis, à plusieurs reprises, il aspira le sang et le venin, qu'il recrachait. Il fit ensuite signe à Diomède.

— Emmène-le voir Machaon. Porte-le sans à-coups, pour éviter que le poison ne gagne les organes vitaux.

— Mon ami, dit-il à Philoctète, reste totalement immobile et ne désespère pas. Machaon n'est pas pour rien le fils d'Esculape. Il saura te soigner.

Diomède partit en avant, d'un pas souple et rapide, portant son lourd fardeau comme si Philoctète eut été un enfant. Nous marchions bien sûr à sa suite. On avait logé Machaon dans une grande maison pour qu'il y exerçât son art, car il y a toujours des malades, même avant que la guerre ne commence. Philoctète y était étendu sur un lit, les yeux clos.

— Qui a traité la morsure? demanda Machaon.

— Moi, répondit Ulysse.

— Bravo! Si tu n'avais pas agi aussi rapidement, il serait mort sur-le-champ. Ce poison est très violent.

— Quand n'y aura-t-il plus aucune inquiétude? demandai-je.

— Je n'en ai pas la moindre idée, seigneur. Est-ce que quelqu'un a attrapé le serpent, ou du moins l'a vu?

Nous secouâmes la tête.

— Alors je n'en sais rien, dit Machaon en soupirant.

Le lendemain, la délégation embarquait pour Troie. Nous restâmes sur l'île et nous assurâmes, au cas où des guetteurs seraient postés sur le continent, que la fumée des feux ne trahissait point notre présence en s'élevant au-dessus des collines.

Les jeunes officiers avaient choisi Achille comme chef et le prenaient à présent comme exemple.

Depuis la mort d'Iphigénie, il avait évité tout contact avec moi. Plus d'une fois je l'avais aperçu, mais il avait fait mine de ne pas me voir. Il ne perdait pas de temps, ne laissant jamais les Myrmidons oisifs. Chaque jour, il les entraînait ; ces sept mille hommes étaient les soldats les plus capables que j'eusse jamais vus. Pélée et son fils avaient préféré la qualité au nombre. Aucun d'eux n'avait plus de vingt ans, tous étaient des soldats de métier, et non des volontaires plus habitués à pousser la charrue ou à fouler le raisin. Aucun n'était marié. C'était une bonne chose. Seuls les jeunes gens sans femmes ni enfants courent au combat sans se soucier de leur destin.

Sept jours plus tard, la délégation était de retour. Mes trois ambassadeurs vinrent aussitôt me voir.

— Ils ont refusé de nous rendre Hélène, Agamemnon ! déclara mon frère en frappant du poing sur la table.

— Calme-toi, Ménélas ! Jamais je n'ai cru qu'ils nous la rendraient. L'as-tu vue, au moins ?

— Non, ils l'avaient cachée. On nous a escortés jusqu'à la citadelle. Priam, assis sur son trône, m'a demandé ce que je voulais cette fois-ci. J'ai répondu : « Hélène » et il s'est esclaffé ! Si son damné fils avait été là, je l'aurais tué sur-le-champ !

— Et ils t'auraient tué aussi vite. Continue.

— Selon Priam, Hélène serait venue de son plein gré, elle ne souhaiterait nullement retourner en Grèce et considèrerait Paris comme son époux légitime. Priam a même insinué que j'avais usurpé le trône de Lacédémone et qu'après la mort de ses deux frères, Castor et Pollux, c'est *elle*, la fille de Tyndare, qui aurait dû être reine de plein droit ! *Moi*, je ne serais donc qu'un vulgaire pantin.

— Continue, Ménélas.

— Alors j'ai remis à Priam la tablette rouge de déclaration de guerre. Il a été stupéfait. Sa main a tremblé si fort que la tablette est tombée par terre et s'est brisée. Tout le monde a sursauté. Hector a ramassé les fragments et s'en est allé avec.

— Pourquoi n'es-tu pas aussitôt rentré? demandai-je.

Il eut l'air penaud et resta coi. Je savais pourquoi. Il avait espéré revoir Hélène.

— Mais comment cette première audience s'est-elle terminée? questionna Palamède.

— Le fils aîné de Priam, Déiphobos, a instamment prié son père de nous faire tuer. Anténor s'est alors avancé et a proposé de nous loger. Il a invoqué Zeus l'Hospitalier et interdit qu'un Troyen lève la main sur nous.

— Comme c'est curieux de la part d'un Dardanien! Courage, frère! Tu auras très bientôt l'occasion de laver ton honneur bafoué. Mais pour le moment, va te coucher.

Quand nous fûmes seuls, Nestor, Ulysse, Palamède et moi, je pus enfin savoir ce qui m'intéressait. Ménélas était allé à Troie mais, pendant l'année que durèrent les préparatifs de guerre, il n'avait pu nous donner que de très vagues renseignements sur la hauteur de ses murs, le nombre d'hommes que Priam pouvait appeler aux armes et ses alliances avec le reste des pays d'Asie Mineure...

— Nous devons nous hâter, seigneur, déclara Palamède.

— Pourquoi?

— Troie est sous l'emprise d'hommes sages et de sots. Priam est à la fois un sage et un sot. Parmi ses conseillers, c'est pour Anténor et un jeune homme du nom de Polydamas que j'ai éprouvé le plus de respect. Déiphobos est une tête brûlée. C'est le fils de Priam et de la reine Hécube, mais il ne joue aucun rôle à la Cour, et ce n'est pas lui l'héritier.

— En qualité d'aîné, il devrait pourtant l'être.

— Dans son temps, Priam s'est conduit en véritable bouc. Il se targue d'avoir cinquante fils, que lui ont donnés la reine, ses autres femmes et ses nombreuses concubines. J'ai cru comprendre qu'il a plus de cent filles. Il dit que les plus belles sont offertes en mariage à ses alliés, tandis que les laides tissent le jour durant pour orner le palais de tentures magnifiques.

— Parle-moi plutôt du palais.

— Il est immense. Aussi vaste, à mon avis, que l'ancienne demeure de Minos à Cnossos. Chacun des enfants mariés de Priam possède ses propres appartements et y vit dans le luxe. Il existe d'autres palais encore au sein de la citadelle; Anténor en possède un, et aussi l'héritier au trône.

— Qui est-ce?

— Hector, un fils cadet qu'il a eu de la reine Hécube. Il était présent à notre arrivée, mais il est parti presque aussitôt pour la Phrygie, chargé d'une mission urgente. Il a en vain demandé à son père d'en être dispensé. Il semble bien plus avisé que son père : il est à la tête de l'armée, en ce moment elle n'a donc plus de chef. Il a vingt-cinq ans, il est très grand, à peu près de la taille d'Achille.

— Et toi, Ulysse, qu'as-tu fait?

— A propos d'Hector, j'ajouterai que les soldats et les gens du peuple l'aiment énormément.

— Tu n'es donc pas resté tout le temps au palais.

— Non, je me suis promené dans la cité. Ce qui m'a fort instruit. Troie est entièrement entourée de remparts. Les murailles intérieures de la citadelle sont plus hautes encore que celles de Mycènes ou de Tirynthe. Mais les murailles extérieures de la cité sont gigantesques. A Troie, les gens n'ont pas à courir à la citadelle quand un ennemi menace, puisque *c'est là qu'ils vivent.* La cité est composée d'une multitude de ruelles bordées de hautes maisons qui abritent des dizaines de familles.

— Selon Anténor, interrompit Palamède, on a dénombré cent soixante-dix mille habitants au dernier recensement. Priam pourrait très facilement lever une armée de quarante mille hommes à l'intérieur même de la cité, cinquante mille en recrutant aussi les hommes âgés.

— Pas assez pour contrer notre armée, dis-je en songeant à mes quatre-vingt mille hommes.

— Plus qu'assez, au contraire, répliqua Ulysse. Les murs font vingt-deux coudées de haut et au moins quinze d'épaisseur à la base. Ils sont si anciens que personne ne se rappelle quand ils ont été édifiés, ni pourquoi. Selon la légende ils seraient maudits et devraient disparaître à jamais à cause d'un acte commis par Laomédon, le père de Priam. Mais je doute que ce soient nos assauts qui les fassent disparaître. Ils sont en pente douce et les pierres en ont été polies. Nulle prise pour les échelles ou les grappins.

— N'as-tu donc remarqué aucune faille dans leur défense, Ulysse ?

— Si, seigneur, il y en a une, mais je doute qu'on puisse jamais en tirer avantage : la partie ouest de la muraille originelle s'est effondrée durant le tremblement de terre qui a ravagé la Crète. Éaque a comblé la brèche et les Troyens l'appellent maintenant le rideau ouest. Il fait deux mille cinq cents pieds de long. Les pierres sont mal équarries, avec des saillies et des creux où les grappins auraient prise. Il n'y a que trois portes : la porte Scée à l'ouest, la porte de Dardanie au sud et la porte d'Ida au nord-est. Elles sont massives et hautes de quinze coudées. Un chemin de ronde les franchit sur une voûte. Il suit en son sommet la muraille extérieure, permettant aux troupes d'aller rapidement d'un point à un autre. Les portes sont faites de troncs renforcés par des pointes et des plaques de bronze. Nul bélier ne saurait les ébranler. A moins qu'elles ne fussent ouvertes, il faudrait un miracle pour pénétrer dans Troie.

— Je ne vois pas comment Troie pourrait résister à une armée aussi puissante que la nôtre. Non, vraiment !

— Agamemnon, reprit Ulysse, si les portes de Troie sont fermées, ils disposent de suffisamment d'hommes pour te tenir à distance. On peut tenter d'escalader les murailles à un seul endroit, le rideau Ouest. Mais il n'a que deux mille cinq cents pieds de long. Quarante mille défenseurs s'agglutineraient en son sommet, pareils à des mouches sur une charogne. Crois-moi, ils peuvent t'empêcher d'entrer pendant des années. A présent ils croient nos troupes encore en Grèce, mais si un de leurs bateaux de pêche passe de ce côté de Ténédos, nous sommes perdus. Et tu devras alors te préparer à une longue campagne. A moins que tu ne les affames, ajouta-t-il, l'œil étincelant.

— Ulysse, s'écria Nestor scandalisé. Voilà que tu recommences ! Les dieux nous condamneraient à la folie et ils auraient raison !

— Je sais, Nestor, répliqua Ulysse sans le moindre regret. Il semble que les règles de la guerre favorisent l'ennemi, ce qui est fort regrettable. Les affamer aurait été une excellente tactique.

— Malheur aux hommes si ceux de ton espèce détiennent un jour le commandement, Ulysse ! dis-je, fatigué de discuter. Allons nous coucher. Demain je tiendrai conseil et, après-demain à l'aube, nous partirons.

— Comment va Philoctète ? demanda Ulysse en sortant.

— Machaon dit qu'il n'y a plus d'espoir.

— Je suis désolé. Que va-t-on faire de lui ?

— L'emmener serait insensé. Il restera ici.

— Certes, seigneur, mais nous ne pouvons pas non plus le laisser ici. Dès que nous aurons le dos tourné, les habitants de Ténédos l'égorgeront. Envoie-le à Lesbos. Ce sont des gens plus civilisés, ils ne s'en prendront pas à un malade.

— Il ne survivra pas au voyage, protesta Nestor.

— Ce sera un moindre mal.

— Tu as raison, Ulysse, répliquai-je. Il ira à Lesbos.

— Merci. Je vais de ce pas l'avertir.

— Il ne pourra t'entendre, Ulysse. Il est dans le coma depuis trois jours.

13

Récit d'Achille

Agamemnon souhaitait être le premier à débarquer, mais une nouvelle prophétie de Calchas le fit changer d'avis : le premier roi qui mettrait pied sur le sol troyen mourrait au cours de la première bataille. Je haussai les épaules. Condamné par les dieux, pourquoi m'inquiéterais-je ? Au moins mon trépas serait-il glorieux.

Nous avions tous nos ordres d'embarquement et de débarquement. Patrocle et moi, debout sur le gaillard d'avant de mon vaisseau amiral, regardions les navires qui voguaient devant nous, fort peu nombreux car nous étions parmi les premiers. Le vaisseau amiral d'Agamemnon était en tête, flanqué de l'énorme convoi de Mycènes à sa gauche et des navires d'Iolaos, roi de Phylacae, à sa droite. Je les suivais. Ajax et les autres étaient derrière moi.

Les dieux ne nous furent point favorables ce jour-là. Dès que le septième navire eut contourné la pointe de Ténédos, de grands nuages de fumée s'élevèrent du cap Sigée pour donner l'alarme. Les Troyens avaient appris que nous étions déjà dans les parages et ils nous attendaient.

Nous avions l'ordre de prendre Sigée, puis de foncer sur la cité. Quand mon navire pénétra dans le détroit, je vis les troupes troyennes alignées sur le rivage. Même les vents étaient contre nous. Il nous fallut ferler les voiles et sortir les rames. La moitié de notre armée était éprouvée avant même de combattre. Et, comble de malheur, le courant qui venait de l'Hellespont était lui aussi contre nous ! Il fallut ramer toute la matinée pour atteindre la terre ferme, pourtant toute proche.

Je constatai que l'ordre de préséance avait été changé. Iolaos était maintenant en tête. Maudissait-il son destin ou s'en réjouissait-il ? Il avait été désigné premier à débarquer. Selon Calchas, il allait donc mourir.

L'honneur m'imposait d'exiger un plus grand effort de mes rameurs, mais la prudence m'incitait à faire en sorte que mes Myrmidons eussent encore du souffle pour combattre.

— Tu ne peux rattraper Iolaos, dit Patrocle, qui lisait dans mes pensées. Ce qui doit arriver arrivera.

Ce n'était pas mon premier combat — je m'étais déjà battu aux côtés de mon père — mais ce n'était rien, comparé à ce qui nous attendait sur la plage de Sigée. Les Troyens s'alignaient par milliers et il en venait toujours d'autres.

— Patrocle, dis-je, va à l'arrière et appelle Automédon sur le navire qui nous suit. Qu'il demande à ses timoniers de se rapprocher de nous et de transmettre le message à tous les navires. Pour débarquer, ses hommes doivent passer par mon pont et tous les autres doivent en faire autant. Sinon nous n'aurons jamais assez de troupes sur le rivage pour éviter un massacre.

Il se hâta d'exécuter mon ordre. Automédon obéit, son navire se rapprocha immédiatement du nôtre. Les autres navires le suivaient. Nous formions un pont flottant. Mes hommes abandonnèrent les rames pour s'armer. Notre élan était suffisant pour nous mener jusqu'au rivage. Il n'y avait que dix navires devant moi et le premier appartenait à Iolaos.

La proue s'enfonça dans les galets et le navire stoppa ; Iolaos, debout à l'avant, hésita un instant puis lança le cri de guerre de Phylacae, sauta par-dessus bord, aussitôt suivi de ses hommes qui entonnèrent leur chant de guerre. Quoique l'ennemi les surpassât considérablement en nombre, ils lui infligèrent quelques pertes. Puis un guerrier géant vêtu d'une armure en or abattit Iolaos et le tailla en pièces à coups de hache.

Mais d'autres navires accostaient déjà. A ma gauche, les hommes sautaient par-dessus bord directement dans la mêlée, sans attendre les échelles. Je mis mon casque, ajustai ma cuirasse de bronze et saisis ma hache à deux mains. Cette arme magnifique avait fait partie du butin que Minos avait rapporté d'une campagne à l'étranger. Elle était beaucoup plus grosse et plus lourde qu'une hache crétoise. Nul besoin de ma lance dans un corps à corps. Il n'y avait qu'Ajax et moi pour choisir une hache dans ce genre de combat et je n'avais qu'un désir, m'attaquer au géant à l'armure d'or qui avait tué Iolaos.

Une secousse m'avertit que nous avions abordé, une autre lui succédant immédiatement; j'en perdis presque l'équilibre. Jetant un coup d'œil derrière moi, je vis qu'Automédon avait amarré son navire au mien et que ses soldats traversaient le pont. Je bondis jusqu'à la proue, d'où je dominais une multitude de têtes parmi lesquelles je ne pouvais distinguer amis et ennemis. J'étais le point de mire pour les soldats qui affluaient derrière moi. Ceux d'Alcimos traversaient maintenant le pont du navire d'Automédon et arrivaient, de plus en plus nombreux.

Alors je brandis ma hache, très haut au-dessus de ma tête, poussai le cri de guerre des Myrmidons et me jetai dans la masse houleuse des corps. La chance me sourit; j'atterris sur le crâne d'un Troyen, qui éclata sous le choc. Je m'affalai avec lui, tenant toujours ma hache en main. En un instant je fus debout et poussai le cri de guerre, aussi fort que je pus, jusqu'à ce que les Myrmidons reprennent en chœur cet effroyable appel à la tuerie. Encore un coup de chance : on pouvait reconnaître les Troyens au plumet pourpre de leur casque, alors que, dans le camp grec, seuls les quatre grands rois et Calchas avaient droit à cette couleur.

On me lançait des regards furieux, une douzaine d'épées me menaçaient, mais j'abattis ma hache avec une telle vigueur que je fendis un adversaire en deux du crâne à l'aine. Cette prouesse brisa l'élan des Troyens. Mon père m'avait toujours recommandé une extrême férocité dans les corps à corps, pour faire instinctivement reculer l'ennemi. Cette fois je décrivis des cercles avec ma hache et pourfendis ceux qui étaient assez stupides pour tenter de m'approcher.

Patrocle protégeait mes arrières de son bouclier tandis que débarquaient des milliers de Myrmidons. Je progressai, fauchant de ma hache tous les porteurs d'un plumet pourpre. J'avais juré de tenir le compte de mes victimes, mais je fus bientôt trop excité pour les dénombrer, tant j'avais de plaisir à transpercer le bronze et à sentir la chair molle qui cédait.

Pour moi plus rien n'existait que le sang, l'épouvante, la fureur et les ennemis ; les courageux qui tentaient en vain de détourner ma hache avant de succomber à mes coups, les poltrons qui, terrifiés face à leur destin, marmonnaient des mots inintelligibles et, pire encore, les lâches qui tournaient le dos et essayaient de fuir. Je me sentais invincible, j'étais persuadé que nul ne pourrait m'abattre. La rage de vaincre était en moi. Une véritable folie meurtrière. Ma hache dégoulinait de sang qui ruisselait le long du manche, pénétrait les fibres de la corde enroulée à sa base. Par-delà le bien et le mal, j'étais tout à ma folie sanguinaire. Voilà pourquoi on m'avait laissé vivre, pourquoi j'étais resté mortel : pour devenir une parfaite machine de guerre.

Peu m'importait qui gagnait ou perdait, du moment que *moi* je gagnais. Si Agamemnon avait combattu à mes côtés, je ne m'en serais pas aperçu. Je ne me rendais même pas compte de la présence de Patrocle, alors que c'est grâce à lui si je survécus à ce premier combat, car il empêcha les Troyens de m'attaquer à revers.

Soudain, un bouclier me barra le passage. Je frappai de toutes mes forces pour voir le visage qu'il dissimulait mais, avec la rapidité de l'éclair, l'homme fit un écart et son épée me frôla le bras droit. J'exultai lorsqu'il baissa son bouclier pour mieux m'observer. Il était vêtu d'or. Enfin un prince! La hache avec laquelle il avait terrassé Iolaos avait été remplacée par une longue épée. C'était un colosse qui semblait rompu au métier des armes. Et c'était le premier à oser me défier. Avec prudence nous tournâmes l'un autour de l'autre jusqu'à ce qu'il me prêtât le flanc. Quand je bondis et fis virevolter ma hache, il s'écarta, mais j'étais aussi rapide que lui et j'évitais son épée aussi facilement qu'il avait esquivé mon coup. Comprenant que nous avions l'un et l'autre trouvé un adversaire à notre mesure, nous commençâmes le duel avec patience et méthode. Chaque coup était paré, aucun de nous ne parvenait à blesser l'autre; les soldats grecs et troyens s'étaient écartés pour nous laisser le champ libre. Chaque fois que je le ratais, il riait, bien qu'en quatre endroits le bouclier fendu laissât entrevoir le bronze et l'étain sous l'or. Comment osait-il rire! Les duels relèvent du sacré et j'étais furieux de voir qu'il n'en avait pas conscience. A deux reprises, je le manquai.

— Comment t'appelles-tu, maladroit? demanda-t-il en riant.

— Achille, sifflai-je entre mes dents.

— Jamais je n'ai entendu parler de toi, maladroit, s'exclama-t-il en riant encore plus fort. Moi, je suis Cycnos, fils de Poséidon, dieu des Abîmes.

— Tous les morts empestent, fils de Poséidon, qu'ils soient engendrés par les dieux ou par les hommes! criai-je.

Ce qui le fit rire de plus belle. La colère que j'avais éprouvée en voyant Iphigénie gisant sur l'autel s'empara à nouveau de moi. J'oubliai toutes les règles du combat que m'avaient enseignées Chiron et mon père. Avec un hurlement je fondis sur lui, sous la menace de son épée, ma hache levée. Il fit un bond en arrière et trébucha ; son épée tomba, je la réduisis en morceaux. Se servant de son bouclier pour se protéger le dos, il s'élança avec l'énergie du désespoir à travers les troupes troyennes, réclamant une lance. On lui en jeta une. Comme je le talonnais, il ne put s'en servir et continua de battre en retraite.

Je le pourchassai, fendant les rangs troyens. Nul ne tenta de m'atteindre, parce qu'ils avaient trop peur ou qu'ils respectaient les antiques règles du duel. Ils étaient de moins en moins nombreux à mesure que nous nous éloignions du champ de bataille, puis une haute falaise mit un terme à la course du fils de Poséidon. Il se retourna et me fit face, décrivant lentement des cercles avec sa lance. De temps à autre elle me menaçait la poitrine, mais j'étais très agile. Au moment opportun, je fonçai, brisai en deux son arme. Il n'avait maintenant plus que son poignard qu'il tenta de saisir, ne se déclarant pas vaincu.

Jamais je n'avais si ardemment souhaité la mort d'un homme. Je laissai là ma hache et pris mon poignard. Il ne riait plus. Enfin il éprouvait du respect pour moi. Mais ses paroles étaient toujours moqueuses !

— Comment t'appelles-tu ? Maladroit ou Achille ?

Ma furie flamba. Je restai muet. Il n'était pas encore assez près des dieux pour comprendre qu'un duel entre des hommes de lignée royale se déroule dans un silence sacré.

D'un bond je fus sur lui et lui fis mordre la poussière avant qu'il n'eût le temps de dégainer. Il se leva tant bien que mal et recula jusqu'au moment où ses talons heurtèrent le pied de la falaise. Il tomba à la renverse. Parfait. Je lui saisis le menton d'une main et, en me servant de l'autre comme d'un marteau, lui réduisis le crâne en bouillie et lui brisai tous les os, un à un. Je pris ensuite les lanières dénouées de son casque, les enroulai autour de son cou et tirai, tout en lui enfonçant mon genou dans la poitrine, jusqu'à ce que son visage mutilé devînt noir et que ses yeux sanglants fussent exorbités de terreur.

Pendant un temps je me dégoûtai d'avoir été aussi sauvage, mais je me dominai bientôt et chargeai Cycnos sur mes épaules, accrochant son bouclier sur mon dos pour me protéger sur le chemin du retour à travers les lignes troyennes. Je voulais que mes Myrmidons et les autres Grecs voient que je n'avais point perdu ce combat.

Un détachement conduit par Patrocle vint à ma rencontre. Nous rentrâmes indemnes à notre base. Je m'arrêtai pour déposer Cycnos au pied de ses hommes. Sa langue gonflée saillait entre ses lèvres.

— Je m'appelle Achille, hurlai-je.

Les Troyens détalèrent. Celui qu'ils avaient cru invincible était tout aussi mortel qu'eux.

Alors commença le rituel d'usage à la fin d'un duel à mort entre des hommes de sang royal. Je lui ôtai son armure, que je m'appropriai, et fis porter sa dépouille à la décharge de Sigée où les chiens la dévoreraient. Mais auparavant, je lui tranchai la tête et la mis au bout d'une lance. Je la donnai à Patrocle qui la planta dans les galets comme une simple bannière.

L'armée ennemie rompit alors le combat. Ils savaient où fuir, aussi nous distancèrent-ils rapidement, battant en retraite en assez bon ordre. Le champ de bataille et Sigée étaient à nous. Agamemnon fit cesser la poursuite. Je répugnai à lui obéir.

— Laisse, Achille, dit Ulysse. Les portes seront closes. Épargne tes forces et celles de tes hommes au cas où les Troyens attaqueraient à nouveau demain.

Comprenant qu'il avait raison, je retournai avec lui sur la plage, Patrocle à mes côtés, comme toujours. Derrière nous les Myrmidons chantaient le péan de la victoire. En arrivant, nous fûmes horrifiés. Des hommes sans vie gisaient alentour. Des cris, des gémissements, de faibles appels au secours montaient de toutes parts. Quelques corps bougeaient, d'autres étaient immobiles. Leurs ombres avaient déjà gagné le royaume d'Hadès.

Tandis qu'on nettoyait la plage, nos soldats embarquèrent et nos navires reprirent la mer. Je levai les yeux vers le soleil. Il était déjà bas. Je me sentais épuisé et avais peine à lever le bras. Je rejoignis pourtant Agamemnon, qui me contempla avec étonnement. De toute évidence il avait participé au combat, car sa cuirasse était déformée et son visage maculé de sang et de boue.

— Tu as pris un bain de sang, Achille! remarqua le grand roi. Es-tu blessé?

Je secouai la tête en silence. J'étais encore sous le coup des terribles émotions qui m'avaient bouleversé. Je pensai à Iphigénie. En continuant à vivre en homme sain d'esprit, j'assumerais mon châtiment.

— Ainsi c'était toi qui maniais la hache! reprit Agamemnon. Je croyais que c'était Ajax. Nous te remercions, quand tu as ramené le corps de l'homme qui a tué Iolaos, les Troyens ont perdu courage.

— Je doute que ce soit à cause de moi, seigneur. Les Troyens en avaient assez et nos hommes ne cessaient de débarquer. Entre Cycnos et moi, c'était une affaire d'honneur.

Ulysse me prit doucement par le bras.

— Ton navire est là-bas, Achille. Monte à bord avant qu'il ne parte.

— Pour quelle destination? demandai-je étonné.

— Je l'ignore, mais nous ne pouvons pas rester ici. Télèphe dit qu'il y a une plage à l'intérieur d'une lagune, un peu plus haut sur le rivage de l'Hellespont. Nous allons y jeter un coup d'œil.

Finalement, la plupart des rois se retrouvèrent à bord du navire d'Agamemnon qui remonta le long de la côte vers le nord, jusqu'à l'entrée de l'Hellespont. Les premiers navires grecs à pénétrer dans ces eaux depuis une génération voguaient tranquillement. A environ une lieue de là, les collines qui bordaient la mer furent remplacées par une plage plus longue et plus large que celle de Sigée. A chaque extrémité se trouvait une rivière dont les limons avaient formé une lagune presque fermée. Seule une passe étroite permettait d'y accéder par le milieu ; à l'intérieur la mer était étale. Sur le faîte d'un des escarpements qui dominaient chacune des rivières se dressait une forteresse, dont la garnison s'était sans doute enfuie à Troie car nul n'en sortit pour voir arriver le navire amiral d'Agamemnon.

Celui-ci jeta l'ancre au milieu de la lagune, tandis que les navires, un à un, prenaient place, manœuvrés à la rame, mais à peine un tiers d'entre eux furent échoués avant la tombée de la nuit. Mes vaisseaux ainsi que ceux du grand et du petit Ajax, d'Ulysse et de Diomède se trouvaient encore dans l'Hellespont. Nous serions les derniers. Par bonheur le temps se maintenait et le calme y régnait.

Quand le soleil s'enfonça dans les flots je fis, satisfait, un tour d'horizon. En construisant un solide mur de protection à l'arrière des navires, notre camp serait tout aussi imprenable que Troie. La cité se dressait à l'est, en une gigantesque montagne, plus proche encore qu'à Sigée. Agamemnon se trompait. Troie ne tomberait pas en un jour, de même qu'elle n'avait pas été édifiée en un jour.

Une fois les navires convenablement échoués — il y en avait quatre rangées — les cales fixées sous les coques et la mâture abaissée, nous enterrâmes le roi Iolaos. Un à un, les hommes des différentes nations grecques défilèrent devant la dépouille placée en haut d'un tertre herbeux, tandis que les prêtres psalmodiaient et que les rois accomplissaient les libations. Comme j'avais abattu son meurtrier, il m'appartenait de faire l'éloge funèbre. Je demandai ensuite à Agamemnon de lui attribuer le nom de Protésilas, « le premier du peuple ».

Ma demande fut solennellement acceptée. Les prêtres posèrent le masque mortuaire d'or martelé sur son visage et soulevèrent le linceul pour qu'on l'aperçût dans tout l'éclat de sa robe tissée d'or. Puis on le transporta dans une barque jusqu'à l'escarpement qui dominait la plus large des deux rivières. Les maçons y avaient travaillé sans relâche pour creuser son tombeau. On déposa le corps à l'intérieur, l'entrée fut rebouchée avec des pierres que les maçons recouvrirent ensuite de terre. Dans une saison ou deux, il serait impossible, même pour un œil exercé, de repérer l'endroit où le roi Protésilas était enterré. La prophétie s'était réalisée. Le peuple pouvait s'enorgueillir d'un tel souverain.

14

Récit d'Ulysse

Échouer les navires absorba toute mon énergie durant les quelques jours qui suivirent la première bataille. Ils étaient un peu moins nombreux qu'au départ — plusieurs douzaines étaient allés par le fond, endommagés lors du débarquement précipité sur la plage de Sigée, mais nous n'avions perdu aucun des vaisseaux qui transportaient le ravitaillement et les chevaux pour nos chars.

A ma grande surprise, nul Troyen ne s'aventura à proximité de notre camp, ce qui selon Agamemnon annonçait la fin de la résistance. Une fois la flotte en sûreté, le grand roi tint conseil. Enivré par le succès remporté à Sigée, il ne cessait de donner de l'importance à ce qui paraîtrait bientôt insignifiant. Comme c'était son droit, il put s'exprimer dans le silence général, mais à peine eut-il remis le bâton des débats à Nestor (Calchas était absent) qu'Achille le revendiqua.

Il n'y avait là rien de surprenant. Une entreprise aussi courageuse que la nôtre avait-elle jamais commencé sous de pires auspices ? Tempête, sacrifice humain, jalousie, cupidité, absence d'amitié... Et pourquoi donc Agamemnon avait-il envoyé son cousin Égisthe à Mycènes pour surveiller Clytemnestre ? Égisthe avait droit au trône ! Peut-être les Atrides avaient-ils oublié ce qu'Atrée avait fait aux fils de Thyeste : il les avait fait cuire et les avait servis à leur propre père lors d'un banquet, mais le plus jeune, Égisthe, avait échappé au sort de ses frères. Ce n'était certes pas mon problème, mais l'hostilité grandissante entre Agamemnon et Achille me concernait bel et bien.

Si Achille n'avait été qu'une machine à tuer comme son cousin Ajax, il n'y aurait eu nul désaccord. Mais Achille excellait au combat et savait réfléchir. Si j'avais bénéficié de tous les atouts dont ce jeune homme avait profité à sa naissance, si j'avais eu sa stature, tout en étant doté de l'intelligence qui est la mienne, j'aurais pu conquérir le monde. Une vie plus longue m'attendait. Je serais sans doute présent le jour où on couvrirait le visage sans lèvres d'Achille d'un masque d'or. Il était nimbé de gloire, ce qui n'était pas mon cas. Je me sentis frustré en songeant qu'Achille comprenait sans doute le sens de la vie mieux que moi. Avais-je raison d'être si détaché, si distant ? Oh, puissé-je être, ne serait-ce qu'une seule fois, dévoré de passion !

— Je doute, seigneur, intervint le fils de Pélée, que nous puissions prendre Troie si ses soldats n'en sortent pas pour combattre. J'ai examiné ces murailles. Je pense que tu sous-estimes leur résistance. La seule façon d'écraser Troie, c'est d'attirer les Troyens dans la plaine et de les battre en terrain découvert. Et même ainsi ce ne sera pas facile. Serait-il possible de trouver un stratagème pour les faire sortir ?

— Achille, dis-je en riant, si tu étais protégé par des murs aussi épais et aussi hauts que ceux de Troie, sortirais-tu de ta cité pour aller te battre à découvert ? Les Troyens avaient une chance de nous vaincre à Sigée, pendant que nous débarquions. Ils n'y sont pas parvenus. Si j'étais Priam, je placerais mes soldats en haut des murs et les laisserais nous faire des pieds de nez.

— Troie *ne peut pas* nous résister ! s'écria Agamemnon.

— Alors, seigneur, poursuivit Achille, si demain

nous n'apercevons pas d'armée troyenne dans la plaine, pouvons-nous nous rendre au pied de ces murs pour les inspecter de plus près?

— Assurément, répondit sèchement le grand roi.

Quand le conseil fut terminé, je fis un signe de tête à Diomède. Peu de temps après il me rejoignit sous ma tente. Une fois le vin versé et les esclaves congédiés, il manifesta sa curiosité.

— Que concoctes-tu donc, Ulysse?

— De nous tous, c'est toi qui connais le mieux l'art de la guerre. De nous tous, c'est toi qui devrais savoir comment prendre une cité fortifiée. Tu as conquis Thèbes et bâti un sanctuaire avec les crânes de tes ennemis.

— Troie n'est pas Thèbes, répondit Diomède d'une voix calme. Ici, c'est contre toute l'Asie Mineure que nous luttons. Pourquoi Agamemnon n'en a-t-il pas conscience? Il n'y a que deux puissances importantes autour de la mer Égée : la Grèce et la Fédération d'Asie Mineure, qui comprend Troie. Oui, j'ai pris Thèbes, mais seulement après avoir livré une bataille rangée hors de la cité. Je suis entré dans Thèbes après avoir foulé au pied les cadavres de ses défenseurs. C'est à cela que pensait Achille, quand il parlait d'attirer les Troyens à l'extérieur. Mais même une poignée de femmes et d'enfants pourrait nous tenir en échec aux portes de Troie pendant une éternité.

— Force-les à sortir en les affamant.

— Ulysse, tu es incorrigible! Tu sais très bien que Zeus l'Hospitalier l'interdit. Honnêtement, pourrais-tu affronter les Furies si tu obligeais une cité à se rendre en l'affamant?

— Les filles de Perséphone ne me font pas peur. Je les ai regardées face à face il y a des années.

— Alors à quelle conclusion es-tu parvenu?

— A une seule jusqu'ici. Cette campagne sera très longue. Une question d'années. Selon un oracle, je resterai vingt ans absent.

— Comment peux-tu croire pareil oracle?

— Cet oracle dépend de Mère Kubaba. Elle nous est très proche. Elle nous fait naître et plus tard nous rappelle en son sein. La guerre relève, elle, de la seule volonté des hommes. Il appartient aux hommes de décider de la façon dont il doivent la mener. Les maudites lois qui la gouvernent semblent favoriser l'adversaire. Un jour, un homme aura tellement envie de gagner la guerre qu'il enfreindra ces lois. Après lui, tout sera différent. Je veux être ce premier homme. Non, Diomède, je ne suis pas impie ! Je m'insurge seulement contre les contraintes. Sans aucun doute le monde chantera la gloire d'Achille jusqu'au jour où Chronos se remariera avec la Mère et où l'humanité disparaîtra. Est-ce de la présomption que de vouloir qu'on chante mes louanges ? Je n'ai pas les privilèges d'Achille, je ne suis ni grand ni fils d'un roi célèbre. Il faut donc que j'utilise mes atouts : je suis habile, rusé, subtil. Ce n'est pas si mal, en somme !

— En cela au moins, tu as raison. Mais quels sont tes plans pour cette longue campagne ? demanda Diomède.

— Je m'attellerai dès demain à cette tâche, au retour de notre inspection des murs de Troie. J'ai l'intention de constituer un petit bataillon en prélevant des soldats dans cette bien trop grande armée.

— Ta propre armée ?

— Oui, mais pas l'armée habituelle, ni les soldats traditionnels. Je ne recruterai que les têtes brûlées, les fauteurs de troubles, les révoltés et les rebelles !

— Sûrement tu plaisantes !

— Diomède, laissons de côté la question de savoir si mon oracle a raison en parlant de vingt ans, ou si c'est Calchas quand il déclare que ce sera dix ans. De toute façon ce sera long. Si la campagne est courte, un bon officier peut fort aisément occuper les fauteurs de troubles, surveiller les têtes brûlées de façon à les neutraliser et éloigner les rebelles de ceux qu'ils pourraient influencer. Pendant une longue campagne, nous ne nous battrons pas tous les jours, il y aura des périodes d'oisiveté, en particulier l'hiver. Alors, le mécontentement prendra les proportions d'un raz de marée.

— Que feras-tu des lâches?

— Ah! il faudra que je laisse assez d'hommes aux officiers pour creuser les fosses d'aisance!

— Parfait, dit-il en riant. Mais une fois ton bataillon formé, qu'en feras-tu, Ulysse?

— Je les occuperai sans relâche. Les hommes dont je parle ne sont pas des poltrons, ce sont des bagarreurs. Demain j'irai trouver les officiers et demanderai à chacun trois soldats, les pires dont ils disposent, à l'exception des lâches. Naturellement ils seront ravis de s'en défaire. Quand je les aurai recrutés, je les mettrai au travail.

— A savoir?

— Sur le bord de la plage, près de l'endroit où sont échoués mes navires, se trouve une sorte de cuvette naturelle. Elle est située à l'abri des regards et cependant assez près du camp pour se trouver du bon côté de la muraille qu'Agamemnon devra construire pour protéger nos navires et nos hommes des incursions troyennes. Cette cuvette est profonde et spacieuse. On peut y construire des maisons confortables pour au moins trois cents hommes. C'est là que vivra mon armée, là que dans un isolement complet j'entraînerai mes hommes. Ils n'auront absolument aucun contact avec leurs anciennes unités.

— Que feront-ils?

— Je vais créer une pépinière d'espions.

— Que veux-tu dire? A quoi ces espions pourraient-ils bien servir?

— A tant de choses! Réfléchis donc, Diomède! Dix ans, c'est long dans une vie, peut-être le tiers, ou même la moitié. Parmi ces trois cents hommes, certains sans nul doute seront dignes d'aller et venir dans un palais. Au cours de l'année qui vient, j'en ferai entrer quelques-uns dans la citadelle de Troie, je disséminerai les amateurs de double vie dans les milieux les plus divers : parmi les esclaves, les commerçants, les marchands... Je veux être tenu au courant du moindre geste de Priam.

— Par Zeus, déclara Diomède d'un air sceptique, ils seront aussitôt repérés !

— Pourquoi ? Ils n'iront pas à Troie sans avoir tout d'abord reçu une formation. Mes trois cents hommes devront être doués d'une intelligence supérieure. Je suis déjà allé à Troie et, quand j'y étais, j'ai appris le grec que l'on y parle — l'accent, la grammaire, le vocabulaire. Je suis très doué pour les langues.

— Je le sais, reprit Diomède qui, plus détendu, souriait.

— J'ai aussi découvert bon nombre de choses dont je n'ai pas fait part à notre cher Agamemnon. Avant qu'*un seul* de mes espions pénètre dans Troie, il saura tout ce qu'il faut savoir. Ceux qui ne parviendront pas à parler devront prétendre être des esclaves échappés du camp. N'ayant pas besoin de cacher qu'ils sont Grecs, ils seront particulièrement utiles. D'autres un peu plus doués se feront passer pour des Lyciens ou des Cariens. Et ce n'est que le commencement !

— Je remercie les dieux que tu sois des nôtres, Ulysse. Je détesterais t'avoir comme ennemi...

Tous les Troyens se tenaient en haut des remparts pour voir le grand roi de Mycènes en tête du détachement royal. Le rouge monta aux joues d'Agamemnon quand il entendit les railleries et les grossièretés que le vent portait à nos oreilles. Par bonheur il n'avait pas amené son armée.

J'avais mal au cou à force de lever la tête, mais quand nous atteignîmes le rideau ouest, j'observai la muraille avec une attention particulière. Je ne l'avais pas vue de l'extérieur lors de ma visite à Troie. C'était bien le seul endroit où l'on pouvait monter à l'assaut des remparts. Pourtant, même Agamemnon y avait renoncé quand nous l'eûmes dépassé. Quarante mille défenseurs déverseraient sur nos têtes de l'huile bouillante, des pierres chauffées à blanc, des tisons et même des excréments.

Quand il nous ordonna de rentrer au camp, Agamemnon faisait grise mine. Il ne convoqua aucun conseil et les jours passèrent sans qu'aucune décision fût prise. Je le laissai mijoter dans son jus, ayant mieux à faire que de discuter avec lui, et constituai ma pépinière d'espions.

Aucun commandant ne m'opposa le moindre refus. Les maçons et les charpentiers s'affairèrent à construire trente solides maisons de pierre et un grand bâtiment où les hommes seraient nourris, se détendraient et recevraient des instructions. A leur arrivée, mes recrues furent mises au travail; des soldats d'Ithaque montaient la garde autour de la cuvette pour les isoler des autres hommes. Les commandants croyaient que je bâtissais une prison pour y enfermer toutes les fortes têtes!

Quand vint l'automne, tout était prêt. Je réunis mes recrues dans la salle principale du grand bâtiment pour leur faire un discours. Tandis que je montai sur l'estrade, trois cents paires d'yeux étaient fixées sur moi, des regards circonspects ou curieux, méfiants ou inquiets. Je m'assis sur un siège royal aux pieds sculptés, Diomède à ma droite. Le silence se fit.

— Vous vous demandez pourquoi je vous ai fait venir ici. Je vais vous l'expliquer. Vous avez tous certains traits de caractère qui vous font détester de vos commandants. Aucun de vous n'est un bon soldat, soit que vous mettiez en danger la vie d'autrui, soit que vous empoisonniez tout le monde avec vos bêtises ou vos plaintes incessantes. Je veux que ceci soit bien clair, vous avez été choisis parce que nul ne vous aime.

Je m'interrompis et ne prêtai pas attention à ceux qui exprimaient surprise, colère, indignation. Certains parvinrent à garder un visage impassible, et je gravai leurs traits dans mon esprit; c'étaient là des hommes qui avaient une compétence et une intelligence supérieures.

Tout avait été prévu. Hakios, un officier sûr, commandait la garde d'Ithaque postée autour du bâtiment. Il avait ordre de tuer tout homme qui en sortirait avant moi. Ceux qui n'étaient pas d'accord avec mes conditions ne seraient pas autorisés à rejoindre les rangs de l'armée. Ils seraient abattus.

— Vous êtes-vous rendu compte de l'insulte qui vous a été faite ? continuai-je. Les traits de caractère que les gens comme il faut détestent en vous sont pour moi des qualités dont je compte tirer avantage. Vous en serez récompensés : vous vivrez dans des quartiers dignes de princes, vous ne ferez aucun travail manuel, les premières femmes qui feront partie du butin seront pour vous. Vous constituerez un corps d'élite sous mon commandement. Moi, Ulysse d'Ithaque, serai votre seul chef.

Je leur signalai ensuite que la tâche qu'ils devraient accomplir serait dangereuse et conclus en ces termes :

— Un jour les gens de votre espèce seront célèbres. Vos actions permettront de gagner ou de perdre les guerres. Chacun d'entre vous a plus de valeur à mes yeux que mille fantassins. Comprenez bien l'honneur qui vous est fait. Avant d'en venir aux détails, je vous demande de débattre entre vous de ma proposition.

Le silence se fit quelques instants. Puis, comme les conversations s'engageaient, je scrutai les visages. Une douzaine d'entre eux paraissaient résolus à décliner mon offre. Il y en eut un qui se leva et partit, suivi de quelques autres. J'aperçus Hakios par la porte ouverte. Tout se passa dans le plus parfait silence. Huit autres s'en allèrent. Hakios continuait à appliquer mes instructions. S'ils ne regagnaient jamais leurs compagnies, on supposerait qu'ils étaient toujours avec moi. S'ils n'étaient pas avec moi, on supposerait qu'ils avaient regagné leurs compagnies. Seuls Hakios et ses hommes seraient au courant.

Deux hommes en particulier m'intéressaient. L'un

était le cousin de Diomède, Thersite. Il était compétent et le bruit courait que Sisyphe l'avait engendré. L'autre, je le connaissais bien. C'était mon cousin Sinon, un homme expérimenté, qui brûlait déjà d'exercer son nouveau métier. Thersite et Sinon, les yeux rivés sur moi, ne bougèrent pas d'un pouce.

— Continue, seigneur, explique-nous la suite, déclara Thersite.

Je leur donnai tous les détails.

— Vous voyez pourquoi je vous considère comme les hommes les plus précieux de l'armée. Que vous me transmettiez des renseignements ou que vous donniez du fil à retordre à ceux qui administrent Troie, vous jouerez un rôle capital. Vous disposerez d'un système de communication à toute épreuve. Votre tâche sera certes dangereuse, mais vous aurez reçu une solide formation pour en affronter les dangers. Par ailleurs, c'est une tâche que vous trouverez sans nul doute passionnante. Réfléchissez à tout cela en attendant mon retour.

Diomède et moi nous retirâmes dans une salle voisine pour y bavarder et boire du vin.

— Je présume, dit Diomède, que nous irons aussi à Troie de temps à autre ?

— Bien sûr. Afin que des hommes comme eux nous respectent, il faut prouver que nous prenons volontiers des risques plus grands que ceux auxquels nous les exposons. Nous sommes des rois, on peut nous reconnaître.

— Tu penses à Hélène, remarqua-t-il.

— Exactement.

— Quand commencerons-nous nos visites ?

— Ce soir. Dans la partie nord-ouest de la muraille, j'ai repéré une canalisation assez grande pour laisser passer un homme à la fois. L'endroit où elle débouche à l'intérieur de la cité n'est pas très visible et il n'y a pas de garde. Nous nous habillerons comme des pauvres, explorerons les rues, parlerons aux gens et reviendrons demain soir par le même itinéraire. Ne t'inquiète pas, nous ne courrons aucun danger.

— Je n'en doute pas, Ulysse.

— Il est temps de rejoindre les autres, dis-je.

Thersite avait été élu porte-parole des nouvelles recrues. Debout, il nous attendait.

— Seigneur, nous sommes avec toi. Parmi ceux qui se trouvaient dans la salle quand tu es parti, deux seulement n'ont pas accepté ta proposition.

— Ils sont sans intérêt.

Il me regarda alors d'un air entendu. Thersite savait ce qu'il était advenu d'eux.

— Le genre de vie que tu nous proposes nous plaît davantage que l'oisiveté forcée dans un camp. Nous sommes tes hommes.

— J'exige que chacun de vous en fasse le serment.

— Fort bien, répliqua-t-il, sachant déjà que le serment serait si terrible qu'il serait impossible de jamais le rompre.

Quand le dernier homme eut juré, je les informai qu'ils constitueraient des unités de dix hommes. Dès que je les connaîtrais mieux, je choisirais un officier dans chaque unité. En attendant, je nommai sur-le-champ Thersite et Sinon commandants en chef de la phalange d'espions.

La nuit venue, nous entrâmes dans Troie sans difficulté. J'avançai le premier. Diomède me suivait. La canalisation était juste assez large pour que ses épaules pussent passer. Nous débouchâmes dans une venelle. Après avoir dormi jusqu'au matin, nous nous mêlâmes à la foule. Sur la place du marché, nous achetâmes des gâteaux au miel, du pain d'orge, deux tasses de lait de brebis, puis nous écoutâmes les conversations. Nul ne semblait se soucier des Grecs installés sur la plage de l'Hellespont. Les Troyens étaient tous de joyeuse humeur. Ils croyaient apparemment qu'Agamemnon renoncerait bientôt à ses desseins et repartirait d'où il était venu. La nourriture et l'argent ne manquaient pas. Les portes de Dardanie et d'Ida étaient toujours ouvertes. La cité était prête à faire face au danger.

On en avait la certitude en observant l'organisation scrupuleuse du guet et de la garde.

A l'intérieur, il y avait un grand nombre de puits d'eau douce, de greniers et d'entrepôts emplis de denrées non périssables. Personne n'envisageait de bataille rangée en plaine. Les soldats que nous vîmes flânaient ou couraient les filles. Ils avaient laissé armes et armure chez eux. On se moquait ouvertement d'Agamemnon et de sa fameuse armée.

De retour au camp, Diomède et moi nous mîmes au travail. Certains faisaient d'ores et déjà preuve d'aptitudes évidentes et se montraient fort enthousiastes, tandis que les désabusés traînaient les pieds. Je pris à part Thersite et Sinon qui furent d'accord pour que les inadaptés fussent liquidés au plus vite. Des trois cents recrues que j'avais eues au départ, j'en gardai deux cent cinquante-quatre et m'estimai heureux.

15

Récit de Diomède

Un homme vraiment remarquable, cet Ulysse! En une lune à peine il avait formé ses deux cent cinquante-quatre hommes. J'appliquai les méthodes qu'Ulysse m'avait enseignées avec d'excellents résultats; mes troupes ne manifestaient aucun signe de mécontentement en mon absence, mes officiers ne se querellaient plus. Naturellement, j'entendais quelques plaisanteries quand mes officiers me voyaient en compagnie d'Ulysse. Même les autres rois commençaient à se poser des questions sur la véritable nature de notre amitié, mais je ne m'en offusquai pas. Chacun n'était-il pas libre d'assouvir ses désirs amoureux avec le sexe de son choix? Avec des femmes, en général, mais des étrangères ne pourraient jamais remplacer les épouses et les fiancées laissées au pays. Et dans ce cas, mieux valait chercher la tendresse auprès d'un ami qui combattait à vos côtés.

Au milieu de l'automne, Ulysse me conseilla d'aller présenter mes respects à Agamemnon. J'y allai par curiosité. Ulysse et le vieux Nestor s'étaient souvent vus, ces temps derniers, mais j'ignorais de quoi ils parlaient durant leurs rencontres.

Pendant cinq lunes l'armée troyenne demeura invisible. Dans notre camp, l'humeur était à la morosité. Certes, la nourriture ne posait aucun problème, les raids au nord de la Troade et sur la côte la plus éloignée de l'Hellespont étant très fructueux. Nous n'avions reçu du grand roi ni l'ordre de nous disperser, ni d'attaquer, ni de faire quoi que ce fût. Quand j'entrai dans la tente d'Agamemnon, Ulysse s'y trouvait déjà.

— J'aurais dû me douter que tu n'étais pas loin quand Ulysse est arrivé, dit Agamemnon. Ulysse, que veux-tu ?

— Que tu tiennes conseil, seigneur. Il est grand temps de parler.

— Je suis tout à fait d'accord ! Que se passe-t-il, par exemple, dans une certaine cuvette, et pourquoi ne puis-je jamais vous trouver, ni toi ni Diomède, une fois la nuit tombée ? Je voulais réunir un conseil hier soir.

Ulysse se concilia de nouveau les faveurs du grand roi grâce à son charme. Il commençait toujours par sourire. Un sourire qui pouvait rallier à sa cause des ennemis implacables, un sourire qui pouvait charmer un homme bien plus froid qu'Agamemnon.

— Seigneur, je te dirai tout, mais patiente jusqu'au conseil.

— Fort bien. Demeure ici en attendant que les autres arrivent. Si je te laisse partir, tu pourrais fort bien ne pas revenir.

Ménélas, l'air affligé, arriva le premier. Il nous salua timidement et prit un siège dans le coin le plus sombre et le plus éloigné. Pauvre Ménélas ! Peut-être commençait-il à comprendre qu'Hélène ne comptait guère dans les plans de son frère ou désespérait-il de la revoir un jour. En pensant à elle, des souvenirs d'il y a presque neuf ans me revinrent en mémoire. Quelle peste ! Si belle, mais si égoïste ! Oh, comme elle avait dû mener Ménélas par le bout du nez ! Je ne pourrais jamais haïr cet homme trop médiocre, qui méritait d'être pris en pitié plutôt que méprisé. Et il aimait Hélène comme jamais je ne pourrais aimer une femme !

Achille entra avec Patrocle. Phénix, fidèle et vigilant, s'attachait à leurs pas. Ils saluèrent avec respect Agamemnon, mais Achille ne montra que froideur et réticence. Machaon arriva seul et s'assit sans rien dire. Lui et son frère Podalire étaient les meilleurs médecins de Grèce, plus précieux pour notre armée qu'un escadron de cavalerie. Podalire était un solitaire qui préférait opérer qu'assister à un conseil de guerre, mais Machaon débordait de vitalité. Il était doué pour le commandement et savait se battre comme dix Myrmidons. Enfin apparut la gracieuse silhouette d'Idoménée, roi de Crète, escorté de Mérione. Le fier Idoménée se contenta d'incliner la tête au lieu de plier le genou devant Agamemnon. Un éclair passa dans le regard du grand roi offensé. Idoménée était un élégant, mais cet homme bien bâti était aussi un meneur. Peut-être Mérione, son cousin et héritier, lui était-il supérieur, mais tous deux possédaient la légendaire générosité crétoise.

Nestor rejoignit d'un pas agile le siège qui lui était réservé. Il nous avait tous fait sauter sur ses genoux quand nous étions bébés. Son seul défaut était de faire trop souvent allusion au « bon vieux temps » et, à ses yeux, les rois actuels étaient, sans exception, des poules mouillées. Toutefois on ne pouvait s'empêcher de l'aimer. Il était venu avec son fils aîné.

Ajax arriva en compagnie de son demi-frère Teucer et de son cousin de Locris, le petit Ajax, fils d'Oïlée. Ils prirent un siège au hasard, tout au fond de la salle, mais ils paraissaient mal à l'aise.

Ménesthée, grand roi d'Attique, qui avait assez de bon sens pour ne pas se considérer comme un autre Thésée, les suivait de près. Palamède fut le dernier. Il s'assit entre Ulysse et moi. Ulysse le détestait. Pourquoi ? Je l'ignorais, mais je soupçonnais que Palamède l'avait offensé quand Agamemnon et lui étaient allés le chercher à Ithaque. Ulysse était patient, il attendrait son heure mais il se vengerait, j'en étais certain. Calchas était absent, ce qui était étrange.

— C'est le premier conseil que j'ai convoqué

depuis que nous avons débarqué en Troade, déclara Agamemnon d'une voix sèche. Vous êtes tous au courant de la situation, aussi ne vois-je pas l'intérêt d'y revenir. Vous pourrez me retirer votre soutien, si vous le jugez bon, et ce malgré le serment de l'étalon. Ulysse seul a quelque chose à vous dire, pas moi. Patrocle, remets le bâton à Ulysse.

Ulysse était debout au milieu de la salle (Agamemnon s'était fait construire une maison en pierre car il faisait de plus en plus froid). Sa crinière rousse était rejetée en arrière en une masse de boucles, ses grands yeux gris nous transperçaient jusqu'au tréfonds pour déceler notre vraie nature : nous étions des rois, mais aussi des hommes. Nous, les Grecs, avons toujours honoré les hommes doués de prescience et Ulysse était de ceux-là.

Après avoir fait servir du vin par Patrocle, il expliqua pourquoi il avait pris sur lui d'emprisonner les pires éléments de l'armée dans un endroit où ils ne pouvaient nuire à personne. Je savais qu'il ne divulguerait pas sa véritable intention : il n'avait pas confiance en certains de ceux qui étaient présents.

— Bien que nous n'ayons pas tenu conseil, poursuivit-il d'une voix douce, il n'est pas difficile de deviner quels sont vos sentiments. Ainsi nul d'entre nous ne veut-il assiéger Troie. Je respecte votre point de vue ; en tentant de la conquérir de cette manière, nous pourrions périr. Je n'ai donc pas l'intention de parler de siège. Diomède et moi sommes allés à plusieurs reprises à l'intérieur de Troie, la nuit. Nous y avons appris que, si nous sommes encore ici au printemps prochain, la situation sera totalement différente. Priam a contacté tous ses alliés sur la côte d'Asie Mineure et tous lui ont promis une armée. Quand la neige aura fondu sur les montagnes, Priam aura à sa disposition deux cent mille hommes. Et nous serons chassés.

— Tu nous peins un tableau bien noir, Ulysse, interrompit Achille. Sommes-nous partis de chez nous pour connaître l'infamie la plus totale, aux mains d'ennemis que nous n'avons affrontés qu'une fois? Selon toi, nous nous serions lancés dans une expédition coûteuse dont nous ne retirerons aucun profit. Où est le butin que tu nous a promis, Agamemnon? Qu'en est-il de ta guerre de dix jours? De ta victoire facile? Quoi que nous envisagions, la seule perspective que nous ayons c'est la défaite. Et il y a des défaites pires que de perdre une bataille. La pire de toutes serait d'être obligés d'évacuer cette plage et de rentrer chez nous les mains vides.

— Êtes-vous tous aussi démoralisés qu'Achille? demanda Ulysse en riant. Comme je vous plains! Pourtant il dit la vérité. J'ajouterai que si nous passons tout l'hiver ici, il sera de plus en plus difficile de s'approvisionner.

— C'est ce que je t'avais dit à Aulis, bien avant notre départ, dit haineusement Achille à Agamemnon. Tu ne t'es pas préoccupé des difficultés que soulève le ravitaillement d'une si grande armée. Nous n'avons pas le choix. Nous devons profiter des vents du début de l'hiver pour retourner en Grèce et ne jamais revenir ici. Tu es un sot, Agamemnon! Un sot et un prétentieux!

Agamemnon parvint à se contrôler et ne broncha pas.

— Achille a raison, grogna Idoménée. Tout a été fort mal organisé. Ulysse, peut-on ou ne peut-on pas prendre d'assaut les murs de Troie? demanda-t-il en le regardant d'un air furieux.

— C'est impossible, Idoménée.

La colère montait, suscitée par Achille et attisée par le silence d'Agamemnon. Ils étaient tous prêts à s'en prendre à lui et il le savait. Il se mordait les lèvres pour se maîtriser.

— Pourquoi n'as-tu pas admis que tu étais incapable d'organiser une expédition de cette importance? demanda Achille à Agamemnon. Tu nous a menés à Troie avec une seule idée en tête, ta propre gloire! Tu t'es servi du serment pour réunir ta grande armée et tu as ignoré les souhaits et les besoins de ton frère. Peux-tu dire honnêtement que tu agis dans son intérêt? Bien sûr que non! Dès le départ, ton but a été de t'enrichir en pillant Troie et de te constituer un empire en Asie Mineure! Nous en aurions tous profité, je l'admets, mais pas autant que toi!

Ménélas poussa un cri, les larmes ruisselaient sur ses joues. Son chagrin révélait la perte de ses illusions. Tandis qu'il sanglotait comme un enfant, Achille le prit par l'épaule et le consola. L'atmosphère était orageuse; encore un mot et tous se jetteraient à la gorge d'Agamemnon. Le bras qui tenait mon épée commençait à me démanger, je regardai Ulysse debout, immobile, le bâton à la main, tandis qu'Agamemnon restait assis, les mains croisées sur les genoux. Pour finir, c'est Nestor qui monta au créneau et s'en prit violemment à Achille.

— Jeune homme, tu mérites d'être fouetté pour ton manque de respect! De quel droit critiques-tu notre grand roi, alors que des hommes tels que moi ne se le permettent pas? Ulysse n'a porté aucune accusation, comment oses-tu prendre la liberté de le faire? Tiens ta langue!

Achille ne sourcilla pas. Il plia le genou devant Agamemnon en signe d'excuse et s'assit. Ce n'était pas un coléreux, mais les relations entre Agamemnon et lui étaient très mauvaises depuis la mort d'Iphigénie. On s'était servi de son nom, sans son consentement, pour attirer la jeune fille et la sacrifier. Achille ne le pardonnait pas, surtout à Agamemnon.

— Ulysse, continua Nestor, donne-moi le bâton. Ce conseil est un vrai scandale! Dans ma jeunesse, personne n'aurait osé prononcer les paroles que j'ai entendues ce matin! Prenez l'exemple d'Héraclès. Son roi, indigne de porter la pourpre sacrée due à son rang, lui imposa de sang-froid des tâches destinées à l'humilier et à mettre fin à ses jours. Héraclès n'éleva pas la moindre protestation. La parole qu'il avait donnée était sacrée. Chez lui la grandeur d'âme s'alliait à la force physique. Peut-être un dieu l'avait-il engendré, mais c'était un homme avant tout ! Tu ne pourras jamais l'égaler, jeune Achille. Toi non plus, jeune Ajax. *Le roi est le roi.* Héraclès, lui, ne l'a jamais oublié. Sa force de caractère lui a valu de surpasser Eurysthée, l'homme qu'il servait. C'était cette qualité qu'on admirait en lui, celle pour laquelle on l'honorait. Il savait ce qu'il devait aux dieux et il savait ce qu'il devait au roi. La conscience qu'il avait de sa place, son respect et sa patience lui ont valu une gloire éternelle et le statut de héros. Jamais il n'aura de pareil en ce monde. Si j'avais su quel genre d'hommes se disent rois ou héritiers de rois, ici, sur cette plage troyenne, je n'aurais pas quitté Pylos. Patrocle, verse-moi plus de vin. Je n'en ai pas terminé et j'ai la gorge sèche.

Patrocle se leva lentement. Il était le plus abasourdi de nous tous et, visiblement, il avait été choqué d'entendre tancer Achille. Le vieux roi de Pylos avala une rasade de vin pur sans ciller, se lécha les lèvres et s'assit près d'Agamemnon. Il reprit la parole.

— Ulysse, je vais te couper l'herbe sous le pied. Je n'ai pas l'intention de t'offenser en le faisant mais, apparemment, il faut qu'un ancien remette ces blancs-becs insolents à leur juste place.

— Continue, répondit Ulysse. Tu exposeras la situation aussi clairement, sinon mieux que moi.

Je commençai à flairer quelque chose de louche. Les deux compères passaient leurs journées ensemble depuis un certain temps. Auraient-ils mijoté tout cela à l'avance ?

— J'en doute, répliqua Nestor, dont les yeux bleus pétillaient. Pour quelqu'un de si jeune, tu as de la tête. Il *faut* traiter cette question avec calme, ne pas avoir l'esprit confus et ne pas commettre d'erreur. Tout d'abord, ce qui est fait est fait. Inutile de ressasser le passé pour ranimer des rancunes. Notre armée est composée de cent mille hommes, qui campent à une lieue des murs de Troie. Parmi les non-combattants nous avons des cuisiniers, des esclaves, des marins, des armuriers, des palefreniers, des charpentiers, des maçons et des ingénieurs. Nous ne les aurions pas si, comme le prétend Achille, l'expédition avait été mal organisée. Donc, trêve de discussion sur ce point. Considérons plutôt le problème du temps. Calchas a parlé de dix ans et je suis enclin à le croire. Nous ne sommes pas ici pour vaincre une simple cité ! Nous y sommes pour vaincre de nombreuses nations, qui s'étendent de la Troade à la Cilicie. Nous ne pourrions accomplir une tâche de cette ampleur en un tournemain, quand bien même nous parviendrions à abattre les murs de Troie. Il nous faut vaincre aussi la Dardanie, la Mysie, la Lydie, la Carie, la Lycie et la Cilicie.

« Et si nous divisions notre armée en deux parties égales ? songea Nestor à voix haute. Une moitié attendrait devant Troie, rendant ainsi l'autre libre de ses mouvements. Elle parcourrait la côte d'Asie Mineure, en attaquant, pillant, brûlant tout sur son passage. Elle surgirait là où on ne l'attendrait pas. Elle atteindrait deux objectifs : ravitailler les deux moitiés de notre armée et inspirer aux alliés de Troie en Asie Mineure une telle terreur qu'ils n'enverraient aucun secours à Priam. Nulle part le long de la côte les populations ne sont assez nombreuses pour résister à une grande armée, si elle est bien commandée. Je doute fort qu'aucun des rois d'Asie Mineure songe alors à abandonner ses terres pour venir se joindre aux Troyens. La moitié de l'armée qui resterait devant Troie aurait pour mission d'empêcher les Troyens d'attaquer notre camp ou nos navires, poursuivit Nestor, qui débitait son discours comme s'il l'avait appris par cœur. Elle pourrait aussi démoraliser les assiégés. Les habitants se sentiraient emprisonnés à l'intérieur des murs. Sans entrer dans les détails, je puis vous assurer qu'il existe bien des méthodes pour influencer la façon de penser des Troyens. La ruse nous est indispensable. Or Ulysse est l'homme le plus rusé du monde.

« Si nous décidons de poursuivre la guerre, nous en serons amplement récompensés. Les richesses de Troie sont fabuleuses. Le butin nous enrichira, nous et nos nations. Achille avait raison sur ce point. Si nous écrasons les alliés d'Asie Mineure, nous serons libres d'implanter des colonies dans lesquelles nos gens seront plus à l'aise qu'en Grèce. Et, ce qui est plus important encore : *l'Hellespont et le Pont-Euxin nous appartiendront !* Nous disposerons de l'étain et du cuivre nécessaires au bronze. A nous l'or de Scythie, les émeraudes, les saphirs, les rubis, l'argent, la laine, l'épeautre, l'orge, l'électrum, et j'en passe !

« Il ne faut pas toucher aux murs de Troie, ajouta le vieillard d'une voix ferme. La moitié de l'armée qu'on laisse ici doit simplement servir à agacer les Troyens, à les désarçonner. Elle devra se contenter d'escarmouches. Nous sommes bien installés. Pourquoi aller ailleurs ? Ulysse, comment s'appellent les deux rivières ?

— La grande aux eaux jaunâtres est le Scamandre. Elle est polluée par les eaux usées de Troie, on ne doit ni boire son eau, ni s'y baigner. La petite, dont l'eau est pure, est le Simoïs.

— Merci. Notre première tâche consistera donc à bâtir un mur de défense d'au moins onze coudées de haut entre le Scamandre et le Simoïs, à environ un quart de lieue de la lagune. A l'extérieur, nous dresserons une palissade de pieux pointus et creuserons une tranchée profonde de onze coudées avec au fond des pieux plus affûtés encore. De quoi occuper cette moitié de l'armée et réchauffer les hommes durant l'hiver prochain.

— Ulysse, continue ! s'exclama finalement Nestor.

Bien sûr, ils avaient concocté tout cela ensemble ! Ulysse poursuivit, comme si depuis le début c'était lui qui parlait.

— Aucune troupe ne doit rester inactive, aussi chaque moitié de l'armée relaiera-t-elle l'autre. Six lunes devant Troie, six lunes à lancer des attaques sur la côte. Ainsi tous les soldats seront maintenus en forme et entraînés. Il faut donner l'impression que nous avons bien l'intention de ne pas nous en aller avant d'avoir vaincu. Je veux que les populations d'Asie Mineure perdent un peu plus d'espoir chaque année. La moitié mobile de notre armée saignera à blanc les alliés de Priam. Leur or finira dans nos coffres. Il faudra deux ans pour que cela leur rentre dans la tête, mais cela rentrera. C'est indispensable.

— Alors la moitié mobile de l'armée ne sera pas stationnée ici ? demanda Achille, très poliment.

— Non, elle aura son propre quartier général, répondit Ulysse qui sembla apprécier sa politesse. Plus au sud, peut-être là où la Dardanie rejoint la Mysie. A cet endroit il y a un port appelé Assos. Je ne l'ai pas vu, mais Télèphe m'a assuré qu'il conviendrait très bien. Nous y transporterons le butin que nous amasserons sur la côte, ainsi que toute la nourriture. Des navires feront la navette entre Assos et la lagune pour en assurer le ravitaillement. Par mesure de sécurité, ils navigueront près des côtes par tous les temps. Phénix est le seul vrai marin parmi la noblesse, il en aura donc la responsabilité.

« Je terminerai en rappelant à tout le monde que, selon Calchas, la guerre durera dix ans. C'est exact, j'en suis persuadé. N'imaginez pas qu'elle puisse se terminer plus tôt. Vous serez loin de chez vous pendant dix ans. Dix années durant lesquelles vos enfants grandiront et vos femmes devront régner à votre place. Notre pays est trop loin et la tâche trop astreignante pour que nous puissions jamais y retourner avant la fin de la guerre.

— Seigneur, ajouta Ulysse à l'intention d'Agamemnon, le plan que Nestor et moi-même avons élaboré ne peut être appliqué qu'avec ton accord. S'il ne te plaît pas, nous n'en parlerons plus.

— Qu'il en soit ainsi ! soupira Agamemnon. Dix ans ! C'est le prix que nous devons payer, sans doute, mais nous avons beaucoup à gagner. Je soumets cependant la décision au vote.

« J'aimerais vous rappeler que, pour la plupart, vous êtes rois ou le serez un jour. En Grèce, la royauté n'a de sens que dans la mesure où les dieux nous accordent leur faveur. Nous avons rejeté le joug matriarcal quand nous avons remplacé l'ancienne religion par la nouvelle. Nous en étions à l'époque les victimes sacrificielles, les créatures infortunées que la reine offrait à la Mère pour l'apaiser, quand les récoltes étaient mauvaises, que nous perdions la guerre, ou qu'un terrible fléau s'abattait sur nous. La nouvelle religion a libéré l'homme de cette fatalité, elle nous a élevés à la véritable dignité royale. Je me rallie donc à cette grande entreprise. Elle sauvera notre peuple, elle répandra nos coutumes et nos traditions. Si je revenais maintenant dans mon pays, je me sentirais humilié devant mon peuple et devrais admettre que je suis vaincu. Comment m'opposer alors à ce que mon peuple retourne à l'ancienne religion, me sacrifie et accorde tous les honneurs à ma femme?

« Passons au vote. Si quelqu'un désire se retirer et retourner en Grèce, qu'il lève la main.

Aucun bras ne se leva. Le silence régnait dans la salle.

— Qu'il en soit ainsi. Nous restons. Ulysse, Nestor, avez-vous d'autres suggestions?

— Non, seigneur, répondit Ulysse.

— Non, seigneur, répondit Nestor.

— Alors, venons-en aux détails. Patrocle, fais-nous apporter à manger.

— Comment diviserons-nous l'armée, seigneur? demanda Mérione.

— Comme je l'ai suggéré, répondit Agamemnon, par roulement des contingents. Je spécifie toutefois que la deuxième armée comportera un noyau permanent, qui ne la quittera pas de toute la guerre. Il me faudra rester à Troie toute l'année ainsi qu'Idoménée, Ulysse, Nestor, Diomède, Ménesthée et Palamède. Achille, le grand et le petit Ajax, Teucer et Mérione, vous êtes jeunes. Je vous confie la deuxième armée. Achille, tu en seras le commandant en chef et c'est à moi ou à Ulysse que tu rendras compte. Tu prendras les décisions concernant les opérations sur la côte ou à Assos. Acceptes-tu mon offre ?

D'un bond Achille fut debout. Il tremblait. L'éclat de son regard était pareil au soleil.

— Je jure par tous les dieux que jamais tu n'auras à regretter de m'avoir accordé ta confiance, seigneur.

— Alors reçois le haut commandement, fils de Pélée, et choisis tes lieutenants, dit Agamemnon.

Je regardai Ulysse et secouai la tête. Il leva un sourcil et ses yeux gris s'illuminèrent.

16

Récit d'Hélène

Agamemnon édifiait une cité, pierre à pierre, dans l'ombre de Troie. Chaque jour, du haut de mon balcon, je regardais les Grecs sur la côte de l'Hellespont. Ils s'affairaient comme des fourmis, roulaient des rochers, empilaient les troncs de grands arbres pour bâtir un mur entre le Simoïs et le Scamandre. Des maisons, des casernements pour les soldats, des silos pour emmagasiner l'épeautre et l'orge poussaient comme des champignons.

Depuis l'arrivée de la flotte grecque, ma vie était devenue plus austère, bien qu'elle n'eût jamais été ce dont j'avais rêvé avant de vivre à Troie. Pourquoi ne peut-on pas deviner l'avenir ? Mais Pâris était tout pour moi. En dehors de lui, rien n'existait, absolument rien.

A Amyclées j'avais été la reine. Les Lacédémoniens attendaient de moi, la fille de Tyndare, que je leur serve d'intermédiaire avec les dieux. J'avais de l'importance à leurs yeux. On me respectait, on m'adorait. En songeant au passé, je me rendis compte que, là-bas, ma vie était bien remplie avec la chasse, le sport, les fêtes, la Cour et toutes sortes de distractions. Pourtant, me semblait-il, le temps me pesait déjà, mais à l'époque j'ignorais ce qu'était véritablement l'ennui.

J'appris ce que c'était dès que je vins à Troie. Ici, je ne suis pas la reine. Ici, je n'ai nulle importance. Je suis la femme d'un fils de roi, je suis une étrangère haïe, enfermée dans un carcan de règles et d'obligations auquel je ne peux me soustraire. Et il n'y a rien à faire, nulle part où aller! Il ne m'est plus possible, d'un simple geste, d'ordonner qu'on m'amène un char et de me rendre à la campagne ou de regarder des hommes jouer, des soldats faire l'exercice. Je suis prisonnière de la citadelle. J'ai essayé de m'aventurer dans la cité, et alors tout le monde m'a traitée de sale petite grue. Ne savais-je donc pas que des hommes qui rôdent auprès des tavernes, en voyant mes seins nus, me violeraient?

Mes appartements et les salles dans lesquelles se réunissaient les femmes des nobles étaient les limites de mon univers. Quant à Pâris, mon merveilleux Pâris, c'est bien un homme. Il n'en fait qu'à sa tête. Je lui sers pour l'amour. Et l'amour ne dure qu'un moment lorsque les amants n'ont plus rien à découvrir l'un de l'autre.

Après la venue des Grecs, ma vie se fit plus insupportable encore. On me considéra comme un oiseau de mauvais augure et on me rendit responsable de l'arrivée d'Agamemnon. D'abord j'essayai de convaincre la noblesse troyenne: Agamemnon ne ferait jamais la guerre pour une femme, fût-elle sa belle-sœur. Il avait envisagé la conquête de Troie depuis le jour où j'avais été accordée à Ménélas. Personne ne *voulut* m'écouter. C'était ma faute si les Grecs étaient sur la côte de l'Hellespont, si une cité grecque se bâtissait derrière le mur entre le Simoïs et le Scamandre. *Tout était ma faute!*

Priam était fort inquiet, le pauvre! Il envoyait continuellement des messagers à la tour de guet ouest pour savoir où en étaient les Grecs. Tant que ceux-ci ne manifestèrent pas leur intention de rester, il rit. Quand ses alliés lui promirent de l'aider, il s'en réjouit. Mais quand le mur de défense commença à s'élever, sa mine s'allongea et ses épaules s'affaissèrent.

Je l'aimais bien, même s'il lui manquait la force et

l'énergie d'un roi grec. En Grèce, il fallait se battre pour garder ce qui vous appartenait. Les ancêtres de Priam, eux, régnaient depuis une éternité. Son peuple l'aimait bien plus que les peuples grecs n'avaient jamais aimé leurs rois. Étant sûr de rester sur le trône, il accomplissait ses obligations royales avec moins de sérieux. La parole des dieux ne lui importait pas autant.

Le vieil Anténor, beau-frère du roi, ne manquait pas une occasion de me critiquer. Je le détestais plus que Priam ne le haïssait, ce qui n'est pas peu dire. Toutes les fois qu'il fixait sur moi ses yeux chassieux, j'y lisais l'hostilité. Quand il ouvrait la bouche, c'était pour m'accabler de reproches. Pourquoi refuser de me couvrir les seins ? Pourquoi battre mon esclave ? Pourquoi ne savais-je pas tisser et broder, comme toutes les femmes ? Pourquoi avais-je la permission d'assister aux conseils ? Pourquoi donnais-je mon opinion, alors que les femmes ne pouvaient en avoir ?

Quand le mur sur l'Hellespont fut terminé, Priam perdit patience.

— Tais-toi donc, vieux nigaud ! hurla-t-il. Agamemnon n'est pas venu ici pour récupérer Hélène. C'est Troie et l'Asie Mineure qu'il veut ! Il veut implanter des colonies grecques sur nos terres, il veut remplir ses coffres de nos trésors, il veut faire entrer ses navires dans le Pont-Euxin. La femme de mon fils lui sert de prétexte. La rendre serait jouer le jeu d'Agamemnon. Je ne veux plus jamais t'entendre parler d'Hélène ! C'est compris ?

Anténor baissa les yeux et fit une ironique courbette.

Les États d'Asie Mineure commencèrent à envoyer à Troie leurs ambassadeurs. Ils étaient nombreux au conseil suivant auquel j'assistai. Je ne me rappelle pas tous les noms, des noms comme Paphlagonie, Cilicie, Phrygie. Priam réserva son meilleur accueil à l'envoyé de Lycie. Il s'appelait Glaucos et régnait sur la Lycie avec son cousin germain, Sarpédon. Pâris me chuchota dans le creux de l'oreille que Glaucos et Sarpédon étaient inséparables car ils étaient amants. Ce qui est fort stupide de la part de rois.

— Sois certain, Glaucos, que la Lycie recevra une grande part du butin quand nous aurons chassé les Grecs de nos côtes, affirma Priam, les yeux humides.

— Oncle Priam, répondit Glaucos en souriant, ce qui préoccupe la Lycie ce n'est point sa part de butin. Le roi Sarpédon et moi n'avons qu'un seul but : écraser les Grecs. La liberté de notre commerce est vitale, car nous occupons le sud de cette côte. Le commerce passe par nous en direction du nord et en direction du sud vers Rhodes, Chypre, la Syrie et l'Égypte. La Lycie est une charnière. Nous devons nous unir par nécessité, non par cupidité. Sois assuré de notre aide et de nos troupes au printemps. Vingt mille hommes équipés, avec leur ravitaillement.

— Je te remercie du fond du cœur, ainsi que Sarpédon, très cher neveu, dit Priam, le visage ruisselant de larmes.

Parmi les autres rois, certains se montrèrent généreux, d'autres marchandèrent pour obtenir argent ou privilèges. Priam promit à chacun ce qu'il voulait. Ainsi grandit le nombre de ceux qui apporteraient leur concours à Troie. Priam pourrait rassembler deux cent mille hommes sur les plaines au printemps de l'année prochaine, quand la neige aurait fondu et que les crocus commenceraient à apparaître. Si mon ancien beau-frère n'avait pas de renfort ou de ruse en réserve, il serait vaincu. Pourquoi donc continuer à me tracasser ? Parce que je connaissais mon peuple. Je connaissais les conseillers d'Agamemnon et j'avais vécu assez longtemps à Troie pour savoir que Priam n'avait personne à ses côtés pour égaler Nestor, Palamède et Ulysse.

Oh, comme les conseils étaient ennuyeux ! Personne n'avait le droit de s'asseoir à part le roi, et surtout pas une femme. Un jour, tandis qu'un Paphlagonien discourait dans un dialecte que je ne comprenais pas, je promenai mon regard sur l'assemblée jusqu'à ce qu'il se posât sur un homme qui venait d'entrer au fond. Il était beau ! *Très* beau !

Il se fraya aisément un chemin parmi la foule, car il était plus grand que tous les autres, à l'exception d'Hector, qui se tenait comme d'habitude à côté du trône. Le nouveau venu avait le port altier d'un roi. Il me rappelait Diomède : même élégance dans la démarche, même air guerrier. Il avait des cheveux bruns, des yeux noirs et des vêtements somptueux. Au pied de l'estrade royale, il fit une brève révérence, comme s'il répugnait à reconnaître la supériorité de Priam.

— Énée ! s'exclama Priam d'une voix caverneuse. Cela fait des jours que je t'envoie chercher.

— Me voilà, seigneur.

— As-tu vu les Grecs ?

— Pas encore, seigneur. Je suis passé par la porte de Dardanie.

Il insista particulièrement sur le nom. Énée était l'héritier du trône de Dardanie. Son père, le roi Anchise, régnait sur le sud du pays, dont la capitale était Lyrnessos. Priam parlait toujours avec mépris de la Dardanie, d'Anchise et d'Énée. Sans doute, à Troie, les considérait-on comme des parvenus, bien que Pâris m'eût précisé qu'Anchise était cousin germain de Priam et que Dardanos avait fondé la dynastie royale de Troie et celle de Lyrnessos.

— Je te suggère d'aller jeter un coup d'œil du haut du balcon, dit Priam d'un ton sarcastique.

— Comme tu le désires, seigneur.

Énée s'éloigna puis revint en haussant les épaules.

— J'ai l'impression qu'ils ont l'intention de rester là, déclara-t-il.

— Voilà une remarque perspicace, ironisa Priam.

— Pourquoi m'as-tu fait venir ?

— N'est-ce pas évident ? Une fois qu'Agamemnon aura mis la main sur Troie, ce sera le tour de la Dardanie et de Lyrnessos. Il me faut tes soldats pour m'aider à écraser les Grecs, au printemps prochain.

— Aucun différend n'oppose la Grèce à la Darda-nie.

— Les Grecs n'ont nul besoin de prétexte, ils veulent des terres, du bronze, de l'or!

— Seigneur, vu le formidable déploiement des forces alliées ici, aujourd'hui, je ne vois pas pourquoi mes soldats te seraient nécessaires. Quand ils te seront indispensables, je viendrai avec une armée, mais pas au printemps.

Priam frappa le sol de son sceptre d'ivoire. L'éme-raude qui le surmontait étincela de tous ses feux.

— J'ai *besoin* de tes hommes, maintenant!

— Je ne puis m'engager sans l'accord de mon père, seigneur, et je ne l'ai pas.

A court d'arguments, Priam détourna la tête. Dès que nous fûmes seuls, intriguée par cette discussion, j'interrogeai Pâris.

— Qu'y a-t-il donc entre ton père et le prince Énée?

— Ils sont rivaux.

— Rivaux?

— Selon un oracle, Énée régnera un jour sur Troie. Mon père redoute cette prophétie. Énée la connaît aussi et s'attend toujours à être traité en héritier. Mais si on considère que mon père a cin-quante fils, Énée est vraiment ridicule. L'oracle fait sûrement allusion à un autre Énée.

— Il a l'air si viril, répliquai-je, songeuse. Il est fort séduisant...

— N'oublie jamais qui est ton époux, Hélène. Ne t'approche pas d'Énée.

L'amour s'éteignait entre nous. Comment était-ce possible, alors que tout avait commencé de façon si flamboyante? J'eus tôt fait de m'apercevoir que, mal-gré sa passion pour moi, Pâris ne pouvait s'empê-cher de courir les femmes, ni d'aller folâtrer en été sur le mont Ida. Entre mon arrivée à Troie et la venue des Grecs, il avait disparu durant six lunes. A son retour, il ne s'était même pas excusé et avait refusé de comprendre combien j'avais souffert.

Certaines dames de la Cour faisaient tout pour me rendre la vie insupportable. La reine Hécube me haïssait. Selon elle, j'avais causé la perte de son cher Pâris. La femme d'Hector, Andromaque, me détestait parce que j'avais usurpé son titre de plus belle femme du royaume et parce qu'elle redoutait que son époux ne succombât à mes charmes. Comme s'il m'intéressait ! Il se prenait tellement au sérieux que j'eus tôt fait de le cataloguer comme le plus ennuyeux de la Cour.

La jeune princesse Cassandre me terrifiait. Elle arpentait les salles et les couloirs, échevelée, le regard dément, le visage ravagé. Chaque fois qu'elle m'apercevait elle déversait sur moi un torrent d'insultes et de paroles sans queue ni tête. J'étais un démon, j'étais une chienne, je semais le désordre. J'étais l'alliée de la Dardanie. J'étais complice d'Agamemnon. Je causerais la perte de Troie. Et ainsi de suite. Elle me troublait profondément. Hécube et Andromaque l'encourageaient à me guetter. Elles espéraient naturellement ne plus me voir sortir de ma chambre. Mais Hélène a du caractère ! Au lieu de me retirer dans mes appartements, je pris l'habitude de rejoindre Hécube, Andromaque et les autres dames de la noblesse dans leur salle de repos pour les irriter en me caressant les seins (ils sont vraiment splendides) sous leurs regards scandalisés (aucune d'entre elles n'aurait osé dénuder ses mamelles ballantes). Un matin mémorable, j'ai tellement fait enrager Andromaque qu'elle s'est jetée sur moi comme une tigresse, pour découvrir qu'Hélène s'était entraînée à la lutte dans sa jeunesse et était plus que de taille à lutter avec une dame bien élevée. Je lui ai fait un croc-en-jambe et lui ai poché un œil. Puis j'ai partout chuchoté que c'était là l'œuvre d'Hector.

Au début de l'hiver, une rumeur se répandit : les Grecs avaient quitté la plage et organisaient des raids, le long de la côte d'Asie Mineure, contre des cités éloignées les unes des autres. Des détachements puissamment armés, envoyés pour examiner la situation sur la plage, constatèrent que les Grecs étaient toujours présents et prêts à se battre. Cependant, un à un, les alliés de Priam l'informèrent qu'ils ne pourraient pas honorer leurs engagements pour le printemps. Leurs propres territoires étaient menacés. En Cilicie, Tarse fut incendiée, ses habitants tués ou vendus comme esclaves, le grain volé et chargé sur des navires grecs, le bétail égorgé, les sanctuaires dépouillés de leurs trésors, le palais du roi Éétion pillé. Puis ce fut le tour de la Mysie. Lesbos lui envoya du secours et fut attaquée. Thermi fut rasée. Les Lesbiens se demandèrent s'il n'était pas plus diplomatique de rappeler que leurs ancêtres étaient à moitié grecs et de prendre parti pour Agamemnon. Puis, quand Priène et Milet tombèrent, la panique se généralisa. Même Sarpédon et Glaucos durent rester chez eux en Lycie.

La nouvelle de chaque attaque nous était communiquée de façon fort originale. Un héraut grec se postait devant la porte Scée et informait le capitaine de la tour de guet ouest, le chargeant d'en aviser Priam. Il précisait le nom de la cité mise à sac, le nombre d'habitants tués, de femmes et d'enfants vendus comme esclaves, ainsi que le montant du butin. Et il terminait toujours le message par ces mots :

— Dis à Priam, roi de Troie, qu'Achille, fils de Pélée, m'envoie !

Les Troyens redoutaient à présent le nom d'Achille. Au printemps, Priam dut supporter la présence grecque en silence. Aucune force alliée ne vint renforcer son armée, aucun argent pour payer des mercenaires hittites, assyriens ou babyloniens. Maintenant c'étaient les Grecs qui collectaient les droits de péage pour l'Hellespont.

A mesure que le temps passait, on craignait de plus en plus Achille. Seul Hector ne manifestait aucune frayeur, et voulait à tout prix le rencontrer. Cela devint une telle obsession qu'il priait les dieux de lui accorder l'occasion de tuer Achille. A l'automne de la seconde année, Hector perdit patience et supplia son père de le laisser sortir de Troie avec l'armée qu'il commandait.

— Non, Hector, non! s'écria Priam, qui écarquillait les yeux comme si son héritier eût perdu la raison.

— Seigneur, les Grecs n'ont laissé sur la plage que la moitié de leurs troupes! Nous pourrions les vaincre! Alors l'armée d'Achille devra revenir à Troie. Et nous le battrons!

— Ou nous serons battus.

— Seigneur, nous sommes plus nombreux qu'eux.

— Je ne le pense pas.

— Alors, permets-moi de rejoindre Énée à Lyrnessos. Avec les Dardaniens nous serions supérieurs en nombre.

— Énée ne veut pas se mêler de nos affaires.

— Énée m'écoutera, père.

— J'autoriserais, moi, mon fils héritier à quémander auprès des Dardaniens? Es-tu devenu fou, Hector? Je préférerais mourir plutôt que te voir ramper devant Énée.

A ce moment j'aperçus Énée. Il venait d'entrer dans la salle du trône, mais il avait entendu les dernières paroles. Avant que quelqu'un d'important — *moi* je ne l'étais pas — le remarquât, il tourna les talons et s'en alla.

— Seigneur, reprit Hector désespéré, nous ne pourrons rester toujours derrière nos murailles. Les Grecs sont décidés à réduire nos alliés à néant! Nos richesses diminuent parce que nous n'avons plus de revenus et notre ravitaillement coûte de plus en plus cher. Si tu ne veux pas que je sorte avec toute l'armée, laisse-moi au moins organiser des raids pour attaquer les Grecs à l'improviste et faire cesser leurs insolentes expéditions.

— Bon, soupira Priam après avoir réfléchi longuement, si tu parviens à me convaincre que ton plan n'est pas imprudent, tu pourras l'appliquer.

— Nous ne te décevrons pas, seigneur, affirma Hector dont le visage s'était illuminé.

— J'espère que non, répondit Priam d'un air las.

Quelqu'un dans la salle éclata de rire. Je me retournai, surprise. Je croyais Pâris à nouveau parti, mais c'est lui qui riait. Le visage d'Hector s'assombrit, il descendit de l'estrade et se fraya un passage à travers la foule.

— Qu'y a-t-il de si drôle, Pâris ?

Mon mari se calma et passa un bras autour des épaules d'Hector.

— Toi, Hector, toi ! Tu fais tant d'histoires pour aller t'engager dans des échauffourées, alors que tu as chez toi une si jolie femme ! Comment donc peux-tu préférer la guerre aux femmes ?

— Parce que je suis un homme, moi, et non une larve.

J'étais pétrifiée. Mon mari n'était pas seulement un sot, c'était aussi un lâche. Quelle humiliation ! Je sortis.

J'avais renoncé à mon trône, à ma liberté, à mes enfants, pour vivre avec un sot qui se révélait à présent être aussi un lâche. Il me faudrait mettre en quelque sorte dans le même panier Ménélas, mes enfants et Pâris. Y avait-il pire destin pour une femme que de savoir que nul dans sa vie n'était digne d'elle ?

J'allai respirer un peu d'air frais dans la cour où je fis les cent pas. Puis, me retournant brusquement, je me cognai contre un homme qui venait de la direction opposée. Nous mîmes les mains en avant par réflexe et il me tint un moment à distance, me dévisageant avec curiosité.

— Tu dois être Hélène.

— Et tu dois être Énée.

— Oui.

— Tu ne viens pas souvent à Troie, dis-je en le dévorant des yeux.

— Connais-tu une raison pour laquelle je devrais venir ?

— Non, répondis-je en souriant.

— J'aime ton sourire, mais tu es en colère. Pourquoi ?

— Ça ne te regarde pas.

— Tu t'es querellée avec Pâris, n'est-ce pas ?

— Pas du tout. Se disputer avec Pâris est aussi difficile que de prendre du vif argent.

— C'est vrai.

Là-dessus il me caressa le sein gauche.

— Les seins nus sont une mode intéressante, Hélène, mais cela excite les hommes.

Je baissai les paupières et fis la moue.

— Je suis heureuse de l'apprendre, murmurai-je.

Attendant un baiser, je me penchai vers lui, les yeux toujours fermés, mais il était parti quand je les rouvris.

Plus question de m'ennuyer. J'allai à l'assemblée suivante, avec la ferme intention de séduire Énée. Il n'était pas là. Je demandai à Hector en passant ce qu'était devenu son cousin de Dardanie. Il me répondit qu'Énée avait sellé ses chevaux pendant la nuit et était rentré chez lui.

17

Récit de Patrocle

Les États d'Asie Mineure pansaient leurs blessures et leurs rois s'étaient réfugiés dans les contreforts des vastes montagnes qui appartiennent aux Hittites. Ils craignaient d'aller à Troie et de se retrouver tous en un même endroit, parce qu'ils n'avaient aucune idée du lieu où nous allions frapper. Mais leur sort était réglé : nous naviguions suffisamment loin de la côte pour qu'on ne pût point nous apercevoir de la terre et nous étions plus mobiles qu'eux car les routes étaient difficilement praticables dans ce pays de vallées encaissées. Les nations d'Asie Mineure communiquaient entre elles par la mer dont nous avions la maîtrise.

Durant la première année, nous interceptâmes de nombreux navires qui transportaient à Troie des armes et des vivres, mais nos ennemis cessèrent bientôt d'envoyer ces convois, quand ils se rendirent compte que c'étaient les Grecs et non Troie qui en profitaient. Nous étions trop nombreux pour eux; aucune des cités éparpillées le long de la côte ne pouvait nous vaincre et leurs murailles ne pouvaient nous arrêter. En deux ans nous avions mis à sac dix cités.

Quand nous sillonnions les mers, Phénix donnait toujours à son second la responsabilité d'acheminer le ravitaillement entre Assos et Troie et nous escortait avec deux cents navires vides pour y entasser le butin. Leur coque s'enfonçait dans l'eau quand nous nous éloignions d'une cité en flammes et les transports de troupes grinçaient sous le poids du surplus. Achille était sans pitié. Il ne faisait jamais quartier et rejetait toute demande de reddition. Ceux que nous ne pouvions emmener en esclavage ou vendre en Égypte et à Babylone étaient tués. Une fois qu'il avait mis son armure, Achille était aussi implacable que la bise du nord. « Nous avons un seul objectif, disait-il, assurer la suprématie des Grecs et anéantir toute résistance pour le jour où les nations grecques enverront leur excédent de population en Asie Mineure. » Son nom était haï tout le long de la côte.

Nous entrions dans notre troisième année, Assos revenait lentement à la vie ; la neige fondait, les arbres bourgeonnaient. Nulle querelle ou différend entre nous. Nous reconnaissions un seul chef, Achille. Soixante-cinq mille hommes étaient cantonnés à Assos. Il y avait toujours l'un des chefs permanents en garnison dans la cité, en cas d'attaque venant de Dardanie après le départ de la flotte. Achille était souvent en mer et comme je ne voulais pas en être séparé, je l'accompagnais.

Quand nous rentrâmes à Assos après une campagne d'hiver tardive en Lycie (Achille semblait avoir conclu un pacte avec les dieux de la mer car nous naviguions sans encombre, hiver comme été), Ajax attendait sur la plage pour nous accueillir ; il agitait gaiement la main afin que nous sachions qu'il n'avait eu à faire face à aucune menace durant notre absence. Le printemps était déjà bien avancé, l'herbe nous montait jusqu'aux chevilles, les prairies étaient parsemées de fleurs, les chevaux gambadaient dans les prés, l'air était doux et nous enivrait comme du vin pur. Je me promenais avec Achille, ravi d'être de retour à Assos. Les femmes avaient bien travaillé durant notre absence ; légumes et herbes aromatiques poussaient dans les jardins. Assos était un endroit fort agréable, rien à voir avec le camp austère qu'Agamemnon avait édifié face à Troie. Les cantonnements étaient éparpillés parmi des bouquets d'arbres et les rues serpentaient comme dans une cité ordinaire. Naturellement nous étions bien protégés. Un mur de dix coudées de haut avec palissade et fossé nous entourait. On y montait la garde même durant les lunes les plus froides de l'hiver. L'ennemi le plus proche, la Dardanie, ne semblait pas s'intéresser à nous ; le bruit courait que son roi, Anchise, était toujours à couteaux tirés avec Priam.

On voyait des femmes partout dans le camp, certaines grosses d'un enfant à venir. Durant l'hiver il y avait eu de nombreuses naissances. Cela me faisait plaisir de voir ainsi les bébés et leurs mères apaiser les souffrances de la guerre. Aucun enfant n'était de moi, ni d'Achille ; les femmes ne m'attirent pas. Celles-ci avaient toutes été capturées à la pointe de l'épée et, une fois le premier choc surmonté, elles semblaient oublier leur vie passée et les hommes qu'elles avaient aimés. Elles se remettaient à aimer, à avoir une famille et à prendre les manières des Grecs. Les femmes ne sont pas des guerriers, elles sont leur butin. Elles sont faites pour bâtir des nids. Bien sûr, il y en avait qui ne parvenaient pas à oublier, qui pleuraient et se lamentaient ; celles-ci ne restaient pas longtemps à Assos, on les envoyait travailler dans les champs boueux où l'Euphrate se joint au Tigre et où, sans doute, elles mouraient de chagrin.

Achille et moi rentrâmes chez nous ensemble, côte à côte. Nos épaules réussissaient tout juste à passer la porte. J'avais toujours plaisir à le remarquer car, d'une certaine manière, cela montrait ce que nous étions devenus : des chefs. J'ôtai moi-même mon armure, tandis qu'Achille laissait les femmes le débarrasser de ses armes. Moi, je ne pouvais jamais me résoudre à laisser des esclaves me désarmer, car j'avais vu leurs visages quand nous les avions choisies au moment du partage du butin. Mais Achille ne se tracassait pas. Il les laissait lui enlever son épée et son poignard sans même se rendre compte que l'une d'elles pourrait retourner l'arme contre lui et le tuer alors qu'il était sans défense. Je les observai avec méfiance mais dus bien admettre qu'il y avait fort peu de risques. De la plus jeune à la plus vieille, elles étaient toutes amoureuses de lui. Notre baignoire était déjà remplie d'eau chaude, des vêtements propres étaient sortis.

Plus tard, une fois le vin versé et la table débarrassée, Achille renvoya les femmes. Nous étions tous deux fatigués, mais inutile d'essayer de dormir car il faisait encore grand jour et des amis allaient sans doute nous rendre visite.

Achille avait été taciturne toute la journée. Ce n'était pas inhabituel, mais le silence d'aujourd'hui laissait supposer qu'il se repliait sur lui-même. Je détestais ce genre d'humeur. C'était comme s'il se réfugiait quelque part où je ne pouvais pas le suivre, dans un monde à lui, et il me laissait pleurer en vain à la porte. Je me penchai pour lui toucher le bras.

— Achille, à peine as-tu pris une gorgée de vin...

— Ça ne me dit rien.

— Es-tu malade ?

— Non. Est-ce que, quand je suis malade, je refuse d'en boire ? demanda-t-il, surpris.

— Non, c'est plutôt une question d'humeur.

Avec un soupir il promena son regard dans la salle.

— J'aime cette pièce plus que toute autre. Elle est vraiment *à moi*. Il n'y a pas un seul objet que je n'aie obtenu à la pointe de l'épée.

— Oui, c'est une belle pièce.

— La beauté ravit les sens. C'est une faiblesse et je la méprise. Non, j'aime cette pièce parce que c'est mon trophée.

— Un splendide trophée, bredouillai-je.

Il fit semblant de ne rien entendre et se mit à rêver. Je m'efforçai de le ramener sur terre.

— Sûrement il y a *certains* aspects de la beauté que tu apprécies ? Nul ne peut vivre sans la beauté.

— Peu m'importe comment je vis et combien de temps, pourvu que je devienne célèbre, répliqua Achille. Quand je serai dans la tombe, jamais on ne m'oubliera. Crois-tu que je m'y sois mal pris pour devenir célèbre ?

— C'est une affaire entre toi et les dieux, répondis-je. Tu ne les a pas offensés. Tu n'as pas tué de femmes enceintes ou d'enfants trop jeunes pour porter des armes. Ce n'est pas un crime que de les envoyer en esclavage. Tu n'as pas réduit une cité à la famine. Ta main s'est parfois abattue lourdement, mais elle n'a jamais été celle d'un assassin. Je suis moins dur que toi, Achille, c'est tout.

— Tu te méprends. Quand tu saisis une épée, tu as un cœur de pierre comme n'importe lequel d'entre nous.

— Dans la bataille c'est différent. Je peux tuer sans pitié ; mais j'ai parfois des cauchemars.

— Moi aussi. Iphigénie m'a maudit avant de mourir.

Incapable de poursuivre cette conversation, il se laissa aller à sa rêverie. Il avait l'art de se faire aimer, que ce soit de ses Myrmidons ou de ses prisonnières — ou de moi. Ce n'était pas dû à son physique, mais à sa noblesse d'âme. Depuis que nous avions quitté Aulis, il y a trois ans, il était devenu extrêmement indépendant ; je me demandais parfois si sa femme le reconnaîtrait quand ils se retrouveraient. Bien sûr, ses problèmes étaient liés à la mort d'Iphigénie et je les comprenais. Mais je ne pouvais le suivre dans le lieu secret où ses pensées l'emmenaient.

Un courant d'air froid agita les tentures de chaque côté de la fenêtre. Je frissonnai. Achille, allongé sur le côté, soutenait sa tête d'une main, mais son expression avait changé. Je criai son nom. Il ne répondit pas.

Affolé, je sautai à bas de mon lit pour m'agenouiller à côté du sien, je posai la main sur son épaule nue, mais il ne sembla pas s'en rendre compte. Mon cœur se serra, je penchai la tête et posai mes lèvres sur sa peau ; les larmes jaillirent si vite de sous mes paupières que l'une d'elles tomba sur son bras. Je reculai brusquement quand il tourna la tête vers moi.

Il y avait dans son regard une lueur étrange, comme s'il me voyait pour la première fois. Il ouvrit sa pauvre bouche dénuée de lèvres pour parler, mais avant qu'il eût pu prononcer un mot, il tourna son regard vers la porte ouverte et cria : « Mère ! »

Avec horreur, je constatai qu'il bavait. Sa main tremblait et sa joue gauche se contractait. Puis il tomba à terre et se raidit. Ses yeux étaient vitreux ; je crus qu'il allait mourir. Je m'agenouillai pour le prendre dans mes bras en attendant que son visage se colore à nouveau, que ses tremblements cessent, qu'il revienne à la vie. Quand la crise fut terminée, j'essuyai la salive sur sa joue, le berçai doucement et caressai ses cheveux collés par la sueur.

— Que s'est-il passé, Achille ?

Il me regarda avec des yeux troubles, commençant lentement à me reconnaître. Puis il soupira :

— Ma mère est venue avec son sortilège, j'en ai eu le pressentiment toute la journée.

S'agissait-il vraiment du sortilège ? Cela ressemblait davantage à une crise d'épilepsie. Pourtant ce dont souffrait Achille n'avait jamais affecté son esprit. C'était la première fois depuis Scyros qu'il était sous l'emprise du sortilège.

— Pourquoi est-elle venue, Achille ?

— Pour me rappeler que le trépas me guette.

— Ne dis pas ça ! Je t'en prie !

Je l'aidai à se recoucher et m'assis à ses côtés.

— Je t'ai observé, cela ressemblait fort à une crise d'épilepsie.

— Peut-être. Alors ma mère veut simplement me rappeler que je suis mortel. Et elle a raison. Je mourrai avant la chute de Troie. Le sortilège est comme un avant-goût de la mort, l'existence n'est qu'un rêve. Longue et honteuse, ou brève et glorieuse. Je n'ai pas eu le choix mais Thétis se refuse à admettre qu'elle n'y peut rien changer. J'ai fait mon choix à Scyros.

Je détournai le regard.

— Ne me pleure pas, Patrocle, j'ai choisi mon destin.

— Je ne te pleure pas, je pleure sur mon sort.

— Juste avant que le sortilège ne s'abatte sur moi, j'ai vu quelque chose en toi que je n'avais jamais vu auparavant.

— L'amour que j'éprouve pour toi, répliquai-je la gorge serrée.

— Oui. Je suis désolé. J'ai dû te blesser bien des fois en ne te comprenant pas. Mais explique-moi pourquoi tu pleures.

— On pleure quand la personne aimée ne répond pas à votre amour.

Il quitta son lit et me tendit les deux mains.

— Je réponds à ton amour, Patrocle. Je t'ai toujours aimé.

— Mais tu n'es pas un homme qui aime les hommes et c'est ça l'amour que je veux.

— Peut-être, mais j'accepte volontiers de faire l'amour avec toi. Nous sommes tous deux exilés et cela me semble très doux de partager cet exil dans la chair comme dans l'esprit.

Ainsi lui et moi sommes devenus amants. Cependant je ne trouvai pas l'extase dont j'avais rêvé. La trouve-t-on jamais? Achille éprouvait des désirs, mais il ne recherchait pas l'assouvissement de la passion physique. Peu importe. Il me donnait plus qu'à une femme et j'éprouvai au moins une sorte de satisfaction. L'amour n'est pas vraiment physique, c'est la liberté de vagabonder dans le cœur et dans l'esprit du bien-aimé.

Cinq années s'écoulèrent avant que nous nous rendions à Troie pour voir Agamemnon. J'accompagnai Achille, bien sûr; il emmena également Ajax et Mérione. Il y avait longtemps que nous aurions dû lui faire cette visite mais je croyais que, même en ces circonstances, Achille ne l'aurait pas faite s'il n'avait eu besoin de s'entretenir avec Ulysse. Les États d'Asie Mineure s'étaient faits méfiants et inventaient des stratagèmes pour prévenir nos attaques.

La longue plage entre le Simoïs et le Scamandre

n'était plus ce qu'elle était quatre ans auparavant. Tout donnait l'impression de permanence, tout était planifié. Les fortifications étaient efficaces et bien conçues, des ponts de pierre avaient été jetés par-dessus le fossé et de grosses portes s'ouvraient dans le mur. Ajax et Mérione débarquèrent à l'extrémité de la plage à l'embouchure du Simoïs, tandis qu'Achille et moi remontâmes le Scamandre. Des cantonnements avaient déjà été construits pour loger les Myrmidons à leur retour. Nous longeâmes la rue principale qui traversait le camp, à la recherche de la nouvelle maison d'Agamemnon.

Assis au soleil, des hommes pansaient leurs blessures, d'autres sifflaient gaiement en graissant des armures de cuir ou en astiquant du bronze ; certains arrachaient les plumes pourpres des casques troyens pour les porter pendant la bataille. C'était un endroit agréable, animé. Les troupes demeurées à Troie étaient loin de rester inactives.

Ulysse sortait de chez Agamemnon alors que nous y arrivions. Quand il nous vit, il posa sa lance contre le portique et nous tendit les bras en souriant. On apercevait deux ou trois nouvelles balafres sur son corps vigoureux. Les avait-il reçues en combattant ou au cours d'une de ses escapades nocturnes ?

— Il était temps ! s'exclama Ulysse en nous serrant dans ses bras. Je dois te remercier des égards que tu as pour nous, Achille. Tu nous envoies un butin abondant et de très belles femmes.

— Nous ne sommes pas exigeants à Assos. Mais on dirait que vous avez été très occupés ici aussi ! Vous avez livré des combats ?

— Suffisamment pour maintenir tout le monde en forme. Hector nous harcèle.

— Hector ? demanda Achille dont l'attention fut soudain éveillée.

— L'héritier de Priam et le chef des armées troyennes.

Agamemnon semblait heureux de nous accueillir, pourtant il ne nous incita point à passer la matinée avec lui.

232

Depuis qu'il avait entendu prononcer le nom d'Hector, Achille brûlait d'en savoir plus, mais Agamemnon n'était pas la personne qu'il pouvait questionner.

Aucun des Grecs n'avait vraiment changé ou vieilli. Nestor paraissait même plus jeune que jadis ! Il était dans son élément. Idoménée était devenu moins indolent, ce qui profitait à la beauté de sa silhouette. Seul Ménélas ne semblait pas avoir tiré profit de la vie de camp. Hélène lui manquait toujours. Le malheureux !

Ulysse et Diomède, qui étaient également devenus amants, nous invitèrent. Les femmes étaient une complication, étant donné le genre de vie que nous menions, et Ulysse n'eut jamais d'yeux pour une autre que Pénélope ; pourtant, d'après ce qu'il racontait, il n'hésitait jamais à séduire une Troyenne pour lui soutirer des renseignements. Achille et moi apprîmes l'histoire surprenante de la colonie d'espions. Personne n'en avait jamais soufflé mot.

— Voilà qui est étonnant, dit Achille.

— Même Agamemnon n'est pas au courant, fit remarquer Ulysse.

— A cause de Calchas ? demandai-je.

— Excellente supposition, Patrocle. Il y aurait en effet de quoi se méfier avec un tel homme.

— Ni lui ni Agamemnon ne l'apprendront de notre bouche, lui assura Achille.

Nous restâmes à Troie pendant une lune entière, durant laquelle Achille ne pensa qu'à une chose : rencontrer Hector.

— Tu ferais mieux de l'oublier, mon garçon, conseilla Nestor à la fin d'un dîner qu'Agamemnon avait donné en notre honneur. Tu pourrais t'attarder ici tout l'été sans jamais voir Hector. Ses sorties sont imprévisibles bien qu'Ulysse, par des moyens détournés, sache toujours ce qui se passe à Troie. Et pour le moment, nous n'avons pas prévu de sorties.

— Des sorties ? demanda Achille, inquiet. Allez-vous prendre la cité en mon absence ?

— Non, non! cria Nestor. Nous ne sommes pas en mesure de prendre Troie d'assaut, même si le rideau ouest s'effondrait demain. Tu as la meilleure partie de notre armée à Assos et tu le sais bien. Retourne donc là-bas!

— Il n'y a aucun espoir de voir tomber Troie en ton absence, prince Achille, murmura une voix douce derrière nous.

C'était le prêtre Calchas.

— Que veux-tu dire? demanda Achille, que ces yeux qui louchaient mettaient mal à l'aise.

— Troie ne peut pas tomber en ton absence. C'est ce qu'affirment les oracles.

Il s'éloigna. Sa robe pourpre chatoyait d'or et de pierreries. Notre grand roi tenait le prêtre en très haute estime; sa résidence était somptueuse et il avait le droit de choisir les plus belles des femmes que nous envoyions d'Assos. Diomède me raconta qu'une fois, Idoménée fut tellement furieux quand Calchas s'empara de la femme qui lui plaisait qu'il porta l'affaire devant le conseil et obligea Agamemnon à l'enlever à Calchas pour l'offrir à son commandant en second.

Achille quitta Troie fort déçu. Ajax aussi. Tous deux avaient erré dans la plaine balayée par les vents dans l'espoir d'y attirer Hector. Mais il ne s'était pas montré, ni les troupes troyennes.

Les années passaient inexorablement, pareilles les unes aux autres. Les nations d'Asie Mineure tombaient, réduites en cendres, tandis que les marchés d'esclaves du monde regorgeaient de Lyciens, de Cariens, de Ciliciens et d'une douzaine d'autres peuples. Nabuchodonosor prenait tout ce que nous voulions bien lui envoyer à Babylone. Aucun pays ne semblait jamais avoir assez d'esclaves et cela faisait longtemps qu'une guerre n'en avait tant fourni.

En dehors de ces expéditions, la vie n'était pas toujours paisible. Il y avait des périodes où la mère d'Achille le persécutait jour après jour de son maudit sortilège; puis elle le laissait tranquille pendant plusieurs lunes de suite. Mais j'avais appris à rendre ces périodes où il était sous l'emprise du sortilège moins pénibles pour lui. Il en était arrivé à compter alors sur moi pour *tous* ses besoins. Quoi de plus réconfortant que de savoir l'être cher totalement dépendant de vous?

Un jour, un navire arriva d'Iolcos. Il nous apportait des nouvelles de Pélée, Lycomède et Déidamie. Grâce à l'envoi régulier de bronze et de marchandises prélevées sur notre butin, la prospérité régnait chez nous. Tandis que l'Asie Mineure était saignée à blanc, la Grèce était de plus en plus florissante. On rassemblait les premiers colons à Athènes et à Corinthe.

Pour Achille, la nouvelle la plus importante concernait son fils, Néoptolème. Il arrivait déjà à l'âge d'homme! Le garçon était presque aussi grand que son père et aussi doué que lui pour les armes et le combat. Pourtant il était plus indépendant encore, avait tendance à vagabonder, et on ne comptait plus ses conquêtes féminines. Sans parler du fait qu'il était d'humeur changeante et avait tendance à boire trop de vin pur. Il aurait bientôt seize ans.

— Je vais demander à Déidamie et Lycomède d'envoyer ce garçon à mon père, dit Achille après avoir congédié le messager. Il a besoin d'une main de fer. Oh, Patrocle, songe un instant aux fils qu'Iphigénie et moi nous aurions engendrés!

Il nous fallut neuf ans pour réduire à néant l'Asie Mineure. Des navires entiers de colons grecs arrivaient à Colophon et Appassas. Tous désiraient commencer une vie nouvelle dans un pays nouveau. Certains cultivaient la terre, d'autres faisaient du commerce, ou allaient sans doute s'aventurer plus à l'est ou au nord. Cela nous importait peu, à nous qui formions le noyau de la deuxième armée d'Assos. Notre tâche était terminée, à l'exception d'une attaque prévue pour l'automne contre Lyrnessos, le centre du royaume de Dardanie.

18

Récit d'Achille

La Dardanie était beaucoup plus proche d'Assos que n'importe quelle autre nation d'Asie Mineure, mais je n'avais jusqu'à présent jamais voulu l'attaquer, et ce pour plusieurs raisons ; ce n'était pas un territoire en bord de mer et il avait une frontière commune avec Troie. La dernière raison était plus subtile : je voulais donner aux Dardaniens l'illusion qu'ils étaient en sécurité, leur faire croire que leur éloignement de la mer les rendait invulnérables.

Tout cela allait à présent changer ; l'invasion de la Dardanie était imminente. Au lieu du long voyage en mer habituel, j'entraînai mes troupes pour qu'elles puissent effectuer une marche longue et difficile. Si Énée s'attendait à une attaque, il supposerait que nous contournerions la péninsule et débarquerions sur la plage en face de l'île de Lesbos ; de là jusqu'à Lyrnessos il n'y a que six lieues. Mais j'avais l'intention de gagner directement Lyrnessos, par l'intérieur : il nous faudrait parcourir près de quarante lieues à travers une région sauvage, avant de redescendre dans la vallée fertile où se trouvait Lyrnessos.

Ulysse m'avait procuré des éclaireurs bien entraînés pour reconnaître le parcours. D'après eux, la région était très boisée, les fermes y étaient rares et la saison trop avancée pour rencontrer le moindre berger. Nous sortîmes fourrures et grosses bottes car le mont Ida était déjà couvert de neige jusqu'à mi-pente et il n'était pas exclu que nous ayons à affronter le blizzard. Nous pourrions progresser de deux lieues par jour; en moins de vingt jours nous devrions ainsi arriver en vue de notre objectif. Mon amiral, le vieux Phénix, avait reçu l'ordre de mener sa flotte dans le port désert d'Andramyttios au quinzième de ces vingt jours. Nul danger qu'il rencontrât la moindre opposition. J'avais brûlé Andramyttios pour la seconde fois au début de l'année.

Nous marchions en silence et les jours passaient sans incidents. Aucun berger ne s'étant attardé dans les collines couvertes de neige, nul ne put se précipiter à Lyrnessos pour y donner l'alarme. Le trajet se révélait plus facile que prévu. Nous arrivâmes donc le seizième jour à faible distance de la cité. J'ordonnai de faire halte et interdis d'allumer le moindre feu avant que j'aie pu m'assurer si nous avions été découverts.

J'avais l'habitude d'accomplir moi-même cette ultime investigation. Je partis donc seul à pied, malgré les protestations de Patrocle, qui me faisait parfois penser à une mère poule. Pourquoi donc l'amour rend-il si possessif et restreint-il si considérablement la liberté ?

Après avoir parcouru environ une lieue, je grimpai au sommet d'une colline et vis Lyrnessos à mes pieds; elle avait de solides remparts et une haute citadelle. Je l'étudiai pendant quelque temps, combinant mes observations avec ce que m'avaient rapporté les éclaireurs d'Ulysse. Non, elle ne serait pas facile à prendre d'assaut.

Je ne pus résister à l'envie de descendre un peu sur la pente, heureux de me trouver à l'abri du vent et de fouler un sol encore tiède. « Tu fais une bêtise, Achille », me disais-je. A l'instant même je faillis poser le pied sur lui. Il roula avec agilité sur le côté, se redressa d'un bond, courut jusqu'à être hors de portée de ma lance et s'arrêta enfin pour m'observer. Il me faisait songer à Diomède; il avait le même air félin et, à en juger par ses vêtements et son attitude, il appartenait à la haute noblesse. J'en conclus que c'était Énée.

— Je suis Énée et je ne suis pas armé ! cria-t-il.

— Pas de chance ! Je suis Achille et je suis armé !

Sans être impressionné, il leva les sourcils.

— Il est des moments où prudence est mère de sûreté ! Je te retrouverai à Lyrnessos !

Sachant que je courais vite, je me lançai à sa poursuite dans l'intention de l'épuiser. Mais il était rapide et connaissait mieux que moi le terrain. Il me conduisit dans des fourrés épineux, me laissa m'enfoncer dans un sol parsemé de terriers de renards et de lapins, et finalement me conduisit à un large gué qu'il traversa tel un éclair sur les pierres cachées, tandis que je devais m'arrêter sur chaque rocher pour chercher le suivant. Je le perdis de vue et restai planté là, maudissant ma stupidité. Lyrnessos serait informée un jour à l'avance de notre attaque imminente.

Dès l'aube je me mis en marche, de fort méchante humeur. Trente mille hommes dévalèrent avec moi en direction de Lyrnessos. Une avalanche de flèches et de javelots nous y accueillit, mais mes soldats s'en protégèrent avec leurs boucliers et nous n'eûmes aucun blessé. Il ne semblait pas y avoir de force importante derrière ce premier barrage et je me demandai si les Dardaniens n'étaient pas des lâches. Pourtant Énée ne m'avait pas semblé être le chef d'une race de dégénérés.

Nous dressâmes les échelles. A la tête des Myrmidons, j'atteignis le petit chemin de ronde en haut des remparts sans avoir reçu une seule pierre ou une seule cruche d'huile bouillante. Quand un petit groupe de défenseurs apparut, je les abattis à coups de hache, sans même avoir besoin d'appeler des renforts. Partout nous remportions la victoire avec une facilité déconcertante. Je découvris bientôt pourquoi : nos adversaires étaient des vieillards et de très jeunes garçons.

Énée, rentré dans la cité la veille, avait immédiatement appelé aux armes ses soldats. Mais pas dans l'intention de me combattre. Il était parti à Troie avec son armée.

— Les Dardaniens semblent avoir un Ulysse parmi eux, dis-je à Patrocle et à Ajax. Quel renard ! Priam aura vingt mille hommes de plus commandés par un autre Ulysse. Espérons que l'aveuglement du vieux roi l'empêchera d'estimer Énée à sa juste valeur.

19

Récit de Briséis

Lyrnessos périt. Tel un oiseau, elle replia ses ailes avec un cri perçant, le cri de douleur de toutes les femmes. Nous avions placé Énée sous la protection de sa mère immortelle, Aphrodite, heureux qu'il eût la possibilité de sauver notre armée. De l'avis de tous, c'était la seule chose à faire. Ainsi au moins une partie de la Dardanie survivrait-elle pour se venger des Grecs.

Des mains noueuses avaient sorti en tremblant les vieilles armures des coffres; des petits garçons au visage blême avaient endossé des cuirasses qui étaient faites pour le jeu et non pour résister aux glaives. Naturellement ils moururent. Les barbes des vieillards dégouttaient de sang, les cris de guerre des petits soldats devenaient les sanglots de simples enfants terrifiés. Mon père avait pris jusqu'à mon poignard. Les larmes aux yeux, il m'avait expliqué qu'il ne pouvait me laisser cette arme, qui pourtant m'aurait permis d'échapper à l'esclavage.

De ma fenêtre, impuissante, je regardai Lyrnessos à l'agonie, priant Artémis de m'ôter la vie avant qu'un Grec ne s'emparât de moi pour me vendre, sur les marchés d'esclaves de Hattusas ou de Ninive. Notre pitoyable défense fut vite anéantie. Bientôt, seuls les murs de la citadelle me séparaient d'une multitude grouillante de guerriers revêtus d'armures. La certitude qu'Énée et son armée étaient sains et saufs était mon unique consolation. Notre cher vieux roi, Anchise, l'était aussi. Il avait été très beau quand il était jeune et la déesse Aphrodite l'avait tant aimé qu'elle lui avait donné Énée. Celui-ci, en bon fils, refusa de partir sans son père. Il n'abandonna pas non plus son épouse Créüse et leur petit garçon, Ascagne.

De la fenêtre, j'entendais le vacarme des hommes qui se préparaient à défendre la citadelle. Mon père était parmi eux. Seuls les prêtres étaient restés en prière auprès des autels. Mon oncle Chrysès, pourtant grand prêtre d'Apollon, dut ôter son manteau sacré pour revêtir une armure. Il lui fallait se battre pour protéger l'Apollon d'Asie, qui n'était pas le même que l'Apollon grec.

L'ennemi enfonça les portes de la citadelle à coups de bélier; le palais en fut ébranlé jusque dans ses fondations et je crus entendre, parmi le fracas, la sourde lamentation du dieu qui fait trembler la terre. Nous allions périr parce que Troie l'avait offensé. Poséidon nous témoignait sa sympathie mais il mettait toute sa force au service des Grecs : le bois éclata, les gonds lâchèrent, la porte céda dans un bruit de tonnerre. Brandissant lances et épées, les Grecs envahirent la cour. Ils n'éprouvaient pas la moindre pitié pour notre pathétique défense. Ils en voulaient trop à Énée d'avoir été plus malin qu'eux.

L'homme qui les commandait était un géant vêtu d'une armure de bronze ornée d'or. De son énorme hache, il écarta les vieillards comme s'ils étaient des moucherons. Puis il se précipita dans la grande salle, suivi de ses hommes. Je fermai les yeux pour ne point voir ce massacre et priai la chaste Artémis de faire en sorte qu'ils me tuent. Mieux vaut la mort que le viol et l'esclavage. Mais la lumière pénétrait inexorablement sous mes paupières, les cris étouffés et les appels à la clémence me déchiraient les tympans. La vie est précieuse aux vieillards, ils en connaissent la valeur. Pourtant je ne perçus pas la voix de mon père. Il devait être mort aussi fièrement qu'il avait vécu.

J'entendis quelqu'un s'avancer d'un pas résolu et pesant, ouvris les yeux et me tournai vers la porte. Elle me parut bien petite quand un homme y surgit, hache au côté. Son visage, sous le casque de bronze au panache d'or, était maculé de boue. Sa bouche était cruelle ; les dieux qui l'avaient créé avaient négligé de lui donner des lèvres. Un homme dénué de lèvres ne saurait éprouver ni bienveillance ni pitié. Il me dévisagea un instant puis entra dans la pièce, tête baissée comme un chien qui flaire. Je me redressai et résolus, quoi qu'il pût me faire, de ne pousser ni cri ni gémissement. Je lui prouverais le courage des Dardaniens.

En une enjambée il fut près de moi, me saisit un poignet, puis l'autre, et m'éleva plus haut que terre.

— Assassin ! Égorgeur de vieillards et d'enfants ! Immonde brute ! criai-je, haletante, le martelant de coups de pied.

Il écrasa si fort mes poignets l'un contre l'autre que mes os craquèrent. Un hurlement naquit au fond de ma gorge, mais je le ravalai : *jamais* je ne lui ferais un tel plaisir ! Ses yeux étincelaient de colère. J'avais blessé ce qui lui restait d'humanité.

— Tiens ta langue, femme ! Sur les marchés d'esclaves, c'est à coups de fouet clouté qu'on te fera taire.

— Je louerai les dieux d'être défigurée !

— Ce serait pourtant fort dommage, répliqua-t-il, me posant à terre et libérant mes poignets.

Il m'empoigna alors par les cheveux, me forçant à le suivre tandis que je martelais de coups de pied et de coups de poing son armure.

— Laisse-moi marcher ! criai-je. Accorde-moi au moins la dignité de marcher ! Je refuse d'aller à l'esclavage en rampant et en pleurnichant !

Il s'arrêta net et se tourna pour contempler mon visage. Le sien trahissait un certain embarras.

— Tu as son courage, murmura-t-il. Tu ne lui ressembles pas, mais il y a un peu d'elle en toi... Tu penses donc que ton destin est d'être violée et réduite en esclavage ?

— A quoi d'autre peut s'attendre une prisonnière ?

Il me lâcha en souriant — ce qui le fit davantage ressembler aux autres hommes, car le sourire affine les lèvres. Je me tâtai la tête, me demandant s'il en avait arraché le cuir chevelu, puis marchai devant lui. Il tendit soudain la main et ses doigts se refermèrent sur mon poignet meurtri en une prise dont je n'avais nul espoir de me libérer.

— Tu as beau être digne, femme, je ne suis pas un sot. Tu ne m'échapperas point par simple négligence.

— Comme ton chef a laissé Énée s'échapper sur la colline ? raillai-je.

— Exactement, répondit-il impassible.

Il me fit traverser des pièces que je reconnaissais à peine. Les murs étaient éclaboussés de sang, les meubles déjà empilés et prêts à être emportés comme butin. Quand nous entrâmes dans la grande salle, il buta sur un tas de cadavres jetés les uns sur les autres sans le moindre respect pour leur âge ou leur rang. Je m'arrêtai pour chercher dans cet amas quelque signe me permettant d'identifier mon père. Mon ravisseur essaya de m'en éloigner mais je lui résistai.

— Mon père est peut-être là ! Laisse-moi chercher ! le suppliai-je.

— Lequel est-ce ? questionna-t-il d'un air indifférent.

— Si je le savais, je ne t'aurais rien demandé !

Il ne m'aida pas mais me laissa fouiller parmi les cadavres. Enfin, je reconnus le pied de mon père à sa sandale ornée de grenats, comme la plupart des vieillards, il avait gardé son armure et ôté ses bottes de combat. Mais le poids des corps m'empêchait de dégager le sien.

— Ajax ! cria mon ravisseur. Viens aider cette femme !

Affaiblie et éprouvée par l'émotion, j'attendis. Un autre géant, encore plus grand que mon ravisseur, approchait sans hâte.

— Pourquoi ne pas l'aider toi-même ? dit-il.

— Et la laisser filer ? Ajax ! Celle-ci a du caractère, je ne puis me fier à elle.

— Serais-tu amoureux, cousin ? Il est grand temps que tu t'éprennes de quelqu'un d'autre que Patrocle.

Sur ce il m'écarta comme une simple plume puis, sans lâcher sa hache, dégagea le corps de mon père. Il me fixait de ses yeux sans vie et sa barbe disparaissait au creux d'une entaille au travers de sa poitrine : un coup de hache.

— C'est le vieux qui m'a affronté. Honorable vieillard, il s'est battu comme un lion ! s'exclama Ajax d'un ton admiratif.

— Tel père, telle fille, répondit celui qui me tenait. Allons-y, me dit-il, je n'ai pas le temps de te laisser te lamenter.

Je me levai maladroitement et saluai mon père. Il valait mieux partir en sachant qu'il était mort plutôt que me demander chaque jour s'il avait survécu, espoir insensé. Ajax s'éloigna pour rassembler les survivants, bien qu'il doutât en trouver aucun.

Nous nous arrêtâmes à la porte de la cour et mon ravisseur ôta la ceinture d'un cadavre gisant sur les marches. Il attacha la lanière de cuir autour de mon poignet et fixa l'autre extrémité à son propre bras.

— Ainsi ce n'est pas toi qui as tué mon père...

— Si, c'est moi, répondit-il. Je suis celui qu'Énée a fui. Je suis donc responsable de toutes les morts.

— Comment t'appelles-tu ?

— Achille, répondit-il, tirant sur la ceinture et me forçant à courir pour le suivre.

Achille. J'aurais dû le savoir. Énée avait été le dernier à prononcer ce nom, mais cela faisait des années qu'il était sur toutes les lèvres.

Nous quittâmes Lyrnessos. Les Grecs entraient et sortaient par la porte principale, pillaient et violaient les femmes. Certains avaient des torches à la main, d'autres des outres à vin. Achille prétendit ne pas les avoir vus et ne prit pas la peine de les réprimander. En haut de la route, je me retournai pour contempler la vallée de Lyrnessos.

— Tu as brûlé ma demeure. J'y ai vécu vingt ans, et j'espérais y rester jusqu'à ce qu'on décide de mon mariage. Jamais je n'ai songé qu'une telle chose pût arriver.

— Les hasards de la guerre, femme, dit-il en haussant les épaules.

Je désignai du doigt les minuscules silhouettes des soldats en train de piller.

— Ne peux-tu les empêcher d'agir comme des bêtes ? Tout cela est-il vraiment nécessaire ? J'ai entendu les hurlements des femmes, j'ai tout vu !

— Que sais-tu donc des Grecs, de leurs sentiments ? Je comprends ta haine, mais ces hommes haïssent Troie et ses alliés plus encore ! Priam leur a valu dix ans d'exil et ils prennent plaisir à les lui faire payer. Je ne pourrais les arrêter même si j'essayais. Et franchement, femme, je n'en ai nulle envie.

— Cela fait des années que j'entends ces histoires et pourtant j'ignorais ce qu'est vraiment la guerre, murmurai-je.

— A présent tu le sais.

Son camp était à une lieue de là ; lorsque nous y arrivâmes, il héla un officier d'intendance.

— Polidès, voici la prise que je me réserve. Prends la ceinture et attache-la à une enclume jusqu'à ce que tu puisses fabriquer de meilleures chaînes. Ne la quitte pas un instant, même si elle exige d'être seule pour se soulager. Une fois enchaînée, conduis-la en un lieu où elle aura tout le nécessaire, de la nourriture, un bon lit, sans oublier un vase pour ses besoins. Pars dès demain pour Andramyttios et confie-la à Phénix. Dis-lui bien qu'on ne peut lui faire confiance, qu'il ait toujours un œil sur elle. Adieu, femme, ajouta-t-il en me pinçant la joue.

Polidès trouva des chaînes légères pour mes chevilles, rembourra celles des poignets et m'emmena sur la côte à dos d'âne. Là, il me remit à Phénix, un noble vieillard qui se tenait très droit, au regard bleu et à la démarche chaloupée typique des marins. Quand il vit mes fers, il fit claquer sa langue, mais n'essaya pas de me les enlever une fois qu'il m'eût installée à bord du navire amiral. Il me pria aimablement de m'asseoir. J'insistai pour rester debout.

— Je suis désolé pour les chaînes, dit-il l'air chagriné. Pauvre Achille...

Ainsi son chagrin allait-il uniquement à Achille! Je n'appréciai guère que le vieil homme eût une si piètre opinion de ma personne.

— Cet Achille sait mieux que toi ce dont je suis capable! Laisse donc un poignard à portée de ma main! Alors tu verras! Plutôt mourir que de rester captive!

Sa tristesse fit place au rire.

— Oh, oh! N'y compte pas trop, femme. Ce qu'Achille a lié, jamais Phénix ne le déliera.

— Sa parole fait-elle loi?

— Oui. Il est le prince des Myrmidons.

— Prince des fourmis! Comme cela lui va bien!

Il se contenta de rire et m'avança une chaise. Je la contemplai avec dédain, pourtant le trajet à dos d'âne m'avait brisé les reins et mes jambes tremblaient, car j'avais refusé le boire et le manger depuis que j'étais prisonnière. Phénix, d'une main ferme, me força à m'asseoir puis déboucha une cruche de vin.

— Bois donc, femme. Tu auras besoin de forces si tu veux continuer à nous défier. Ne sois pas sotte.

Conseil plein de bon sens, et que je me hâtai de suivre. Mais le vin me monta à la tête et je fus incapable de lutter plus longtemps. Je portai les mains à mon front et m'endormis sur la chaise. Je ne m'éveillai que beaucoup plus tard. On m'avait couchée, enchaînée à une poutre.

Le lendemain, on me conduisit sur le pont. On attacha mes chaînes au bastingage pour que je pusse profiter du pâle soleil d'hiver et observer les allées et venues sur la plage. Quand quatre navires apparurent à l'horizon, je remarquai beaucoup d'agitation parmi les hommes. Soudain Phénix apparut, me détacha et m'entraîna non pas dans ma prison précédente, mais sur l'arrière-pont, dans un abri qui empestait le cheval. Là, il m'attacha à un barreau.

— Qu'est-ce donc ? demandai-je, curieuse.

— Agamemnon, le roi des rois, arrive, dit Phénix.

— Pourquoi me cacher ici ? Suis-je donc si insignifiante qu'on m'interdise de rencontrer le roi des rois ?

— N'est-il point de miroir en Dardanie, femme ? soupira-t-il. Il suffirait d'un regard pour qu'Agamemnon t'enlève à Achille.

— Je pourrais crier, répliquai-je, l'air songeur.

Il me dévisagea comme si j'étais devenue folle.

— A quoi bon changer de maître ? Tu le regretterais, crois-moi !

Il m'avait convaincue. Quand j'entendis parler près des écuries, je me dissimulai derrière une mangeoire. J'écoutais les sons purs et cadencés de la vraie langue grecque — ainsi que la puissance et l'autorité qui émanaient de l'une des voix.

— Achille n'est-il déjà de retour ? questionna la voix d'un ton impérieux.

— Non, seigneur, mais il devrait arriver avant la tombée de la nuit. Il lui a fallu surveiller le pillage. Un superbe butin. Les chars en ont été remplis.

— Parfait ! Je vais l'attendre dans sa cabine.

— Mieux vaut l'attendre dans une tente sur la plage, seigneur. Tu connais Achille. Il n'attache au confort nulle importance.

— Sans doute as-tu raison, Phénix.

Ils s'éloignèrent et je pus sortir de ma cachette. Cette voix fière et glaciale m'avait terrifiée. Achille aussi était un monstre, mais un monstre que l'on connaît est préférable à tout autre, à ce que disait ma nourrice.

Nul ne m'approcha de tout l'après-midi. Assise sur le lit d'Achille, j'examinai la cabine exiguë avec curiosité et n'y remarquai que deux objets de valeur : une ravissante fourrure blanche étendue sur le lit et une magnifique coupe d'or, à quatre anses surmontées d'un cheval au galop, gravée sur le pourtour de l'image du Père céleste sur son trône.

Soudain je sombrai dans un abîme de tristesse, sans doute parce que, pour la première fois depuis qu'on m'avait capturée, je n'étais point distraite par l'imminence du danger. J'étais assise là tandis que le cadavre de mon père gisait sur le tas d'ordures de Lyrnessos, prêt à être dévoré par les chiens de la cité. C'était le sort réservé aux nobles tués au combat. Je fondis en larmes et me jetai sur la couverture. Je n'entendis pas la porte s'ouvrir. Une main se posa sur mon épaule. Mon cœur battait à tout rompre. J'étais persuadée d'avoir été découverte par Agamemnon et n'avais plus envie de défier quiconque.

— J'appartiens à Achille! criai-je à travers mes larmes.

— Je le sais. Qui est entré, d'après toi?

— Le grand roi de Grèce.

— Agamemnon?

J'acquiesçai d'un signe de tête.

Achille se dirigea vers un coffre, l'ouvrit, fouilla à l'intérieur et me jeta un morceau de tissu.

— Prends, mouche-toi et essuie-toi le visage.

J'obtempérai. Il revint à côté de moi et regarda la couverture, l'air préoccupé.

— J'espère que tes larmes ne laisseront pas de traces. C'était un cadeau de ma mère. Phénix n'a-t-il donc pas trouvé moyen de te préparer un bain et de te donner une tunique propre?

— Si, mais j'ai refusé.

— A moi tu ne refuseras pas. On emploiera la force pour t'y contraindre, s'il le faut. As-tu bien compris?

— Oui.

— Bon. Comment t'appelles-tu?

— Briséis.

— Briséis. « Qui toujours gagne. » Ne serait-ce pas une invention de ta part?

— Mon père s'appelait Brisès. Il était cousin du roi Anchise. Son frère, Chrysis, était grand prêtre d'Apollon. Nous sommes de sang royal.

Le soir, un officier myrmidon entra et me conduisit jusqu'au bastingage. Une échelle de corde y était accrochée. Il me fit comprendre que je devais descendre, me précédant par courtoisie pour ne pas regarder sous ma tunique.

Une grande tente en cuir avait été dressée sur la plage. Le Myrmidon m'introduisit dans une pièce où étaient regroupées les captives de Lyrnessos. J'étais seule à porter des chaînes. Elles me dévisagèrent toutes alors que je cherchais un visage familier. Enfin, j'aperçus dans un coin une magnifique chevelure dorée. Ça ne pouvait être que ma cousine, Chryséis. Je la rejoignis, suivie de mon garde. Elle se jeta dans mes bras, en pleurs.

— Que fais-tu ici ? lui dis-je. Tu es la fille du grand prêtre d'Apollon, on ne peut te violer.

Elle hurla. Je la secouai.

— Arrête de pleurer ! Mais cesse donc !

— Ils m'ont prise quand même, Briséis, finit-elle par répondre.

— C'est un sacrilège.

— Ils prétendent que non. Mon père a revêtu une armure et s'est battu. Ils l'ont donc considéré comme un guerrier et m'ont prise.

— *Prise ?* Ils t'ont déjà violée ? demandai-je, ahurie.

— Non. Selon les esclaves qui m'ont habillée, seules les femmes du peuple sont données aux soldats. On réserve un sort particulier à celles qui se trouvent dans cette salle. Mais, Briséis, tu es enchaînée !

— Au moins on sait quelle est ma condition. Avec ça, nul ne saurait me prendre pour une putain.

— Oh, Briséis ! s'exclama-t-elle, choquée. (Je la choquais depuis notre plus tendre enfance.) Et oncle Brisès ?

— Mort, comme les autres.

— Tu ne le pleures donc pas ?

— Je le pleure en ce moment même ! répliquai-je. Cependant, j'ai appris des Grecs qu'une prisonnière doit garder son calme.

— Que faisons-nous ici ? questionna Chryséis.

— Dis-moi, que faisons-nous ici ? demandai-je au garde.

— Le grand roi de Mycènes est l'hôte d'honneur de la deuxième armée. On partage le butin. Les femmes qui sont ici doivent être réparties entre les rois.

L'attente nous parut interminable. Trop fatiguées pour parler, Chryséis et moi étions assises par terre. De temps à autre un garde entrait et emmenait un petit groupe de femmes. Toutes étaient fort belles. Puis il n'y eut plus que nous deux.

Le garde nous jeta un voile sur la tête avant de nous conduire dans la pièce voisine. A travers le tissu j'entrevis une lumière éclatante qui provenait d'innombrables lampes, un dais et une foule d'hommes. On nous mena devant une longue estrade sur laquelle était dressée la table d'honneur.

Une vingtaine d'hommes étaient assis d'un côté, face aux convives. Au milieu, sur une chaise à haut dossier, trônait un homme qui ressemblait à Zeus tel que je l'avais toujours imaginé : un front noble, des sourcils sévères, des cheveux gris foncé, bouclés, qui retombaient sur des vêtements chatoyants et une grande barbe entrelacée de fils d'or. Il nous dévisageait tout en se caressant la moustache. C'était Agamemnon, le grand roi de Mycènes et de Grèce, le roi des rois.

Je détournai les yeux pour examiner ses compagnons. Achille était à sa gauche, mais j'eus peine à le reconnaître — je l'avais jusqu'à présent toujours vu en armure. Un collier d'or massif et de pierres précieuses tombait sur sa poitrine nue, des bracelets étincelaient à ses bras, ses doigts étaient ornés de bagues et des pendentifs en or se balançaient à ses oreilles. Il était rasé de près et ses cheveux dorés étaient rejetés en arrière. J'étais confuse et troublée.

A côté de lui se trouvait un homme très grand et de noble maintien. Des boucles rousses lui retombaient sur le front, sa peau blanche paraissait satinée. Sous ses sourcils d'un noir de jais brillaient des yeux gris, au regard perçant, les plus extraordinaires que j'aie jamais vus. Sa poitrine était couverte de profondes cicatrices.

A la droite d'Agamemnon se trouvait un autre homme roux, à l'air bien moins noble. Quand il leva sa coupe, je vis trembler sa main. Son voisin était un vieillard d'allure royale, grand, le buste droit, la barbe argentée, de grands yeux bleus. Il était vêtu très simplement, mais ses doigts disparaissaient sous les bagues. Ajax, le géant, trônait à ses côtés. Il me fallut faire un effort pour reconnaître en lui l'homme qui avait dégagé le cadavre de mon père.

Le garde poussa Chryséis en avant et lui arracha son voile. Mon cœur palpita. Elle était fort belle, vêtue ainsi de vêtements si différents des longues robes droites que portent les femmes à Lyrnessos ! De toute évidence les Grecques s'habillaient comme des putains. Rouge de honte, Chryséis couvrait sa poitrine nue de ses mains, jusqu'à ce que le garde lui donne une claque pour qu'elle les enlève afin que les hommes silencieux puissent admirer le galbe parfait de ses seins et sa taille de guêpe. Dès lors Agamemnon ne fut plus Zeus mais Pan. Il se tourna vers Achille.

— Par Kubaba, elle est vraiment exquise !

— Nous sommes heureux qu'elle te plaise, seigneur, dit Achille en souriant. Elle est à toi. Elle se nomme Chryséis.

— Viens ici, Chryséis. Regarde-moi donc ! N'aie crainte, ma fille, je ne vais pas te faire de mal !

Il sourit et lui caressa le bras sans paraître remarquer qu'elle avait tressailli.

— Menez-la tout de suite à mon navire.

Ce fut alors mon tour. Le garde ôta mon voile. J'apparus dans cette tenue indécente mais me redressai autant que je pus, les bras le long du corps et le visage sans expression. Je forçai le roi à détourner son regard concupiscent. Achille ne disait mot. Je remuai un peu les jambes pour faire tinter mes fers.

— Elle est enchaînée? Qui a donné cet ordre? demanda Agamemnon en levant les sourcils.

— Moi, seigneur, je n'ai aucune confiance en elle.

— Vraiment?

Ce simple mot semblait en dire beaucoup plus long.

— Et à qui appartient-elle donc? poursuivit le grand roi.

— Elle est à moi. Je l'ai capturée moi-même, dit Achille.

— Tu aurais dû me laisser le choix entre les deux filles, protesta Agamemnon, mécontent.

— Je te l'ai dit à l'instant, seigneur. Je l'ai capturée, elle est donc mienne de plein droit. De plus, je n'ai aucune confiance en elle. Notre monde grec peut fort bien survivre sans moi, mais non sans toi. Et je suis convaincu que cette fille est dangereuse.

— Hum! fit le roi, pas véritablement convaincu. Je n'ai jamais vu de tels cheveux, roux aux reflets d'or, ni des yeux d'un bleu aussi lumineux. Elle est plus belle qu'Hélène, ajouta-t-il en soupirant.

L'homme nerveux à la droite du grand roi, le roux, donna un coup de poing si violent sur la table qu'il fit tressauter les coupes.

— Hélène est sans pareille! s'exclama-t-il.

— Oui, mon frère, nous le savons, dit Agamemnon avec douceur. Calme-toi.

Achille fit un signe à son officier myrmidon.

— Emmène-la.

Assise sur une chaise, je l'attendis longtemps dans sa cabine, les paupières lourdes. Je n'osai m'endormir; une femme est plus vulnérable encore quand elle dort.

Enfin Achille entra. Je somnolais malgré ma résolution et tressaillis, apeurée et me tordant les mains. Le moment fatal était arrivé mais Achille ne semblait pas dévoré de désir. Il ne me prêta aucune attention, alla jusqu'à son coffre, l'ouvrit, puis ôta son collier, ses bagues, ses bracelets, sa ceinture ornée de pierres précieuses. Il garda son pagne.

— J'ai toujours hâte de me débarrasser de tous ces colifichets, dit-il en me regardant.

Je lui rendis son regard, désorientée. Comment donc commençait un viol ?

La porte s'ouvrit et un homme plus petit qu'Achille entra. Il m'examina avec appréhension.

— Patrocle, voici Briséis.

— Agamemnon avait raison. Elle est plus belle qu'Hélène. Je m'en vais. Je venais simplement voir si tu avais besoin de quelque chose.

Il lança à Achille un regard entendu mais empli d'angoisse.

— Attends à l'extérieur. Je n'en ai pas pour long-temps.

— C'est mon amant, dit Achille quand il fut parti.

— Je l'avais deviné.

Il s'assit sur le bord du lit étroit en poussant un soupir de lassitude et m'invita à me rasseoir. Je le fixai pendant qu'il me regardait, apparemment déta-ché. Il ne me désirait nullement. Pourquoi avait-il tant tenu à ce que je fusse sienne ?

— A ce que je vois, tu connais la vie. Je croyais que les femmes de Lyrnessos étaient plus surveil-lées...

— Ce que nous ne comprenons pas, c'est une mode comme celle-ci, dis-je en touchant mes seins nus. Les viols doivent être monnaie courante en Grèce.

— Pas plus qu'ailleurs. Toute chose perd de son attrait quand elle se généralise.

— Que vas-tu faire de moi, prince Achille ?

— Je l'ignore encore.

— Je n'ai pas un caractère facile.

— Je le sais. Ta question était cependant excel-lente. Que faire de toi ? Sais-tu jouer de la lyre ou chanter ?

— Les deux, et très bien.

— Alors je te garderai pour que tu joues et chantes pour moi. Assieds-toi par terre, cria-t-il soudain.

Je m'assis. Il releva ma tunique sur les cuisses,

puis quitta la pièce. Il revint avec un marteau et un ciseau puis, en un instant, me libéra de mes chaînes.

— Va te coucher, ordonna-t-il avant de me quitter.

Je me glissai dans le lit et remerciai Artémis. La déesse vierge m'avait exaucée. L'homme qui m'avait prise comme butin ne s'intéressait pas aux femmes. Je ne courais aucun danger. Pourquoi alors étais-je triste à ce point?

Au matin, les Grecs mirent à flot le navire amiral. Marins et soldats parcouraient le pont en hâte, riaient, juraient. De toute évidence ils étaient heureux de quitter Andramyttios noircie par les flammes. Peut-être entendaient-ils des milliers d'âmes innocentes les accabler de reproches.

Patrocle, l'homme au cœur tendre, monta jusqu'au gaillard d'avant, où je me trouvais.

— Te portes-tu bien, ce matin?

— Très bien, merci.

Je m'écartai, mais il resta avec moi, apparemment heureux de ma compagnie.

— Avec le temps, tu te feras à la condition de captive.

— On ne peut concevoir remarque plus stupide. Pourrais-tu t'y faire si on t'obligeait à vivre auprès du responsable de la mort de ton père et de la destruction de ton foyer?

— Probablement pas, répondit-il en rougissant, mais c'est la guerre et tu es une femme.

— La guerre, rétorquai-je d'un ton amer, les hommes la font et les femmes en sont les victimes, tout comme elles sont victimes des hommes.

— On faisait déjà la guerre quand les femmes régnaient sous l'empire de la Mère, répliqua-t-il, amusé. Les grandes reines étaient aussi avares et aussi ambitieuses que n'importe quel grand roi. La guerre est sans rapport avec le sexe. Elle est l'apanage de la race humaine.

Comme il n'y avait rien à répondre à cela, je changeai de sujet.

— Pourquoi, toi qui es si tendre, aimes-tu un

homme aussi dur et aussi cruel qu'Achille ? demandai-je.

— Mais il n'est ni dur ni cruel ! s'exclama-t-il, surpris.

— Je ne puis te croire.

— Achille n'est pas ce dont il a l'air.

— Quel homme est-ce donc ?

— Tu devras le découvrir par toi-même, Briséis.

— Est-il marié ?

— Oui, à la fille unique du roi Lycomède de Scyros. Il a un fils de seize ans, Néoptolème. De plus, en tant que fils unique de Pélée, il héritera du royaume de Thessalie.

— Tout cela ne change pas l'opinion que j'ai de lui.

A ma grande surprise, Patrocle me prit la main et la baisa. Puis il s'en fut.

Je restai à la poupe tant que je pus apercevoir une bande de terre à l'horizon. Jamais je ne pourrais rentrer chez moi. Mon destin était inéluctable. J'allais être musicienne, moi qui avais espéré être l'épouse d'un roi, moi qui sans l'arrivée des Grecs le serais déjà...

L'eau s'engouffrait en sifflant sous la coque, les rames faisaient écumer les vagues, dont le bruit régulier et apaisant résonnait dans ma tête. Il me fallut du temps pour avoir pleinement conscience de la décision que j'avais prise. La rambarde n'était pas haute, je l'enjambai, prête à sauter.

Quelqu'un me jeta avec force sur le pont. C'était Patrocle.

— Laisse-moi sauter ! Fais comme si tu ne m'avais pas vue !

— Jamais plus ! dit-il, encore pâle de frayeur.

— Patrocle, je ne suis rien, je ne compte pour personne ! Laisse-moi sauter ! Lâche-moi !

— Jamais plus ! Ta mort l'affecterait, crois-moi.

Que de mystères. *Jamais plus ?*

Il nous fallut sept jours pour arriver à Assos. La plupart du temps je restais seule, dans une petite pièce isolée par un rideau sur l'arrière-pont. Toutes les fois que j'en sortais, Patrocle se précipitait à mes côtés. Achille ne se manifesta pas et je finis par apprendre qu'il se trouvait à bord du navire d'un certain Automédon.

Nous abordâmes le matin du huitième jour. Je m'enveloppai dans mon manteau pour me protéger du vent et regardai les marins, fascinée, car je n'avais jamais rien vu de tel. Dès que l'échelle fut déroulée, je descendis sur les galets. Quand Achille passa à quelques coudées de moi, je relevai la tête, prête à affronter l'ennemi, mais il ne me remarqua même pas.

Alors arriva sa gouvernante, une vieille femme enjouée du nom de Laodicé, qui me conduisit chez Achille.

— Tu bénéficies d'un traitement de faveur, ma colombe, murmura-t-elle d'une voix mélodieuse. Tu vas avoir une chambre pour toi toute seule dans la maison du maître, ce qui n'est ni mon cas, ni celui des autres esclaves.

— Il a pourtant des centaines de femmes !

— Oui, mais elles ne vivent pas avec lui.

— C'est parce qu'il vit avec Patrocle.

— Autrefois, oui, jusqu'à ce qu'ils deviennent amants. Puis, quelques lunes plus tard, Achille lui a fait bâtir une maison.

— Pourquoi donc ? C'est absurde.

— Oh, pas du tout, quand on connaît le maître ! Il tient beaucoup à son indépendance.

Je ne le connaissais peut-être pas encore, mais j'en apprenais davantage de jour en jour. Tous les éléments étaient là, devant moi, il ne me restait plus qu'à les assembler.

Cela m'occupa tout l'hiver. Achille ne tenait pas en place, il dînait souvent à l'extérieur et dormait parfois hors de chez lui, sans doute avec Patrocle qui, le pauvre, semblait plus attristé que réjoui par cet amour. Les autres femmes s'étaient préparées à me haïr, parce que j'habitais chez le maître et pas elles.

Mais je sais m'y prendre avec les femmes et nous fûmes bientôt en très bons termes. Elles me rapportaient tous les commérages concernant Achille.

De temps à autre il était malade, tombant peu à peu sous l'emprise d'une sorte de sortilège (c'est le terme qu'il employait); il pouvait alors être étrangement renfermé. Sa mère, une déesse, était une néréide du nom de Thétis qui, en un clin d'œil, pouvait prendre toutes sortes d'apparences — seiche, baleine, crabe, étoile de mer, oursin, requin même. L'arrière-grand-père d'Achille était Zeus lui-même. Il avait été éduqué par un Centaure, créature fabuleuse qui avait la tête, les bras et le torse d'un homme et le reste du corps semblable à celui d'un cheval. Le géant Ajax était son cousin et il l'aimait énormément. Il vivait pour le combat et non pour l'amour. Non, elle ne pensait pas qu'il était attiré par les hommes, à l'exclusion de Patrocle. Mais il n'était pas non plus attiré par les femmes.

Parfois il me demandait de chanter en m'accompagnant à la lyre, ce dont je lui savais gré, car ma vie était terne. Il restait alors assis, perdu dans ses pensées, n'écoutant qu'à demi. Aucune lueur de désir dans son regard, jamais. Je ne parvenais toujours pas à découvrir ce que Patrocle avait voulu dire, le jour où j'avais essayé de me jeter dans la mer. *Jamais plus!* Que s'était-il passé pour qu'Achille fût devenu si indifférent?

Je constatai amèrement que, peu à peu, Lyrnessos et mon père n'occupaient plus la première place dans mes pensées; je m'intéressai davantage aux événements d'Assos qu'à ce qui s'était passé en Dardanie. A trois reprises, Achille dîna seul chez lui et, en ces occasions, il ordonna que ce fût moi qui le servît, nulle autre femme ne devant être présente. Laodicé me pomponnait alors sottement et me parfumait, persuadée que j'allais enfin être à lui mais, toutes les fois, il ne dit ni ne fit quoi que ce fût.

A la fin de l'hiver, nous allâmes à Troie. Avant la guerre, Lyrnessos vivait sous le joug de Troie la toute-puissante, centre de notre monde, ce qui déplaisait fort au roi Anchise et à Énée. Je la voyais pourtant pour la première fois. Le vent balayait inlassablement la plaine, en chassant la neige. Les tours et les pinacles couronnés de givre étincelaient au soleil. La citadelle ressemblait à un palais de l'Olympe — majestueux, froid et distant. Là vivait Énée avec son père, sa femme et son fils.

J'étais fort malheureuse de me trouver à Troie. J'avais tendance à avoir des moments de dépression et des crises de larmes, mon humeur était instable. J'ignorais pourquoi.

C'était la dixième année de guerre, les oracles annonçaient qu'enfin elle allait se terminer. Je savais qu'alors Achille m'emmènerait à Iolcos. Était-ce pour cela que j'étais à ce point irritable ? Ou redoutais-je d'être revendue comme musicienne ? Rien d'autre en moi que mon talent de musicienne ne semblait lui plaire.

Au début du printemps, les Troyens se mirent à sortir de la cité au cours de raids ; il fallait trouver de la nourriture pour augmenter les réserves. Achille et Ajax rôdaient en attendant Hector. Achille en particulier mourait d'envie de l'affronter en combat singulier ; il était rongé par le désir de tuer l'héritier du trône de Troie, me racontaient les autres femmes. Nuit et jour des voix d'hommes résonnaient dans la maison. J'en vins à connaître tous les chefs par leur nom.

Avec le printemps arrivèrent de violents orages, les parfums se firent entêtants, des myriades de petites fleurs blanches parsemaient la plaine et les eaux de l'Hellespont devinrent plus bleues encore. Des escarmouches se produisaient presque tous les jours. Achille guettait Hector sans relâche. Cependant la malchance le talonnait. Ni lui ni Ajax ne parvenaient jamais à rencontrer l'héritier insaisissable.

De l'avis de Laodicé, ma haute naissance m'interdisait les travaux domestiques, mais je m'y consacrais avec ardeur dès qu'elle avait le dos tourné. Je préférais travailler plutôt que broder tout le jour.

Une des histoires les plus curieuses qu'on me rapporta sur Achille concernait la façon dont il avait fini par prendre Patrocle pour amant, alors qu'ils avaient été amis pendant tant d'années sans jamais goûter aux plaisirs de la chair. Selon Laodicé, le changement s'était produit un jour où Thétis l'avait envoûté. A ces moments-là, expliqua-t-elle, notre maître était particulièrement influençable et Patrocle avait saisi l'occasion. L'explication me parut trop banale, d'autre part je n'avais rien vu en Patrocle qui laissât soupçonner un tel manque de scrupules. Mais les voies de la déesse de l'amour sont singulières : qui aurait prévu que moi aussi je connaîtrais les effets du sortilège ?

Cela se passa un jour où je m'étais éclipsée pour accomplir mon travail préféré : astiquer son armure. Achille entra dans la pièce. Il marchait plus lentement que de coutume et ne me remarqua pas, bien que je fusse tout à fait visible, le chiffon à la main et déjà prête à m'excuser. Il ôta son casque, le jeta à terre, se prit la tête dans les mains comme si elle lui faisait mal. Puis il défit avec peine les attaches de sa cuirasse et parvint à s'en débarrasser. Effrayée, je me mis à trembler. Où était donc Patrocle ?

Vêtu de la tunique matelassée qu'il portait sous l'armure, il se dirigea en trébuchant vers un siège, son visage sans expression tourné vers moi. Mais au lieu de se laisser tomber dans le fauteuil, il s'affala sur le sol et se mit à baver. Ses yeux se révulsèrent, son corps se raidit, puis il fut pris de convulsions. Sa bouche s'emplit d'écume, son visage devint presque noir. Lorsqu'il se calma enfin je m'agenouillai à ses côtés.

— Achille ! Achille !

Il ne m'entendait pas ; il gisait à terre, agitant les bras en tous sens. Puis il prit ma tête entre ses mains et la berça doucement.

— Mère, ô mère, laisse-moi en paix !

Il articulait si mal et sa voix était si différente que j'eus de la peine à la reconnaître. Je me mis à pleurer.

— Achille, c'est moi! Briséis!

— Pourquoi me tourmentes-tu? demanda-t-il, mais ce n'était pas à moi qu'il adressait cette question. Pourquoi te faut-il sans cesse me rappeler que je vais mourir? J'ai déjà assez de chagrin. Iphigénie ne t'a donc point suffi? Laisse-moi en paix!

Là-dessus, il ne se rendit plus compte de rien. Je quittai précipitamment la pièce pour aller chercher Laodicé.

— Le bain du maître est-il prêt? demandai-je dans un souffle.

Elle prit mon angoisse pour l'attente du plaisir et gloussa.

— Il serait temps! Bien sûr qu'il est prêt. Hi! hi! Tu peux le lui donner, d'ailleurs, je suis occupée.

Je lui donnai son bain, mais il ne se rendit même pas compte que c'était moi et non Laodicé. Je pus le contempler à loisir. Comme il était beau! Comme je le désirais! Il y avait de la buée dans la pièce, ma longue tunique dardanienne me collait à la peau, je transpirais et me reprochais ma stupidité. Pareille à toutes les autres femmes, Briséis s'était éprise de lui. Éprise d'un homme qui n'était attiré ni par les hommes, ni par les femmes, un homme qui n'avait qu'un but dans la vie : se battre jusqu'à la mort.

Je trempai un linge dans l'eau froide, l'essorai et le lui passai sur le visage. Il sembla reprendre conscience de la réalité et mit la main sur mon épaule.

— Laodicé? demanda-t-il.

— Oui. Viens, maître, ton lit est ici. Prends ma main.

Il la serra. Il avait reconnu ma voix. Je lui jetai un rapide coup d'œil. Il me souriait. Ce sourire qui lui faisait une bouche presque normale était d'une douceur inattendue.

— Merci, dit-il.

— Ce n'est rien, répondis-je, incapable d'entendre le son de ma propre voix tant mon cœur battait fort.

— Depuis combien de temps es-tu présente ?

— Depuis le début, répondis-je, me refusant à lui mentir.

— Tu as tout vu, en ce cas.

— Oui.

— Il n'y a plus de secrets entre nous.

— Nous *partageons* un secret.

Soudain je fus dans ses bras. Comment, je l'ignore. Il ne m'embrassa pas, mais m'expliqua ensuite que, n'ayant pas de lèvres, les baisers ne lui donnaient guère de plaisir. Mais le corps lui en donnait, le sien comme le mien ! Il n'était pas une seule partie de mon être que ses mains ne parvinrent à faire vibrer comme la corde d'une lyre. Moi qui, depuis si longtemps, brûlais de désir sans le savoir, connus enfin la puissance de la déesse. Nous n'étions pas séparés, mais nous ne brûlions pas d'un même feu. Durant un bref moment, je sentis la déesse en lui et en moi.

Il m'aimait, m'avoua-t-il ensuite. Il m'aimait depuis le début. Car, même si j'étais très différente, il avait vu en moi une autre Iphigénie. Alors il me raconta la terrible histoire, apaisé pour la première fois, j'imagine, depuis qu'elle était morte.

Je me demandai comment j'aurais le courage d'affronter Patrocle qui, dans la pureté de son amour, avait essayé de le guérir mais avait échoué. L'énigme était maintenant résolue.

20

Récit d'Énée

J'arrivai à Troie avec mille chars et quinze mille fantassins. Priam, malgré son antipathie à mon égard, me fit tous les honneurs possibles, donna l'accolade à mon pauvre vieux père dément et accueillit chaleureusement Créüse, ma femme (sa propre fille, que lui avait donnée Hécube). Quand il vit notre fils, Ascagne, son visage rayonna de joie et aussitôt il le compara à Hector, ce qui me ravit.

On logea mes troupes dans la cité et ma famille et moi dans un petit palais à l'intérieur de la citadelle. J'avais très bien fait d'attendre pour aller au secours de Priam. Il était maintenant si anxieux de se débarrasser du monstre qui affamait Troie qu'il était prêt à considérer la Dardanie comme un cadeau des dieux.

La cité avait changé. Les rues étaient plus grises et moins bien entretenues que jadis ; elle ne respirait plus la richesse et la puissance comme autrefois. Heureux de me voir, Anténor m'assura qu'une grande partie de l'or troyen avait servi à acheter des mercenaires hittites et assyriens, mais aucun n'était venu — et l'or ne fut pas rendu.

Pendant l'hiver entre la neuvième et la dixième année du conflit, nos alliés de la côte nous envoyèrent des messagers pour nous promettre toute l'aide possible. Nous espérions que cette fois ils viendraient. La côte était ravagée d'un bout à l'autre, il n'y avait plus rien à défendre et les colons grecs affluaient. Le seul espoir qui restait à l'Asie Mineure était de s'allier à Troie pour combattre les Grecs. La victoire permettrait à chacun de rentrer chez soi et chasserait les envahisseurs.

Penthésilée, la reine des Amazones, promit dix mille cavalières. On attendait Memnon, le frère de Priam, ainsi que cinq mille fantassins hittites et cinq cents chars. Nous avions déjà quarante mille soldats troyens ; si nos alliés tenaient parole, nous surpasserions largement les Grecs en nombre au début de l'été.

Sarpédon et Glaucos furent les premiers à arriver. Leur armée était bien équipée mais, en la regardant, je pris la mesure des destructions qu'Achille avait opérées sur la côte. Sarpédon avait dû recruter des jeunes gens inexpérimentés et des hommes d'un certain âge, des paysans mal dégrossis et des bergers des montagnes qui ignoraient tout de la guerre. Fort heureusement ils étaient enthousiastes et Sarpédon n'avait rien d'un sot. Il saurait en faire des soldats. Je discutai de la question avec Hector.

— Énée, nous pouvons vaincre, déclara Hector.

— Cela fait cent mille hommes... Combien de Grecs crois-tu qu'il y ait dans le camp opposé ? demandai-je.

— On aurait peine à faire le compte si quelques esclaves ne s'étaient échappés. Il y en a un que j'aime beaucoup, un Égyptien de naissance, Démétrios. Grâce à lui et à quelques autres, j'ai appris qu'Agamemnon n'a plus que cinquante mille hommes. Et il ne possède que mille chars de guerre.

— Cinquante mille hommes seulement ? Cela paraît impossible.

— Pas vraiment. Ils n'étaient que quatre-vingt mille à leur arrivée. Selon Démétrios, dix mille d'entre eux sont devenus trop âgés pour porter les armes et Agamemnon n'en a pas fait venir d'autres de Grèce — il a préféré peupler de colons ses nouveaux territoires. Cinq mille soldats sont morts à la suite d'une épidémie, il y a deux ans. Dix mille hommes de la deuxième armée ont été tués ou sont à présent invalides et cinq mille autres sont repartis en Grèce, victimes du mal du pays. Voilà pourquoi j'estime qu'ils sont cinquante mille, Énée.

— En ce cas, dis-je, nous devrions pouvoir les réduire en poussière.

— Voilà qui est parler ! s'exclama Hector, enthousiaste. Me soutiendras-tu quand je demanderai à père de mener notre armée dans la plaine ?

— Mais ni les Hittites ni les Amazones ne sont encore arrivés.

— Nous n'en aurons pas besoin.

— Les Grecs sont bien plus aguerris que nous. Et leurs troupes bénéficient d'excellents chefs.

— Nous manquons d'expérience, je l'admets, mais je ne suis pas d'accord avec toi sur les chefs. Nous pouvons compter sur un bon nombre de valeureux guerriers — toi, par exemple. Et il y a Sarpédon, fils de Zeus. Ses troupes le vénèrent. Enfin il y a Hector, ajouta-t-il, quelque peu embarrassé.

— C'est différent, dis-je. Que représente Hector pour les Dardaniens ou Énée pour les Troyens ? Et qui hors de la Lycie connaît le nom de Sarpédon, fils de Zeus ou non ? Les Grecs, eux, sont célèbres. Songe à Agamemnon, Idoménée, Nestor, Achille, Ajax, Teucer, Diomède, Ulysse, Mérione et bien d'autres encore ! Même leur chirurgien, Machaon, est un brillant soldat. Et tous les soldats grecs connaissent ces noms. Ils pourraient te préciser ce que tel ou tel chef aime manger, ou quelle est sa couleur préférée. Non, Hector, les Grecs forment une nation qui combat sous les ordres du roi des rois, Agamemnon, alors que nous sommes divisés en factions rivales, jalouses les unes des autres.

— Tu n'as que trop raison, soupira Hector après m'avoir longtemps regardé. Mais, une fois au cœur de la bataille, notre armée polyglotte n'aura plus qu'un seul but : chasser les Grecs d'Asie Mineure. Ils ne se battent que par appât du gain tandis que nous luttons pour survivre !

— Hector, tu es un incurable idéaliste! Quand une lance te menace, te demandes-tu si l'adversaire en veut à ta fortune? Les Grecs, tout comme nous au milieu d'un combat, se battent pour survivre.

Ne voulant pas commenter ma dernière remarque, il remplit de nouveau nos coupes de vin.

— Ainsi tu as l'intention de demander la permission de faire combattre l'armée hors de la cité?

— Oui, acquiesça Hector. Aujourd'hui même. Et dire que pour moi nos murailles sont devenues des obstacles, et le palais une prison!

— Parfois c'est ce que nous aimons le plus qui cause notre perte.

— Comme tu es étrange, Énée! Tu ne crois donc à rien? Tu n'aimes donc rien?

— Je crois en moi, et je m'aime, répliquai-je.

Priam hésita longtemps, mais il finit par écouter Anténor et non Hector.

— Ne cède pas, seigneur. Affronter trop tôt les Grecs ruinerait tous nos espoirs. Attends Memnon, chef des Hittites, et la reine des Amazones! Si Agamemnon n'avait pas Achille et les Myrmidons, peut-être serait-ce différent, mais il les a bel et bien et je les crains énormément. Dès la naissance un Myrmidon ne vit que pour se battre. Son corps est fait de bronze, son cœur de pierre, et il est aussi tenace que la fourmi dont il tient le nom! Sans les Amazones pour affronter les Myrmidons, ton avant-garde sera taillée en pièces. Attends, seigneur! Attends!

Priam décida donc d'attendre. Hector semblait accepter la décision de son père avec philosophie, mais je n'étais pas dupe. C'était Achille que l'héritier mourait d'envie d'affronter.

Achille... Je me rappelai l'avoir rencontré à proximité de Lyrnessos et me demandai lequel surpassait l'autre, Achille ou Hector. Ils avaient à peu près la même taille, ils aimaient tous les deux guerroyer. Cependant, j'avais le pressentiment qu'Hector était condamné. On attache trop d'importance à la vertu et Hector était *tellement vertueux*! J'avais, moi, des ambitions très différentes.

Je quittai la salle du trône assez mal à l'aise. A cause de cette antique prophétie selon laquelle je régnerais un jour sur Troie, Priam s'était éloigné de moi et de ma famille. Malgré toutes ses politesses depuis mon arrivée, le mépris qu'il éprouvait en secret à mon égard ne l'avait pas quitté. Mais comment pourrais-je jamais vivre plus longtemps que ses cinquante fils? A moins que Troie ne perdît la guerre, auquel cas il serait possible qu'Agamemnon décidât de me mettre, *moi*, sur le trône.

J'allai faire les cent pas dans la grande cour, empli de haine envers Priam et rêvant du jour où je régnerais sur Troie, quand je me rendis compte que quelqu'un m'épiait, caché dans l'ombre. Mon sang se glaça. Priam me détestait. Irait-il jusqu'à faire assassiner un proche parent?

Je sortis mon poignard et me glissai derrière l'autel de Zeus. Lorsque je ne fus plus qu'à deux pas de celui qui m'observait, je bondis, plaquai ma main sur sa bouche et pointai ma lame sur sa gorge. Mais les lèvres doucement appuyées sur ma paume n'étaient pas celles d'un homme, pas plus que la poitrine nue qui se trouvait sous mon poignard. Je lâchai prise.

— M'as-tu prise pour un assassin? demanda-t-elle, haletante.

— Il était stupide de te cacher, Hélène.

Je trouvai une lampe au pied de l'autel et l'allumai, puis la levai et regardai longuement Hélène. Huit ans s'étaient écoulés depuis la dernière fois que je l'avais vue. Elle devait avoir trente-deux ans.

Ciel, comme elle était belle! Hélène, Hélène de Troie et d'Amyclées. Dans son maintien, il y avait toute la grâce d'Artémis la Chasseresse; sur son visage, toute la finesse des traits et le pouvoir de séduction d'Aphrodite. Hélène, Hélène, Hélène... A cet instant où je la contemplais, je me rappelai qu'elle avait troublé mes rêves pendant de longues nuits, que maintes fois au cours de mon sommeil elle avait défait sa ceinture ornée de pierreries et laissé tomber sa jupe autour de ses pieds ivoire. Aphrodite s'était incarnée en elle. Je reconnaissais le corps et le visage de ma mère la déesse, que je n'avais jamais vue mais que mon père évoquait durant ses divagations, car sa liaison avec la déesse de l'amour lui avait à tout jamais fait perdre la raison.

Hélène incarnait tous les sens et tous les éléments. Elle était la terre et l'amour, l'eau et l'air, le feu uni à la glace qui pouvait faire éclater les veines d'un homme. Elle faisait miroiter les charmes de la mort et du mystère, elle vous hantait.

Elle posa sur mon bras sa main dont les ongles brillants avaient l'éclat de la nacre.

— Cela fait quatre lunes que tu es à Troie et c'est la première fois que je te vois, Énée.

Révolté et exaspéré, je repoussai violemment sa main.

— Pourquoi te chercherais-je ? A quoi me servirait d'être surpris en compagnie de la trop fameuse putain ?

Elle m'écouta sans sourciller, les paupières baissées. Puis ses cils noirs se relevèrent et elle me regarda avec gravité.

— Je suis tout à fait d'accord, dit-elle avec le plus grand calme. Pour tout homme, une femme n'est qu'un bien qu'il possède. Il peut la maltraiter à son gré, sans craindre les représailles. Les femmes sont des créatures passives. Nous n'avons aucune autorité parce que les hommes nous jugent incapables de logique. C'est nous qui les mettons au monde, mais ils se hâtent de l'oublier.

— Tu n'es guère crédible quand tu t'apitoies sur ton sort, m'exclamai-je en bâillant.

— Tu me plais, affirma-t-elle avec un fin sourire. Parce que tu es très ambitieux et que tu me ressembles.

— Je te ressemble ? Vraiment ?

— Eh oui ! Je suis le jouet d'Aphrodite et toi, tu es son fils.

Elle se précipita alors dans mes bras avec fougue et me prodigua mille caresses, me faisant perdre la tête. Je la soulevai et l'emmenai jusque dans mes appartements à travers les couloirs silencieux. Personne ne nous vit. Je suppose que ma mère avait manigancé tout cela. Elle savait s'y prendre, la rusée !

Même quand le paroxysme de sa passion m'ébranla jusqu'au tréfonds de mon être, je sentis qu'une partie d'elle refusait d'admettre que je la possédais. Je connus les affres du plaisir mais, tandis qu'elle me vidait de toute mon énergie, elle gardait la sienne enclose dans une forteresse à jamais inaccessible.

21

Récit d'Agamemnon

L'armée avait depuis longtemps reçu des instructions pour la bataille, mais Priam demeurait derrière ses murs. Les Troyens cessèrent même de nous harceler de leurs raids. L'incertitude et l'inaction agaçaient mes troupes. N'ayant rien à discuter, je ne réunis aucun conseil jusqu'à ce qu'Ulysse apparût.

— Seigneur, voudrais-tu convoquer un conseil pour midi, aujourd'hui ? suggéra-t-il.

— Pourquoi ?

— Ne veux-tu pas savoir quelle ruse pourrait persuader Priam de quitter enfin sa cité ?

— Que concoctes-tu cette fois, Ulysse ?

— Seigneur, comment peux-tu me demander de te révéler mes secrets dès maintenant ?

— Très bien. Alors conseil à midi.

— Puis-je solliciter une dernière faveur, grand roi ?

— Laquelle ? dis-je avec prudence.

Il avait le sourire irrésistible dont il usait pour obtenir ce qu'il voulait. Je me sentis fléchir ; je ne pouvais rien faire d'autre quand Ulysse souriait ainsi.

— Un conseil restreint. Seulement certains hommes, précisa Ulysse.

— C'est ton conseil. Donne-moi leurs noms.

— Nestor, Idoménée, Ménélas, Diomède et Achille.

— Pas Calchas ?

— *Surtout pas* Calchas.

— J'aimerais savoir pourquoi tu le détestes tant, Ulysse. Si c'était un traître, à présent nous le saurions, c'est certain. Pourtant tu tiens absolument à l'exclure de tous les conseils importants. Il aurait eu d'innombrables occasions de livrer nos secrets aux Troyens, mais il ne l'a jamais fait.

— Il ignore certains de nos secrets. Tout comme toi, Agamemnon, d'ailleurs. Je crois qu'il attend le secret qui vaudra la peine d'être livré à ceux qu'il a toujours chéris en secret.

— Très bien alors, pas de Calchas, fis-je, me mordillant les lèvres de dépit.

— Et pas un mot de notre réunion, à personne. De plus, je veux qu'on cloue des planches en travers des portes et des fenêtres et que des gardes soient postés à l'extérieur.

— Ulysse! N'exagères-tu pas un peu?

— Je détesterais faire passer Calchas pour un imbécile, seigneur, alors il faudra bien que tout cela prenne fin durant la dixième année, répondit-il avec un sourire malicieux.

Les quelques hommes dont Ulysse avait proposé le nom arrivèrent en s'attendant à un conseil général et s'étonnèrent quand ils virent qu'ils étaient les seuls conviés.

— Pourquoi pas Mérione? s'enquit Idoménée d'un ton grincheux.

— Et pourquoi pas Ajax? intervint Achille.

Je m'éclaircis la voix tandis qu'ils s'installaient.

— Ulysse m'a demandé de vous réunir tous les cinq, ainsi que lui et moi. Le bruit que vous entendez est celui que font les gardes en condamnant les issues de cette pièce avec des planches. Ceci vous prouve mieux que je ne saurais le faire à quel point cette affaire est confidentielle. Chacun de vous doit s'engager par un serment à ne pas répéter à l'extérieur de ces murs ce qui s'y dira très bientôt.

Un par un, ils s'agenouillèrent et prêtèrent serment.

Ulysse commença à voix basse. C'était une de ses

astuces. Il parlait si doucement qu'il fallait prêter l'oreille pour l'entendre. A mesure qu'il exposait ses idées, il élevait la voix et, à la fin, il aurait pu couvrir le son d'un tambour.

— Avant que je ne vous indique la vraie raison de ce conseil restreint, murmura-t-il, il est nécessaire de préciser à certains d'entre vous à quoi sert ma prison.

Ma surprise et ma colère grandissaient à mesure qu'Ulysse nous expliquait ce que Nestor et Diomède, eux, savaient depuis longtemps. Pourquoi ne nous était-il pas venu à l'idée d'enquêter sur ce qui se passait là-bas ? Peut-être parce que cela nous arrangeait de ne pas chercher à en savoir davantage. Ulysse nous avait débarrassés des hommes qui nous posaient le plus de problèmes, mais pas en leur infligeant des peines de prison, je l'apprenais maintenant. Ils étaient devenus ses espions.

— Eh bien ! dis-je quand il eut fini, au moins savons-nous à présent comment tu peux prédire avec tant de précision ce que va faire Troie ! Mais pourquoi avoir gardé le secret ? Je suis le roi des rois, Ulysse ! J'avais *le droit* de savoir depuis le début !

— Pas tant que tu soutenais Calchas, rétorqua Ulysse.

— Je le soutiens toujours.

— Plus comme avant.

— Soit, soit... Mais continue, Ulysse. Qu'est-ce que tes espions ont à voir avec cette réunion ?

— Ils ne sont pas restés aussi inactifs que notre armée. Les rumeurs vous auront appris pourquoi Priam n'a fait aucune tentative pour sortir de Troie. Il n'aurait pas reçu les renforts qu'il attendait ? Il aurait moins de soldats que nous ? Ce n'est pas vrai. Il dispose de soixante-quinze mille hommes et ce chiffre n'inclut même pas ses dix mille chars. Quand arriveront Penthésilée, reine des Amazones, et Memnon, roi des Hittites, il nous surpassera en nombre. En plus de cela, il s'imagine que nous aurons de la chance si nous parvenons à réunir quarante mille hommes sur le champ de bataille. C'est faux, mais mes informations, elles, sont exactes. J'ai des hommes auxquels Priam et Hector se confient.

« Mais avant de continuer, je dois vous parler de Priam. C'est un homme extrêmement âgé, fort enclin aux doutes, hésitations, craintes et préjugés des vieillards. En bref, ce n'est pas Nestor. Cependant, il gouverne Troie avec plus de poigne que ne le fait aucun roi grec. Pas même son héritier, Hector, n'oserait lui dire que faire. Agamemnon convoque des conseils. Priam convoque des assemblées. Agamemnon écoute ce que nous avons à dire et en tient compte. Priam n'écoute que lui-même et ceux qui pensent comme lui.

« Nous devons nous montrer plus malins que cet homme, le manipuler à son insu. Hector se lamente du haut des remparts et compte ses hommes en nous voyant ainsi sur la rive de l'Hellespont, comme un fruit mûr prêt à être cueilli. Énée s'irrite et s'impatiente. Anténor seul reste impassible. Il est le modèle de Priam, qui par conséquent ne fait rien.

« Pourquoi Priam refuse-t-il de s'engager, alors même qu'il a toutes les chances de nous chasser de la Troade, dès à présent ? Attend-il réellement Memnon et Penthésilée ?

— Oui, sans nul doute, répondit Nestor en acquiesçant d'un signe de tête. En tant que vieillard, c'est ce qu'il se doit de faire.

Ulysse respira, sa voix devenait plus forte.

— Il faut *absolument* l'empêcher d'attendre ! Il faut le faire sortir de la cité par la ruse, avant qu'il ne perde des hommes par milliers. Or, Penthésilée et Memnon arriveront avant que l'hiver ne ferme les cols. Dans deux lunes au plus tard, ils seront là avec leurs troupes. Les Amazones sont à cheval. Avec elles, la cavalerie troyenne s'élèvera à plus de vingt mille combattants.

— Ulysse, j'étais loin d'en avoir idée ! Pourquoi ne pas m'en avoir informé plus tôt ?

— Je viens de l'apprendre, grand roi.

— Continue.

— Est-ce que Priam attend par simple prudence? Non, il y a forcément une autre raison. Nous savons que sans la présence d'Achille et des Myrmidons, Priam permettrait dès à présent à Hector de tenter une sortie; il les craint davantage encore que toutes nos troupes réunies, à cause de certains oracles prédisant qu'Achille causera la chute de l'élite troyenne. Les Troyens sont par ailleurs convaincus que les Myrmidons sont imbattables, que Zeus les a fait naître d'une armée de fourmis afin de doter Pélée des meilleurs soldats du monde. La superstition et la crédulité de tout homme s'allient en Priam à une crainte sacrée. C'est donc un bouc émissaire qu'attend le roi, pour l'opposer à Achille et à ses Myrmidons.

— Sera-ce Penthésilée ou Memnon? demanda Achille.

— Penthésilée, sans le moindre doute. Les Amazones sont entourées de mystère, auréolées d'une magie propre aux femmes. Même si Apollon garantissait la victoire aux Troyens, Priam ne saurait permettre à Hector d'affronter Achille, tant les oracles l'ont terrifié.

— Tout ceci n'est que trop vrai, soupira Nestor.

Diomède, qui bien sûr était au courant, souriait. Je regardai Achille dans les yeux. Ulysse nous observait. Il frappa soudain le sol avec le bâton, si fort que nous sursautâmes tous. Il reprit ensuite la parole d'une voix tonitruante.

— Il faut *provoquer* une querelle!

Nous étions muets de stupéfaction.

— Les Troyens eux aussi pratiquent l'espionnage, continua Ulysse. En fait, les espions troyens présents dans notre camp m'ont été aussi utiles que ceux que j'ai placés à l'intérieur de Troie. Je connais chacun d'entre eux et leur fournis les informations à transmettre à Polydamas, le Troyen qui les a recrutés. Inutile de préciser qu'ils ne lui rapportent que ce que je veux bien leur dire, le nombre dérisoire de nos soldats, par exemple. Mais depuis quelques lunes, je les encourage également à y ajouter un ragot de mon cru.

— Un ragot ? s'étonna Achille en fronçant les sourcils.

— Oui, tout le monde aime colporter des ragots.

— Et pourrions-nous savoir lequel ? demandai-je.

— J'ai fait courir le bruit que toi et Achille nourrissez l'un pour l'autre une haine implacable.

— Une haine implacable... répétai-je lentement.

— C'est exact, dit Ulysse, l'air fort satisfait. Les simples soldats cancanent toujours sur leurs supérieurs, et ils n'ignorent pas que déjà, par le passé, des différends vous ont opposés. J'ai donc répandu la rumeur que les choses s'envenimaient rapidement entre vous.

Achille, livide, se leva.

— Je n'aime pas ce ragot, homme d'Ithaque ! s'exclama-t-il.

— J'en étais sûr, Achille. Mais rassieds-toi, écoute donc la suite ! Cela s'est passé à la fin de l'automne, quand à Andramyttios on a partagé le butin de Lyrnessos. Comme il est triste de voir de grands hommes se quereller ainsi à propos d'une femme...

Je serrai furieusement les deux bras de mon siège. Achille avait un regard noir.

— Bien sûr, poursuivit Ulysse, il était inévitable qu'un tel ressentiment provoquât une crise. Et nul ne sera surpris par une nouvelle dispute.

— Et pourquoi nous disputerions-nous ? fis-je. *Pourquoi donc ?*

— Patience, Agamemnon, patience ! Permets tout d'abord que je m'attarde sur les événements d'Andramyttios. La deuxième armée t'a fait cadeau d'une prise spéciale, en témoignage de son respect : Chryséis, fille du grand prêtre d'Apollon de Lyrnessos. Il a revêtu une armure et pris une épée. Il est mort en combattant. Mais à présent, Calchas nous prédit le pire si nous ne la mettons pas sous la garde des prêtres d'Apollon, à Troie. Nous risquons la colère du dieu si Chryséis ne leur est pas rendue.

— Ce que tu dis est vrai, Ulysse, répondis-je. J'ai cependant grand peine à concevoir ce qu'Apollon pourrait bien nous faire, il est d'ores et déjà du côté des Troyens. Chryséis me plaît, aussi n'ai-je aucune intention de la rendre.

— Je n'ai pu que remarquer, me rétorqua Ulysse, que ton refus contrarie énormément Calchas. Je suis certain qu'il va à nouveau plaider pour que la fille soit renvoyée à Troie. Pour l'aider à t'en convaincre, je suggère qu'un début de peste ravage le camp. Je connais d'ailleurs une plante qui rend malade pendant huit jours, après quoi on se remet complètement. Une fois la peste déclarée, Calchas ne manquera pas d'insister pour que tu renonces à Chryséis, seigneur Agamemnon. Et, confronté à la violence de la colère du dieu, tu ne pourras qu'accepter.

— A quoi cela nous mènera-t-il, à la fin ? intervint Ménélas, exaspéré.

— Prends patience, Ménélas, répondit Ulysse avant de s'adresser à moi une fois encore. Seigneur, tu n'es pas un roi de pacotille à qui l'on pourrait ôter une prise qu'il a reçue en toute justice. Tu es le roi des rois. Il va te falloir une compensation. Tu feras donc la proposition suivante : la deuxième armée t'ayant fait présent de la fille, c'est donc à elle de la remplacer. D'autre part, Achille s'est d'autorité attribué une deuxième fille provenant du même butin : Briséis. Tous les rois, ainsi que deux cents officiers supérieurs, ont été témoins de ton grand désir de l'avoir à la place de Chryséis, et de ta frustration. A présent, l'armée tout entière est au courant. On sait par ailleurs qu'Achille s'est épris de Briséis et ne supporterait pas de s'en séparer. Cela se lit sur le triste visage de Patrocle.

— Ulysse, tu t'aventures en terrain glissant, dis-je avant qu'Achille ait pu répliquer.

— Toi et Achille, poursuivit Ulysse sans paraître m'avoir entendu, allez vous quereller à propos d'une femme. Après tout, ces disputes sont habituelles et ont causé la mort de bien des hommes. Hélène est un exemple de ce que j'avance, roi Ménélas.

— Ne fais pas trop de conjectures, grogna mon frère.

Ulysse cligna des yeux. Une fois qu'il était lancé sur un sujet, personne ne pouvait l'arrêter.

— Je me propose donc de servir des présages de mon invention à Calchas et je m'évertuerai également à répandre la peste. Je le promets, Podalire et Machaon eux-mêmes seront bernés ! La terreur régnera dans le camp, dès le début de l'épidémie. Quand on viendra t'informer de sa gravité, Agamemnon, tu te rendras auprès de Calchas pour lui demander quel dieu est en colère, et pourquoi. Il ne pourra qu'être ravi. Il appréciera encore plus que tu le pries de faire ses prédictions en public. Devant les officiers supérieurs, il te demandera d'envoyer Chryséis à Troie. Il te faudra alors accepter cet ultimatum divin, mais nul ne saurait être surpris de ta colère, si Achille se moque de toi. Ce qu'il fera.

« Naturellement, tu exigeras qu'il te remette Briséis. Tu t'adresseras alors aux officiers présents : ta part de butin t'a été enlevée, Achille doit donc te donner la sienne. Achille refusera, mais il sera dans la même situation que toi lorsque Calchas t'a réclamé Chryséis. Il sera forcé de te donner Briséis sur-le-champ. Mais il te rappellera ensuite que ni lui ni son père n'ont prêté le serment de l'étalon. Et il annoncera, en public, qu'il se retire de la guerre avec les Myrmidons. Grâce à un espion troyen que je connais, tout Troie sera au courant de la querelle le jour même ! termina Ulysse en éclatant de rire.

Nous restâmes immobiles, comme pétrifiés par le regard de la Méduse. Je fixai mon attention sur Achille, désireux de connaître sa réaction. A ma grande surprise, il n'était pas en colère mais admiratif.

— Quel genre d'homme es-tu donc, Ulysse, pour imaginer une telle chose ? C'est un plan fabuleux, stupéfiant ! Admets cependant qu'Agamemnon et moi n'y paraîtrons guère à notre avantage. Nous allons nous couvrir de ridicule, et serons la risée de tous les soldats. Mais je t'avertis, Ulysse, dussé-je en mourir, jamais je ne renoncerai à Briséis.

— Tu ne renonceras à rien, Achille, promit Nestor en toussotant. On me confiera les deux jeunes femmes et je veillerai sur elles en attendant que les choses se passent comme le prévoit Ulysse. On les cachera en un lieu inconnu de tous, et surtout de Calchas.

Mais Achille hésitait encore.

— C'est une proposition fort honnête, Nestor, et je te fais confiance. Mais tu dois sûrement comprendre pourquoi je n'aime pas ce plan. Que se passera-t-il si nous parvenons à tromper Priam ? Sans les Myrmidons pour protéger notre avant-garde, nous subirons de fortes pertes, or nous ne pouvons nous le permettre. Je n'exagère pas. Je ne puis aimer un plan qui met en danger un si grand nombre de vies. Et Hector ? Je me suis juré de le tuer. Si par hasard il mourait quand je ne suis pas sur le champ de bataille ? Et combien de temps suis-je censé rester à l'écart ?

— Certes, repartit Ulysse, nous perdrons des hommes, ce qui ne serait pas le cas si les Myrmidons étaient présents. Mais les Grecs ne sont pas de si mauvais soldats. Je suis sûr que nous serons en mesure de faire face. Pour l'instant, je ne puis te dire combien de temps tu devras t'éloigner. Ce qui importe avant tout, c'est de faire sortir Priam de la cité, car qu'arrivera-t-il si cette guerre s'éternise ? Si nos hommes vieillissent sans jamais revoir leur foyer ? Ou si Priam sort quand Penthésilée et Memnon seront là ? Alors, qu'il y ait ou non les Myrmidons, nous serons mis en pièces. Quant à Hector, j'ai le pressentiment qu'il survivra pour t'affronter, Achille.

— Dès que les Troyens sortiront de derrière leurs murs, affirma Nestor, ils ne pourront plus se retirer de la bataille. Et s'ils subissent de lourdes pertes, on informera Priam que nos pertes sont plus lourdes encore. Une fois que nous serons parvenus par la ruse à les faire sortir, ils n'auront de cesse de nous chasser de Troade, dussent-ils tous y périr.

— Ulysse, je ne crois pas avoir la force de m'abstenir de combattre quand tous les autres livrent bataille, déclara Achille en faisant saillir ses énormes biceps. Cela fera bientôt dix ans que j'attends de croiser le fer. Que diront les soldats d'un homme qui les abandonne à cause d'une simple femme? Et que penseront de moi mes Myrmidons?

— Il est certain qu'on ne te complimentera pas, intervint Ulysse d'une voix calme. Il te faudra bien du courage pour accomplir ce que je te demande, ami, plus de courage encore que pour prendre d'assaut le rideau Ouest. On t'accablera d'insultes. Quant à toi, Agamemnon, tu seras injurié, maudit. Certains même cracheront sur toi.

Un sourire désabusé aux lèvres, Achille me regardait, non sans une certaine sympathie. Ulysse était parvenu à nous rapprocher, ce que je n'aurais jamais cru possible après le sacrifice d'Iphigénie à Aulis. Je demeurai immobile, pensant au rôle déplaisant qui m'était attribué. Achille aurait l'air d'un fieffé imbécile, et moi du dernier des idiots.

— La tâche dont tu nous charges est fort difficile, Ulysse, assura Achille, mais si Agamemnon est capable de s'abaisser pour prendre sa part de responsabilité, comment pourrais-je refuser?

— Quelle est ta décision, grand roi? demanda Idoménée, dont le ton laissait entendre que lui refuserait.

Je secouai la tête et réfléchis, le menton dans les mains. Achille interrompit le cours de mes pensées en s'adressant de nouveau à Ulysse.

— Réponds à ma première question, Ulysse. Combien de temps devrai-je attendre?

— Il faudra bien deux ou trois jours pour faire sortir les Troyens.

— Tu ne m'as pas répondu. Combien de temps devrai-je rester à l'écart?

— Le grand roi doit d'abord prendre sa décision.

— J'accepte, mais à une condition, dis-je finalement. Que chacun de vous ici présent jure solennellement de mener l'affaire jusqu'à sa conclusion, quelle qu'elle soit. Ulysse est le seul homme capable de nous guider dans ce dédale. Acceptez-vous de jurer?

Tous donnèrent leur accord. En l'absence de prêtre, nous jurâmes sur la tête de nos enfants mâles : l'avenir de notre descendance.

— Finissons-en, Ulysse! s'exclama Achille.

— Laissez-moi m'occuper de Calchas. Je veillerai à ce qu'il fasse ce qui est prévu sans pour autant qu'il se doute de rien. Achille, quand tu auras fait don de Briséis et déclaré ton abandon, tu rassembleras tes officiers myrmidons et retourneras immédiatement à tes quartiers. Heureusement que tu as voulu à tout prix dresser une palissade qui en fixe les limites à l'intérieur du camp! Tu interdiras aux Myrmidons de franchir cette palissade et t'en abstiendras toi-même. A tes proches et amis, tu devras toujours donner l'impression d'être extrêmement courroucé : tu as été profondément ulcéré et déçu, tu t'estimes victime d'une grave injustice et tu préférerais mourir plutôt que te réconcilier avec Agamemnon. Même Patrocle doit le croire. Est-ce bien entendu?

Achille acquiesça gravement; maintenant que la décision était prise, il semblait résigné.

— Tu ne m'as toujours pas répondu. Combien de temps?

— Pas avant l'instant décisif, insista Ulysse. Hector et Priam doivent être absolument convaincus qu'on ne peut les vaincre. Laisse-les s'enferrer, Achille, jusqu'à leur défaite ultime. Les Myrmidons retourneront avant toi au combat. Personne ne peut prédire comment se déroulera une bataille, mais on peut être sûr de certaines choses. Par exemple, que sans toi et les Myrmidons nous serons repoussés jusque dans notre propre camp. Hector enfoncera notre mur de défense et parviendra jusqu'aux navires. Je peux parallèlement faire agir certains de mes espions parmi nos troupes. Ils peuvent, par exemple, provoquer une panique et nous obliger à battre en retraite. Ce sera à toi de décider du meilleur moment pour intervenir, mais laisse alors Patrocle commander les

Myrmidons et ne te montre surtout pas. Ainsi tu apparaîtras inflexible. Et ils connaissent les oracles, Achille. Ils savent que nous ne pouvons pas les battre si tu ne combats pas avec nous. Aussi laisse faire! Ne reviens sur le champ de bataille qu'au tout dernier moment.

Tout semblait dit. Seul Ménélas intervint :

— Puis-je te donner un conseil?

— Bien sûr! dit chaleureusement Ulysse.

— Calchas. Mets-le dans la confidence. S'il est au courant, tes problèmes seront à moitié résolus.

Ulysse abattit son poing avec force dans la paume de son autre main.

— Non! Non! Non! C'est un Troyen. Ne vous fiez à aucun homme né d'une femme ennemie dans un pays ennemi, alors que vous combattez sur son sol et avez toutes les chances de remporter la victoire!

— Tu as raison, Ulysse, déclara Achille.

Je ne fis aucun commentaire, mais je m'interrogeai. Depuis des années je défendais Calchas. Pourtant, ce matin, quelque chose en moi avait changé, je ne savais quoi exactement. C'était Calchas qui m'avait obligé à sacrifier ma propre fille, ce qui avait été à l'origine de ma brouille avec Achille. Si vraiment on ne pouvait se fier à lui, ce serait évident le jour où je me disputerais avec Achille. Après tant d'années, je le connaissais assez bien pour lire sur son visage. J'y verrais sa joie secrète, si tant est qu'il en éprouve, et ce malgré ses efforts pour la dissimuler.

— Agamemnon! s'exclama Ménélas d'une petite voix plaintive. Nous sommes enfermés depuis si longtemps... Aurais-tu l'obligeance de demander qu'on nous laisse sortir?

22

Récit d'Achille

Craignant de rencontrer ceux que j'aimais et d'avoir à leur cacher mes intentions, je retournai à pas lents au camp des Myrmidons. Patrocle et Phénix, assis au soleil, jouaient aux osselets en riant aux éclats.

— Que s'est-il passé? Rien d'important? demanda Patrocle en me mettant le bras autour des épaules.

Il avait tendance à le faire plus souvent encore depuis que Briséis était entrée dans ma vie. Je le repoussai.

— Rien. Agamemnon voulait tout simplement savoir si nous avions du mal à maîtriser nos hommes.

— Il aurait pu s'en rendre compte par lui-même, s'il avait pris la peine de faire un tour dans le camp, remarqua Phénix, surpris.

— Mais pourquoi donc as-tu été convoqué sans moi? s'étonna Patrocle, vexé. Je verse le vin lors de tous les conseils.

— Nous étions très peu nombreux.

— Calchas était-il présent? s'enquit Phénix.

— Calchas n'est pas bien en cour, en ce moment.

— A cause de Chryséis? Il aurait bien mieux fait de ne rien dire, déclara Patrocle.

— Peut-être pense-t-il qu'il obtiendra gain de cause en insistant, répliquai-je sobrement.

— Vraiment? Je n'en crois rien, dit Patrocle.

— N'avez-vous rien de mieux à faire que jouer aux osselets ? remarquai-je pour changer de sujet.

— Que pourrait-on trouver de plus agréable, par une si belle journée ? demanda Phénix, puis il ajouta : Tu as été absent toute la matinée, c'est fort long pour un conseil sans importance.

— Ulysse a été très bavard.

— Viens t'asseoir, dit Patrocle en me caressant le bras.

— Pas maintenant. Briséis est-elle à la maison ?

Jamais je n'avais vu Patrocle en colère, mais soudain ses yeux lancèrent des éclairs et ses lèvres tremblèrent. Il les mordit jusqu'au sang.

— Et où donc pourrait-elle être ? lança-t-il sèchement en me tournant le dos.

Arrivé sur le seuil, je l'appelai et elle accourut se jeter dans mes bras.

— Est-ce que je t'ai manqué ?

— Énormément !

Je soupirai en pensant au conseil.

— Sans doute as-tu bu plus de vin que tu n'aurais dû, mais en veux-tu encore ? demanda-t-elle.

— Maintenant que j'y pense, nous n'avons rien bu.

Ses yeux d'un bleu éclatant pétillaient de gaieté.

— Vous étiez trop absorbés ?

— Non, c'était plutôt ennuyeux.

— Pauvre malheureux ! Agamemnon vous a-t-il donné à manger, au moins ?

— Non, sois gentille et apporte-moi quelque chose.

Elle s'affaira autour de moi pour me servir, gaie comme un pinson. Assis, je l'observais et admirais son sourire, sa démarche gracieuse, sa nuque ravissante. La guerre comporte toujours la menace de la mort, mais elle semblait en ignorer la fatalité.

— As-tu rencontré Patrocle en chemin ?

— Oui.

— Mais tu m'as préférée à lui ! s'exclama-t-elle, tout heureuse.

Elle m'offrit du pain chaud et de l'huile d'olive pour l'y tremper.

— Tiens, il sort du four.

— C'est toi qui l'as fait ?

— Non, tu sais parfaitement que j'en suis incapable.

— C'est vrai, tu n'as pas les talents d'une femme.

— Redis-moi ça ce soir, quand je serai dans ton lit, suggéra-t-elle sans se départir de son calme.

— Très bien. J'admets que tu as ce talent.

Dès que j'eus prononcé ces mots, elle se jeta sur mes genoux, me prit la main et, la glissant sous son ample robe, la posa sur son sein gauche.

— Je t'aime tant, Achille !

— Moi aussi, Briséis, je t'aime. Tu veux bien me faire une promesse ? lui demandai-je en la forçant à me regarder dans les yeux.

— Tout ce que tu voudras.

— Si je t'ordonnais d'aller avec un autre homme ? Sa bouche trembla.

— Si tu l'ordonnais, j'irais.

— Que penserais-tu de moi ?

— Mon opinion ne changerait en rien. Je penserais que tu as une bonne raison de me le demander. Ou bien que tu es las de moi.

— Jamais je ne me lasserai de toi. Jamais. Il est des choses qui ne peuvent changer.

— Je te crois, répliqua-t-elle reprenant des couleurs. Propose-moi quelque chose de plus facile, mourir pour toi, par exemple.

— Avant ce soir ? Tu ne pourrais me prouver ton talent !

— Demain, alors.

— Je veux que tu me fasses une promesse, Briséis.

— Explique-toi.

J'enroulai une de ses boucles magnifiques autour de mon doigt.

— Je veux que le jour où tu me trouveras stupide, ou cruel, tu continues à croire en moi malgré tout.

— Je croirai toujours en toi. Mais je ne suis point sotte, Achille. Quelque chose te tracasse.

— C'est vrai, mais je ne puis t'en parler.

Elle se tut alors et n'aborda plus le sujet.

On ne savait trop comment s'y était pris Ulysse, mais la nouvelle se répandit dans l'armée entière : le conflit latent entre Agamemnon et moi menaçait d'éclater, Calchas revenait de façon exaspérante sur l'affaire Chryséis et le grand roi commençait à perdre patience.

Trois jours après le conseil, on n'en parlait déjà plus. Une catastrophe venait de s'abattre sur nous. D'abord les officiers essayèrent d'étouffer la chose, mais bientôt le nombre de malades fut trop élevé pour qu'on pût le cacher. Le mot redoutable circulait de bouche à oreille : la peste ! La peste ! La peste ! En une seule journée, quatre mille hommes furent atteints, quatre mille autres encore le jour suivant. On avait l'impression que jamais l'épidémie ne s'arrêterait. J'allai rendre visite à quelques-uns de mes hommes frappés par le mal. Couverts de plaies purulentes et pris de fièvre, ils déliraient et gémissaient. Machaon et Podalire m'assurèrent que ce ne pouvait être qu'une forme de peste. Peu de temps après, je rencontrai Ulysse, qui arborait un sourire rayonnant.

— Tu admettras, Achille, que c'est un véritable exploit d'avoir ainsi berné les fils d'Asclépios !

— J'espère que tu n'as pas préjugé de tes capacités, lui lançai-je.

— Ne t'en fais pas. Il n'y aura pas de morts. Ils retrouveront tous la santé, très bientôt.

Je hochai la tête, exaspéré par une telle autosatisfaction.

— Dès qu'Agamemnon obéira à Calchas et cédera Chryséis, je suppose qu'une guérison miraculeuse aura lieu, à la différence près que c'est *nous* qui aurons tiré les ficelles, et non Apollon.

— Ne le crie pas trop fort, dit-il en s'éloignant pour aller soigner les malades et acquérir ainsi la réputation, en réalité fort peu méritée, d'être un homme courageux.

Quand Agamemnon alla trouver Calchas et lui demanda de faire un oracle public, toute l'armée soupira de soulagement. Tout le monde était sûr que le prêtre insisterait pour que Chryséis fût rendue. Le moral des troupes s'améliora : l'épidémie allait bientôt prendre fin.

Pour recueillir les auspices, il fallait que tous les officiers supérieurs fussent présents. Il y en avait peut-être mille alignés derrière les rois, tous face à l'autel. Seul Agamemnon était assis. Quand je passai devant le trône, je ne pliai pas le genou devant lui et pris mon air le plus renfrogné. On le remarqua. J'écoutai Calchas déclarer que la peste ne cesserait pas tant qu'Apollon n'aurait pas reçu son dû : la jeune Chryséis. Agamemnon devait la faire conduire à Troie.

Le grand roi et moi jouâmes la comédie selon le plan d'Ulysse : je raillai Agamemnon. Il riposta en m'ordonnant de lui donner Briséis. Repoussant un Patrocle bouleversé, je me dirigeai vers le camp des Myrmidons. A ma vue Briséis fondit en larmes mais ne dit mot. Nous retournâmes en silence à l'assemblée. Alors, devant tous, je mis la main de Briséis dans celle d'Agamemnon. Nestor se proposa pour prendre en charge les deux jeunes femmes et les acheminer vers leur destin. Tandis que Briséis s'éloignait avec lui, elle se retourna pour me regarder une dernière fois.

Quand j'avertis Agamemnon que je me retirais, moi et mes troupes, de son armée, je donnai vraiment l'impression de parler tout à fait sérieusement. Ni Patrocle ni Phénix ne doutèrent un instant de ma sincérité. Je me rendis à notre camp et ils me suivirent.

La maison paraissait bien vide sans Briséis. Évitant Patrocle, je boudai la journée durant, me renfermant sur ma honte et mon chagrin. A l'heure du souper, Patrocle vint manger avec moi, mais nous n'échangeâmes pas une parole. Je finis par lui dire :

— Cousin, ne comprends-tu pas ?

Les yeux embués de larmes, il me regarda.

— Non, Achille. Depuis que cette jeune fille est entrée dans ta vie, tu m'es devenu étranger. Aujourd'hui, tu as annoncé en notre nom à tous une décision que tu n'avais pas le droit de prendre à notre place. Tu as renoncé à nous faire participer à la bataille sans nous consulter. Seul notre grand roi pouvait le faire et jamais Pélée n'aurait agi ainsi. Tu es un fils indigne !

Oh, comme cela me fit mal !

— Si tu refuses de comprendre, peut-être consentiras-tu à me pardonner ?

— Seulement si tu vas voir Agamemnon pour te rétracter.

— Me rétracter ? dis-je avec un mouvement de recul. Es-tu fou ? Agamemnon m'a mortellement offensé.

— Tu as recherché cette offense, Achille ! Si tu ne t'étais pas gaussé de lui, il ne t'aurait pas pris pour cible ! Sois franc ! Tu te comportes comme si la séparation d'avec Briséis te brisait le cœur. As-tu jamais pensé qu'Agamemnon pouvait aussi avoir le cœur brisé d'être séparé de Chryséis ?

— Ce tyran obstiné ne peut avoir de cœur !

— Achille, pourquoi donc es-tu si inflexible ?

— Je ne suis pas inflexible.

— Ce n'est pas mon avis. C'est elle qui t'a influencé. Oh, comme elle a dû savoir te manœuvrer !

— Je ne saisis pas pourquoi tu penses ainsi, mais pardonne-moi, Patrocle, je t'en prie.

— Cela m'est impossible.

Il me tourna le dos. Son idole, Achille, venait de tomber de son piédestal. Comme Ulysse avait raison ! Les femmes ne causent aux hommes que des ennuis.

Ulysse vint me trouver le lendemain soir, en cachette. J'étais si heureux de voir un visage ami que je l'accueillis avec enthousiasme.

— Tu es proscris par les tiens ? me demanda-t-il.

— Même Patrocle me refuse le pardon.

— Il fallait s'y attendre... Mais courage, ami ! Dans quelques jours tu seras de nouveau au combat.

— Ulysse, j'ai pensé à quelque chose, qui aurait dû me venir à l'esprit durant le conseil. Si j'y avais pensé alors, je n'aurais jamais pu accepter ton plan.

— Ah ? fit-il, comme s'il lisait mes pensées.

— Naturellement, nous avons supposé qu'après le succès de ton stratagème, s'il réussit, nous serions libres de parler. A présent, cela me paraît impossible. Ni les officiers ni les soldats ne nous pardonneraient un tel expédient, utilisé de sang-froid pour parvenir à nos fins. Ils ne verraient que le visage des hommes morts pour atteindre notre objectif. J'ai raison, n'est-ce pas ?

— Je me demandais qui s'en rendrait compte le premier. J'avais parié sur toi. J'ai gagné, encore une fois.

— Ne perds-tu donc jamais ?... Mais ma conclusion est-elle correcte ou as-tu trouvé une solution qui satisferait tout le monde ?

— Il n'y a pas de solution, Achille. Tu as fini par comprendre ce qui aurait dû te sauter aux yeux dès le conseil. On ne pourra jamais rien révéler. Nous devrons emporter ce secret dans la tombe, car nous y sommes liés par serment.

— Ainsi jusqu'à la mort et même par-delà, dis-je en fermant les yeux, Achille fera figure de beau parleur égoïste, si imbu de lui-même qu'il a laissé mourir des milliers d'hommes pour satisfaire son orgueil blessé.

— Oui.

— Je devrais te trancher la gorge, toi qui as inventé cette ruse, qui as jeté sur moi l'opprobre et le déshonneur qui entacheront éternellement mon nom. J'espère que tu iras dans le Tartare !

— C'est plus que certain, remarqua Ulysse d'un ton indifférent. Tu n'es pas le premier à me maudire et tu ne seras pas le dernier. Tous, nous subirons les conséquences de ce conseil, Achille. Peut-être ne saura-t-on jamais ce qui s'y est passé exactement, mais on ne manquera pas de soupçonner la main d'Ulysse. Et que crois-tu qu'on pensera d'Agamemnon ? Toi au moins, tu as subi une réelle injustice. Et c'est lui qui t'a traité si injustement.

Soudain je me rendis compte combien cette conversation était futile, combien les hommes, même aussi brillants qu'Ulysse, comptaient peu dans les plans divins.

— Eh bien, c'est une forme de justice. Nous méritons bien de perdre notre réputation. Afin de mettre en œuvre cette entreprise maudite, nous avons accepté d'être les complices d'un sacrifice humain. Nous devons le payer. Jamais je ne pourrai réaliser mon projet le plus ambitieux.

— Lequel ?

— Vivre dans la mémoire des hommes comme le parfait guerrier. C'est Hector qui aura cet honneur.

— Tu ne peux en être certain, Achille. La postérité a son propre jugement.

— Et toi, ne souhaites-tu pas que de nombreuses générations se souviennent de toi, Ulysse ?

— Non ! s'esclaffa-t-il. Peu m'importe ce que la postérité dira d'Ulysse ou même si elle se rappellera son nom. Quand je serai mort, je roulerai sans cesse un rocher au sommet d'une colline d'où il redescendra invariablement, ou bien j'essaierai d'attraper des fruits à jamais hors de ma portée.

— Et je me trouverai à tes côtés.

Puis ce fut le silence. L'outre de vin était sur la table. Je remplis nos coupes à ras bord et nous bûmes, absorbés dans nos pensées.

— Pourquoi es-tu venu me voir ? demandai-je finalement.

— Pour être le premier à te faire part d'un étrange événement.

— Lequel ?

— Ce matin, des soldats sont allés sur les rives du Simoïs pour pêcher. Quand le soleil s'est levé, ils ont vu quelque chose flotter dans l'eau. Le corps d'un homme. L'officier de garde l'a ramené sur la rive. C'était le cadavre de Calchas.

Un frisson me parcourut le dos.

— Comment est-il mort?

— Une blessure à la tête. Un officier d'Ajax l'avait aperçu en train de se promener au faîte de la falaise dominant le Simoïs, au coucher du soleil. Il jure que c'était Calchas, car c'est le seul du camp à porter un manteau ample et long. Il a dû trébucher et tomber, tête la première.

Je regardai Ulysse: il avait l'air rêveur, ses beaux yeux gris brillaient d'un éclat surnaturel. Était-ce possible? *Serait-ce lui?* Je tremblais de tous mes membres. Ce crime s'ajoutait-il à tous ceux qu'il avait déjà commis, à savoir le sacrilège, l'impiété, le blasphème, l'athéisme et le meurtre rituel? Et maintenant l'assassinat d'un grand prêtre! C'était pire que les crimes réunis de Sisyphe et de Tantale. Ulysse l'impie était pourtant aimé des dieux. Quel homme paradoxal! Le gredin et le roi ne faisaient qu'un en lui.

Il lut dans mes pensées et sourit d'un air narquois.

— Achille, Achille, comment peux-tu penser pareille chose, même de moi? Si tu veux mon avis, c'est l'œuvre d'Agamemnon.

23

Récit d'Hector

Penthésilée ne donna aucune nouvelle. La reine des Amazones n'était pas pressée de quitter sa contrée sauvage, tandis que Troie souffrait le martyre. Le destin d'une cité dépendait du caprice d'une femme. Je la maudissais et je maudissais les dieux de permettre à une femme de rester sur son trône après la disparition de l'ancienne religion. Mère Kubaba n'exerçait plus son pouvoir absolu et, pourtant, la reine Penthésilée régnait, imperturbable. Selon Démétrios, mon précieux fugitif grec, elle n'avait même pas commencé à rassembler les guerrières de ses innombrables tribus. Elle n'arriverait pas avant que l'hiver eût rendu les cols infranchissables.

Tous les présages annonçaient la fin de la guerre pour cette dixième année, pourtant mon père hésitait toujours; il s'humiliait et humiliait Troie en attendant ainsi le bon vouloir de cette femme. Je grinçais des dents face à cette injustice, je le raillais au cours des assemblées. Mais il avait pris sa décision et refusait de changer d'avis. Je ne cessais de le lui répéter, Achille ne saurait me faire courir le moindre danger, nos troupes d'élite pouvaient fort bien tenir les Myrmidons en échec, nous étions capables de vaincre sans Memnon et Penthésilée. Même quand il apprit le retard de Penthésilée, il demeura inflexible, ne demandant pas mieux que d'attendre la onzième année.

Depuis que l'armée grecque se trouvait sur notre rivage, nous avions pris l'habitude de nous promener sur les remparts et de regarder les drapeaux flotter au-dessus des maisons grecques. Sur la rive du Scamandre, j'aperçus un jour une nouvelle bannière : une fourmi blanche sur fond noir et, sortant de ses mandibules, un éclair rouge : l'étendard Myrmidon d'Achille. La tête de la Méduse n'aurait pu terrifier davantage les Troyens.

Je me rendis, morose, à l'assemblée et ne remarquai rien de différent, en ce jour qui pourtant transforma notre vie. Les membres de la Cour bavardaient de choses et d'autres. Au pied de l'estrade royale, un plaignant exposait son affaire : on avait refusé de raccorder son nouvel immeuble aux égouts et, comme il en était le propriétaire, il était furieux. Soudain, un homme fit irruption dans la salle.

— Que se passe-t-il ? lui demanda Polydamas.

L'homme gémit, il avait peine à respirer. Il finit par désigner nerveusement mon père du doigt. Polydamas conduisit l'individu jusqu'à l'estrade, le fit asseoir sur la dernière marche et demanda qu'on lui apportât de l'eau. Le propriétaire irrité, pressentant quelque chose d'important, s'éloigna mais pas trop, pour pouvoir entendre ce qui allait se dire. L'eau et quelques instants de repos permirent à l'homme de retrouver la parole.

— Seigneur, une grande nouvelle !

— Quoi donc ? demanda mon père, sceptique.

— Seigneur, je me trouvais dans le camp grec, alors que le grand prêtre prenait les augures, à la demande d'Agamemnon, afin de connaître la cause de la peste qui a tué dix mille hommes !

Dix mille hommes morts de maladie dans le camp grec ! Je courus me mettre à côté du trône. *Dix mille hommes !* Si mon père ne parvenait pas à saisir l'importance de l'événement, c'est que la raison lui faisait défaut. Troie était perdue. Mais l'homme n'avait pas terminé son récit.

— Il y eut alors une effroyable querelle entre Agamemnon et Achille, seigneur. L'armée est divisée. Achille s'est retiré de la guerre avec ses Myrmidons et le reste de la Thessalie. Seigneur, Achille ne se battra pas pour Agamemnon! A nous la victoire!

Je me cramponnai au dossier du trône pour ne pas tomber, mon père était blême, Polydamas regardait l'homme comme s'il ne le croyait pas, Anténor s'appuyait mollement contre un pilier et tous, dans la salle, semblaient pétrifiés. Soudain on entendit un énorme éclat de rire et mon frère, Déiphobos, s'écria :

— C'est ainsi que s'effondrent les puissants de ce monde!

— Silence! clama mon père puis, regardant l'homme qui était à ses pieds : Pourquoi cette querelle?

— Seigneur, c'est à cause d'une femme. Calchas a exigé qu'on fît conduire à Troie Chryséis, attribuée à Agamemnon quand le butin de Lyrnessos fut partagé. Apollon a été tellement offensé par sa capture qu'il a envoyé la peste et n'y mettra pas fin avant qu'Agamemnon ait renoncé à sa prise. Agamemnon a été contraint d'obéir. Achille s'est gaussé de lui, l'a raillé. Alors Agamemnon lui a ordonné de lui donner sa propre prise, Briséis, en compensation. Après l'avoir remise au grand roi, Achille s'est retiré de la guerre avec tous ceux qu'il commandait.

— Une femme! Une armée divisée en deux à cause d'une femme! s'exclama Déiphobos qui trouvait cela encore plus drôle.

— Pas exactement en deux, repartit d'un ton sec Anténor. Le nombre de ceux qui se sont retirés ne dépasse pas quinze mille. Et si une femme peut faire éclater une armée, n'oubliez pas qu'à l'origine c'est à cause d'une femme que cette armée est venue ici!

Mon père frappa le sol de son sceptre.

— Anténor, tais-toi! Déiphobos, tu es ivre! Es-tu bien sûr de ces nouvelles, mon ami? questionna-t-il en se tournant vers le messager.

— Oui, j'étais présent, seigneur. J'ai tout vu, tout entendu.

Alors qu'un instant auparavant la tristesse et l'apathie prédominaient, maintenant on souriait, on se serrait la main. Un murmure de satisfaction monta dans la salle du trône. J'étais seul à me lamenter. Le sort semblait vouloir qu'Achille et moi ne nous rencontrions jamais sur le champ de bataille.

Pâris s'avança vers le trône d'un air important.

— Cher père, lorsque j'étais en Grèce, on y racontait que la mère d'Achille, une déesse, plongeait tous ses fils dans les eaux du Styx pour les rendre immortels. Mais alors qu'elle tenait Achille par le talon droit, elle fut dérangée et oublia de le prendre par l'autre talon. C'est pourquoi Achille est mortel. Tu te rends compte, son talon droit est son point faible. Achille est vulnérable à cause d'une femme ! Je me souviens de Briséis. C'est une beauté...

— J'ai dit que ça suffisait, hurla le roi, furieux ! Il n'y a pas matière à plaisanterie. Tout ceci est d'une extrême importance.

Pâris parut décontenancé. J'eus pitié de lui. Depuis deux ans il avait vieilli. Alors qu'autrefois il avait fasciné Hélène, à présent il l'ennuyait. Toute la Cour le savait et savait aussi qu'elle était la maîtresse d'Énée. Elle ne saurait pourtant en tirer grande satisfaction ; Énée s'aimait surtout lui-même.

Mais il était impossible de lire les pensées d'Hélène. Pourtant elle n'était pas si énigmatique que cela. Elle avait pris un air légèrement méprisant, après la tirade de Priam. Pourquoi ? Elle connaissait les rois grecs. *Alors pourquoi ?*

Je m'agenouillai devant le trône.

— Père, déclarai-je avec assurance, si nous devons jamais chasser les Grecs de nos côtes, c'est le moment opportun. S'il est vrai qu'Achille et les Myrmidons étaient un obstacle quand, par le passé, je t'ai fait ma requête, tu n'as plus de raison d'être réticent. De plus, la peste a mis dix mille hommes hors de combat. Même avec le concours de Penthésilée et Memnon, nous n'aurions jamais autant de chances de vaincre que maintenant. Seigneur, donne-moi l'ordre de livrer bataille.

Anténor s'avança. Ah! Toujours Anténor!

— Avant de nous engager, roi Priam, accorde-moi une faveur, je t'en prie. Laisse-moi dépêcher un de mes hommes chez les Grecs pour vérifier ce qu'affirme cet agent de Polydamas.

— C'est une bonne idée, seigneur, acquiesça Polydamas. Une confirmation est indispensable.

— Alors, Hector, me dit le roi Priam, il te faudra patienter un peu pour avoir ta réponse. Anténor, trouve ton homme et envoie-le en mission sur-le-champ. Je convoquerai une nouvelle assemblée ce soir.

En attendant, j'emmenai Andromaque sur les remparts, au sommet de la grande tour nord-ouest, qui donnait sur la plage des Grecs. La minuscule bannière flottait toujours au-dessus de l'enceinte des Myrmidons. Mais, étant donné le peu de mouvement dans le camp, il était évident qu'il n'y avait plus aucune relation entre eux et leurs voisins.

A la tombée de la nuit, nous retournâmes à la citadelle, ayant bon espoir que l'agent d'Anténor confirmerait toute l'histoire. L'homme arriva avant même que nous ayons eu le temps de nous impatienter et, en quelques phrases brèves, il répéta ce qu'avait dit l'agent de Polydamas.

Hélène, au fond de la salle, loin de Pâris, faisait ouvertement des signes à Énée, le visage souriant, car elle savait que, pour le moment, toutes les rumeurs qui la concernaient, elle et le Dardanien, étaient éclipsées par la nouvelle. Quand Énée s'approcha d'elle, elle lui mit la main sur le bras et ses yeux en amande lui lancèrent un regard enjôleur. Mais il ne lui prêta aucune attention. Pauvre Hélène! S'il s'agissait de choisir entre ses charmes et ceux de Troie, je savais ce qu'Énée déciderait. Un homme admirable, certes, mais qui avait une bien trop haute opinion de lui-même.

Toutefois Hélène ne parut guère déconcertée par son départ soudain. Que pensait-elle donc de ses compatriotes? Elle connaissait très bien Agamemnon. Un instant, j'eus envie de lui poser des questions, mais Andromaque m'accompagnait et elle détestait Hélène. Elle me dirait si peu de choses que cela ne valait pas la peine de me faire tancer vertement par Andromaque.

Le roi m'appela, je m'approchai du trône et m'agenouillai.

— Je te confie le commandement de l'armée, mon fils. Envoie les hérauts ordonner la mobilisation dans deux jours, à l'aube. Dis au gardien de la porte Scée d'atteler les bœufs. Cela fait dix ans que nous sommes emprisonnés, mais nous allons enfin sortir et chasser les Grecs de Troie.

Comme je lui baisai la main, l'assistance poussa des hourras assourdissants ; mais je ne souris point. Achille ne serait pas sur le champ de bataille. Quelle victoire serait-ce dans ces conditions ?

Ces deux jours passèrent avec la rapidité de l'éclair. J'employai mon temps à discuter ou à donner des ordres aux armuriers, aux hommes du génie, aux auriges et aux officiers d'infanterie, entre autres. Tant que tout ne fut pas prêt, je ne pris pas un instant de repos et ne revis Andromaque que la veille de la bataille.

— Ce que je redoutais est arrivé, me lança-t-elle quand j'entrai dans la chambre.

— Andromaque, tu ne sais pas ce que tu dis.

— Est-ce toujours pour demain ? demanda-t-elle en essuyant ses larmes.

— Dès l'aube.

— N'as-tu pas pu trouver un peu de temps à me consacrer ?

— C'est ce que je fais en ce moment même.

— Encore une nuit et tu seras parti. Tout ça ne me plaît pas, Hector. Il y a quelque chose qui ne va pas.

— Qu'est-ce qui ne va pas ? Qu'y a-t-il de mal à se battre enfin contre les Grecs ?

— Rien ne va. Cela paraît trop simple, déplora-t-elle en fermant le poing droit, à l'exception de l'auriculaire et de l'index qu'elle leva pour conjurer le mauvais sort. Cassandre n'a cessé de récriminer depuis que l'agent de Polydamas nous a fait part de la querelle.

— Ah, Cassandre ! m'exclamai-je en riant. Par Apollon, qu'as-tu donc, Andromaque ? Ma sœur Cassandre est folle. Personne n'écoute les prédictions de cet oiseau de malheur.

— Elle est peut-être folle, rétorqua Andromaque, bien décidée à se faire entendre, mais n'as-tu jamais remarqué combien ses prédictions s'avèrent exactes ? Sache-le, Hector, dans ses divagations elle répète sans cesse que les Grecs nous ont tendu un piège à l'instigation d'Ulysse. Ils nous font sortir par la ruse, tout simplement.

— Tu commences à m'agacer, répliquai-je. Je ne suis pas ici pour parler de la guerre, ou de Cassandre. Je ne suis ici que pour être avec toi.

Piquée au vif, elle se détourna et haussa les épaules. Puis elle rabattit les draps et les couvertures, enleva sa robe, moucha les lampes. Son corps était aussi ferme et aussi magnifique que lors de notre nuit de noces. La maternité ne l'avait nullement déformé. Je m'allongeai, tendis les bras et pendant un moment oubliai le lendemain. Puis je m'assoupis, plongeant dans le sommeil. Mon corps était satisfait, mon esprit détendu. Mais avant de sombrer dans l'inconscience, j'entendis Andromaque pleurer.

— Qu'as-tu donc à présent ? Penses-tu toujours à Cassandre ?

— Non, je pense à notre fils. Je prie pour qu'après-demain il connaisse encore la joie d'avoir un père vivant.

Comment les femmes s'arrangent-elles pour toujours dire la seule chose qu'un homme ne veut pas entendre ?

— Cesse de pleurnicher et dors ! criai-je.

Elle me caressa le front, se rendant compte qu'elle était allée trop loin.

— Peut-être suis-je trop angoissée. Achille ne se battra pas, alors tu ne cours aucun danger.

Je m'écartai brusquement d'elle et tapai du poing sur l'oreiller.

— Tais-toi, à la fin! Inutile de me rappeler que l'homme avec lequel je brûle de me battre ne sera même pas là pour m'affronter.

— Hector, es-tu fou? s'écria-t-elle, le souffle coupé. La rencontre avec Achille compte-t-elle pour toi davantage que Troie? Que notre fils? Que moi?

— Il est des choses que seuls les hommes savent apprécier. Astyanax comprendrait mieux que toi.

— Astyanax n'est qu'un enfant. Depuis qu'il est venu au monde, il n'entend parler que de guerre. Il voit les soldats faire l'exercice, il s'assied à côté de son père dans un magnifique char de guerre à la tête d'une armée lors des parades militaires : il est victime d'illusions. Mais jamais il n'a vu le champ de bataille après un vrai combat.

— Il n'est aucun aspect de la guerre devant lequel notre fils se dérobe.

— Notre fils a *neuf ans*! Je ne permettrai pas qu'il devienne un guerrier obstiné et impitoyable comme tous les hommes de ta génération.

— Tu vas trop loin, ripostai-je d'un ton glacial. Par bonheur, tu n'auras plus à intervenir désormais dans l'éducation d'Astyanax. Dès que je rentrerai victorieux de la bataille, je te l'enlèverai et le confierai à des hommes.

— Fais cela et je te tuerai de mes propres mains, répliqua-t-elle avec hargne.

— Essaie seulement et tu le paieras de ta vie.

Pour toute réponse, elle éclata en sanglots.

J'étais trop irrité pour la toucher ou tenter la moindre réconciliation. Aussi passai-je le reste de la nuit, incapable de m'attendrir, à l'écouter pleurer comme une démente. La mère de mon fils refusait d'en faire un guerrier!

A l'aube naissante, je me levai et, debout à côté du lit, je jetai un coup d'œil à Andromaque. Elle refusa de me regarder. Mon armure m'attendait, j'oubliai Andromaque dans l'exaltation du moment et frappai dans mes mains. Les esclaves vinrent, me revêtirent de ma tunique rembourrée, lacèrent mes bottes, ajustèrent par-dessus les cnémides. Je maîtrisai l'impatience que je ressentais toujours avant un combat tandis qu'ils me mettaient mon pagne de cuir, ma cuirasse, mes cubitières, mes gantelets et mes protections en cuir pour les poignets et le front. On me donna mon casque, on me passa mon baudrier sur l'épaule gauche, laissant pendre mon épée du côté droit et, pour finir, on me mit mon bouclier géant en bandoulière sur l'épaule droite à l'aide de sa lanière coulissante, de façon à couvrir mon flanc gauche. Un esclave me donna ma massue, un autre m'aida à glisser mon casque sur l'avant-bras. J'étais fin prêt.

— Andromaque, je pars, annonçai-je d'une voix dure.

Mais elle demeura immobile, le visage tourné vers le mur.

Les couloirs tremblèrent, les dalles de marbre renvoyèrent l'écho du bronze; le bruit de mes pas me précédait comme une lame de fond. Ceux qui n'allaient pas au combat sortaient pour m'acclamer au passage; à chaque porte, des hommes m'emboîtaient le pas. Des étincelles jaillissaient sous les talons renforcés de bronze et, au loin, on entendait les tambours et les trompes. Devant nous s'étendait maintenant la grande cour et par-delà se dressaient les portes de la citadelle.

Hélène m'attendait sous le portique. Je m'arrêtai et fis signe aux autres de continuer sans moi.

— Bonne chance, beau-frère.

— Comment peux-tu me souhaiter bonne chance alors que je me bats contre tes compatriotes?

— Je n'ai pas de patrie, Hector.

— Ton pays reste ton pays.

— Hector, ne sous-estime jamais un Grec! m'avertit-elle en reculant d'un pas, elle-même surprise de ses propres paroles. Puis elle ajouta : C'est un conseil que tu ne mérites guère.

— Les Grecs sont des hommes comme les autres.

— Vraiment? Je ne suis pas d'accord. Mieux vaut avoir un Troyen qu'un Grec comme ennemi.

Ses yeux verts étincelaient, pareils à des émeraudes.

— C'est un combat loyal, en terrain découvert. Nous en sortirons victorieux.

— Peut-être. Mais t'es-tu demandé pourquoi Agamemnon a causé tant de problèmes pour une seule femme, alors qu'il en a des centaines?

— Ce qui importe, c'est qu'Agamemnon ait causé des problèmes. La raison d'un tel comportement est sans intérêt.

— Je crois au contraire qu'elle est essentielle. Ne sous-estime jamais la ruse des Grecs. Et surtout, ne sous-estime jamais Ulysse.

— Pfft! On affable à son sujet, voilà tout.

— C'est ce qu'il veut vous faire croire. Mais moi je sais qui il est.

Elle tourna les talons et rentra. Pâris ne se montra pas. Il se contentait de nous observer de loin.

Soixante-quinze mille fantassins et dix mille chars m'attendaient, alignés sur les petites places et dans les rues transversales qui menaient à la porte Scée. Sur la grand-place se trouvait le premier détachement de cavalerie, mes propres auriges. Leurs acclamations retentirent comme le tonnerre lorsque j'apparus, levant haut ma massue pour les saluer. Je montai dans mon char et plaçai avec soin mes pieds dans les étriers d'osier pour ne pas perdre assise, en particulier au galop. A perte de vue, j'apercevais des milliers de casques à plumet pourpre, le bronze prenait des reflets rouge sang sous les rayons du soleil, la porte se dressait, imposante, au-dessus de moi.

Les fouets claquèrent. Les bœufs attelés au gros rocher qui soutenait la porte Scée beuglèrent en baissant la tête. Dans le fossé, on avait déjà mis de l'huile et de la graisse. Les bêtes avaient presque le mufle à terre. Très lentement la porte s'ouvrit, grinçant et grondant, tandis que le rocher glissait au fond du fossé. La porte elle-même parut plus petite et l'étendue de ciel et de plaine entre les remparts plus vaste. Le cri de joie qui jaillit de la gorge de milliers de soldats troyens couvrit le grondement que faisait entendre la porte en s'ouvrant pour la première fois depuis presque dix ans.

Je la franchis. J'étais dans la plaine et mes auriges me suivaient. Le vent me fouettait le visage, des oiseaux s'envolaient sous la voûte des cieux, mes chevaux dressaient les oreilles et galopaient en tendant leurs pattes fines. Nous allions enfin au combat !

A un quart de lieue de la porte Scée, je m'arrêtai et me retournai pour donner des instructions aux troupes : ceux qui étaient devant formaient une ligne droite, les chars au premier rang ; la garde royale de dix mille fantassins et mille chars constituait le centre de mon avant-garde. La manœuvre fut exécutée en bon ordre et rapidement, sans panique ni confusion.

Quand tout fut prêt, je fis volte-face pour contempler le mur étranger, érigé en travers de la plaine d'un fleuve à l'autre, isolant la plage grecque. Des milliers de points brillants étincelaient sur les gués de chaque côté du mur, tandis que les envahisseurs déferlaient dans la plaine. Je remis ma lance à Cébrion et ajustai mon casque, rejetant en arrière le plumet écarlate de crin de cheval. Mes yeux croisèrent ceux de Déiphobos, juste à côté de moi, puis j'embrassai du regard ce front qui s'étirait sur une demi-lieue. Mon cousin Énée commandait l'aile gauche et le roi Sarpédon l'aile droite. J'étais à la tête de l'avant-garde.

Les Grecs se rapprochaient. Le soleil se reflétant sur leurs armures paraissait plus brillant encore. Je plissai les yeux pour mieux distinguer l'ennemi qui se trouverait devant moi : serait-ce Agamemnon lui-même, ou bien Ajax, ou quelque autre de leurs héros ? J'eus un pincement au cœur : ce ne serait pas Achille. Puis je regardai à nouveau nos lignes et sursautai. *Pâris était là !* Armé de son arc et de son carquois, il était à la tête des hommes de la garde royale qui lui avait été attribués autrefois, il y a très longtemps. Je me demandai à quelle ruse Hélène avait eu recours pour lui faire quitter ses appartements, où il était à l'abri du danger.

24

Récit de Nestor

J'adressai une courte prière au dieu des Nuées. J'avais participé à d'innombrables campagnes, cependant jamais je ne m'étais trouvé face à une armée comparable à celle de Troie. Et jamais jusqu'alors la Grèce n'avait enfanté une armée pareille à celle d'Agamemnon. Mon regard se porta sur la cime altière, perdue dans la brume, du lointain mont Ida et je me demandai si tous les dieux n'avaient pas quitté l'Olympe pour s'y installer et observer de là-haut la bataille. Elle méritait bien leur intérêt, cette guerre à une échelle que les simples mortels n'avaient jamais imaginée, pas plus que les dieux, qui eux se contentaient de querelles intestines. Et s'ils s'étaient assemblés sur le mont Ida pour regarder, ils ne seraient pas alliés pour autant; chacun savait qu'Apollon, Aphrodite, Artémis et leur clan avaient délibérément pris parti pour Troie, tandis que Zeus, Poséidon, Héra et Pallas Athéna soutenaient la Grèce. Impossible de deviner dans quel camp se trouvait Arès, le seigneur de la Guerre, car même si les Grecs avaient répandu son culte partout dans le monde, sa maîtresse, Aphrodite, défendait la cause troyenne. Héphaïstos, l'époux de cette dernière, était naturellement du côté des Grecs. Cela nous avantageait, car il surveillait la fonte des métaux. Ainsi nos armuriers bénéficiaient-ils d'une aide divine.

Si quelqu'un était heureux ce jour-là, c'était bien moi. Une seule chose gâchait mon plaisir : le garçon qui était près de moi s'agitait et rongeait son frein parce qu'il voulait être dans son propre char et combattre. Je le regardai de côté. C'était mon fils, Antiloque, le plus jeune et celui qui m'était le plus cher, l'enfant du crépuscule de ma vie. Il avait douze ans quand j'étais parti de Pylos. J'avais répondu par la négative à tous ceux qui, en son nom, m'avaient supplié de le laisser venir à Troie. Aussi s'était-il embarqué clandestinement à bord d'un navire, le polisson. En arrivant, il était allé trouver Achille et, à eux deux, ils m'avaient persuadé de ne pas le renvoyer. Il s'agissait de sa première bataille mais, au fond de moi, je regrettais qu'il ne fût pas resté loin d'ici, sur les rivages sablonneux de Pylos.

Nous nous alignâmes face aux Troyens, sur un front de près d'une demi-lieue. Je notai qu'Ulysse avait raison. Ils étaient bien plus nombreux que nous, ce qui aurait été également le cas si toute la Thessalie avait été à nos côtés. Je parcourus du regard leurs rangs pour en repérer les chefs et aperçus tout de suite Hector, au centre de l'avant-garde. La nôtre comprenait mes troupes venues de Pylos, ainsi que celles des deux Ajax et de dix-huit petits rois. Agamemnon, le chef de notre avant-garde, faisait face à Hector. Notre flanc gauche était commandé par Idoménée et Ménélas, notre flanc droit par Ulysse et Diomède, les deux amants si mal assortis. Le feu et la glace.

Debout sur son char, Hector conduisait un attelage de magnifiques chevaux noirs comme le jais. On aurait dit Arès en personne. Aussi grand et droit qu'Achille. Je ne vis cependant aucun vieillard parmi les Troyens. Priam et ses semblables étaient restés au palais. J'étais donc le plus vieux sur le champ de bataille.

On battit du tambour, on fit sonner les trompes et les cymbales. Une fois le défi lancé, la bataille s'engagea de part et d'autre de l'espace qui, sur cinq cents pas, nous séparait encore les uns des autres. Les javelots volèrent, les flèches fondirent comme des aigles, les chars virevoltèrent, l'infanterie chargea et fut repoussée. Agamemnon déployait une énergie et une vigueur que je ne lui soupçonnais pas. Nous étions nombreux à n'avoir pas encore eu l'occasion de voir comment les autres rois se comportaient au combat. C'était donc réconfortant de constater qu'Agamemnon avait les qualités requises pour être à la hauteur face à Hector.

Hector fulminait et lançait continuellement ses chars sur nous sans jamais parvenir à percer notre front. Je fis plusieurs sorties au cours de la matinée, tandis qu'Antiloque poussait le cri de guerre de Pylos et que je gardai mon souffle pour le combat. Plus d'un Troyen mourut sous les roues de mon char. En bon aurige, Antiloque savait me tirer des difficultés et battre en retraite au moment opportun.

Ma gorge se desséchait et la poussière eut tôt fait de couvrir mon armure. Je fis signe à mon fils et nous nous retirâmes derrière nos lignes pour boire quelques gorgées d'eau et reprendre notre souffle. Quand je regardai le soleil, je vis à ma grande surprise qu'il était près du zénith. Nous retournâmes aussitôt en première ligne et, dans un élan d'audace, mes hommes enfoncèrent les rangs troyens. Nous fîmes du bon travail à l'insu d'Hector, puis je donnai le signal de la retraite et nous retournâmes dans nos lignes sans avoir perdu un seul homme. Hector, lui, en avait perdu une bonne douzaine.

A midi, Agamemnon envoya un héraut sonner de la trompe pour annoncer la trêve. Les deux armées déposèrent les armes en maugréant. La faim, la soif, la peur et la fatigue devinrent des réalités pour la première fois depuis le commencement de la bataille, peu de temps après le lever du soleil. Quand je vis tous les chefs se diriger vers Agamemnon, je demandai à Antiloque de me conduire aussi vers lui.

— Que se passe-t-il, seigneur ? demandai-je.

— Les hommes ont besoin de repos. C'est la première fois depuis des lunes qu'on se bat avec une telle violence. J'ai donc envoyé un héraut à Hector pour lui demander, à lui et à ses chefs, de nous rencontrer pour parlementer.

— Parfait, dit Ulysse. Avec de la chance on peut gagner du temps, pendant que les hommes récupèrent et mangent.

— Comme ce stratagème marche dans les deux sens, Hector ne peut refuser mon offre.

Les non-combattants ôtèrent les cadavres qui gisaient sur la bande de terrain entre les deux armées. De part et d'autre, les chefs partirent en char pour aller parlementer. Je m'en fus avec Ajax, Ulysse, Diomède, Ménélas, Idoménée et Agamemnon. Nous assistâmes à cette première rencontre entre le grand roi et l'héritier de Troie avec curiosité. Hector avait certes l'étoffe d'un futur roi.

Il nous présenta ses compagnons d'armes, Énée de Dardanie, Sarpédon de Lycie, Acamas, le fils d'Anténor, Polydamas, le fils d'Agénor, Pandaros, le capitaine de la garde royale et enfin ses frères, Pâris et Déiphobos.

Ménélas grommela et lança des regards mauvais à Pâris, mais l'un et l'autre craignaient trop leur frère respectif pour se chercher querelle. Les Troyens me donnèrent l'impression d'être des hommes de valeur, des guerriers, à l'exception de Pâris qui, avec ses airs affectés, n'était de toute évidence pas à sa place. Tandis qu'Agamemnon faisait les présentations, j'observai attentivement Hector pour voir sa réaction lorsqu'il mettait un nom sur un visage. Quand vint le tour d'Ulysse, il scruta la physionomie de notre grand tacticien avec perplexité. Ceux qui ne connaissaient pas Ulysse, le renard d'Ithaque, n'en faisaient pas grand cas quand ils le voyaient : il était mal proportionné et se donnait un air débraillé, presque repoussant, s'il jugeait cela nécessaire. « Regarde-le bien au fond des yeux, Hector, regarde-le bien ! lui dis-je en silence. Découvre qui est cet homme et méfie-toi ! » Mais Hector était plus attiré par Ajax, debout aux côtés d'Ulysse. Aussi ne comprit-il pas qu'Ulysse jouait un rôle des plus importants.

Hector prit la mesure de l'imposante stature d'Ajax, qu'un seul des nôtres surpassait. Pour la première fois de sa vie, nous sembla-t-il, il dut lever les yeux pour regarder un autre homme.

— Cela fait dix ans que nous ne nous sommes parlé, fils de Priam, dit Agamemnon. Il est grand temps de le faire.

— De quoi veux-tu discuter ?

— D'Hélène.

— Il n'y a rien à dire là-dessus.

— C'est faux ! Nies-tu que Pâris, ton frère, a enlevé la femme de mon frère Ménélas, roi de Lacédémone, et l'a emmenée à Troie, offensant ainsi la Grèce tout entière ?

— Je le nie.

— Hélène a demandé à venir, ajouta Pâris.

— Et naturellement, tu nies avoir eu recours à la force ?

— Naturellement, puisque cela n'a pas été nécessaire, dit Hector en soufflant par les narines comme un taureau. Mais que nous proposes-tu, grand roi ?

— Que tu rendes Hélène et tout ce qui lui appartient à son époux légitime, qu'en compensation du temps que nous avons perdu et de tous nos ennuis, tu ouvres à nouveau l'Hellespont aux marchands grecs et que tu ne t'opposes pas à l'établissement de colonies grecques en Asie Mineure.

— Tes termes sont inacceptables.

— Pourquoi ? Tout ce que nous demandons, c'est le droit à une coexistence pacifique. Je ne me battrais pas si je pouvais obtenir satisfaction sans avoir recours à la guerre, Hector.

— Accéder à tes demandes serait causer la ruine de Troie, Agamemnon.

— La guerre ruinera Troie plus rapidement encore. Tu es sur la défensive, Hector, ce qui n'est jamais une situation avantageuse. Depuis dix ans, c'est à nous que reviennent les profits qui auraient dû être ceux de Troie, sans parler des profits que nous tirons de l'Asie Mineure.

On continua ainsi à parlementer, à échanger d'inutiles paroles, tandis que les soldats, allongés sur le dos dans l'herbe, fermaient les yeux tant le soleil était aveuglant.

— Acceptes-tu cet arrangement, prince Hector ? demanda un peu plus tard Agamemnon. Nous avons parmi nous les deux parties concernées : Ménélas et Pâris. Qu'ils se battent en duel ici même, en présence de nos deux armées. Le vainqueur dictera les termes d'un traité de paix.

Si Pâris n'avait pas l'air d'un brillant duelliste, Ménélas semblait l'être encore moins. En un instant Hector jugea que Pâris l'emporterait facilement.

— Entendu, dit-il, Pâris va se battre en duel contre Ménélas, et le vainqueur dictera les termes d'un accord.

Je regardai Ulysse assis à côté de moi.

— Pour sauver la réputation future d'Agamemnon, Nestor, espérons que ce sera un Troyen qui devra mettre fin au duel, me chuchota-t-il à l'oreille.

Nous nous retirâmes derrière nos lignes et laissâmes aux deux hommes un espace d'une largeur de cinq cents pas. Ils tournèrent lentement l'un autour de l'autre ; Ménélas portait sa lance en avant, Pâris l'esquivait. Je n'avais jamais cru Ménélas capable de grand-chose mais, de toute évidence, Agamemnon savait ce qu'il faisait en proposant ce duel. J'avais eu tort de croire que Pâris l'emporterait haut la main. Bien que Ménélas ne possédât ni l'enthousiasme ni l'intuition d'un bon chef, il avait appris à se battre en duel avec la rigueur dont il faisait preuve en toute chose. Il manquait d'ardeur mais non de courage. Quand il jeta sa lance contre Pâris, elle fit tomber son bouclier. Face à une épée nue, Pâris préféra s'enfuir plutôt que dégainer la sienne. Il prit ses jambes à son cou et Ménélas le talonna aussitôt.

A présent notre victoire était certaine ; les Troyens gardaient le silence et nos hommes poussaient des cris de joie. Je ne quittai pas Hector des yeux; un homme de principes qui avait commis une erreur de jugement. Si Ménélas tuait Pâris, il lui faudrait négocier. Sans qu'Hector eût fait le moindre geste, Pandaros, le capitaine de la garde royale, encocha rapidement une flèche. Je poussai un cri pour avertir Ménélas qui s'arrêta et s'écarta d'un bond. Derrière moi, les soldats indignés hurlèrent. Ménélas était debout, la flèche plantée dans le flanc. Les Troyens, affligés, hurlèrent à leur tour. C'était un Troyen qui avait rompu la trêve. Hector était déshonoré.

Les armées reprirent le combat avec plus d'acharnement encore que le matin; les uns pour laver leur honneur souillé, les autres pour se venger d'une insulte et, de part et d'autre, on frappait d'estoc et de taille avec une férocité inouïe. Les soldats tombaient en grand nombre; les cinq cents pas qui séparaient les lignes se réduisaient peu à peu. Bientôt il n'y eut plus qu'un enchevêtrement de corps et le nuage de poussière qui montait du sol nous aveuglait, nous suffoquait. Hector était partout à la fois, il allait et venait dans son char au centre de son armée, multipliant les coups de lance. Aucun de nous ne parvenait à s'en approcher suffisamment pour tenter de lui porter un coup. Les hommes mouraient, écrasés sous les sabots de ses trois chevaux noirs. Comment il frayait un passage à son attelage dans cette foule, je ne le compris pas en ce premier jour où se livrait une bataille rangée mais, plus tard, cela se répéta si souvent que je l'imitai et trouvai bientôt cela tout naturel. J'aperçus Énée suivi d'une phalange de Dardaniens. Comment, en pleine mêlée, avait-il pu venir depuis l'aile de l'armée où il se trouvait auparavant?

J'abandonnai ma lance pour saisir mon épée, ralliai mes hommes et fonçai dans la masse, provoquant du haut de mon char un terrible carnage, frappant au hasard des visages ruisselants de sueur, ne perdant jamais de vue Énée tandis que je réclamais des renforts.

Agamemnon me les envoya, Ajax à leur tête. Énée

les vit arriver et rameuta ses hommes, mais auparavant j'avais eu le privilège de voir ce véritable géant perpétrer autour de lui un effroyable massacre. Ajax n'avait pas sa hache. Pour ce premier jour de bataille, il avait préféré son épée à double tranchant haute de deux coudées, qu'il maniait comme une hache, me semblait-il, la faisant tournoyer autour de sa tête et hurlant de joie. Il savait se défendre mieux que quiconque avec son énorme bouclier qui jamais n'oscillait ni ne touchait le sol, et cette énorme masse de bronze et d'étain le protégeait de pied en cap. Six vigoureux capitaines de Salamine le suivaient et à l'abri du bouclier se cachaient Teucer et son arc. Libre de ses mouvements, il encochait une flèche, la laissait filer, en prenait une autre dans son carquois et répétait le même geste, sans à-coups, à une cadence parfaitement régulière. Je vis des Grecs dans la foule, trop loin de lui pour apercevoir sa haute stature, sourire et reprendre courage en entendant le célèbre cri qu'Ajax lançait à Arès et à la maison d'Éaque : « Aii ! A mort ! Aii ! A mort ! »

Entouré de mes hommes, je levai le bras pour le féliciter. Antiloque, qui le regardait plein d'admiration, relâcha les rênes de notre attelage.

— Ils sont partis, grogna Ajax.

— Même Énée n'a pas voulu t'affronter, dis-je.

— Que Zeus les envoie au royaume des morts ! Pourquoi refusent-ils le combat ? Je rattraperai cet Énée.

— Où se trouve Hector ?

— Je l'ai cherché en vain tout l'après-midi. C'est un vrai feu follet. Mais je l'épuiserai. Tôt ou tard nous nous affronterons.

Des cris perçants retentirent pour nous avertir d'un danger. Nous renforçâmes les rangs. Énée revenait à la charge, accompagné d'Hector et d'une partie de la garde royale. Je regardai Ajax.

— Voilà l'occasion, fils de Télamon.

— J'en remercie Arès.

Il poussa doucement Teucer de la pointe de son énorme botte.

— Debout, frère. Celui-ci est pour moi et moi seul. Protège Nestor et tiens Énée à distance.

Teucer baissa la tête et sortit de sous le bouclier. Il n'y avait pas la moindre trace d'inquiétude dans son regard vif et loyal, tandis que d'un bond il vint à côté de moi et d'Antiloque. Personne ne mettait jamais en doute sa loyauté, bien que sa mère fût la propre sœur de Priam, Hésione.

— Va, cria-t-il à mon fils, fais-nous traverser cet amoncellement de cadavres et arrête-toi près d'Énée. Il va nous donner du fil à retordre. Roi Nestor, veux-tu me protéger pendant que j'utilise mon arc?

— Avec grand plaisir, Teucer.

— Pourquoi Énée se trouve-t-il à l'avant-garde, père? me demanda Antiloque tandis que nous partions. Je croyais qu'il commandait une aile?

— Moi aussi, répondit Teucer.

Mes hommes et quelques-uns des Salaminiens nous accompagnèrent pour empêcher Énée de trop s'approcher d'Hector et permettre à Ajax de le forcer à se battre en duel.

Ajax ne se servait jamais d'un char dans la bataille, probablement parce que personne n'avait été capable d'en construire un assez robuste pour les porter lui, Teucer et un aurige. Il avait pour habitude de rester debout sur le sol et de se comporter comme si lui-même était un char.

Le bronze tinta contre le bronze. Ajax et Hector se valaient. Face à face, ils résistaient et paraient les coups, alors que tout autour d'eux le combat cessait petit à petit. Énée attira mon attention en sifflant et m'interpella :

— Ce serait dommage de manquer ce spectacle, mon vieil ami! Je préfère regarder plutôt que me battre. Pas toi? Énée de Dardanie demande une trêve.

— J'accepte cette trêve jusqu'au moment où s'achèvera le duel. Alors, si c'est Ajax qui tombe, je mettrai ma vie en jeu pour défendre son corps et son armure! Mais si c'est Hector, j'aiderai Ajax à t'empê-

cher de prendre son corps et son armure ! La trêve
est acceptée par Nestor de Pylos.

— Qu'il en soit ainsi ! répondit Énée.

C'était un réel plaisir que de regarder combattre
Ajax. Il tenait sa garde haute, le corps toujours protégé par son énorme bouclier. Hector dansait
comme une flamme autour de lui, entaillant profondément le bouclier. Tous deux avaient perdu le sens
du temps et ignoraient la fatigue ; sans cesse leur
bras se levait et retombait, avec la même force. Par
deux fois Hector faillit perdre son bouclier. Pourtant, il continua de combattre et conserva bouclier et
épée en dépit de toutes les tentatives d'Ajax. Le
combat fut long et implacable. L'un d'eux voyait-il
une ouverture, il se ruait en avant, mais se retrouvait
face à une lame et continuait alors sans se découra-
ger.

Je sentis une légère tape sur le bras : c'était un
héraut d'Agamemnon.

— Le grand roi voudrait savoir pourquoi le
combat a cessé dans ce secteur, seigneur.

— J'ai accepté une trêve temporaire. Vois par toi-
même, ami. Combattrais-tu, si tu avais l'occasion
d'assister à une telle lutte ?

— Je reconnais le prince Ajax, mais qui est son
adversaire ?

— Va dire au grand roi qu'Ajax et Hector se livrent
un combat à mort.

Le messager s'éclipsa aussitôt, ce qui me permit de
rendre au duel toute mon attention. Les deux
hommes continuaient de s'y livrer avec acharnement. Depuis combien de temps cela durait-il ? Je
n'eus pas besoin de me protéger les yeux quand je les
levai vers la sphère dorée du soleil, ternie de poussière, qui se trouvait à présent presque au ras de
l'horizon. Par Arès, quelle endurance !

Agamemnon plaça son char près du mien.

— Peut-on se passer de toi au poste de commandement, seigneur ?

— Ulysse me remplace. Par Zeus ! Depuis
combien de temps se battent-ils, Nestor ?

— Cela fait presque un huitième de l'après-midi.

— Ils vont bientôt devoir arrêter. Le soleil se couche.

— Incroyable combat, ne trouves-tu pas ?

— Pourquoi cette trêve ?

— Les hommes avaient bien trop envie de voir ça. Et moi aussi. Comment cela se passe-t-il de ton côté ?

— Les Troyens sont bien plus nombreux, mais nous tenons. Diomède a été un vrai Titan ! Il a tué Pandaros, celui qui avait rompu la trêve, puis il a filé avec l'armure, sans qu'Hector pût rien y faire. Je vois qu'Énée aussi est présent. Pas étonnant que *lui* ait voulu une trêve ! Diomède l'a frappé à l'épaule et croit l'avoir blessé.

— C'est donc pour ça qu'il a quitté l'aile qu'il commandait...

— Ce Dardanien est le plus rusé des hommes de Priam. Mais il ne se soucie que de lui-même, à ce qu'on dit.

— As-tu des nouvelles de Ménélas ? Son état est-il préoccupant ?

— Non, Machaon l'a pansé et l'a aussitôt renvoyé combattre.

— Il s'est bien défendu contre Pâris.

— Il t'a surpris, n'est-ce pas ?

La trompe annonçant la nuit fit retentir sa longue note sinistre par-dessus les clameurs du champ de bataille. Les hommes déposèrent les armes. Ils se débarrassèrent des boucliers et rengainèrent maladroitement. Hector et Ajax continuaient à se battre. La nuit finit pourtant par avoir raison d'eux. A peine pouvaient-ils distinguer leurs armes quand je descendis de mon char et les séparai.

— Il fait trop sombre pour continuer, jeunes lions. Je déclare l'égalité, rengainez vos épées.

Hector ôta son casque d'une main tremblante.

— J'avoue que c'est un soulagement. Je suis rompu.

Ajax remit son bouclier à Teucer, dont les genoux fléchirent sous le poids.

— Moi aussi, je suis épuisé.

— Tu es un valeureux guerrier, Ajax, dit Hector en lui tendant son bras droit.

Ajax entoura de ses doigts le poignet du Troyen en souriant.

— Hector, il serait malhonnête de ne pas te retourner le compliment.

— Il paraît impossible qu'Achille te surpasse. Tiens, prends mon épée !

Ajax en contempla la lame avec un plaisir évident puis la soupesa.

— Je m'en servirai désormais pour combattre. En échange, voici mon baudrier. Mon père m'a dit que son propre père affirmait l'avoir reçu de son père, Zeus l'immortel.

Il enleva la précieuse relique de cuir pourpre, ornée d'un motif en or ciselé, une pièce exception- nelle.

— Je le porterai au lieu du mien, promit Hector, ravi.

Je les regardai. Ils éprouvaient l'un pour l'autre une vive sympathie, un respect acquis dans d'effroyables circonstances. Soudain un pressenti- ment me glaça : cet échange d'objets personnels était de fort mauvais augure.

Nous campâmes sous les murs de Troie, cette nuit-là. L'armée d'Hector nous séparait de la porte Scée grande ouverte. On alluma les feux de camp, au-dessus desquels on suspendit les chaudrons ; des esclaves transportaient de grands plateaux chargés de pain d'orge et de viande, et le vin coupé d'eau cou- lait à flot. Je dînai avec Agamemnon et les autres rois autour d'un feu, parmi nos hommes. Lorsque j'entrai dans le cercle de lumière, ils se tournèrent vers moi pour me saluer. Tous semblaient terrassés par la fatigue, comme toujours après une bataille âpre- ment disputée.

— Nous n'avons pas avancé d'un pouce, dis-je à Ulysse.

— Eux non plus, répliqua-t-il d'une voix calme.

— Combien d'hommes avons-nous perdus ? demanda Idoménée.

— A peu près autant qu'Hector, peut-être un peu moins, dit Ulysse. Pas assez pour faire pencher la balance, cependant.

— En ce cas la journée de demain devrait être décisive, repartit Mérione.

— Demain, oui, acquiesça Agamemnon en bâillant.

Les corps étaient douloureux et les paupières lourdes, les ventres pleins. Il était temps de s'envelopper dans des fourrures autour du feu. La fumée de dix mille feux de camp montait vers les astres. Allongé sur le dos, je regardai les étoiles apparaître et disparaître jusqu'à ce que tout fût englouti dans les ténèbres du sommeil.

Le deuxième jour fut bien différent du premier. Ni trêves pour interrompre le carnage, ni duels pour retenir notre attention, ni actes de bravoure pour transcender le combat. La lutte fut âpre, cruelle et acharnée. Mon corps aspirait au repos, ma vue était brouillée par les larmes qu'on verse à la vue d'un fils mourant. Antiloque pleura son frère et demanda à le remplacer sur le front. Je fis donc conduire mon char par un soldat.

Aussi implacable qu'Arès, aussi insaisissable, Hector était dans son élément. Il arpentait le champ de bataille, aiguillonnant ses troupes d'une voix impérieuse. Ajax n'eut pas le loisir de le pourchasser : Hector faisait porter sur lui et Diomède tous les efforts de la garde royale, rivant sur place ses deux pires ennemis. Chaque fois qu'Hector donnait un coup de lance, un homme mourait : il était aussi habile qu'Achille. Si une brèche apparaissait dans nos lignes, il y introduisait ses hommes puis, une fois qu'ils les avaient pénétrées, il en appelait encore davantage.

Oh! Quelle douleur m'étreignit! Quel chagrin, quelle détresse! Les larmes m'aveuglèrent quand un autre de mes fils tomba, éventré par la lance d'Énée. Presque aussitôt, Antiloque faillit se faire trancher la tête d'un coup d'épée. Pas lui, je t'en supplie, miséricordieuse Héra! Tout-puissant Zeus, ne me prends pas mon Antiloque!

De temps à autre, des hérauts venaient m'informer de ce qui se passait sur le reste du champ de bataille. Je remerciai les dieux que nos chefs fussent indemnes. Puis, peut-être parce que nos hommes étaient fatigués, ou bien parce que les quinze mille Thessaliens d'Achille nous faisaient cruellement défaut, ou pour quelque autre raison encore plus mystérieuse, nous commençâmes à perdre du terrain. Lentement, imperceptiblement, le front s'éloignait des remparts de la cité et se rapprochait de nos propres murs.

Hector fondit alors sur nous. J'appelai désespérément à l'aide quand je vis son char s'avancer dans la mêlée. La chance était avec moi : Diomède et Ulysse étaient tout près. Diomède ne tenta pas d'affronter Hector mais préféra se concentrer sur son aurige, qui semblait nettement manquer d'expérience. Sa lance l'atteignit alors qu'il était accroupi. Son corps tira sur les rênes jusqu'à ce que les chevaux, blessés par le mors, se mettent à broncher. Aidés d'Ulysse, nous nous éloignâmes sans encombre, tandis qu'Hector coupait les rênes en jurant.

Je tentai de regagner ma section du front, mais ce fut impossible. La peur se répandait parmi les troupes, on parlait de mauvais présages. Aucun de nous ne pouvait plus se faire d'illusions : l'armée était en déroute. Hector s'en rendit compte et lança, avec un cri de triomphe, toutes ses réserves dans le combat.

Ce fut Ulysse qui nous sauva. Il sauta dans un char vide et ramena au combat les soldats qui s'enfuyaient, les forçant à céder le terrain pas à pas et en bon ordre. Agamemnon suivit immédiatement son exemple ; ce qui aurait pu devenir une débâcle fut accompli avec un minimum de pertes et sans donner l'impression d'une totale débandade. Diomède fit ensuite charger ses Argiens contre les Troyens qui avançaient et je le suivis avec Idoménée, Eurypile, Ajax et tous leurs hommes.

Teucer était dans son coin, abrité par le bouclier de son frère. Il lançait toujours ses flèches avec régularité et précision. En apercevant Hector, il sourit et encocha une autre flèche. Mais Hector était trop rusé pour tomber sous une flèche alors qu'il se trouvait dans le voisinage d'Ajax. Il para les flèches l'une après l'autre avec son bouclier, ce qui courrouça Teucer au point de lui faire commettre une faute : il sortit de sa cachette. Hector s'y attendait. Il n'avait plus de lance depuis longtemps, mais il trouva un rocher et le lança sur Teucer qui, atteint à l'épaule droite, s'affala, tel un taureau sacrifié. Trop absorbé pour le remarquer, Ajax continua de combattre. Mon cri de soulagement fut repris par une douzaine de voix quand la tête de Teucer réapparut et qu'on le vit ramper sur les cadavres et les blessés pour aller se terrer auprès d'Ajax. Mais il n'était à présent qu'un poids mort que son frère devait traîner ; les Troyens chargèrent alors.

Je jetai un regard désespéré vers nos arrières, pour voir à quelle distance nous nous trouvions de notre mur. Je restai pétrifié : notre arrière-garde franchissait déjà les gués !

Ulysse et Agamemnon parvinrent à éviter la panique. Notre retraite s'acheva sans trop de pertes et nous trouvâmes refuge derrière le mur de notre camp. Il faisait trop sombre pour qu'Hector pût nous y suivre. Demeurés derrière le fossé et la palissade, les Troyens nous huaient.

25

Récit d'Ulysse

Ce soir-là chez Agamemnon, l'ambiance était morose. Résignés, nous tentions de reprendre quelques forces pour le combat du lendemain. J'avais mal au crâne et ma gorge était douloureuse, à force de pousser des cris de guerre. Mes flancs pelaient, écorchés par ma cuirasse malgré la tunique rembourrée. Nous souffrions tous d'égratignures, de plaies, d'estafilades et de meurtrissures. Nous tombions de sommeil.

— Un revers désastreux, plus que désastreux, constata enfin Agamemnon, rompant notre silence.

— C'est ce qu'Ulysse avait prédit, intervint Diomède pour me défendre.

Nestor acquiesça d'un signe de tête. Le malheureux vieillard ! Pour une fois, il paraissait son âge. Il avait perdu deux fils dans la bataille. D'une voix faible, il s'adressa à Agamemnon.

— Ne désespère pas, Agamemnon. Notre heure viendra. Et ces revers nous la rendront d'autant plus douce.

— Je le sais, je le sais ! soupira Agamemnon.

— Il serait judicieux d'aller faire un rapport à Achille, suggéra Nestor à mi-voix, pour que seuls ceux d'entre nous qui étaient dans le secret l'entendent. Si on ne l'informe pas, il risque de sortir trop tôt.

— Ulysse, c'est ton idée, c'est donc à toi d'aller

voir Achille, dit Agamemnon en me lançant un regard noir.

Je m'éloignai à pas lents. Je me retrouvais plus dispos après ce peu d'exercice qu'après une nuit entière de sommeil. Puisque ceux qui me verraient ne pourraient que supposer qu'Agamemnon m'envoyait implorer Achille, je franchis tranquillement la porte du camp des Myrmidons et les trouvai assis, lugubres, paraissant impatients de combattre.

Chez lui, Achille se chauffait les mains à un brasero. Il paraissait aussi fatigué et énervé que s'il avait combattu pendant ces deux jours. Patrocle, assis en face de lui, arborait le visage fermé qui ne le quittait plus depuis l'arrivée de Briséis. Patrocle était amoureux et s'était imaginé qu'il n'avait à craindre aucun rival. Achille au contraire, comme tout homme qui se passionne pour autre chose que la chair, ne s'était pas vraiment engagé envers Patrocle. Celui-ci, qui ne s'intéressait qu'aux hommes, s'estimait gravement lésé. Pauvre garçon !

— Qu'est-ce qui t'amène ? demanda aigrement Achille. Patrocle, donne à boire et à manger au roi.

Avec un soupir de satisfaction, je m'assis et attendis que Patrocle fût parti.

— J'ai appris que ça s'était fort mal passé, remarqua Achille.

— Comme il fallait s'y attendre, ne l'oublie pas, répondis-je. Hector n'a cessé d'aiguillonner les Troyens, mais Agamemnon n'a pas réussi à exercer la même pression sur nos hommes. La retraite a commencé en même temps que se manifestait le mécontentement — tous les présages étaient contre nous : dans le ciel de nombreux aigles volaient à main gauche, un halo doré entourait la citadelle de Troie. Dès lors qu'on se fie aux présages, on est perdu ! Nous avons reculé et Agamemnon a dû nous replier à l'intérieur des fortifications pour la nuit.

— J'ai appris qu'Ajax a rencontré Hector, hier.

— Oui, ils se sont battus en duel pendant une bonne partie de l'après-midi, sans résultat. Ne t'en fais pas, ami, Hector t'appartient de droit.

— Mais des vies sont sacrifiées chaque jour, Ulysse ! Laisse-moi aller me battre demain !

— Non, répondis-je sèchement. Pas tant que l'armée n'est pas en passe d'être anéantie ou que les navires n'ont pas commencé à brûler parce qu'Hector aura pénétré dans le camp. Et même alors, tu diras à Patrocle de commander tes troupes. Tu ne *dois pas* les commander toi-même. Tu l'as juré à Agamemnon, Achille, dis-je en le regardant d'un air sévère.

— Sois tranquille, Ulysse, je ne suis pas parjure.

Il baissa alors la tête et sombra dans le silence.

— Avertis Agamemnon que je refuse de revenir sur ma parole. Dis-lui de trouver quelqu'un d'autre pour le tirer de ce mauvais pas, ou qu'il me rende Briséis, déclara-t-il au retour de Patrocle.

— Comme tu voudras ! m'exclamai-je.

— Reste manger, Ulysse. Patrocle, va donc te coucher.

— Pas sous ton toit ! dit Patrocle en sortant.

Sur le chemin du retour, j'étais en si bonne forme que j'avais envie d'accomplir encore quelque forfait. Je me rendis donc au quartier général de ma colonie d'espions. Thersite et Sinon m'y accueillirent chaleureusement.

— Quelles nouvelles ? demandai-je en m'asseyant.

— Une seule. J'étais sur le point d'aller te chercher, dit Thersite.

— Ah ! Explique-toi.

— Alors que la bataille se terminait, un nouvel allié, lointain cousin de Priam, est arrivé : Rhésos.

— Combien de soldats ?

— Pas un seul, s'esclaffa Thersite. Rhésos n'est qu'un hâbleur. Il se déclare allié, mais réfugié serait plus exact, car on l'a chassé de chez lui. Il conduit un attelage de trois magnifiques chevaux blancs dont a parlé un oracle troyen. On dit qu'ils sont les fils immortels du cheval ailé Pégase, aussi rapides que Borée et aussi sauvages que Perséphone avant qu'Hadès ne la capture. Lorsqu'ils auront bu l'eau du

Scamandre et mangé l'herbe de Troie, la cité ne tombera jamais. Selon l'oracle, cette promesse a été faite par Poséidon, qui est pourtant censé être à nos côtés.

— En ce cas, ont-ils déjà mangé l'herbe de Troie et bu l'eau du Scamandre?

— Ils ont mangé l'herbe mais refusé de boire l'eau du Scamandre.

— Qui pourrait le leur reprocher? Je ne la boirais pas moi-même!

— Priam en a fait rapporter quelques seaux puisés en amont, ajouta Sinon. Il a décidé que ce serait l'occasion idéale pour une cérémonie publique, demain à l'aube. En attendant, les chevaux ont soif.

— Voilà qui est fort intéressant... Je me dois d'aller voir ces bêtes fabuleuses! Cela donnerait plus d'éclat à mon image, si je conduisais un attelage de chevaux blancs... Mais où pourrai-je les trouver?

— Nous ne sommes pas encore parvenus à le découvrir, remarqua Thersite en fronçant les sourcils. Tout ce que nous savons, c'est qu'ils sont cantonnés quelque part dans la plaine, avec l'armée troyenne.

Diomède, Agamemnon et Ménélas m'attendaient devant chez moi.

— Achille va bien, dis-je au grand roi.

— Les dieux soient loués! Je peux enfin dormir tranquille!

Dès qu'il fut parti en compagnie de Ménélas, j'entrai chez moi avec Diomède et appelai un esclave.

— Apporte-moi une cuirasse légère et deux poignards.

— Je ferais bien d'aller m'habiller comme toi, dit Diomède.

— Rendez-vous sur le gué du Simoïs.

— Allons-nous dormir ce soir?

— Plus tard, plus tard! Peut-être...

Vêtu d'une souple cuirasse de cuir noir, deux poignards glissés dans la ceinture, Diomède me rejoignit sur le gué du Simoïs. A pas de loup, nous nous faufilâmes dans l'obscurité jusqu'à l'extrémité du pont, là où les fossés rejoignaient la palissade.

— Qu'est-ce que nous cherchons? chuchota Diomède.

— J'ai très envie de conduire un attelage de chevaux blancs immortels.

— Et où se trouve-t-il, ce fameux attelage?

— Je n'en sais rien encore. Quelque part dans l'obscurité.

— Alors nous cherchons une aiguille dans une meule de foin...

Je lui serrai le bras.

— Chut! Voilà quelqu'un.

En moi-même je remerciai ma protectrice, la chouette de Pallas Athéna, qui mettait toujours la chance sur mon chemin. Nous nous cachâmes dans le fossé et attendîmes.

Un homme émergea de l'obscurité; son armure tintait. Il fallait être un piètre espion pour se déplacer dans un tel accoutrement! De surcroît, il n'eut pas la présence d'esprit d'éviter un endroit éclairé par la lune, qui illumina un instant sa silhouette. C'était un petit homme rondouillard, en tenue d'apparat, arborant le casque troyen surmonté d'un plumet pourpre. Nous le laissâmes s'approcher à deux pas de nous avant de bondir. Je lui mis ma main sur la bouche pour l'empêcher de crier, Diomède l'immobilisa et nous le plaquâmes lourdement dans l'herbe. Il nous regarda de ses yeux ronds exorbités, tremblant comme une feuille. Ce n'était pas un des hommes de Palamède. Quelqu'un qui travaillait pour son propre compte, à mon avis.

— Qui es-tu? grondai-je.

— Dolon, parvint-il à dire.

— Que fais-tu ici, Dolon?

— Le prince Hector a demandé à des volontaires d'aller voir dans ton camp si Agamemnon a l'intention de faire une sortie demain.

— Un homme est arrivé ce soir. Rhésos. Où campe-t-il? demandai-je en caressant la lame de mon poignard.

— Je ne sais pas, répondit-il d'une voix chevrotante.

Diomède se pencha, lui coupa une oreille et l'agita sous ses yeux pendant que je le bâillonnais en attendant qu'il comprenne.

— Parle, crapaud, sifflai-je.

Il parla, et nous lui tranchâmes la gorge.

— Regarde ses bijoux, Ulysse.

— Un homme qui s'est enrichi en dépouillant les cadavres... Enlève-lui ses beaux petits colifichets, mon ami, cache-les bien et tu les reprendras au retour. C'est ta part du butin, puisque l'attelage me revient.

Il fit sauter une grosse émeraude dans sa paume.

— Cette pierre va me permettre de m'acheter une cinquantaine de bœufs du soleil et d'en peupler la plaine d'Argos.

Nous trouvâmes le camp de Rhésos à l'endroit indiqué par Dolon et nous nous allongeâmes sur un tertre voisin pour définir notre stratégie.

— Quel imbécile! marmonna Diomède. Pourquoi donc s'est-il mis à l'écart?

— Il voulait agir seul, je suppose. Combien sont-ils?

— Douze, mais je ne saurais dire lequel est Rhésos.

— J'en dénombre autant. D'abord nous tuerons les hommes, puis nous prendrons l'attelage.

Poignard entre les dents, nous nous faufilâmes dans l'herbe. Ils moururent dans leur sommeil et les chevaux — de vagues silhouettes blanches, au loin — ne prirent même pas peur.

Le dénommé Rhésos ne fut pas difficile à repérer. Il était lui aussi amateur de bijoux : on les voyait étinceler dans les reflets du feu.

— Regarde un peu cette perle! murmura Diomède.

— Elle vaut autant que mille bœufs du soleil, dis-je sans élever la voix.

Les chevaux avaient été muselés, au cas où ils briseraient leur longe et se dirigeraient vers le Simoïs pour étancher leur soif. Tant mieux pour nous : ils ne se mettraient pas à hennir. Pendant que je cherchais des licols et faisais connaissance avec mon nouvel attelage, Diomède rassemblait tout ce qui valait la peine d'être pris dans le camp et le chargeait sur une mule. Puis nous repartîmes jusqu'au gué du Simoïs, où mon ami récupéra le trésor de Dolon. Agamemnon fut assez mécontent d'être réveillé, mais quand je lui racontai l'histoire de Rhésos et de ses chevaux, il éclata de rire.

— Je comprends, Ulysse, pourquoi tu veux garder les descendants de Pégase, mais qu'y a-t-il pour le pauvre Diomède ?

— Je n'ai besoin de rien, dit le rusé Diomède, prenant l'air magnanime.

C'était une réponse habile. Pourquoi en effet avouer à un homme aux coffres vides qu'en une seule nuit on a accumulé une fortune colossale ?

L'histoire des chevaux de Rhésos circulait parmi nos soldats dès le petit matin ; ils étaient ravis et m'acclamèrent quand je conduisis mon nouvel équipage sur le gué du Simoïs, précédant Agamemnon qui voulait que Troie assistât au spectacle.

La bataille fut sanglante, impitoyable. Agamemnon saisit la chance qui lui était offerte et enfonça un coin dans les lignes troyennes, contraignant l'ennemi à battre en retraite. Nos hommes, qui voulaient en finir, les repoussèrent davantage encore. Mais les Troyens nous surpassaient toujours en nombre. Ils reprirent le dessus et la chance tourna. Les rois commencèrent à tomber.

Agamemnon fut le premier. Tandis qu'il approchait sur son char, il transperça de sa lance un soldat qui tentait de l'arrêter, mais ne vit pas celui qui le suivait et qui lui enfonça profondément son arme dans la cuisse. La pointe était barbelée, la blessure saigna abondamment ; notre grand roi fut contraint de quitter le champ de bataille.

Puis ce fut au tour de Diomède. Il réussit à

atteindre le casque d'Hector de son javelot et à l'étourdir un instant. Avec un cri de joie, Diomède s'avançait déjà pour l'achever pendant que je concentrais mes efforts sur les chevaux et l'aurige, bien décidé à détruire son char. Nous ne vîmes ni l'un ni l'autre l'homme qui se dissimulait derrière, jusqu'au moment où il se dressa arc en main, rayonnant de joie, et tira sa flèche. Elle rasa terre et atteignit le pied de l'Argien. Cloué au sol, Diomède jurait et tendait le poing, tandis que Pâris détalait. Troie avait son Teucer!

— Arrache donc cette flèche! criai-je à Diomède, courant à son secours avec un bon nombre de mes soldats.

Il suivit mon conseil, tandis que je m'emparais de la hache d'un mort. Résolu à sauver Diomède, je fis tournoyer l'arme jusqu'à ce qu'il pût s'éloigner en boitant, incapable de poursuivre le combat.

Juste à ce moment, je tombai à mon tour. Une lance s'était fichée dans mon mollet, un peu au-dessous du jarret. Les soldats d'Ithaque m'entourèrent jusqu'à ce que je fusse à même de la retirer, mais la pointe barbelée m'enleva un gros morceau de chair. Comme je perdais beaucoup de sang, je dus m'arrêter pour me faire un garrot.

Ménélas et ses Spartiates vinrent en renfort. Ajax surgit. Quel guerrier étonnant! Son sang s'était échauffé, il assénait des coups avec une force inimaginable et faisait reculer les Troyens.

Heureux de constater qu'Hector n'était plus là, je m'étais rendu utile en appelant des renforts. Eurypile, qui se trouvait le plus près, reçut une des flèches de Pâris dans l'épaule. Puis ce fut Machaon qui subit le même sort. Quelle racaille! Il ne gaspillait pas ses flèches en visant des hommes ordinaires et se mettait à l'abri, à l'affût d'un prince ou d'un roi. En cela il était différent de Teucer, pour qui toute cible était bonne.

Je parvins enfin à me glisser derrière nos lignes où je trouvais Podalire, déjà occupé à soigner Agamemnon et Diomède. Ils furent épouvantés en nous voyant, Machaon, Eurypile et moi.

— Pourquoi faut-il que tu te battes, frère ? grommela Podalire en étendant Machaon par terre.

— Occupe-toi d'abord d'Ulysse, répondit Machaon d'une voix entrecoupée par la douleur.

La pointe d'une flèche était plantée dans son bras, qui saignait peu. Je fus donc pansé le premier ; puis Podalire se tourna vers Eurypile et préféra faire ressortir la flèche de l'autre côté, de peur qu'elle n'endommageât trop l'intérieur de l'épaule.

— Où est Teucer ? demandai-je en m'affalant à côté de Diomède.

— Je lui ai fait quitter le champ de bataille, il y a un moment, dit Machaon, qui attendait toujours son tour. Son bras meurtri hier par la pierre d'Hector s'est mis à enfler démesurément. J'ai dû faire une incision pour réduire l'hématome. Son bras était paralysé, mais à présent il peut à nouveau s'en servir.

— Nos rangs se réduisent, remarquai-je.

— Trop, dit Agamemnon d'un air sombre. Les soldats aussi s'en rendent compte. Tu ne sens pas le changement ?

— Si. Retournons au camp avant de nous trouver victimes de notre propre affolement. Je pense que l'armée ne tardera pas à battre en retraite vers la plage.

J'étais responsable de cette retraite et je m'y attendais. Néanmoins ce fut un rude coup pour moi. Il restait trop peu de rois pour rassembler les hommes ; des principaux chefs, il n'y avait plus qu'Ajax, Ménélas et Idoménée. Une partie de notre front céda et le mal gagna à une prodigieuse vitesse. Bientôt l'armée tout entière tourna les talons et s'enfuit vers le camp. Hector criait si fort que je l'entendais du haut du mur où j'étais posté, et les Troyens hurlaient tels des loups affamés à notre poursuite. Nos hommes arrivaient encore en masse par le gué du Simoïs et les Troyens attaquaient leurs arrières quand Agamemnon, blême, donna ses ordres. La porte fut close avant que les derniers — les plus courageux — aient pu rentrer. Je me bouchai les oreilles et fermai les yeux. C'est ta faute, Ulysse! Tout est ta faute!

C'était trop tôt dans la journée pour cesser le combat. Hector allait attaquer notre mur. Il fallut du temps à nos soldats, qui erraient à l'intérieur du camp, pour se ressaisir et comprendre qu'ils devaient maintenant défendre les fortifications. Les esclaves s'activaient et faisaient bouillir de grands chaudrons d'eau à verser sur la tête de ceux qui tenteraient d'escalader le mur; nous n'osions pas utiliser d'huile par peur d'y mettre le feu. Quant aux pierres, nous les avions alignées au sommet du rempart depuis bientôt dix ans.

Les Troyens se massèrent le long du fossé; leurs chefs allaient et venaient dans des chars, engageant les hommes à reformer les rangs. Hector était conduit par son ancien aurige, Cébrion. Même après ces deux jours de lutte acharnée, il se tenait très droit, l'air sûr de lui. Tandis que nos hommes commençaient à occuper les espaces libres autour de moi, je m'installais confortablement, le menton dans les mains, pour voir comment Hector se proposait de nous attaquer : consentirait-il à sacrifier un grand nombre de ses soldats ou connaissait-il un meilleur moyen que la force brute?

26

Récit d'Hector

Je les avais parqués comme des moutons dans leur propre camp ; la victoire était à portée de main ! Moi qui avais vécu derrière des murs depuis le jour de ma naissance, je savais mieux que quiconque comment les attaquer. Nulle muraille, sauf celle de Troie, n'est invulnérable. Mon heure de gloire était enfin arrivée. Je savourais déjà la défaite d'Agamemnon et me jurai de faire connaître à cet orgueilleux le désespoir que nous éprouvions depuis le jour où ses mille navires avaient quitté Ténédos. Des têtes apparaissaient tout au long de leur pitoyable enceinte, tandis que je la longeais dans mon char en compagnie de Polydamas. Cébrion était allé chercher de l'eau pour les chevaux. Le brave homme !

— Qu'en penses-tu ? demandai-je à Polydamas.

— Eh bien, ce n'est pas Troie, mais il est difficile de s'approcher de leurs remparts, Hector. C'est très ingénieux d'avoir ménagé un si grand espace entre les deux gués, d'avoir creusé un fossé et érigé une palissade. Je pense néanmoins qu'ils ont commis une erreur.

— Oui. L'espace entre le mur et le fossé est trop grand, répondis-je. Nous emprunterons leurs gués, non pour attaquer les portes, mais pour franchir la palissade et le fossé, puis nous ferons passer les hommes derrière le fossé pour attaquer le mur. Dans notre pays la pierre n'est pas facile à extraire, aussi ont-ils dû utiliser du bois, sauf pour les tours de guet et les contreforts.

— Je procéderais comme toi, Hector, intervint Polydamas. Dois-je faire venir du combustible de Troie ?

— Oui, tout ce qui peut brûler, même de la graisse de bœuf. Pendant ce temps-là, je vais réunir les chefs.

Quand Pâris, dernier arrivé comme toujours, se présenta, je fis part de mes intentions à l'assemblée.

— Deux tiers de l'armée emprunteront le gué du Simoïs, le dernier tiers le gué du Scamandre. Quand les hommes arriveront à l'extrémité des gués, ils obliqueront pour faire la liaison entre eux, du Simoïs au Scamandre, jusqu'à ce que tout l'espace entre le mur et le fossé soit occupé. Entre-temps les non-combattants pourront démanteler la palissade et s'en servir pour faire des échelles ou bien comme combustible. Le feu est notre meilleur allié. Il viendra à bout du mur. Aussi devrions-nous commencer par allumer des foyers et empêcher les Grecs de les éteindre.

Parmi les chefs se trouvait mon cousin Asios. Je n'avais pour lui aucune sympathie car il ne voulait jamais obéir aux ordres.

— Hector, claironna-t-il, as-tu l'intention de renoncer à la cavalerie ?

— Oui, répondis-je sans hésiter. A quoi peut-elle servir ? Les chevaux et les chars ne sont d'aucune utilité dans un espace clos.

— Et pour attaquer les portes ?

— Elles sont trop faciles à défendre, Asios.

— Tu dis des bêtises, grogna-t-il. Et je vais te le prouver.

Avant que j'aie pu intervenir, il partit au pas de course et cria à ses hommes de monter dans les chars. Prenant leur tête, il lança son attelage sur le gué du Simoïs. Bien qu'il fût large, un attelage de trois chevaux côte à côte tient de la place ; les deux chevaux extérieurs s'affolèrent à la vue des pieux pointus qui le bordaient. Le cheval du milieu prit peur à son tour. Tous les trois se cabrèrent et bronchèrent, mettant en difficulté les auriges qui suivaient Asios. Tandis que l'aurige d'Asios s'efforçait de maîtriser son attelage, les portes à l'extrémité du gué s'entrouvrirent. Deux hommes s'avançaient à la tête d'une phalange. Des Lapithes, à en juger par leur étendard. Je frémis. Asios était perdu. Un des deux chefs lança son javelot, qui transperça la poitrine de mon fanfaron de cousin. Éjecté de son char, il fit un vol plané et s'étala de tout son long sur les pieux dans le fossé. Son aurige subit le même sort. Les Lapithes contournèrent le char et s'attaquèrent aux suivants. Nous ne pouvions rien faire pour leur venir en aide. Le carnage achevé, les Lapithes se retirèrent en bon ordre et les portes du côté du Simoïs se refermèrent derrière eux.

Maintenant il nous fallait dégager le gué avant d'y engager nos hommes. Pendant ce temps-là, Énée, Sarpédon et Glaucos parcouraient la longue distance qui les séparait du gué du Scamandre ; il n'y aurait pas de défenseurs pour leur faire obstacle, pensai-je, ce qui était une bonne chose.

Mes hommes arrivèrent en courant et se mirent à longer le mur sous un déluge de flèches, de javelots et de pierres lancés par les Grecs. Tenant leur bouclier au-dessus de leur tête, ils ne souffraient guère des projectiles et progressaient régulièrement en direction du gué du Scamandre, d'où les autres soldats commençaient à se rabattre dans notre direction. Les non-combattants démantelaient déjà la palissade. Ils faisaient des échelles avec les planches les plus longues et hachaient le reste en menus morceaux pour avoir du bois d'allumage. L'huile, la poix et la graisse de bœuf commençaient à arriver de Troie quand j'eus soudain l'idée de faire fabriquer des cadres sur lesquels mes hommes pourraient poser leurs boucliers et, sous ce toit, se mettre à l'abri.

On alluma les feux ; je regardai la fumée tourbillonner en direction des visages apeurés des soldats postés au faîte du mur. Ils jetaient des torrents d'eau. En vain. Mes abris avaient été conçus pour protéger les feux jusqu'à ce qu'ils eussent bien pris et fussent impossibles à éteindre.

Nous tentâmes d'escalader le mur avec des échelles, mais les Grecs étaient trop malins pour nous laisser faire. Ajax intervint dans la partie où je me trouvais. Il rugissait comme un lion et repoussait du pied les échelles. C'était un véritable gâchis. Je donnai l'ordre d'arrêter.

— Priorité aux feux, criai-je à Sarpédon, dont les troupes avaient enfin rejoint les miennes.

Maintenant de hautes flammes jaillissaient des brasiers qui avaient été allumés les premiers. Des archers de Lycie contraignaient nos ennemis à se cacher derrière les parapets, tandis que d'autres Lyciens et mes Troyens entretenaient les feux à l'aide d'huile.

— Je vais tenter d'escalader le mur, dit Sarpédon.

Cachées par le rideau de fumée, les échelles furent dressées entre les feux tandis que les archers de Sarpédon tiraient des volées de flèches sur les défenseurs. Puis, comme par miracle, les plumets des casques lyciens commencèrent à apparaître au faîte du mur; on en venait aux mains. J'entendis vaguement un capitaine grec réclamer des renforts, mais je ne m'attendais pas à Ajax et ses Salaminiens. En quelques instants notre semblant de victoire se transforma en déroute. Des corps tombaient à nos pieds, les cris de guerre des Lyciens se firent cris de détresse. Et Teucer, derrière le bouclier de son frère, tirait ses flèches non pas vers la mêlée au faîte du mur, mais en bas, sur nous.

J'entendis un gémissement étouffé, puis un corps s'affala sur moi. J'allongeai Glaucos sur le sol : une flèche lui avait transpercé l'épaule de part en part malgré son armure. La blessure était trop profonde. Glaucos avait l'écume aux lèvres : la mort était imminente. Je regardai Sarpédon et secouai la tête. Ils étaient comme des jumeaux et régnaient ensemble depuis des années. La mort de l'un signifiait sûrement la mort de l'autre.

Sarpédon hurla de douleur, puis s'empara d'une couverture dans laquelle était enroulé un blessé, s'en couvrit le visage et les épaules et enjamba l'un des feux. Une corde se balançait à un grappin. Les Grecs, impatients de repousser les Lyciens du parapet, ne l'avaient pas vue. Sarpédon la saisit et se hissa avec une force surnaturelle, tant son chagrin d'avoir perdu Glaucos était profond. Le bois gémit et grinça, les rondins noircis se séparèrent et se fendirent ; soudain un grand pan de mur s'effondra. Les Troyens qui eurent l'infortune de se trouver dessous furent écrasés, les Grecs qui eurent le malheur de se trouver au faîte dégringolèrent avec lui et, en un instant, ce fut une indescriptible pagaille. Par la brèche je vis de grandes maisons de pierre et des cantonnements et, plus loin, les navires alignés et les eaux grises de l'Hellespont. Puis Sarpédon me boucha la vue, il se débarrassa de la couverture, prit son épée et son bouclier et entra dans le camp en hurlant de rage.

Les Grecs cédaient devant nous à mesure que nos hommes affluaient par la brèche, jusqu'au moment où ils se reprirent et nous firent face. Ajax était à leurs côtés, mais dans cette mêlée il n'y avait pas place pour un duel. De chaque côté le front résistait ; Idoménée et Mérione amenèrent leurs Crétois et mon frère, Alcathoos, s'effondra. J'essuyai précipitamment mes larmes et m'en voulus d'être si sensible, bien que ce fussent des larmes de colère plus que de chagrin. Je n'en combattis que mieux.

On voyait des visages apparaître, disparaître, réapparaître — Énée, Idoménée, Mérione, Ménesthée, Ajax, Sarpédon. La brèche dans le mur s'était agrandie. Seuls les plumets pourpres nous évitaient de tuer les nôtres, tant la mêlée était dense. Nous nous battions pied à pied. Dans certains cas nous étions si serrés que des morts restaient debout, plaies béantes et bouche ouverte. Mes bras et ma poitrine dégoulinaient d'un sang qui n'était pas le mien.

Polydamas apparut à mes côtés.

— Hector, on a besoin de toi. Nous sommes passés par la brèche en grand nombre, mais les Grecs résistent. Viens dès que possible dans le secteur du Simoïs.

Je mis du temps à me dégager sans pour autant affoler ceux que je quittais; j'arrivai enfin à longer le mur, encourageant mes hommes au passage, leur rappelant que nous serions vainqueurs dès que nous aurions brûlé les mille vaisseaux, ne laissant aux Grecs nul espoir de repartir.

Quelqu'un me fit un croc-en-jambe.

— Pourquoi ne regardes-tu pas où tu mets les pieds? me demanda Pâris en pouffant de rire.

— Pâris, tu m'étonneras toujours, dis-je éberlué. Alors que les soldats tombent comme des mouches, tu es assis là, sain et sauf, et tu trouves le temps de me faire trébucher!

— Si tu crois que je vais te demander pardon, tu peux attendre longtemps. C'est grâce à moi que tu es ici. C'est la vérité! Qui a abattu les Grecs, l'un après l'autre, de ses flèches? Qui a contraint Diomède à quitter le champ de bataille?

Je le tirai par ses longues boucles brunes et le mis debout.

— Alors abats-en d'autres! Pourquoi ne t'en prends-tu pas à Ajax, hein?

Me jetant un regard de dégoût, Pâris s'éloigna. Je découvris qu'Ajax et une phalange de Salaminiens attaquaient là où nos soldats étaient le plus en difficulté.

Le front de la bataille s'était déplacé. Nous combattions à présent entre des maisons et étions à chaque instant en péril. Les Grecs s'embusquaient dans tous les bâtiments, mais ceux qui étaient encore à découvert se repliaient vers la plage et les navires. Ajax entendit mon cri de guerre et répondit par son fameux « Aii! A mort! ». Nous nous frayâmes un chemin entre les corps pour nous affronter. Je tenais ma lance prête. Puis, comme j'étais presque à son niveau, il se baissa et se releva, tenant un rocher à deux mains. Ma lance était donc inutile. Je la jetai et sortis mon épée, comptant sur ma rapidité pour l'atteindre en premier. Il lança le rocher de toutes ses forces, à bout portant. J'éprouvai une douleur atroce quand il m'atteignit en pleine poitrine et tombai.

Après les ténèbres, une souffrance horrible m'éveilla. Je sentis le goût du sang dans ma bouche et vomis, puis ouvris les yeux et vis du sang noir par terre. Je m'évanouis à nouveau. Quand je repris connaissance, la douleur avait faibli et un de nos chirurgiens était agenouillé près de moi. Il m'aida à m'asseoir.

— Tu as quelques côtes contusionnées et de petits vaisseaux ont éclaté, prince Hector, mais rien de plus grave.

— Les dieux sont avec nous, aujourd'hui ! répondis-je en m'appuyant sur lui pour me relever.

Plus je bougeais, moins j'avais mal; aussi continuai-je à m'activer. Plusieurs de mes hommes m'avaient porté de l'autre côté du gué du Simoïs et déposé près de mon char.

— Nous t'avons cru mort, Hector, dit Cébrion.

— Reconduis-moi là-bas, dis-je en montant dans mon char.

J'étais ravi de ne pas avoir à marcher, mais quand j'arrivai derrière le gros de l'armée, je fus forcé de descendre. Mes soldats, qui me croyaient mort, avaient commencé à faiblir. Quand ils apprirent que j'étais en vie et revenais au combat, ils se ressaisirent. La vue de mon visage dut affecter profondément les Grecs. Ils se dispersèrent et s'enfuirent à travers les maisons jusqu'au moment où un de leurs chefs, que je ne connaissais pas, parvint à les arrêter près de la proue d'un navire solitaire, une sorte d'emblème, qui se trouvait tout à fait en avant de la première rangée interminable de navires. Nous forçâmes les Grecs à demander grâce. Seuls Ajax, Mérione et quelques Crétois nous défiaient encore.

La proue du navire solitaire se dressait au-dessus

de ma tête; je voyais la victoire à portée de main quand Ajax se planta devant moi et leva son épée — *mon* épée, que je lui avais offerte. Je me portai brusquement en avant, mais il para le coup; nous recommençâmes à nous battre en duel, mais cette fois il n'y avait personne pour nous observer et, tout autour de nous, les autres se battaient avec une même férocité.

— A qui... appartient... le navire? demandai-je, essoufflé.

— Il... appartenait... à Protésilas, répondit-il d'une voix haletante.

— Je... vais le... brûler.

— Tu... rôtiras... avant.

D'autres Grecs arrivèrent pour défendre ce qui, de toute évidence, était un navire fétiche. Soudain Ajax et moi nous trouvâmes séparés. Des soldats de ma Garde royale m'avaient rejoint et nous avançâmes, semant la mort sur notre passage. Ajax surgit à nouveau devant moi. A la force des bras et avec l'agilité et la souplesse d'un acrobate, il se hissa sur le pont du navire. Là, il prit une longue perche qu'il fit tournoyer lentement, jetant par-dessus bord les hommes qui parvenaient à monter.

Quand le dernier Grec face à moi fut mort, je grimpai sur les épaules d'un soldat troyen et agrippai la proue du navire de Protésilas. De là je bondis sur le pont. Devant moi se dressait Ajax, invaincu. Nous nous mesurâmes du regard. Nous étions alors tous les deux épuisés par l'intensité du combat. Ajax secoua son énorme tête comme pour se convaincre que je n'existais pas et ramena sa perche devant lui. D'un coup d'épée, je la sectionnai. La perte d'équilibre le fit presque basculer mais il se redressa et chercha à tâtons son épée. Je me précipitai en avant, sûr que c'en était fini de lui mais, une fois encore, il me montra quel grand guerrier il était. Au lieu de m'affronter, il courut vers la poupe, banda ses muscles et sauta du navire de Protésilas sur le navire qui se trouvait juste derrière.

Je l'abandonnai. Au fond de moi, j'aimais cet homme comme lui aussi m'aimait sûrement. Je savais que les dieux ne voulaient pas que l'un des deux fût tué par l'autre car nous avions échangé des présents après le premier duel.

Je me penchai par-dessus le bastingage et vis une mer de plumets pourpres.

— Donnez-moi une torche !

On m'en lança une. Je l'attrapai, allai jusqu'au mât dénudé parmi les haubans et laissai le feu lécher les cordages usés, le bois sec et craquelé. Ajax me regardait depuis le bateau suivant, les bras le long du corps, le visage ruisselant de larmes. Les flammes s'élevèrent jusqu'aux vergues, de minces volutes de fumée provenant d'autres torches se répandirent sur le pont. Je retournai en courant à la proue.

— A nous la victoire ! criai-je. Les navires brûlent !

Mes hommes reprirent ce cri, en se ruant sur les Grecs, assemblés devant les autres navires.

27

Récit d'Achille

Je passai la majeure partie de mon temps sur le toit du plus haut cantonnement myrmidon ; je contemplai la plaine par-delà notre mur. Notre armée se débanda ; Sarpédon y ouvrit une brèche ; les soldats d'Hector déferlèrent entre les maisons. De tout cela je fus témoin. Mais de rien d'autre. Écouter Ulysse exposer son plan était une chose. En voir le résultat était insoutenable. Je rentrai chez moi à pas lents.

Patrocle, assis sur un banc devant la porte, le visage inondé de larmes, m'aperçut et détourna la tête.

— Va trouver Nestor, lui dis-je. Je l'ai vu qui ramenait Machaon, il y a un moment. Demande-lui des nouvelles d'Agamemnon.

Parfaitement inutile. Ce que seraient les nouvelles paraissait évident. Mais au moins je n'aurais ni à regarder Patrocle ni à l'entendre me supplier de changer d'avis. J'entendais le vacarme de la bataille : elle faisait rage de l'autre côté de la palissade qui isolait les Thessaliens. Assis sur le banc, j'attendis le retour de Patrocle.

— Que dit Nestor ?

— Notre cause est perdue. Après dix longues années de labeur et de souffrance, notre cause est bel et bien perdue ! Par ta seule faute ! Eurypile était avec Nestor et Machaon. Le nombre de morts est effrayant. Hector est déchaîné, même Ajax se trouve incapable de contenir son avancée. Les navires vont brûler. Si tu ne t'étais pas disputé avec Agamemnon, tout ceci ne serait pas arrivé ! Tu as sacrifié la Grèce à ta passion pour une femme insignifiante !

— Patrocle, pourquoi n'as-tu plus confiance en moi ? Pourquoi es-tu à ce point monté contre moi ? Est-ce parce que tu es jaloux de Briséis ?

— Non. Je suis surtout déçu, Achille. Tu n'es pas l'homme que je croyais. Ceci n'a rien à voir avec l'amour. C'est une question de fierté.

Je restai muet car un grand cri s'éleva. Nous nous précipitâmes tous deux vers la palissade et montâmes les marches pour regarder par-dessus. Une colonne de fumée s'élevait dans le ciel ; le navire de Protésilas brûlait. Tout ce qui avait été prévu s'était réalisé. Je pouvais enfin agir. Mais comment dire à Patrocle que c'était lui et non moi, qui devait faire intervenir les soldats de Thessalie ?

Quand nous descendîmes, Patrocle s'agenouilla dans la poussière.

— Achille, les navires vont brûler. Si tu refuses d'agir, alors laisse-moi au moins intervenir avec nos troupes ! Tu as sûrement vu comme ils détestent rester là à ne rien faire, pendant que le reste de la Grèce meurt ! Tu veux le trône de Mycènes ? C'est bien cela ? Tu veux retourner dans un pays qui ne sera plus en état de résister à tes soldats ?

Je serrai les mâchoires et répondis d'un ton calme.

— Je n'ai nulle visée sur le trône d'Agamemnon.

— Alors laisse-moi intervenir avec nos soldats ! Maintenant ! Laisse-moi les conduire jusqu'à nos navires avant qu'Hector ne les brûle tous !

— D'accord. Je comprends ton point de vue, Patrocle. Je te confie le commandement.

Tout en prononçant ces mots, je vis comment le stratagème pourrait fonctionner encore mieux et ajoutai :

— Mais à une seule condition, Patrocle. Que tu portes mon armure et fasses croire aux Troyens que c'est Achille qui vient parmi eux.

— Revêts-la toi-même et viens avec nous.

— Impossible, répliquai-je.

Je l'emmenai donc dans notre dépôt d'armes et lui mis l'armure dorée qui provenait des coffres du roi Minos et que m'avait donnée mon père. Elle était bien trop grande, mais je m'arrangeai pour qu'elle lui allât en faisant se chevaucher les plaques avant et arrière de la cuirasse et en rembourrant le casque. Les cnémides lui remontaient jusqu'aux cuisses, ce qui le protégerait mieux. Oui, pourvu que personne ne s'approchât trop près de lui, il passerait pour Achille. Ulysse considérerait-il qu'en agissant de la sorte j'avais rompu le serment ? Et Agamemnon ? Tant pis s'il en était ainsi. Je ferais tout mon possible pour défendre mon plus vieil ami, mon amant.

Les trompes avaient sonné ; les Myrmidons et les autres Thessaliens furent prêts en si peu de temps que, de toute évidence, ils n'attendaient que le moment de se jeter dans la bataille. Je me rendis avec Patrocle à l'aire de rassemblement, tandis qu'Automédon se précipitait pour atteler mon char ; bien que cela ne fût guère utile à l'intérieur du camp, il fallait que tout le monde vît Achille arriver pour repousser les Troyens. En apercevant l'armure dorée, tous les soldats reconnaîtraient Achille.

Mais que se passait-il ? Les hommes m'acclamaient avec des hourras assourdissants, me regardaient avec le même amour qu'ils m'avaient toujours témoigné. Comment cela était-il possible, alors que même Patrocle s'était détourné de moi ? Je me protégeai les yeux pour voir où était le soleil. Il n'était pas très haut au-dessus de l'horizon. Bon ! La supercherie n'aurait pas besoin de durer longtemps, et Patrocle s'en tirerait fort bien.

Automédon était prêt. Patrocle monta dans le char.

— Cher cousin, dis-je en posant ma main sur son bras, contente-toi de chasser Hector du camp. Quoi que tu fasses, ne le poursuis pas dans la plaine. Tu as bien compris ?

— Parfaitement.

Automédon donna aux chevaux le signal du départ d'un claquement de langue et prit la direction de la porte située entre notre palissade et le camp principal, tandis que je montai sur le toit du cantonnement pour regarder.

Le combat faisait rage devant la première rangée de navires et Hector paraissait invincible. En un instant, la situation changea, quand quinze mille soldats frais, venus du côté du Scamandre et dirigés par un homme en armure dorée, debout sur un char doré tiré par trois chevaux blancs, attaquèrent les Troyens.

— Achille! Achille!

Dans les deux camps on criait mon nom. J'éprouvais une sensation aussi étrange qu'inconfortable. Mais il n'en fallut pas davantage pour les soldats troyens. Dès qu'ils aperçurent ma silhouette sur le char et entendirent mon nom, de vainqueurs ils devinrent des vaincus et s'enfuirent. Mes Myrmidons, qui voulaient en découdre, tombèrent à bras raccourcis sur les traînards, les abattant sans pitié, tandis que « moi », je poussais mon cri de guerre pour les encourager.

Les soldats d'Hector refluèrent en masse et traversèrent le gué du Simoïs. Je jurai que jamais plus un Troyen ne mettrait le pied dans notre camp. La ruse, même la plus subtile, à laquelle Ulysse pourrait avoir recours ne m'en persuaderait pas. Je m'aperçus que je pleurais, mais je ne savais pas sur qui. Sur moi-même? Sur Patrocle? Sur tous ces soldats grecs morts? Ulysse avait réussi à faire sortir Hector, mais à quel prix! Je pouvais seulement souhaiter qu'Hector eût perdu autant d'hommes que nous.

Grands dieux! Patrocle poursuivait les Troyens jusque dans la plaine. Quand je vis ce qu'il allait faire, mon cœur se serra. Dans le camp, la foule avait été si dense que personne ne s'était approché assez près de Patrocle pour découvrir la supercherie, mais là, dans la plaine, tout était possible! Hector se ressaisirait et Énée était encore en train de combattre. Énée me connaissait, moi, pas mon armure !

Soudain il me parut préférable de ne rien regarder. Je descendis du toit et m'assis sur le banc devant chez moi, attendant que quelqu'un vienne. Le soleil était sur le point de se coucher, les hostilités allaient cesser. Oui, il s'en tirerait. Il survivrait. Il le fallait.

J'entendis des pas ; c'était Antiloque, le plus jeune fils de Nestor. Il pleurait et se tordait les mains. Je tentai de parler, mais les mots me restèrent dans la gorge ; j'eus grand peine à poser la question.

— Patrocle est-il mort ?

Antiloque se mit à sangloter bruyamment.

— Achille, son pauvre corps gît nu, là-bas, au milieu d'une horde de Troyens ; Hector porte ton armure et parade pour nous narguer. Les Myrmidons ont un immense chagrin, mais ils empêchent Hector de s'approcher, bien que celui-ci ait juré que Patrocle serait donné en pâture aux chiens de Troie.

Quand je me levai, mes genoux se dérobèrent sous moi et je m'affalai dans la poussière à l'endroit même où Patrocle s'était agenouillé pour me supplier. C'était impossible ! Impossible ! Hélas ! Je savais que cela devait arriver. L'espace d'un instant je sentis que ma mère avait prise sur moi, j'entendis le clapotis des vagues. Empli de haine, je hurlai son nom.

Antiloque fit reposer ma tête sur ses genoux, ses larmes ruisselaient sur mon bras, ses doigts me frictionnaient la nuque.

— Patrocle n'a pas voulu comprendre, marmonnai-je. Il a refusé de comprendre. Comment pouvait-il penser que j'abandonnerais les miens ? On m'avait fait prêter serment. Il est mort en croyant que j'étais plus orgueilleux que Zeus. Il est mort en me méprisant. Et maintenant je ne pourrai jamais lui expliquer. Ulysse ! C'est Ulysse !

Antiloque cessa de pleurer.

— Qu'est-ce qu'Ulysse a à voir avec tout cela, Achille ?

Alors je me souvins, secouai la tête et me levai. Ensemble nous nous dirigeâmes vers une porte dans la palissade.

— As-tu cru que j'allais mettre fin à mes jours ? lui demandai-je.

— Pas très longtemps.

— Qui l'a tué ? Hector ?

— Hector porte son armure, mais on ne sait pas bien qui a tué Patrocle. Quand les Troyens se sont retournés pour nous faire face, Patrocle est descendu de son char. Puis il a trébuché.

— C'est à cause de l'armure. Elle était trop grande.

— On ne le saura jamais. Trois hommes l'ont attaqué. Hector lui a asséné le dernier coup, mais peut-être était-il déjà mort. Avant cela, il avait tué Sarpédon. Quand Énée est venu à la rescousse, on a découvert qu'il ne s'agissait pas d'Achille. Les Troyens, furieux d'avoir été bernés, ont repris le dessus. Alors Patrocle a tué Cébrion, l'aurige d'Hector. Après que Patrocle eut trébuché, ils se sont rués sur lui comme des chacals. Il n'a pas eu le temps de se relever, il n'a pas pu se défendre. Hector l'a dépouillé de son armure, mais avant qu'il ait pu s'emparer de son corps, les Myrmidons sont accourus. Ajax et Ménélas continuent de se battre pour le garder avec eux.

— Il faut que j'aille les aider.

— C'est trop tard, Achille. Le soleil se couche. Quand tu arriveras là-bas, tout sera terminé.

— Il faut que j'aille les aider.

— Laisse faire Ajax et Ménélas. Je dois te demander pardon, ajouta Antiloque en posant sa main sur mon bras.

— Pourquoi ?

— J'ai douté de toi. J'aurais dû savoir que c'était Ulysse.

Je me maudis d'avoir bavardé. Même sous l'emprise du sortilège, j'étais lié par serment.

— Tu ne dois en parler à personne, Antiloque. Tu entends ?

— Oui, promit-il.

Nous montâmes sur le toit et regardâmes l'endroit où, dans la plaine, les combattants étaient encore nombreux. Je distinguai facilement Ajax. Sous son commandement, les troupes thessaliennes maintenaient leurs positions. Ménélas et un autre, sans doute Mérione, emportaient un corps nu sur un bouclier, loin du champ de bataille. Ils ramenaient Patrocle. Les chiens de Troie ne le dévoreraient pas.

— Patrocle ! hurlai-je. Patrocle !

Certains entendirent et regardèrent de mon côté. Je ne cessais de crier son nom. Toute la foule était silencieuse. Puis la trompe annonçant la nuit sonna. Hector fit demi-tour pour ramener son armée à Troie. Sur son dos, mon armure dorée prenait les reflets rouges du soleil couchant.

On déposa Patrocle sur une civière de fortune, au milieu de la grande aire de rassemblement, face à la demeure d'Agamemnon. Ménélas et Mérione, couverts de sang et de boue, étaient tellement épuisés qu'ils pouvaient à peine tenir sur leurs jambes. Puis Ajax s'avança d'un pas hésitant. Quand sa main inerte laissa tomber son casque, il n'eut pas la force de se baisser pour le ramasser. Alors c'est moi qui le fis, puis je le donnai à Antiloque et je pris mon cousin dans mes bras, une façon de l'honorer car, pour lui, tout était fini.

Les rois, en cercle autour de Patrocle, nous regardaient. On devinait à ses blessures que les coups avaient été portés par des soudards : une sous le bras, là où la cuirasse n'était pas ajustée, une dans le dos et une autre dans le ventre, où la lance avait été enfoncée si profondément que ses entrailles étaient sorties. Je savais que c'était là le coup d'Hector, mais c'était celui qui l'avait frappé dans le dos qui l'avait tué.

Une des mains de Patrocle pendait. Je la pris dans la mienne et m'effondrai à ses côtés.

— Viens, Achille, dit Automédon.

— Non, ma place est ici. Occupe-toi d'Ajax et va

chercher les femmes pour qu'elles baignent Patrocle et l'enveloppent dans un linceul. Il restera ici jusqu'à ce que je tue Hector. Et je jure que je déposerai à ses pieds, dans sa tombe, le corps d'Hector et ceux de douze jeunes nobles troyens. Leur sang servira à payer le gardien du Styx quand Patrocle demandera à le traverser.

Un peu plus tard, les femmes arrivèrent pour nettoyer le corps de Patrocle. Elles lavèrent ses cheveux emmêlés, fermèrent ses blessures à l'aide de baumes et d'onguents parfumés, effacèrent avec une éponge les traces de larmes autour de ses yeux à jamais clos.

Toute la nuit je gardai sa main dans la mienne. Deux ombres étaient à présent assoiffées de mon sang : Iphigénie et Patrocle.

Ulysse vint au lever du soleil, avec des coupes de vin et une assiette de pain d'orge.

— Mange et bois, Achille.

— Pas avant de m'être acquitté de la promesse que j'ai faite à Patrocle.

— Il n'en a pas conscience et il s'en moque. Tu as juré de tuer Hector, tu auras besoin de toutes tes forces.

— Je tiendrai, répondis-je.

Je regardai autour de moi et ne vis aucun signe d'activité.

— Que se passe-t-il ? Ils dorment tous encore. Pourquoi ?

— Hector aussi a eu une rude journée hier. Un héraut est venu de Troie à l'aube et a demandé une trêve pour pleurer les morts et les enterrer. La bataille ne reprendra que demain.

— Si Hector est rentré dans la cité, il n'en ressortira jamais, répliquai-je sèchement.

— Tu te trompes, lança Ulysse dont les yeux étincelaient. Hector pense qu'il nous tient et Priam ne croira pas que tu as l'intention de te battre à nouveau. La ruse avec Patrocle a marché. Aussi Hector et son armée sont-ils encore dans la plaine et pas à l'intérieur de Troie.

— Alors je le tuerai dès demain.

— Demain, répéta-t-il en me regardant d'un air singulier. Agamemnon a convoqué un conseil à midi. Les soldats sont trop fatigués pour se préoccuper des relations que tu entretiens avec lui. Viendras-tu ?

— Oui, répondis-je en serrant la main glacée de Patrocle.

Automédon prit ma place auprès de lui pendant que j'allais au conseil, encore vêtu de mon pagne de cuir boueux. Je m'assis à côté de Nestor, l'interrogeant du regard. Antiloque était présent ainsi que Mérione.

— Antiloque a tout deviné d'après quelque chose que tu lui as dit hier, murmura le vieil homme. Mérione a deviné en entendant Idoménée jurer pendant la bataille. Nous avons décidé qu'il était préférable de les mettre tous deux dans la confidence et de les lier par le même serment.

— Et Ajax ? A-t-il deviné ?

— Non.

Agamemnon était inquiet.

— Nos pertes ont été colossales, constata-t-il tristement. D'après mes informations, nous avons perdu quinze mille hommes, morts ou blessés, depuis le début des combats contre Hector.

— Colossales est le moins qu'on puisse dire ! intervint Nestor en secouant la tête. Oh, si seulement nous avions Héraclès, Thésée, Pélée et Télamon, Tydée, Atrée et Cadmos ! Les hommes ne sont plus ce qu'ils étaient. Avec ou sans les Myrmidons, Héraclès et Thésée auraient remporté la victoire.

Il s'essuya les yeux de ses doigts ornés de bagues. Pauvre vieillard ! Il venait de perdre deux fils dans la bataille.

Pour une fois, Ulysse se mit en colère.

— Je vous avais avertis ! s'exclama-t-il. Je vous ai expliqué clairement ce qu'il nous faudrait subir avant d'apercevoir les premières lueurs du succès ! Nestor, Agamemnon, de quel droit gémissez-vous ? Nous avons perdu quinze mille hommes, mais Hector en a perdu vingt et un mille! Cessez de rêvasser! Aucun de ces héros légendaires n'aurait pu faire la moitié de ce qu'a fait Ajax, de ce que vous tous ici présents avez fait. Oui, les Troyens se sont bien défendus! Espériez-vous qu'il en irait autrement? C'est Hector qui les soutient. Si Hector meurt, ils n'auront plus la force de combattre. Et où sont leurs renforts? Où est Penthésilée? Où est Memnon? Hector, lui, n'a pas de nouvelles troupes à mettre sur le terrain, alors que nous avons près de quinze mille Thessaliens parmi lesquels sept mille Myrmidons. Demain nous battrons les Troyens. Peut-être n'entrerons-nous pas dans la cité, mais nous aurons acculé ses habitants au plus profond désespoir. Hector sera sur le champ de bataille et Achille aura une chance de le combattre. Je mise tout sur toi, Achille, termina-t-il, l'air confiant.

— J'en suis sûr! railla Antiloque. J'ai compris ton stratagème. Pour que ton plan réussisse, il fallait que Patrocle meure. Pourquoi as-tu tellement insisté pour qu'Achille demeurât en dehors des opérations, même après qu'on eut laissé les Myrmidons participer au combat? Était-ce réellement pour faire croire à Priam qu'Achille ne céderait jamais? Ou était-ce pour insulter Hector en lui opposant Patrocle, un adversaire inférieur? Dès l'instant où Patrocle a pris le commandement, c'était un homme mort. Il était à la merci d'Hector, cela ne faisait aucun doute, et Hector l'a eu. Patrocle est mort, comme tu l'as toujours voulu, Ulysse.

Je me mis debout, le crâne près d'éclater en entendant les paroles d'Antiloque. Je levai les mains vers Ulysse, tant j'avais envie de lui rompre le cou. Mais elles retombèrent et je me rassis, sans plus de forces. Ce n'était pas Ulysse qui avait eu l'idée de revêtir Patrocle de mon armure. C'était moi. Comment pouvais-je blâmer Ulysse? Tout était ma faute.

— Tu as à la fois raison et tort, Antiloque, déclara Ulysse imperturbablement. Comment pouvais-je savoir que Patrocle mourrait? Le sort d'un homme dans la bataille ne dépend pas de nous. Il est entre les mains des dieux. Pourquoi a-t-il trébuché ? Peut-être un des dieux qui soutiennent les Troyens a-t-il tendu le pied. Je ne suis qu'un mortel, Antiloque. Je suis incapable de prédire l'avenir.

— Je voudrais vous rappeler, intervint Agamemnon en se levant, que vous avez tous juré de vous en tenir au plan d'Ulysse. Achille savait ce qu'il faisait en prêtant serment. Moi aussi. Nous tous aussi. Nous n'avons pas été contraints, aveuglés ou bernés. Nous avons décidé de suivre Ulysse parce que nous n'avions pas d'autre solution. Et nous n'avions aucune chance d'en trouver une meilleure. Avez-vous oublié comme nous étions irrités de voir Hector en lieu sûr, à l'intérieur des murs de Troie ? Avez-vous oublié que c'est Priam et non Hector qui règne sur Troie ? Tout ceci visait Priam bien plus qu'Hector. Nous en connaissions le prix. Nous avions choisi de le payer. Il n'y a rien de plus à dire.

« Tenez-vous prêts pour la bataille, demain à l'aube, ajouta-t-il en me regardant d'un air sévère. Je convoquerai une assemblée générale et devant nos officiers, je te rendrai Briséis, Achille ; je jurerai aussi que je n'ai eu aucune relation avec elle. Est-ce clair ?

Comme il avait l'air vieux et fatigué ! Dans ses cheveux, où il y a dix ans s'entremêlaient à peine quelques fils blancs, on voyait à présent de grosses mèches argentées. Un bras passé autour d'Antiloque, tremblant encore, je me levai avec peine et retournai auprès de Patrocle.

Je m'assis dans la poussière à côté de lui et repris la main raidie que tenait Automédon. L'après-midi passa comme l'eau coule, goutte à goutte, dans l'abîme du temps. Mon chagrin s'estompait, mais jamais mon sentiment de culpabilité ne disparaîtrait. Le temps apaise la douleur. Seule la mort peut mettre un terme au sentiment de culpabilité.

Le soleil se couchait sur le rivage opposé de l'Hellespont lorsque quelqu'un vint me déranger : c'était Ulysse, le visage sombre, les yeux creux, les mains pendant le long du corps. Avec un long soupir, il s'accroupit dans la poussière près de moi, s'assit sur ses talons et croisa les mains sur ses genoux. Nous restâmes un long moment sans parler ; sa chevelure éclairée par les derniers rayons du soleil flamboyait ; son profil couleur d'ambre se détachait, très pur, sur la nuit. On aurait dit un dieu.

— Quelle armure porteras-tu demain, Achille ?

— Celle en bronze avec des parements d'or.

— C'est une belle armure, mais je vais t'en donner une meilleure encore. Tu as voulu me rompre le cou quand ce garçon a pris la parole au conseil, mais tu as changé d'avis, continua-t-il en tournant la tête vers moi et en me dévisageant d'un air grave. Quels sentiments éprouves-tu pour moi ?

— Toujours les mêmes. Seules les générations futures pourront juger qui tu es, Ulysse. Tu n'appartiens pas à notre temps.

Il baissa la tête, joua avec la poussière.

— Je t'ai fait perdre une armure précieuse qu'Hector aura grand plaisir à porter, dans l'espoir de te surpasser à tous égards. Mais je possède une armure couverte d'or qui t'irait à merveille. Elle appartenait à Minos. En voudras-tu ?

— Comment te l'es-tu procurée ? demandai-je, intrigué.

Il dessinait des traits dans la poussière ; au-dessus de l'un d'eux il traça une maison ; au-dessus d'un autre, un cheval ; au-dessus du troisième, un homme.

— Les symboles ne suffisent pas, m'assura-t-il en fronçant les sourcils et en effaçant de la paume ce qu'il avait dessiné. Nous avons besoin de quelque chose d'autre, quelque chose qui pourrait traduire des idées, des pensées informes, tout ce qui prend son envol dans notre esprit... As-tu entendu ce que l'on chuchote sur moi ? Que je ne suis pas le vrai fils de Laerte, mais que Sisyphe m'a engendré ?

— Oui, j'en ai entendu parler.

— Eh bien, c'est la vérité, Achille. Et c'est fort bien

ainsi ! Si Laerte était mon père, c'eût été fort regrettable pour la Grèce. Je ne reconnais pas ouvertement mon vrai père parce que, si je le faisais, mes nobles me chasseraient du trône d'Ithaque. Mais je m'égare... Je voulais simplement te dire que l'armure a été malhonnêtement acquise : Sisyphe l'a volée à Deucalion de Crète et l'a offerte à ma mère en gage d'amour. Voudras-tu porter une chose acquise ainsi ?

— Avec plaisir.

— Alors je te l'apporterai à l'aube. Mais ce n'est pas tout.

— Que veux-tu dire ?

— Ne révèle à personne que c'est moi qui te l'ai donnée. Dis que c'est un présent des dieux, que ta mère a demandé à Héphaïstos de la fabriquer durant la nuit dans sa forge éternelle, afin que tu puisses paraître sur le champ de bataille dans une tenue digne du fils d'une déesse.

— C'est entendu.

A côté de Patrocle, je dormis d'un sommeil agité, hanté de rêves. Ulysse vint me réveiller juste avant les premières lueurs de l'aube et m'emmena chez lui. Sur la table était posé un gros paquet enveloppé de toile. Je le défis sans enthousiasme, pensant que ce serait une bonne armure — recouverte d'or, bien sûr, mais rien de comparable à celle que portait désormais Hector. Mon père et moi avions toujours pensé que cette armure était la plus belle armure de Minos.

C'était peut-être vrai, mais l'armure que me tendit Ulysse était plus magnifique encore.

Je donnai un coup sur l'or sans défaut qui renvoya un son grave, assourdi. Poussé par la curiosité, je retournai le pesant bouclier pour découvrir qu'il n'était pas comme les autres boucliers, épais et constitué de plusieurs couches. Il semblait n'y avoir que deux couches, un placage en or couvrant une seule épaisseur de métal gris foncé qui ne brillait pas à la lumière de la lampe.

J'en avais entendu parler, mais jamais auparavant je n'en avais vu, sauf à la pointe de ma lance, la

Vieille Pélion. Je n'avais pas cru qu'il en existât en quantité suffisante pour forger une armure complète, qui plus est de la taille de celle-ci. Chaque partie était faite de ce même métal et doublée d'or.

— Dédale l'a fabriquée il y a trois cents ans, expliqua Ulysse. C'est le seul homme de l'histoire qui ait su durcir le fer, en le mêlant à du sable dans le creuset pour qu'il en absorbe une partie et devienne plus dur que le bronze. Il a ramassé du minerai de fer jusqu'à en avoir assez pour couler cette armure, puis il a martelé l'or par-dessus. Si une lance entaille la surface, on peut lisser l'or à nouveau.

— L'armure a appartenu à Minos?

— Oui, à ce Minos qui, avec son frère Radamanthe et ton grand-père Éaque, siègent dans l'Hadès pour juger les morts assemblés sur les rives de l'Achéron.

— Je ne sais comment te remercier, Ulysse! Quand ma vie atteindra son terme et que je me trouverai devant ces juges, reprends cette armure et donne-la à ton fils.

— À Télémaque? dit Ulysse en riant. Non, il ne sera jamais assez grand pour elle. Donne-la plutôt à ton fils.

— On voudra m'enterrer vêtu de cette armure. Il t'appartiendra de veiller à ce qu'elle revienne à Néoptolème.

— J'agirai comme tu le souhaites, Achille.

Automédon m'aida à me préparer pour le combat, tandis que les esclaves marmonnaient des prières et des formules magiques pour éloigner le mal et donner pouvoir à l'armure. Quelle que fût la direction dans laquelle je me tournais, je brillais de tous mes feux, pareil à Hélios.

Agamemnon s'adressa à nos officiers rassemblés, qui tous gardèrent un visage de marbre. Puis j'acceptai les plates excuses du grand roi. Sur quoi Nestor me rendit Briséis. Point de Chryséis. Je ne pensais pourtant pas qu'on l'eût conduite à Troie. Enfin nous nous dispersâmes pour manger, perdant ainsi un temps précieux.

La tête haute, Briséis marchait à côté de moi sans mot dire. Elle avait l'air malade et épuisée, plus bouleversée encore que lorsqu'elle avait quitté avec moi Lyrnessos en flammes. Dans le camp myrmidon, nous passâmes à côté du corps de Patrocle. Briséis tressaillit.

— Viens, Briséis, lui dis-je.

— Il a combattu, quand toi tu t'y es refusé ?

— Oui, et Hector l'a tué.

Cherchant un peu de douceur, je regardai son visage. Elle souriait, d'un sourire qui reflétait un amour authentique.

— Mon cher Achille, tu es si fatigué ! Je sais combien il comptait pour toi. Mais tu as trop de peine.

— Il est mort en me méprisant. Il a renié notre amitié.

— C'est qu'il ne te connaissait pas vraiment.

— Je ne peux rien t'expliquer à toi non plus.

— Ce serait inutile. Quoi que tu fasses, Achille, tu as raison.

Nous sortîmes en franchissant les gués et nous nous alignâmes dans la plaine. Les Troyens étaient face à nous, sur plusieurs rangs. Dans un fracas de tonnerre, Hector surgit de l'aile droite sur un char tiré par trois étalons noirs. Il était magnifique dans mon armure. Je remarquai qu'il avait ajouté des crins écarlates au plumet doré du casque. Il s'arrêta en face de moi ; nous nous lançâmes un regard pénétrant de défi véritable. Ulysse avait gagné son pari. Un seul quitterait vivant le champ de bataille. Nous le savions tous deux.

Un curieux silence nous enveloppa. Pas un son ne provenait d'aucune des deux armées, pas un cheval ne s'ébrouait, pas un bouclier ne tintait. Nous attendions que retentissent les trompes et les tambours. Je trouvais cette nouvelle armure fort lourde, il me faudrait du temps pour m'y accoutumer et Hector devrait attendre.

Il y eut un roulement de tambour, une sonnerie de

trompes et la fille du Destin jeta ses ciseaux dans la bande de terrain nu qui nous séparait, Hector et moi. Au moment où je poussais mon cri de guerre, Automédon lançait mon char en avant, mais Hector fit un écart et partit le long du front avant que nous ne nous soyons rencontrés. Bloqué par une masse de fantassins, je n'avais nul espoir de le suivre. Je levais ma lance et elle s'abattait, faisant couler toujours plus de sang troyen ; seul comptait pour moi le plaisir de tuer. La promesse que j'avais faite à Patrocle était oubliée.

J'entendis un cri de guerre familier et vis un autre char qui se frayait un chemin dans la mêlée. Énée attaquait avec sa lance mais, face à lui, les Myrmidons esquivaient les coups avec habileté. Je poussai mon cri. Il m'entendit, me salua, descendit aussitôt de son char pour se battre en duel. Son premier coup de lance atteignit mon bouclier et m'ébranla jusqu'aux os, mais le métal magique repoussa la lance. Elle tomba à terre, la pointe endommagée. Ma Vieille Pélion décrivit un arc parfait au-dessus de la tête des hommes qui nous séparaient. Énée vit la pointe se diriger vers sa gorge, leva son bouclier et se baissa. Ma lance bien-aimée traversa le cuir et le métal, juste au-dessus de sa tête, fit basculer le bouclier et immobilisa Énée. Après avoir dégainé mon épée, je me frayai un chemin à travers les hommes, bien décidé à l'atteindre avant qu'il pût se dégager. Ses Dardaniens reculèrent devant notre assaut et j'arborais déjà un sourire triomphant quand je ressentis une violente poussée, ce phénomène exaspérant qui se produit parfois quand un grand nombre d'hommes se trouvent serrés les uns contre les autres dans un espace limité. C'était comme si, soudain, une énorme lame de fond se soulevait et balayait le front d'une extrémité à l'autre ; les hommes s'affalèrent les uns sur les autres comme un mur de briques qui s'effondre.

Presque soulevé de terre, emporté comme une épave par cette marée humaine, je poussai un cri de désespoir : j'avais perdu Énée. Quand je parvins à me dégager, il avait disparu et je m'étais éloigné de plus de cinq cents pas. Criant aux Myrmidons de se remettre en formation de combat, je revins à mon point de départ. Lorsque j'y arrivai, je trouvai ma Vieille Pélion qui clouait toujours le bouclier au sol. Personne n'y avait touché. Je la dégageai d'un mouvement violent et lançai le bouclier à l'un des noncombattants chargés de l'équipement.

Peu de temps après, je renvoyai Automédon et le char à l'arrière du champ de bataille et lui remis également ma Vieille Pélion. Ce genre de combat se livrait à la hache. Ah, quelle arme extraordinaire dans une mêlée! Les Myrmidons restèrent à mes côtés. Nous fûmes invincibles! Mais aussi acharné que fût le combat, je ne cessai de chercher Hector. Je le découvris après avoir tué un homme qui portait l'insigne des fils de Priam. Non loin de là, le visage ravagé par la douleur devant le sort subi par son frère, Hector m'observait. Nos regards se croisèrent; le champ de bataille cessa d'exister. Je lus dans ses yeux la satisfaction, alors qu'il me contemplait, l'air sombre. Nous nous approchâmes l'un de l'autre, abattant nos ennemis, une seule idée en tête : nous rencontrer, être assez près pour nous toucher. Il y eut alors un autre mouvement de foule. Quelque chose me heurta le flanc et j'allais perdre l'équilibre quand je me trouvai projeté en arrière. Des hommes tombèrent et furent écrasés. Je pleurai de rage d'avoir perdu Hector. Je fus saisi d'une folle envie de tuer.

Cette folie sanguinaire cessa quand il n'y eut plus qu'une poignée de plumets pourpres en face de moi et qu'on entrevit l'herbe piétinée. Les Troyens avaient disparu; seuls restaient quelques traînards. Ils reculèrent en bon ordre. Leurs chefs étaient remontés dans leurs chars. Agamemnon les laissa partir, satisfait pour le moment de reformer ses propres lignes. Mon char réapparut comme par miracle et je montai aux côtés d'Automédon.

— Trouve Agamemnon! dis-je en haletant.

Je laissai glisser mon bouclier au sol avec un soupir de soulagement. On ne peut être mieux protégé, mais quel poids!

Tous les chefs étaient revenus. Je m'arrêtai à côté de Diomède et d'Idoménée. Savourant la victoire, Agamemnon était à nouveau le roi des rois. Il avait au bras une blessure qu'il avait bandée avec un morceau de toile. Une à une, des gouttes de sang tombaient à terre, mais il ne semblait pas y prêter attention.

— Ils battent en retraite sur tout le front, disait Ulysse. Cependant ils ne semblent pas avoir l'intention de se réfugier à l'intérieur de la cité — du moins pas pour le moment. Hector estime qu'il a encore une chance de gagner. Inutile de nous presser. Seigneur, si nous faisions ce que nous avons fait pendant neuf ans? poursuivit Ulysse en levant les yeux vers Agamemnon, comme s'il venait d'avoir une idée lumineuse. Si nous divisions notre armée en deux et tentions de faire une percée dans leurs rangs? A environ une lieue d'ici, le Scamandre décrit une grande boucle vers l'intérieur en direction des murs de la cité. Hector se dirige déjà par là. Si nous pouvions les forcer à étirer leur front entre les deux côtés de la boucle, nous pourrions nous servir de la deuxième armée pour en pousser au moins la moitié au fond de cette poche, tandis que le reste d'entre nous continuerait de faire avancer l'autre moitié en direction de Troie. Nous n'arriverons pas à grand-chose avec ceux qui s'enfuiront vers Troie, mais nous pourrons massacrer ceux qui seront enfermés dans les bras du Scamandre.

C'était un plan excellent. Agamemnon le comprit tout de suite.

— D'accord. Achille et Ajax, prenez les unités que vous préférez dans ce qui fut la seconde armée et occupez-vous des Troyens qui se trouveront pris dans la boucle du Scamandre.

— Seulement si tu t'assures qu'Hector ne se réfugie pas dans la cité, répondis-je en manière de provocation.

— Entendu, acquiesça Agamemnon.

Ils furent pris au piège comme des poissons dans une nasse. Nous rattrapâmes les Troyens au moment où ils arrivaient à l'ouverture de la boucle du fleuve. Là-dessus, Agamemnon fit charger son infanterie au centre et les dispersa. Ils n'avaient aucun espoir de parvenir à se retirer en bon ordre, face à l'énorme masse d'hommes déployée. Sur la gauche, Ajax et moi retenions nos troupes jusqu'à ce qu'une bonne moitié des Troyens en fuite se rendît compte qu'ils s'étaient engagés dans une impasse. Alors nous leur barrâmes l'unique voie de sortie. Je rassemblai mon infanterie et la fis pénétrer dans la boucle, Ajax fit la même chose par la droite. Les Troyens, pris de panique, tournaient en rond désespérément, reculaient sans cesse et leurs derniers rangs finirent par se trouver au bord du fleuve. La masse des hommes qui battaient toujours en retraite devant nous les poussait inexorablement ; tels des moutons au bord d'une falaise, ceux qui se trouvaient à l'arrière commencèrent à tomber à l'eau.

Le dieu Scamandre fit la moitié de notre travail ; tandis qu'Ajax et moi mettions en pièces des soldats qui imploraient notre pitié à grands cris, il en noyait par centaines. De mon char, je vis que l'eau était plus claire et le courant plus fort que d'habitude ; le Scamandre était en crue. Les malheureux qui perdirent pied sur la rive n'eurent aucun espoir de jamais se rétablir pour lutter contre le courant, car leur armure et la panique les handicapaient. Mais pourquoi donc le Scamandre était-il en crue ? Il n'avait pas plu. Alors je regardai en direction du mont Ida ; des nuées orageuses déferlaient dans le ciel et les collines au-delà de Troie étaient coupées de nous par un rideau de pluie opaque.

Je remis ma Vieille Pélion à Automédon et descendis de mon char, la hache à la main. Incapable de supporter le poids de mon bouclier, je décidai de m'en séparer, mais Patrocle n'était plus là pour protéger mes arrières. Avant d'engager le combat, j'appelai un des hommes chargés de l'équipement. Je devais à Patrocle douze jeunes nobles troyens, pour en garnir sa tombe. La terrible folie sanguinaire s'empara à nouveau de moi, en une soif inextinguible. Même sur la rive du fleuve je ne m'arrêtai pas et au contraire entrai dans l'eau à la poursuite des hommes terrifiés que j'avais acculés. Le poids de l'armure me permettait de résister à la poussée toujours plus forte du courant. Je continuai de tuer jusqu'à ce que les eaux du Scamandre fussent rouges de sang.

Un Troyen essaya d'engager un duel. Il s'appelait Astéropaïos ; sans doute un fils de la haute noblesse de Troie, car il était revêtu de bronze doré. Se trouvant sur la rive, il avait l'avantage. J'étais dans l'eau jusqu'à la taille et je n'avais rien d'autre que ma hache, alors qu'il tenait une poignée de javelots. Mais surtout ne croyez pas qu'Achille soit sot ! Tandis qu'il s'apprêtait à envoyer son premier projectile, je pris ma hache par l'extrémité du manche et la lançai sur lui comme une javeline. A la vue de cette arme fendant l'air, il visa mal. La hache qui étincelait au soleil l'atteignit en pleine poitrine et la lame pénétra dans sa chair. Il ne survécut qu'un instant avant de lourdement tomber dans les flots.

Voulant reprendre la hache, j'allai jusqu'à lui et le retournai. Mais la hache était plantée profondément dans son corps et le métal de sa cuirasse s'était tordu autour du manche. J'étais tellement absorbé qu'à peine entendis-je un sourd grondement. L'eau monta soudain jusqu'à mes aisselles. Astéropaïos y flottait, léger comme une écorce. Je lui saisis le bras et le rapprochai tout contre moi pour le stabiliser tandis que je tirais sur la hache de toutes mes forces. Le grondement devenait roulement de tonnerre et je dus lutter pour conserver l'équilibre. Enfin la hache se libéra. J'enroulai sa lanière autour de mon poignet en la serrant bien, de peur de la perdre. Le dieu du fleuve me criait sa colère; il semblait préférer que son peuple le souillât de ses déchets plutôt que moi du sang de ses soldats.

Un mur d'eau me tomba dessus. Même Ajax ou Héraclès n'aurait pu y résister. Mais oh! Miracle! Une branche d'orme surplombait le fleuve! Je fis un bond pour la saisir. Mes doigts ne rencontrèrent que des feuilles, ma main se tendit désespérément et j'empoignai enfin la branche. Elle se courba sous mon poids et je retombai dans le courant.

Un instant, le mur parut s'immobiliser au-dessus de moi, puis le dieu le précipita sur ma tête avec toute la violence dont il était capable. Je pris une grande bouffée d'air avant que le monde devînt liquide et que je fusse projeté dans toutes les directions à la fois avec une violence inouïe. Ma poitrine semblait prête à éclater. Mes mains s'agrippèrent d'elles-mêmes à la branche d'orme; dans mon angoisse je pensai au soleil, au ciel, et me lamentai : vaincu par un fleuve. Singulière ironie du sort! Je m'étais épuisé à pleurer Patrocle, à tuer des Troyens et cette armure de fer m'écrasait.

J'implorai la dryade qui vivait dans l'orme, mais l'eau continuait à rouler au-dessus de ma tête avec la même force; cependant la dryade ou quelque autre esprit finit par entendre ma prière et ma tête émergea. Je respirai l'air avec avidité et regardai autour de moi, désespéré. La rive, qui avait été assez proche pour que je pusse la toucher, avait disparu. Je saisis à nouveau l'orme et la dryade m'abandonna. Le reste de la berge, emporté par les eaux, laissa à nu les grosses racines du vieil arbre. Avec toute cette masse de fer, j'étais trop lourd; les branches se mirent à plier et l'orme plongea dans le fleuve. C'est à peine si l'on entendit un bruissement tant le grondement de l'eau était fort.

Je tenais toujours la branche, me demandant si le Scamandre serait assez puissant pour tout emporter vers l'aval. Mais l'orme resta la tête dans l'eau, formant une digue qui retenait les débris poussés vers notre camp et vers la palissade des Myrmidons. Les corps s'entassaient contre cette masse, des plumets pourpres s'enroulaient autour de ses feuilles vertes, des mains flottaient, répugnantes.

Je lâchai la branche et commençai à regagner à pied le bord du fleuve, qui était moins profond depuis que la berge s'était effondrée. Sans cesse le courant implacable m'empêchait de poser les pieds sur le fond vaseux du fleuve ; sans cesse ma tête disparaissait sous l'eau. Pourtant je me débattais et me rapprochais de mon but. Je réussis à saisir une touffe d'herbe, mais elle se détacha du sol saturé d'eau. Je coulai à nouveau, me redressai en barbotant et désespérai. Je levai les bras vers le ciel et priai le seigneur de toutes les Créatures : « Père, père, laisse-moi vivre assez longtemps pour tuer Hector ! » Il m'entendit. Il me répondit ! Des hauteurs incommensurables du ciel, il pencha sa tête imposante ; un bref instant il m'aima assez pour pardonner mon orgueil, se rappelant peut-être que j'étais le petit-fils de son fils, Éaque. Je sentis sa présence en moi et crus voir l'ombre de sa main géante planer au-dessus du fleuve. Le Scamandre se soumit avec un soupir au pouvoir qui règne sur les dieux comme sur les hommes. L'instant d'avant j'allais mourir, l'instant d'après il n'y avait plus qu'un filet d'eau autour de mes chevilles et je dus faire un bond sur le côté pour éviter l'orme qui s'écroulait dans la boue.

De l'autre côté, la berge, plus haute, s'était effondrée ; le courant assagi, le Scamandre n'était plus qu'une mince nappe d'eau étale dans la plaine ; une bénédiction pour le sol assoiffé qui l'absorba tout de suite.

Je quittai en titubant le lit du fleuve et m'assis, éreinté, sur l'herbe gorgée d'eau. Au-dessus de moi le char d'Hélios avait dépassé le zénith ; nous avions combattu pendant qu'il accomplissait plus d'un demi-trajet sur la voûte céleste. Me demandant où se trouvait le reste de mon armée, je revins à la réalité et j'eus honte : poussé par mon désir impérieux de tuer, je n'avais prêté aucune attention à mes hommes. Apprendrais-je jamais ? Ou bien ce désir était-il une autre forme encore de la folie que j'avais sûrement héritée de ma mère ?

Des cris retentirent. Les Myrmidons s'avançaient vers moi et, au loin, Ajax regroupait ses hommes. Partout des Grecs, mais pas un seul Troyen. Je montai dans mon char, souriant à Automédon.

— Emmène-moi près d'Ajax, vieux camarade.

Debout, une lance à la main, Ajax avait un regard rêveur. Je descendis, encore trempé jusqu'aux os.

— Que t'est-il donc arrivé ? me demanda-t-il.

— J'ai lutté avec le dieu Scamandre.

— Eh bien tu as gagné. Il est épuisé.

— Combien de Troyens ont survécu à l'embuscade ?

— Un très petit nombre, répondit-il d'un ton placide. A deux nous avons réussi à en tuer quinze mille. Autant, peut-être, ont rejoint l'armée d'Hector. Tu as fait du bon travail, Achille. Tu es si assoiffé de sang que je ne puis t'égaler. Mais il est temps d'aller retrouver Agamemnon.

Je montai à côté de lui dans son chariot — on ne pouvait pas dire que c'était un char, car il avait quatre roues — tandis que Teucer suivait dans mon char avec Automédon.

— J'ai l'impression que Priam a ordonné de faire ouvrir la porte Scée, dis-je en désignant les murailles.

Ajax gronda. En nous approchant, il s'avéra que j'avais raison. La porte Scée était ouverte et les soldats d'Hector entraient dans la cité. Agamemnon était impuissant face à tant de Troyens massés devant l'entrée. Je jetai un regard de côté à Ajax en grimaçant.

— Qu'Hadès les emporte tous. Hector est retourné à Troie ! s'exclama-t-il d'une voix rageuse.

— Hector m'appartient à présent, Ajax. Tu as eu ta chance.

— Je sais, cousin.

Nous cherchâmes Agamemnon parmi les soldats. Comme toujours il était en compagnie d'Ulysse et de Nestor. Il avait l'air furieux.

— Ils ferment la porte, remarquai-je.

— Hector les a rassemblés en rangs si serrés que nous n'avons eu aucune chance de les éloigner de la cité pour les attaquer encore. La plupart ont réussi à regagner Troie. Deux détachements ont préféré rester à l'extérieur. Diomède tente de les anéantir, précisa Agamemnon.

— Et Hector ?

— Je crois qu'il est entré. Personne ne l'a vu.

— Le lâche ! Il savait pourtant que je le cherchais !

D'autres encore nous rejoignirent : Idoménée, Ménélas, Ménesthée et Machaon. Ensemble, nous regardâmes Diomède en finir avec ceux qui s'étaient portés volontaires pour rester à l'extérieur — des hommes sensés qui, lorsqu'ils se virent sur le point d'être exterminés, se rendirent. Leur courage et leur discipline plut à Diomède : il les fit prisonniers plutôt que de les tuer. Radieux, il s'avança alors vers nous.

— Ils ont perdu quinze mille hommes près du Scamandre, affirma Ajax.

— Alors que nous n'en avons pas perdu plus de mille, répondit Ulysse.

Un grand soupir monta parmi les soldats qui se reposaient derrière nous, suivi d'un cri déchirant qui nous parvint du haut de la tour de guet. Nous cessâmes de rire.

— Regardez ! s'écria Nestor en pointant un doigt décharné et tremblant.

Nous nous tournâmes lentement. Deux lances en main, Hector était debout, appuyé contre le bronze de la porte. Il portait mon armure dorée, des crins écarlates apparaissaient dans le plumet du casque et les améthystes étincelaient sur le baudrier pourpre que lui avait donné Ajax. Jamais je ne m'étais vu dans cette armure et découvris alors à quel point elle était superbe, dès qu'on était assez grand pour la porter. J'aurais dû savoir, dès l'instant où j'en avais revêtu Patrocle, que j'avais scellé son destin.

Hector saisit son bouclier et s'avança de quelques pas.

— Achille, cria-t-il. Je suis resté pour t'affronter.

Mon regard croisa celui d'Ajax, qui acquiesça d'un signe de tête. Je pris mon bouclier et ma Vieille Pélion des mains d'Automédon et lui remis ma hache. Me battre avec une hache aurait été une offense à l'égard d'Hector. La gorge serrée par la joie, je m'éloignai des rois et allai à sa rencontre d'un pas mesuré, tel celui qui marche au sacrifice. Je ne levai pas ma lance et lui non plus. Lorsque nous fûmes à quinze pas l'un de l'autre, nous nous arrêtâmes, désireux de découvrir quel genre d'homme était l'adversaire, car nous ne nous étions jamais vus à moins d'un jet de lance. Il fallait que nous nous adressions la parole avant que le duel ne commençât. Nous nous rapprochâmes, au point de nous toucher. Je plongeai mon regard dans ses yeux, où se lisait une inflexible résolution, et découvris combien il me ressemblait. Exception faite de son âme, point souillée comme la mienne. C'était un guerrier parfait.

Je l'aimais plus que moi-même ou que Patrocle, Briséis ou même mon père, car c'était moi que je retrouvais dans un autre corps. C'était un héraut de mort ; ou bien il me porterait le coup fatal, ou bien je m'attarderais encore quelques jours ici-bas jusqu'à ce qu'un autre Troyen ne m'abatte. Mais l'un de nous devait mourir dans ce duel et l'autre peu après. Ainsi en avait-il été décidé quand nos destins s'étaient croisés.

— Durant toutes ces années, Achille... commença-t-il, puis il s'interrompit, comme si les mots se révélaient incapables d'exprimer ce qu'il ressentait.

— Hector, fils de Priam, j'aurais préféré que nous fussions amis. Mais on ne peut ignorer le sang qui nous sépare.

— Mieux vaut être tué par un ennemi qu'un ami, dit-il. Combien de mes hommes ont péri près du Scamandre ?

— Quinze mille. Troie va tomber, Hector.

— Avant, il faudra que je meure. Je n'aurai plus d'yeux pour le voir.

— Moi non plus.

— Nous sommes nés uniquement pour faire la guerre. Son issue ne nous concerne pas et je suis heureux qu'il en soit ainsi.

— Ton fils est-il en âge de te venger, Hector?

— Non.

— Alors j'ai un avantage sur toi. Mon fils viendra à Troie pour me venger, tandis qu'Ulysse veillera à ce que ton fils ne vive pas assez longtemps pour regretter plus tard d'avoir été trop jeune.

— Hélène m'a averti de me méfier d'Ulysse. Est-il vraiment le fils d'un dieu?

— Non. C'est le fils d'un scélérat. Mais je dirais qu'il est l'âme de la Grèce.

— J'aimerais pouvoir mettre mon père en garde contre lui.

— Tu seras mort avant de pouvoir le faire.

— Je pourrais fort bien triompher de toi, Achille.

— Si c'est le cas, Agamemnon te fera trancher la gorge.

— Laisses-tu des femmes qui te pleureront? Un père? demanda-t-il après un instant.

— Oui, on pleurera ma mort.

En cet instant, l'amour que nous éprouvions l'un pour l'autre était bien plus fort que la haine; je lui tendis la main. Il me serra le poignet.

— Pourquoi es-tu resté pour m'affronter? lui demandai-je.

Sa main se crispa, la tristesse assombrit son visage.

— Comment rentrer? Comment regarder mon père en face, quand mon imprudence et ma stupidité ont causé la perte de milliers d'hommes? J'aurais dû me replier à Troie dès le jour où j'ai tué ton ami, qui portait cette armure. Polydamas m'a averti, mais je n'en ai pas tenu compte. Je *voulais* t'affronter. C'est la raison pour laquelle j'ai laissé mon armée dans la plaine. Achille, continua-t-il en me lâchant le bras, son visage redevenu celui d'un ennemi, je t'ai observé dans cette magnifique armure couverte d'or. Elle pèse sur toi. L'armure que je porte est beaucoup plus légère. Aussi, avant que nos épées ne s'entre-choquent, faisons une course.

Sur ce il s'élança, me laissant là, immobile et stupéfait. « C'est astucieux, Hector, mais tu viens de commettre une erreur ! Pourquoi courrais-je à ta poursuite ? Tu devras bientôt te retourner pour m'affronter. » En effet, à mille pas de la porte Scée, en direction de notre camp, les murs de Troie formaient un énorme contrefort vers le sud-ouest et l'armée grecque lui barrait le chemin.

Je n'étais pas essoufflé ; peut-être ma lutte avec le Scamandre m'avait-elle redonné des forces. Il se retourna. Je m'arrêtai.

— Achille ! cria-t-il. Si je te tue, je te jure que je rendrai ton corps intact à tes hommes ! Jure-moi que tu feras de même !

— Certes non ! J'ai juré d'offrir ton corps à Patrocle !

Un coup de vent emplit mes yeux de poussière. Hector leva le bras, sa lance arriva droit sur moi, la hampe rebondit au centre de mon bouclier, tandis que la Vieille Pélion tombait mollement à mes pieds. Hector lança son second projectile avant que j'aie eu le temps de la ramasser, mais le vent capricieux tourna à nouveau. Hector tira son épée du baudrier pourpre d'Ajax et chargea. Je me retrouvai pris dans un affreux dilemme : garder mon bouclier pour me protéger d'un redoutable adversaire, ou l'abandonner pour combattre sans en être encombré ? Je finis par le jeter et affrontai Hector à l'épée. Il s'arrêta malgré son élan et, à son tour, posa son bouclier à terre.

L'affrontement nous fit découvrir l'immense plaisir de se battre d'égal à égal. Quand son épée s'abattait sur moi, je parai le coup de la mienne ; ni l'un ni l'autre ne cédait d'un pouce. Au même instant, nous bondîmes en arrière pour tourner l'un autour de l'autre, chacun cherchant une ouverture. Les épées fendaient l'air avec un sifflement irréel. Au moment où il s'avança vers moi, rapide comme l'éclair, je lui touchai le bras gauche, mais au cours de la même passe d'armes, il arracha le cuir qui me couvrait la cuisse et me fendit la chair. Nous saignions tous deux mais nous ne cessâmes pas le combat pour autant : nous étions bien trop impatients d'en finir. Coup après coup, les lames étincelaient, s'abattaient, trouvaient une parade et repartaient de plus belle.

Cherchant toujours une ouverture, je me déplaçai avec circonspection. Hector étant légèrement plus petit que moi, mon armure ne pouvait lui convenir parfaitement. Il devait y avoir un endroit de son corps qui n'était pas bien protégé. Mais où ? J'allais atteindre sa poitrine quand il fit un brusque écart sur le côté. Il leva ensuite le bras et je remarquai que la cuirasse bâillait sur son cou et le casque ne descendait pas assez bas. Je reculai, l'obligeant à me suivre et manœuvrant pour trouver une meilleure position. Par suite de la faiblesse des tendons de mon talon droit, je me tordis alors le pied et trébuchai. J'avais terriblement peur mais je restais debout, mon équilibre retrouvé. J'étais alors sans défense contre l'épée d'Hector.

Il saisit sa chance, fondit sur moi, levant très haut sa lame pour me porter le coup fatal, la bouche ouverte en un grand cri de joie. Sa cuirasse — *ma* cuirasse — laissait à découvert la partie gauche de son cou. Je lui allongeai une botte au moment même. Mon bras parvint à résister à la force colossale du sien quand il abattit son épée. Elle croisa la mienne dans un fracas de métal et dévia. Sans rencontrer d'obstacle, ma lame s'enfonça dans la partie gauche de son cou, entre la cuirasse et le casque.

Il tomba si vite que je n'eus pas même besoin de le plaquer au sol. Je lâchai mon épée comme si elle brûlait. Il gisait à mes pieds, atteint mais toujours vivant. Ses grands yeux noirs me fixaient, me

disaient qu'il savait et qu'il acceptait. La lame avait
dû sectionner plusieurs artères avant de se ficher
dans l'os mais, comme elle y restait enfoncée, il ne
pouvait encore mourir. Il remua lentement les
mains, par saccades, jusqu'à saisir la lame au tranchant redoutable. Craignant qu'il ne souhaitât l'extir-
per, je tombai à genoux à ses côtés. Déjà il ne bou-
geait plus, suffoquant, le sang ruisselant de ses
mains lacérées.

— Tu t'es magnifiquement battu, dis-je.

Ses lèvres remuèrent, il pencha la tête de côté,
essayant de parler, et le sang jaillit. Je pris sa tête
entre mes mains. Son casque roula à terre et sa
tresse de cheveux noirs commença à se défaire dans
la poussière.

— J'aurais tant aimé combattre à tes côtés et non
pas contre toi, lui murmurai-je, regrettant de ne pas
savoir quelles paroles il aurait souhaité entendre.

Il avait les yeux brillants, le regard lucide. D'une
des commissures de ses lèvres s'écoulait un filet de
sang ; il ne lui restait plus longtemps à vivre ; la pensée qu'il était en train de mourir m'était insupportable.

— Achille ?

C'est à peine si je pus l'entendre. Je me penchai
jusqu'à ce que mon oreille touchât presque ses
lèvres.

— Qu'y a-t-il Hector ?

— Rends mon corps... à mon père.

— Cela m'est impossible, Hector. Je t'ai promis à
Patrocle.

— Rends-moi... si tu me donnes à Patrocle... ton
corps... les chiens le dévoreront.

— Ce qui doit être sera. J'ai juré.

— Alors... c'est fini.

Avec une force quasi surnaturelle, ses mains res-
serrèrent leur prise et, rassemblant toute l'énergie
qui lui restait, il arracha la lame. Aussitôt ses yeux se
firent vitreux et il poussa un râle, de l'écume sortant
de ses narines. Il rendit l'âme.

Sa tête toujours dans les mains, je restai agenouillé, immobile. Le monde entier se taisait.
Comme il était beau, mon jumeau troyen, mon
double! Quel chagrin j'éprouvai! Et quelle douleur!

J'entendis la voix de Patrocle : « *Comment peux-tu
l'aimer, Achille, alors qu'il m'a assassiné ?* »

Mon cœur se mit à battre la chamade. Je me levai
d'un bond. J'avais juré de le tuer et pourtant, au lieu
de me réjouir, je pleurais. Je pleurais! Et pendant ce
temps-là Patrocle gisait, incapable de payer le prix
de la traversée du Styx.

Depuis les murailles troyennes nous parvint un
hurlement de désespoir atroce : Priam se révoltait
contre la mort du fils qu'il chérissait le plus. Son cri
fut repris par la populace. On entendit les gémissements des femmes, les insultes des hommes qui s'en
prenaient aux dieux, les coups sourds de poings qui
frappaient les poitrines, pareils au roulement des
tambours funèbres tandis que, derrière moi, l'armée
d'Agamemnon poussait des acclamations à n'en plus
finir.

Je dépouillai Hector de son armure, sauvagement,
arrachant du même coup la tristesse qui endeuillait
mon cœur. Quand j'eus terminé, les rois firent cercle
autour de son corps nu. Agamemnon dévisageait le
cadavre avec un sourire sardonique. Il leva sa lance
et la plongea en son flanc; tous les autres l'imitèrent,
assénant au guerrier sans défense les coups qu'ils
n'avaient pu lui donner de son vivant.

Écœuré, je me détournai et en profitai pour sécher
mes pleurs. Lorsque je les regardai à nouveau, je
m'aperçus que seul Ajax s'était abstenu d'insulter la
dépouille d'Hector. Comment pouvaient-ils le traiter
de rustre, alors que lui seul comprenait? J'écartai
Agamemnon et les autres sans ménagement.

— Hector m'appartient! Prenez vos armes et
allez-vous-en!

J'ôtai le baudrier pourpre attaché à la cuirasse et
tirai mon poignard. Je pratiquai ensuite des fentes
dans la chair derrière les talons du mort et y enfilai

la lanière de cuir ouvragée, sous le regard imperturbable d'Ajax. Automédon m'amena mon char. Je fixai le baudrier à l'arrière.

— Descends, dis-je à Automédon. Je vais conduire moi-même.

Mes trois chevaux blancs baissèrent la tête, sentant la mort, mais ils se calmèrent après que j'eus enroulé les rênes autour de ma taille. Avec mon char, je fis des allées et venues sous la tour de guet, accompagné par les lamentations poussées du haut des murailles de Troie et par les hurlements de joie de l'armée d'Agamemnon.

Les cheveux d'Hector, défaits, balayaient le sol, ses bras pendaient de chaque côté de sa tête. Par douze fois, je fis faire à mes chevaux le trajet entre la tour de guet et la porte Scée, exhibant sous ses murailles l'homme qui incarnait l'espoir de Troie. Je proclamai ainsi que la victoire nous appartenait inéluctablement. Puis je me dirigeai vers la plage.

Patrocle gisait, enveloppé de son linceul. Je fis trois fois le tour de sa dépouille, mis pied à terre et dégageai le baudrier des pieds d'Hector. Il me fut facile de prendre son corps inerte dans mes bras, mais l'abandonner aux pieds de Patrocle me fut particulièrement pénible. Briséis s'enfuit, effrayée. Je m'assis là où elle s'était trouvée et, la tête entre les genoux, je me remis à pleurer.

— Achille, rentre à la maison, supplia-t-elle.

Avec l'intention de refuser, je levai les yeux vers elle. Briséis aussi avait souffert et je ne pouvais la faire souffrir davantage. Pleurant toujours, je me levai et la suivis jusqu'à la maison. Elle me fit asseoir sur une chaise et me tendit un linge pour m'essuyer le visage, un bol pour me laver les mains, du vin pour me calmer. Je ne sais comment, elle parvint à ôter mon armure et pansa ma blessure à la cuisse. Quand elle commença à enlever ma tunique rembourrée, je l'arrêtai.

— Laisse-moi.

— Il faut pourtant que je te donne un bain.

— Non, pas avant que Patrocle soit enterré.

— Patrocle est devenu ton mauvais génie, dit-elle d'une voix calme.

Je quittai la maison après lui avoir lancé un regard furieux et me rendis non pas là où gisait Patrocle mais sur la plage. Je m'y laissai tomber comme une pierre.

Mon sommeil fut semblable à une transe infinie. Une forme vaporeuse m'apparut, brillant d'un éclat surnaturel. Venue de loin, elle s'approcha, de plus en plus distincte et opaque. Prenant sa forme définitive, elle occupait maintenant le centre de ma conscience. Patrocle plongeait son regard bleu droit dans ma nudité. Ses cheveux blonds striés de rouge, il pinçait les lèvres.

— Achille, Achille, murmura-t-il d'une voix qui était la sienne sans l'être vraiment, trop lugubre et glaciale, comment peux-tu dormir alors que je ne suis toujours pas enterré et ne puis traverser le Fleuve ? Libère-moi ! Délivre-moi de mes attaches charnelles !

Je lui tendis les bras pour le supplier de comprendre ; j'essayai de lui expliquer pourquoi je l'avais laissé combattre à ma place. Je l'enlaçai. Mes doigts se refermèrent sur le vide, sa forme lumineuse se dissipa dans les ténèbres et se fondit dans le néant. Le Néant ! *Le Néant !* Je poussai un cri et m'éveillai en sursaut. Une douzaine de Myrmidons me maintenaient au sol. Je les écartai avec un geste d'agacement. Je m'éloignai des navires en trébuchant et rentrai. La pâle lueur de l'aube me montra le chemin.

Pendant la nuit, un coup de vent avait jeté à terre le linceul de Patrocle ; les Myrmidons qui formaient sa garde d'honneur n'avaient pas osé s'approcher pour le remettre en place. Aussi vis-je Patrocle dès mon arrivée sur la place. Il dormait. Il rêvait. Si paisible, si doux. Je venais de voir *le vrai Patrocle* et ses lèvres m'avaient dit que jamais il ne me pardonnerait. Son cœur, si généreux depuis l'époque de notre adolescence, était à présent aussi froid et aussi dur que du marbre. Pourquoi le visage que j'avais sous les yeux était-il si tendre et affable? Pouvait-il être le visage de l'ombre qui hantait mon sommeil? La mort changeait-elle vraiment à ce point les hommes?

Mon pied toucha quelque chose de froid; je fus pris de tremblements incontrôlables quand je vis Hector gisant là où je l'avais laissé la veille au soir, les jambes recroquevillées comme si elles étaient brisées, la bouche et les yeux grands ouverts; sur sa chair exsangue apparaissaient les plaies d'une douzaine de blessures.

Je détournai le regard; des Myrmidons arrivaient de toutes parts, éveillés par le vacarme de leur chef qui criait comme un dément. Automédon les précédait.

— Achille, il est temps de l'enterrer.

— Plus que temps.

Nous transportâmes Patrocle sur un radeau de l'autre côté du Scamandre et marchâmes en tenue de combat, portant son corps sur un bouclier, à hauteur d'épaule. Je me tenais derrière le bouclier, sa tête dans la paume de ma main droite, car je menais le deuil. L'armée tout entière s'était amassée sur les falaises et la plage, pour voir les Myrmidons le mettre au tombeau.

Une fois arrivés dans la caverne, nous le déposâmes doucement sur le char funèbre en ivoire, vêtu de l'armure qu'il portait habituellement au combat, le corps couvert de mèches de nos cheveux. Ses lances et toutes ses affaires personnelles furent déposées sur des trépieds d'or. Je jetai un coup d'œil vers le plafond, me demandant dans combien de temps je me trouverais là moi aussi. Très bientôt, selon les oracles.

Le prêtre ajusta le masque d'or sur le visage de Patrocle et noua les cordons sous sa tête, puis plaça ses mains gantées d'or sur ses cuisses, les doigts croisés sur son épée. On psalmodia les prières, on versa les libations sur le sol. Puis on amena — l'un après l'autre — les douze jeunes Troyens et on leur trancha la gorge au-dessus d'une énorme vasque posée sur un trépied, au pied du char funèbre. Après avoir scellé l'entrée du tombeau, nous retournâmes sur l'aire de rassemblement devant la maison d'Agamemnon, où avaient toujours lieu les jeux funèbres. J'apportai les prix et, la mort dans l'âme, les remis aux vainqueurs puis, pendant que les autres festoyaient, je retournai chez moi, seul.

Hector gisait dans la poussière, devant ma porte. Il y avait été transporté après que nous eûmes levé le corps de Patrocle ; le souvenir de l'apparition de mon rêve m'aurait incité à l'enterrer avec Patrocle, comme un chien bâtard aux pieds d'un héros, mais j'en avais été incapable. Je rompis le serment que j'avais fait à mon ami le plus cher et le plus ancien — *à mon amant* — pour garder Hector avec moi. Patrocle avait déjà de quoi payer sa traversée : douze jeunes nobles troyens. C'était plus que suffisant.

Je frappai dans mes mains : les esclaves accoururent.

— Faites chauffer de l'eau, apportez les huiles pour les onctions, allez quérir le maître embaumeur. Je veux qu'on prépare le prince Hector pour son enterrement.

Je le transportai dans un entrepôt voisin et le déposai sur une dalle de pierre, pour que les femmes lui prodiguent leurs soins. Je lui redressai bras et jambes, je mis la main sur son visage et lui fermai les yeux. Ils se rouvrirent très lentement, sans rien voir. C'était affreux de regarder l'enveloppe vide qu'était devenu Hector. De penser à ce que serait la mienne.

Briséis m'attendait. Elle me regarda longuement, puis m'adressa la parole d'une voix neutre :

— L'eau est prête pour ton bain. Ensuite on t'apportera de quoi manger et du vin. Je vais allumer les lampes. La nuit tombe.

Si seulement l'eau possédait le pouvoir de laver les taches qui souillaient mon âme !

Briséis resta en face de moi, assise sur le lit, pendant que je mangeais sans appétit et étanchais ma soif. J'avais l'impression d'avoir couru comme un dément pendant des années. Elle aussi, elle employa ce mot. Dément.

— Achille, pourquoi te conduis-tu en dément ? Le monde ne va pas s'effondrer parce que Patrocle est mort. Il y a d'autres êtres, qui vivent encore, et qui t'aiment tout autant que lui. Automédon. Les Myrmidons. Moi.

— Va-t'en, dis-je d'un ton las.

— Seulement quand j'aurai fini. Il te faut guérir, Achille, et le seul moyen est de cesser de te prêter aux exigences de Patrocle et de rendre Hector à son père. Je ne suis pas jalouse et ne l'ai jamais été. Que Patrocle et toi ayez été amants ne m'a pas affectée, cela n'a rien changé à ma place dans ta vie. Mais *lui* était jaloux et ça l'a perverti. Tu es persuadé qu'il est mort en croyant que tu avais trahi ton idéal. Mais pour Patrocle, la vraie trahison était ton amour pour moi. C'est là que tout a commencé. Après ça, rien de ce que tu as fait n'a trouvé grâce à ses yeux. Je ne le condamne pas, je dis simplement la vérité. Il a eu le sentiment qu'en m'aimant tu trahissais son amour. Et si tu en étais capable, tu ne pouvais être la personne qu'il croyait que tu étais. Il lui *fallait* te trouver des défauts.

— Tu ne sais pas ce que tu dis, rétorquai-je.

— Je le sais très bien au contraire. Mais ce n'est pas de Patrocle que je veux parler, c'est d'Hector. Comment peux-tu te comporter ainsi envers un homme qui t'a affronté si courageusement, qui est mort en brave ? Rends-le à son père. Ce n'est pas le vrai Patrocle qui te hante, c'est celui que tu as fait apparaître pour te complaire dans la démence. Oublie Patrocle. Il n'a pas été pour toi un ami véritable.

Je la frappai. Elle tomba à terre. Horrifié, je la

relevai et l'étendis sur le lit. Elle gémissait et remuait à peine. J'allai en trébuchant jusqu'à une chaise, et me pris la tête dans les mains. Même Briséis était victime de ma folie, car c'était bien de folie qu'il s'agissait. Comment guérir?

Quelque chose m'enveloppa les jambes, tira faiblement sur l'ourlet de mon pagne. Terrifié, je levai la tête pour voir quelle nouvelle apparition était venue me tourmenter et regardai, déconcerté, la tête chenue et le visage crispé d'un très vieil homme. Priam. Ce ne pouvait être personne d'autre. Quand je me redressai, il me saisit les mains et se mit à les baiser. Ses larmes coulèrent sur ma peau à l'endroit même où avait coulé le sang d'Hector.

— Rends-le-moi! Rends-le-moi! Ne le donne pas en pâture à tes chiens! Ne le laisse pas sans sépulture. Ne lui refuse pas les rites funèbres! Rends-le-moi!

Je regardai Briséis, les yeux embués de larmes.

— Viens, seigneur, assieds-toi, dis-je en le relevant. Un roi ne devrait avoir à implorer personne. Assieds-toi.

Automédon se tenait dans l'encadrement de la porte.

— Comment est-il arrivé ici? lui demandai-je.

— Dans une charrette conduite par un simple d'esprit. Un pauvre malheureux qui marmonnait des mots dénués de sens. L'armée est encore en train de festoyer, la garde à l'entrée du gué est assurée par des Myrmidons. Le vieillard a prétendu qu'il avait une affaire à traiter avec toi. La charrette était vide et aucun d'eux n'était armé, alors on les a laissés entrer.

— Fais du feu, Automédon. Ne souffle mot de sa venue à personne. Informes-en la garde et remercie-la de ma part.

Tandis que j'attendais que le feu fût allumé, car il faisait froid, j'approchai un siège du sien et pris ses mains noueuses dans les miennes en les frottant pour les réchauffer. Elles étaient glacées.

— Il t'a fallu un grand courage pour venir ici, seigneur.

— Non, pas du tout, répondit-il en me regardant droit dans les yeux. Je gouvernais un royaume heureux et prospère, jadis. Puis j'ai commis une erreur. Je suis seul responsable. Vous, les Grecs, avez été envoyés par les dieux pour me punir de mon orgueil. De mon aveuglement. Non, il ne m'a pas fallu une once de courage pour venir ici, ajouta-t-il. Hector a été le prix que j'ai finalement dû payer.

— Le prix que tu devras finalement payer, répliquai-je malgré moi, sera la chute de Troie.

— La chute de ma dynastie, peut-être, mais pas celle de la cité. Troie est trop grande pour cela.

— La cité de Troie tombera.

— Sur ce point, permets-moi de n'être pas d'accord, mais j'espère que nous le sommes sur l'objet de ma venue. Prince Achille, donne-moi le corps de mon fils. Je paierai la rançon qui convient.

— Je n'exige nulle rançon, roi Priam. Ramène-le chez lui.

Il tomba à genoux une seconde fois pour me baiser les mains ; j'en eus la chair de poule et me dégageai.

— Assieds-toi et partage mon repas pendant que je fais préparer Hector. Briséis, occupe-toi de notre hôte.

Soudain une pensée me traversa l'esprit.

— Le baudrier d'Ajax appartenait à Hector, mais pas l'armure. Automédon, trouve-le et place-le dans la charrette auprès de sa dépouille.

Quand je revins, Priam s'était ressaisi. Il avait soudain changé d'humeur, comme cela arrive souvent aux vieillards, et bavardait gaiement avec Briséis, lui demandant si la vie commune avec moi lui plaisait alors qu'elle était originaire de la Maison de Dardanos.

— Je suis heureuse, seigneur. Achille est un homme de cœur. Seigneur, pourquoi est-il à ce point persuadé de mourir bientôt ? ajouta-t-elle en se penchant vers lui.

— Les destins d'Achille et d'Hector sont liés, déclara le vieux roi. Les oracles l'ont dit.

En me voyant, ils changèrent de sujet. Nous dînâmes et je m'aperçus que je mourais de faim, mais je m'obligeai à ne pas manger plus que Priam et bus avec modération.

Ensuite, je le reconduisis à sa charrette dans laquelle reposait le corps d'Hector, caché par un drap. Priam, sans regarder dessous, s'installa près du simple d'esprit et s'en fut, se tenant droit et fier comme s'il eût été dans un char d'or massif.

Briséis m'attendait. J'allai droit à notre lit tandis qu'elle éteignait les lampes.

— Es-tu trop fatigué pour te dévêtir ?

Elle dégrafa ma tunique et ma ceinture, ôta mon pagne. Épuisé, je mis les bras au-dessus de ma tête et restai étendu sur le dos. Elle s'allongea à côté de moi et logea ses poings au creux de mes aisselles. Je lui souris, soudain aussi léger et heureux qu'un enfant.

— Briséis, promets-moi de rester avec moi, jusqu'à la fin.

— La fin ?

— J'ai entendu ce que tu as demandé à Priam et sa réponse. Tu sais ce dont je parle, Briséis.

— Je refuse d'y croire ! s'écria-t-elle.

— On exige certaines choses d'un homme le jour de sa naissance et on les lui dit. Mon père s'y est toujours refusé, mais ma mère m'a révélé que si j'allais à Troie, j'y mourrais. Maintenant qu'Hector est mort, Troie doit tomber. Ma mort est le prix qu'il reste à payer.

— Achille, ne me laisse pas !

— Je donnerais tout ce que je possède pour rester auprès de toi, mais c'est impossible.

Elle demeura silencieuse un long moment, la respiration calme et régulière. Enfin, elle parla :

— Tu avais ordonné qu'on prépare Hector pour l'enterrement avant de me voir, ce soir ?

— Oui.

— Pourquoi ne m'as-tu rien dit ? Alors, certaines paroles n'auraient jamais été prononcées.

— Peut-être fallait-il qu'elles le fussent, Briséis. Je t'ai frappée. Un homme ne doit jamais frapper une femme, un enfant ou quelqu'un de plus faible que lui. Quand les hommes ont rejeté l'ancienne religion, cela faisait partie du marché conclu avec les dieux pour avoir le droit de régner.

— Ce n'est pas moi que tu as battue mais ton démon, dit-elle en souriant. En me frappant tu t'en es libéré. C'est à toi qu'appartient désormais le reste de ta vie, pas à Patrocle, ce dont je me réjouis.

Je retrouvai des forces et me soulevai sur un coude pour pouvoir la contempler. Elle était auréolée par la lumière de la lampe, telle une déesse. Sa peau très claire avait pris une teinte dorée, la flamme de ses cheveux roux était plus vive que jamais et ses yeux avaient des reflets d'ambre. En hésitant, je posai mes doigts sur sa joue et traçai une ligne jusqu'à sa bouche, là où elle avait enflé. Le creux de sa gorge était dans l'ombre, ses seins me rendaient fou de désir, ses pieds menus marquaient la limite de mon univers.

J'admis enfin que Briséis m'était indispensable. Alors, je découvris en elle des choses qui dépassaient tout ce que j'avais imaginé dans mes rêves. Elle était devenue une partie de moi. Je pleurai ; ses cheveux étaient mouillés sous mon visage. Ses mains vinrent retrouver les miennes et les serrèrent en une étreinte à la fois douloureuse et apaisante. Ses mains, dans les miennes, au-dessus de nos têtes, sur l'oreiller que nous partagions.

Ainsi Hector se retrouva-t-il une fois encore dans le palais de ses ancêtres, mais jamais il ne le saurait. Nous apprîmes par Ulysse que Priam avait choisi son plus jeune fils, Troïlos, comme héritier. Selon certains Troyens, il n'était pas même nubile, terme que nous n'employions ni ne connaissions mais qui pour les Troyens marquait l'entrée dans l'âge adulte.

La décision de Priam s'était heurtée à une vive

opposition. Troïlos lui-même l'avait supplié de désigner Énée comme son héritier. Alors Priam s'était lancé dans une longue diatribe contre le Dardanien, qui ne s'était terminée qu'avec le départ d'Énée. Déiphobos aussi s'était fâché, tout comme Hélénos, le fils devin, qui avait rappelé à Priam l'oracle : Troïlos sauverait la cité uniquement s'il survivait jusqu'à l'âge nubile. Selon Priam, il l'avait d'ores et déjà atteint. Hélénos avait en vain supplié le roi de changer d'avis. Troïlos était devenu l'héritier.

Alors, sur la plage, nous commençâmes à affûter nos épées.

Il fallut aux Troyens douze jours pour pleurer Hector. Penthésilée, reine des Amazones, arriva avec dix mille guerrières à cheval.

Ces créatures consacraient toute leur vie à Artémis la Vierge et à Arès l'Asiatique. Elles vivaient dans les forteresses de Scythie, au pied des montagnes étincelantes qui transpercent le toit du monde. Elles montaient de gigantesques chevaux, chassaient et maraudaient dans les forêts, au nom d'Artémis. Elles gouvernaient les hommes sous l'autorité de la déesse Terre, comme l'avaient fait les femmes dans notre partie du monde avant que la nouvelle religion ne remplaçât l'ancienne. Les hommes avaient découvert un secret vital : la semence mâle est aussi indispensable à la procréation que la femme en qui s'en développe le fruit. Avant cette découverte, on considérait l'homme comme un luxe coûteux.

Les quinze premières années de la vie d'une femme, avant ses premières règles, étaient consacrées exclusivement à la déesse vierge. Après quoi elle se retirait de l'armée, prenait un mari et avait des enfants. Seule la reine ne se mariait jamais ; elle abandonnait son trône à l'âge où les autres quittaient le service d'Artémis, mais au lieu de prendre un mari, elle se sacrifiait à son peuple en se faisant décapiter à la hache.

Ulysse nous apprit ce que nous ne savions pas sur les Amazones. Ce qui nous surprenait le plus, c'était qu'elles montaient à cheval. Il est difficile de se tenir sur un cheval : sa peau est glissante et une couverture ne reste pas en place sur son dos. Seule sa bouche peut servir à quelque chose, car on peut y insérer un mors relié à un harnais et à des rênes. C'est pourquoi on utilisait des chevaux pour tirer des chars. Comment donc les Amazones réussissaient-elles à monter à cheval pour se battre ?

Pendant que les Troyens pleuraient Hector, nous nous reposâmes. Le treizième jour, je revêtis l'armure que m'avait donnée Ulysse et la trouvai plus légère. Nous franchîmes les gués avant les premières lueurs de l'aube. De longues colonnes de soldats traversèrent la plaine humide de rosée, précédées de quelques chars. Agamemnon avait décidé de prendre position face à la porte Scée, à environ deux mille pas des murailles.

Nos ennemis nous attendaient, moins nombreux qu'auparavant, mais nous surpassant toujours en nombre. La porte Scée était close.

La horde des Amazones avait pris place au centre de l'avant-garde troyenne. Je les examinai depuis mon char. Elles montaient de grands chevaux hirsutes, affreux, à la crinière et à la queue coupées ras, aux pâturons garnis de longs poils. Leur robe était uniformément baie ou marron, à l'exception d'un magnifique animal blanc placé au centre. Ce devait être le cheval de la reine Penthésilée. J'observai comment ces femmes gardaient leur assise. Quelle ingéniosité ! Chaque guerrière se calait les hanches et le postérieur dans une sorte d'armature en cuir attachée sous le ventre du cheval afin qu'elle restât en place.

Les Amazones portaient un casque de bronze et étaient vêtues de cuir épais. Leurs armes de prédilection étaient de toute évidence l'arc et les flèches, bien que quelques-unes eussent une épée à la ceinture.

Les trompes et les tambours retentirent, annonçant le combat. Je me redressai, la Vieille Pélion à la main, mon bouclier posé sur l'épaule gauche. Agamemnon avait groupé ses chars, bien peu nombreux, en première ligne, face aux Amazones.

Les femmes se ruèrent parmi les chars, en criant et hurlant comme des harpies. Les flèches sifflèrent au-dessus de nos têtes et atterrirent parmi les fantassins derrière nous. Cette pluie mortelle et ininterrompue ébranla même mes Myrmidons. Ils n'étaient pas habitués à un adversaire qui engageait le combat à distance, les empêchant de rendre coup pour coup. Je rapprochai mes quelques chars les uns des autres et contraignis les Amazones à s'en éloigner, m'aidant de la Vieille Pélion et détournant les flèches avec mon bouclier. Je criai aux autres d'en faire autant. Comme c'était surprenant ! Ces femmes étranges ne prenaient pas nos chevaux pour cibles !

Automédon vira soudain pour éviter une Amazone qui lançait droit sur nous son cheval, dont les sabots étaient suffisamment gros pour fracasser le crâne d'un homme. Je saisis un javelot, le lançai, et criai de plaisir lorsqu'il désarçonna la cavalière, qui tomba et fut piétinée par sa propre monture. Alors je posai ma Vieille Pélion et saisis ma hache.

— Je descends, mais ne t'éloigne pas, dis-je à Automédon.

— Non, Achille ! Tu vas être écrasé !

J'éclatai de rire.

— Oubliez la taille des chevaux ! criai-je aux Myrmidons. Elles ne s'attaqueront pas à nos chevaux, mais nous tuerons les leurs. Un cheval abattu, c'est une cavalière en moins.

Les Myrmidons me suivirent sans plus hésiter. Certains furent mutilés et écrasés par les chevaux des Amazones, mais la plupart résistèrent malgré le déluge de flèches. Ils lacéraient les ventres aux longs poils et esquivaient les coups de sabots. Grâce à leur rapidité et à leur précision, et parce que mon père et moi avions toujours encouragé chez eux l'initiative et la faculté d'adaptation, ils s'en tirèrent fort bien et contraignirent les Amazones à battre en retraite. Coûteuse victoire. Le champ de bataille était jonché de cadavres de Myrmidons. Encouragés, ils étaient prêts à tuer d'autres Amazones et d'autres chevaux encore.

Je me hissai à côté d'Automédon et cherchai Penthésilée des yeux. Elle était là, parmi ses femmes, et faisait de son mieux pour les rassembler. Je fis signe à Automédon.

— Sus à la reine !

Depuis mon char, je menai la charge contre ses troupes avant qu'elles ne fussent prêtes. Cependant, quelques flèches nous accueillirent et Automédon dut prendre son bouclier pour se protéger. Je ne pus m'approcher de la reine. Par trois fois elle nous repoussa tout en s'efforçant de reformer ses lignes. Automédon, essoufflé et en larmes, ne parvenait pas à maîtriser mes trois étalons blancs aussi bien que le faisait Patrocle.

— Donne-moi les rênes.

J'appelai chaque animal par son nom — Xanthos, Balios et Podargos — et lui demandai de faire tout son possible. Ils m'entendirent, bien que Patrocle ne fût plus là pour répondre à leur place.

Sans que j'eusse besoin de me servir du fouet, ils repartirent. Ils étaient de taille à repousser de l'encolure les chevaux des Amazones. Lançant mon cri de guerre, je rendis les rênes à Automédon et saisis la Vieille Pélion. La reine Penthésilée était à ma portée et ses guerrières plus que jamais en ordre dispersé. La malheureuse ! Elle n'était pas très douée pour le commandement. J'étais de plus en plus près... Elle dut faire un écart pour éviter de heurter mon attelage de front. Ses yeux pâles étincelaient de rage, elle présentait le flanc à la Vieille Pélion. Cependant, au lieu de l'attaquer, je la saluai et donnai l'ordre du repli.

Une jument sans cavalière avait les pattes prises dans ses rênes. Comme Automédon passait près d'elle, je tirai les rênes de sous les sabots de l'animal et l'obligeai à nous suivre. Une fois sorti de la mêlée, je descendis du char et regardai la jument. Aimerait-elle l'odeur des hommes ? Pourrais-je m'asseoir dans ce cadre de cuir ?

— Que fais-tu, Achille ? me demanda Automédon, tout pâle.

— Penthésilée n'a pas eu peur de mourir. Elle mérite une plus belle mort. Je vais la combattre d'égal à égal, hache contre hache. A cheval.

— Es-tu fou ? Nous ne savons pas monter à cheval.

— Pas encore, mais après avoir vu comment s'y prennent les Amazones, nous crois-tu incapables d'apprendre ?

Je grimpai sur le dos de la jument en me servant d'une roue de mon char pour l'atteindre. J'eus un mal inouï à me glisser dans le cadre trop étroit dont les rebords saillaient. Mais, une fois installé, je fus stupéfait. Il était si facile de se tenir droit et de garder son équilibre ! La seule difficulté provenait de mes jambes, qui pendaient sans aucun appui. La jument tremblait mais, par chance, c'était un animal placide. Quand je lui donnai une tape sur le flanc et tirai sur les rênes pour lui faire faire demi-tour, elle obéit. J'étais sur ma monture ; j'étais le premier homme à monter à cheval !

Automédon me passa ma hache. Un de mes Myrmidons accourut, souriant, et me remit le petit bouclier rond d'une Amazone.

Suivi des Myrmidons qui poussaient des cris de joie, je chargeai parmi les guerrières, en quête de leur reine. Ma monture se frayait lentement un chemin dans la mêlée. Elle s'était habituée à moi. Quand j'aperçus la reine, je lançai mon cri de guerre et fonçai vers elle.

Tout en poussant un étrange hululement, Penthésilée fit volte-face et, serrant les genoux, incita sa jument blanche à avancer. Elle mit son arc en bandoulière et, de sa main droite, saisit une hache dorée. Puis d'un ton sec, elle intima l'ordre à ses guerrières de se replier et de former un demi-cercle. Mes Myrmidons s'empressèrent d'en faire autant de l'autre côté.

— Tu es Achille ? questionna la reine dans un grec affreux.

— Oui, c'est moi.

Elle s'approcha, sa hache posée sur l'encolure de sa jument, son bouclier bien calé. Comme je n'avais aucune expérience de ce nouveau genre de duel, je décidai de lui laisser prendre des initiatives, comptant sur ma chance pour m'en tirer en attendant de me sentir plus à l'aise. Elle fit faire un écart à sa monture et virevolta, rapide comme l'éclair, mais je reculai à temps et parai le coup de mon bouclier en cuir, regrettant qu'il ne fût pas en fer. Sa hache le traversa de part en part. Elle n'avait rien d'un général, mais elle savait se battre. Tout comme ma jument baie, qui semblait savoir avant moi quand il fallait tourner. Je fis tournoyer ma hache et manquai la reine de peu. Puis je l'imitai en me précipitant sur sa jument blanche. Elle ouvrit de grands yeux et rit par-dessus son bouclier. Nous étant fait une idée l'un de l'autre, nous échangions des coups de plus en plus rapides ; les haches tintaient et faisaient jaillir des étincelles. J'appréciai sa vigueur et son extrême dextérité. Restant toujours à sa droite, j'essayai de lui déchirer les muscles en résistant à chacun de ses coups avec une force qui l'ébranlait jusqu'aux os.

Cela aurait pu durer jusqu'à ce qu'elle fût épuisée, mais je me refusai à l'humilier. Mieux valait en finir rapidement et honorablement. Quand elle se rendit compte qu'elle était perdue, elle leva les yeux vers moi et accepta son sort en silence ; en désespoir de cause, elle tenta cependant une dernière manœuvre. Sa jument blanche se cabra, s'abattit en pivotant sur elle-même et heurta ma monture avec une telle violence que celle-ci trébucha, glissant sur ses sabots. Alors que je la retenais de la voix, de la main gauche et des talons, la hache de la reine s'abattit. Je levai la mienne pour l'écarter. Puis, sans plus d'hésitation, j'enfonçai ma lame dans le flanc découvert de Penthésilée, comme dans de l'argile fraîche. Ne me fiant pas à elle tant qu'elle restait droite sur sa monture, j'arrachai sans tarder ma hache. La main avec laquelle elle tenta de saisir son poignard n'avait plus de force. Son sang ruisselant sur la robe blanche de la jument, la reine vacilla. Je me laissai glisser de ma monture pour la rattraper avant qu'elle ne heurtât le sol.

Je pliai sous son poids et m'agenouillai à terre en lui soutenant la tête et les épaules de mes bras. Je cherchai son pouls. Elle n'était pas encore morte, mais déjà on l'appelait au royaume des ombres. Elle me regarda de ses yeux bleus, pâles comme un ciel délavé.

— J'ai prié pour que ce soit toi, me confia-t-elle.

— Il appartient à l'ennemi le plus valeureux de donner la mort à la reine, et tu es reine de Scythie.

— Je te remercie d'en avoir terminé avant que n'apparaisse mon infériorité. Au nom de la Vierge Archère, je t'absous de m'avoir donné la mort.

J'entendis un râle. Ses lèvres remuaient toujours. Je me penchai vers elle.

— Quand la reine meurt sous les coups de la hache, son bourreau, qui régnera après elle, doit toujours recueillir dans sa bouche son dernier souffle. Recueille mon souffle. Recueille mon âme, jusqu'au jour où toi aussi tu seras une ombre, alors je te la réclamerai.

Dans sa bouche, point de sang; le dernier souffle qui lui restait, elle me le donna puis mourut. Le charme était rompu. Je la déposai délicatement par terre et me mis debout. Hurlant leur chagrin et leur désespoir, les guerrières me chargèrent, mais les Myrmidons firent barrage et me permirent de quitter le champ de bataille avec ma jument baie pour aller retrouver Automédon. Ce cadre en bois et en cuir était une prise bien plus précieuse que des rubis.

Une voix s'éleva.

— Quel spectacle tu as donné, Achille! Rares sont les hommes qui ont vu quelqu'un faire l'amour à un cadavre.

Automédon et moi fîmes volte-face, stupéfaits. Thersite l'espion nous narguait, le sourire aux lèvres.

— Quel dommage qu'ils aient chargé et que tu n'aies pu terminer! J'espérais apercevoir ton arme la plus redoutable!

— Va-t'en, Thersite! lui criai-je, tremblant d'une rage glacée. Va te cacher derrière ton cousin Diomède, ou derrière Ulysse le tireur de ficelles!

— Seule la vérité blesse, n'est-ce pas? me lança-t-il en tournant les talons.

Je lui assénai un coup violent sur la nuque, juste sous son casque. Il tomba comme une masse et se tordit sur le sol, pareil à une vipère. Automédon pleurait de rage.

— La canaille! s'écria-t-il en s'agenouillant. Tu lui as brisé le cou, Achille. Il est mort. Bon débarras!

Nous écrasâmes les Amazones, car elles n'avaient plus le cœur à se battre après la mort de Penthésilée. Elles continuèrent pourtant à lutter jusqu'à l'anéantissement. C'était leur première incursion dans le monde des hommes. Je cherchai le corps de Penthésilée, mais il demeurait introuvable. A la tombée du jour, un des Myrmidons vint me voir.

— J'ai vu qu'on emportait le corps de la reine.

— Qui? Et en quel endroit?

— Le roi Diomède. Il est arrivé avec plusieurs Argiens, a dévêtu le corps, l'a attaché par les talons à son char et est reparti avec l'armure et le cadavre.

Diomède? J'étais stupéfait. Quand les hommes commencèrent à nettoyer le champ de bataille, j'allai lui demander des comptes.

— Diomède, as-tu emporté ma prise, la reine des Amazones?

— Oui! glapit-il en me foudroyant du regard. Je l'ai jetée dans le Scamandre!

— Et pourquoi donc? lui demandai-je poliment.

— Pourquoi pas? Tu as tué mon cousin Thersite. Un de mes hommes t'a vu le frapper alors qu'il te tournait le dos. Tu as mérité de perdre la reine et son armure.

— Tu as agi un peu vite, mon ami, répliquai-je en

serrant les poings. Demande à Automédon ce qu'avait dit Thersite.

Avec plusieurs de mes Myrmidons, je partis à la recherche de la reine, sans grand espoir de la trouver. Le Scamandre était à nouveau en crue. Pendant les douze jours où les Troyens avaient pleuré Hector, nous avions colmaté les brèches des rives afin de mettre notre camp à l'abri des eaux, mais il avait encore plu sur le mont Ida.

La nuit était tombée ; nous allumâmes des torches et parcourûmes la berge, regardant sous les buissons et sous les saules. Quelqu'un cria. La reine était là, flottant au gré du courant, retenue par une longue tresse de cheveux qui s'était prise dans une branche du saule auquel je m'étais accroché. Je la sortis de l'eau, l'enveloppai dans une couverture et la déposai sur le dos de sa jument blanche qu'Automédon avait trouvée, errant sur le champ de bataille déserté.

Quand je rentrai chez moi, Briséis m'attendait.

— Mon amour, Diomède est venu t'apporter un paquet, avec ses excuses les plus sincères. Il a dit qu'il en aurait fait autant à Thersite.

Il était venu me remettre les affaires de Penthésilée. Je l'enterrai dans le tombeau où se trouvait Patrocle, avec son armure, le visage recouvert d'un masque d'or, sa jument blanche abattue à ses pieds, afin qu'elle ne fût pas séparée de sa monture dans le royaume des morts.

Le lendemain et le surlendemain, les Troyens ne se manifestèrent pas. J'allai voir Agamemnon, me demandant ce qui allait se passer à présent. Ulysse était avec lui, plus joyeux et plus confiant que jamais.

— Sois sans crainte, Achille, ils sortiront à nouveau de la cité. Priam attend Memnon, qui arrive avec nombre de régiments d'élite, des soldats hittites, achetés au roi Hattusilis. Selon mes agents, ils ne seront pas là avant une demi-lune. Entre-temps nous avons un problème plus urgent à régler. Seigneur, voudrais-tu l'expliquer ?

— Mais certainement, répondit notre grand roi d'un ton condescendant. Achille, cela fait huit jours que nous n'avons pas vu arriver de navire de ravitaillement en provenance d'Assos. Je suppose que les Dardaniens ont attaqué le port. Voudrais-tu emmener des troupes et aller voir ce qui s'y passe ? Nous ne pouvons combattre Memnon et ses Hittites le ventre creux. Nous ne pouvons pas non plus les combattre si notre effectif n'est pas au complet. Peux-tu redresser la situation à Assos et revenir au plus vite ?

— Oui, seigneur. Il me faudra dix mille soldats, mais pas des Myrmidons. Puis-je avec ta permission prendre d'autres hommes ?

— Comme tu le souhaites ! répliqua le roi, d'excellente humeur.

A Assos, la situation était telle qu'Agamemnon l'avait imaginée. Les Dardaniens avaient assiégé notre base. Il fallut livrer un combat acharné pour pouvoir sortir de notre camp et les mettre en pièces à terrain découvert. C'était une armée disparate et déguenillée ; quinze mille hommes recrutés sans doute tout au long de la côte par celui qui régnait sur Lyrnessos en ruines. Selon toute vraisemblance, ils se rendaient à Troie, mais n'avaient pu résister à la tentation de prendre Assos en chemin. Cependant, les murs les avaient tenus en respect et j'étais arrivé trop vite pour qu'ils y fassent une brèche. Ils n'aboutirent à rien et n'arrivèrent jamais à Troie.

L'opération dura quatre jours ; nous reprîmes la mer le cinquième, mais nous rencontrâmes des vents et des courants contraires et il faisait entièrement nuit quand nous débarquâmes à Troie le sixième jour. Je me rendis tout de suite chez Agamemnon et appris en chemin que l'armée avait livré une bataille importante pendant mon absence.

Je rencontrai Ajax et le saluai.

— Que s'est-il passé ?

— Memnon est arrivé plus tôt que prévu avec dix mille Hittites. Ils savent se battre, Achille ! Et sans doute sommes-nous fatigués. Nous avions la supériorité numérique et les Myrmidons étaient présents... Pourtant, ils nous ont repoussés jusque derrière notre mur à la nuit tombante.

— Va dormir, Ajax. Demain nous remporterons la victoire.

Agamemnon paraissait très fatigué. Il dînait en compagnie de Nestor et d'Ulysse.

— Tu en as fini avec Assos? questionna-t-il.

— Oui, seigneur. Les navires de ravitaillement arriveront dès demain, mais pas les quinze mille hommes qui étaient en route pour Troie.

— Parfait, repartit Ulysse.

Nestor ne disait mot, ce qui ne lui ressemblait guère. Je tournai mes regards vers lui et fus stupéfait. Il ne s'était pas peigné, sa barbe était hirsute et ses yeux rougis. Quand il s'aperçut que je le regardais, des larmes coulèrent sur ses joues ridées.

— Qu'y a-t-il, Nestor? lui demandai-je d'une voix douce.

— Oh, Achille, Antiloque est mort.

— Quand?

— Aujourd'hui même. Tout est ma faute. Ma faute. Il est venu m'aider à combattre et Memnon l'a transpercé d'un coup de lance. Je ne peux même pas regarder son visage! La lance est entrée par l'occiput et est ressortie par la bouche. Il était si beau. Si beau!

— Memnon paiera, Nestor, je le jure, déclarai-je en grinçant des dents.

— A quoi bon, Achille? répliqua le vieil homme en hochant la tête. Ce n'est pas la mort de Memnon qui me rendra Antiloque. J'ai perdu cinq fils sur cette maudite plaine. Cinq fils sur sept. Et Antiloque était mon préféré. Il est mort à vingt ans. Et moi, je suis encore vivant à près de quatre-vingt-dix ans. Les dieux ne sont pas justes.

— Nous poursuivons le combat, demain? demandai-je à Agamemnon.

— Oui, demain, répondit-il. Je suis si las de Troie! Je ne pourrai supporter de passer un autre hiver ici.

Je n'ai aucune nouvelle de chez moi ; ni ma femme ni Égisthe ne m'envoient de messager. Mes émissaires me rapportent que tout va bien à Mycènes. Mais j'ai tellement envie de rentrer chez moi ! Je veux voir Clytemnestre. Et mon fils. Et les deux filles qui me restent. Si à l'automne Troie n'est pas prise, je rentrerai chez moi.

— Troie sera prise d'ici l'automne, seigneur, soupira Ulysse, l'homme au cœur de pierre, dont les yeux gris exprimaient un rien de lassitude. Moi aussi, j'en ai assez de Troie. Si je dois rester vingt ans loin d'Ithaque, alors que je passe la deuxième décennie n'importe où sauf ici. Je préférerais me battre tout à la fois contre des sirènes, des harpies et des sorcières plutôt que contre ces ennuyeux Troyens.

— Elles ne sauront plus ce qui leur arrive quand elles auront affaire à toi, Ulysse, dis-je. Mais peu importe. Mon univers se termine à Troie.

Ulysse connaissait les prophéties. Il resta silencieux et se contenta de regarder au fond de sa coupe.

— Promets-moi une chose, Agamemnon, une seule, suppliai-je.

— Ce que tu voudras.

— Enterre-moi dans la falaise avec Patrocle et Penthésilée et veille à ce que Briséis épouse mon fils.

— Le dieu t'a-t-il appelé, Achille ? demanda Ulysse.

— Pas encore. Mais cela ne saurait tarder. Promets-moi que mon fils portera mon armure, insistai-je en lui tendant la main.

— Je te l'ai déjà promis.

— Tout se passera comme tu le désires, Achille, soupira Nestor en s'essuyant les yeux et en se mouchant dans sa manche. Si seulement le dieu voulait bien m'appeler ! J'ai prié, prié, mais il reste sourd à mes supplications. Comment puis-je retourner à Pylos sans mes fils ? Que dirai-je à leurs mères ?

— Tu y retourneras, Nestor, affirmai-je. Tu as encore deux fils. Quand du haut de tes murailles tu regarderas la mer, Troie ne sera plus qu'un rêve.

Souviens-toi seulement de ceux d'entre nous qui sont tombés et offre-nous des libations.

Je tranchai la tête de Memnon et jetai son corps aux pieds de Nestor. Nous reprîmes courage, ce jour-là ; le bref réveil des Troyens avait pris fin. Ils battirent lentement en retraite à travers la plaine, tandis que je tuais encore et encore, saisi d'une angoisse qui m'était inhabituelle. J'avais l'impression que mon bras manquait de vigueur, pourtant la hache frappait toujours aussi souvent et mortellement. Comme je me frayais un chemin, sacrifiant les meilleurs Hittites que le roi Hattusilis pût aligner sur l'autel ensanglanté de Troie, je finis par être écœuré de tout ce carnage. Au fond de moi, j'entendis une voix qui soupirait, sans doute celle de ma mère, voilée de larmes.

A la fin de la journée, j'allai présenter mes respects à Nestor et assistai aux derniers rites funèbres en l'honneur d'Antiloque. Nous déposâmes le garçon auprès de ses quatre frères dans l'hypogée creusé dans la falaise et réservé à la Maison de Nélée, puis nous plaçâmes Memnon à ses pieds dans la position d'un chien. Mais je ne pus supporter l'idée même de participer aux jeux funèbres et au festin. Je m'esquivai. Briséis m'attendait.

— Tu apaises toujours mon âme endolorie, dis-je en lui prenant la tête entre les mains.

— Assieds-toi et tiens-moi compagnie.

Je m'assis mais demeurai muet. Un froid épouvantable me glaçait le cœur. Elle continua de bavarder gaiement puis me regarda et perdit tout entrain.

— Qu'y a-t-il, Achille ?

Je sortis et levai les yeux vers l'immensité du ciel.

— Qu'as-tu, Achille ? répéta-t-elle.

— Oh, Briséis, je suis bouleversé jusqu'au tréfonds de mon être ! Jamais, jusqu'à présent, je n'avais perçu la caresse du vent, humé la douceur de la vie, aperçu la clarté des étoiles avec autant d'intensité !

— Rentre, dit-elle en me tirant par le bras.

Je m'assis tandis qu'elle se pelotonnait à mes pieds, m'étreignant les genoux et scrutant mon visage.

— Achille, c'est ta mère?

— Non, répliquai-je en souriant, lui prenant le menton dans la main, ma mère m'a abandonné pour de bon. Elle m'a fait ses adieux en pleurant. On m'appelle, Briséis. Le dieu m'a enfin appelé. Je me suis toujours demandé ce que j'éprouverais. Je n'avais jamais imaginé un instant que ce serait cette prise de conscience aiguë de la douceur de vivre. Je croyais que ce serait un délire de gloire et de joie, un élan irrésistible qui m'entraînerait vers l'ultime combat. Bien au contraire, je connais la sérénité et la miséricorde. Je me sens enfin en paix. Nul regret du passé, nulle crainte de l'avenir. Demain, c'est la fin. Demain je cesserai d'être. Le dieu a parlé. Il ne me quittera plus.

Elle se mit à protester, mais je l'interrompis d'un geste.

— Un homme doit prendre congé dignement, Briséis. C'est la volonté du dieu et non la mienne. Je ne suis ni Héraclès ni Prométhée pour lui résister. Je suis mortel. J'ai vécu trente et un ans, mais j'ai vu et ressenti plus de choses que la plupart des hommes qui voient cent fois les feuilles des arbres prendre la couleur de l'or. Je ne veux pas survivre aux murailles de Troie. Tous les grands guerriers finiront ici. Je ne saurai leur survivre. Je rencontrerai l'ombre d'Iphigénie et celle de Patrocle sur l'autre rive. Nos haines et nos amours appartiennent au monde des vivants. Aucun sentiment aussi fort ne peut exister dans celui des morts. J'ai fait de mon mieux. C'est fini à présent. J'ai prié pour que les générations à venir continuent à célébrer mon nom. C'est la seule immortalité qu'un homme puisse espérer. Le monde des morts n'apporte ni joie ni peine. Si mon combat avec Hector peut revivre un million de fois sur les lèvres des vivants, jamais je ne mourrai vraiment.

Elle pleura, pleura. Son cœur de femme ne pouvait

comprendre la complexité de la trame du temps. Aussi ne put-elle se réjouir avec moi. Mais il vient un moment où le chagrin est si profond qu'on ne peut même plus pleurer. Ainsi elle resta étendue, immobile et silencieuse.

— Si tu meurs, je mourrai, dit-elle alors.

— Non, Briséis, tu dois vivre. Retrouve mon fils, Néoptolème, épouse-le. Donne-lui les fils que je n'ai pas eus de toi. Nestor et Agamemnon veilleront à ce que cela se passe ainsi. Ils l'ont juré.

— Même pour l'amour de toi, je ne peux te faire une telle promesse. Tu m'as enlevée à une vie pour m'en donner une autre. Il ne peut y en avoir une troisième. Je dois partager ta mort, Achille.

Je la relevai en souriant.

— Quand tu verras mon fils, tu changeras d'avis. Les femmes sont faites pour survivre. Tout ce que tu me dois, c'est une autre nuit. Ensuite, je te donnerai à Néoptolème.

28

Récit d'Automédon

Nous traversâmes les gués le cœur léger, prêts à affronter une armée déjà presque anéantie. Achille était étrangement silencieux. Il rayonnait comme un soleil dans son armure couverte d'or, le beau plumet doré de son casque ondulait au vent et retombait sur ses épaules alors que nous faisions des embardées sur le terrain inégal. Il regardait droit devant lui. Son visage habituellement tourmenté avait pris un air à la fois sévère et serein. J'eus soudain l'impression de conduire un inconnu. Il ne prononça pas un mot alors que nous nous dirigions vers le champ de bataille, il ne m'adressa pas le moindre sourire. Cela aurait dû me démoraliser mais, chose curieuse, ce ne fut pas le cas. Au contraire, je me sentais plein d'entrain, comme si quelque chose en lui déteignait sur moi.

Il se battit mieux que jamais, résolu à faire de cette journée la plus glorieuse de toutes. Au lieu de s'abandonner à sa folie meurtrière, il veilla à ce que les Myrmidons gagnent du terrain. Il se servit de son épée et pas de sa hache, silencieux, comme le fait le roi lors du grand sacrifice annuel au dieu. Tout à coup je sus ce qu'il y avait de différent en lui. Il avait toujours été le prince, il n'avait jamais été le roi. Ce jour-là, il était le roi. Je me demandai s'il n'avait pas le pressentiment de la mort de Pélée.

Tout en conduisant le char, je regardais de temps

à autre le ciel avec méfiance. Dès l'aube il avait été couvert et lugubre, présageant non pas le froid mais l'orage. Maintenant la voûte céleste était d'une singulière teinte cuivrée. Vers l'est et le sud s'amoncelaient de gros nuages noirs sillonnés d'éclairs. Sur le mont Ida les dieux s'étaient rassemblés pour observer la bataille, nous en étions certains.

La déroute ennemie fut totale. Les Troyens ne pouvaient nous contenir. Chaque chef de notre armée semblait avoir reçu en partage un peu de la grandeur d'Achille. Tout auréolé de lumière, tel un second Hélios, il était devenu le plus grand de tous les rois.

Il ne fallut pas longtemps aux Troyens pour rompre les rangs et s'enfuir. Je cherchai Énée, me demandant pourquoi il ne faisait aucun effort pour les rassembler. Mais je ne le vis nulle part. Plus tard, j'appris qu'il était resté à l'écart et avait refusé d'envoyer ses hommes en renfort là où on avait besoin d'eux. Nous avions appris qu'il y avait un nouvel héritier, Troïlos. Alors je me rappelai ce que m'avait dit Achille : Priam avait insulté Énée le jour même où il avait fait de Troïlos le nouvel héritier. Aujourd'hui, Énée avait démontré au vieux roi de Troie qu'insulter un prince dardanien, également héritier, avait été des plus stupides.

Nous avions déjà aperçu Troïlos sur le champ de bataille, quand Penthésilée puis Memnon combattirent. Il avait eu la chance de ne jamais rencontrer Achille ou Ajax. Aujourd'hui, c'était différent. Achille le poursuivait implacablement, se rapprochant de lui toujours davantage. Quand Troïlos se rendit compte qu'il ne pourrait lui échapper, il appela à l'aide, car ses hommes avaient déjà fort à faire. Je vis le messager qu'il avait envoyé à Énée lui parler. Énée se pencha vers lui, apparemment avec un certain intérêt, mais il ne leva pas le petit doigt pour venir en aide à Troïlos. Il changea plutôt de direction et partit avec ses hommes.

Frère d'Hector à part entière, Troïlos aurait pu,

avec quelques années de plus, valoir son aîné. Mais étant donné son âge, il n'avait aucune chance. Tandis que je m'approchais, il leva sa lance. L'aurige immobilisa le char pour qu'il pût la lancer. Je sentis le bras d'Achille frôler le mien. Je savais qu'il levait la Vieille Pélion. La grande lance prit son envol, droit vers le but, telle une flèche envoyée de la main même d'Apollon. Sa pointe barbelée se planta profondément dans la gorge du jeune homme, l'abattant sans qu'il poussât un cri. Par-dessus les têtes des soldats troyens désespérés, j'aperçus Énée qui observait la scène avec un regard amer. Nous nous emparâmes de l'armure de Troïlos et de ses chevaux et taillâmes en pièces le reste de ses hommes.

Après la mort de Troïlos, Énée sembla reprendre vie. Il sortit de son apathie et jeta contre nous ce qui restait de l'armée troyenne, veillant à demeurer hors de portée de la lance d'Achille. Un homme rusé, ce Dardanien. Il voulait vivre à tout prix. Je me demandai quelles étaient ses raisons d'agir ainsi, car ce n'était point un lâche.

Le soleil avait disparu, l'orage se préparait. Les nuages étaient de plus en plus bas, les éclairs de plus en plus proches, le tonnerre dominait jusqu'au fracas des armes. Jamais je n'avais vu un tel ciel, ni senti de la sorte le courant monter et descendre le long de ma colonne vertébrale. Une étrange lueur sulfureuse nous environnait et des éclairs zébraient d'un bleu phosphorescent les nuées aussi noires que la barbe d'Hadès. Derrière moi les Myrmidons prétendaient que, par ce présage, Zeus le père nous annonçait la victoire et, à la façon dont se comportaient les Troyens, j'imaginai qu'eux aussi l'interprétaient comme l'annonce d'une victoire totale pour les Grecs.

Un éclair zébra le ciel devant nous. L'attelage se cabra et je me protégeai les yeux de peur d'être aveuglé. Sitôt après, je regardai Achille.

— Mettons pied à terre, dis-je. C'est moins dangereux.

Pour la première fois de la journée, nos regards se croisèrent. Je fus stupéfait. C'était comme si les éclairs dansaient autour de sa tête ; ses yeux étincelaient de joie et il riait de mes peurs.

— Tu vois, Automédon ? Tu vois ? Mon arrière-grand-père se prépare à me pleurer ! Il me considère comme un descendant digne de lui !

J'en fus abasourdi.

— *Te pleurer ?* Achille, explique-toi.

— Le dieu m'appelle, répondit-il en me serrant très fort les poignets. C'est aujourd'hui que je meurs, Automédon. Tu commanderas les Myrmidons en attendant de pouvoir faire venir mon fils. Zeus accomplit les préparatifs de ma mort.

Je ne pouvais y croire. Je ne voulais y croire. Comme dans un cauchemar, je fouettai les chevaux. Quand je fus un peu remis de ce choc, je me demandai ce qu'il y avait de mieux à faire et, aussi discrètement que possible rapprochai mon char de ceux d'Ajax et d'Ulysse, dont les hommes se battaient côte à côte.

Si Achille remarqua ce que je faisais, il n'y attacha aucune importance. Je levai les yeux vers le ciel et priai, suppliai Zeus de prendre ma vie et d'épargner la sienne, mais le dieu se contenta de gronder en se moquant de moi. Les Troyens se ruèrent soudain vers leurs murailles ; nous les poursuivîmes en désordre pour les forcer à se rabattre. Ajax n'était plus très loin. Je ne cessai de rapprocher de lui mon char pour l'informer qu'Achille s'imaginait être appelé par le dieu. S'il y avait un homme capable de changer le cours des événements, c'était bien Ajax.

Nous nous retrouvâmes dans l'ombre du rideau Ouest, trop près de la porte Scée pour permettre à Priam de la faire ouvrir. Achille, Ajax et Ulysse, qui voulaient en finir, acculèrent Énée contre la porte. Achille était résolu à le tuer.

Je l'entendis pousser un grognement de satisfaction : le Dardanien était à sa portée, trop préoccupé pour observer les ennemis alignés face à lui. Il formait une cible parfaite. Achille leva la Vieille Pélion, les muscles de son bras se gonflèrent, prêts à lancer l'arme, découvrant son aisselle garnie d'un duvet doré. Fasciné, je me représentai déjà le trajet de la lance qui allait frapper Énée, sachant que le Dardanien était perdu, que désormais nul danger ne nous menacerait plus.

Tout sembla se passer en un seul et même instant. Pourtant, je le jure, ce n'est pas le char qui fit perdre l'équilibre à Achille. Son talon droit céda, quoiqu'il parût bien calé dans l'étrier. Il leva le bras droit encore plus haut pour essayer de se rétablir. J'entendis un bruit sourd, vis la flèche enfoncée dans l'aisselle à découvert, presque jusqu'à l'empenne bleue. La Vieille Pélion tomba à terre sans avoir été lancée, alors qu'Achille se redressait tel un Titan et poussait le cri de guerre de Chiron d'une voix triomphante, comme s'il venait de vaincre sa nature mortelle. Son bras retomba et enfonça la flèche plus profondément encore. Il en reçut deux autres encore, dont une dans le talon. Ce ne pouvait être pire. Je retins l'attelage à deux mains, Xanthos terrorisé bronchait, Balios baissait la tête, Podargos battait le sol de ses sabots. Mais Patrocle n'était pas là pour parler à leur place et exprimer par des mots humains la douleur et l'épouvante qui les étreignaient.

Tous ceux qui entendirent le cri de guerre se retournèrent pour regarder. Ajax hurla comme si lui aussi avait été atteint. Le sang jaillit de la bouche sans lèvres et des narines, ruisselant sur l'armure couverte d'or. Juste derrière Ajax, Ulysse vociféra, plein de rage, et pointa le doigt. A l'abri d'un rocher, arc à la main, Pâris souriait.

Achille ne resta pas longtemps debout avant de basculer par-dessus le bord du char dans les bras d'Ajax et de l'entraîner dans sa chute avec un fracas métallique qui résonna dans nos cœurs et continue d'y résonner. J'étais à côté d'Ajax quand il s'agenouilla, son cousin dans les bras, quand il lui ôta son casque et contempla, décontenancé, son visage ensanglanté. Achille vit celui qui le tenait, mais il voyait la mort plus près, énorme. Il essaya de parler. En vain. Ses paroles lui restèrent dans la gorge ; ses yeux exprimèrent un rapide adieu. Puis ses pupilles se dilatèrent, une tache noire et vitreuse obscurcit l'éclat doré des iris. Par trois fois son corps fut saisi de terribles soubresauts. Ajax en fut ébranlé. Puis ce fut fini. Il était mort. Achille était mort. Nous plongeâmes nos regards dans les fenêtres vides de ses yeux : rien. Ajax étendit sa grosse main maladroite pour lui clore les paupières, puis lui remit son casque et l'attacha. Ses larmes coulaient à flots, sa bouche était tordue par la douleur.

Il était mort. Achille était mort. C'était insoutenable.

Sous le choc, les deux armées restèrent pétrifiées. Puis, soudain, les Troyens fondirent sur nous, comme des chiens assoiffés de sang. Ils voulaient à tout prix s'emparer du corps et de l'armure. D'un bond, Ulysse fut debout. Les Myrmidons gardaient le silence. L'impossible était devenu réalité. Ulysse saisit la Vieille Pélion et la brandit sous leurs yeux.

— Allez-vous le laisser s'emparer de lui ? hurla-t-il. Vous avez été témoins de la manière ignoble et sournoise dont ils l'ont tué. Allez-vous rester plantés là et les laisser vous enlever son corps ? Défendez-le !

Ils surmontèrent leur chagrin. Aucun Troyen ne parviendrait à s'approcher d'Achille tant qu'un seul d'entre eux serait encore en vie. Se déployant devant nous, ils firent face à l'assaut avec une brutalité que la souffrance exacerbait. Ulysse aida Ajax, en larmes, à se relever. Il l'aida à prendre dans ses bras le corps pesant et inerte.

— Emporte-le derrière les lignes, Ajax. Je veillerai à ce qu'ils n'enfoncent pas notre front.

Comme s'il y avait pensé après coup, il força Ajax à prendre la Vieille Pélion de la main droite. J'avais toujours eu des doutes sur Ulysse, mais c'était un vrai roi. Bien planté sur le sol encore chaud du sang d'Achille, il frappait d'estoc et de taille avec son épée.

Nous repoussâmes la charge des Troyens. Énée glapit comme un chacal quand il vit Ajax s'éloigner d'un pas lourd.

Je regardai Ulysse.

— Ajax est fort mais pas assez fort pour aller bien loin en portant Achille. Laisse-moi le rattraper et transporter le corps.

Il acquiesça d'un signe de tête.

Je lançai donc mon attelage à la poursuite d'Ajax. Alors que j'étais encore trop loin pour lui venir en aide, un char me dépassa : l'aurige cherchait à lui couper la route. Sur le char se trouvait un des fils de Priam, reconnaissable aux insignes pourpres de la maison de Dardanos sur la cuirasse. Je criai pour avertir Ajax, mais il ne sembla pas m'entendre.

Le prince troyen descendit de son perchoir, épée à la main, sourire aux lèvres. Évidemment il ne connaissait pas Ajax qui, sans même ralentir, embrocha le prince sur la Vieille Pélion.

— Ajax, dépose Achille dans le char, lui dis-je en arrivant à sa hauteur.

— Je le porterai jusque chez lui.

— C'est trop loin, tu vas te tuer.

— *Si, je le porterai.*

— Alors enlevons-lui au moins son armure, proposai-je en désespoir de cause, mets-la dans le char.

— Je sentirai sur moi son corps et non pas son armure, ainsi. Oui, c'est une bonne idée.

Dès qu'Achille fut débarrassé de ce poids terrible, Ajax poursuivit sa route en berçant son cousin, embrassant son visage abîmé, lui parlant doucement.

L'armée nous suivait lentement en travers de la plaine ; je me tenais derrière Ajax qui avançait à grandes enjambées, comme s'il pouvait encore parcourir des lieues et des lieues en portant Achille.

Le dieu avait dominé son chagrin pendant un long moment. Il s'y abandonna enfin. Au-dessus de nos têtes, la voûte céleste fut sillonnée d'éclairs. L'attelage frémit et s'arrêta, cloué au sol par la terreur.

Même Ajax fit halte, restant bien droit tandis que le tonnerre grondait et que les éclairs dessinaient dans les nuées un lacis fantastique. La pluie se mit enfin à tomber, en grosses gouttes clairsemées, comme si le dieu était trop ému pour vraiment laisser jaillir ses larmes. Puis la pluie tomba plus drue et, très vite, nous pataugions dans un vaste bourbier. L'armée nous rattrapa. Le tonnerre du dieu avait mis fin à la bataille. Tous ensemble, nous fîmes traverser à Achille le gué du Scamandre, Ajax en tête et le grand roi derrière lui. Sous un déluge de pluie, nous le déposâmes à terre, tandis que le Père le lavait de ses larmes célestes.

J'allai trouver Briséis en compagnie d'Ulysse. Sur le seuil de la porte, elle nous attendait.

— Achille est mort, dit Ulysse.

— Où est-il? demanda-t-elle d'une voix calme.

— Devant la maison d'Agamemnon, répondit Ulysse sans cesser de pleurer.

Briséis lui caressa le bras et sourit.

— Il ne faut pas te désoler, Ulysse. Il sera immortel.

Ils avaient installé un dais au-dessus de son corps pour le protéger de la pluie. Briséis baissa la tête pour se glisser dessous et resta là à regarder la dépouille de cet homme extraordinaire. Je me demandai si elle avait vu ce que je remarquai : la bouche dénuée de lèvres était dans la mort devenue normale. Il avait le visage emblématique du guerrier.

Mais ce qu'elle pensa, elle ne le révéla jamais, ni alors ni par la suite. Avec une infinie tendresse, elle se pencha, lui baisa les paupières, prit ses mains et les croisa sur sa poitrine, ajusta sa tunique.

Il était mort. Achille était mort. Comment pourrions-nous jamais supporter son absence?

Nous le pleurâmes sept jours entiers. Le dernier soir, au coucher du soleil, nous déposâmes son corps sur le char mortuaire doré et le transportâmes de l'autre côté du Scamandre jusqu'au tombeau dans la falaise. Briséis nous accompagna, car personne n'avait eu le cœur de la chasser ; elle marchait tout au bout du long cortège, mains croisées et tête baissée. Ajax conduisait le convoi funèbre. Il tenait la tête d'Achille dans la paume d'une de ses mains quand on le porta dans la chambre funéraire. Le mort était vêtu d'or mais ne portait nulle armure. Agamemnon l'avait gardée.

Lorsque les prêtres eurent prononcé les paroles rituelles, fixé le masque d'or et versé les libations, nous sortîmes l'un derrière l'autre du tombeau qu'il partageait avec Patrocle, Penthésilée et douze jeunes nobles troyens. Mais ce qui surprenait le plus, c'était l'atmosphère qui régnait à l'intérieur du tombeau : suave, pure, ineffable. Le sang des douze jeunes gens dans le calice doré était toujours liquide, d'une profonde couleur pourpre.

Je me retournai pour m'assurer que Briséis suivait et la vis agenouillée près du char mortuaire. Sans aucun espoir d'arriver à temps, je revins en courant au tombeau, Nestor à mes côtés. Nous restâmes   sans voix quand elle posa le couteau avec le peu d'énergie qui lui restait avant de s'affaler sur le sol. Oui, son acte était justifié ! Comment pouvait-on affronter la lumière d'un jour que ne connaîtrait pas Achille ? J'allais me baisser pour ramasser le couteau, mais Nestor m'en empêcha.

— Viens, Automédon. Il y a assez de morts ici.

Le festin funèbre eut lieu le lendemain. Il n'y eut point de jeux. Agamemnon expliqua pourquoi.

— Je doute que quelqu'un ait le courage de participer à la moindre compétition. Mais là n'est pas la raison. La raison, c'est qu'Achille ne voulait pas être enterré vêtu de l'armure que sa mère — une déesse — avait commandée à Héphaïstos. Il souhaitait qu'elle fut décernée comme trophée au meilleur de tous ceux qui resteraient vivants devant Troie. Il ne désirait pas de jeux funèbres.

Je ne mettais pas en doute ce qu'il dit, mais Achille ne m'en avait jamais parlé.

— Comment, seigneur, pourras-tu en juger ? Par

des faits d'armes ? Parfois, ils ne révèlent pas la véritable grandeur.

— Précisément, dit le grand roi. C'est pour cette raison que va s'organiser une joute verbale. Que celui qui pense être le meilleur de tous ceux qui sont restés vivants devant Troie se présente et se justifie.

Seuls deux candidats se firent connaître : Ajax et Ulysse. Comme c'était étrange ! Ils représentaient deux versions différentes de la grandeur : le guerrier et le... comment dire... l'homme à l'esprit fertile.

— Bien, c'est parfait, poursuivit Agamemnon. Ajax, tu as ramené le corps. Ulysse, tu as fait en sorte que cela fût possible. Ajax, parle le premier et dis-moi pourquoi tu mérites l'armure.

Nous étions tous assis de part et d'autre d'Agamemnon. Je me trouvais avec le roi Nestor et les autres parce que je commandais désormais les Myrmidons.

Ajax paraissait mal à l'aise, incapable de prononcer un seul mot. Il avait l'air malade et semblait handicapé du côté droit. Quand il s'était avancé, il avait traîné la jambe et avait peine à bouger le bras. Sans doute une légère attaque d'apoplexie. Porter son cousin si longtemps avait comporté une telle tension que cela avait dû affecter son point faible, le cerveau. Et quand enfin il se mit à parler, il s'interrompit constamment pour chercher ses mots.

— Grand roi, rois et princes... je suis le cousin germain d'Achille. Son père, Pélée... et mon père, Télamon, étaient frères. Leur père, Éaque, était fils de Zeus. Nous descendons d'une grande lignée. Nous avons un grand nom. Je ne peux accepter qu'on donne cette armure au bâtard d'un vulgaire voleur.

L'assistance s'agita, on fronça les sourcils. Ajax avait-il besoin de calomnier Ulysse ? Pourtant ce dernier ne protesta pas ; il faisait comme s'il n'avait rien entendu et fixait le sol.

— Comme Achille, je suis venu à Troie de mon plein gré, poursuivit Ajax. Nul serment ne nous liait. On n'a pas eu besoin de me démasquer alors que je faisais semblant d'être fou. Ce fut différent pour Ulysse. Dans cette grande armée, seuls deux hommes affrontèrent Hector en combat singulier : Achille et moi. Je n'ai pas besoin d'un Diomède pour accomplir à ma place les basses besognes. A quoi l'armure servirait-elle à Ulysse ? Sa main gauche n'aurait pas même la force de lancer la Vieille Pélion. Sa tête ne saurait supporter le poids du casque. Si vous doutez de mon droit à l'armure de mon cousin, alors jetez-la au milieu d'une meute de Troyens. Vous verrez bien qui la récupérera !

Il regagna sa chaise en boitant et s'assit lourdement.

Agamemnon semblait embarrassé. Il était clair que la plupart d'entre nous étaient d'accord avec Ajax. Perplexe, j'observai Ulysse. Quelles raisons pourrait-il invoquer pour revendiquer l'armure ?

Il s'avança. Ses cheveux paraissaient encore plus roux à la lumière. Roux et gaucher. Il ne faisait nul doute qu'aucun sang divin ne coulait dans ses veines.

— Il est vrai que j'ai souhaité de ne pas venir à Troie, mais je savais, moi, combien longue serait cette guerre. Liés ou non par un serment, combien parmi vous se seraient portés volontaires pour cette expédition, si vous aviez su que vous seriez absents pendant tant d'années ? Quant à Achille, c'est uniquement grâce à moi qu'il est venu à Troie. C'est moi et personne d'autre qui ai déjoué le complot destiné à le garder à Scyros. Ajax était présent, mais ne s'est aperçu de rien. Demandez à Nestor, il confirmera mes dires.

« Pour ce qui est de mes ancêtres, je ne relèverai pas la vile insinuation d'Ajax. Moi aussi, je suis un arrière-petit-fils de Zeus le Tout-Puissant.

« Mon courage physique ? Qui parmi vous en doute ? Je n'ai pas un corps supérieur à la moyenne pour l'augmenter d'autant, mais je sais me battre. Si vous n'en êtes pas sûrs, comptez mes cicatrices. Le roi Diomède est mon ami, mon amant, pas un favori maniéré.

« Je revendique l'armure pour une seule raison, ajouta-t-il, toujours aussi habile à manier les mots, alors qu'Ajax était si embarrassé : je veux qu'on respecte la volonté d'Achille. Si je ne puis la porter, Ajax le peut-il ? Si elle est trop grande pour moi, elle est certainement trop petite pour lui. Donnez-la-moi, je la mérite.

Il retourna s'asseoir. Beaucoup hésitaient à présent, mais la décision revenait au seul Agamemnon.

Le grand roi regarda Nestor.

— Qu'en penses-tu ?

— Ulysse mérite l'armure, soupira Nestor.

— Qu'il en soit ainsi !

Ajax poussa un cri. Il dégaina son épée, mais son geste resta inachevé, et il s'affala sur le sol. Il nous fut impossible de le ranimer. Agamemnon finit donc par le faire emmener sur un brancard porté par huit soldats. Ulysse prit l'armure, tandis que les rois se dispersaient, attristés et découragés. J'allai chercher du vin pour ôter à ma bouche son amertume. Quand Ulysse eut fini de parler, nous savions tous quelle était son intention : donner l'armure à Néoptolème.

Il faisait nuit depuis longtemps quand je renonçai à m'enivrer. Je parcourus les rues désertes à la recherche d'un lieu où je pourrais trouver quelque réconfort. Enfin la lueur d'un feu ! Chez Ulysse. Le rideau n'était pas encore tiré, aussi entrai-je d'un pas hésitant.

Il était assis près de Diomède et contemplait les braises rougeoyantes, perdu dans ses pensées. Il entourait l'Argien de son bras et ses doigts caressaient lentement l'épaule nue. Un sentiment de solitude m'envahit à nouveau. Achille était mort. Je commandais les Myrmidons, moi qui, de par ma naissance, n'y étais pas préparé. Cela me faisait peur. J'entrai dans le cercle de lumière et m'assis d'un air las.

— Suis-je importun ? demandai-je, un peu tardivement.

— Non, répondit Ulysse en souriant, prends du vin.

— Non merci, répondis-je, car j'avais l'estomac retourné. J'ai essayé en vain de m'enivrer toute la soirée.

— Te sens-tu seul à ce point, Automédon ? demanda Diomède.

— Plus seul que jamais. Comment puis-je le remplacer ? Je n'ai rien d'un Achille !

— Ne t'en fais pas, chuchota Ulysse. Il y a dix jours, quand j'ai vu l'ombre de la mort obscurcir son visage, j'ai envoyé chercher Néoptolème. Si les vents et les dieux sont cléments, il ne devrait pas tarder à arriver.

Je me sentis si soulagé que je faillis l'embrasser.

— Ulysse, je t'en remercie du fond du cœur. Il appartient à un descendant de Pélée de commander les Myrmidons.

— Ne me remercie pas d'avoir fait ce qui s'imposait.

Nous restâmes à bavarder de choses sans importance tandis que la nuit s'écoulait, chacun trouvant réconfort dans la compagnie des autres. A un moment, je crus entendre un brouhaha au loin, mais ce fut bref, et je continuai de prêter attention à ce que disait Diomède. Puis il y eut un grand cri. Cette fois, nous l'entendîmes tous les trois. Diomède se leva d'un bond et saisit son épée, tandis qu'Ulysse hésitait. Le bruit se faisant de plus en plus fort, nous sortîmes et allâmes dans la direction d'où il venait.

Nous atteignîmes les rives du Scamandre où se trouvait l'enclos réservé aux animaux sacrificiels. Chacun avait été soigneusement choisi, béni et marqué d'un emblème sacré. D'autres rois nous y avaient précédés et on avait posté un garde pour éloigner les simples curieux. Bien sûr, on nous laissa passer tout de suite et nous rejoignîmes Agamemnon et Ménélas, debout près de la palissade qui entourait l'enclos, le regard fixé sur une forme qui se dessinait dans l'obscurité. Nous entendîmes un rire dément, une voix emplie de rage et de dérision, qui hurlait de plus en plus fort des insultes vers les étoiles.

— Voilà pour toi, Ulysse, fils de canaille ! Et toi, crève, Ménélas, infâme lèche-cul !

Et cela continuait toujours, tandis que nous scrutions en vain la nuit. Quelqu'un tendit alors une torche à Agamemnon, qui la leva au-dessus de sa tête, projetant une grande flaque de lumière. J'eus le souffle coupé par l'horreur. Je me détournai et vomis. A perte de vue, dans la zone éclairée par la torche, il y avait du sang. Des moutons, du bétail et des chèvres gisaient dans des mares de sang, les yeux vitreux, les pattes coupées, la gorge tranchée, la peau lacérée parfois en des douzaines d'endroits. A l'arrière-plan, Ajax gambadait, une épée ensanglantée à la main. Quand sa bouche grande ouverte ne lançait pas d'injures, elle laissait échapper l'affreux rire qui nous donnait le frisson. Un jeune veau terrifié se balançait au bout de son bras et lui donnait des grands coups de sabots tandis qu'il le tailladait. A chaque coup qu'il lui portait, il appelait le veau Agamemnon puis éclatait de rire.

— Le voir en arriver là ! murmura Ulysse.

— Qu'est-ce que c'est ? soufflai-je.

— Un accès de folie, Automédon. Cela s'explique : trop de coups sur la tête, trop de chagrin, peut-être une attaque. Mais en arriver là ! Je prie afin qu'il ne s'en remette jamais suffisamment pour se rendre compte de ce qu'il a fait.

— Il faut le maîtriser, dis-je.

— Essaie donc, Automédon. Je n'ai aucune envie de maîtriser Ajax alors même qu'il est en pleine crise de folie.

— Moi non plus, dit Agamemnon.

Sans rien faire d'autre, nous restâmes à le regarder.

A l'aube, sa folie cessa. Quand il retrouva la raison, il regarda autour de lui, comme s'il vivait un cauchemar ; il vit les douzaines d'animaux consacrés qui l'entouraient, le sang dont il était couvert de la tête aux pieds et dans lequel il pataugeait, l'épée qu'il tenait en main, les rois silencieux qui le regardaient derrière la palissade. Il tenait encore une chèvre, horriblement mutilée, vidée de tout son sang. Poussant un cri d'horreur, il la lâcha, comprenant enfin ce qu'il avait fait durant la nuit. Il courut jusqu'à la palissade, sauta par-dessus et s'enfuit comme si les furies le poursuivaient déjà. Teucer nous quitta pour le suivre. Nous restâmes sur place, ébranlés jusqu'au plus profond de nous.

Ménélas fut le premier à retrouver l'usage de la parole.

— Est-ce que tu vas laisser passer ça ? demanda-t-il à Agamemnon.

— Que veux-tu, Ménélas ?

— Qu'il meure ! Il a tué les animaux sacrés, il doit le payer de sa vie ! Les dieux l'exigent !

— C'est celui que les dieux préfèrent qu'ils rendent fou en premier, soupira Ulysse.

— Il faut pourtant qu'il meure, insista Ménélas. Exécute-le et interdit qu'on l'ensevelisse !

— C'est la punition qu'il mériterait, marmonna Agamemnon.

— Non, non, non ! Laissez-le donc en paix ! répliqua Ulysse. Est-ce que cela ne te suffit pas, Ménélas, qu'Ajax ait lui-même scellé son destin ? Son ombre est vouée au Tartare, après cette nuit ! Laisse-le en paix ! N'accable pas davantage ce malheureux !

— Ulysse a raison, dit Agamemnon en se détournant du carnage et en s'adressant à Ménélas. Il est fou. Laissons-le expier sa faute du mieux qu'il pourra.

Ulysse, Diomède et moi nous rendîmes là où vivait Ajax avec sa principale concubine, Tecmessa, et leur fils, Eurysacès. Quand Ulysse frappa à la porte verrouillée, Tecmessa regarda craintivement à travers le volet de la fenêtre, puis lui ouvrit, son fils à ses côtés.

— Où est Ajax ? demanda Diomède.

— Il est parti, seigneur, et je ne sais pas où, répondit-elle en essuyant ses larmes. Il a simplement dit qu'il allait chercher le pardon de Pallas Athéna en se baignant dans la mer. Il a donné son bouclier à Eurysacès, poursuivit-elle en sanglotant. Il a expliqué que c'était la seule chose qui n'avait pas été souillée par son sacrilège. Puis il nous a confiés à Teucer. Seigneur, seigneur, que s'est-il passé ? Qu'a-t-il fait ?

— Rien qu'il ait pu comprendre, Tecmessa. Reste ici, nous allons le trouver.

Il était près du rivage, là où les vaguelettes clapotent doucement au bord de la lagune et où l'on aperçoit çà et là des rochers sur le sable. Teucer était à ses côtés, agenouillé et la tête baissée. L'impassible Teucer, qui ne parlait jamais beaucoup mais était toujours là quand Ajax avait besoin de lui.

Ce qu'Ajax avait fait était évident : dans la fente d'un rocher plat qui émergeait de quelques pouces au-dessus du sable, la poignée d'une épée était enfoncée jusqu'à la garde, lame en l'air. Après avoir ôté son armure et s'être baigné dans la mer, Ajax avait dessiné une chouette dans le sable pour Athéna et un œil pour Kubaba, la Mère. Puis il s'était placé au-dessus de l'épée et s'était laissé tomber de toute sa masse ; elle lui avait transpercé la poitrine et sectionné la colonne vertébrale. Une bonne longueur de lame dépassait du corps. Ajax gisait, le visage dans son propre sang, les yeux fermés, les traits encore déformés par son accès de démence. Ses énormes mains pendaient, sans vie, les doigts légèrement recourbés.

Teucer leva la tête et nous dévisagea avec amertume. Il avait posé son regard sur Ulysse et ce regard en disait long sur celui qui était à ses yeux responsable. Je ne pus deviner ce que pensait Ulysse, mais il ne broncha pas.

— Que pouvons-nous faire ? se contenta-t-il de demander.

— Rien, répondit Teucer. Je l'enterrerai seul.

— *Ici ?* demanda Diomède, horrifié. Non ! il mérite mieux que cela !

— Pas du tout. Il savait ce qui l'attendait. Moi aussi. Il aura exactement ce qu'il mérite selon les lois des dieux : la tombe d'un suicidé. C'est tout ce que je puis faire pour lui. Il doit payer dans la mort comme Achille a payé dans la vie. C'est ce qu'il a dit avant de mourir.

Nous nous éloignâmes alors et les laissâmes seuls, les frères qui ne combattraient plus jamais ensemble. Le petit ne pourrait plus s'abriter sous le bouclier du grand. Huit jours s'étaient écoulés et ils étaient morts tous les deux : Achille et Ajax, l'âme et le courage de notre armée.

— Quel malheur ! Ah ! Quel malheur ! s'écria Ulysse, le visage ruisselant de larmes. Comme les dieux agissent de façon singulière ! Achille a traîné Hector attaché au baudrier qu'Ajax lui avait donné. Maintenant Ajax tombe sur l'épée qu'Hector lui a offerte. Par la Mère, Troie m'écœure, ajouta-t-il. Je déteste jusqu'à l'odeur de l'air qu'on y respire.

29

Récit d'Agamemnon

On ne se battait plus dans la plaine désormais. Priam avait fermé la porte Scée et nous observait du haut des remparts. Il ne restait plus guère de combattants. Parmi les grands, seul Énée avait survécu. Ce fut une période d'attente pendant laquelle nos blessures se refermèrent et nous retrouvâmes lentement espoir. Une chose curieuse se produisit, un don des dieux que nul d'entre nous n'aurait imaginé : Achille et Ajax semblaient s'être réincarnés en chaque soldat grec. Jusqu'au dernier, tous étaient résolus à venir à bout des murailles de Troie. J'en parlai à Ulysse et lui demandai ce qu'il en pensait.

— Ceci n'a rien de mystérieux, seigneur. Achille et Ajax se sont métamorphosés en héros. Les héros ne meurent jamais. Les hommes prennent leur relève. Et puis ils souhaitent rentrer chez eux, mais en vainqueurs uniquement. Cette campagne nous a coûté cher en sang versé, en cœurs meurtris, en cheveux gris. Nous pouvons à peine nous rappeler le visage de ceux que nous aimons et que nous n'avons pas vus depuis si longtemps, nous avons versé des larmes, bu à la coupe de l'amertume et du désespoir.

— Alors, dis-je, j'aimerais consulter Apollon.

— Il est plus troyen que grec, seigneur.

— Même alors il rend des oracles. Aussi lui demanderons-nous ce que nous devons faire pour entrer à Troie. Il ne peut refuser aux représentants d'un peuple, quel qu'il soit, une véritable réponse.

Le grand prêtre Talthybios plongea ses regards dans les entrailles incandescentes du feu sacré et soupira. Il n'était pas comme Calchas. C'était un Grec qui prédisait l'avenir dans l'eau et le feu. Il attendit que nous fussions réunis en conseil pour nous faire part de ce qu'il avait découvert.

— Qu'as-tu vu ? lui demandai-je.

— Bien des choses, seigneur, mais deux m'ont été plus clairement révélées.

— A savoir ?

— Nous ne pouvons pas prendre la cité en l'état actuel des choses. Nous devons d'abord remplir deux conditions. Si nous y parvenons, nous saurons que les dieux acceptent que nous entrions à Troie. Sinon, nous saurons que les dieux de l'Olympe nous sont hostiles.

— Quelles sont ces deux conditions, Talthybios ?

— En premier lieu, il vous faut l'arc et les flèches d'Héraclès. En second lieu un homme, Néoptolème, le fils d'Achille.

— Nous te remercions. Tu peux disposer.

Je les observai. Idoménée et Mérione faisaient triste mine. Ménélas était égal à lui-même. Nestor était si âgé que nous craignions pour sa vie. Ménesthée ne se laissait pas abattre. Teucer n'avait pardonné à aucun d'entre nous. Automédon ne s'était pas encore habitué à l'idée de commander les Myrmidons. Et Ulysse... Ah, Ulysse ! Qui savait vraiment ce qui se passait derrière ces yeux pleins de lumière ?

— Eh bien, Ulysse, toi qui sais où se trouvent l'arc et les flèches d'Héraclès. Dis-moi, quelles sont nos chances ?

— En près de dix ans, je n'ai reçu de Lesbos aucune nouvelle, dit Ulysse en se levant lentement.

— On m'a rapporté que Philoctète était mort, répondit Idoménée d'un ton triste.

— Philoctète ? Mort ? s'esclaffa Ulysse. Les morsures de douze vipères ne suffiraient pas à le tuer. Je crois qu'il est encore à Lesbos. Il nous faut essayer, seigneur. Qui enverras-tu là-bas ?

— Diomède et toi. Vous étiez ses amis. S'il a jamais gardé un bon souvenir de nous, ce sera grâce à vous. Embarquez-vous immédiatement pour Lesbos et demandez-lui l'arc et les flèches qu'il a hérités d'Héraclès. Dites-lui que nous lui avons gardé sa part de butin et que nous ne l'avions pas oublié.

— Un jour ou deux en mer ! Quelle excellente idée ! s'exclama Diomède en s'étirant.

— Il faut aussi nous préoccuper de Néoptolème, ajoutai-je. Il ne sera pas ici avant une lune, au moins — si le vieux Pélée accepte !

— Ne t'en fais pas, seigneur, je m'en suis déjà occupé. J'ai envoyé chercher Néoptolème, il y a plus d'une demi-lune, me dit Ulysse en se retournant sur le pas de la porte.

Moins de huit jours plus tard, la voile safran du navire d'Ulysse réapparut à l'horizon. Le cœur battant, j'attendais sur la plage. A supposer qu'il fût encore vivant, Philoctète, qui se trouvait à Lesbos depuis plus de dix ans, ne nous avait donné aucune nouvelle. Et jamais nos messagers n'avaient pu le trouver.

Ulysse, debout à la proue, nous saluait gaiement de la main. Je poussai un soupir de soulagement. Ce n'était pas un homme franc, mais il n'aurait pas souri comme cela s'il avait échoué. Ménélas et Idoménée me rejoignirent. Nous ne savions à quoi nous attendre. A l'époque, on avait craint pour la vie de Philoctète et — s'il avait survécu — avait-il réussi à conserver sa jambe ? Aussi m'imaginais-je un infirme, une pauvre épave. Bien au contraire, l'homme qui se hissa par-dessus le bastingage et se laissa tomber sur le sol, plusieurs coudées plus bas, était aussi leste qu'un jeune homme. Il n'avait pas changé. C'est à peine s'il paraissait plus vieux. Il arborait une belle barbe dorée et ne portait rien d'autre qu'un pagne. Un grand arc et un carquois bourré de flèches étaient passés sur son épaule. Je savais qu'il avait au moins quarante-cinq ans, mais son corps ferme et bronzé paraissait plus jeune de dix ans et ses jambes musclées étaient en parfait état. J'en restai muet de stupéfaction.

— Eh bien, Philoctète! Eh bien! fut tout ce que je trouvai à dire quand nous fûmes confortablement installés chez moi autour d'une coupe de vin.

— C'est tout simple, Agamemnon, je vais te raconter.

— Nous t'écoutons, dis-je, plus heureux que je ne l'avais jamais été depuis la mort d'Achille et d'Ajax.

Tel fut l'impact de la présence de Philoctète. Il ramena la vie et la gaieté dans la maison, qui commençait à s'endormir.

— Il m'a fallu une année entière pour retrouver mes esprits et l'usage de ma jambe. Craignant que les indigènes ne se montrent guère bienveillants à l'égard d'un Grec, mes esclaves m'ont emmené tout en haut d'une montagne et m'ont caché dans une grotte, à des lieues de tout village et même de toute ferme. Mes esclaves ont été fidèles et loyaux. Personne n'a jamais su ni où ni qui j'étais. Imaginez ma surprise, quand Ulysse m'a informé qu'Achille avait mis Lesbos à sac quatre fois au cours des dix dernières années! Je n'en savais rien!

— C'est le destin de toute cité d'être mise à sac, rappela Mérione.

— Effectivement...

— Mais tu t'es sûrement aventuré plus loin quand tu as pu marcher, remarqua Ménélas.

— Non, répondit Philoctète. Apollon m'est apparu en rêve et m'a ordonné de demeurer où j'étais. Sincèrement, cela ne m'a guère coûté. Je me suis mis à chasser le cerf et le sanglier et mes esclaves en ont troqué la viande contre du vin, des figues ou des olives dans le village voisin. Je menais une vie merveilleuse! Point de soucis, point de royaume, point de responsabilités. Les années ont passé. J'étais heureux. Jamais je n'ai imaginé même un instant que la guerre se poursuivait. Je croyais que vous étiez tous rentrés chez vous.

— Jusqu'à ce que nous gravissions ta montagne et t'y découvrions, dit Ulysse.

— Apollon t'a-t-il permis de partir ? demanda Nestor.

— Oui, et je suis très heureux de participer à l'assaut final.

Un messager était venu informer Ulysse à voix basse ; il se leva et accompagna l'homme à l'extérieur. Quand il revint, Ulysse avait l'air si surpris que son visage en était comique.

— Seigneur, expliqua-t-il, un de mes agents me rapporte que Priam prépare une autre attaque. L'armée troyenne sera à notre porte demain bien avant l'aube, avec l'ordre d'attaquer pendant que nous dormirons. Très intéressant... C'est une violation délibérée des lois de la guerre ! Il y a fort à parier qu'Énée est derrière tout ça.

— Allons, Ulysse, repartit Ménesthée. Pourquoi t'indigner qu'ils violent les lois de la guerre ? C'est ce que tu fais depuis des années !

— Certes, admit Ulysse, mais eux ne l'ont jamais fait jusqu'ici.

— Qu'ils l'aient fait ou non, Ménesthée, déclarai-je, ce qui importe, c'est que maintenant ils le font. Ulysse, je t'autorise à utiliser tous les moyens qui te semblent bons pour pénétrer dans Troie.

— La famine, répondit-il aussitôt.

— Tout *sauf* la famine, répliquai-je.

Bien avant l'aube, tous nos soldats étaient alignés dans l'ombre. Énée découvrit alors qu'il avait été trop lent. Je menai l'assaut moi-même et nous les taillâmes en pièces, leur montrant que nous pouvions nous passer d'Achille et d'Ajax. Déjà mal à l'aise à cause de la supercherie d'Énée, les Troyens furent pris de panique quand nous leur tombâmes dessus sans prévenir. Nous n'eûmes qu'à les suivre pour les abattre par centaines.

Philoctète usa des flèches d'Héraclès, qui eurent un effet dévastateur. Il avait mis au point la tactique suivante : des hommes couraient arracher les précieuses flèches du corps de toutes ses victimes, les nettoyaient et les replaçaient dans le vieux carquois usé.

Ceux qui échappèrent au massacre trouvèrent refuge dans la cité. On nous ferma la porte Scée au nez. Le combat avait été très bref. Peu après le lever du soleil, la victoire était nôtre, et les cadavres des Troyens jonchaient la plaine. Ce qui restait de la fine fleur de Troie avait mordu la poussière.

Idoménée et Mérione vinrent me rejoindre, suivis de Ménélas et des autres. Ils formèrent un cercle de leurs chars pour observer le champ de bataille et parler du combat.

— Les flèches d'Héraclès sont réellement magiques quand tu les lances, Philoctète, m'exclamai-je.

— J'admets que cela leur plaît davantage que de tuer des cerfs, Agamemnon, dit-il en souriant. Mais quand mes hommes feront le compte des flèches, ils verront qu'il en manque trois. J'ai une bonne nouvelle pour les Myrmidons, ajouta-t-il en se tournant vers Automédon.

Nous ne pûmes cacher notre surprise.

— Une bonne nouvelle ? demanda Automédon.

— En effet ! Par la ruse, j'ai contraint Pâris à se battre en duel. Un des soldats me l'a désigné, aussi l'ai-je traqué jusqu'à l'attraper sans qu'il pût s'échapper. Je me suis alors vanté de mes prouesses en tant qu'archer, je me suis cruellement moqué de son minuscule arc de pacotille. Il m'a pris pour un mercenaire assyrien et a accepté le défi sans méfiance. Pour lui aiguiser l'appétit, j'ai envoyé trop loin ma première flèche. Je dois cependant admettre qu'il vise bien. Si je ne m'étais pas rapidement protégé avec mon bouclier, il m'aurait du premier coup transpercé l'estomac. C'est alors que je l'ai atteint. Une première flèche dans la main qui tenait l'arc, une deuxième dans son talon droit — pour venger Achille — et une troisième dans l'œil droit. Aucune d'elles ne l'a tué sur le coup, mais il est certain qu'elles causeront sa mort à plus ou moins brève échéance. J'ai demandé au dieu de guider ma main pour qu'il périsse lentement. Ménélas l'a suivi mais, blessé et couvert de sang comme il l'était, Pâris a dégoûté notre vieil ami, ajouta-t-il en donnant une tape sur l'épaule de Ménélas.

Nous éclatâmes tous de rire; j'envoyai des hérauts informer les soldats que le meurtrier d'Achille n'avait plus longtemps à vivre. Nous étions débarrassés de Pâris, le vil séducteur.

30

Récit d'Hélène

La plupart du temps je fuyais toute compagnie.
Ma cousine Pénélope aurait bien ri de moi! Le temps
me pesait au point que je m'étais mise à *tisser*.
Occupation des femmes délaissées... Pâris ne venait
jamais me voir. Énée non plus.

Depuis la mort d'Hector, l'atmosphère au palais
s'était encore détériorée. Hécube, qui n'avait plus
toute sa raison, ne cessait de reprocher à Priam de
n'avoir jamais fait d'elle sa première femme.
Décontenancé, bouleversé, il répliquait alors qu'il en
avait fait sa reine! Là-dessus, elle s'accroupissait et
se mettait à hurler comme une chienne. Je comprenais maintenant de qui tenait Cassandre.

Le palais était devenu lieu de désolation. Veuve
d'Hector et par conséquent déchue de son ancien
statut, Andromaque errait comme une ombre. Selon
la rumeur, elle s'était violemment disputée avec Hector juste avant qu'il n'allât livrer son ultime combat.
Il l'avait suppliée de le regarder, de lui dire adieu,
mais elle avait préféré rester au lit et lui tourner le
dos. Ce devait être vrai, car on lisait sur son visage la
terrible souffrance et le remords éternel que seule
une femme coupable, qui aime vraiment son mari,
peut éprouver. Elle se désintéressait même de son
fils, Astyanax, qu'elle confia aux hommes pour qu'ils
fissent son éducation, dès l'instant où Hector fut
dans la tombe.

Le monde de Priam acheva de se désintégrer quand Troïlos fut abattu par Achille. Même la mort d'Achille ne parvint pas à le tirer des abîmes de son désespoir. Je connaissais le bruit qui courait dans la citadelle : Énée avait délibérément refusé de porter secours à Troïlos parce que Priam l'avait insulté au cours de l'assemblée où il avait désigné Troïlos comme son nouvel héritier. Mieux valait ne jamais insulter Énée !

Priam nomma héritier ce méprisable rustre de Déiphobos. Une provocation qui n'affecta guère Énée, à présent très sûr de lui. J'observais longuement le visage basané du Dardanien, car je savais quelles passions, invisibles derrière le masque de son indifférence, le consumaient. Je savais jusqu'où ses ambitions effrénées le conduiraient. Pareil à un torrent de lave qui progresse avec lenteur, Énée se frayait inexorablement un chemin et détruisait ses ennemis l'un après l'autre.

Quand Énée sollicita la permission de lancer une attaque surprise contre le camp grec, il savait ce qu'il demandait au roi : la permission de bafouer les lois des dieux. Je fus seule à me rendre compte de l'immense triomphe remporté par Énée quand Priam accepta, lâchement. Il avait enfin réussi à rabaisser Troie à son niveau.

Le jour de l'attaque, je m'enfermai dans mes appartements et me bouchai les oreilles avec des tampons de tissu pour atténuer le fracas et les cris. Avec des fils de laine fine de différentes couleurs, je tissai un motif compliqué. A force de me concentrer, j'en étais venue à oublier qu'une bataille était en train de se dérouler. J'étais prête à parier que Pénélope, épouse d'un homme aux jambes arquées dépourvu d'honneur et dénué de tout scrupule, n'avait jamais tissé quelque chose d'aussi magnifique. La connaissant, elle s'était probablement mise à tisser des linceuls !

« Tu n'es qu'une vieille chipie qui récrimine sans cesse », me disais-je, quand les poils de mes bras se hérissèrent, comme si quelqu'un me dévisageait depuis la tombe. Pénélope était-elle morte ? Je ne saurais avoir une telle chance.

Mais lorsque je levai la tête, je vis Pâris qui me regardait, s'agrippant à l'encadrement de la porte. Sa bouche s'ouvrait et se refermait sans émettre aucun son. Était-ce bien Pâris ? Pâris, couvert de sang ? Pâris, avec une flèche de deux coudées qui lui sortait de l'œil ?

Quand j'eus ôté les tampons de mes oreilles, ce fut comme si une horde de Ménades sanguinaires dévalait une montagne : dans l'œil intact de Pâris luisait la folie et un torrent de paroles incompréhensibles jaillissait de sa bouche.

Peu à peu, je surmontai le choc, m'écroulai sur un lit et fus prise d'un terrible fou rire. Il en tomba à genoux ! Il rampait, sa main droite laissant une traînée rouge sur le dallage blanc. La flèche qui sortait de son œil droit pendillait de façon si ridicule que je ris encore plus fort. Quand il atteignit mes pieds, il entoura mes jambes de son bras valide et son sang coula sur ma tunique. Dégoûtée, je lui décochai un coup de pied qui le fit s'étaler de tout son long. Puis je courus à la porte.

Je trouvai Hélénos et Déiphobos qui parlaient dans la cour, encore vêtus de leur armure. Ni l'un ni l'autre ne m'avait remarquée. Je posai la main sur le bras d'Hélénos. Pour rien au monde je n'aurais touché celui de Déiphobos.

— Nous avons perdu, dit Hélénos d'un ton las. Ils nous attendaient. Nous avons enfreint la loi. Nous sommes maudits ! ajouta-t-il, les larmes aux yeux.

— En quoi cela me concerne-t-il ? répondis-je en haussant les épaules. Je ne suis pas venue vous demander comment s'est déroulée votre stupide bataille — n'importe qui aurait pu vous dire que vous perdriez. Je suis venue implorer votre aide.

— Tout ce que tu voudras, Hélène, dit Déiphobos en me lançant un regard concupiscent.

— Pâris est dans ma chambre, je crois qu'il est mourant.

— Pâris, mourant ? *Pâris ?* s'étonna Hélénos, bouleversé.

— Je veux qu'il soit transporté ailleurs, dis-je en m'éloignant.

Quand ils arrivèrent, ils soulevèrent Pâris et le mirent sur un lit.

— Je veux qu'on l'emmène, non qu'on l'installe confortablement ici !

— Hélène ! Tu ne saurais le mettre dehors, s'exclama Hélénos, outré.

— Regarde-moi bien, Hélénos ! Que lui dois-je sinon ma perte ? Cela fait des années qu'il se comporte comme si je n'existais pas ! Des années qu'il laisse les vieilles mégères de Troie me tourner en ridicule ! Et maintenant qu'enfin il a besoin de moi, il croit pouvoir compter sur la petite niaise qu'il a enlevée à Amyclées ? Eh bien il se trompe ! Qu'il aille crever dans les bras de sa conquête du moment !

Pâris s'était calmé. Il me dévisageait, d'un œil, avec horreur.

— Hélène, Hélène ! gémit-il.

— Inutile de m'implorer !

— Que s'est-il donc passé, Pâris ? interrogea Hélénos en caressant ses boucles grisonnantes.

— Une bien étrange chose, Hélénos ! Un homme m'a provoqué en duel. Une espèce de sauvage, à la barbe dorée comme un roi des maquis du mont Ida. Je ne le connaissais pas, je ne l'avais jamais vu ! J'acceptai, sûr de vaincre ! Seuls Teucer et moi savons viser avec précision à cette distance. Mais il a mieux visé que moi ! Puis il a pouffé de rire en me regardant, comme Hélène !

J'examinais attentivement la flèche, plus que je n'écoutais sa pitoyable histoire. J'étais sûre d'en avoir déjà vu une semblable. Ou bien j'avais entendu l'aède d'Amyclées la décrire. C'était une très longue tige de saule teinte en rouge cramoisi avec des baies et garnie de plumes d'oie, blanches et mouchetées de la même couleur.

— L'homme qui t'a visé était Philoctète, dis-je

enfin. Tu ne méritais pas un tel honneur, Pâris. Avant de mourir, Héraclès avait donné son arc et ses flèches à Philoctète. La rumeur selon laquelle Philoctète était mort d'une morsure de serpent était donc fausse. La flèche plantée dans ton œil appartenait jadis à Héraclès.

— Il suffit, harpie! s'écria Hélénos avec un regard furieux.

— Tu sais, Hélénos, dis-je, tu es pire encore que ta sœur folle. Elle, au moins, ne prétend pas être saine d'esprit. Veux-tu bien emmener Pâris, à présent?

— Hélénos? supplia Pâris. Emmène-moi sur le mont Ida voir ma chère Œnoné. Elle saura me guérir, elle tient son don d'Artémis. Emmène-moi voir Œnoné!

— Conduis-le où tu veux, cela m'est bien égal! criai-je, folle de rage. Pourvu que tu m'en débarrasses! L'emmener voir Œnoné, ah! Ne comprend-il pas qu'il est perdu? Arrache la flèche, Hélénos. Qu'il meure enfin! C'est tout ce qu'il mérite!

Ils l'assirent sur le bord du lit. Déiphobos se baissa pour le soulever, mais Pâris ne l'aidait guère. Quand Déiphobos parvint enfin à se relever, Pâris dans les bras, celui-ci pesa sur lui de tout son poids. Hélénos le suivit pour lui venir en aide. Son bras frôla accidentellement la flèche. Pâris cria et s'affola, gesticulant en tous sens. Déiphobos perdit l'équilibre et ils s'affalèrent tous les trois par terre. Hélénos se remit debout et aida Déiphobos à en faire autant.

Pâris gisait à moitié sur le dos, à moitié sur le flanc gauche, une jambe repliée sous l'autre. Les doigts de sa main blessée étaient recroquevillés comme des serres, son cou et son dos s'étaient raidis; il avait dû rouler face contre terre, écrasé par Déiphobos. Puis Hélénos, en tombant sur eux deux, avait dû le faire basculer. La flèche s'était brisée et de l'œil de Pâris saillait un fragment de la hampe de saule. Un mince filet de sang noir formait une tache sur les dalles de marbre.

J'ai dû crier, car tous deux se retournèrent pour voir.

— Il est mort, Déiphobos, soupira Hélénos.

— Pâris? Pâris, mort? reprit Déiphobos en secouant la tête.

Alors ils l'emmenèrent. Seules les marques de ses mains sur ma tunique et les taches rouges sur le dallage tout blanc me rappelaient que mon mari avait jamais existé. Au bout d'un moment, j'allai à la fenêtre et regardai dehors, sans rien voir. Je restai là jusqu'à la tombée de la nuit, mais je suis incapable de me rappeler à quoi je pensais alors.

L'abominable vent qui souffle toujours sur Troie gémissait dans les tours quand on frappa à ma porte. Un héraut s'inclina devant moi.

— Princesse, le roi te convoque à la salle du trône.

— Bien, annonce-lui que j'arrive.

La grande salle était plongée dans la pénombre. Autour de l'estrade, des lampes qui brûlaient par intermittence nimbaient d'une douce lumière jaune le roi assis sur son trône, ainsi que Déiphobos et Hélénos debout de chaque côté de lui. Ils se jetaient des regards hostiles.

— Que veux-tu, seigneur? demandai-je, immobile au pied des marches.

L'air courroucé, il se pencha en avant. Le déplaisir qu'on lisait sur son visage était plus vif que les autres sentiments qu'on y devinait : chagrin, angoisse et désespoir.

— Ma fille, tu viens de perdre un époux et j'ai perdu un autre de mes fils. Je ne sais plus combien sont morts, murmura-t-il d'une voix tremblante. On m'a enlevé les meilleurs. A présent ces deux-là viennent me voir, pleins de hargne; ils grondent et se chamaillent quand le corps de leur frère est encore chaud. Chacun est résolu à obtenir ce qu'il désire.

— C'est-à-dire? demandai-je, exaspérée au point de me montrer peu courtoise. En quoi cette querelle entre eux me concerne-t-elle?

— Oh, elle te concerne bel et bien! rétorqua sèchement le vieil homme. Déiphobos te veut pour femme. Hélénos aussi. Dis-moi lequel tu préfères.

— Ni l'un ni l'autre! ripostai-je, indignée et le souffle coupé.

— Il faudra bien que ce soit l'un ou l'autre! déclara le roi, qui semblait trouver la situation piquante, voire cocasse. Donne-moi son nom. Tu devras l'épouser au terme des six prochaines lunes.

— Six lunes! s'écria Déiphobos. Pourquoi attendre six lunes? Je la veux maintenant, père, tout de suite!

— Ton frère vient de périr, répondit Priam en se redressant.

— Ne te tracasse point, seigneur, répliquai-je. J'ai été mariée deux fois déjà. Je ne veux pas d'un troisième époux. J'ai l'intention de me consacrer à la Mère et de la servir jusqu'à la fin de mes jours. Le mariage est donc exclu.

Déiphobos et Hélénos protestaient tant et plus, quand Priam les fit taire d'un geste.

— Silence, écoutez-moi! Déiphobos, tu es l'aîné de mes fils et l'héritier désigné. Tu pourras épouser Hélène au terme de six lunes, pas avant! Quant à toi, Hélénos, tu es consacré au seigneur Apollon. Il devrait t'être plus cher que n'importe quelle femme, même celle-ci.

Déiphobos poussa des hourras. Hélénos parut abasourdi mais, comme je les observais, stupéfaite, il sembla soudain n'être plus le même. Il regarda son père dans les yeux et déclara :

— Toute ma vie, j'ai vu les autres satisfaire leurs désirs, père, tandis que je demeurais affamé et assoiffé. Personne ne m'a demandé si je désirais servir le dieu : je lui ai été consacré le jour de ma naissance. Quand Hector est mort, tu aurais fait de moi ton héritier, si le dieu n'y avait fait obstacle. Après la mort de Troïlos, une fois de plus tu as préféré quelqu'un d'autre. Je te demande une chose insignifiante, et tu me la refuses encore. Eh bien, conclut-il en se redressant fièrement, il arrive un temps où même le plus humble se révolte. Ce moment est arrivé. Je quitte Troie. Mieux vaut être inconnu et

errer sans but que rester ici et voir Déiphobos achever de détruire ce qui reste de Troie. Cela me déplaît
de te le dire, père, mais tu n'es qu'un sot.

Tandis que Priam digérait ces paroles, je revins à
la charge.

— Seigneur, je t'en supplie, ne me force pas à me
remarier! Laisse-moi me consacrer à la déesse!

— Tu épouseras Déiphobos, ordonna-t-il.

Ne pouvant davantage supporter leur présence, je
m'en fus en courant, comme poursuivie par les filles
de Perséphone. Ce qu'il advint d'Hélénos, je l'ignore,
et peu m'importe.

J'envoyai un message à Énée, le suppliant de venir
me voir. Il était seul à pouvoir m'aider. Le doute me
rongeait tandis que j'arpentais ma chambre en
l'attendant. Bien que notre liaison fût terminée
depuis longtemps, je supposais qu'il éprouvait
encore quelque affection pour moi. Le temps s'écoulait lentement, dans un vide et une désolation des
plus angoissants. Je guettais en vain le bruit de son
pas résolu dans le couloir.

— Que veux-tu, Hélène? demanda-t-il.

Il était entré si doucement que je ne l'avais pas
entendu. Il tira le rideau avec soin.

— Je craignais de ne plus te voir venir, dis-je en
me jetant dans ses bras et en levant le visage pour
recevoir un baiser.

— Que veux-tu? demanda-t-il en s'écartant.

— Énée, aide-moi, Pâris est mort.

— Je le sais.

— Alors tu dois comprendre ce que cela signifie
pour moi! Pâris mort, je suis à leur merci. On
m'ordonne d'épouser Déiphobos! Cette brute! Si tu
as le moindre égard pour moi, Énée, je te supplie
d'aller voir Priam et de lui expliquer que je ne plai-
santais pas quand je lui ai dit que je n'avais aucun
désir de jamais me remarier. Aucun!

— Tu demandes l'impossible, Hélène.

— L'impossible? fis-je, éberluée. Énée, rien ne
t'est impossible! Tu es l'homme le plus puissant de
Troie!

— Je te conseille d'épouser Déiphobos et qu'on n'en parle plus.

— Mais je croyais... je croyais que même si tu ne me voulais pas pour toi, tu m'aimerais assez pour me défendre !

— Hélène, s'esclaffa-t-il, je ne t'aiderai pas. Chaque jour voit décliner le nombre des fils de Priam, chaque jour me rapproche du trône de Troie. Je ne compromettrai pas mon avenir pour tes beaux yeux. Compris ?

— Souviens-toi du destin qui attend les ambitieux, Énée.

— Un trône, Hélène ! Un trône !

— Je donnerais tout l'or du monde pour que jamais tu ne sois roi, que jamais tu ne connaisses la sérénité, que tu sois obligé d'errer par monts et par vaux et que tu finisses tes jours parmi de misérables sauvages dans une hutte de roseaux.

Il dut prendre peur. Le rideau s'agita. Il avait disparu.

Une fois Énée parti, je fis le point sur ce qui m'attendait : épouser un homme que je haïssais, dont le moindre contact me ferait vomir. Alors je me rendis compte que, pour la première fois de ma vie, je ne pouvais compter que sur moi-même. Si je voulais m'échapper de cet endroit affreux, je devrais le faire seule.

Ménélas n'était pas très loin et deux des portes de Troie étaient toujours ouvertes. Mais les femmes du palais ne se promenaient jamais à pied et n'avaient pas la possibilité de se procurer de bonnes chaussures. Réussir à atteindre la plage des Grecs depuis la porte dardanienne en passant devant la porte Scée était impossible. A moins que je ne trouve une monture... Les femmes allaient à dos d'âne. Elles s'asseyaient sur le dos de la bête, les deux jambes pendant d'un même côté. Oui, voilà ce que j'allais faire ! Je volerai un âne et me rendrai jusqu'à la plage pendant que la nuit enveloppera la cité et la plaine.

Voler l'âne ne fut pas difficile, le monter non plus.

Mais quand j'atteignis la porte dardanienne — bien plus éloignée de la citadelle que la porte Scée — ma monture refusa d'aller plus loin. C'était un animal de cité, il sentit l'air vif de la campagne et n'aima pas les odeurs apportées par le vent : le parfum de l'automne tout proche, une bouffée d'air marin. Quand je le fouettai avec une baguette, il se mit à braire tristement. Ce fut ma perte. Les gardes de la porte vinrent voir ce qui se passait, me reconnurent et m'arrêtèrent.

— Je veux aller voir mon mari ! m'écriai-je en pleurant. Laissez-moi aller voir mon mari, je vous en prie !

Bien sûr ils refusèrent. Le maudit âne, qui maintenant aimait les odeurs qu'il sentait, rua et s'enfuit. On me ramena au palais. Mais ils ne réveillèrent pas Priam. Ils réveillèrent Déiphobos.

J'attendis sans bouger pendant qu'il se levait et le regardai calmement quand il apparut. Il remercia poliment les gardes et leur donna une gratification. Quand ils furent partis après force courbettes, il ouvrit tout grand le rideau de sa chambre.

— Entre, dit-il.

Je ne bougeai pas.

— Tu voulais voir ton mari. Eh bien, me voici.

— Nous ne sommes pas mariés et tu as déjà une femme.

— Plus maintenant, j'ai divorcé.

— Pas de mariage avant six lunes, Priam l'a décrété.

— Mais, ma chère, c'était avant que tu n'essaies de t'enfuir et de rejoindre Ménélas. Quand père apprendra cela, il ne me mettra plus de bâtons dans les roues. Surtout lorsque je l'informerai que le mariage a déjà été consommé.

— Tu n'oserais pas ! lançai-je avec hargne.

En guise de réponse, il me saisit l'oreille d'une main et le nez de l'autre et me fit entrer dans la chambre de haute lutte. Étourdie par la douleur, incapable de me dégager de son emprise, je m'affalai sur le lit. La mort seule est plus atroce que le viol. J'eus une dernière pensée avant de me mettre sous la protection de la Mère. Un jour je violerai Déiphobos de la pire façon qui soit : je le tuerai.

31

Récit de Diomède

Peu de temps après le raid manqué des Troyens, Agamemnon convoqua un conseil, bien que Néoptolème ne fût pas encore arrivé. L'ambiance sur la plage était à l'optimisme ; le seul obstacle, c'étaient les murailles. Peut-être, si Ulysse se mettait à l'ouvrage, parviendrions-nous à les franchir. Nous riions et plaisantions entre nous, tandis qu'Agamemnon badinait avec Nestor. Puis il leva son sceptre et en frappa le sol.

— Ulysse, je crois que tu es porteur de nouvelles.

— Oui, seigneur. D'abord j'ai trouvé un moyen pour faire une brèche dans les murs de Troie, mais il est encore prématuré d'en parler. Par ailleurs, j'ai des nouvelles plus intéressantes. J'ai entendu quelques bribes des ragots qui circulent dans la citadelle à propos de certains désaccords entre Priam, Hélénos et Déiphobos, poursuivit-il en regardant Ménélas. Au sujet d'une femme. Hélène pour être précis. La pauvre ! Après la mort de Pâris, elle souhaitait se consacrer au service de Mère Kubaba, mais Déiphobos et Hélénos ont tous deux demandé à l'épouser. Priam a choisi Déiphobos, qui l'a alors épousée de force. La Cour en a été mécontente, mais Priam a refusé d'annuler le mariage. Apparemment, on aurait surpris Hélène en train de s'enfuir pour te rejoindre, Ménélas.

« Cette affaire a tant dégoûté Hélénos, le fils

prêtre, qu'il a décidé de s'exiler volontairement. Je l'ai intercepté en dehors de la cité avec l'espoir que sa déception serait assez profonde pour qu'il veuille bien me parler des oracles de Troie. Quand je l'ai trouvé, il était à l'autel consacré à l'Apollon thymbrien qui, m'informa-t-il, lui avait ordonné de répondre à mes questions. J'ai demandé qu'il me révèle tous les oracles de Troie. Hélénos m'en a rapporté des centaines ! Cependant, j'ai fini par apprendre ce que je souhaitais savoir.

— Un vrai coup de chance, dit Agamemnon.

— On invoque la chance bien trop souvent, seigneur. Ce n'est pas elle qui mène au succès, c'est le labeur acharné. La chance, c'est ce qui se produit au moment où l'on jette les dés. Quand une prise tombe entre les mains d'un homme qui a travaillé dur pour l'obtenir, c'est uniquement le résultat de ses efforts.

— Certes, certes, acquiesça le grand roi, qui regrettait les termes qu'il avait employés. Excuse-moi, Ulysse ! Le dur labeur, encore et toujours ! Je le sais, je l'admets. Maintenant parle-nous des oracles.

— Trois seulement nous concernent. *Par chance* il n'y a pas d'obstacle insurmontable. Voici ce qu'ils annoncent : Troie tombera cette année si les chefs grecs possèdent l'omoplate de Pélops, si Néoptolème prend part à la bataille et si Troie perd le Palladion de Pallas Athéna.

Je bondis, tout excité.

— Ulysse, j'ai l'omoplate de Pélops ! Le roi Pitthée me l'a confiée après la mort d'Hippolyté. Le vieil homme m'aimait et c'était sa plus précieuse relique. Il m'a assuré qu'il préférait me la donner plutôt qu'à Thésée. Je l'ai apportée à Troie, pour me porter *chance* !

— Chance ? dit avec ironie Ulysse. Nous avons grand espoir de voir arriver Néoptolème. Je m'en suis occupé. Il reste le Palladion de Pallas Athéna, qui *par chance* est ma protectrice. Je n'en reviens pas moi-même !

— Tu m'agaces, Ulysse, maugréa le grand roi.

— Ah. Où en étais-je ? Je parlais du Palladion. Il faut nous procurer cette ancienne statue, donc. On la vénère au plus haut point dans la cité et sa perte serait un grand coup pour Priam. A ma connaissance, la statue se trouve quelque part, dans la crypte de la citadelle. Secret bien gardé, mais que je suis sûr de pouvoir percer. Le plus difficile sera de l'emporter. A ce qu'on dit, elle est énorme et pèse lourd. Diomède, veux-tu m'accompagner à Troie ?

— Avec plaisir, Ulysse !

Comme il n'y avait rien d'autre à discuter, la séance fut levée. A la porte, Ménélas prit Ulysse par le bras.

— Verras-tu Hélène ?

— Oui, sans doute.

— Dis-lui combien je regrette qu'elle n'ait pu réussir à me rejoindre.

— Entendu, acquiesça Ulysse.

Tandis que nous rentrions chez lui, Ulysse me confia qu'il n'en ferait rien, qu'Hélène aurait la tête tranchée et ne retournerait jamais dans la couche de Ménélas.

— Qu'es-tu prêt à parier ? lui répondis-je en riant.

— Passerons-nous par la canalisation ? lui demandai-je quand nous en vînmes à préparer nos plans.

— Toi, oui, mais pas moi. Je dois pouvoir m'approcher d'Hélène sans éveiller de soupçons. Je ne saurais donc ressembler à Ulysse.

Il quitta la pièce et revint peu après avec un fouet à quatre lanières. A l'extrémité de chacune était fixé un morceau de bronze tout déchiqueté. Je le regardai, ahuri. Alors il me tourna le dos et se mit à ôter sa tunique.

— Fouette-moi, Diomède.

Je sursautai, horrifié.

— As-tu perdu la raison ? Te fouetter ? J'en serais bien incapable.

— Ferme les yeux alors et fais comme si j'étais Déiphobos. Il faut qu'on me fouette !

— Demande-moi tout ce que tu voudras, mais pas

ça, dis-je en entourant de mon bras ses épaules nues. Te fouetter, toi, un roi ! Comme un simple esclave révolté ?

— Qu'importent quelques cicatrices de plus sur ma carcasse décharnée ! s'exclama-t-il en riant doucement et en posant sa joue sur mon bras. *Il faut* que j'aie l'air d'un esclave révolté, Diomède. Y a-t-il spectacle plus attendrissant que le dos ensanglanté d'un esclave grec qui s'est échappé ? Allons, prends ce fouet.

— Non, insistai-je en secouant la tête.

— Prends-le, Diomède, répéta-t-il d'un air menaçant.

A contrecœur, je le ramassai. Il courba le dos. J'enroulai les quatre lanières autour de mes doigts, pris mon courage à deux mains et le fouettai. Des zébrures violettes apparurent. Je les regardai enfler, à la fois fasciné et dégoûté.

— Un peu plus fort ! exigea-t-il en s'impatientant. Tu dois me faire saigner !

Je fermai les yeux et obéis. Je lui donnai dix coups avec l'instrument de torture. A chaque coup, je le faisais saigner et le marquais à vie de cicatrices, comme n'importe quel esclave révolté.

— Ne te désole pas ainsi, Diomède. A quoi me servirait une peau intacte ? Au toucher, cela me paraît bien, ajouta-t-il en grimaçant de douleur. Est-ce aussi ton avis ?

J'acquiesçai de la tête.

Il se débarrassa de son pagne et se ceignit les reins d'un morceau de toile crasseuse, ébouriffa ses cheveux et les noircit à l'aide de suie. Je jure que ses yeux étincelaient, tant il s'amusait.

— Enchaîne-moi, tortionnaire d'Argos ! m'ordonna-t-il.

Pour la seconde fois je fis ce qu'il me demandait. Tandis que je m'agenouillais pour lui enchaîner les chevilles, il m'expliqua :

— Une fois que je serai dans la cité, il faudra que je m'introduise dans la citadelle. Nous voyagerons ensemble dans le char d'Ajax — il est solide, stable et peu bruyant — jusqu'au bouquet d'arbres près de la petite tour de guet, de notre côté du rideau Ouest. Là, nous nous séparerons. En bluffant, j'entrerai par l'étroit passage ménagé dans la porte Scée et je ferai de même aux portes de la citadelle. Je prétendrai que je dois voir Polydamas de toute urgence. Son nom devrait m'ouvrir bien des portes.

— Mais bien sûr, dis-je en me redressant, tu ne vas pas vraiment voir Polydamas.

— Non, j'ai l'intention de voir Hélène. J'imagine qu'après ce mariage forcé, elle sera heureuse de m'aider. Elle pourra sûrement me renseigner sur la crypte. Peut-être même saura-t-elle où se trouve le Palladion.

— Et moi, pendant ce temps-là ?

— Tu attendras parmi les arbres, jusqu'au milieu de la nuit. Puis tu monteras par la canalisation et tueras les gardes dans le voisinage de la petite tour de guet. D'une façon ou d'une autre, je parviendrai à rapporter la statue jusqu'aux remparts. Quand tu entendras cette version du chant du rossignol — il la siffla trois fois — tu descendras et tu m'aideras à introduire la statue dans la canalisation.

Je déposai Ulysse au milieu des arbres sans avoir été remarqué et m'installai là pour l'attendre. En boitant et en titubant, il courut en direction de la porte Scée comme s'il avait perdu la raison : il criait, il hurlait, il rampait dans la poussière, je n'avais jamais vu un homme en si piteux état. Il adorait jouer la comédie, mais je crois que le rôle de l'esclave fugitif fut celui qui lui donna le plus de plaisir.

Quand la moitié de la nuit se fut écoulée, je me rendis jusqu'à la canalisation et la remontai avec difficulté sur toute sa longueur sans faire de bruit. Arrivé en haut, je me reposai et habituai mes yeux au clair de lune, prêtant oreille aux bruits qui pouvaient provenir du chemin de ronde, en haut des murs. J'étais tout près de la petite tour de guet, qu'Ulysse avait fixée comme lieu de rendez-vous car elle se trouvait à l'écart des autres postes. Cinq gardes étaient de service, mais ils étaient tous à l'intérieur.

Je portais un pagne en cuir de couleur sombre et une tunique, j'avais un poignard entre les dents et une épée courte dans la main droite. Me faufilant jusqu'à la fenêtre de la salle de garde, je toussai très fort.

— Va voir qui est dehors, Maios, dit une voix.

Maios sortit sans se presser. Une bonne toux qu'on n'essaie pas de dissimuler n'a rien d'alarmant, même quand on l'entend en haut des murs les plus disputés du monde. Ne voyant personne, il se crispa, mais comme c'était un sot, il n'appela pas de renforts. De toute évidence, se disant que tout cela était le fruit de son imagination, il continua d'avancer, la pique en avant. Je le laissai passer devant moi, puis me redressai. D'une main, je le bâillonnai, de l'autre j'enfonçai mon épée. Doucement je l'allongeai sur le chemin et le tirai dans un coin sombre.

Quelques instants plus tard, un autre garde apparut, envoyé à la recherche de Maios. Je lui tranchai la gorge, sans faire plus de bruit. Deux étaient abattus, mais il en restait encore trois. Avant que ceux qui étaient restés à l'intérieur ne s'inquiètent, je me faufilai à nouveau jusqu'à la fenêtre et hoquetai comme un ivrogne. Quelqu'un à l'intérieur poussa un soupir d'exaspération ; un autre sortit soudain. Je l'enlaçai comme si j'étais totalement ivre et quand la lame de bronze glissa sous ses côtes et lui transperça le cœur, il ne poussa pas même un grognement. Le maintenant debout, j'esquissai quelques pas de danse. Je chancelai et dis quelques mots avec l'accent troyen. Ce qui en fit sortir un quatrième. Je jetai le cadavre sur lui et, pendant qu'il le repoussait, j'enfonçai mon épée jusqu'à la garde, le transperçant de part en part. Je les déposai tous deux à terre et imitai le bruit de pas qui s'éloignent. Puis je regardai par-dessus le rebord de la fenêtre.

Il ne restait à présent que le capitaine de la tour, qui marmonnait tout seul, assis à une table. De toute évidence il était dans l'embarras, les yeux fixés sur une trappe du plancher. Attendait-il quelqu'un ? Je me faufilai dans la salle et bondis sur lui par-derrière, étouffant son cri de ma main. Il mourut aussi rapidement que les autres et les rejoignit dans le coin sombre entre le chemin de ronde et le mur de la tour. J'allai ensuite attendre Ulysse, assis à l'extérieur pour que le visiteur éventuel ne vît personne dans la salle.

Peu de temps après, Ulysse siffla sa version personnelle du chant du rossignol. Quelle intelligence prodigieuse ! Il avait songé à ne pas reproduire exactement les trilles de l'oiseau, au cas où un vrai rossignol se serait mis à chanter tout près de la tour de guet. Mais il n'y avait nul vrai rossignol dans les parages. Tout ce que j'espérais, c'est qu'il n'y eût pas non plus de visiteur, car je ne pourrais en avertir Ulysse.

J'ouvris la trappe de la salle de garde et me laissai glisser lestement le long du montant de l'échelle pour trouver Ulysse qui m'attendait au pied.

— Un moment, murmurai-je.

J'allai jeter un coup d'œil dehors. Les rues étaient paisibles. Nulle lampe, nulle torche.

— Je l'ai, Diomède, mais elle est aussi lourde qu'Ajax ! dit Ulysse à mon retour. Ce sera difficile de la hisser en haut d'une échelle de vingt coudées.

La statue — le Palladion — était en équilibre instable sur le dos d'un âne. Nous la traînâmes jusqu'à la salle du bas après avoir laissé décamper l'animal. Stupéfait, je la regardai à la lumière de la lampe. Comme elle était ancienne ! Une forme féminine grossièrement taillée dans un bois foncé, trop noircie par les siècles pour être belle. Non, vraiment, elle n'était pas belle ! Elle avait des petits pieds pointus serrés l'un contre l'autre, d'énormes cuisses, une vulve obscène, un ventre distendu, deux mamelles volumineuses, les bras plaqués le long du corps, une tête toute ronde et une bouche en cul-de-poule. Une femme plantureuse, plus grande que moi et d'un poids considérable.

— Passera-t-elle par la canalisation ? demandai-je.

— Oui. Son ventre n'est pas plus gros que la largeur de tes épaules. Et elle est arrondie, tout comme la canalisation.

Alors j'eus une idée lumineuse. Je cherchai une corde et en trouvai une dans un coffre. Je la passai sous ses seins et fis un nœud. En montant à l'échelle, je la tirai derrière moi, tandis qu'Ulysse mettait une main sur ses énormes fesses rondes et l'autre dans sa vulve et ainsi la poussait par-dessous.

— Crois-tu, demandai-je, essoufflé, dans la salle de garde, qu'elle nous pardonnera les libertés que nous avons dû prendre avec elle ?

— Oui, sans aucun doute, répondit-il, allongé par terre à côté d'elle. C'est l'ancienne Pallas Athéna et je lui suis voué.

La faire passer dans la canalisation fut en réalité assez facile. Ulysse avait raison. Grâce à ses formes arrondies, elle avait moins de peine à glisser que moi et mes épaules anguleuses. Nous n'avions pas enlevé la corde, ce qui s'avéra fort commode quand nous fûmes dans la plaine. Nous la halâmes jusqu'au bouquet d'arbres où se trouvait le char d'Ajax. Un dernier effort nous permit de la hisser sur le plancher et nous nous effondrâmes, épuisés. La lune se dirigeait vers l'ouest. Il nous restait assez de temps pour regagner notre base.

— Tu as réussi, Ulysse ! m'écriai-je.

— Sans toi, mon vieil ami, je n'y serais jamais parvenu.

— Dis-moi ce qui s'est passé dans la citadelle. As-tu vu Hélène ?

— J'ai magnifiquement dupé les gardes postés à la porte de la cité, ils m'ont laissé entrer. Le seul garde de la citadelle dormait. J'ai trouvé Hélène, seule, Déiphobos était sorti. Elle a été surprise de voir un esclave crasseux et ensanglanté se prosterner à ses pieds, puis elle a vu mes yeux et m'a reconnu. Quand je lui ai demandé d'aller dans la crypte, elle s'est levée tout de suite. Dès que nous avons pu trouver un endroit tranquille, elle m'a aidé à me débarrasser de mes chaînes. Puis nous sommes allés dans la crypte. Je suppose que ce lieu a dû lui être fort utile quand elle avait sa liaison avec Énée, car elle en connaissait tous les recoins. Une fois dans la crypte, elle m'a posé un tas de questions et ne se lassait jamais d'entendre les réponses.

— Mais le Palladion, comment as-tu pu le déplacer si tu n'avais qu'Hélène pour t'aider ?

— Tandis que je priais la déesse et lui demandais la permission de la déplacer, Hélène s'est éclipsée. Puis elle a réapparu avec l'âne ! Elle m'a conduit directement dans la rue au pied du mur de la citadelle. Là elle m'a donné un chaste baiser et m'a souhaité bonne chance.

— Pauvre Hélène ! dis-je. Déiphobos va causer la ruine de Troie.

— Tu as tout à fait raison, Diomède.

Agamemnon fit dresser un magnifique autel au centre de l'aire de rassemblement et on y plaça le Palladion, dans une niche dorée. Après quoi il fit venir autant d'hommes que ce lieu pouvait en contenir et raconta comment Ulysse et moi avions enlevé la déesse. On lui attribua un prêtre qui lui offrit les victimes les plus belles ; la fumée d'une blancheur de neige monta si rapidement dans le ciel qu'on sut aussitôt que sa nouvelle résidence lui plaisait. Comme elle avait dû haïr le réduit froid, humide et obscur dans lequel elle était confinée à Troie ! Son serpent sacré se glissa sous l'autel sans hésiter et redressa la tête pour laper sa soucoupe de lait et engloutir son œuf.

Une fois le rituel accompli, Ulysse, les autres rois et moi-même suivîmes Agamemnon chez lui pour participer au banquet. Aucun d'entre nous ne refusait jamais une invitation à dîner chez le roi des rois, qui disposait des meilleurs cuisiniers. Au menu, des fromages, des olives, différentes sortes de pain, des fruits, des viandes rôties, du poisson, des gâteaux au miel et du vin.

Nous étions tous pleins d'entrain. On riait, on plaisantait, le vin était excellent. Ménélas fit alors chanter l'aède. Tout Grec aime par nature les chants, les épopées et les odes de son pays.

L'aède nous chanta une des odes en honneur d'Héraclès. C'était un poète et un musicien raffiné. Agamemnon l'avait fait venir d'Aulis dix ans auparavant et on disait qu'il avait pour ancêtre Orphée en personne, le chanteur des chanteurs.

Il refusa d'interpréter les chants que divers invités lui demandèrent mais, pliant le genou devant Agamemnon, il lui fit cette requête :

— Seigneur, si cela t'agrée, j'ai composé un chant sur des événements plus proches de nous que les hauts faits des héros de jadis. Te plairait-il de l'entendre ?

Agamemnon inclina sa tête chenue.

— Chante, Alphide de Salmydessos.

Ce dernier caressa d'un doigt léger les cordes de sa lyre bien-aimée pour en tirer les accents émouvants d'une lente mélodie à la fois triste et glorieuse. Ce chant sur l'armée d'Agamemnon face aux murailles de Troie nous envoûta durant un long moment. Il se terminait par la mort d'Achille. La suite était trop triste. Il nous était bien pénible de repenser à Ajax.

Muse divine, élève mon âme, pour le ressusciter,
Par mon chant fais-le revivre en son armure dorée !
Que ses pas sèment à nouveau la terreur alentour !
Qu'il franchisse hardiment la plaine aux sombres
[tours !
Parcourant la plaine avec audace,
Tandis que les lanières martèlent sa cuirasse,
Il brille comme l'astre dans le ciel azuré,
Achille, héros sans lèvres, glorieux fils de Pélée !

Le cœur gros, nous applaudîmes l'aède, fort et longtemps. Il nous avait fait entrevoir ce qu'était l'immortalité, car son chant nous survivrait assurément.

Quand les applaudissements eurent cessé, je voulus être seul avec Ulysse. La présence de ces hommes me pesait, si grande était mon émotion. Je lançai un coup d'œil à Ulysse qui comprit et ne dit mot : la moindre parole aurait rompu le charme. Il se leva et se dirigeait vers la porte quand soudain le silence s'abattit sur la salle. Nous tournâmes tous la tête, et restâmes muets de stupéfaction.

Au premier abord la ressemblance était troublante ; nous étions encore sous le charme du chant, et il nous sembla que l'aède avait fait apparaître un fantôme pour écouter sa musique ; Achille en personne est venu écouter, pensai-je.

Puis je regardai plus attentivement le nouveau venu : ce n'était pas Achille. Cet homme était aussi grand et aussi large d'épaules, mais il était beaucoup plus jeune. Sa barbe était d'un blond plus foncé et ses yeux tiraient davantage sur l'ambre. Et il avait des lèvres.

Depuis combien de temps était-il là, nous l'ignorions, mais à en juger par la souffrance qu'exprimait son visage, assez longtemps pour entendre au moins la fin du chant.

Agamemnon se leva et lui tendit les bras.

— Néoptolème, fils d'Achille, sois le bienvenu.

Le jeune homme inclina gravement la tête.

— Merci. Je suis venu t'aider, mais j'ai embarqué avant... avant de savoir que mon père était mort. C'est par l'aède que je viens de l'apprendre.

— Est-il meilleure façon d'apprendre une si terrible nouvelle ? intervint alors Ulysse, se joignant à eux.

— Certes, soupira Néoptolème en baissant la tête. Pâris est-il mort ?

— Mort et enterré, répondit Agamemnon.

— Qui l'a tué ?

— Philoctète, avec les flèches d'Héraclès.

— Lequel d'entre vous est Philoctète ? Pardonnez-moi de ne pas connaître vos noms...

— C'est moi, dit Philoctète.

— Je n'étais pas là pour le venger, aussi je t'en remercie.

— Sans doute aurais-tu préféré le faire toi-même, mais je me suis trouvé par hasard ou avec l'accord des dieux face au scélérat. Et puisque tu ne nous connais pas, laisse-moi te présenter tout le monde. Notre grand roi, Agamemnon, t'a salué en premier. Et voici Ulysse. Les autres sont Nestor, Idoménée, Ménélas, Diomède, Automédon, Ménesthée, Mérione, Machaon et Eurypile.

Comme nos rangs sont clairsemés maintenant! pensai-je.

Ulysse, Automédon et moi-même emmenâmes Néoptolème voir le camp des Myrmidons. C'était une assez longue marche mais la nouvelle de son arrivée nous avait devancés. Tout au long du chemin, des soldats sortirent dans la rue et, debout sous le soleil brûlant, l'acclamèrent avec autant d'enthousiasme qu'ils acclamaient jadis son père. Nous nous aperçûmes que sa ressemblance avec Achille n'était pas seulement physique : il saluait, pour répondre à leurs acclamations délirantes, avec le même sourire paisible et le même geste de la main et, tout comme son père, paraissait très réservé. Chemin faisant, nous complétâmes le récit de l'aède, lui contâmes comment Ajax était mort et lui parlâmes d'Antiloque et de tous ceux qui étaient tombés.

Les Myrmidons étaient alignés pour la parade. Pas la moindre acclamation avant que le jeune homme — qui ne pouvait avoir plus de dix-huit ans — ne leur eût parlé. Alors ils frappèrent leurs épées à plat sur leur bouclier jusqu'à ce que le vacarme nous fasse fuir, Ulysse et moi.

— La fin approche, Diomède.

— Si les dieux ont quelque pitié, alors oui, sans doute.

— Dix ans... Calchas avait raison! Je me demande encore si c'était un charlatan ou s'il possédait vraiment le don de seconde vue...

— Il ne sied pas de mettre en doute le talent des prêtres, dis-je en frissonnant.

— Certes, certes. Oh, si seulement je pouvais enfin secouer la poussière de Troie de mes sandales! Voguer à nouveau en pleine mer! Aller là où le vent ne souffle pas sans cesse et où dix mille feux de camp ne rivalisent pas d'éclat avec la lune et les étoiles! Être *purifié*!

— Je ressens la même chose, Ulysse. Il m'est pourtant difficile de croire qu'on arrive au bout.

— Et cela se terminera par un cataclysme digne de Poséidon.

— Tu as déjà tout préparé?

— Oui.

— Alors raconte!

— Te le dire à l'avance? C'est impossible, Diomède! Mais tu n'auras guère à attendre.

— Rentrons, je vais baigner ton dos meurtri.

Le lendemain soir, Néoptolème vint dîner avec nous.

— J'ai quelque chose à te remettre, Néoptolème, lui confia Ulysse après le repas. Un cadeau.

— De quoi parle-t-il? demanda Néoptolème en me regardant.

— Qui sait?

Ulysse revint avec un énorme trépied sur lequel était placée l'armure couverte d'or que Thétis avait jadis commandée à Héphaïstos. Néoptolème se leva d'un bond en marmonnant des paroles que je ne compris pas, puis tendit la main et caressa la cuirasse avec une infinie tendresse.

— J'ai été si en colère, regretta-t-il les larmes aux yeux, quand Automédon m'a dit que tu l'avais gagnée aux dépens d'Ajax. Je te demande pardon. Ainsi, tu l'as gagnée pour me la donner?

— Elle t'ira à merveille, mon garçon, répondit Ulysse en souriant. Elle doit être portée et non accrochée au mur. Revêts-la, Néoptolème, et puisse-t-elle te porter chance. Il faudra cependant t'y habituer: elle pèse presque aussi lourd que toi.

Nous eûmes quelques démêlés avec l'ennemi au cours des cinq jours qui suivirent. Néoptolème rencontra les Troyens pour la première fois et s'en réjouit. C'était un guerrier-né, il n'aspirait qu'à se battre. Le temps était son seul ennemi et il en avait conscience. Il allait jouer un rôle mineur dans la phase ultime d'une grande guerre ; il savait que les lauriers ceindraient d'autres fronts, ceux d'hommes qui luttaient depuis dix ans. Sa présence demeurait cependant un facteur décisif : il apportait l'espoir, la rage de vaincre et l'enthousiasme. Les soldats, qu'ils fussent originaires de Thessalie, d'Argolide ou d'Étolie, le suivaient du regard avec dévotion, tandis qu'il se déplaçait dans le char de son père, vêtu de l'armure de son père. Pour eux, il était Achille.

Une demi-lune après l'arrivée de Néoptolème, un héraut royal vint me prévenir qu'on tiendrait conseil le lendemain après déjeuner. Il était inutile d'essayer de faire parler Ulysse. Aussi, le souper terminé, je pris l'air détaché en l'écoutant parler de choses et d'autres. Cela ne l'offensa pas, mais il ne put s'empêcher de rire quand, avec beaucoup de dignité, je pris enfin congé de lui.

Tous arrivèrent fort tôt chez Agamemnon, tels des chiens flairant une piste. Ils avaient revêtu leurs plus beaux pagnes et mis leurs bijoux, comme pour se rendre à une réception officielle dans la grande salle du palais de Mycènes. Le chef des hérauts, debout au pied du trône orné d'un lion, faisait l'appel des présents à l'intention d'un scribe chargé d'en prendre note, pour la postérité.

Le roi des rois fit signe aux hérauts de partir et remit à Mérione le bâton des débats. Puis il s'adressa à nous en s'exprimant dans le langage guindé des déclarations officielles.

— Après que Priam, roi de Troie, a enfreint les règles sacrées de la guerre, j'ai chargé Ulysse, roi d'Ithaque, de concevoir un plan pour s'emparer de Troie, par la ruse et la traîtrise. J'apprends qu'Ulysse est prêt à nous exposer son projet. Vous serez témoins de ce qu'il a à nous dire. Royal Ulysse, tu as la parole.

Ulysse se leva.

— Tu peux conserver le bâton, dit-il en souriant à Mérione.

Il déroula ensuite un parchemin et le fixa solidement au mur, plantant à chaque angle une petite dague ornée de pierres précieuses. Nous le regardions tous fixement, nous demandant si nous n'étions pas victimes d'une de ses plaisanteries. Nous vîmes sur le parchemin un dessin au charbon de bois, assez bien exécuté et représentant une sorte d'immense cheval. D'un côté était tracée une ligne verticale.

Ulysse, énigmatique, nous regardait.

— Oui, c'est bien un cheval. Sans doute vous demandez-vous pourquoi Épéios est aujourd'hui parmi nous. Eh bien, j'ai quelques questions à lui poser. Il devrait nous être fort utile...

Il se tourna alors vers Épéios qui, au milieu de toute cette noblesse, semblait plutôt mal à l'aise.

— Épéios, tu passes pour le meilleur constructeur d'engins de guerre que la Grèce ait jamais compté depuis la mort d'Éaque. On te dit aussi fort habile à travailler le bois. Regarde attentivement ce dessin. Remarque la ligne à côté du cheval. La longueur de cette ligne, c'est la hauteur des murs de Troie.

Perplexes, nous étions tous aussi attentifs qu'Épéios.

— Tout d'abord, Épéios, je voudrais ton opinion sur un point. Cela fait dix ans que tu observes les murs de Troie ; dis-moi s'il existe un bélier, ou quelque autre machine, susceptible d'enfoncer la porte Scée ?

— Non, roi Ulysse.

— Très bien ! Deuxième question : avec les matériaux, les ouvriers et les moyens dont tu disposes ici, pourrais-tu construire un immense vaisseau ?

— Oui, seigneur. Je dispose de charpentiers, de maçons, de scieurs et de manœuvres en très grand nombre. D'autre part, il y a assez d'arbres dans un rayon de deux lieues pour construire une flotte entière.

— Parfait. Troisième question : pourrais-tu fabriquer un cheval de bois de la taille de l'animal représenté ici ? Regarde à nouveau cette ligne noire. Elle correspond à vingt-deux coudées, la hauteur des murs de Troie. Tu en déduiras que le cheval mesure vingt-cinq coudées, des sabots aux oreilles. Quatrième question : pourrais-tu le bâtir sur un socle muni de roues et capable d'en supporter le poids ? Et enfin, cinquième question : pourrais-tu fabriquer un cheval *creux* ?

Épéios se mit à sourire : le projet stimulait d'ores et déjà son imagination.

— La réponse est oui, seigneur, à toutes tes questions.

— Combien de temps te faudrait-il ?

— Seulement quelques jours, seigneur.

Ulysse ôta le parchemin du mur et le remit au maître d'œuvre.

— Merci, prends ceci et va chez moi. Je t'y retrouverai.

Nous étions stupéfaits. Nestor ne put s'empêcher de glousser, comme s'il s'agissait là de la meilleure plaisanterie qu'il eût jamais entendue au cours de sa très longue vie.

Ulysse se redressa ensuite de toute sa hauteur et, le geste ample, s'exprima d'une voix de tonnerre.

— Voici, rois et princes, le seul moyen de s'emparer de Troie... Un cheval de cette taille pourrait, à mon avis, contenir une centaine d'hommes. Par ailleurs, s'ils en sortent par surprise et de nuit, cent hommes suffiront amplement à ouvrir la porte Scée.

De tous les coins de la pièce, les questions fusèrent. Les sceptiques poussaient des cris, les enthousiastes des hourras. Ce fut un vacarme épouvantable jusqu'à ce qu'Agamemnon descendît de son trône pour reprendre le bâton à Mérione et tambouriner sur le dallage.

— Silence! Vous pourrez poser vos questions, mais chacun à votre tour, et seulement après moi. Ulysse, assieds-toi, prends une coupe de vin et explique-nous ton projet en détail.

Le conseil se termina à la tombée de la nuit. J'accompagnai Ulysse chez lui. Épéios attendait patiemment, le parchemin étalé devant lui; on y voyait à présent d'autres dessins, plus petits. J'écoutais d'une oreille, tandis qu'Ulysse et lui discutaient de détails techniques.

— Tu pourras travailler dans la cuvette qui se trouve juste derrière la maison, expliqua Ulysse. Elle est si profonde que la tête du cheval ne dépassera pas la cime des arbres qui la bordent. Personne ne pourra le voir du haut des tours. Cet emplacement a d'autres avantages : personne n'y vient jamais, aussi ne seras-tu point dérangé. Tu pourras engager les habitants comme manœuvres. Tous ceux que tu feras venir ne repartiront qu'une fois le travail achevé. Acceptes-tu ces conditions?

— Tu peux compter sur moi, roi Ulysse, affirma Épéios, les yeux étincelants. Nul ne saura ce qui se passe ici.

32

Récit de Priam

Borée, le vent du Nord descendu des immensités glacées de Scythie, se remit à souffler et les arbres prirent la couleur de l'ambre. L'été de cette dixième année touchait à sa fin et Agamemnon était toujours là.

Notre dénuement était extrême. Juste avant la mort d'Hector, j'avais fait arracher les clous en or des portes, des planchers, des volets et des gonds pour les fondre. Les coffres du trésor étaient vides. Toutes les offrandes aux temples avaient été converties en lingots et tous, riches et pauvres, gémissaient sous l'impôt. Pourtant je n'avais toujours pas de quoi acheter ce dont Troie avait besoin pour continuer la lutte : mercenaires, armes, engins de guerre. Cela faisait dix ans que nous ne profitions plus des droits de péage de l'Hellespont. Agamemnon les percevait sur tous les navires grecs, qui pénétraient dans le Pont-Euxin en un défilé ininterrompu, alors qu'il en avait interdit l'accès aux navires des autres nations. Certes, nous avions de quoi manger, car au sud et au nord-est les portes de Troie restaient ouvertes et les paysans continuaient à cultiver la terre, mais nous manquions des produits du sol qui ne poussaient pas dans la région. Les célèbres chevaux de Laomédon s'étaient faits rares dans les plaines du Sud, car j'avais été obligé de presque tous les vendre. J'appris plus tard que le roi Diomède d'Argos en avait acheté un grand nombre. Ce que Laomédon et moi-même avions toujours refusé aux Grecs avait fini par tomber entre leurs mains. L'orgueil... L'orgueil présage de la chute.

On allumait de grands feux dans ma chambre, mais nulle flamme ne réchauffait mon cœur rongé de désespoir. J'avais engendré cinquante fils, cinquante beaux garçons. A présent la plupart d'entre eux étaient morts. Le dieu de la Guerre avait choisi les meilleurs et ne m'avait laissé que les moins brillants pour adoucir mes vieux jours. J'avais quatre-vingt-trois ans et, de toute évidence, étais destiné à leur survivre. Rien qu'à voir Déiphobos — mon grotesque héritier — se rengorger, je versais des torrents de larmes. Hector n'était plus. Ma femme Hécube avait sombré dans la folie et ne cessait de hurler telle une chienne affamée; sa compagne favorite, Cassandre, était plus folle encore.

Je me forçais parfois à aller jusqu'à la tour de guet de la porte Scée pour voir les innombrables volutes de fumée monter de la plage et les navires alignés le long de la grève, rang après rang. Les Grecs n'attaquaient pas. Nous étions au bord du précipice, sans rien voir qui pût nous réconforter, sans rien connaître des intentions de nos ennemis qui vaquaient à de mystérieuses occupations. Les derniers éléments de l'armée troyenne étaient regroupés près du rideau Ouest; c'était là qu'Agamemnon attaquerait. Il ne pouvait en être autrement.

Chaque soir m'apportait l'insomnie, chaque matin me trouvait éveillé. Je ne me considérais pourtant pas vaincu. Tant qu'il y aurait une âme en ma misérable carcasse, je n'abandonnerais pas Troie. Dussé-je en vendre tous les habitants, je garderai Troie, et ce en dépit d'Agamemnon.

Le troisième matin après le réveil de Borée me trouva allongé, le visage tourné vers la fenêtre où l'aube pointait, lueur grise embuée de larmes. Je pleurais Hector.

J'entendis alors un cri, frissonnai et me forçai à

sortir du lit. Il semblait venir du rideau Ouest. Allons, Priam, va voir ce qui se passe! Je demandai qu'on amenât mon char.

Le tumulte s'amplifiait, mais il était trop éloigné pour qu'on pût déjà distinguer s'il était causé par la peur ou l'affliction. Déiphobos me rejoignit à la porte, à moitié endormi.

— Est-ce une attaque, père?

— Comment le saurais-je? Je vais voir de quoi il retourne!

Le valet d'écurie arrivait avec mon char. Mon aurige descendit de chez lui, encore abruti de sommeil. Je partis, laissant mon héritier décider s'il me suivrait ou non.

Il y avait foule autour de la porte Scée et du rideau Ouest; des hommes couraient en tous sens, gesticulaient, criaient, mais aucun ne semblait se préparer à une éventuelle bataille. Bien au contraire, ils criaient à tout le monde de monter voir.

Un soldat m'aida à gravir les marches de la tour de guet. Dans la salle de garde, le capitaine pleurait à chaudes larmes tandis que son second riait comme un dément.

— Que se passe-t-il, capitaine? demandai-je.

Trop bouleversé pour se rendre compte de ce qu'il faisait, le capitaine me saisit par le bras et me poussa vers le chemin de ronde. Là, il me fit faire volte-face et me montra le camp grec d'un doigt tremblant.

— Regarde, seigneur! Apollon a enfin entendu nos prières!

Je plissai les yeux (excellents malgré mon âge) et scrutai l'horizon. Je regardais et regardais encore. Comment comprendre? Comment y *croire*? Aucune fumée ne s'élevait du camp grec, on ne sentait aucune odeur de feu, on ne voyait pas bouger la moindre silhouette; les galets étincelaient, baignés par la lumière du soleil levant. Seuls les profonds sillons qui marquaient le sable de la lagune signalaient que des navires avaient reposé là. Les Grecs étaient partis! Il ne restait plus rien de cette armée de quatre-vingt mille hommes, excepté une minuscule cité grisâtre. Agamemnon avait levé l'ancre durant la nuit.

Je poussai des hourras, me mis à chanter, donnai libre cours à ma joie, quand tout à coup mes jambes se dérobèrent et je m'affalai sur les pavés. Je riais et pleurais en même temps. Je me roulais sur le dur pavage comme si c'eut été du duvet. Je balbutiais des remerciements à Apollon, pouffais de rire et battais des mains. Le capitaine me remit debout ; je le serrai dans mes bras et l'embrassai, lui promettant je ne sais quoi.

Déiphobos arriva en courant, transfiguré. Il me souleva de terre et me fit tournoyer en une danse folle, tandis que les gardes formaient cercle autour de nous, battant la mesure. Le monstre grec ne rôdait plus, Troie était enfin libre !

Aucune nouvelle ne se propagea si vite. Toute la cité était éveillée et les habitants accouraient sur les remparts pour pousser des vivats, chanter et danser. Comme la clarté du jour se répandait et que les ombres commençaient à quitter la plaine, nous pûmes y voir plus distinctement. Agamemnon était bel et bien parti ! O merci, seigneur de la Lumière ! Grand merci !

Le capitaine restait à mes côtés pour me protéger. Soudain, il se raidit et me tira par la manche. Déiphobos le remarqua et s'approcha.

— Qu'y a-t-il ? demandai-je, inquiet.

— Seigneur, cette chose, là-bas, dans la plaine... Je la vois depuis l'aube, mais la lumière commence à peine à l'éclairer. Ce n'est pas le bouquet d'arbres qui borde le Simoïs. C'est une chose énorme.

— Je la vois, répondis-je, la bouche sèche.

— Quelque chose, dit lentement Déiphobos. Un animal ?

D'autres le montraient aussi du doigt à présent et se demandaient ce que c'était. Alors le soleil darda ses rayons et illumina une surface brune et parfaitement polie.

— Je vais voir, déclarai-je en me dirigeant vers la porte de la salle de garde. Capitaine, ordonne d'ouvrir la porte Scée, mais ne laisse sortir personne. Je vais emmener Déiphobos et juger par moi-même.

Oh, la sensation du vent froid sur mon visage ! Cette traversée de la plaine en char me guérit de tous mes maux. J'ordonnai à l'aurige d'emprunter le chemin, aussi avancions-nous en cahotant sur les pavés, moins secoués cependant que par le passé. Les allées et venues incessantes des hommes et des chars avaient aplani les pierres et les intervalles avaient été emplis d'une poussière que les pluies d'automne avaient durcie.

Bien sûr nous avions tous compris ce qu'était cet objet, mais aucun de nous ne pouvait en croire ses yeux. Que faisait-il là ? A quoi pouvait-il bien servir ? Ce ne pouvait être ce que nous pensions ! Vu de plus près, il se révélerait sans doute fort différent. Pourtant, quand Déiphobos et moi nous en approchâmes, suivis de quelques membres de la Cour, c'était bien ce qu'il nous avait semblé : un gigantesque cheval de bois !

La créature brune et démesurée se dressait très haut au-dessus de nos têtes. Ceux qui l'avaient fabriquée, que ce fussent des dieux ou des hommes, l'avaient façonnée de façon à ce qu'on ne la prît point pour une mule ou un âne. De par le gigantisme de ses proportions, elle était montée sur d'énormes pattes aux sabots monstrueux, fixés par des boulons à une plate-forme de rondins. Celle-ci était surélevée grâce à de petites roues pleines, douze à l'avant et autant à l'arrière. Mon char étant dans l'ombre portée de la tête, je dus tendre le cou pour voir le dessous de ses mâchoires. L'animal en bois ciré était à la fois corpulent et robuste et les interstices entre les planches étaient colmatés avec de la poix, comme pour la coque d'un navire. Sur les joints on avait peint de jolis motifs ocre. La queue et la crinière étaient sculptées. Je reculai pour mieux voir la tête : les yeux étaient incrustés d'ambre et de jais, l'intérieur des narines était peint en rouge et les dents, qui apparaissaient comme s'il hennissait, étaient d'ivoire. Un magnifique animal !

Un détachement entier de la garde royale était arrivé au galop, ainsi que la plupart des membres de la Cour.

— Il doit être creux, père, dit Déiphobos, sinon il ne pourrait reposer sur la plate-forme sans écraser les roues.

Je désignai la croupe de la bête.

— Ce cheval est sacré. Il porte sur le flanc une chouette, une tête de serpent, une égide et une lance. Il appartient à Pallas Athéna.

Certains avaient l'air sceptique. Déiphobos et Capys marmonnaient, mais un autre de mes fils, Thymœtès, était au comble de l'excitation.

— Tu as raison, père ! Les symboles sont très clairs. Ce doit être un cadeau des Grecs pour remplacer le Palladion volé.

Le prêtre principal d'Apollon, Laocoon, grommela :

— Méfiez-vous des Grecs, même s'ils font des cadeaux.

— Père ! C'est un piège ! s'exclama Capys, intervenant soudain dans le débat. Pourquoi Pallas Athéna imposerait-elle un si dur labeur aux Grecs ? Elle *aime* les Grecs ! Ils n'auraient pu s'emparer du Palladion sans sa bénédiction ! Jamais elle ne nous apporterait son concours après l'avoir offert aux Grecs ! C'est un piège !

— Retiens ta langue, Capys, dis-je, en colère.

— Je t'en supplie, seigneur, insista-t-il. Ouvrons-lui le ventre et voyons ce qu'il contient.

— N'accepte jamais le présent d'un Grec, avertit Laocoon. C'est forcément un piège.

— Je suis du même avis que Thymœtès, dis-je. Il est destiné à remplacer le Palladion dérobé. Plus un mot, tu entends ? ajoutai-je en transperçant Capys du regard.

— Du moins, intervint Déiphobos avec pragmatisme, n'est-il pas destiné à être placé à l'intérieur des murs. Il est bien trop grand pour passer les portes. Non, quelle que soit la raison de sa construction, ce ne peut être une ruse. Il est fait pour rester ici, en ce lieu, et il ne représente aucun danger pour nous ou pour d'autres.

— C'est pourtant bel et bien une ruse! s'écrièrent Capys et Laocoon en chœur.

La discussion devenait plus animée encore, à mesure que d'autres personnages importants se rassemblaient autour de ce cheval extraordinaire, faisant des conjectures et m'étourdissant de leurs avis. Pour leur échapper, je fis le tour de l'animal, l'examinant en détail, essayant d'en décrypter les symboles, m'émerveillant de la qualité du travail. Il se trouvait exactement à mi-chemin entre la plage et la cité. Mais d'où était-il donc venu? Si les Grecs l'avaient fabriqué, nous l'aurions vu se construire. Ce devait être un cadeau de la déesse, j'en étais convaincu.

Laocoon avait envoyé quelques-uns des gardes royaux jusqu'au camp grec pour l'inspecter. J'étais encore en train de tourner autour du cheval quand surgirent deux gardes dans un char à quatre roues. Un homme se trouvait entre eux. Ils mirent pied à terre et l'aidèrent à descendre. Ses bras et ses jambes étaient enchaînés, il était en haillons et horriblement sale.

— Seigneur, nous avons trouvé cet individu qui rôdait dans l'une des maisons du camp, dit le plus âgé des gardes en mettant un genou à terre. Comme tu le vois, il était enchaîné. On l'a fouetté il y a très peu de temps. Au moment de sa capture, il nous a implorés de l'épargner et nous a suppliés de le conduire auprès du roi de Troie pour lui communiquer des informations.

— Parle, je suis le roi de Troie, dis-je.

L'homme passa sa langue sur ses lèvres, fit entendre quelques sons rauques et demeura sans voix. Un garde lui donna de l'eau qu'il but avec avidité. Il me salua.

— Merci pour ta bonté, seigneur.

— Qui es-tu? demanda Déiphobos.

— Je m'appelle Sinon. Je suis originaire d'Argos et je fréquente la Cour du roi Diomède, dont je suis le cousin. Mais j'ai servi dans une unité spéciale que le grand roi de Mycènes a attribuée au roi Ulysse.

Il tituba et les gardes durent le soutenir.

— Soldat, assieds-le sur le bord de ton char.

On me trouva un tabouret et je m'assis en face de lui.

— Te sens-tu mieux, Sinon?

— Merci, seigneur, j'ai retrouvé assez de force pour continuer.

— Pourquoi ont-ils fouetté et enchaîné un noble comme toi?

— Parce que, seigneur, j'étais au courant du complot ourdi par Ulysse pour se débarrasser du roi Palamède. Apparemment, Palamède aurait offensé Ulysse juste avant que ne commençât notre expédition. Ulysse peut attendre toute une vie l'occasion idéale de se venger, à ce qu'on dit. Dans le cas de Palamède, il s'est contenté d'attendre huit ans. Il y a deux ans, Palamède a été exécuté pour haute trahison. Ulysse a fabriqué de toutes pièces les accusations et la preuve qui ont fait condamner Palamède.

— Pourquoi un Grec conspirerait-il pour faire mettre à mort un autre Grec? Était-ce à propos d'une rivalité de territoire?

— Non, seigneur, l'un règne sur des îles à l'ouest de Pélops, l'autre sur un port maritime important de la côte Est. Ulysse en voulait énormément à Palamède, mais j'ignore pourquoi.

— En ce cas, comment t'es-tu trouvé en si fâcheuse posture? Si Ulysse a su inventer des accusations de trahison contre un roi grec, pourquoi n'en a-t-il pas fait autant pour toi, qui n'es même pas roi?

— Seigneur, je suis le cousin germain d'un roi plus puissant qu'Ulysse et pour lequel il a de l'affection. J'ai raconté de plus mon histoire à un prêtre de

Zeus. Si la mort me frappait, quelle qu'en fût la cause, le prêtre devait intervenir. Je me croyais en sécurité, car Ulysse ne savait pas de quel prêtre il s'agissait.

— Je suppose que le prêtre n'a jamais rien dit, puisque tu n'es pas mort ?

— Non, seigneur, il ne s'agit pas de cela, dit Sinon, en reprenant une gorgée d'eau, l'air un peu moins épuisé. Le temps a passé, Ulysse n'a rien dit ni rien fait, seigneur, et j'ai tout simplement oublié ! Mais, ces derniers temps, l'armée se laissait aller au découragement. Après la mort d'Achille et d'Ajax, Agamemnon a perdu tout espoir d'entrer un jour à Troie. Il a convoqué un conseil et un vote a eu lieu. Les Grecs ont décidé de rentrer chez eux.

— Ils auraient donc délibéré au milieu de l'été !

— Oui, seigneur, mais la flotte n'a pu partir à cause de mauvais présages. Le grand prêtre Talthybios a fini par donner l'explication. Pallas Athéna nous en voulait d'avoir volé son Palladion et faisait souffler des vents contraires. Elle exigeait réparation. Puis ce fut au tour d'Apollon d'exprimer sa colère. Il réclamait un sacrifice humain ! Et je devais en être la victime ! Je n'ai pu retrouver le prêtre auquel je m'étais confié. Ulysse l'avait envoyé en mission à Lesbos. Aussi, quand j'ai raconté mon histoire, personne ne m'a cru.

— Le roi Ulysse ne t'avait donc pas oublié.

— Bien sûr que non, seigneur ! Il attendait seulement le moment propice. Alors ils m'ont fouetté, enchaîné ici et laissé à ta merci. Borée s'est mis à souffler et ils ont enfin pu partir. Pallas Athéna et Apollon étaient apaisés.

— Mais, qu'en est-il de ce cheval de bois, Sinon ? Pourquoi est-il ici ? Est-ce celui de Pallas Athéna ?

— Oui, seigneur. Elle a exigé que son Palladion soit remplacé par un cheval de bois. Nous l'avons fabriqué de nos propres mains.

— Pourquoi, demanda alors Capys avec méfiance, la déesse n'a-t-elle pas simplement exigé que vous nous rendiez le Palladion ?

— Seigneur, il avait été profané! répondit Sinon, surpris.

— Continue, ordonnai-je.

— Talthybios a prédit que dès l'instant où le cheval reposerait en la cité de Troie, celle-ci ne tomberait jamais et retrouverait sa prospérité d'antan. Aussi Ulysse a-t-il suggéré de fabriquer un cheval *trop grand* pour passer par vos portes. « Ainsi, dit-il, nous pourrons obéir à Pallas Athéna, tout en nous assurant que jamais la prophétie ne se réalisera. » Le cheval de bois devait rester dehors, dans la plaine... Aïe! Aïe! ils m'ont mis en charpie, gémit Sinon en essayant de trouver une position plus confortable.

— Nous allons te soigner, Sinon, dis-je pour l'apaiser, mais d'abord nous devons entendre ton histoire jusqu'à la fin.

— Certes, seigneur, certes. Mais je ne vois pas ce que tu pourrais faire. Ulysse est très malin! Le cheval est réellement trop grand.

— Nous nous occuperons de cela plus tard, déclarai-je avec résolution. Continue.

— J'en ai terminé, seigneur. Ils sont partis en me laissant ici.

— Ils sont partis? Pour la Grèce?

— Oui, seigneur. Le vent leur a facilité les choses.

— Alors pourquoi ont-ils mis des roues à l'animal? demanda Laocoon, encore très sceptique.

— Mais pour le faire sortir de notre camp, voyons! répondit Sinon étonné.

Comment ne pas croire cet homme? Ses souffrances étaient bien trop réelles. De même que les marques du fouet et son extrême maigreur. Qui plus est, son histoire tenait parfaitement debout.

— Quel dommage, père! soupira Déiphobos en regardant l'énorme animal. Si seulement nous pouvions le faire entrer à Troie! Mais, Sinon, ajouta-t-il, qu'est-il arrivé au Palladion? Tu parlais d'une *profanation*?

— Quand on l'a amené dans notre camp, après le vol d'Ulysse...

— L'infâme! interrompit Déiphobos.

— La statue a été exposée sur un autel et l'armée assemblée pour assister à sa consécration. Mais, quand les prêtres lui ont fait les offrandes, chaque fois elle s'est entourée de flammes! Lorsque le feu s'est éteint pour la troisième fois, elle s'est mise à suer du sang : de grosses gouttes suintaient de sa peau de bois et roulaient sur son visage, le long de ses bras, du coin de ses yeux, comme si elle pleurait. Le sol a tremblé et du ciel parfaitement pur une boule de feu est tombée dans les arbres au-delà du Scamandre. Tu as dû la voir. Nous nous sommes frappé la poitrine, nous avons demandé grâce aux dieux. Par la suite, nous avons découvert qu'Athéna avait fait une promesse à sa sœur Aphrodite : si le cheval de bois était placé à l'intérieur de la cité, alors Troie rassemblerait les armées de la terre entière et conquerrait la Grèce.

— Ah! grogna Capys. Tout ça est bien trop étrange... Le génial Ulysse a l'idée de bâtir un cheval trop grand puis s'en va? Pourquoi les Grecs se seraient-ils donné tant de mal, alors qu'ils s'en allaient? Qu'ils rentraient chez eux?

— Parce que, répondit Sinon d'une voix indiquant qu'il perdait patience, ils ont l'intention de revenir dès le printemps prochain!

— A moins, dis-je en me levant de mon tabouret, qu'on puisse introduire le cheval à l'intérieur des murs...

— C'est impossible, répondit Sinon, en s'affalant contre le char et en fermant les yeux. Il est beaucoup trop grand.

— C'est *possible*! criai-je. Capitaine, apporte des cordes, des chaînes, des mules, des bœufs, des esclaves! Il est encore très tôt. Si nous nous y mettons maintenant, nous pouvons faire entrer l'animal avant même la tombée de la nuit.

— Non! Non! hurla Laocoon, dont le visage reflétait la terreur, Non, seigneur! Laisse-moi d'abord consulter Apollon, je t'en prie!

— Fais ce que tu juges bon, Laocoon, répondis-je en m'éloignant. En attendant, nous allons tout mettre en œuvre pour que la prophétie se réalise.

— Non! cria mon fils Capys.

— Oui! hurlèrent tous les autres en poussant des hourras.

Il nous fallut la plus grande partie de la journée pour accomplir cela. Nous attachâmes des cordes renforcées de chaînes à l'avant et sur les côtés de la plate-forme géante, puis nous y attelâmes des mules, des bœufs et des esclaves. Avec une lenteur infinie, le cheval de bois traversa la plaine. Ce fut une tâche pénible, déprimante, exaspérante même. A chaque tournant, il fallait effectuer plus d'une douzaine de va-et-vient pour maintenir l'animal sur les pavés, car les roues étaient simplement fixées à la plate-forme par des boulons. Nul essieu n'aurait pu supporter un tel poids.

A midi, nous avions traîné le cheval jusqu'à la porte Scée où, bien sûr, nous pûmes constater par nous-mêmes que la tête dépassait d'au moins trois coudées la voûte du chemin de ronde, au-dessus de la grande porte de bois.

— Thymœtès, dis-je à mon fils le plus enthousiaste, demande aux hommes d'apporter des pioches et des marteaux. Qu'on brise cette voûte!

Cela nous prit beaucoup de temps. Les pierres posées par Poséidon Bâtisseur de Murailles ne cédèrent pas facilement sous les coups de simples mortels. Elles s'effritèrent pourtant, fragment après fragment, jusqu'à ce qu'il y eût une large brèche au-dessus de la porte Scée. Ceux qui étaient attelés à l'animal tirèrent sur les chaînes; la tête puissante recommença d'avancer. Comme les mâchoires s'approchaient, je retins mon souffle, puis poussai un cri d'avertissement : trop tard. La tête se coinça dans le rempart. Nous la dégageâmes, détruisîmes un peu plus la voûte, essayâmes à nouveau. Mais elle ne voulait pas passer. Quatre fois la noble tête s'y trouva prise. Enfin, l'espace fut assez grand. Alors l'animal gigantesque roula lourdement, en grinçant jusqu'au milieu de la place Scée. Ah, Ulysse! Nous avions réussi à déjouer tes tours!

Bien sûr, je décidai que le cheval serait halé jusqu'au faîte de la colline escarpée et conduit au cœur même de Troie : la citadelle. Ce qui nécessita deux fois plus d'animaux de trait et me parut prendre des siècles, même si les habitants de la cité eux aussi s'attelèrent à la tâche. La porte de la citadelle n'étant pas surmontée d'une voûte, le cheval y entra avec facilité.

Nous l'immobilisâmes dans la cour verdoyante consacrée à Zeus. Les dalles se fendirent et cassèrent sous le poids et les roues s'enfoncèrent dans le sol parmi les fragments de pierre, mais le cheval resta bien droit. A présent aucune force sur terre ne pourrait plus l'en déplacer. Nous avions prouvé à Pallas Athéna que nous étions dignes de son amour et de son respect. Je prêtai publiquement serment : le cheval serait maintenu en parfait état et un autel serait érigé en son honneur. Troie était à présent hors de danger. Le roi Agamemnon ne pourrait revenir au printemps avec une nouvelle armée. Et nous, après avoir repris nos forces, rassemblerions toutes les armées de la terre pour conquérir la Grèce.

Cassandre se mit alors à rire comme une folle; elle était arrivée en courant, les cheveux défaits, les bras écartés. Hurlant, gémissant, glapissant, elle tomba à mes pieds et m'étreignit les genoux.

— Père, éloigne-le! Éloigne-le de la cité! Ramène-le où il était! Ce cheval porte en lui la mort!

Laocoon acquiesçait, l'air sinistre.

— Seigneur, les présages ne sont pas bons. J'ai offert à Apollon une biche et trois tourterelles. Il les a toutes refusées. Cette créature est annonciatrice de la chute de notre cité.

— J'étais là, j'ai tout vu. Mon père dit la vérité, intervint l'aîné de ses fils, blême et tremblant.

Thymœtès se précipita pour me défendre; je frémissais de colère tandis que d'autres donnaient libre cours à la peur.

— Viens avec moi, seigneur, insistait Laocoon. Viens voir toi-même au grand autel ! Ce cheval est maudit ! Détruis-le ! Brûle-le ! Tu dois absolument t'en débarrasser !

Poussant ses deux fils devant lui, Laocoon courut à l'autel de Zeus, bien plus vite que ne pouvaient le faire mes jambes de vieillard. Soudain, alors qu'il arrivait à la table de marbre, il se mit à crier. Ses fils aussi. Ils gesticulaient et hurlaient. Lorsqu'un des gardes rejoignit Laocoon, celui-ci était recroquevillé par terre et gémissait. Ses fils se tordaient de douleur. Alors le garde recula d'un bond et tourna vers nous un visage atterré.

— Ne t'approche point, seigneur ! cria-t-il. C'est un nid de vipères ! Ils ont été mordus tous les trois !

Je levai les bras vers les espaces infinis du firmament.

— Père céleste, tu nous as envoyé un signe ! Tu as, sous nos yeux, terrassé Laocoon parce qu'il a dénigré le cadeau qu'avait offert ta fille au peuple de ma cité ! Ce cheval est une bénédiction ! Ce cheval est sacré ! Il empêchera les Grecs de franchir nos portes, et ce à tout jamais !

Elles étaient maintenant révolues, ces dix années de guerre contre un si puissant ennemi. Nous y avions survécu et étions toujours nos propres maîtres. L'Hellespont et le Pont-Euxin nous appartenaient de nouveau. La citadelle se parerait à nouveau de clous en or. Et les sourires refleuriraient sur nos lèvres.

J'invitai au palais les membres de la Cour et ordonnai la préparation d'un festin ; nos dernières craintes évanouies, nous nous abandonnâmes aux réjouissances avec l'enthousiasme d'esclaves affranchis. Éclats de rire, chants, cymbales, roulements de tambour, sonneries de trompes et trompettes montaient depuis les rues jusqu'à la citadelle. Troie était libre ! Enfin ! Il avait fallu dix ans ! *Dix années !* Troie avait remporté la victoire. Troie avait à jamais chassé Agamemnon de ses rivages.

Ah, quel plaisir j'éprouvai à regarder Énée! Il n'était pas allé voir le cheval, n'avait pas non plus quitté le palais pendant que nous nous donnions tant de peine. Cependant il lui fut difficile de ne pas assister au festin. Son visage était de marbre et la fureur couvait dans son regard. J'avais gagné et il avait perdu. Troie serait gouvernée par *mes* descendants et non par lui!

33

Récit de Néoptolème

Ils refermèrent la trappe bien avant l'aube et nous, qui toute notre vie avions connu l'obscurité des nuits, nous découvrîmes ce qu'elle était véritablement. Écarquillant les yeux, je m'efforçais d'y voir, sans pour autant réussir à distinguer quoi que ce soit. J'étais frappé de cécité. Tout était ténèbres, des ténèbres palpables, insupportables même. Cela n'allait durer qu'un jour et une nuit, pensais-je, si nous avions de la chance. Au moins un jour et une nuit à rester accroupis au même endroit, sans apercevoir le moindre rai de lumière, sans pouvoir d'après le soleil déterminer le moment de la journée. Chaque instant durait une éternité et nos oreilles devinrent si sensibles que la respiration des hommes était pareille au roulement lointain du tonnerre.

Mon bras effleura Ulysse ; je frémis malgré moi. Je me pinçais les narines pour ne pas sentir les relents de sueur, d'urine, d'excréments.

Je vais perdre la vue, pensai-je. Mes yeux reconnaîtront-ils la lumière, ou m'éblouira-t-elle au point de me livrer aux ténèbres pour le restant de mes jours ? J'étais tendu, la terreur rôdait autour de moi, étreignant cent des hommes les plus courageux qui fussent. La langue me collait au palais. Je cherchai l'outre d'eau, il me fallait à tout prix trouver une occupation.

De l'air passait, au travers d'un labyrinthe de trous

minuscules ingénieusement percés dans le corps et la tête de l'animal, mais Ulysse nous avait avertis que la lumière ne filtrerait pas par ces trous quand il ferait jour à l'extérieur, car on les avait recouverts de plusieurs épaisseurs d'étoffe. Je finis par fermer les yeux. Les efforts que je faisais pour voir étaient si douloureux que j'en fus réellement soulagé et trouvai l'obscurité plus facile à supporter.

Ulysse et moi étions assis dos à dos. Pour me détendre, je m'appuyai sur lui; j'évoquai toutes les femmes que j'avais connues et les passai en revue l'une après l'autre : il y avait les jolies et les laides, les petites et les grandes, la première et la dernière avec laquelle j'avais fait l'amour, celle que mon manque d'expérience avait fait pouffer de rire et celle qui, après une nuit entre mes bras, n'avait même plus la force de me faire les yeux doux. Je récapitulai ensuite toutes les chasses auxquelles j'avais participé, les bêtes que j'y avais tuées : lions, sangliers, cerfs; les parties de pêche à la recherche d'orques, de léviathans et de gigantesques serpents de mer, alors que nous ne trouvions jamais que des thons et des loups. Je revécus mes périodes de préparation militaire avec les Myrmidons et les combats que j'avais livrés à leurs côtés. Je fis le compte des navires et des rois qui s'étaient embarqués pour Troie. Je me rappelai le nom de toutes les cités et de tous les villages de Thessalie. Je chantai dans ma tête les odes aux héros. Le temps passa, d'une façon ou d'une autre, mais avec quelle lenteur !

Le silence se fit plus profond encore. Je devais avoir dormi car je m'éveillai en sursaut, affolé. Ulysse avait posé sa main sur ma bouche. J'avais la tête sur ses genoux. J'écarquillai les yeux jusqu'à ce que je me rappelle pourquoi je ne voyais rien. J'avais senti quelque chose bouger, cela m'avait éveillé et, comme je reprenais mes esprits, le phénomène se reproduisit : une légère secousse. Roulant sur le côté, je me redressai, cherchai à tâtons les mains d'Ulysse et les serrai très fort dans les miennes. Il pencha la tête et je pus lui parler à l'oreille.

— Est-ce qu'ils nous déplacent ?

— Bien sûr. Je n'ai pas douté un instant qu'ils le feraient. Ils ont gobé l'histoire de Sinon, j'en étais sûr et certain, chuchota-t-il.

Cet ébranlement soudain mit un terme à l'inertie causée par notre emprisonnement. Nous nous sentions bien mieux, plus gais, tandis que nous avancions cahin-caha. Tout en essayant de calculer notre vitesse, nous nous demandions quand nous atteindrions les murailles. Assurés que le grincement de la machine couvrirait nos voix, nous étions heureux de pouvoir discuter. Le vacarme que faisaient les roues en tournant nous indiquait que nous avancions.

Il nous fut facile de deviner quand nous atteignîmes la porte Scée. Le mouvement cessa pendant ce qui nous parut une éternité. En silence nous priâmes les dieux pour que les Troyens ne renoncent pas à leur entreprise et qu'ils aillent jusqu'à démolir la voûte au-dessus de la porte, ainsi qu'Ulysse nous l'avait affirmé. Puis, à nouveau, nous avançâmes. Un choc violent, comme si on écrasait quelque chose, nous jeta tous à terre. Nous restâmes allongés, immobiles, face contre le plancher.

— Les imbéciles ! s'exclama Ulysse d'une voix rageuse. Ils ont mal calculé.

Quatre nouvelles secousses et nous recommençâmes enfin à avancer. Le plancher s'inclina, Ulysse s'esclaffa.

— Nous gravissons la colline qui mène à la citadelle, dit-il. Ils nous escortent jusqu'au palais !

Puis le silence s'abattit de nouveau. La machine avait fait halte dans un épouvantable grincement. Il lui fallut du temps pour s'immobiliser et je me demandai quel était l'endroit précis où nous étions arrêtés. Le parfum de fleurs nous parvint. J'essayai de calculer le temps qu'il leur avait fallu pour haler le cheval jusqu'ici. En vain. Quand on ne voit ni soleil, ni étoiles, ni lune, on ne peut mesurer le temps. Ulysse et moi nous trouvions tout près de la trappe, tandis que Diomède avait été posté à l'autre extrémité pour maintenir l'ordre (nous avions reçu la consigne d'abattre aussitôt quiconque serait pris de panique) et je ne le regrettais pas. Ulysse, tel un roc, était inébranlable. Sa proximité m'apaisait.

Quand je pensais à mon père, le temps passait vite. Je me revoyais enfant, lui était alors un géant qui me dominait de toute sa hauteur, un dieu et un héros pour le petit garçon que j'étais. Il était si beau. Si étrange avec sa bouche sans lèvres. Je porte encore une cicatrice à l'endroit où j'avais essayé de me couper la lèvre pour lui ressembler davantage. Grand-père Pélée m'avait surpris et donné une bonne correction parce que j'avais commis un sacrilège. « On ne peut être quelqu'un d'autre, me dit-il. On est soi-même. Avec ou sans lèvres. » Comme j'avais prié pour que la guerre de Troie durât assez longtemps pour me permettre d'y participer et de combattre à ses côtés ! Dès que j'eus quatorze ans, je me considérai comme un homme et suppliai mes grands-pères Pélée et Lycomède de me laisser partir. Ils refusèrent.

Puis un jour, grand-père Pélée, pâle comme la mort, vint me voir dans mes appartements au palais d'Iolcos et me donna la permission d'embarquer. Il ne mentionna pas le message d'Ulysse disant que les jours d'Achille étaient comptés.

Jamais je n'oublierai l'ode que l'aède chanta pour Agamemnon et les rois. Debout sur le seuil, sans que personne ne m'eût remarqué, je buvais toutes ses paroles. L'aède avait décrit les hauts faits accomplis par Achille puis évoqué sa mort, le choix proposé par sa mère et qu'il ne considérait pas comme un véritable choix : vivre longtemps et demeurer inconnu ou mourir jeune et couvert de gloire. La mort ! Pour moi la mort ne pouvait l'atteindre. Nul ne pouvait l'abattre. Mais Achille était mortel, à présent il était mort. Avant même que j'aie pu le revoir et l'embrasser sans qu'on ait à me soulever du sol. J'avais presque sa taille maintenant.

Ulysse avait deviné bien plus de choses que

n'importe qui et il me raconta tout ce qu'il savait ou soupçonnait. Il me parla de la machination, sans épargner personne — surtout pas lui-même — et m'expliqua pourquoi mon père s'était querellé avec Agamemnon et lui avait retiré son concours. Le cœur gros, je jurai à Ulysse de garder le secret. Je sentais au fond de moi que mon père souhaitait voir les choses en rester là.

Même dans l'obscurité, je me trouvais incapable de le pleurer. Mes yeux étaient secs. Pâris était déjà mort, mais si je tuais Priam pour venger Achille, peut-être verserais-je enfin des larmes.

Je sommeillais quand la trappe s'ouvrit et me réveilla. Ulysse bondit mais ne fut pas assez rapide. Un faisceau de lumière vive passa par un trou du plancher et des jambes serrées l'une contre l'autre apparurent en contre-jour. On entendit le bruit sourd d'une lutte, puis les deux jambes basculèrent. Un corps tomba dans le vide et atterrit avec un bruit mat. Quelqu'un n'avait pu supporter d'être emprisonné plus longtemps dans le ventre du cheval. Quand, de l'extérieur, Sinon tira le levier qui ouvrait la trappe, l'un de nous guettait, prêt à s'enfuir.

Ulysse, debout, déroula l'échelle de corde. Je m'approchai de lui. Nos armures empaquetées se trouvaient dans la tête du cheval et nous avions un ordre de sortie très strict; en allant vers la trappe, chacun devait prendre le premier paquetage, qui contenait son armure.

— Je sais qui est tombé, me dit Ulysse. Je vais prendre mon armure et attendre que ce soit son tour pour retirer la sienne. Ainsi, les hommes qui viendront après lui auront aussi leur paquetage.

Je fus donc le premier à fouler la terre ferme, qui d'ailleurs n'était pas ferme du tout. C'était un tapis de fleurs d'automne au parfum entêtant.

Une fois que nous fûmes tous descendus, Ulysse et Diomède se dirigèrent vers Sinon pour l'étreindre. Le rusé Sinon, cousin d'Ulysse. Ne l'ayant pas vu avant d'entrer dans le cheval, je fus très surpris de son apparence. Rien d'étonnant à ce que les Troyens aient cru l'histoire qu'il leur avait servie ! Chétif, pitoyable, maculé de sang, crasseux. Jamais un esclave n'aurait été traité d'aussi abominable façon ; Ulysse me raconta plus tard que Sinon avait volontairement jeûné pendant deux lunes pour avoir l'air plus misérable encore.

Il arborait pour l'heure un radieux sourire.

— Priam a tout cru, dit-il, et les dieux nous ont été favorables. On ne pouvait souhaiter meilleur présage que celui qu'a envoyé Zeus : Laocoon et ses deux fils sont morts après avoir mis les pieds sur un nid de vipères.

— Les Troyens ont-ils laissé la porte Scée ouverte ? demanda Ulysse.

— Bien sûr. La cité est plongée dans un sommeil d'ivrogne. Ils ont vraiment bien fêté l'événement ! Une fois que le festin a commencé au palais, personne ne s'est plus souvenu de la pauvre victime du camp grec. Il m'a alors été facile de me rendre sur le promontoire au-dessus du cap Sigée et d'allumer le signal pour prévenir Agamemnon. On m'a répondu aussitôt du haut des collines de Ténédos. Il devrait à présent avoir atteint le cap Sigée.

— Félicitations, Sinon, dit Ulysse en le serrant à nouveau dans ses bras. Sois assuré d'une récompense.

— Je l'accepte volontiers. Mais tu sais, cousin, je crois que j'aurais agi de même sans récompense.

Ulysse envoya une cinquantaine d'entre nous s'assurer que les Troyens ne fermeraient pas la porte Scée avant l'arrivée d'Agamemnon. Les autres restèrent sur le pied de guerre et regardèrent des lueurs roses et dorées colorer le ciel au-dessus du mur qui entourait la grande cour ; ils respiraient à pleins poumons l'air du matin et le parfum des fleurs.

— Qui est tombé du cheval ? demandai-je à Ulysse.

— Échion, le fils de Porthée, répondit-il sèchement, l'esprit ailleurs. Agamemnon, Agamemnon, où es-tu donc passé ? continua Ulysse à voix haute. Tu devrais déjà être là !

Une trompe retentit au moment même. Agamemnon se trouvait à la porte Scée. Nous pouvions agir. Nous nous divisâmes en deux groupes. Ulysse, Diomède, Ménélas, Automédon et moi-même ainsi que quelques autres nous dirigeâmes à pas de loup vers la colonnade, puis nous empruntâmes un grand couloir qui menait à l'aile du palais réservée à Priam. Là, Ulysse, Ménélas et Diomède me quittèrent pour prendre un petit corridor qui, à travers le labyrinthe, conduisait aux appartements d'Hélène et de Déiphobos.

Un long cri strident déchira le silence qui régnait sur Troie. Tout le monde se précipita dans les couloirs, des hommes encore nus, à peine sortis du lit, épée à la main, abrutis du vin bu la veille. Cela nous permit de prendre tout notre temps, d'esquiver les coups qu'ils nous portaient maladroitement avant de les massacrer. Les femmes hurlaient tandis que nous glissions sur le dallage de marbre couvert de sang. Rares étaient ceux qui comprenaient ce qui se passait.

Poussé par une rage sanguinaire, je n'épargnai personne. A mesure que les gardes arrivaient, la résistance se durcit ; on se battit avec acharnement, comme sur un véritable champ de bataille. Les femmes contribuèrent à répandre la panique et la confusion et empêchèrent malgré elles les défenseurs de la citadelle de manœuvrer. D'autres Grecs me suivaient. Ils firent un véritable carnage. Je n'intervenais pas. Moi, c'était Priam que je voulais à tout prix. A mes yeux, seul Priam pouvait payer pour Achille, mon père.

Les Troyens aimaient bien leur vieux roi stupide. Ceux qui s'étaient réveillés l'esprit clair avaient revêtu leur armure et couru par des chemins détournés à seule fin de le protéger. Une rangée d'hommes en armes me barrait le passage, leurs lances pointées en avant. Automédon et quelques autres me rejoignirent. Je restai immobile un instant à réfléchir, puis plaçai mon bouclier devant moi et regardai par-dessus mon épaule.

— Allons-y !

Je bondis en avant, si vite que l'homme en face de moi s'écarta instinctivement, disloquant le front. Me servant de mon bouclier comme d'un bélier, je fonçai sur eux par le travers. Impossible de résister à un tel impact, leurs lances étaient bien inutiles. Je fis tournoyer ma hache ; un homme perdit un bras, un autre la moitié de la poitrine, un troisième le sommet du crâne. C'était comme si j'abattais de jeunes arbres. J'étais si grand et visais si bien qu'aucun ne me résista. Je les taillai tous en pièces.

Couvert de sang, j'enjambai leurs cadavres et me retrouvai sous une colonnade entourant une petite cour. Au milieu se dressait un autel sur une plate-forme, à l'ombre d'un grand laurier feuillu.

Priam, roi de Troie, était recroquevillé sur la marche du haut. Son corps décharné était enveloppé d'une robe de chambre en lin, la lumière tamisée donnait à sa barbe et à sa chevelure blanches des reflets d'argent.

Ma hache à mon côté, je lui criai :

— Prends une épée et meurs en roi, Priam !

Mais, le regard vague, il fixait quelque chose au loin, ses yeux chassieux emplis de larmes. L'air était alourdi du vacarme de la mort et des destructions et déjà la fumée obscurcissait le ciel. Troie agonisait, autour d'un roi au bord de la démence. Sans doute ne se rendit-il jamais compte que nous étions sortis du cheval. Le dieu lui épargna cette douleur. Tout ce qu'il comprenait, c'est qu'il n'avait plus aucune raison de vivre.

Une vieille toute voûtée, assise près de lui, se cramponnait à son bras ; la bouche ouverte, elle poussait des hurlements qui n'avaient rien d'humain. Face à l'autel, une jeune femme aux cheveux noirs bouclés me tournait le dos. La tête penchée en arrière, elle priait.

D'autres hommes arrivèrent pour défendre Priam, je les accueillis avec mépris; certains portaient les insignes des fils de Priam, ce qui m'excita davantage. Je les tuai jusqu'à ce qu'il n'en restât plus qu'un, un adolescent. Ilios, peut-être? Peu importait qui il était. Quand il essaya de m'attaquer, je lui arrachai son épée sans peine, puis saisis ses longs cheveux dénoués de la main gauche, après avoir posé mon bouclier. Il se débattit, martela de ses poings mes cnémides quand je le renversai sur le dos et le traînai jusqu'au pied de l'autel. Priam et Hécube s'accrochaient l'un à l'autre; la jeune femme ne se retourna pas.

— Voici ton dernier fils, Priam! Regarde-le mourir!

Je mis mon talon sur la poitrine du jeune homme, le soulevai par les épaules, puis lui fracassai le crâne du plat de ma hache. Priam sembla me remarquer pour la première fois et se leva d'un bond. Tout en regardant son dernier fils, il essaya de saisir une lance posée contre l'autel. Sa femme tenta de l'en empêcher, hurlant comme une louve.

Mais il ne parvint même pas à gravir les marches. Il trébucha et s'écroula à mes pieds, le visage entre les bras. Son cou s'offrait à ma hache, la vieille lui étreignait les cuisses, la jeune femme qui s'était enfin retournée le regardait, pleine de compassion. Je levai ma hache. Je calculai mon geste pour frapper au bon endroit. La lame s'abattit en décrivant une courbe magnifique. En ce moment d'exaltation, j'eus l'impression d'être le prêtre qui sommeille dans le cœur des hommes destinés à devenir rois. La hache de mon père accomplit sa besogne à la perfection. Une large entaille apparut dans le cou de Priam, sous ses cheveux gris argent. La lame rencontra alors la pierre et la tête sauta en l'air. Troie était morte. Son roi était mort comme mouraient les rois au temps de l'ancienne religion, la tête tranchée. Quand je me retournai, il n'y avait plus que des Grecs dans la cour d'Apollon.

— Trouve une salle que tu puisses fermer à clef, ordonnai-je à Automédon, puis reviens ici et conduis-y les deux femmes.

Je gravis les marches de l'autel et m'adressai à la jeune femme d'une grande beauté.

— Ton roi est mort et désormais tu m'appartiens. Qui es-tu ?

— Andromaque de Cilicie, la veuve d'Hector, répondit-elle d'une voix ferme. Laisse-moi voir mon fils.

— Il ne saurait en être question, répliquai-je en secouant la tête.

— Je t'en prie, insista-t-elle, d'une voix posée.

Ma colère tomba. J'eus pitié d'elle. Agamemnon ne permettrait pas au garçon de vivre. Il avait donné l'ordre d'exterminer la maison de Priam tout entière. Automédon revint. On emmena les deux femmes.

Je quittai la cour et explorai le dédale des couloirs, ouvrant chaque porte et jetant un coup d'œil dans chaque pièce pour voir s'il restait des Troyens à tuer. Mais je n'en avais trouvé aucun lorsque j'atteignis le périmètre extérieur.

J'ouvris une dernière porte : un homme de forte carrure, couché sur un lit, était profondément endormi. J'entrai à pas feutrés, me penchai vers lui en tenant ma hache près de son cou, puis le secouai violemment par l'épaule. De toute évidence encore ivre, il gémit, puis reprit soudain vie quand il aperçut un homme qui portait l'armure d'Achille. La proximité de la hache l'empêcha de bondir pour saisir son épée. Il me lança un regard furieux.

— Qui es-tu ? demandai-je en souriant.

— Énée de Dardanie.

— Eh bien ! Tu es mon prisonnier, Énée. Je suis Néoptolème.

Une lueur d'espoir illumina ses yeux.

— Alors, tu ne vas pas me tuer ?

— Pourquoi le ferais-je ? Tu es simplement mon prisonnier. Si les Dardaniens t'estiment assez pour payer la rançon exorbitante que je me ferai fort d'exiger d'eux, tu seras libre. C'est une récompense, car tu t'es parfois montré généreux à notre égard dans la bataille.

La joie explosa sur son visage.

— Alors je serai roi de Troie!

— Quand ta rançon sera payée, Énée, il n'y aura plus de Troie à gouverner. Nous allons raser la cité et vendre ses habitants comme esclaves. Tu n'auras rien de mieux à faire qu'émigrer. Debout! ajoutai-je en posant ma hache, tu vas me suivre, nu et enchaîné.

Il gronda, mais s'exécuta sans faire plus d'histoires.

Un Myrmidon amena mon char, qu'il avait conduit dans les rues ravagées par l'incendie. Je sortis les deux femmes de leur prison et les attachai avec des cordes. Énée me tendit spontanément ses poignets. Je dis à Automédon de sortir de la citadelle et de nous emmener à la place Scée. La mise à sac de la cité était en cours, ce n'était pas là une tâche pour le fils d'Achille. Un soldat attacha le corps décapité de Priam à mon char. La tête était plantée sur la Vieille Pélion. Ses cheveux et sa barbe étaient ensanglantés. Ses yeux grands ouverts, emplis d'horreur et de désespoir, regardaient sans les voir les maisons en feu et les cadavres mutilés. De jeunes enfants appelaient en vain leur mère, des femmes couraient, comme folles, à la recherche de leurs bébés ou fuyaient les soldats qui ne cherchaient qu'à violer et à tuer.

Il n'était pas question de les en empêcher. En ce jour de triomphe, ils donnaient enfin libre cours à dix ans de rancœur : exilés, loin du foyer, ils avaient perdu nombre de camarades, leurs femmes avaient dû leur être infidèles; ils haïssaient tout ce qui était troyen. Pareils à des bêtes sauvages, ils rôdaient dans les ruelles enfumées. Je ne perçus pas le moindre signe de la présence d'Agamemnon. Peut-être me hâtai-je de quitter la cité parce que je répugnai à le rencontrer en ce jour d'annihilation totale. C'était sa victoire.

Non loin de la citadelle, Ulysse surgit d'une ruelle.

— Tu pars déjà, Néoptolème ?

— Oui, j'ai hâte de m'en aller. Maintenant que ma colère est apaisée, tout cela m'écœure.

— Alors tu as trouvé Priam. Et tu as capturé Énée vivant. Il a dû te donner du fil à retordre.

Je jetai au Dardanien un coup d'œil méprisant.

— Il a dormi comme un bébé pendant toute l'attaque. Je l'ai trouvé nu comme un ver sur son lit, en train de ronfler.

Ulysse éclata de rire. Énée, fou de rage, se crispa. Il était bien trop fier pour supporter la moindre raillerie. Il comprenait à présent ce que signifiait la captivité : les insultes, les moqueries, les éclats de rire quand on raconterait une fois de plus comment on l'avait trouvé ivre mort alors que tout le monde se battait.

Je détachai la vieille Hécube et la poussai en avant. Elle hurlait. Je mis alors l'extrémité de sa corde dans la main d'Ulysse.

— Un présent pour toi. Tu sais qu'il s'agit d'Hécube, bien entendu. Emmène-la et offre-la à Pénélope comme esclave. Ce sera une gloire supplémentaire pour ton îlot rocheux.

Il cligna des yeux, surpris.

— Je n'en vois pas la nécessité, Néoptolème.

— Je veux que tu l'emmènes, Ulysse. Si j'essayais de la garder, Agamemnon me la prendrait. Mais il n'osera pas te la réclamer. Il convient qu'une autre maison que celle d'Atrée s'enorgueillisse d'une prise troyenne de haut rang.

— Et la jeune femme ? Tu sais que c'est Andromaque ?

— Oui, elle m'appartient de droit. Elle voulait voir son fils, lui chuchotai-je à l'oreille, mais je savais que c'était impossible. Qu'est-il advenu du fils d'Hector ?

— Astyanax est mort. On ne pouvait le laisser en vie. Je l'ai moi-même précipité du haut de la tour de la citadelle. Fils, petits-fils, arrière-petits-fils, tous sont condamnés.

Je changeai de sujet.

— As-tu trouvé Hélène ?

— Oui, naturellement, s'esclaffa-t-il.

— Comment est-elle morte ?

— Hélène ? Morte ? *Hélène ?* Mon cher, elle est née pour atteindre un âge avancé et mourir en paix dans son lit, pleurée par ses enfants et ses esclaves. Que Ménélas tue Hélène, ou qu'il laisse Agamemnon donner l'ordre de la mettre à mort, c'est inimaginable. Il l'aime bien davantage qu'il ne s'aime lui-même.

« Quand nous sommes arrivés dans ses appartements, elle était entourée d'une petite garde. Déiphobos était prêt à tuer le premier Grec qu'il apercevrait. Tel un taureau en furie, Ménélas s'est battu contre chaque Troyen. Diomède et moi étions de simples spectateurs. Il a fini par tous les tuer, sauf Déiphobos. Les deux adversaires s'apprêtaient à se battre en duel. Hélène attendait debout, tête droite, poitrine en avant, ses yeux étincelants comme des soleils verts. Aussi resplendissante qu'Aphrodite ! Néoptolème, je t'assure que personne au monde ne rivalisera jamais avec elle ! Le duel n'a pas eu lieu. Hélène s'est avancée et a planté un poignard entre les omoplates de Déiphobos. Puis elle s'est jetée à genoux, les seins pointés en avant. "Tue-moi, Ménélas ! Tue-moi ! s'est-elle écriée. Je ne mérite pas de vivre ! Tue-moi, tout de suite."

« Naturellement il n'en a rien fait. Il a jeté un coup d'œil à ses seins et le tour était joué. Ils sont sortis ensemble de la pièce sans même regarder de notre côté.

— Ah, l'ironie du destin ! Quand on pense que, pendant dix ans, vous vous êtes battus pour voir mourir Hélène ! Et voilà que maintenant elle rentre chez elle à Amyclées, libre, et toujours reine !

— Ma foi, on ne sait jamais où et quand la mort frappe, remarqua Ulysse.

Il était voûté et paraissait son âge, quarante ans, ce que je remarquai pour la première fois. Les ans et l'exil lui pesaient ; malgré son goût pour les machinations, il aspirait à rentrer chez lui. Il me salua et s'éloigna avec Hécube qui hurlait toujours, puis disparut dans une ruelle. Je fis signe à Automédon et nous poursuivîmes notre route en direction de la porte Scée.

Les chevaux descendirent lentement la route qui menait à la plage. Énée et Andromaque marchaient derrière, le cadavre de Priam bringuebalant entre eux sur le sol. Arrivé au camp, je dépassai le quartier des Myrmidons, traversai à gué le Scamandre et pris le chemin qui menait aux tombeaux.

Quand les chevaux ne purent aller plus loin, je détachai Priam, enroulai l'extrémité de sa robe autour de mon poignet et le traînai jusqu'à l'endroit où reposait mon père. Je fis prendre à Priam la posture d'un suppliant agenouillé, enfonçai en terre la poignée de la Vieille Pélion puis entassai des pierres à sa base. Alors je me retournai pour contempler Troie dans la plaine ; les maisons crachaient des flammes qui montaient vers le ciel obscurci, la porte Scée était grande ouverte, pareille à la bouche d'un mort quand son ombre a gagné l'immense empire souterrain. Et puis, enfin, je pleurai Achille.

J'essayai de l'imaginer tel qu'il avait été à Troie, mais il y avait trop de sang, la mort rôdait. Un souvenir finit par émerger : mon père sortait du bain, son corps couvert d'huile luisait, ses yeux dorés brillaient, car il me regardait, moi, son petit garçon.

Peu m'importait qu'on me vît pleurer. Je regagnai mon char et pris place aux côtés d'Automédon.

— Retourne vers les navires, toi, l'ami de mon père. Nous rentrons chez nous.

— Chez nous ! répéta dans un soupir le fidèle Automédon qui avait embarqué à Aulis avec Achille. Chez nous...

Troie brûlait dans notre dos, mais nous ne voyions que les rayons du soleil qui dansaient sur la mer, nous invitant à prendre le chemin du retour.

Épilogue

Du sort de quelques-uns des survivants

AGAMEMNON rentra sain et sauf à Mycènes, sans se douter le moins du monde que sa femme, Clytemnestre, avait pris le pouvoir et épousé Égisthe. Après avoir fait bon accueil à Agamemnon, elle le persuada de prendre un bain. Tandis qu'il barbotait, tout heureux, elle s'empara de la hache sacrée et l'assassina. Puis elle tua sa concubine, la prophétesse Cassandre. Électre, la sœur aînée d'Oreste (le fils d'Agamemnon et de Clytemnestre) craignant qu'Égisthe ne le tuât, lui fit quitter Mycènes en secret. Une fois adulte, Oreste vengea son père en tuant sa mère et son amant. Mais il n'en résulta rien de bon ; les dieux exigeaient que son père fût vengé et condamnèrent Oreste pour matricide. Il en perdit la raison.

ÉNÉE, selon la tradition latine, aurait fui Troie avec son père Anchise perché sur ses épaules et le Palladion d'Athéna sous le bras. Il s'embarqua et finit par atteindre Carthage, en Afrique du Nord, où la reine Didon tomba follement amoureuse de lui. Quand il quitta le pays, elle se suicida. Alors Énée débarqua dans une plaine d'Italie centrale, livra bataille et s'y installa. Son fils Iule, qu'il avait eu de la princesse latine Lavinia, devint le roi d'Albe et fut l'ancêtre de Jules César. Cependant la tradition grecque est fort différente. Elle affirme qu'Énée fut la prise de guerre du fils d'Achille, Néoptolème, qui exigea des Dardaniens une rançon pour le leur rendre. Ensuite, Énée s'installa en Thrace.

ANDROMAQUE, la veuve d'Hector, fut l'autre prise de guerre qui échut à Néoptolème. Elle devint sa femme ou sa concubine et resta avec lui jusqu'à ce qu'il mourût. Elle lui donna au moins deux fils.

Après la chute de Troie, les Grecs accordèrent la liberté à ANTÉNOR, ainsi qu'à sa femme, la prêtresse Théano, et à leurs enfants. Ils s'installèrent en Thrace ou, selon certains, en Cyrénaïque (Afrique du Nord).

ASCAGNE, le fils qu'Énée avait eu de la princesse troyenne Créüse, resta en Asie Mineure après que son père partit avec Néoptolème. Il finit par monter sur le trône de Troie, devenue une simple bourgade.

DIOMÈDE, dont le navire fut dérouté par les vents, fit naufrage sur la côte de Lycie en Asie Mineure, mais il survécut. Il gagna Argos pour découvrir que sa femme adultère avait pris le pouvoir avec son amant. Diomède fut vaincu et exilé à Corinthe, puis livra bataille en Étolie. Mais, apparemment, il continua d'errer. Il termina sa vie à Lucérie, en Apulie (Italie du Sud).

HÉCUBE, qui était la prise de guerre d'Ulysse, l'accompagna en Chersonèse de Thrace, mais ses hurlements constants le terrifièrent au point qu'il l'abandonna sur le rivage. Prenant pitié d'elle, les dieux la métamorphosèrent en chienne noire.

HÉLÈNE participa à toutes les aventures de Ménélas.

IDOMÉNÉE eut le même problème qu'Agamemnon et Diomède. Sa femme usurpa le pouvoir en Crète et le partagea avec son amant qui chassa Idoménée. Il s'installa alors en Calabre (Italie du Sud).

CASSANDRE, la prophétesse, avait méprisé les avances d'Apollon quand elle était jeune fille. Pour se venger, il lui lança une malédiction : elle prédirait toujours l'avenir avec exactitude, mais personne ne la croirait jamais. Elle fut tout d'abord attribuée comme prise de guerre au petit Ajax puis on la lui enleva, quand Ulysse jura qu'il l'avait violée sur l'autel d'Athéna. Agamemnon la revendiqua pour lui-même et l'emmena à Mycènes. Elle eut beau affirmer que la mort les attendait là-bas, Agamemnon ne la crut pas. Elle était toujours sous l'emprise de la malédiction d'Apollon : Clytemnestre l'assassina.

Le petit AJAX fit naufrage sur un récif en rentrant en Grèce et se noya.

Au cours de son voyage de retour, MÉNÉLAS perdit le cap. Il débarqua en Égypte où, en compagnie d'Hélène, il visita de nombreuses contrées pendant huit années. Il arriva enfin à Lacédémone le jour même où Oreste tua Clytemnestre. Ménélas et Hélène régnèrent sur Lacédémone et fondèrent le futur État de Sparte.

MÉNESTHÉE ne retourna pas à Athènes. Il devint roi de l'île de Mélos.

NÉOPTOLÈME succéda à Pélée sur le trône d'Iolcos, mais après être entré en conflit avec les fils d'Acaste, il quitta la Thessalie pour vivre à Dodone, en Épire. Plus tard, il fut tué alors qu'il pillait le sanctuaire de la Pythie de Delphes.

NESTOR rentra à Pylos sain et sauf. Il y régna jusqu'à la fin de sa très longue vie, dans la paix et la prospérité.

ULYSSE, ainsi que l'oracle l'avait prédit, vécut loin d'Ithaque pendant vingt ans. Après avoir quitté Troie, il erra en Méditerranée où il eut toutes sortes d'aventures avec des sirènes, des sorcières et autres monstres. A son retour à Ithaque, il trouva dans son palais une multitude de prétendants désireux d'usurper le pouvoir en épousant la reine Pénélope. Elle parvint à conjurer le destin en soutenant qu'elle ne pouvait pas se remarier avant d'avoir fini de tisser son propre linceul. Chaque soir elle défaisait ce qu'elle avait tissé la veille. Aidé de son fils Télémaque, Ulysse tua tous les prétendants. Puis il vécut heureux auprès de Pénélope.

PHILOCTÈTE fut contraint de quitter son royaume d'Hestaïotis et décida d'émigrer à Crotone, en Lucanie. Il emporta avec lui l'arc et les flèches d'Héraclès.

Postface

Les sources de la légende de Troie sont multiples. La principale, l'*Iliade* d'Homère, raconte les événements qui couvrent une cinquantaine de jours alors que, d'après toutes les autres sources, la guerre dura dix ans. L'autre poème épique, l'*Odyssée*, également attribuée à Homère, fournit aussi de nombreuses informations sur la guerre et sur ceux qui y prirent part. Parmi les différentes sources, souvent fragmentaires, citons Euripide, Pindare, Hygin, Hésiode, Virgile, Apollodore d'Athènes, Tzetzes, Diodore de Sicile, Denys d'Halicarnasse, Sophocle, Hérodote, etc.

On considère généralement que la mise à sac de Troie qui nous concerne (il y en eut en effet plusieurs) eut lieu vers 1184 avant Jésus-Christ, période fort troublée dans la partie orientale de la Méditerranée, à la suite de phénomènes naturels tels que des tremblements de terre et des migrations de population, à l'intérieur même de cette zone géographique ou en provenance de l'extérieur. Des tribus originaires du bassin du Danube se déplacèrent vers le sud, jusqu'en Macédoine et en Thrace, et des Grecs fondèrent des colonies sur les côtes du pays qui est devenu la Turquie moderne, le long de la mer Égée et de la mer Noire. Ces flux de populations firent suite à des migrations antérieures et en précédèrent de nouvelles qui ne cessèrent qu'à une époque relativement récente. Elles sont à l'origine de traditions qui enrichirent l'histoire de l'Europe, de l'Asie Mineure et du Bassin méditerranéen.

Les premiers témoignages archéologiques résultèrent des fouilles entreprises par Heinrich Schliemann à Hissarlik en Turquie et d'Arthur Evans à Cnossos en Crète. Il semble fort probable qu'une guerre ait bien eu lieu entre les Achéens et les habitants de Troie (appelée aussi Ilion). Vraisemblablement, elle eut pour origine le contrôle des Dardanelles (l'Hellespont), ce détroit d'importance vitale qui réunit la mer Noire (le Pont-Euxin) à la Méditerranée (la mer Égée). La maîtrise des Dardanelles assurait le monopole du commerce entre les deux mers. Il était difficile de se procurer en dehors de cette région certains matériaux indispensables tels que l'étain qui, avec le cuivre, permettait de fabriquer le bronze.

Certes, le commerce, l'économie et l'instinct de survie ont eu un rôle à jouer, mais on ne saurait passer sous silence certains éléments mythiques, tels que la belle Hélène ou le cheval de Troie.

C. McC.

Table

Composition réalisée par EURONUMÉRIQUE

IMPRIMÉ EN ALLEMAGNE PAR ELSNERDRUCK
Dépôt légal Édit. : 12721-10/2001
LIBRAIRIE GÉNÉRALE FRANÇAISE - 43, quai de Grenelle - 75015 Paris.
ISBN : 2-253-15125-4 ◈ 31/5125/5